사요나라 BAR

길산

사요나라 BAR

초판 1쇄 인쇄 2005년 12월 6일
초판 1쇄 발행 2005년 12월 13일

지은이 수잔 바커
옮긴이 은하랑
발행인 이종길
펴낸곳 도서출판 길산
교 열 주영하
표 지 이재원
디자인 신성희
마케팅 · 관리 송유미

ADD 경기도 고양시 덕양구 화정동 970-2
TEL 031.973.1513
FAX 031.978.3571
E-mail keelsan@keelsan.com
http://www.keelsan.com
ISBN 89-91291-07-4 03830

값 14,800원

SAYONARA BAR

수잔 바커 지음 / 은하랑 옮김

SAYONARA BAR

도서출판 길산

Time 紙 '사요나라 바' 기사

2005. 3. 21 / 타임지 기사 by Donald Morrison

〈사요나라 바〉

세계의 구석구석의 이름들을 살펴봐도, 데뷔 소설 제목으로 쓰나미 바Tsunami Bar 만큼 수잔 바커Susan Barker의 마음을 사로잡는 건 없었다. 그녀의 책은 2003년 프랑크푸르트 도서 박람회에서 사람들의 입에 오르내렸고, 그녀의 책을 발행한 더블데이Doubleday 역시 굉장한 기대감에 차 있었다. 그러나 2004년 12월 26일 쓰나미가 아시아 지역을 초토화시키면서, 결국은 새로운 제목을 찾아 나설 수밖에 없었다. 한 달 동안 출판이 지연됐다. 또 소설 배경이 되는 오사카의 호스티스 바에 관련된 내용 일부도 바꿔야 했다.

잠시 주춤했던 상황 끝에 마침내 이 책은 탄생했고, 분명 기다릴 만한 가치가 있었음을 증명했다.

〈사요나라 바〉는 문화에 대한 치밀한 관찰들과 여러 장르적 요소들이 복잡하게 얽혀 있다. 이야기의 처음은, 일본에서 공부를 마친 후 여행 경비를 벌 요량으로 오사카에서 호스티스로 일하게 된 매력적이고 젊은 영국 아가씨 메리의 이야기다. 권태와 성희롱과 간접흡연에 노출되어 있는 메리의 모험담은 영화 〈로스트 인 트랜슬레이션Lost in Translation〉에서 보여줬던 코미디의 형식을 따라가는 듯하다. 그러나 여기에는 뭔가 어두운 그늘이 존재한다. 메리는 바 주인의 아들 유지의 연인이다. 미남이자 호남 형인 그는 일본의 조직 폭력단, 야쿠자에 소속되어 있다. 메리는 그와 관계가 깊어짐에 따라 스스로가 여행 계획에서 멀어진다는 것을 발견한다. 그녀는 '그가 나를 안을 때마다 내 안의 방랑벽이 점점 빠져나가는 느낌이 든다.' 라고 고백한다.

또 이 책에는 메리를 제외한, 또 다른 두 명의 사요나라 바 멤버들에 관한 연계된 이야기들이 한 장chapter씩 번갈아가며 등장한다.

그 중 한 명은 사토라는 양심적인 회사원으로, 상사의 강요로 사요나라 바에 끌려온다. 아내를 잃고 난 뒤 내면의 그늘 속에서 살던 사토에게 사요나라 바와 그 안에서 소란스럽게 떠들어대는 사람들은 혐오감을 불러일으킨다. 그리고 사토는 그런 사람들을 일본의 통제력과 경제적 지도력이 상실되고 있다는 전조로 파악한다. 그러나 정작 그는 자신의 고지식했던 사회생활을 불명예스러운 상황으로 이끌 제 3의 음모를 의식하지 못하고 있다.

그리고 나머지 한 명은 와타나베, 사요나라 바의 주방장, 열아홉 살의 내성적인 소년이다. 환상 속에서 살아가는 그는 놀라운 투시력으로 벽 너머를 볼 수 있고, 사람들의 생각을 읽어내며, 심지어 몸의 기능까지 알아맞히며, 그 능력이 메리를 위험에서 구해내는 데 결정적 역할을 한다.

'메리가 신뢰와 자궁 수축을 유도하는 호르몬, 옥시토신으로 공기

를 가득 채운다.'

와타나베는 메리가 그녀의 교활한 동료 카티야와 잡담하고 있을 때마다 그 모습을 관찰한다.

'이같은 화학 탐지 신호의 1,700만 확산 작용이 일어날 때마다 나타나는 두 가지 성분이 생물학적 기능을 순전히 교활한 목적으로 사용하는 카티야의 코를 주름지게 만든다."

호스티스 바의 장식, 음식 메뉴, 연애 기술, 외국인 비자 문제, 술 취한 샐러리맨의 주정, 야쿠자의 인사 정책 등, 사요나라 바에 대한 설득력 있는 묘사는 저자의 일본 생활을 입증하며, 또는 직접 그 일들에 몸을 담지 않았을까 하는 가능성까지 생각하게 한다. 그러나 실상, 26년 전 영국인 아버지와 중국계 말레이시아 어머니 사이에서 태어난 수잔 바커는 2년 동안 오사카에서 호스티스가 아닌, 영어 교사로 일했을 뿐이다. 그리고 맨체스터Manchester 대학원에서 글쓰기 프로그램을 이수하며 치열한 습작을 한 듯하다.

사요나라 바의 시간은 그저 흐르는 것이 아니라, '부패한 종유석처럼 똑똑 떨어졌다.' 라고 묘사된다.

메리가 연인에게 배신을 당한 뒤 야쿠자 소굴에서 마약에 취해 쓰러져 있을 때, 밖에서 웅크리고 앉아 있던 와타나베는 한 마리의 생쥐가 '주둥이로 자기 새끼의 발을 문 채 살금살금 기어가는' 것을 본다.

그는 악마 숭배자로 가득한 바에서, 그들로 인해 평가절하된 우상을 숙고한다.

'지옥의 C급 명부 작성자로 전락한 요즘 악마들은 손님들을 검은 무리와 벨기에식 메탈 콘서트로 이끌면서 간신히 연명해가고 있다.'

깡패와 팝 문화에 대한 수잔 바커의 재미있는 문장들은 무라카미 하루키, 무라카미 류 같은 동시대 일본 작가들을 연상시킨다. 또 애니메이션과 만화에 등장하는 지옥과도 일맥상통한다. 그녀의 인물들은 만화 캐릭터와는 거리가 먼데도 말이다.

마지막으로 극심한 좌절 속에서도 위엄을 잃지 않는 사토는 카즈오 이시구로 또는 제인 오스틴Jane Austen의 섬세한 문장에서 걸어 나온 인물과도 비슷하며, 풍부한 환상에 빠져 있으면서도 비상한 재치를 잃지 않는 와타나베는 데이빗 포스터 월리스David Foster Wallace 또는 닉 혼비Nick Hornby의 관심을 끌지도 모르겠다.

일본어는 유창하지만 자신을 둘러싼 모든 사람들이 벌이는 음모와 신호를 전혀 눈치채지 못하는 메리, 오직 그녀만이 뚜렷한 특징이 파악되지 않는다. 그러나 어떤 면에서 보면 메리가 최소한 일본을 알고 있다고 생각하는 다른 서양인들보다 더 나쁜 인물로 전락하지 않을 수 있었던 것은 바로 그 모호성 때문은 아닐까.

영혼의 밀실 – 사요나라 바

일본 오사카, 신사이바시.

해가 지면 삶이 시작되는 곳이 있다. 사요나라 바는 이 어둠의 생리에 충실한 뒷골목의 구심점이다. 낮과 밤의 사람들이 밀물과 썰물처럼 바통을 이어받듯 물갈이를 하고, 루시퍼의 방문을 기다리듯 어둠에 잠긴 바들의 음산한 분위기는 그 자체로 호객행위를 한다.

사랑에 속고도 다시금 사랑 속에 자신의 존재를 던져 넣는 무모한 심장들과 '참을 수 없는 존재의 가벼움'을 '인간적인, 너무도 인간적인' 자기애로 돌려놓으려는 나르시시즘의 후예들이 바로 이 뒷골목 상품들의 열렬한 구매자다.

영국인 게이샤와 야쿠자와의 사랑이라는 특수한 설정은, 소설적인 짜릿한 매력은 차치하고라도 이 두 사람의 관계가 이미 수많은 사랑들 중에 하나라는 것을 말한다. 그리고 작가는 이 두 사람을 통해, 존재의 확인을 위한 타자의 필요, 이끌린다는 착각, 사교, 친밀감의 형성, 점진적인 중독, 소유에의 집착, 환멸, 이별 등의 정식 수순을 그려내고 거기에 음모와 배신을 가미한다.

또 이 형이하학적 사랑과 상충하는 와타나베의 메리에 대한 순수한 사랑은 아름다운 금발과 각선미를 초월해 내장과 귀지에까지 닿는다. '신비에 의해 유지되는 정열이 순수할 수 있을까' 라고 자문하는 4차원적 인물 와타나베는 냉소와 순애보를 동시에 품고 '당신의 연인이 마지막으로 먹은 음식물을 적시적기에 항문 쪽으로 내모는 결장 근육의 모습까지 견딜 수 있는 것, 바로 그것이야말로 순수한 정열'이라고 단언한다.

〈사요나라 바〉에는 이러한 형이상학적 사랑을 무색케 하는 또 다른 사랑도 있다. 바로 죽은 아내의 환상에 집착하는 사토의 사랑이다. 인간의 두뇌는 기억하고 싶은 것만 기억하고, 믿고 싶은 것만 믿는 일종의 자기 최면적 오도에 빠지기 쉽다. 사토의 외로운 일상에 불청객처럼 방문하는 첼로의 환청과 아내의 환시 등은, 사토의 무의식이 조작한 사랑의 허기에 반응하는 불가피한 메아리처럼 느껴진다.

사요나라 바에서 만난 호스티스 마리코가 사토의 무덤 같은 일상에 한 줄기 빛처럼 등장하면서 연애 사건의 징후를 슬쩍 암시하기도 하지만, 심연의 어둠에 중독된 중년남자의 외골수 심장은 결국 얽히고설킨 음모의 희생양이 될 뿐이다.

광장과 밀실, 낮과 밤, 보이는 것과 보이지 않는 것, 밖에서 돌아가는 세상과 창문조차 없는 사요나라 바.

철저히 은폐된 세상으로부터 얻을 수 있는 이득은, 고작해야 내면으로 도망침으로서 얻을 수 있는 근시안적인 안전뿐이다. 그리고 그 부작용은 외부 자극을 느끼지 못한 채 객관성을 상실하고, 더 나아가 위험을 알아차리지 못하는 불감증으로 이어진다.

메리가 야쿠자 조직원 유지와의 사랑에 눈멀어 자기 헌신적인 도취감에 빠져 불 속으로 성큼성큼 걸어 들어가는 무모한 행동을 감행하는 것도, 4차원적 초지각으로 메리의 안녕을 보호하고 목숨까지 기꺼이 헌납하려던 와타나베의 사랑이 결국은 지극히 3차원적 순애보를 대표하고 있다는 것도, 사토가 죽은 아내의 환영 속에서 현실 감각을 잃고 사회로부터 배척당하는 모습도, 모두 광장과 밀실 사이의 괴리감, 다시 말해 '타자의 나'와 '내 안의 나' 사이의 괴리에서 비롯되는 불협화음이며 비극에 다름 아니다.

그리고 이러한 소통 단절 사이를 이어주는 사요나라 바는 진정한 인간 사이의 이해와 사랑을 궁리하기보다는 자아에 매몰된 유약한 밀실형 인간들을 이용하고 착취하는 하이에나 같은 인간들로 타락하고 오염되어 간다.

"나쁜 일들은 좋은 사람들에게 일어나지."

"한번 진 꽃잎은 다시는 그 줄기로 돌아갈 수 없어요."

"운명은 우리가 얼마나 많은 돈을 쓰는지에 대해선 관심 없어. 결국 자기가 하고 싶은 것을 할 뿐이지."

사요나라 바의 대사들은 냉소와 체념이 짙지만, 반면 읽는 이로 하여금 다시금 반문하게끔 만든다. 억압된 감정을 여과 없이 드러내도 좋은 곳, 사요나라 바는 사회와 세상에서 상처받은 사람들이 광장에서 조여 맸던 넥타이와 입에 물렸던 재갈을 풀고 광장 속 연기를 끝내는 지점이다. 그러나 그들은 태양이 떠오르면, 공소시효가 끝난 범죄자들처럼 다시금 개선장군이 되어 광장 밖으로 떳떳하게 행군을 감행한다.

다중 인격이 이미 정신 질환을 뜻하지 않는 이 시대, 이중 인격은 그나마 인간에 대한 배려를 담은 용어가 되어버린 이 시대, 수없이 많은 얼굴들이 교차하며 사라지는 사요나라 바에는 한 가지의 얼굴만 고수하는 것이 얼마나 위험한가를 말해준다. 단 하나의 얼굴은 자신을 위험에 노출시키는 일이 된다. 인격에도 변수가 필요하며 때로는 가식과 위선이 처세술의 기본 원리가 되어야 한다. 그런 의미에서 외부의 촉수가 결여된 사요나라 바의 세 주인공들은 함정에 빠지기 쉽고 상처받기 쉬운 존재들이다. 그래서 차마 분노스러운 존재들이다.

'우리가 일하는 곳엔 창문이 없어서 언제 비가 내리는지, 언제 두바이처럼 햇볕이 쨍쨍 내리쬐고 있는지 오리무중이다.'

사요나라 바와 마마상의 처소엔 둘 다 창문이 없다. 이는 마치 치열한 생존의 현장을 허한 실존의 공백에 견주는 패러독스처럼 느껴진다. 영혼의 창문에 때가 낀 사람들, 자신들과 세상 사이의 창문이 굳이 필요치 않은 사람들, 눈과 귀를 막고 벽처럼 살아가는 사람들, 그렇게 밀실에 중독되어 타자와 단절된 사람들, 그러면서도 태양과 광장의 논리에 의해 연명해가는 사람들, 사요나라 바의 사람들.

이런 역설적인 모습이야말로 이 시대를 살아가는 우리들의 초상은 아닐까.

그러나 사요나라 바가 가진 이 모든 화려하면서도 음울한 풍경 속에는, 객관적 관찰에서 빚어진 인간에 대한 익살스런 묘사와 해학이 따뜻한 시선으로 그려지며 잔잔한 여운을 남긴다. 그리고 그것은 더욱더 진한 삶의 페이소스와 더불어 인간에 대한 사랑으로 천착된다.

비단 오사카 신사이바시 뒷골목뿐만 아니라, 세계 어디에도 '사요나라 바'는 존재한다. 내안의 나와 교통하는 영혼의 밀실, 그리하여 타자에 이르는 지도와 세상과 닿는 숨통 하나 만들 수 있다면, 그때는 우리의 밀실에도 엄지손톱만한 쪽 창문 하나 생겨나지 않을까. 그러나 우린 여전히 그 창문에도 커튼을 드리울지 모른다.

1

머리

덜거덕 금속 셔터가 올라가는 소리, 듬성듬성한 빗자루 털로 콘크리트 바닥을 비질하는 소리, 어슬렁거리며 거리를 배회하는 사람들, 식당 창문에 적힌 메뉴를 유심히 들여다보는 샐러리맨들, 땅거미가 질 때까지 마냥 시간을 죽이며 쏘다니는 고등학교 낙제생들. 이 모든 게 신사이바시心齋橋(역주: 유행의 최첨단을 걷는 점포가 줄지어 있는 오사카 제일의 쇼핑가)가 하룻밤의 돈벌이를 위해 깨어나고 있다는 신호다. 석양은 어느새 안테나와 간판 아래로 붉은 오렌지빛 그림자를 드리웠다.

내가 일하는 건물은 유흥가의 퀴퀴한 구석 쪽에 박혀있다. 아래층 장어구이 식당 주방장이 엄지 손톱의 때를 이쑤시개로 후비며 문 밖으로 걸어나온다. 빅 에코 가라오케의 전등 판이 깜박거리고 그 종려나무 잎사귀처럼 넓은 형광등이 윙윙거리기 시작할 때, 우린 고개를 끄덕이며 서로 인사를 나눈다.

사요나라 바에는 아직 손님이 들지 않았다. 영국 밴드 〈스판다우 발레〉의 괴기스러운 저음만이 텅 빈 무대와 댄스 홀 위를 두둥실 떠돌고, 황달 걸린 노란 불빛 아래 놓인 테이블들과 심령집회를 연상시키는 술 달린 램프 음영만이 바를 채우고 있다.

탈의실에는 신발과 잡지들이 굴러다니고, 립스틱을 찍어낸 휴지들은 쭈글쭈글 말려 바닥을 어지럽히고, 겨드랑이 부분이 방취제로 얼룩진 블라우스들은 축 처진 커텐 봉에 힘없이 매달려 있다. 이런 난장판 한가운데 비스듬히 기운 거울 앞에, 눈 아래 컨실러를 톡톡 두드리며 엘레나가 서 있다. 우리는 거울 속에서 서로 미소를 교환하며 인사를 나눈다. 그녀의 등 뒤에서 옷을 벗기 시작한 나는 벗은 셔츠와 청바지를 구석 옷더미 위로 휙 던져버리고 카티야가 준 번쩍거리는 금색 탱크탑과 무릎까지 오는 검정 치마로 몸을 조이기 시작한다.

"그 휘황찬란한 금속 조각, 멋진데."

엘레나가 내게 거울 한쪽을 내주며 말을 건네왔다.

"하지만 이걸 입고 딴 데는 얼씬도 할 수 없지. 오늘 별 일 없었어?"

"맨날 똑같지. 일곱 시에 일어나서 에이지와 토모 뒤치다꺼리하고 집 청소하고…"

아담한 몸집의 엘레나는 툭하면 자기 생활에 진저리를 치며 깊은 한숨을 내쉰다. 그녀는 영어 교사 자격증을 갖고 일본에 건너와 4개월 동안 영어를 가르쳤다. 그리고 일본 남자를 만나 아들을 낳고 낯선 문화권에서 불평거리들로 일상을 메우며 산 지가 벌써 6년이다. 그녀를 보고 있으면 내 스스로가 젊다는 사실과 부유물처럼 가벼운 내 삶이 느껴지곤 한다. 눈꺼풀을 팽팽히 들어올린 후 속눈썹을 따라 아이라이너를 칠하며 엘레나가 물었다.

"어젯밤 내 얘기 들었어?"

"응, 정말 진절머리 나는 놈들이야. 그런 놈들한텐 재갈을 물려야 돼."

지난 밤 어떤 샐러리맨이 엘레나의 스타킹을 찢고 그 안으로 천 엔을 쑤셔 넣으면서 새 스타킹을 사 신으라고 말했다고 한다. 엘레나가 이 스타킹은 천 엔이 넘는다고 말하자, 그는 다른 쪽 스타킹을 마저 찢고 그 안으로 또 천 엔을 밀어 넣었다고 한다.

"마마상한테 이 얘기를 하니까 나한테 유머감각을 좀 키우라는 거야."

"말도 안돼."

"누가 아니래. 아무튼 월말까지만 일하고 이 소굴을 떠나든지 해야지, 원."

"그래!"

나는 정말로 엘레나가 그러길 바란다. 그러나 그녀는 벌써 2년째 여기 붙어 있고, 장담하는데 내가 여길 떠난 후에도 아주 오랫동안 이곳에 붙박혀 지낼 것이다.

눈썹을 그리던 엘레나의 손이 떨리면서 아이라이너가 위로 심하게 치켜 올라갔다.

"젠장. 휴지 좀 줄래?… 먼저 이 생활을 청산한 다음 토모랑 이혼할 거야."

"음…"

나는 그녀의 결혼생활 문제를 들어줄 기분이 아니었기 때문에 아무 대꾸도 하지 않았다.

나는 거울 앞에서 맥 퍼플 헤이즈 아이섀도우를 칠했고, 엘레나는 와인빛이 감도는 빨간색 립 라인을 그렸다.

"넌 오늘 별 일 없었어?"

그녀가 물었다.

나는 오늘 오후 2시 쯤 유지의 방에서 눈을 떴다. 우리는 몸을 일으키다가 젖은 모래 포대처럼 다시 침대 속으로 파묻혔다. 텔레비전은 저 혼자 웅웅거리고 커튼도 걷지 않은 어두침침한 방에서, 오후 내내 우리는 입과 팔다리가 뒤엉킨 채 침대 끝에서 끝으로 뒹굴었다. 유지를 만나기 전에는 내게도 중요한 일이란 게 존재했었지만, 유지는 그런 것들은 깡그리 잊게끔 나를 길들여 놓았다.

"뭐 별로."

난 대수롭지 않다는 듯 대꾸했다.

거울 속 엘레나는 금 귀걸이를 끼며 미소를 지었다.

내가 바 영업 준비를 하고 있는 동안 호스티스들이 하나둘 출근하기 시작했다. 유키코는 자기 남자친구 밴드가 다음 주 금요일 메트로에서 공연을 하니 근무 시간을 바꿔줄 수 있겠냐고 물어왔다. 만디는 방콕에 갔다가 헤너 물감으로 새겼다는 배꼽 위 적갈색 문신을 자랑스럽게 보여주었다. 느지막이 도착한 카티야는 포장 가방을 든 채 프렌치프라이를 입속으로 구겨 넣고 있었다. 실크 스카프로 머리를 쓸어 넘기고, 비쩍 마른 종아리에서 출렁거리는 인조 모피 코트를 입은 카티야는 나를 보자마자 미소를 지으며 다가와 박하 담배 향이 나는 입술로 내 관자놀이에 미끄러지듯 키스하고는 탄성을 내질렀다.

"와, 그 탱크탑 정말 소름끼친다. 내가 일찌감치 내버린 게 천만다행이야."

"솔직하게 말해줘서 고마워, 카티야."

"오늘 어디서 일하니?"

"바에서. 너는?"

"난 가라오케 룸. 그 '미스터 수전증'께서 자기 아흔일곱 번째 생일을 자축하기 위해 예약을 하셨다나. 나랑 바꿀래?"

나는 짐짓 애처로운 미소로 그녀의 제안을 거절했다. 미스터 수전증은 파킨슨씨병을 앓고 있는 노인네였다. 카티야는 때로 매우 잔인한 면이 있었다. 그녀는 눈을 가늘게 뜨고 탈의실로 으스대며 걸어갔다. 프렌치프라이가 그녀의 입 속로 침몰하고 있었다. 우리는 바에서 그야말로 피터지게 일했다. 저녁 내내 홀 쪽으로 술을 날라야 했고, 수다 떨 짬조차 내기 어려웠다.

나는 손님들이 들이닥치기 전에 레몬을 잘게 썰어 놓으며 수퍼모델들이 등장하는 TV를 보고 있었다. 마마상은 수요일 밤 키보드 연주자가 위장에 탈이 생겨 나올 수 없다고 전화를 해오자 대신 와이드 스크린에 위성 방송 채널인 수퍼 모델 방송을 틀어 놓았다. 화면에서는 볼록한 엉덩이와 백조 같은 목을 가진 패션 모델들이 객석 사이의 좁다란 무대 위를 하루 종일 천상의 존재들처럼 사뿐사뿐 걸어다녔다. 마마상이 이 방송을 틀어 놓은 속셈은 뭘까. 아마도 우리가 저 모델들의 아름다움을 조금씩 빨아들이길 내심 기대하는지도 모르겠다.

나는 이 방송을 볼 때마다 그들의 '미끄러지는 듯한' 걸음걸이를 흉내내곤 했다. 그러나 우리 바 걸들의 불완전한 자태에는 어쩔 수 없이 천성적인 면이 있다. 옷을 질질 끌며 걷는 모양새라든가, 앞니에 립스틱이 묻어 있고 엉덩이의 옷 솔기가 단정치 못한 꼬락서니들은, 아무리 아름다운 것들을 접한다 해도 쉽사리 고쳐지지 않을 것 같다.

오늘 첫 손님은 우메다 스카이 빌딩에 자기 회사를 두고 있는 미쓰이 씨였다. 그의 일행들은 담배 자판기 옆 테이블에 자리를 잡았다. 나는 그가 두리번대며 나를 찾는 것을 지켜보았다. 예전에 미쓰이 씨가 붉은 포도주빛 구찌 가방을 선물한 적이 있었다. 손가락을 우아하게 한번 놀리기만 하면 딸깍 소리를 내며 닫히는 금장 버클 가방이었다. 그러나 내가 손님으로부터 선물을 받았다는 것을 알고 못마땅해하는 유지 때문에 결국 카티야에게 줘버렸다.

그 핸드백은 미쓰이 씨의 엉터리 영어에 일조한 데 대한 일종의 보상이었다. 미쓰이 씨는 사업관계자들에게 좋은 인상을 심어주려고 영어를 썼지만, 그 영어라는 게 알고 보면 완전히 수박 겉핥기 식이었다.

오늘도 그는 일종의 과시용으로 나를 자기 손님들에게 인사시키고, 이어 소소한 얘기들을 시작할 것이다.

"메리, 너네 나라에도 스시가 있지?"

"그럼요. 일본 식당에서도 팔고, 수퍼에서도 팔죠."

"아, 그래! 그럼 거기 겨울은 여기보다 추운가, 더운가?"

"거의 비슷해요."

이런 이야기가 끝도 없이 펼쳐진다. 그의 일행들은 한껏 목청을 드높이며 다음과 같은 감탄사를 연발한다.

"미쓰이 씨 영어 실력, 정말 끝내주지 않아요?"

미쓰이 씨는 언제나 다른 손님들을 거느리고 온다. 따라서, 그들은 그가 매번 똑같은 이야기를 늘어놓고 있다는 사실은 짐작조차 못할 것이다. 오늘밤도 미쓰이 씨와 나는 마티니를 마시면서, 그가 끌고 온 몽상적 눈빛을 지닌 두 명의 손님들에게서 모종의 이득을 취하기 위해

판에 박힌 연극을 시작했다. 우리는 말에 꼬리를 물고 되받아치면서 이야기를 이어갔다. 대개는 단어 하나 틀리지 않고 죽이 척척 맞지만, 가끔 미쓰이 씨가 변덕을 부려 '스시' 대신 '에스컬레이터' 같은 이야기를 물어오기도 한다. 대화가 끝나자 미쓰이 씨는 마티니 위에 떠있던 올리브를 우적우적 씹으며 우쭐한 표정을 지었다. 그리고 내게 천엔 지폐를 쓱 밀어 넣고는 다른 호스티스와 나눠 갖지 말라고 나지막이 속삭였다.

런던에 돌아와 친구에게 일본에서 했던 일을 슬쩍 내비치자 그녀는 깜짝 놀라는 기색이었다. 그녀는 '호스티스'란, 창녀 따위의 단어를 완곡하게 표현한 동의어나 다름없다고 생각했다. 나는 전혀 그렇지 않다고 설명했다. 샐러리맨들이 호스티스 바를 찾는 이유는 섹스를 위해서가 아니라 자신들의 성적인 카리스마가 아직도 건재하다는 것을 느끼기 위해서다.

대부분 단골 손님들은 중년의 위기에 처한 남자들이다. 즉 회사 내에서는 지위가 높고 존경을 받지만 거리를 스쳐지나가는 젊은 여자들에게는 눈길 한번 받지 못하는 부류들인 셈이다. 우리는 그저 곁에 앉아 관심있는 척 장단을 맞춰주면서 그들의 시덥잖은 농담에 실컷 웃어주기만 하면 된다.

다시 말해 그들이 다시 매력적인 남자로 되돌아왔다는 가상 세계를 만들어주는 것이다. 그들의 자존심을 높이 치켜 세워줄수록 팁도 늘어난다. 마마상은 돈벌이가 좋은 밤이면 문을 닫으면서 이런 옛 속담을 즐겨 웅얼대곤 했다.

"칭찬은 돼지도 나무에 오르게 만들지."

그러나 칭찬을 한다는 건 생각만큼 만만한 일이 아니다. 거기엔 스태미너와 지치지 않는 미소 근육이 필요하다. 가끔 내가 만들어내는 억지 웃음소리에 나 자신조차 구역질이 날 때가 있다. 그러나 때려치우고 싶은 생각이 들 때마다 내 마음을 돌려놓는 건 어쩔 수 없이 돈이다. 더구나 여기서 버는 돈은 영어를 가르치는 수입의 세 배를 웃돈다. 나는 아시아 일대를 여행하려고 열심히 돈을 모으고 있다. 지금까지 모은 돈으로는 턱없이 부족하지만 앞으로 석 달 정도만 더 일하면 대충 경비를 맞출 수 있을 것이다.

유지는 내가 언젠가는 일본을 떠나리라는 사실에 거부감을 갖고 있고, 나 또한 그와 헤어진다는 게 달갑지는 않다. 그가 나를 안을 때마다 내 안의 방랑벽이 빠져나가는 느낌이 든다. 하지만 떠나겠다는 내 의지는 변함없다. 나는 함께 떠나자고도 해봤으나 아직 뾰족한 답변은 듣지 못했다. 하지만 서로에게 푹 빠져 있는 우리를 보면, 언젠가는 모종의 합의점을 찾아내리라는 믿음이 생긴다.

유지 같은 남자는 처음이었다. 그는 활기가 넘치는 부류로 언제나 몸을 가만 두지 못하고, 늘 바쁘게 살아가느라 우울하거나 생각의 늪에 파묻히는 법이 없다. 나는 유지의 그런 면에 깊이 빠져들었다. 또 눈부실 만큼 매력적으로 잘생긴 외모에도 중독되었다.

유지는 어른 나이로 들어설 즈음 자기가 평범한 샐러리맨으로 살아가지 않으리라는 사실을 깨달았다고 했다. 그는 신사이바시 야쿠자 조직에서 오토바이를 타고 오사카를 돌며 마약을 운반하고 사채를 회수하는 일을 하고 있었다. 목숨이 경각에 달린 일인 건 틀림없지만 회사생활을 하며 굽신거리는 것보다는 훨씬 스릴 넘친다.

나는 유지의 직업과 그 범죄적 매력에 사로잡혔지만, 정작 유지는 자기가 하고 있는 일에 대해 이야기하는 법이 거의 없었다. 오히려 나는 유지의 동료들과 불장난을 즐기고 있는 다른 호스티스들에게서 야쿠자 조직 전 멤버였던 누구 누구가 귀를 잘렸다던지 대나무 조각으로 손톱 속을 후벼파는 고문을 당했다는 식의 흥미진진한 얘기들을 더 많이 접할 수 있었다.

내가 이 얘기를 하자 국수를 먹고 있던 유지는 갑자기 터져나온 웃음 때문에 목이 메는시 기침을 해댔다. 그리고 그 여자들이 속은 것이라고 일축했다. 하지만 진실이든 거짓이든 그 세계 이야기는 여전히 내 맥박을 뛰게 만들었다.

멀리 떨어져 있으니 내 고국인 영국과 나 사이의 유대감이 얼마나 빈약한지, 그리고 내가 거기에서 알고 지낸 사람들이 얼마나 적었는지를 새삼 느끼게 된다.

내가 에이-레벨(A-level)[1]을 준비할 무렵 엄마는 자기 남자친구를 따라 스페인으로 가버렸다.(이 때문에 기분이 상하지는 않았다. 평소 그는 자기 주먹을 사용하는 데 잠시의 주저도 없었고, 엄마는 그런 그를 변호하는 데 급급했다.) 또 대학 친구들은 현재 법과 회계 분야에서 경력을 쌓느라 분주히 움직이면서 지각 있고 단조로운 사고방식의 화신으로 변모해 가는 중이다. 나는 애초 키워온 야망도 없었으며 영국으로 되돌아가 변호사 교육을 받고 싶지도 않다. 나는 그저 내게 잘 맞는 곳을 찾아 세계를 떠돌며 자유를 만끽한다는 생각만으로도 해방감을 느낀다.

"와타나베! 이제 너까지도 설거지통으로 쑤셔넣을 생각이니? 여기

---

1. 영국에서 대학을 가기 위해 필요한 자격요건으로 우리나라의 대학수학능력시험에 해당

있으니 정말 심장마비 걸리겠다."

와타나베는 도마 위로 몸을 구부정하게 구부린 채 양파를 썰고 있다. 칼날 위로 양파에서 번져 나온 물기가 은색으로 번진다. 빈혈을 앓는 것처럼 창백한 얼굴의 와타나베는 아직 예민한 10대로 거의 주방에만 박혀 산다. 내가 한 말을 들었나? 하긴 그가 세상 누구의 말에 귀 기울이겠는가? 부엌의 수도란 수도는 죄다 틀어놓은 채, 배수대 위에 산더미처럼 쌓인 더러운 접시들도 조만간 와르르 무너질 위기에 처해 있었다.

내가 상황을 정돈해보려고 몸을 일으킬 때 마마상이 빨간 실크 기모노를 손으로 둘둘 말아 쥐고 문 쪽에 나타났다. 그녀는 한손은 자신의 엉덩이에, 또 한손은 문 틀을 짚고 혼잡한 주방을 둘러보았다. 아래로 늘어진 기모노 자락에는 폭포수와 산 풍경이 수 놓여 있었다. 그녀의 얼굴은 게이샤[2]처럼 파우더로 백옥같이 칠해져 있고, 입술은 진분홍색으로 맞물려 있었다. 나는 그 외양에서 풍겨 나오는 세련미와 축제 분위기, 그리고 그녀만의 야한 미색을 내심 동경하고 있었다. 왕년에 제법 미모로 유명했다는 그녀는 지금도 여전히 사람들의 이목을 끌었다.

"와타나베! 13번 테이블에 김치국수 두 개!"

와타나베에게 음식을 주문할 때면 항상 두 번 반복해야 했다. 또 주문할 때 그가 혹시 딴 곳에 정신이 팔려 있던 건 아닌지 확인하기 위

2. 옛날 일본 요정이나 연회석에서 술을 따르고 전통적인 춤이나 노래로 술자리의 흥을 돋우는 여성으로, 현재는 거의 매춘부로 의미가 희석됨

해 일정한 간격을 두고 급히 되돌아오곤 했다. 그러나 마마상의 엄한 군대식 명령 방식은 그런 와타나베에게도 단 한 번으로 모든 의미 전달을 할 수 있었다. 그녀는 내가 피자 부스러기를 모아 페달 형 쓰레기통에 넣는 것을 지켜보며 사육하는 훈련견을 대하듯 차갑게 고개를 끄덕였다. 나는 미온적인 미소로 대항했다.

사실 내가 그녀의 외아들과 사귀는 여자친구인 만큼 서로 지금보다 우호적으로 지낼 수도 있겠지만, 내가 보기에 그녀는 아들이 자기 가게에서 일하는 호스티스와, 그것도 외국 여자와 연애하는 걸 달가워하지 않는 것 같았다.

"메리, 이리 와."

그녀는 문쪽으로 오라고 손짓하더니 내 시선을 담배 연기가 뿌옇게 피어오르는 홀 한켠에 앉은 두 남자 쪽으로 몰아갔다.

"저 손님들과 합석해라. 무라카미 씨와 의사 양반이시다. 오늘 밤은 바 일만 하기엔 너무 조용해."

"그럴게요."

"뜨거운 타월하고 메뉴판 갖다주면서, 주문은 데리야키 치킨을 권하고…"

"네."

순간 마마상의 눈빛이 나를 위아래로 훑다가 뭔가를 발견한 듯 갑자기 경직되었다. 그녀는 이내 내가 입고 있던 금속조각 붙은 민소매 옷의 밑단을 잡아당겼다. 담뱃불로 지진 자국을 발견한 것이다. 젠장.

"메리, 여기 손님들이 시간당 지불하는 돈이 얼만 줄 알아?"

나는 고개를 끄덕였다. 그녀가 5분마다 반복하는 레퍼토리를 어떻게 잊는단 말인가?

"예… 죄송해요. 너무 작아서 아무도 못알아 볼 거라고 생각했어요. 더구나 이런 불빛 아래서는…"

"여기 오는 손님들은 큰돈을 쓰고 있어. 최소한 몸치장에는 신경 써야 할 것 아냐? 다시는 이 따위 옷은 입지 마. 가 봐."

가 봐? 나는 성질을 죽이고 뒤돌아섰다. 도대체 저 괴물은 자기를 뭐라고 생각하는 거야?

"아, 참, 메리…"

이번엔 또 뭐지? 나는 뒤돌아보며 애써 고분고분한 미소를 지어보였다.

"무라카미 씨가 네 목덜미에 끈적끈적한 입김을 보내기 시작하면, 그가 그런 특별 취급에 얼마나 관대하게 팁을 쓰는지만 기억해."

내 미소는 온데간데없이 사라졌다. 그래, 딱 석 달이다. 그것만 채우면 미련없이 떠나는 거다.

나는 무라카미 상과 의사가 앉아있는 곳으로 사케[3]와 둘둘 말린 깨끗한 손 타월이 든 쟁반을 들고 갔다. 두 남자가 동시에 자리에서 일어나 기사도 정신에 입각한 과장된 몸짓으로 반기는 바람에 나도 모르게 웃음이 터져 나왔다.

그때 스테파니가 헐레벌떡 뛰어와 자리에 합류했다. 가을 분위기에 걸맞은 곱슬머리가 끈 없는 드레스를 입은 맨살 어깨 위로 굽이쳐 내리고 있었다. 두 남자는 또 다시 인사를 건네왔다.

"좋은 저녁이죠."

---

3. 쌀을 누룩으로 발효시킨 후 여과하여 맑게 걸러낸 술로, 일본의 청주를 가리킴

스테파니와 내가 입을 모아 노래하듯 말했다.

스테파니가 무라카미 상 옆에 앉는 덕에, 다행히 나는 그 목덜미 호흡에 대한 위협에서 벗어날 수 있었다. 그녀는 요즘 무라카미 상에게 너무 친절하다. 플로리다로 돌아가 동종요법 의학 과정을 밟고 싶다는 말에 무라카미 상이 선뜻 학비를 대주겠다고 호언장담한 바로 그날부터, 스테파니는 그를 황제처럼 떠받들고 있었다. 그런 약속은 으레 허튼 소리나 다름없는데, 혹시나 하는 마음에서 나온 듯한 그녀의 봉사는 정말 지켜보기에 딱할 정도였다.

나는 의사 선생을 향해 미소를 건넨 뒤 강한 에어컨 바람 때문에 소름이 돋은 팔을 연신 문지르며 자리에 앉았다.

"정말 예쁘게 생겼군요, 메리."

의사의 얼굴에 화색이 만연했다. 그의 시선이 내 얼굴 아래쪽으로 쓱 훑어 내려가더니 무릎 선에서 잠시 느긋하게 멈추었다.

마치 바퀴벌레들이 피부 위를 정신없이 기어다니는 듯한 느낌이었다. 나를 세상 물정에 어두운 여자로 취급해도 좋다. 하지만 의사들이란 본래 점잖고 도덕적이며 음란한 충동을 자제할 줄 아는 사회의 모범적인 전형에 속해 있어야 하는 것 아닌가. 그러나 이 의사는 그저 뚱뚱한 몸집에 떠들썩한 남자였다.

그를 바라보고 있자니 그 토실토실한 얼굴 살을 세게 잡아 당기고 싶은 충동이 일었다. 밀가루 반죽처럼 말랑말랑하겠지. 웃고 있을 때 보니, 양 볼은 불룩하게 부풀어 오르고 두 눈은 어느새 살들의 틈 사이로 자취를 감추어 마치 함박웃음을 짓는 부처를 연상케 했다.

"사케 좀 드시겠어요, 의사 선생님?"

"아, 그럼. 이 놈은 날 강한 남자로 만들거든."

그가 자신의 가슴을 마구 치면서 말했다.

의사가 펼칠 만한 지론은 아니었지만, 나는 미소를 머금고 사케를 잔 가득 부었다.

"요즘 경기가 어떠세요?"

내 상투적인 질문이 이어졌다.

"눈코 뜰 새 없지. 알다시피 꽃가루 날리는 계절이라 사람들이 떼로 몰려들어. 눈이 충혈되고 눈물, 콧물이 흐른다고 아우성들이야. 난 6월까지 이 나라를 떠나 있지 않고서는 별 도리가 없다고 녹음기를 틀어대지."

그가 대답했다.

"아님 마스크를 쓰고 다니는 것도 괜찮죠."

기회를 놓칠 새라 받아쳤다. 어제 기차에서 마스크를 쓴 두 노부인을 봤던 터였다.

"그건 그렇구, 꽃 피는 시인께선 아직도 건재하신가? 뭐 다른 새로운 하이쿠俳句(역주: 5·7·5의 17음절로 구성되는 일본 고유의 짧은시)라도?"

이곳에 처음 왔을 때, 나는 형편없는 시작詩作을 하고 있었다. 품격 있는 표현을 찾으려고 발버둥쳐봤지만 결국 조악한 감상주의로 빠지고 마는 하이쿠가 태반이었다. 다행스럽게도 유지를 만난 이후로는 그 펜 드는 시간조차 낼 수 없었다.

나는 서툴게 쓴 시 한 수를 읊어대기 시작했다.

"황혼녘의 우메다梅田/자판기에선 포르노를 판매하지/마치 막대사탕을 쏟아내듯이."

의사는 영어를 조금 할 줄 알았다. 그는 자신의 늘어진 배를 부여잡고 '포르노porn'라는 단어에 특별한 애착을 보였다.

"멋진 시야, 메리. 바쇼[4] 못지 않은데."

나는 미소를 지으며 안주가 담긴 도자기 접시를 그의 자리로 슬쩍 밀었다. 그는 다양한 재료를 넣고 졸여낸 뜨거운 음식을 입 한가득 넣고 팝콘처럼 우적우적 깨물었다. 그 의사는 어릴 적에 메이지 시대의 굶주린 농부 유령이 자신에게 저주를 내리는 바람에 끼니마다 10인분은 먹어야 직성이 풀리는 식욕을 갖게 되었다고 떠들었다.

무라카미 상이 새치 가득한 머리를 우리 쪽으로 기울이며 말했다.

"이봐, 저기 텔레비전 좀 보라구. 우리 스테파니가 저 모델들보다 한 수 위 아닌가?"

TV에서는 무대 위를 큰 보폭으로 활보하는 모델들이 엷은 황갈색 머리칼을 휘날리며 걷고 있었다. 화면 아래로는 그녀들의 프로필 자막이 흘렀다.

그레텔, 스웨덴인, 18세, 물병자리, 배구.

"그거야 두말하면 잔소리 아닌가! 이 두 아가씨가 훨씬 이쁘구 말구!"

의사 선생이 고함치듯 맞장구쳤다.

"저 모델들 몰골을 보니 죄다 식욕부진 환자들이구만. 스테파니같이 쭉쭉빵빵한 여자는 눈 씻고 찾아봐도 없지. 우리 아가씨들 만한 인물이 없어. 또 메리가 얼마나 스마트한지 자네 아는가? 하이쿠도 짓는다네."

스테파니와 나는 그런 말 따위는 하나도 믿지 않는다는 눈빛을 은밀

4. 일본 에도시대江戸時代 전기의 하이쿠俳句 작가로 하이쿠의 예술성을 높이는데 크게 기여함

하게 교환했다.

"우리 술 마시기 게임해요!"

스테파니가 나섰다.

술 마시기 게임은 이 바닥에선 돈벌이가 제법 되는 비법 중 하나였다. 대개 카드와 주사기, 각빙角氷, 맥주 컵 받침 등으로 하는 놀이지만 더 복잡한 게임으로 들어가면 음표 문자나 음란한 손짓 등이 사용되기도 한다. 게임에서 진 사람은 자기 술잔을 단번에 비운 후 다음 게임을 위해 술값을 지불한다.

이 술 마시기 게임은 지갑 수문을 열고 무지막지한 돈을 물처럼 쓰게 만들면서 분위기를 한껏 고조시키는 데 단연 일등공신이었다. 안좋은 점이 있다면 나조차 술에 고주망태가 되어 게임이 끝나기 일쑤라는 것이었다. 그러나 요즘은 내 차례가 되면 내 위스키 잔에 물을 타고 가격은 원래 위스키 가격을 그대로 받는 수법을 쓴다.

"좋은 생각이야!"

내가 맞짱구쳤다.

"퀸 오브 하트Queen of Hearts 게임 어때요?"

한 차례 열광의 도가니가 지나간 후 스테파니가 카드 한 벌을 가지러 바 쪽으로 단숨에 달려나갔다. 우리는 의자를 끌어 테이블 쪽으로 바짝 붙어 앉았다.

무라카미 상은 방탕한 분위기가 펼쳐질 대혼란 현장을 내심 기대하며 그 음흉한 눈빛을 번득였다. 그러나 그런 상황은 결코 일어나지 않는다. 한 가지 불 보듯 뻔한 건, 그가 완벽하게 빈털터리가 되어 이 바를 나갈 것이라는 사실뿐이다.

나는 술잔들을 가득 채우고 스테파니는 카드를 돌렸다.

요즘 나는 바에 대한 꿈을 자주 꾼다. 꿈속에서 위스키가 잔 속으로 세차게 떨어지고, 지포라이터가 딸각거린 후 쉬익 하는 소리를 낸다. 나는 어느 순간 이런 잠재의식들이 내 삶을 침범한다는 게 불쾌해지기 시작했다. 마치 잠을 자면서 무상 근무를 하는 것 같았기 때문이다. 최근엔 섬뜩한 꿈 하나를 꾸었는데, 단골 손님인 후지모토 상이 등장했다. 꿈속에서 나는 그의 옆에 앉아 골프 이야기를 듣고 있었다. 바로 그때 그의 치아가 하나둘 떨어져 나가기 시작했다.

펄 그레이 색깔의 수정 같은 작은 조각들이 광택이 도는 나무 테이블을 치고 나가 떨어졌다. 나는 놀라 정신을 바짝 차리고 아무 일 없는 척하면서 점점 알아듣기 힘들어지는 그의 말에 귀를 기울이며 앉아 있었다. 그때 그가 나를 보며, 마치 내 마음을 다 알고 있다는 듯 치아 없는 입을 벌리며 씩 웃었다. 내 자세는 돌연 경직되어 꼿꼿해졌고 심장은 어둠 속에서 현악기를 뜯는 것처럼 심하게 진동했다.

때로 나는 손님들이 내게 키스를 하거나 그들의 손이 내 몸의 은밀한 부분을 배회하거나 나를 자극하는 식의 희미한 영상들 속에서 잠이 깨곤 했다. 그러나 그런 꿈들은 거의 두서가 없었다. 그건 단지 뇌가 그날그날 있던 일들을 되씹는 작용 같았다. 비록 해몽가는 아니지만 나는 최소한 그 꿈들이 내 잠재된 갈망을 의미하지 않는다는 것쯤은 알고 있다.

언젠가 오사카를 떠날 때쯤이면 내 꿈은 이국적인 풍경들로 가득 차리라. 끝도 없이 펼쳐진 새파란 하늘과 구불구불한 계곡들과 쓰러져가는 촌락들. 열기와 사람들로 빽빽한 소란스러운 도시로 향하는 덜컹거리는 기차 여행. 그러나 지금 있는 곳을 벗어나고픈 미칠 듯한 방랑벽과 유지를 두고 발길이 떨어지지 않는 아쉬움 사이에서, 내가 어느 쪽에 더 끌리는지 확신이 서지 않을 때가 있다.

유지에게 여행에 대한 욕망이 결핍되어 있다는 건 나로선 의아할 뿐이다. 한곳에 오래 머물게 되면, 이 세상이라는 곳도 빨대 사이로 간신히 내다보이는 하늘처럼 점점 비좁은 공간이 되지 않던가.

2

와타나베

나는 지금 저 높은 곳에서 당신을 내려다보고 있다. 당신은 터널 속을 꿰뚫고 당신 쪽으로 향한 시선을 전혀 알아차리지 못한 채 현미경 슬라이드 표면을 미끄러져 내려가는 아메바와 같다. 당신이 삶의 지고한 경지와 의미를 찾느라 진통하며 권태와 갑갑증 속에서 이를 갈고 있을 때, 여기서 나는 당신의 비밀스러운 본질에 은밀히 관여한다.

나는 스시 찌꺼기가 손님의 작은 창자 속을 흘러가는 것을 보고 있다. 심지어는 카티야와 시시덕거리면서 그녀의 진한 향수 냄새와 허스키한 목소리, 우크라이나 억양에 흥분된 나머지 동맥과 모세관을 거쳐 음경으로 돌진하는 저 손님의 혈류까지도 볼 수 있다.

카티야가 지루함으로 한숨을 내쉴 때 그녀의 폐포에서 공기가 빠져나가는 것은 물론, 맥주 통을 통해 콸콸 흘러나오는 맥주, CD 표면 위로 레이저가 미끄러지는 모양, 크리스 드 브루Chris de Burgh의 〈레이디 인 레드Lady in Red〉의 주파수를 진동시켜 소리의 파장을 일으키는 전기 충격도 볼 수 있다.

나는 통일장 이론[5]과 플라톤 철학의 영역에 머물고 있는 존재다. 나는 인류를 교화시킬 수도 있고, 과학자와 철학자들이 어둠 속에서 캐낸 빛의 광선도 단숨에 해체시킬 수 있다. 인간들은 수천 개의 종교를 만들었지만 어떤 것 하나도 진정한 히트를 치지 못했다. 내가 비록 신을 발견했을지라도, 결코 탬버린을 흔들어대며 신을 성가시게 만드는 존재는 아니다. 그러니 당신들에게 한 줌 빛을 선사하도록 내게 선심을 베풀길 바란다. 신은 인류 진화의 다음 단계다. 그리고 나는 지금 그의 마음속에 거하고 있다.

나도 다른 사람들처럼 노예로 살 때가 있었다. 그것은 고통스러운 일이었지만, 나는 그 인생의 초반기를 3차원의 우주였다고 말하고 싶다. 내 이름은 이치로 와타나베, 사람들은 나를 와타나베라고 부른다. 아버지는 내 어린 시절부터, 내가 훌륭한 업적을 이루기 위해 태어났다고 즐겨 말하곤 했다.

초등학교에 뒤뚱거리며 발을 들여놓은 날부터 대입 시험을 보러 간 마지막 날까지, 나는 오로지 높은 성적을 위해 내 목숨같은 피를 팔아넘겼다. 사설 학원에서 파김치가 되도록 공부할 시간을 확보하기 위해 방과 후 취미 클럽도 되도록 피했다. 집에서는 조금의 집행유예도 주지 않았다.

---

5. 아인슈타인이 구축한 이론으로 중력의 법칙이나 방정식과 같이 겉보기에 전혀 다른 두 개의 힘이 기본적으로는 똑같은 것임을 보여주며, 서로 배타적인 상대성 이론과 양자 역학을 하나의 이론체계로 통합함

사실 나의 마조히즘masochism[6]은 내 방이라는 사적인 공간 속에서 커나갔다. 나는 계획을 짜서 밤늦도록 공부에 매달렸고, 열역학법칙, 광합성, 일본의 자동차 부품 연간 수출량 등, 별 관심도 없는 사실들을 암기하느라 아무 즐거움 없이 헌신했다. 나는 시계가 새벽 4시를 가리킬 때까지 신들린 듯한 인내력을 발휘하곤 했다. 같은 반 아이들이 깊이 잠들어 있다는 생각만으로 기분이 들뜨곤 했다. 마치 게으른 잠귀신들 위로 장대 높이뛰기를 하는 것 같은 승리감이었다.

나는 이런 내가 지긋지긋했지만 동시에 혹독하게 나 자신을 채근하며 더 박차를 가하라고 노상 주문을 외웠다. 고등학교 때 친구라고는 탁구에 열 올리는 말더듬이 친구, 테쓰야뿐이었다. 내 시력은 점점 근시가 되어갔고, 몇시간 동안 등을 구부리고 책을 보는 바람에 척추가 휘었다. 나는 교토 대학에 들어갈 수 있는 성적이 되었지만, 인터뷰에서 그만 낙제하고 말았다. 아버지가 인터뷰 파일을 몰래 해킹해보니 다음과 같은 심사위원의 글이 있었다고 한다.

'극단적으로 내성적임'.

그때 아버지는 오사카 교외 지역의 시청 공무원으로 일하고 있었는데 부정부패를 뜯어 고치겠다고 나서는 바람에 한바탕 대소동이 났었다.

"이치로 와타나베!",

아버지는 160센티미터의 신장을 있는 힘껏 꼿꼿이 세운 채 주먹을 쥐고 떠나가라 소리를 질렀다.

---

6. 보통 새디즘과 상반된 의미로, 이성으로부터 육체적 · 정신적 학대나 고통을 받음으로써 성적인 만족을 나타내는 병적인 심리상태를 뜻하지만, 여기서는 도덕과 의무에 대한 강박증적인 집착에서 비롯되는 자학적 쾌감을 가리킴

"이 돌연변이 자식아! 네 할아버지도 교토 대학을 나왔고, 나도 교토 대학 출신이란 말이다. 빌어먹을, 내가 정치학 교수들에게 돈 좀 찔러주면 너도 교토 대학에 입학할 수 있을 거다!"

아버지의 학연주의는 가히 성공적이었다. 교토 대학에서 나는 일본 교육계에서 소위 일류들이라는 작자들과 합류했다. 얼간이 동급생들과 나는 좋아라 날뛰었다. 야구 게임에서 우리의 허약하기 짝이 없는 배팅을 조롱하고, 청소 시간에 수세식 변기를 북북 문지르고, 칠판 지우개를 털라고 명령하며, 정작 자신들은 손 하나 까딱 않는 사나운 인간들이 모두 눈앞에서 사라진 것이다. 교토 대학은 말하자면 우리의 힘과 복수를 위한 분기점이었다. 깨어있는 지옥이었던 고등학교를 뒤로 하고, 우리는 손바닥을 비벼대며 세계가 곧 우리 손아귀 안에 들어올 것이라고 장담하는 렉스 루터(역주: 영화 '수퍼맨'에서 주인공 '클라크'를 괴롭히며 끊임없는 악행을 저지르는 인물)처럼 지껄여댔다.

그러면서 자기 이미지에 대한 고정관념도 변화되었다. 나는 내 왜소한 몸통과 다리가 결국 사회적 재난만은 아니라는 것을 깨달았다. 패션 잡지를 쓱 훑어 보는 것만으로도, 영양실조에 걸린 것 같은 내 중성적인 모습이 최신 유행과 일치함을 알 수 있었다. 나는 안경을 벗고 콘택트 렌즈를 꼈다. 그리고 머리 모양은 길이가 고르지 않은 비대칭 스타일로 변화를 주었다. 그러자 이전에는 카펫에 일어난 보푸라기 보듯 '고등학생 와타나베'를 보았던 여자애들이 내게 미소를 보내왔다. 내가 제일 처음 기숙사 방으로 데리고 왔던 여자애는 두꺼운 거북이 껍질 모양의 안경테를 낀 고고학 전공학도 에이코였다. 그 다음 온 애가 유키에였고, 그 다음이 내 밑에서 숨을 몰아쉬며 그 날씬한 종아리를 내 어깨 위로 걸어올렸던 유키코였다. 같이 자는 동안 나는 때때로 그들을 믿지 못하겠다는 듯 바라보다가, 그들이 실제 인물인지 확인하기 위해 손가락으로 살짝 찔러보곤 했다.

내가 이 범속한 세계를 초월하기 시작한 건 2학기 중반부터였다. 어느 날 갑자기 지구 구조판이 행성 조각으로 변화되어 나타나는 것으로 내 공포는 시작되었다. 어느 누구에게도 말할 수 없는 실로 터무니없는 일이 일어난 것이다. 기숙사 침대 시트 아래 끈적끈적한 밀회를 즐기기 위해 초대했던 여자애들에게도 말할 수 없었고, 나처럼 한창 변신 중이던 테쓰야에게도 말할 수가 없었다. 그는 탁구 라켓 대신 베이스 기타를 끼고 유너크스Eunuchs(역주: '거세된 남자들'이라는 뜻)라는 밴드를 결성했다. 나는 설명의 무용함을 알고 있었으므로 아무에게도 이야기하지 않았다.

근거 없는 피로감이 내 삶을 서서히 잠식해 들어왔다. 식욕이 줄었다. 심한 구역질 없이 소화시킬 수 있는 유일한 음식은 비타민 C 알약뿐이었다. 나는 스테이크 써는 칼처럼 깨어있는 의식 속에 둥지를 튼 음울하고 왜곡된 꿈들을 꾸기 시작했다. 그것은 무언가 내 마음 저변에 아직 미완성 상태로 남아있는 것도 같고, 내가 잠자는 동안 외계인이 나를 탐색하는 것 같기도 한, 나와 현실 사이의 코드를 싹둑 잘라버리는 느낌이었다. 그러고 난 뒤 어느 날 아침 깨어보니, 그토록 고요히 잉태되어 왔던 의혹들이 더이상 간과할 수 없는 선명한 영상으로 폭발하고 만 것이다.

나는 카티야가 나이 지긋한 손님에게 나지막이 속삭이는 것을 지켜본다. 그녀는 자신의 쉬폰 블라우스로 남자의 피부를 애무하면서 그를 고문하고 있다.

“스즈키 씨는 골프를 해서 이렇게 몸매가 멋지군요. 삼두근이 정말 섹시할 것 같아요.”

나는 스즈키를 보며 욕구불만의 격한 흐름이 그의 내면에서 부풀어 오르는 것을 볼 수 있다. 그는 반사회적 이상 성격자로 그녀의 목을 홱 잡아채고 싶은 충동을 느끼곤 한다. 다행히 소심한 성격 덕분에 이런 사악한 충동들은 무릎을 꿇고 만다. 카티야는 아무것도 감지하지 못한 채 계속 뭐라 떠들고 있다. 메리 또한 카티야를 바라보고 있다. 질투심이 메리의 가슴 속에서 응고된다. 그녀는 카티야의 저속한 아첨에 결코 위축되지 않으리라고 다짐한다. 나는 그녀의 신장을 요소尿素(역주:포유동물의 몸 안에서 단백질이 분해될 때 생겨 오줌으로 나오는 질소 화합물) 필터처럼 바라본다. 그녀는 방광을 비워야 하지만, 샐러리맨과의 대화가 잠시 소강상태를 맞이할 때를 기다린다.

아… 저기 그녀가 간다.

카티야와 메리… 나는 그들의 마음속에 소용돌이치는 생각들과, 그들의 몸이 간직하고 있는 비밀들을 알아보기 위해서 그들과 같은 공간에 있어야 한다. 요즘, 메리는 남자친구가 요구하는 섹스 스타일 때문에 고민에 빠졌다. 그는 그녀에게 섹스가 끝날 때까지 몸을 움직이지 말라고 강요하면서 마치 시체를 강간하듯이 그녀를 범하고 있다. 카티야는 11세 이후로 월경을 안한다. 그녀는 그 원인을 우크라이나에 있을 때 몇 년 동안 체조 선수가 되기 위해 받았던 고된 훈련 탓이라고 생각하지만, 사실은 그녀의 난소에 있는 낭종 때문이다. 나는 그것이 그녀의 난소에 아무 해를 끼치지 않으면서 진주처럼 매달려 있는 모양을 볼 수 있다.

어떤 것도 더이상 내게는 충격을 주지 못한다. 수천 가지의 질병이 살 속에서 부패하는 모습도, 평범한 사람들의 내면에 숨겨진 정신 이상적이고 변태적인 생각도, 지금까지 내 초지각을 교묘히 빠져나간 것은 없다.

"와타나베, 페파로니 피자 두개만 준비해줘. 미쓰비시 회사 직원들이 오늘밤 또 왔어, 그 치들 제발 이번만은 새벽 4시까지 죽치고 있지 말아야 할 텐데!"

마리코다. 나는 고개를 끄덕이며 그녀가 지난주에 바를 찾았던 수산성 회장과 관계를 맺고 있다는 것을 단번에 알아차린다. 불쌍하게 버려진 호스티스들을 관찰할 때마다 내 마음은 냉정을 잃는다. 이 사요나라 바에서 주방장으로 일을 하는 동안, 내 마음속에는 호스티스들에 대한 자애로운 연민이 싹텄다. 나는 카티야가 병원에 가게끔 그럴듯한 계획을 짤 생각이다.(하지만 때때로 의사들은 내 눈에는 훤히 보이는 질병을 못잡아내는 경우가 있다.)

내 자신이 교화의 위치에 있다는 것은 역설적인 일이다. 나는 사회의 모든 병폐를 경감시키는 지혜를 지니고 있지만, 그걸 펼칠 만한 아무런 힘도 없다. 설명할 길이 있긴 있으나, 심지어 사람들은 내 초지각이 일러준 정보들에 대해 모든 괴상망측한 환상을 버리라고 훈계하려 들지도 모른다. 내 눈으로 볼 땐 더이상 완벽할 수 없는 사실들이 그들 눈엔 휴지통에나 던져버릴 법한 터무니없는 망상으로 보일 것이다. 심지어 도시의 쓰레기통 속에서 신세계를 발견하는 실성한 알콜중독자조차 나를 미치광이 취급할 것이다.

다시금 일본에 사이렌이 울려퍼졌다. 핵 공격을 알리는 비상 경보였다. 이런 대사건을 두려워하던 돈 많은 인간들이, 백미터 수직으로 깊이 파놓은 지하의 핵 은신처로 기어 내려갔다. 십 인치 두께의 문이 그들 뒤로 쾅 닫히자, 사이렌 소리가 멎었다. 곧이어 일본 공무원들은 그것이 허위 경보였다고 공표했다. 안도의 한숨이 나라를 한바탕 휩쓸고 지나갔다.

그러나 지하 벙커로 내려온 사람들은 일이 어떻게 되어가는지 알 방도가 없었다.

"핵이 떨어지고 나면 그 다음엔 핵 겨울이 찾아오겠지."

대사건 공포증 집단의 우두머리가 초조해하며 말했다.

"위로 올라가기 전에 여기서 적어도 3년은 기다려야 한다구!"

유감스럽게도 3년 동안 그들의 공포증은 더욱 심해졌고, 때가 다가오자 지하 벙커를 떠나는 것을 두려워했다. 머지 않아 발전기가 고장나, 그들은 어둠 속에서 생활해야 했다. 그리고 나서 음식이 바닥났다. 그들은 지렁이와 굼벵이 같은 지하 벌레들을 찾기 위해 흙을 뒤적거려야 했다.

몇 세대가 흘렀다. 벙커 개척자들의 후손들은 여전히 지하 은신처의 한결같은 어둠 속에서 살고 있었다. 그들은 자신들의 지하 세계를 넓히기 위해 터널을 파 들어갔고, 또 단백질의 특별한 보급원인 굼벵이 양식 기술에 정통하게 되었다. 그들은 다각도로 그들의 지하 세계를 확장시켰지만, 선조의 유산이었던 지상 공포증만은 여전히 그들의 공동체 안에 만연해있었다.

그들 위로는 곧장 지상과 연결되는 통로가 있었고, 그들은 머리 위로 육중한 차들이 덜거덕 거리며 지나가는 소리를 자주 들었다.

그들은 지구를 점령한 용들이 불을 내뿜으며 쿵쿵 걷는 소리라고 믿었다. 은신처 거주자들은 이 축축하고 더러운 터널 세계에 불만을 품지 않았다. 의심의 시기가 찾아올 때마다 그들의 입술에서 미끄러지는 잠언이 있었다.

"터널 세계를 지겨워하는 사람은 인생 자체를 지겨워하는 사람이다. 왜냐하면 터널 세계에는 삶이 줄 수 있는 모든 것이 있기 때문이다."

어느 날, 한 젊은이가 자신의 개인 은신처를 파다가, 지상으로 통하는 본래의 수직 터널을 보게 되었다.

"진짜 이상하다!"

그는 생각했다.

"수직 터널이라니! 오로지 수평 터널만 허용되는 터널 세계에 어떻게 이런 게 가능하지?"

호기심에, 그는 그 수직 터널을 따라 하수구 위로 올라갔다. 그리고 맨홀 뚜껑을 뻥 하고 튕기듯 소리내며 열었다. 그러자 시끌벅적한 일본 대도시가 눈 앞에 펼쳐졌다.

은신처를 벗어난 그 젊은이의 마음은 놀라움으로 터져버릴 지경이었다. 처음으로 조우한 빛 때문에 눈에 물집이 잡혔다. 그의 비강은 휘발유 냄새와 근처 노점에서 흘러나오는 핫도그 냄새로 가득 찼다. 그의 귀는 도시의 혼란스런 소음으로 쿵쿵 진동했다. 그는 터널 세계의 자궁 같은 안식처가 그리웠다.

"나를 지옥에서 구해줘요!"

그는 이성을 잃은 채 소리쳤다.

"이리 저리 돌격하는 이 기이한 창조물들은 도대체 무엇이란 말인가?"

그러나 소름끼치게도 그는 이 기이한 창조물들과 은신처 거주자들이 하나의 존재, 같은 인간이라는 것을 깨달았다.

이 젊은이의 마음은 점차 새로운 방향으로 전환했다. 생전 처음 본 햇빛으로 눈에 화학적인 필링 작용이 일어나긴 했지만, 곧 그것은 견딜 만한 염소 소독의 톡 쏘는 상쾌한 느낌으로 느껴졌다.

"터널 세계 말고도 실제로 존재하는 세계를 발견했다!"

그는 탄성을 내뱉었다. 그의 가슴은 기쁨으로 터질 듯했다.

"어서 돌아가서 사람들에게 알려줘야겠군."

그러나 유감스럽게도 신세계에 대한 그의 설명은 은신처 거주자들의 의혹에 찬 비웃음만을 샀다.

"불을 내뿜는 용 따위는 존재하지 않는다구요… 사람들은 꼿꼿이 걸어 다니고… 지상 세계는 어둠의 열일곱 가지 그림자와는 엄청나게 다른 색깔들을 뿜어대고 있어요!… 네… 그렇다구요!"

그러나 지하 사람들의 마음은 자신들의 제한된 삶에서 보지 못한 것들과 동화할 수 없었으므로 그 사실을 계속 부인했다. 심리적으로 족쇄가 채워진 그들이 자진해서 지상 세계를 조사하기 위해 터널 세계를 떠난다는 것은 불가능했다. 할 수 없다! 스스로 해방된 은신처 거주자는 설득은 시간 낭비일 뿐이라고 생각했다. 그들에게 자유를 주고 싶었으나 뜻을 이루지 못한 그 젊은이는 사람들을 딱하게 여기며, 자신만은 지하 벙커에서 조금도 더 지체하고 싶지 않다고 생각했다.

결국, 번데기로부터 튀어오른 나비는 가장 높은 곳으로 솟아오르기 위해 분주해진 나머지, 뒤에 남겨진 굼벵이들을 걱정할 틈이 없었다.

나, 이치로 와타나베는 해방된 은신처 거주자다. 너저분한 대학생활의 전성기로부터 나를 홱 붙잡아챈 광기는 나를 새로운 지평으로 승화시켰다. 그러나 나는 이 새로운 영토에 도달하기 위해 100미터 높이의 수직 터널을 오를 필요가 없었다.

이 고차원의 영역은 경험이라는 영역 위에 포개어지며, 고도로 정밀해서 인간의 모든 움직임 속으로 침투해 들어간다. 과학자, 강신술사, 철학자, 미친 사람들 모두가 이전에 이것에 대해 가정을 세웠다. 그들은 그것을 많은 이름으로 불렀다. 그러나 내가 가장 적당하다고 생각하는 이름은 바로 이것이다.

4차원.

"와타나베, 주문한 피자 어떻게 돼가니? 미쓰비시 인간들, 점점 인내심이 바닥나고 있어. 이미 땅콩 다섯 봉지를 해치웠고, 이젠 컵 받침까지 삼킬 지경이야!"

마리코는 길에서 이탈한 초대형 폭주 트럭처럼 내 집중력을 흩어놓았다. 그녀의 동맥을 따라 적혈구 세포를 관찰하자, 그녀의 헤모글로빈이 오늘은 약간 창백한 빛을 띠고 있음을 알 수 있었다.

활기를 북돋아주기 위해 조만간 그녀에게 시금치 샐러드를 만들어줘야겠다.

"와타나베? 피자 어떻게 됐냐구?"

나는 킁킁거리며 부엌의 공기에 스며든 냄새를 맡았다. 그리고 배수구 냄새와 그릇 세제 냄새를 제외한 다른 냄새는 포착하지 못했다.

젠장! 아, 피자!

"와타나베!"

마리코는 거의 울부짖었다. 그녀는 주먹으로 내 가슴을 연달아 때렸다.

"저 미쓰비시 돼지들한테 20분 더 걸린다고 이젠 말 못해. 아마 내 가죽을 벗기려고 들 거야!"

원망하는 목소리 톤은 가벼웠지만, 그녀의 심리 상태는 4차원의 세계로 표현하자면 공황과 낭패감에 찬 밴 더 그래프 정전 발전기[7]와 비슷했다.

마리코는 호스티스 일을 하면서 깊은 자괴감에 시달리고 있었다. 여느 호스티스들과 달리 자존심이 강한 그녀는 호스티스 일에 으레 수반되는 치욕스러운 상황들을 견디기 힘들어했다. 나는 그녀의 심리 속에 혼합되어 있는 분노의 촉수를 볼 수 있다.

나는 고차원의 영역에서 벗어나 마른 오징어를 접시 위로 옮겨 담았다.

"정말 죄송합니다."

나는 마리코에게 진지하게 사과했다.

"이 오징어를 갖다 주세요. 피자는 15분 있으면 나올 거예요."

7. 절연이 좋은 벨트로, 전기를 차례차례 전극에 운반하여 고전압을 만드는 장치

나는 거의 머리가 바닥에 닿을 정도로 고개를 숙였다. 그녀는 내 공손한 태도에 마음이 누그러졌는지 어리벙벙해진 표정으로 부엌에서 나갔다.

나는 내가 차지하고 있는 이 공간적 위치에 대해 자주 생각해왔다. 당신은 아마 내가 3차원과 4차원 세계의 중간쯤에 있다고 생각할지 모른다. 내가 말하는 4차원은 시간이 아닌 공간의 다음 차원을 가리킨다. 두 차원의 우주를 생각하고 종이 위에 스케치해보자. 그 두 차원의 우주를 내려다보는 인간은 마치 전지전능한 신처럼 우주에서 벌어지는 모든 사건들을 관찰할 수 있다. 만일 당신이 4차원의 영역으로 들어간다면 당신은 동일선상에서 펼쳐지는 파노라마 같은 광경을 신과 똑같은 눈으로 관망할 수 있을 것이다. 그리고 그 다음은 어떤 상황이 펼쳐지는가? 그렇다. 나는 무한한 지성, 즉 모르는 게 없는 상태로 충만하게 된다. 어떤 육체적인 형이하학적 존재들에 대해 직관적으로 알 수 있으며, 300년 된 참나무 줄기를 타고 질벅질벅 스며나오는 수액도 볼 수 있다. 또 컴퓨터 모니터에 핑 소리를 내며 부딪치는 음극선도 볼 수 있으며, 마리코의 미쓰비시 손님들 중 하나가 건조하게 짜여진 섬유의 촉감을 즐기기 위해 번듯하게 차려입은 정장 속에 기저귀를 차고 있다는 것도 알 수 있다.

자기 자신을 4차원의 장엄한 세계로 몰기 위해서는 육감이 해방되어야만 한다. 누구나 잠복중에 있는 이 거대한 수문 또는 능력을 내부에 가지고 있다. 다시 말해 당신의 마음속에 사용되지 않은 '근육'이 있는 것이다. 그것이 일단 발견되고 움직이게 되면, 당신의 인지 감각은 폭발하게 된다. 인류는 진화하기 전에 반드시 이 육감을 발견해야만 한다.

그런데 여기에 문제가 있다. 절대 어둠의 우주에, 단 하나의 가로등(의식)만이 빛나고 있다고 가정해보자. 당신이 무언가를 찾아 헤맨다면 그 순간 당신을 도와줄 유일한 장소는 어디가 될까? 대답은, 가로등 아래다. 그런데 문제는, 찾는 것(육감)이 거기(의식)에 없다는 것이다.

그 사건이 일어난 날은, 내가 입문 통계학 세미나실에 있어야 할 날이었다. 그러나 나는 그 지역 로슨(역주:일본의 두 번째로 큰 편의점 체인)을 찾아 오랫동안 휴면상태에 있던 식욕에 충격을 줄 만한 먹거리를 찾고 있었다.

도쿄 보이즈가 부르는 발라드가 위장의 가스 사이로 둥둥 떠다니는 박테리아처럼 편의점 복도를 따라 퍼지고 있었다. 정갈하게 줄지어 늘어선 냉동 주먹밥을 보자 위가 움츠러들었다. 식욕엔 어떤 변화도 일어나지 않고 있었다. 나는 잡지 선반을 어슬렁거리면서 TV 가이드를 홱홱 넘기며 훑어보았다. 옆의 여자애가 패션 잡지의 맨 끝장에 게재된 지방 흡입술에 관한 광고를 눈여겨 보고 있었다. 내가 흘긋 미소를 던지자 그녀는 자신의 머리를 도도하게 홱 쓸어 올리더니 옆으로 걸음을 옮겼다. 나는 비타민 C 알약을 한 묶음 들고, 발로 바닥을 툭툭 치면서 카운터 앞에 섰다.

"120엔입니다."

로슨의 자동 기계가 우는 소리로 지껄였다. 그때 계산원 여자가 들고 있던 바코드 스캐너가 카운터에 쾅 하고 떨어졌다. 그 순간 내가 비명을 질러대기 시작한 것이다.

그게 4차원 공간으로 상승한 내 첫번째 순간이었다. 만일 사자의 터럭 틈에 끼어 평생을 살아오다가 어느 날 갑자기 그 아늑한 거처에서 쫓겨나게 되었다고 상상해보자. 그래서 그 포효하는 사자의 전체 모습과 대면했다 치자. 그리고 껌을 딱딱거리며 씹고 있는 악의 없는 로슨 점원을 아무 생각없이 쳐다보고 있는데, 바로 눈 앞에서 그녀가 괴기스런 천 개의 머리를 가진 악마로 돌변했다고 상상해보라. 무한대의 겹겹이 쌓인 층들로 해체되고, 피부와 살 껍질들로 분해되고, 연골과 두개골과 뇌로 드러난 그녀의 머리를 한번 상상해보라. 그리고 그녀의 머리가 쩍 벌어져서 내부의 모든 기관들이 소름끼치는 피투성이의 장엄한 광경으로 펼쳐진다고 상상해보라. 그리고 그녀의 두개골에서 생각들과 감정들이 꽝꽝 울리며 소용돌이치는 4차원의 세계를 갑자기 '볼 수' 있게 되었다고 상상해보라.(이런, 세상에! 저 사람, 야생동물처럼 으르렁거리고 있잖아. 혹시 칼이라도 갖고 있으면 큰일인데. 난 다치고 싶지 않아. 하나님, 제발 저 미치광이가 나를 해치지 않도록 도와주소서!)

당신이 격렬하게 동요하며 울부짖을 때, 하늘에서 내려와 당신을 비틀어 돌리는 손을 상상해보라. 마치 자궁 안의 태아를 보호하는 양수처럼 평생 당신을 휘감고 있던 보이지 않는 막 하나가 파괴되는 순간이다. 모든 물리적 경계가 무너지며 '안'과 '밖'이라는 개념은 쓸모없게 되어버린다.

감각기관이, 폭발하는 수백 만 개의 상황들을 컴퓨터처럼 접수하며, 당신이 물리적 세계(이 물리적 세계는 사실 당신이 평범한 의식을 가지고 정상적인 삶을 영위할 수 있도록 당신을 4차원으로부터 격리시키려는 3차원적 음모의 부산물이었다)의 바로 다음 단계로 막 뚫고 들어왔음을 조용히 인식하게 되는 순간을 상상해보라. 그러나 이 빈틈없이 진행되는 정신의 변환 상태에도 불구하고 당신은 3차원 영역의 열등한 자아가 질러대는 비명소리를 들을 수 있다. 폐를 찢고 나오는 듯한 커다란 비명소리, 인간 본연의 괴로움을 적나라하게 성토하는 비명소리, 마치 아기를 분만할 때의 여자의 비명소리, 하늘에서 추락하는 비행기에 탄 남자의 비명소리 말이다.

나는 다리에 힘이 풀려 바닥에 풀썩 무릎을 꿇고는 피가 흐르는 듯한 횡경막에서 트램폴린(역주: 두 동체 사이에 설치하는 그물 형태의 스프링이 달린 도약대)처럼 솟구치는 비명을 질러대며 손가락 끝으로 관자놀이를 후비고 있었다.

"멈춰! 멈춰! 빌어먹을, 당장 멈추지 못해!"

나는 애걸복걸하며 소리를 질렀다. 그러자 갑자기 모든 것이 거짓말처럼 멈추었다.

이보다 더 당황스러울 순 없었다! 나는 주변 사람들에게 아마겟돈은 바로 우리 근처에 존재한다는 것을 규명하듯, 충분히 대혼란의 아수라장을 만든 셈이다. 나는 로슨 점원과 지방 제거술 여자애와 포르노 섹션에서 상품을 훑어보는 몇 명의 근육질들을 제대로 겁에 질리게 만드는 데 성공했다.

일단 우주가 보통 사이즈로 수축되자 점원이 응급 구조대에 전화하는 동안, 나는 몇 분 동안 충격받은 유인원처럼 덜덜 떨면서 앉아 있었다. 그리고 나서 놀랄 만한 주도성을 발휘하여 비타민 C 알약을 집어들고는 서둘러 학교 기숙사로 돌아왔다.

"와타나베, 미쓰비시 인간들 가고 나니까 이제 좀 조용하지? 그 호색한 놈들, 하나같이 실눈들을 빛내면서 치맛자락을 집적거린다니까.

오늘은 빨리 떠서 얼마나 다행인지 몰라."

내가 우동에 넣을 파를 썰고 있을 때 카티야가 부엌으로 간들간들 걸어 들어왔다. 나의 방위 반사 작용이 갑자기 균형감각을 상실했다. 나는 카티야에 대해 설명할 수 없는 두려움을 가지고 있었다. 이건 마치 내 어머니가 극초단파에 대해 갖고 있는 거부감과 같았다. 그녀는 항상 핵 성분을 조금이라도 포함한 물건이 있으면 그것을 피해 허둥지둥 달아나곤 했다.

"와타나베! 음흉하게 눈알만 굴리다가 서투르게 추파를 던지는 저 샐러리맨들만 상대하다가 널 보니까 정말 신선한 느낌이 드는 걸. 이 부끄럼쟁이야! 푹 눌러쓴 야구 모자 아래에 숨어 있는 기분이 어때?"

나는 우동 한 그릇에 들어갈 파를 필요 이상으로 썰고 있었다. 카티야는 내 얼굴을 홍당무로 만드는 데 발군의 실력을 갖추고 있다. 그녀는 무미건조한 내면으로부터 눈을 돌려 사회성이 부족한 사람들을 위축시키는 것을 내심 즐기면서 값싼 기분전환을 얻는다. 나는 4차원 세계로의 진입을 마음먹는다. 그녀의 음색이 내장의 움직임과 맞추어 소리날 때 그 카랑카랑한 음색도 덜 위협적이다. 내가 4차원으로 상승하자 카티야는 백만 개로 흩어진 거울 조각처럼 폭발한다. 각 거울은 그녀의 각기 다른 육체적 정신적인 면면들을 반영하고 있다. 그녀의 생각은 점액종증(역주: 토끼의 중증성 열병)에 시달리는 토끼처럼 희미하게 질질 끌려가고 있다. (와타나베는 아직 딱지도 못뗀 숫총각일거야…틀림없이 나와 섹스를 하고 싶어 하겠지.)

"흠, 우동."

그녀는 우동 그릇을 들어 소리내어 후룩 마셨다.

"흐-음"

마치 우동이 굉장한 성적 만족이라도 준 것 같은 탄성이었다. 손님에게 내가기 전에 그릇에 묻은 카티야의 야한 자홍색 립스틱 자국을 행주로 닦아야겠다.

"맛있네! 브라보, 와타나베!"

내 뺨에 달아올랐던 폭죽도 서서히 엷어졌다. 카티야에 대해 아무도 모르는 사실이 하나 있다. 그녀가 거식증 환자라는 것이다. 14시간 동안 비어있는 그녀의 수축된 위벽의 위산 분비를 보면 알 수 있다. 나는 우동을 서빙 창구로 밀어 넣는다.

"와타나베, 그거 알아?"

카티야가 투정부리듯 혀 짧은 소리를 낸다.

"넌 한 번도 내 눈을 본 적이 없어!"

그녀는 팔짱을 끼더니 입을 비죽 내밀었다.

"내 눈동자가 무슨 색깔이게? 어서 맞춰봐. 만약 맞추면 내가 저기 설거지통에 쌓인 그릇들을 말끔히 처리해 놓을 테니까."

그녀는 설거지통을 향해 손짓한 후, 눈을 감았다.

카티야를 주방 저쪽으로 밀어낼 절호의 기회다. 그래, 그녀의 눈동자가 무슨 색이었더라? 글쎄… 나는 투명한 그녀의 유머의 감촉(그녀의 헤어 젤처럼 질척하기도 한)이나 그녀의 망막(벌집 모양)내 간상체와 추체, 간체 세포의 연결 형태, 또는 각막(43.2도)의 빛 굴절 각도 등을 설명할 수 있다.

나는 바의 배경음악을 따라 그녀의 광섬유가 춤추는 이미지, 다시 말해 마음의 창과 같은 눈동자의 대형 화면을 중계방송할 수도 있다. 그리고 색깔… 그녀의 안구는 얼어붙은 광물질처럼 매달려 있다. 더없이 창백하면서도 물불을 가리지 않는 색조의…

"파랑."

"안됐다! 내 눈동자는 갈색인 걸!"

뭐라구? 갈색?

"이 귀한 손을 더럽힐 일이 없으리라는 걸, 난 진작부터 알고 있었지!"

그녀는 짖궂게 말하고는 바를 향해 빼기듯 걸어나갔다. 그녀의 엉덩이가 승리감에 도취된 채 여덟 번이나 씰룩거렸다.

갈색이라구? 내 4차원의 레이더 망이 주방을 휩쓸고 지나갔다. 모든 것이 지극히 정상이었다. 식기 세제는 설거지통 안에 풀어져 있고, 전자렌지의 열선들은 열기가 식어 쪼그라들었다. 대형 냉장고의 안과 밖으로는 모든 것이 제대로 놓여 있다. 후미지고 갈라진 틈의 구석 구석, 가지와 양파와 부추도 모두 제자리에 있었다. 두번째 선반에서는 당근이 봉지 안에서 피어오른 곰팡이로 인해 물컹물컹한 덩어리로 변하고 있었다. 내 4차원의 시각에서는 어떤 것도 비밀스럽게 진행되는 것이 없었다. 그런데 어떻게 카티야는 자기 눈동자 색깔을 용케 감출 수 있었을까?

초지각 세계로 들어가는 데 익숙해지면서, 나는 4차원적 대상에 대한 혼란에서 벗어나 객관적인 시각을 유지할 방법을 자연스럽게 터득하게 되었다.

4차원 이상의 공간에서는 내부 기관이 피부, 머리, 의류 등과 같은 외부적 특징들과 같은 선상에 존재한다. 인간의 신체는 4차원 상의 기관총 튕기는 소리로 덮여있다. 당신이 평생 동안 보았던 모든 공포 영화들에서나 펼쳐질 법한 피바다들이 단 하나로 응축된다고 상상해보

라. 그리고 나서 그것을 4차원으로 투사해보라. 이 초지각 공간을 열 번째 방문했을 때, 나는 신체 기관과 생리학적 기능을 깨달았고, 7개월이 지난 지금은 혈당량도 읽어내며, 신체 기관의 고장과 질병까지 진단할 수 있다.

만일 이 세계로 들어가기만 하면, 다른 창조물들의 생각을 읽는 것쯤은 마치 목구멍의 갈증을 해소하는 것만큼이나 쉽다. 4차원의 영역은 모든 동물적 삶이 정신적 활동으로 전자화되어 있다. 따라서 수천 개 내면의 독백들이 쉴새없이 떠들어대는 것을 듣자면 신경이 곤두설 수밖에 없다.

나는 낯선 이들의 생각들 속에 파묻힌 채, 인간이 거하는 지하 캡슐의 한계를 뛰어넘어 신경증과 곡해 투성이들에 찔려가면서 몇 시간 동안 오사카 지하철을 타고 방황했다.

뜻하지 않게 나를 사요나라 바로 이끈 것은 메리였다. 당시 나는 대학을 자퇴하고 오사카 시내를 무료하게 거닐면서 하루하루를 소일했다. 내가 메리를 처음으로 본 건 신사이바시 역의 은행 로비에서였다. 때는 사람들이 붐비는 점심 시간이라 나는 하루치 용돈 천 엔을 인출하기 위해 긴 줄 뒤에 서 있었다. 이 돈으로 연어 주먹밥과 럭키 스트라이크 담배 한 갑을 살 참이었다.

그때 참을성 없는 전기 충격이 각 현금인출기 앞에서 줄지어 서 있던 사람들의 몸을 씰룩씰룩 움직이게 만들었다. 그들이 한발 한발 움직이고, 무릎 관절에서 삐걱대는 소리를 내고, 서로 중대한 정신적 평가를 내리고 있을 때, 스트레스와 긴장으로 둘러싸인 분광 사진기가 돌아가기 시작했다.

이 망령난 늙은 여자 때문에 돌아버리겠네! 제발 좀 움직여, 이 치매 걸린 인간아! 으그, 도대체 카드를 몇 번이나 집어넣는 거야?

모노코 야마다, 20세, 오피스 레이디.

생기라곤 하나도 없는 말리부 바비인형 복제인간 같잖아. 그 찢어지는 목소리로 휴대폰에 대고 그만 좀 지껄이시지. 도대체 그 꼬락서니를 하고 다니는 목적이 뭐야? 사람들이 네 다리 쳐다보는 게 싫으면, 긴 치마를 입고 다니라구.

노부루 요시카와, 28세, 텔레마케팅 직원.

안드로메다 회사 마이크로 칩을 팔 보철 장치에 숨기고 이 나라를 빨리 떠야할 텐데… 마이크로칩 암호를 해독할 시간이 충분할까? 아니면 공모자들이 나를 브라질에서 픽업할 때까지 기다려야만 할까?

카오리 타니자키, 36세, 주부이자 꽃꽂이 강사

그때 메리가 에어컨이 설치된, 우리가 서 있는 현금 인출기 구역으로 걸어 들어왔다. 그러자 수많은 눈동자들이 일제히 그녀를 향해 획 획 돌아갔다. 갖가지 생각들이 일제히 물러가고 이제 모두들 뻐대 당당한 그녀의 신체 비율을 향해 구시렁대고들 있었다. 물론 오사카 사람들은 서양인들에게 익숙하다. 그러나 서양인의 기준으로 봐도 메리는 여자 거인이었다.

그녀는 호기심의 짙은 성운을 뚫고 활보하며 줄에 합류했다. 그리고 어깨를 뒤로 젖힌 채 척추를 꼿꼿이 세웠다. 그 변종에 가까운 키는 어느 정도 습관적인 자세로 만들어진 후천적 부산물이지, 전적으로 유전적 타격에 의한 것만은 아닌 듯싶었다.

스파이더맨, 고질라, 야쿠자, 그리고 저 거대한 미국 여자가 서로 사생결단게임*Ultimate Death match*을 벌인다면 틀림없이 저 미국인 여자가 모두를 가루로 만들어버릴 거야!

유 카와가와, 11세, 한큐 백화점으로 엄마를 따라 옴

나 또한 메리에게 호기심이 생겼다. 그녀는 자기가 서 있는 줄의 중간 지점을 냉정한 눈빛으로 응시하고 있었다. 그녀의 정신 활동은 활발하지 않았다. 사실상 무미건조하기 짝이 없었다. 그녀의 머릿속엔 단 하나의 멜로디만이 울려퍼졌다. 씁쓸하면서도 달콤한 후렴이 반복되고 삶의 비애감과 냉소가 담긴, 내가 들었던 음악 중 가장 마음에서 떠나지 않는 멜로디였다.

나는 현금인출기 구역을 떠나 메리의 뒤를 쫓아가면서 그 멜로디를 몇 분간 더 들을 수 있었다. 그녀는 셀프서비스 빨래방과 파친코장을 지났고, 나는 그녀의 가죽 재킷에서 나는 쉭 소리와 사자 갈기 같은 그녀의 금발 머리를 따라갔다. 그녀의 옆 모습이 시야로 들어올 때마

다 내 심장은 공중제비를 하고 있었다. 그녀의 멜로디는 침묵의 진공 상태가 죽도록 싫다는 듯 계속되었다.

우리는 한낮의 신사이바시 군중을 뚫고 지린내가 진동하는 좁은 골목길을 질러 6층짜리 건물로 올라갔다.(난 뒤에서 도둑처럼 헐떡거리며 그녀 바로 아래층 계단을 따라가고 있었다.) 내가 6층에 다다랐을 때, 갑자기 멜로디의 마지막 가락이 이중 문 뒤로 사라졌다. 그 안에서 이 곧은 체격의 여인은 가죽 재킷을 벗어버리고, 바를 운영하는 퉁명스러운 여주인에게 유창한 일본어로 이야기하고 있었다. 유리판 위에 글자를 새기고 그 위에 금박으로 명암을 입힌 간판 이름이 눈에 들어왔다. 사요나라 바.

그때 갑자기 문이 휙 열리고 여주인의 모습이 내 앞에 불쑥 나타났다.

"오!"

그녀는 담뱃진이 목구멍 가득 걸린 듯한 걸걸한 목소리로 말했다.

"일자리 때문에 오셨나요?"

그녀 뒤로, 메리가 나타났다. 그리고 처음으로 나를 향해 미소지었다. 페로몬[8]이 비엔나 왈츠가 흐르는 공기를 타고 미끄러지듯 움직였다. 욕망은 4차원 공간의 목초지를 따라 말을 타고 질주했다. 그 멜로디가 어떤 것이었는지를 안 순간, 내 마음에는 불길이 확 타올랐다. 나는 아무 말 없이 고개를 끄덕였고, 그녀는 나를 바 안쪽으로 안내했다.

---

8. 동물의 체외로 분비되어 동종의 개체에 생리적, 행동적 반응을 일으키는 유기물질

3

사토

한없이 조용한 밤이다. 멀리 공장에서 들려오는 아스라한 기계 소음과 미풍에 흔들리는 나뭇가지들이 서로 부딪히는 소리뿐이다. 뿌연 성운들이 흩뿌려진 하늘에는 눈알 같은 창백한 달이 교교히 빛나고 있다.

나는 이렇게 또 잠을 이루지 못한다. 이 과민성은 실로 좌절감마저 들게 한다. 신경을 자극하는 녹차를 마신 탓이다. 산 울타리의 실루엣이 흔들리고 나무 잎사귀들은 어둠 속에 뻗어있다. 돌아오는 일요일엔 꼭 나무를 손질해야겠다.

제라늄geranium[9]이 아주 무성하다. 다나카 부인에게 고마워해야겠다. 그녀가 물뿌리개로 그렇게 정성을 쏟지 않았다면 벌써 다 시들어 죽어버렸을 것이다. 주구장창 끊임없는 수다를 늘어 놓는 그 노부인은, 내

9. 쌍떡잎식물, 쥐손이풀목, 쥐손이풀과에 속하는 약 250종의 다년생초 또는 관목

가 매일 아침 출근시간에 쫓겨 허둥지둥 집을 벗어날 때, 머리에 분홍색 컬 클립을 말아 올린 채 발목까지 오는 누비 원피스를 찰랑거리며 항상 나를 기다린다.

오늘 아침도 그녀는 나에게 깅엄(역주:줄무늬나 바둑판 무늬의 면포) 손수건에 포장된 연어 주먹밥을 주었다. 그녀는 내가 햇빛을 좀더 쐴 필요가 있다고 말하며 요즘엔 과로사가 빈번하다고 덧붙였다.

"햇빛을 별로 안좋아해서요."

내가 그녀에게 말했다. 그러자 그녀는 믿지 못하겠다는 듯 어수선을 떨었다.

"사토 씨! 어떻게 햇빛을 좋아하지 않을 수 있어요? 그건 모든 생명의 근원이잖수."

그리고 나서 내 웰빙을 염려하는 질문이 계속해서 이어졌다. 그녀는 건강에 아무 문제가 없다는 내 주장을 아예 무시하고 있었다. 이런 식으로 계속되는 취조 탓에, 결국 나는 회사에 지각하고 말았다. 언젠가부터 나는 이러한 매일 매일의 통과의례를 감안해 아침마다 아예 몇 분 일찍 서둘러 떠날 채비를 했다.

나는 내가 너무 열심히 일한다는 다나카 부인의 생각에 동의할 수 없다. 노동에 대해 한층 더 완고한 도덕률을 지니고 있던 그녀의 세대는 일본을 한때 경제 발전소로 만들어 놓았다. 지금 세대는 단순히 선헤엄을 치고 있는 것이다. 나는 요즘 들어 모든 게 쇠퇴하고 있음을 느낀다.

매년 다이와 무역 회사에는 대학을 갓 졸업한 신입사원들이 들어오지만, 그들은 사내 예절을 가소롭게 생각하고, 오후 5시만 되면 조금도 지체하지 않고 자리를 뜬다. 시각을 알리는 차임벨들이나 다름없다. 최근에는 몹시 바쁜 날들이 계속되었다. 나는 회사의 기강 쇄신 차원에서 초과근무를 한 후 11시 반에 우메다를 떠나는 마지막 열차를 간신히 잡아탈 수 있었다.

'이런, 지금 또 막 당신이 눈살을 찌푸리고 있는 게 보이는구려. 당신은 불만 가득한 목소리로 그러지 말라고 충고하겠지. 내 약속하는데, 일사분기 주주 보고서만 끝나면 5월에는 좀더 느긋하게 보내리다. 그리고 나서 아마 중국에서 휴가철을 보낼지도 모르지. 당신도 항상 중국을 가고 싶어했잖소?'

오늘 저녁엔 7시에 일을 마쳤다. 모든 컴퓨터 망이 한국에서 온 바이러스에 감염되어 업무를 마비 상태로 만들어 놓는 바람에 사무실 직원 모두 일찍 귀가할 수밖에 없었다. 밖이 아직 훤히 밝을 때 퇴근하려니 계면쩍은 기분이 들었다. 몇몇 동료들은 술 마시러 나갔다. 그들은 언제나 나를 끌어들이려고 하지만, 나는 미안하다고 말하며 그럴싸한 핑계를 둘러댄다. 그들은 틀림없이 나를 아웃사이더적인 별종이라고 생각할 것이다.

'하지만 당신도 알다시피, 바와 디스코텍은 내 취향이 아니잖소.'

나는 으레 저녁 8시면 유흥을 즐기기보다는, 집에서 포장해 온 스시를 먹거나 텔레비전 리모컨을 들고 있다. 그러나 번쩍거리는 조명들과 하나같이 갈채를 보내는 관중들로 도배를 한 바보상자는 머리를 아프게 할 뿐이다.

TV를 끄고 난 후, 나는 허드렛일이 없나 둘러본다. 그러나 대다수는 일요일마다 일거리를 샅샅이 뒤져 끝내놓기 때문에 여간해서는 수리하거나 청소할 게 남아있지 않다. 나는 대신 식탁에 앉아 녹차를 마시고 라디오에서 흘러나오는 클래식 음악을 듣는다.

'조금 전에 엘가[10]의 곡이 연주되었지. 그것 때문에 아직도 당신 첼로를 처분하지 못한 게 생각났소. 빈 방에 들어앉은 첼로는 먼지만 가득 쌓였지. 아무래도 지역 고등학교에 기부해야 할 것 같소. 자라나는 새싹 첼리스트들이 분명히 고마워하겠지. 그토록 오랫동안 당신이 남기고 간 첼로에 집착해온 내가 이기적이었다는 생각이 드는구려.'

II

다나카 부인의 하루 일과가 시작되었다. 어제 아침 출근하려고 집을 나설 때, 그녀는 숨어서 매복하고 있었다.

"사토 씨! 이히! 사토 씨!"

그녀는 흥분에 도취되어 이슬비 내린 잔디밭을 가로질러 거의 미끄러지듯 달려오고 있었다. 코트를 걸치고 있지 않길래 내심 걱정됐지만, 몹시 싸늘한 아침 바람에도 불구하고 그녀는 기운이 넘쳐 흘렀다.

"사토 씨! 오사카에 누가 오는지 맞춰봐요!"

다나카 부인과 내가 공통적으로 알고 있는 사람이 이웃 말고 또 있

10. 1857-1934, 영국 음악의 부흥을 촉발한 작곡가로 인기곡으로는 '사랑의 인사' 등이 있다.

었던가.

"모르겠는데요. 다나카 부인."

내가 멀뚱멀뚱 대답했다.

"그러지 말고 맞춰보시라니까… 당신도 알고 있는 사람이라우!"

그녀의 눈빛이 짓궂게 반짝거렸다.

"나오코! 내 조카가 와요!"

그녀는 기쁨에 넘친 나머지 박수를 쳐댔지만, 나는 거기에 장단을 맞춰주지 못했다.

"회사에서 나오코를 오사카 지사로 발령내렸다네요!"

"좋은 소식이군요."

나는 예의상 미소를 지으며 말했다.

"고작 그게 다예요?"

그녀는 씨익 웃으며 괜스레 능청을 떨었다.

내 얼어붙은 미소가 내면의 곤혹스러움을 감추고 있었다. 나는 머지않아 다가올 저녁식사 초대를 감지했다. 조만간 나오코와 나는 경직된 얼굴로 서로 마주보고 앉아, 다나카 부인이 부글부글 끓여낸 고기만두국을 거북하게 들고 있을 것이다. 그리고 나서 다나카 부인은 깜박했다고 말하며 급한 일이 있다는 핑계를 대고 자리를 슬쩍 피할 것이다.

아, 이런 뻔한 스토리, 정말 질색이다!

나오코가 사랑스러운 여자일지는 모르겠지만, 우리 둘 사이에 감도는 불편한 분위기는 좀처럼 가시질 않는다. 그렇다고 내가 그녀를 싫어하는 것은 아니다. 좋아하지 못할 게 뭐가 있겠는가? 단지 나는 그녀를 앞으로도 충분히 좋아할 수 있을 것 같지 않다는 것이다.

다나카 부인의 그 주책스런 연애 시나리오를 완벽히 충족시켜줄 만큼 '충분히', 그래 '충분히'는 아닌 것이다.

* * *

다나카 부인과 마주친 그 아침은 매우 이례적인 하루의 시작에 불과했다. 오전 중에 나는 상무실로 호출되었다. 골프 트로피들이 진열된 무라카미 상의 집무실은 매우 쾌적하고 간소했다. 그는 나를 편하게 해주기 위해 배려하는 모습이 역력했다. 일단 비서에게 보리차를 가져오라고 시키더니 깔끔하게 커버 씌운 고급 소파에 앉으라고 권했다. 담배를 권하기까지 했으나, 물론 나는 거절했다.

젊은 여비서가 다시 돌아와 차를 따라주며 꽉 끼는 나일론 바지의 마찰 소리를 내며 부산하게 움직였다. 무라카미 상은 그 우람한 어깨로 오사카의 오염된 하늘을 가린 채 자신의 테이블 앞에 앉아있었다. 얇게 떠다니는 구름들이 마천루의 꼭대기를 흐릿하게 덮고 있었다. 비서가 물러가자, 그는 나를 향해 입을 한껏 벌려 씨익 웃었다. 부러진 도자기처럼 드러난 치아가 서로 위험한 각도로 충돌하고, 항상 충혈되어 있는 눈가로는 잔주름이 퍼져나갔다.

"사토 상,"

그가 드디어 입을 열었다.

"자네가 최근에 몸이 부서져라 일한 공로를 정말 높이 평가하고 싶네. 또한 우리 부서에 합류해서 기쁘고 말이야. 자넨 지금까지 누가 봐도 헌신적인 일등공신의 명성에 부족함이 없거든."

"감사합니다."

나는 겸손한 자세로 고개를 숙이며 말했다. 다이와 무역 회사의 최고 경영진은 으레 가장 충성스런 직원들에게조차 칭찬을 아낀다. 무라카미 상에게 칭찬을 듣는 것은 하늘의 집중광선을 받는 것과 다름없었다.

"그런데… 난 자네가 너무 일에만 몰두하는 것 같아 염려스러워."

내 머리가 놀라움으로 덜컥 닫혔다. 이제껏 회사 상관이 이런 식의 감정을 표현하는 걸 들은 적이 없었다.

"저… 죄송합니다."

나는 더듬거리며 말을 이었다.

"하지만, 지난주에 컴퓨터 파일이 날아가는 바람에, 그것 때문에…"

그는 내 변명을 멀리 쫓아버리기라도 하듯 손등으로 테이블 위를 탁 쳤다.

"그 파일들은 그다지 중요한 게 아니었어. 게다가 어젯밤 컴퓨터 기술자를 불러서 하드 드라이브에서 파일들을 다 복구시켰다구. 결국 자네가 한 일은 모두 허사로 돌아간 셈이지."

그는 자신의 흐트러짐 없이 정돈된 은빛 머리칼을 톡톡 두드리듯 매만졌다. 그는 그간의 노력이 헛수고가 되었다는 사실에 내 낯빛이 우울해지기를 기대하는 듯했다. 그러나 난 그의 기대를 저버렸다.

"아, 그래요."

내가 덤덤히 말했다.

"사토 상."

그가 잔잔히 미소를 지으며 말했다.

"자네가 승진했다는 건, 이제 웬만한 책임은 아랫사람들에게 위임해도 되는 자리에 앉았다는 걸 의미하네. 하지만 자넨 아직도 시시한 허드렛일까지 도맡아 하며 지치도록 매달려 있어."

내 고개가 점점 꺾였다. 다이와 무역 회사에서의 내 헌신이 이런 식의 비판을 받을 줄은 몰랐다.

무라카미 상은 몸을 앞으로 구부린 채 마치 비밀 얘기를 하듯 저음으로 말을 이었다.

"내 자네에게 하나 제안하지. 시간을 내서 바깥 바람을 쐬면 업무 효율성도 커질 거야. 우리 부서에 고객들과 임원진들을 위해 고정 거래하는 가게가 있다는 걸 아는가?"

나는 고개를 끄덕였다. 그 방탕한 곳에 대한 소문은 익히 들은 적이 있었다.

"자네, 우리 금융부에 들어온 지 얼마나 됐지? 3개월? 그런데 아직까지 함께 어울릴 기회도 없었다는 게 말이 되나? 오늘 자네를 밤 거리의 특별 손님으로 대접하고 싶은데…어떤가?"

나는 의자에 앉은 채 몸을 움찔했다.

"오늘밤이요?"

"그래, 오늘밤. 난 잡힌 일정이 없다네."

"죄송합니다. 상무님. 오늘밤은 좀 곤란합니다. 가와자키 파일을 수요일까지 준비해놔야 하거든요."

"이봐, 사토 상. 이번엔 절대로 빠져나갈 수 없어. 오늘은 자네도 아랫사람들에게 책임을 위임하는 방법을 전수받아야 해!"

무라카미 상이 승리감에 차서 미소지었다.

나는 콧대 위로 안경을 밀어올렸다. 내 보스가 나에게 저토록 관심을 가지는 건 기쁘지만, 술 마시며 흥청거리는 꼴은 생각만 해도 속이 뒤틀렸다.

"저는… 그러니까…"

"여섯 시에 자네한테 가겠네."

그는 못박았다.

나는 무릎 위로 손가락을 깍지 낀 채, 패배감에 벌겋게 달아오른 얼굴로 어설픈 미소를 지어 보였다.

오후 내내 나는 무라카미 상이 오전에 한 얘기를 잊어버리길 간절히 바라고 있었다. 6시 5분 전, 나는 자판기가 있는 곳으로 살금살금 달아났다. 물론 목이 마른 건 아니었다. 내가 거기서 어슬렁거리며 시간을 보내면 무라카미 상이 나를 찾아 헤매다가 참을성이 바닥나 나를 버려두고 떠날 것이라 생각했기 때문이다. 동료들이 자판기 앞에 줄을 서서 앞으로 버텨야 할 초과 근무 시간을 위한 연료로 커피를 뽑아대고 있었다.

아, 이토록 부러울 수가!

난 그다지 오래 숨어있지 못했다. 무라카미 상이 외투를 어깨에 떡하니 걸친 채 내가 있는 쪽으로 복도를 따라 성큼성큼 걸어 내려오고 있었다.

"아하! 사토 상. 여기 있을 줄 알았지!"

그는 거의 고함을 질렀다.

"여기 자네 가방과 외투를 가져왔네."

그는 그것들을 내 품으로 와락 밀어넣었다.

"자, 저녁으로 뭐가 땡기는가? 내가 신사이바시에 잘 알고 있는 식당이 있는데, 거기 개량 오징어 튀김 요리가 아주 그만이라네. 몸이 오싹해질 정도지!"

식당 지붕에 매달린 대형 플라스틱 게가 행인들에게 집게발을 흔들어대고 있었다. 안은 발디딜 틈 없이 시끌벅적했다. 무라카미 상이 주문한 꼬치 해물 요리가 테이블 중앙의 그릴 위에서 구워졌다. 그릴은 열기로 시뻘겋게 달아올랐고, 무라카미 상의 얼굴도 적갈색으로 익어갔다. 주문한 큰 병에 담긴 사케에서 흘러나오는 페인트칠 제거용 화학약품 냄새 때문에 속이 메슥거리기 시작했다. 그러나 예의상 두 모금을 홀짝대며 마셨다. 무라카미 상은 오징어와 왕새우를 입 안 가득 넣고, 최근 골프 시합에 대해 이야기하기 시작했다.

그는 스포츠엔 영 소질이 없다는 내 말을 귓등으로 흘리며 다음 시합 때 자기와 함께 하자고 얘기했다. 옆 테이블에서는 대학생들의 웃음소리와 노랫소리가 귀에 쩌렁쩌렁 울렸다. 그들은 무시무시하게 시끄러웠다. 무릎을 가슴 쪽으로 바짝 끌어 세우고 앉은 여자애들조차 맥주를 벌컥벌컥 들이키고 있었다.

문득 도쿄에 살았을 때 자주 다녔던 민속주점이 떠올랐다. 그때 우린 얼마나 조용하게 얘기하며 음악을 감상했던가. 이렇게 휴대폰을 들고 연신 험담을 지껄이는 광경도 없었고, 맥주 병을 따기 위해 젓가락을 사용하는 진풍경도 연출되지 않았다.

무라카미 상은 남 보기 부끄러울 정도로 얼큰하게 취해가고 있었다. 눈꺼풀은 벌에 쏘인 것처럼 벌겋게 달아올랐고, 뺨은 덜 익은 포도주 빛깔로 점령당했다. 현재 상태로 볼 때, 아마도 그는 한시라도 빨리 귀가해 잠자리에 들고 싶은 생각밖에 없을 것이다.

계산서를 받았을 때, 나는 모두 내일 출근할 사람들이니 오늘 이것으로 끝내자고 했다. 무라카미 상이 나를 보면서 믿지 못하겠다는 듯 눈을 껌뻑거렸다.

"말도 안되는 소리!"

그는 소리를 버럭 질러댔다.

"아홉 시 반이면 초저녁 아닌가!… 그건 그렇구 사토 상, 자네 영어는 좀 되는가?"

연기로 가득한 홀에는 회사원들이 그룹을 지어 낮은 원목 테이블 주위로 원을 그리며 앉아있었다. 술 장식이 달린 램프 갓이 그들의 머리 위에서 흔들렸고, 의자들은 부드러운 벨벳 쿠션과 함께 흩어져 있었다. 그러나 이러한 장식들이 주의를 끄는 첫 순위는 아니었다. 홀에는 네다섯 명의 외국인 호스티스가 샐러리맨 그룹들 사이에 고르게 분포되어 있었다. 홀은 여자들이 쏟아내는 깔깔거리는 웃음소리가 뒤섞여 매우 유쾌하고 흥겨운 분위기를 자아내고 있었다.

"마리코! 어이! 마리코!"

무라카미 상이 소리를 질러댔다. 가냘픈 일본인 호스티스가 우리 테이블 앞으로 후다닥 나타나 주문을 받았다. 나의 필사적인 저항에도 불구하고 무라카미 상은 한사코 내 앞으로 더블 위스키를 주문했다. 그는 이국적인 분위기에 한껏 도취되어 내쪽으로 몸을 수그리며 말했다.

"사토 상, 이 외국 여자들 어떤가?"

그때 빨간 옷을 입은 금발의 여자가 막 자리를 뜨는 사업가들을 문까지 배웅했다. 그녀는 그들에게 좀더 놀다 가라고 억지를 부리고 꼬시기도 하면서 매우 못마땅해했다. 그 금발의 여자는 키가 무척이나 컸다. 그녀가 잘 가라고 인사하는 두 명의 남자들보다도 최소한 머리 하나가 더 컸다.

"키가 아주 큰데요!"

내 말투는 과감했다.

또 다른 외국 여자가 부엌에서 나타났다. 그녀는 몸에 착 달라붙는 검정색 라이크라(역주: 신축성있는 스판 소재) 천으로 만든 원피스 안에서 수축 포장된 듯 보였다. 그녀의 구두는 보기에도 위험천만할 정도로 뒷축이 높아 앞코가 발가락을 짓뭉개고 있을 게 분명했다.

무라카미 상을 발견하자, 그녀는 손을 흔들더니 바로 우리에게 걸어왔다. 오렌지색 머리카락은 뒤로 한데 모아 머리 꼭대기로 틀어 올린 모습이었다.

무라카미 상과 나는 일어나서 그녀를 맞았다.

"무라카미 상! 이렇게 놀래키기예요? 그 동안 별 일 없으셨죠?"

그녀는 더듬거리는 일본어로 물었다. 일본어를 할 줄 아는 외국인이 극히 드물기 때문에, 이 장면은 내게 대단히 인상적이었다.

"오! 나의 공주님, 내 건강이야 변함없구말구! 자, 같이 온 내 부하 직원, 사토 상을 소개하지. 사토 상, 이 쪽은 플로리다 출신의 스테파니야."

"무라카미 상 밑에서 일하신다구요! 정말 멋져요!"

그녀는 상냥하게 웃으며 말했다. 플로리다의 햇살과 비타민으로 가득 충전된 듯한 밝고 건강한 여자였다.

우리는 모두 자리에 앉았다. 아담한 일본인 호스티스가 위스키를 놓고 바 쪽으로 다시 미끄러지듯 물러갔다. 나는 오렌지색의 스테파니 눈썹을 흥미롭게 바라보았다. 주근깨 또한 오렌지색이었는데 머리부터 손목에 걸쳐 산발적으로 흩뿌려 있었다. 그러나 그녀는 자신의 주근깨에 초연한 듯 굳이 그것을 가리려고도 하지 않는 듯했다. 스테파니는 무라카미 상이 한마디 할 때마다 열렬한 반응을 보이는 것으로 봐서 무라카미 상에게 홀딱 빠져있는 것 같았다. 그가 담배를 입으로 가져가자 그녀는 눈 깜짝할 새 은색 라이터를 높이 치켜들어 그가 불편하게 스스로 불을 붙이는 불상사를 방지했다. 무대 위의 남자들은 무거운 스피커를 옆으로 돌려놓고 기타 줄을 조이고 있었다.

"하시는 일들은 잘 돼가세요?"

그녀는 내가 회사 서열상 더 낮은 위치인데도 우리 둘 모두를 번갈아 바라보며 물었다.

"지루하기 짝이 없지!"

무라카미 상이 투덜거렸다.

"날이면 날마다 똑같이 지긋지긋한 얘기들뿐이니!"

나는 불만에 차서 머리칼이 곤두섰다. 아니, 최소한 상무라면 회사 명예에 손상을 입히는 경솔한 언사는 삼가야 하는 것 아닌가.

"일에 대해선 얘기하지 말자구. 숨막히는 중역 회의에다 고장 난 복사기하며… 자, 자, 위스키 들면서 대신 골프 얘기나 하자구. 다음주에 골프 시합이 하나 잡혀 있지."

"와, 신나겠다!"

스테파니가 탄성을 내질렀다.

그녀는 골프 얘기를 하나도 놓치지 않으려는 듯 테이블 위로 상체를 기울였다. 그러자 여체의 비밀스런 곳이 필요 이상으로 노출되면서 그녀의 풍만한 가슴 계곡이 앞으로 요동쳤다. 나는 문 옆의 화분으로 시선을 돌렸다.

"지난주에도 골프 시합이 있었지. 다이와 무역 회사가 오사카에서 9등을 했어. 이 어깨만 다치지 않았어도 상위를 기록할 수 있었을 텐데 말이야."

스테파니의 얼굴이 낙담한 듯 보였다.

"괜찮아요. 다음번엔 더 잘하실 거예요."

"그럼, 그래야지. 사토 상도 다음주 시합 땐 자기도 참가하겠다더군. 난 이 친구에게 스윙 연습을 시킬 예정이야."

다행히 그때 갑자기 다른 호스티스가 우리 테이블에 나타나면서 이 편치 않은 골프 화제의 위기 상황을 벗어날 수 있었다. 새로이 등장한 호스티스는 아까 보았던, 뼈대 곧고 빨간색 옷을 입은 금발 여자였다. 무라카미 상과 나는 일어나서 다시 한번 인사를 했다.

"무라카미 상! 오랜만이에요. 오늘 저녁 기분 어떠세요?"

그녀의 일본어는 유창했으나 억양이 좀 거칠었다.

"아주 좋아. 고마워. 부하직원 사토 상을 소개하지. 사토 상. 이 아가씨는 메리라고 하지."

우리는 처음 만난 자리에서 노상 하는 인사들을 주고받았다. 메리는 형식적인 미소를 지으며 내 옆에 자리를 잡았다. 계속해서 스테파니와 사적인 얘기를 나누고 싶어하는 게 눈에 훤히 보였던 무라카미 상에게는 반가운 일이었을 것이다.

갑자기 나는 오도 가도 못하는 신세가 되어, 꺽다리 금발 여자 앞에서 신경이 곤두섰다. 너무 긴장을 한 탓인지 위스키를 홀짝거리며 나도 모르게 얼굴을 찌푸렸다. 그녀가 의자를 깊이 당겨 앉자, 그녀의 얼굴이 불빛 속으로 흘러들어왔다.

이때 처음으로 나는 그녀가 호스티스 바에서 일하기에는 너무 어리다는 것을 알아챘다. 나는 그녀의 부모가 미국에서 수천 마일이나 떨어진 이곳에서 자기 딸이 돈벌이로 무슨 짓을 하는지 알고나 있을까 궁금해졌다.

무수한 깃털 같은 금발은 어깨 위로 폭포수처럼 떨어져 내렸고, 몇 가닥은 희한하게도 머리 위쪽으로 고정된 채 떠 있었다. 탄력있고 보드라운 피부는 두꺼운 파운데이션 아래에서 질식 중이었고 연한 자줏빛 아이섀도우가 눈꺼풀 주름을 따라 번져 있었다. 그녀는 담뱃갑에서 담배 하나를 톡톡 두드려 꺼낸 후 불을 붙이더니 맛있게 피우기 시작했다.

"일본어를 아주 잘하시는군요."

나는 약간 소심하게 말을 꺼냈다.

"정말 훌륭합니다."

"고마워요."

그녀는 내 눈을 향해 담배 연기를 훅 뿜어대면서 대답했다.

"내 추측이 맞다면…혹시 미국인입니까?"

메리는 약간 움찔하면서 얼굴에서 미소를 거두었다.

"틀렸어요. 전 영국인이에요."

그래? 난 그녀가 영국에서 왔다는 소리를 듣고 기뻤다.

"전 셜록 홈즈의 열렬한 팬이랍니다!"

내가 소리쳤다.

"전집을 모두 읽었죠. 두 번 이상이나!"

"정말요?"

메리가 흥미에 찬 듯 눈을 반짝거리며 물었다.

"셜록 홈즈는 아편 중독자였을걸요."

아편 중독에 대해선 전혀 아는 바가 없는 나는 그녀를 멍하게 쳐다보았다.

"당신 나라의 다이애나 왕세자비도 무척 존경했지요."

난 침울하게 덧붙였다.

"그녀가 죽어서 정말 유감이에요."

"괜찮아요. 이젠 영국인들도 그 후유증에서 벗어난걸요."

메리가 말했다.

아무래도 실수를 한 것 같았다. 그러나 그녀의 입술이 즐거움에 도취된 듯 살짝 경련이 이는 것도 같았다. 나는 메리의 냉담함 때문에 어리벙벙해져서 다른 곳으로 시선을 돌릴 수밖에 없었다.

무대 위에는 밴드가 준비를 끝마친 상태였다. 그들은 일본인이라기보다는 필리핀이나 인도네시아에서 온 사람들 같았다. 엷은 자색의 턱시도와 깔끔한 머리 때문인지 매우 스마트하다는 생각이 들었다. 아무런 소개 없이 그들은 이글스Eagles의 〈호텔 캘리포니아Hotel California〉를 시작으로 멋진 연주를 선보이기 시작했다.

너무 흥겹고 듣기 좋은 멜로디여서, 나는 곧 박자에 맞추어 발을 톡톡 두드리기 시작했다. 테이블 너머로는 무라카미 상과 스테파니가 하나의 누에고치처럼 착 달라붙어 앉아 뭔가 다급한 속삭임들을 주고받고 있었다.

메리는 손톱에 칠한 진홍색 메니큐어를 벗겨내면서 생기없는 표정을 짓다가 내 시선을 눈치채고 갑자기 자신만의 공상에서 빠져나온 듯 몸을 움직였다. 그녀는 밴드에 얼핏 시선을 던지더니 나에게 엄지손가락을 치켜올리며 동감의 미소를 지어보였다. 그리고 나서 호스티스로서의 본분이 생각났는지 술 한잔 더하겠냐고 물어왔다.

흘긋 내 잔을 보니 아직도 4분의 3 정도가 남아 있었다.

"필요없을 것 같아요. 고마워요."

내가 말했다.

그때 갑자기 메리가 아주 이상해 보이는 행동을 했다. 마치 내가 무슨 재미있는 농담이라도 한 것처럼 머리를 이리저리 흔들며 웃어대기 시작한 것이다. 나는 영문도 모른 채 따라 웃었다.

"그럼… 당신이 하는 일 좀 말해볼래요?"

그녀가 내게 돌연한 열정을 보이며 불쑥 말을 꺼냈다.

나는 눈을 깜박거렸다.

"당신이 듣기엔 엄청나게 지루할 텐데요."

"오, 아니에요!"

그녀는 한사코 부인했다.

"난 다른 사람들이 하는 일에 관심이 많거든요."

잠시 후 그녀는 바 쪽을 향해 조심스럽게 눈을 돌렸다. 도대체 이 괴상한 행동 변화의 원인이 무엇이었는지 궁금해서 나도 따라 고개를 돌렸다. 가만히 보니 바 쪽에 포동포동하고 우스꽝스러운 모습의 마마상이 메리에게 단호한 손짓을 보내고 있었다.

칠흑같이 검은 곱슬머리가 마마상의 그 희한한 머리 모양을 만들어내고 있었고, 깊이 파인 V자형 네크라인의 벨벳 드레스와 꽃무늬가 전체적으로 퍼져있는 치마를 입은 모습은 그녀 나이로서는 심하게 별나 보였다. 마치 욕조에 들어앉아 읽기에 딱 알맞은 로맨스 역사 소설의 여주인공 같았다. 볼록한 머리 모양을 한 작은 강아지가 그녀의 가슴에 착 달라붙어 있었다. 녀석은 그 작은 눈을 사납게 부릅뜨고 나를 기절이라도 시키려는 듯 노려보았다.

"여기 사장님이신가요?"

내가 메리에게 물었다.

"음… 네."

그녀가 잠시 뜸을 들였다.

"이만 가봐야 할 것 같네요."

메리는 끝이 뾰족한 하이힐을 질질 끌면서 멋진 밤색 카펫을 가로질러 마마상이 있는 곳으로 걸어갔다. 콩알만한 강아지가 심하게 캥캥거리며 짖어댄 탓인지 둘 사이에는 짤막한 몇 마디만 오고갔다. 곧 주방으로 들어간 메리는 그 이후로 보이지 않았다.

이야기할 사람이 없어졌지만 나는 더없이 만족스러웠다. 나는 아담한 일본인 호스티스에게 레모네이드를 시켰고, 그녀는 앙증맞은 파라솔과 구부러진 빨대를 꽂은 레모네이드를 들고 왔다. 그녀와 나는 그 조잡스런 장식을 감상하며 잠시 킬킬거렸다. 그 외국인 밴드의 연주는 단연 최고였고, 다양한 인기곡들을 연주했다.

'여보, 당신도 이 자리에 함께 있었다면 이들의 연주를 꽤나 즐겼을 거요.'

몇 커플들은 댄스 홀을 빙빙 돌면서 춤을 추었다. 거기엔 무라카미 상과 플로리다 출신의 스테파니도 끼어 있었다. 번쩍거리는 사이키 조명이 천정에서 회전하며 멋진 수직 광선을 얼굴들 위로 쏟아부었다. 댄스홀 위에서만큼은 그다지 고수라고 할 수 없는 무라카미 상은 스테파니 팔에 안겨 발을 질질 끌며 춤을 추고 있었다. 정말 권장할 만한 춤사위가 아니었다. 스테파니의 그 억센 서구형 몸이 그의 몸을 떠받치고 있어서 그나마 다행이었다.

무라카미 상이 그렇게 고주망태가 되도록 취했는데도 불구하고, 스테파니는 그가 침을 흘리며 귀에 대고 영문 모를 소리를 횡설수설할 때조차 잔잔한 미소를 짓고 있었다. 심지어 자기 등 뒤로 제 마음대로 움직이는 손을 슬쩍 빼낼 때에도 입가의 미소는 떠나질 않았다.

한 시간 가량 흐르자, 홀은 한산해지기 시작했다. 술과 여자에 한창 들떠 있던 남자들이 하나둘 작별을 고하며 이중 문 뒤로 사라졌다. 외국인 밴드는 심금을 울리는 멋진 곡 〈언체인드 멜로디Unchained Melody〉를 그날의 마지막 곡으로 부르고 나서 장비들을 챙기기 시작했다. 테이블로 돌아온 무라카미 상은 의자로 푹 쓰러지더니 간혹 스테파니의 허벅지를 만지거나, 애정에 찬 눈빛으로 그녀를 바라보았다. 그녀는 조용히 앉아 시종일관 입가에 평온한 미소를 흘리고 있었다.

시간은 바야흐로 새벽 1시였다. 가히 충격적인 시간이다. 나는 택시를 불러야 할지 무라카미 상에게 물어볼 참이었다. 그때 몸집이 작고 맵시 있는 일본인 호스티스가 우리 테이블에 나타났다.

"방해해서 죄송하지만,"

쥐죽은 듯 앉아있던 우리로선 말을 건넨다고 방해될 게 전혀 없었지만, 그녀는 예의를 갖추며 말했다.

"삼십 분만 지나면 문 닫을 시간이에요. 마지막으로 주문하실 거 없으세요?"

무라카미 상은 풀린 눈동자를 뱅그르르 돌리며 입술 사이로 게거품을 물고 있었다. 스테파니는 담배를 피우며 그녀의 손목시계를 바라보았다.

"더이상의 주문은 필요없을 것 같습니다. 고마워요."

나는 말했다.

일본 호스티스는 무라카미 상을 힐끗 보더니 소리죽여 웃었다. 무라카미 상이 외쳤다.

"무슨 말도 안되는 소리!"

그녀는 자신의 입으로 얌전히 손가락 끝을 갖다댄 채 큭큭대며 웃었다.

"계산은 회사 거래 장부에 기입해 놓을까요?"

"그래주세요. 고맙습니다. 회사 이름은 다이와 무역…"

"알고 있어요."

그녀는 바로 자리를 떠나는 대신 나에게 눈길을 둔 채 잠시 서 있었다. 윤기나는 단발머리에 사슴 같은 눈을 가진 그녀는 메리보다도 어려 보였다.

"그럼, 이만…"

쓴웃음을 지은 후, 그녀는 옆 테이블로 걸음을 옮겼다.

밖으로 나오니 너저분한 유흥가 골목에 아직도 오락거리를 찾는 인간들이 흥청거리며 물결을 이루고 있었다. 너무 많은 샐러리맨들이 이 시간에 이러고 있다는 게 놀라웠다. 과연 내일 모두 멀쩡한 정신으로 근무를 할 수 있을지 의문이었다. 네온 사인이 여자들의 유방을 맘껏 감상할 수 있는 카바레와, 요부로 변신한 이무기들의 선정적인 춤을 약속하듯, 유혹의 빛을 한껏 내뿜고 있었다. 사방이 너무 밝고 정신을 혼미하게 만드는 것 투성이라 문득 감광 스위치라도 사용하고 싶은 마음이었다.

무라카미 상은 외투에 팔을 끼우느라 온몸을 격렬하게 비틀고 있었다. 벌써 다섯 번째 시도였다. 그리고 난 뒤 좁은 골목 쪽으로 비틀거리며 걸어가더니, 바퀴 달린 대형 쓰레기통에 오줌을 누었다. 나는 플라스틱에 튀기는 오줌의 둥둥 소리를 들으며 서 있었다. 설명할 수 없는 수치심에 얼굴이 화끈거렸다. 호스티스 바에 온 건 크나큰 실수였다. 회사 돈 5만 엔이 순식간에 날아갔다. 미국 여자를 그렇게 좋아한다면, 차라리 그 돈으로 미국행 비행기 티켓을 사는 게 낫지 않은가. 무라카미 상이 바지 지퍼를 기분 좋게 올리면서 좁은 골목에 다시 나타났을 때, 나는 차마 그와 눈을 마주칠 수가 없었다. 나의 시무룩한 분위기는 오히려 그를 튀어오르게 만들었다.

"이봐, 사토!"

그가 내 등을 철썩 치면서 소리쳤다.

"사요나라 바 어땠나?"

나는 그가 내 상사라는 사실을 상기하며 그를 무시하고 싶은 완강한 충동을 억제했다.

"밴드 공연은 정말 즐거웠어요."

나는 마지못해 대답했다.

"내 말은, 여자들 말이야. 사토 상. 그 외국 여우들!"

"키가 모두 크던걸요."

무라카미 상은 너털웃음을 짓더니 국수가게 차양 아래에서 멈춰섰다. 너덜너덜해진 붉은 제등이 그의 머리 위에서 흔들거렸다.

"국수 좀 먹고 가는 게 어떻겠나?"

그가 기름기를 뺀 음식들이 적힌 메뉴판을 눈을 가늘게 뜨고 바라보았다.

"상무님, 오늘 밤 베풀어주신 친절에 정말 감사드립니다. 하지만 이제 택시를 타고 집에 가야할 것 같습니다. 내일 회사 일도 있으니까요."

나는 죄송스러운 어조로 말했다.

"허튼소리 말라구! 아직 늦은 시간이 아니야! 내 약속하지. 이제 찾아갈 여자들은 진짜 자네를 뿅 가게 만들거라구."

그는 눈을 반짝거리더니 낮은 목소리로 속삭였다.

"자네, 마사지 좋아하나?"

"상무님, 신경 써주셔서 진심으로 감사드립니다만, 이젠 정말 집에 돌아가야 합니다."

"사토 상."

그의 얼굴이 약간 굳어졌다.

"자네 상관으로서 말하는데, 내일은 월차로 하루 집에서 쉬게나. 자, 그러니 이제 그 지긋지긋한 회사 걱정일랑은 그만 집어치우고 제대로 즐겨보자구."

"안됩니다."

내가 말했다.

"뭐야?"

"집에 가야겠습니다."

무라카미 상이 한숨을 내쉬었다. 그의 목소리는 한결 부드러워졌다.

"사토 상, 난 자네를 돕고 싶을 뿐이야."

맙소사, 나는 완전히 어안이 벙벙해졌다. 도움이 필요한 장본인은 내가 아니라 바로 그였다! 매일 밤마다 음탕한 오락거리들만 쫓아다니느라 허우적대는 그가 아닌가. 나는 갑자기 그의 아내가 생각났다. 상냥하고 가정적인 여자로 매년 벚꽃 구경을 가기 위해 소풍 바구니를 챙겨드는 여자… 그녀가 이 사실을 알면 얼마나 상처받을 것인가!

"전 아무 도움도 필요없습니다."

나는 돌처럼 굳은 표정으로 단호하게 말했다.

무라카미 상은 국수가게 창문에 기댄 채 딸꾹질을 했다. 그는 내 손가락에 끼워진 결혼 반지를 가리켰다.

"이봐, 사토,"

그는 솔깃한 말로 나를 꼬시려는 듯했다.

"얼마나 많은 시간이 흘렀나? 그걸 빼버리면 좀더 편안해질 걸세."

그는 격려라도 하듯 미소를 보내왔다. 그의 자세가 불안정하게 흔들거렸고 고개는 아래로 축 늘어졌다.

나는 국수가게 창문에 비친 내 모습을 흘긋 보았다. 안경 뒤로 다 타버린 호전성만 한가득 눈에 들어왔다. 아내에 대한 무라카미 상의 언급은, 마치 그 옛날 오키나와 해변을 거닐다가 신발을 뚫고 내 발을 찔렀던 뾰족한 녹슨 못 때문에 타는 듯한 고통을 느끼며 흠칫 놀랐던 때의 낭패감을 떠올리게 만들었다. 다시 무라카미 상을 보며 씁쓸한 미소를 짓자, 지혈대를 착용한 듯 가슴이 답답해졌다.

"아! 더 좋은 생각이 있네, 사토 상!"

그는 든든한 공감대라도 형성되었다는 듯 의기양양하게 말했다.

"국수는 생략하고, 곧바로 직행하세! 어떤가?"

'여보, 당신은 내가 뭐라고 대답했을 것 같소? 난 아무 대꾸도 하지 않았지. 대신 정색을 하고 뒤돌아서서 그대로 줄행랑을 쳤다오.'

4

: 메리

미끄러져 내려온 청바지를 엉덩이에 반쯤 걸친 채 술기운이 가시지 않아 게슴츠레한 눈을 뜨고, 유지가 새벽 1시 넘어 바에 나타났다. 홀에는 샐러리맨 한 명이 홀로 니트 진을 홀짝거리며 앉아있었다. 그는 마음에 상처를 입은 사람처럼 멍하니 소파 쿠션에 파묻혀 있다가 스테파니의 진공 청소기가 다가가자 무기력하게 발을 들어 올렸다.

바 뒤에서 어슬렁거리던 유지는 혀를 차며 중얼거렸다.

"저 인간, 세상 전부를 잃은 면상이잖아. 그것도 한두 번 당한 꼬락서니가 아닌데."

나는 무릎을 꿇고 아사히 맥주와 버드와이저를 냉장고에 쟁여 넣는 중이었지만, 유지가 누구를 가리키는지 알고 있었다.

"저 남자 지금 곤욕스러운 이혼 수속을 밟고 있는 중이야."

병 맥주가 땡그랑 부딪치는 소리에 내 목소리가 커졌다.

유지는 마치 그 남자가 야쿠자 조직의 명예를 실추시키기라도 한 것처럼 고개를 저어댔다.

"정신을 차려야지. 남자답게."

나는 냉장고 문을 닫고 벌떡 일어섰다. 유지는 우리 사이에 놓인 빈 맥주 상자를 발로 슬쩍 옆으로 차며 나를 보고 씨익 웃었다. 구리빛 피부 때문에 더 도드라지는 하얀 치아가 시야에 들어왔다. 그 모습은 내가 표현할 수 있는 잘생겼다는 정도를 넘어선 것이었다. 말보로 꼴초에다가 암페타민(역주:중추 신경을 자극하는 각성제)을 복용하고, 인스턴트 음식까지 달고 살면서 어떻게 저토록 원기왕성할 수 있는지 모르겠다.

"그 충고, 너 자신을 위해 아껴두는 게 어때?"

내가 조롱하듯 말했다.

"그런 일이 너한텐 일어나지 않을 것 같아?"

"스트립 쇼가 펼쳐지는 술집을 암만 쏘다녀봐도 오직 결론은 이혼뿐이지!"

유지가 농을 지껄였다.

"성숙함과 지혜가 하늘을 찌르시는군!"

내가 비꼬듯 말했다.

미소 짓던 유지의 입이 더 크게 벌어졌다. 그의 인색한 동정심은 더욱 성장할 필요가 있지만, 저 미소는 전혀 나무랄 데가 없으니 어쩌란 말인가. 나는 그의 재킷 안쪽으로 손을 집어넣은 뒤, 면 티셔츠 위에서 허리 쪽을 쓰다듬으며 내려와 청바지 허리띠에서 멈추었다. 그에게 더욱 바짝 달라붙은 나는 담배 냄새와 감귤향의 샤워 젤이 어우러진 복잡미묘한 그만의 향기를 맡는다.

"메리… 어머니가 전용 TV로 우리를 시청하고 있을지도 몰라."

바 위에 달린 아주 조그만 카메라가 빨간 눈을 깜박거리며 우리를 감시하고 있었다. 나는 피식 웃으며 말했다.

"저건 이미 맛이 갔어. 그리고 마마상은 지금 보드카에 진탕 취해서 신경쓸 여력도 없을 거야."

그때 유지 얼굴 위로 어떤 표정이 살짝 떠올랐다. 짜증이 난 걸까? 곧 쓴웃음이 그 자리를 대신했다.

"메리. 너 정확하게 얼마나 더 여기에 머물 거지?"

거의 느낄 수 없이 내리던 보슬비가 어느새 신사이바시 거리를 발진으로 얼룩진 것처럼 만들어 놓았다. 바 앞에는 네온과 휴대폰에 대고 고함치는 손님들로 가득 했고, 한국 힙합과 레게가 그들의 몸을 통과해 흘러나왔다. 택시 승강장에는 길게 늘어선 줄이 흔들거렸다. 유니클로[11] 제품을 하나같이 똑같이 차려입은 대학생들, 고개를 축 늘어뜨린 채 꾸벅꾸벅 졸며 서 있는 샐러리맨들, 야간 외출 시간을 훨씬 넘긴 여학생 둘이 거의 제정신이 아닌 듯 큰 소리로 깔깔대며 서로 기댄 채 서 있었다. 유지는 내 손을 잡아 끌며 앞으로 걸었다. 옆에서는 카티야가 구두의 또각또각 소리를 내고 있었다. 그녀가 입은 인조 모피가 내 팔에 부드럽게 닿았다.

바가 즐비한 거리를 지날 때 우리 앞에 흥미로운 진풍경이 나타났다.

"손님 맥박이 1분에 스무 번밖에 뛰질 않아요. 맙소사, 죽은 사람이나 다름없네! 안으로 들어와요. 당신을 소생시켜줄 간호사를 불러줄테니…"

착 달라붙는 간호사 복장을 한 여자가 붉은 등을 매달아놓은 복도에서 엉덩이에 손을 걸치고 호객행위를 하고 있었다. 장난감 청진기가 목에 대롱대롱 매달린 채 주사기는 가터 벨트 속에 쑤셔박혀 있었다.

11. 일본의 '국민복'으로 불릴 정도로 선풍적인 인기를 끌고 있는 의류업체

그녀는 이미 죽은 거나 다름없다는 그 샐러리맨들을 향해 저속한 제스처로 손가락을 흔들어댔다. 샐러리맨들의 얼굴에는 육욕의 짜릿함에 부푼 징그러운 미소들이 한껏 발효되어 있었다.

카티야는 영어로 "청진기를 귀에 꽂아야 한다고 누군가 저 플로렌스 나이팅게일에게 귀띔해줘야겠다"고 흠을 잡았다.

"글쎄, 저 남자들은 아무래도 상관없을걸."

나는 유지가 소외감을 느끼지 않도록 일본어로 대답했다.

"뭘 상관 안해?"

유지가 물었다.

나의 일본어 어휘 실력은 청진기까지는 나아가지 못했다. 아마 앞으로도 그 수준에서 많이 나아가지 못할 것이다.

"저 간호사가,"

내가 말을 이었다.

"어, 그러니까… 난 저 여잘 본 적이 있어. 하이데이Hiday라는 바에서 카우보이 복장을 하고 남자들을 권총으로 갈겨댔는데 싫어하는 남자가 없더라구. 자, 이제 떠나자. 충분히 봤어."

할무트 랭Helmut Lang[12]이 재단한 듯한 청청하고 잔잔한 자궁과도 같은 언더 라운지 바에는 내 남동생뻘 되는 남자애들이 정향 담배를 피우면서 값비싼 향수 냄새를 풍기며 앉아 있었다. 바로 아래 지하에서 DJ가 틀어대는 테크노 음악이 마치 지하의 심장 박동처럼 쿵쿵 소리를 내며

12. 오스트리아 출신의 디자이너로 디자이너에게 영감을 주는 디자이너로 꼽힌다

마룻바닥을 울렸다. 나는 아래로 내려가보고 싶었지만 유지는 우리를 연철로 만든 이중의 나선 층계로 이끌었다. 맨 꼭대기에 자리잡고 앉아있던 경비원이 유지에게 목례를 했고, 이어서 금줄로 만든 사슬을 끄르더니 우리를 VIP 룸으로 들어가게 해주었다.

VIP 룸은 메인 바 공간을 내려다볼 수 있는 중2층(역주:아래층과 위층 사이)이었다. 곡선미가 살아 있는 키 작은 테이블들이 놓여 있고 가늘게 떨리는 양초가 불을 밝히고 있었다. 유지는 겐지와 싱고, 그리고 이들보다 훨씬 더 나이 든 남자가 앉아 있는 소파에 자리를 잡았다. 이 나이 지긋하신 양반은 자리에서 일어나 한바탕 유지의 등을 두드리더니 악수를 청하며 애정을 과시했다.

"유지, 이 자식. 네가 우릴 바람맞히는 줄 알았다."

옆에 서 있는 겐지와 싱고 모두, 자신들이 야쿠자 조직원임을 선포하듯 멋지게 다듬은 짧은 수염들이 인상적이었고, 바삭거리는 소리가 날 듯한 산뜻한 셔츠와 칼 같이 주름 잡힌 바지를 차려입은 나이 든 남자의 용모 역시 흠잡을 데가 없었다.

"형님, 이쪽이 메리입니다. 메리, 야마가와 형님께 인사드려."

"이놈! 눈요깃감 하나는 제대로 골랐는걸."

"저… 메리는 일본어를 알아들을 수 있습니다. 대학에서 배웠답니다."

겐지와 싱고가 웃음을 터뜨렸다. 야마가와 상의 입에 머물렀던 옅은 미소가 이제는 제어하지 못할 정도로 크게 벌어졌다. 유지는 카티야를 소개할 마음이 없어 보였다. 그런 실례쯤에는 별 동요하지 않는 듯, 카티야는 핸드백 걸쇠를 벗기더니 담배를 찾았다.

"미모와 지성을 겸비했다, 이건가? 그런데 왜 하필 똥대가리 같은 녀석을 만나 헤매고 다니지?"

야마가와 상이 말했다.

나는 웃으며 어깨를 으쓱했다.

"그건 제 스스로에게도 늘 하는 질문이에요."

야마가와 상이 왁자하게 껄껄 웃었다.

"우리도 마찬가지야. 나도 이 악당 같은 놈이 내 밑에서 무슨 짓을 하고 있는지 내 자신에게 묻곤 하지."

우리는 그의 맞은편 소파에 앉았다. 웨이터가 소리 없이 들어와 엄숙한 자세로 술 주문을 받고 쥐도새도 모르게 물러갔다. 이어서 야마가와 상이 세 명의 남자를 상대로 한차례 강연을 펼치기 시작했다. 우왁스럽게 느껴지는 그의 간사이 사투리가 목구멍을 긁는 듯한 걸걸한 음성으로 방 안에 쩌렁쩌렁 울려퍼졌다. 나는 사무라이의 충성심과 도덕률에 관한 그의 과장된 강연 토막들을 중간중간 건져내고 있었다. 도대체 이 세 명의 오토바이 급사들에게 이런 얘기가 무슨 상관이 있는지 이해할 수 없었다.

"아휴, 저 늙은이, 자기 목소리에 완전히 도취되어 있어."

카티야가 소곤소곤 말했다.

"사투리가 너무 심해서 몇 마디밖에 못알아 듣겠어."

내가 맞짱구쳤다.

"끔찍하게 지루하다. 근데, 쟤들 좀 봐. 차렷 하고 앉아 있는 꼴이라니!"

우리는 키득키득 소리죽여 웃었다. 그리고 나서 카티야는 교토에서 낡은 기모노를 헐값에 파는 싸구려 상점을 발견했다고 일러주었다. 그녀는 내가 기모노 천을 오려서 나만의 스커트와 시프트 드레스(역주:허리

선이 들어가지 않고 박스 형으로 된 옷), 그리고 핸드백 등을 만든다는 걸 알고 있었다. 하지만 형편없는 재봉사인 내가 만든 작품은 모두 감침질이 헐거웠고 앞뒤 길이가 맞지 않아 비뚤비뚤하기 일쑤였다. 유지는 재봉틀 기계의 달가닥거리는 소리에 머리가 아프다면서, 그 소릴 들으면 불법 체류자로 가득한 노동 착취 공장이 떠오른다고 말했다.

"꼭 집시 같다."

내가 손수 만든 작품을 입고 나타날 때면 그가 어김없이 놀리곤 하던 말이었다.

가끔 나는 카티야가 유지와 더 잘 어울린다는 생각을 한다. 카티야는 샴푸 광고 모델처럼 좋은 향을 흘리는 센스와 아무도 이의를 제기할 수 없는 강한 성적 매력을 소유한 여자였다. 그녀의 매니큐어는 결코 벗겨지는 법이 없으며 구두는 명품 아니면 상대를 안했다. 그러나 나는 유지와 카티야 사이에서 어떤 성적인 전율도 감지한 적이 없었다. 아주 드물게 셋이 바에 함께 앉는 경우가 있긴 했지만, 그때도 둘은 서로 말 한마디 나누지 않은 채 따로따로 나에게만 말을 걸어왔다. 내가 잠깐 화장실을 다녀오면, 그들은 침묵 속에서 담배를 피우며 앉아있었다. 나의 부재로 대화가 잠시 중단된 셈이었다.

나는 기뻐해야 하는 건지, 아니면 낙담해야 하는 건지, 그들의 침묵이 서로에게 무관심한 탓인지 아니면 어떤 복잡미묘한 심리를 나타내는 것인지 알 길이 없었다. 어느 날 오후, 한신 타이거스의 야구 경기가 한창인 TV 앞에서 나는 스커트 끝자락이 허리춤까지 말려 올라간 채 유지와 함께 소파에 나른하게 누워 있었다.

"카티야, 정말 예쁘지 않아?"

나는 어떤 질투심도 섞이지 않은 스쳐가는 듯한 어조로 물었다. 유지는 하품을 하며 대답했다.

"뭐라구? 카티야가? 그래. 그럴 수도 있겠지… 너희 여자들이 만약 얼음처럼 차가운 종족들이라면."

그리고 나서 그의 손이 내 허벅지 사이를 비집고 들어왔다.

"이제 점점 야구가 시들해지는데, 넌 어때?"

야마가와 상의 계속되는 강연은 장황하게 복음을 전파하는 라디오 방송의 윙윙거리는 배경 음향처럼 들려왔다. 유지와 겐지와 싱고는 적당한 대목에서 "음…" 소리를 내며 열심히 경청했다. 그들이 영어를 모른다는 게 정말 유감이었다. 훨씬 더 재미있는 카티야의 이야기를 들을 수 없으니 말이다. 카티야는 사요나라 바의 한 손님이 치마 속을 들여다 볼 수 있도록 거울 유리로 만든 커피 테이블 위를 걷는 대가로 3만 엔을 지불했다는 이야기를 하고 있었다.

"혹시 쓰루 상?"

"맞아, 쓰루 상."

"그 쓰루 상 맞아? 항상 가라오케에서 조니 비 구드Johnny B. Goode 노래를 부르던, 어느 회사의 회장?"

"그 인간 말고는 그럴 사람이 없지."

"농담하지 마! 그래서 그가 네 스커트 속을 올려다 보도록 놔뒀단 말이야? 카티야, 설마 속에 뭔가는 입었겠지!"

"그가 원했던 건 단 5분이었어. 태어나서 처음으로 3만 엔이란 돈을 가장 손쉽게 벌었던 경험이지. 그가 또 뭘 제안했는지 알아? 자기한테 오줌을 누면 4만 엔을 준다고 했어."

"그래서 그 짓을 했단 말이야?"

"호텔 냉장고에서 2리터 짜리 에비앙 생수를 마시고 나서 호텔 침대에 앉아있었지. 준비가 될 동안 케이블 TV 뉴스를 보면서 말이야."

나는 설마 하는 의혹과, 혹시 하는 두려움으로 가득 찼다.

"카티야, 허풍떨지 마."

"허풍 아니야."

그녀는 능청스런 미소를 띠며 말을 이었다.

"글쎄… 아마 약간은 그럴 수도 있겠지."

그건 별로 중요하지 않았다. 거짓말조차 너무 자연스럽게 하는 카티야의 말을 나는 여전히 반쯤은 믿고 있었다. 그녀는 말보로를 꺼내 들고 옆면에 사요나라 바라고 조그맣게 적힌 성냥갑에서 성냥을 꺼내 불을 붙였다. 담배에 불을 붙일 때 잠시 그녀의 얼굴에 집중하는 표정이 지나갔다. 그때 유지의 손이 내 무릎 쪽으로 내려오더니 아주 민첩한 손놀림으로 무릎을 한번 꽉 틀어쥐고는, 마치 손이 언제 거기에 왔었냐는 듯 이내 거두었다. 담배연기를 내뿜던 카티야가 그것을 곁눈질로 슬쩍 보더니 덧니를 드러내며 큐피드의 활과 같은 미소를 지었다.

새벽 세시다. 댄스 홀은 스트로보 섬광의 혼란스러움으로 지독한 열기를 뿜어내고 있다. 카티야와 나는 팔다리의 바다 속에서 열광적인 손가락 인형 조작자에 의해 조종 당하듯 휙휙 사지를 움직여대는 인간 무리를 바라보고 있다. 결국 우리는 강력한 비트에 저항하지 못하고 댄스 홀로 누비듯이 나아갔다. 처음엔 주변을 의식하며 춤을 췄지만, 잠시 후엔 절제고 뭐고 다 집어치우고 내 멋대로 추었다. 카티야는 보다 그곳 분위기에 어울리는 춤을 추고 있었는데, 나는 그 춤을 가리켜 시미 댄스(역주: 상반신을 흔들며 추는 선정적인 재즈 댄스)라 부르고 싶다. 아마도 우크라이나 디스코 텍에서는 모두들 그런 식으로 춤을 추는 모양이다. 그걸 물어본다고 해놓고는 번번이 잊어버렸다.

유지가 바로 위층에 있긴 하지만 나는 그가 보고 싶다. 떡 벌어진 어깨의 자신감과 내 무릎을 움켜잡는 그의 손이 그립다. 내가 그럴 수 있도록 허락하는 남자, 유지 외에는 누구도 상상할 수 없다.

시간이 지나자 열정적인 춤도 버스를 기다리는 일처럼 지루해졌다. 카티야와 나는 난방이 되어있지 않은 룸으로 돌아와 소파에 앉아 보드카와 토닉을 마셨다. 여러 가닥으로 머리를 요란스럽게 땋아내린 남자아이들 자리에서 마음을 흥분시키는 궐련 냄새가 한가득 피어올랐다.

나는 다리를 포개고 앉아 카티야에게 말을 걸었다.

"세계 어디든 갈 수 있다면 어딜 가고 싶니?"

단지 지껄임을 위한 시덥지 않은 질문이었다. 그런데 카티야는 "음…" 소리를 내더니 짐짓 진지하게 생각했다.

"한큐 백화점의 7층."

"난 지금 세계를 놓고 얘기하는 거야. 우크라이나로 돌아가고 싶다든지, 아님 중국… 스리랑카…어디든지."

"언제 보니까 한큐 백화점에서 크리스찬 디오르 옷을 80퍼센트 세일하더라구. 그걸 알아내야 한단 말씀이야."

"한큐 백화점은 여기서 세 정거장이야. 네 모험심이 그 정도밖에 안 되니?"

"난 일본에 왔잖아. 안그래?"

카티야가 이의를 달았다.

"넌 여기 온 지 거의 3년이나 됐어. 지금쯤이면 지겨워질 때도 된 거 아니야?"

"지겹다고? 천만에!"

"그래도, 영원히 살 순 없잖아. 무슨 계획이라도 세워야지."

"아마, 티벳 꼭대기로 순례를 떠날 수도 있겠지. 아님 돌고래랑 수영하러 플로리다로 날아갈 수도 있고. 더럽게 돈 많은 샐러리맨을 만나 결혼할 수도 있고… 젠장, 어느 미친 놈이 알겠어."

나는 웃음을 터뜨렸다. 카티야를 예민하게 만드는 화제라면 그만두는게 상책이다.

그녀는 내 머리카락을 한 줌 들어올리더니 내 목덜미를 쓰다듬으며 말했다.

"저기 저 여자같은 머리 스타일을 해봐. 그 편이 훨씬 잘 어울리겠어."

잠시 후 유지가 야마가와 상과 함께 클럽을 돌기 위해 나타났다. 그들은 입구에 잠시 멈춰섰다. 유지는 야마가와 상보다 1, 2인치 정도 키가 컸다.

"야마가와 상, 여기 있으니까 너무 늙어 보인다."

내가 카티야에게 속삭였다.

이 홀에선 가장 늙은 남자지만 일단 위층으로 올라가면 호화로운 소파와 양초로 불을 밝힌 세련미 넘치는 세계에 살고 있다. 이 아래, 혼기에 들어 찬 패션 매니아 젊은이들이 볼 때는 호언장담을 일삼는 사기꾼의 모습일 테지만 말이다. 그들이 이쪽을 향해 걸어오자 나는 소파에서 벌떡 일어나며 카티야에게 눈짓을 주었다.

"둘 다 춤추고 있을 줄 알았는데, 여기 있었네."

유지가 내 어깨를 잡으며 말했다.

"좀 피곤해서."

카티야가 빨대로 보드카 잔의 얼음을 빙빙 돌리며 말했다. 내가 알기로는 카티야가 처음으로 유지에게 말을 건넨 순간이었다.

"지금 막 집으로 갈 참이었어."

나는 내가 8시간 교대로 일한다는 사실을 유지가 눈치채주길 바라며 말했다.

그러나 그의 입에선 불쑥 이런 말이 튀어나왔다.

"메리, 야마가와 상이 춤을 추시고 싶다고 해서, 메리 네가 상대가 되어드릴 거라고 말했는데… 괜찮겠지?"

뭐라구! 설마 엄마를 위해 일하고도 모자라, 또 그를 위해 일하라는 건 아니겠지? 나는 유지에게 톡 쏘는 눈빛을 보냈다. 그건 내가 괜찮은지 아닌지를 한치 의심없이 보여주는 행동이었다. 그러자 유지의 눈빛이 참을성 없게 번쩍였다.

"물론, 괜찮지!"

상냥하게 웃으며 나는 유지에게 내 보드카 잔을 건네고 그의 보스의 손을 잡았다.

음악은 드럼, 베이스, 그리고 헬륨 공기로부터 겉도는 성별을 알 수 없는 보컬의 목소리로 축소되었다. 두 여자가 길다란 줄기를 가진 해바라기처럼 서로를 보며 흐느적거렸고, 머리를 땋아내린 패거리들 중 하나가 드럼통을 탁탁 내려치는 시늉을 하고 있었다. 다른 사람들은 할 일 없이 축축 늘어지고, 머리 속이 너덜너덜해진 순교자들은 쾌락에 빠져 있었다. 야마가와 상이 주름진 미소를 지으며 팔로 나를 감싸 안았다. 나는 이 홀에 있는 모든 사람이 너무 소진된 나머지 우리에게 신경 쓸 여력이 없으며, 유지도 보스의 일시적 기분을 맞춰주는 내게 고마워할 거라고 스스로에게 상기시켰다.

"여기 자주 오시나요?"

발을 질질 끌면서 밀고 당기듯 춤을 추며 내가 물었다.

"거의 안오지만 오게 되면 거의 위층에 머물지. 오늘은 유지가 자기 예쁜 영국 여자친구를 찾길래 내가 직접 이쪽까지 걸음을 하게 된 거야."

내 팔목은 야마가와 상의 어깨에 가볍게 걸쳐 있었다. 그의 커다란 손이 내 허리 치수를 재듯이 휘감았다. 가까이에서 본 그의 얼굴은 갈라지고 거칠었으며 이마 위로는 몇 가닥의 은발도 보였다. 면도 부위에서 풍기는 올드스파이스 향수 냄새가 오래 전 삼촌의 파이프 담배 냄새와 그 무렵 가족 회의를 생각나게 했다.

"메리, 외국인 치고는 정말 훌륭한 일본어 실력이야."

"감사합니다."

"여기서 레슨이라도 받나?"

"호스티스로 일하면서 주워들은 게 많을 뿐이에요."

야마가와 상의 얼굴이 잠시 환해졌다.

"굉장한데. 일본이 어떻다고 생각하나?"

일본에 대해 다소 산발적인 인상을 갖고 있는 나로서는 뭐라고 꼬집어 말할 수가 없었다. 허리를 구부리고 절하듯 인사하는 점원들, 밤에 매미의 세레나데를 듣는 일은 좋았지만, 내 뒤를 쫓아오며 이지메를 하는 초등학생들은 정말 싫었다. 그들은 내 쇼핑 바구니를 살피며 이렇게 놀리곤 했다.

"이것 좀 봐! 미국인도 일본 스시를 먹나봐."

"외국인들은 탐폰을 쓰네!"

이런 것들은 내가 치를 떠는 일본 생활의 단면이었다.

"저는 옛날 일본과 현대 일본의 차이가 좋아요. 예를 들면, 스모와 교겐(역주:일본의 대표적인 전통 연극), 그리고…총알 열차와 애니메(역주: 인기있는 일본그룹)와 같은."

내 평소의 태연자약함이 결핍된 답변이었다. 나는 마치 일본 말 발전기처럼 되는대로 뱉어냈다.

"교겐이라구? 정말 교양 있는 아가씨로구만! 내 딸도 교겐을 얼마나 좋아하는지 몰라."

"정말이요?"

"그렇구말구. 둘이 꼭 만나게 해줘야겠군. 내가 티켓을 구해줄 테니 내 딸과 함께 교겐을 보러 가겠나?"

"멋진 일이죠."

내 말은 진심이었다. 내겐 일본인 여자친구가 없었다.

"하지만 미리 경고해둘 말이 있어. 아마 내 딸이 영어회화 연습을 하겠다고 메리를 못살게 굴지도 모르거든."

"오, 괜찮아요. 제 전화번호를 드릴게요… 오후엔 시간이 있는 편이거든요."

"좋아. 내 딸도 학생이라 오후엔 대부분 시간이 비지… 아침과 저녁에도 시간을 낼 수 있어."

그는 만족스러운 미소를 지었다.

나도 따라 미소지었고, 우리의 시선이 잠시 그렇게 마주쳤다. 그의 눈은 아주 작은 빨간 퓨즈로 꽉 채워진 듯 보였고 이상하게도 마약 중독자의 광채가 번뜩였다. 더구나 그의 턱이 덜덜 떨리는 바람에 내 의심은 더욱 증폭되었다. 자상한 아버지와 야쿠자 마약 집단의 우두머리, 그 사이의 모순이 당황스러웠다. 내 허리에 머물렀던 그의 손가락이 움직이기 시작하더니, 스커트와 탑 사이의 맨살을 문지르기 시작했다. 나는 정신을 차리고 불편하다는 신호를 보내기 위해 그의 어깨 너머로 유지를 찾았다. 그러나 커다란 오렌지색 소파 위에서 머리카락으로 얼굴을 가린 채 새우잠을 자고 있는 카티야만이 눈에 들어왔다. 유지는 또 어딘가를 흥청망청 돌아다니고 있을 것이다. 항상 이런 식이다.

* * *

우기 막바지인 10월 중순 경, 청바지와 DKNY 후드 스웨터를 입은 유지가 사요나라 바로 터벅터벅 걸어 들어왔다. 표정은 비록 사납게 찌푸리고 있었으나 잘생긴 얼굴이었다. 나는 거기서 일한 지 일주일째였고, 그를 손님으로 착각했다. 그는 다른 사람들을 무시하면서 곧장 마마상의 사무실로 성큼성큼 들어갔다. 그리고 5분 후에 다시 나와 뒤도 돌아보지 않고 사라졌다.

"저 사람 누구야?"

그때 나는 가까이 있던 미국인 호스티스에게 물었는데, 아마도 그녀는 유지에게 원한을 갖고 있는 게 분명했다.

"저 거만한 자식은 마마상의 애송이지."

그날 밤 나는, 일이 끝나고 빗줄기가 내 싸구려 우산을 강타하는 소리를 들으며 택시 승강장으로 향했다. 물에 빠진 생쥐가 될 정도로 거센 빗줄기였고, 추위로 이빨이 딱딱 부딪쳤다. 그러나 내 마음은 줄곧 그의 어깨 경사면을 떠나지 않고 있었다. 그의 모습은 그 어깨와 더불어 거의 완벽에 가까운 신체 비율을 형성하고 있었다.

그렇게 나는 그의 배경조사를 좀 하게 되었다. 그가 몸담고 있는 깡패 조직 이야기도 들었고, 그의 팔과 어깨에 꽉 들어찬 문신에 대해서도 들었다. 사요나라 바의 호스티스 중에서 배심원들이 구성되었다.

"괜찮은 사람이지. 어머니한테 효자 노릇을 톡톡히 하니까."를 비롯해서, "유지는 여자를 일회용 젓가락 정도로 취급한다구. 한번 쓰고 나면 가차없이 버리는 놈이지." 등의 다양한 의견이 접수되었다.

내가 그를 다시 본 건 그로부터 2주 후였다. 나는 난바難波[13]에 있는 바에서 음악을 고르며 주크박스 앞에 서 있었다. 그때 뒤에서 누군가가 말을 걸었다.

"야, 새로 온 여자! 도쿄 보이즈를 고르면 넌 당장 해고야. 내 장담하는데 주크박스가 네가 선택한 노래를 끝내기도 전에 넌 벌써 영국행 짐짝에 실려 있을 거다."

그는 이번엔 가죽 잠바를 입고 있었다. 가까이서 본 그의 얼굴에서 받은 충격은 이전에 비해 천 배나 컸다.

"정말? 도쿄 보이즈는 생각도 못했는데, 네 덕분에 내가 그들을 얼마나 사랑했는지 알게 됐는걸!"

그는 이 말을 듣고 이빨을 드러내며 미소지었다.

그래, 항상 못마땅한 표정을 짓는 건 아니구나, 나는 생각했다.

나는 주크박스로 다시 돌아섰다.

---

13. 오사카의 대표적인 오락과 쇼핑의 환락가로 간사이關西 지역 최대의 유흥가 밀집 지역

"자, 이제 뭐가 나올까?"

나는 유리 위로 내 손가락을 깔쭉깔쭉하게 만들었다.

"F-17… F-17…"

나는 코드를 입력하려고 했다.

그때 갑자기 유지가 키패드로 돌진하더니, 다른 가요를 선택하려는 듯 제멋대로 숫자를 마구 눌러댔다.

나는 실망 반 놀람 반으로 뒤돌아섰다.

"넌 방금 100엔을 날려버렸어."

내가 말했다.

"100엔?"

"그래, 100엔이 날아갔다구."

"그래? 그럼 내가 술 사지."

다음날 아침, 나는 그가 자기 디지털 손목시계를 내 스탠드 위에 놓고 간 것을 발견했다. 나이키 로고가 새겨진 무광택 플라스틱 시계가 쉭쉭 소리를 내며 움직였다. 그리고 또 다른 증거물로 스톨리치나야 보드카 병이 굴러다니고 있었다. 내 전화번호를 그에게 주었던가? 설령 그렇지 않다 해도, 그가 나를 어디서 찾을지는 알고 있었다. 하지만 한 주 동안 아무 일도 일어나지 않았다. 마리코는 이렇게 말했다.

"그 녀석은 똑같은 짓을 타냐한테도 했었어. 빨랑 잊어버려. 그 빌어먹을 시계는 네가 가지라구."

그리고 3주가 흐른 어느 날 밤, 일이 끝난 후 옷을 갈아 입고 나오다가, 홀에서 팔다리를 쭉 펴고 앉아있는 그를 보았다. 그날은 정신없이 바빴던 날이라 마스카라가 눈 주위에 팬더처럼 번져있었고 담배를 하도 피워대서 목도 컬컬했다. 그에게 똥처럼 보인들 무슨 상관이야? 나는 생각했다.

나는 최대한 침착함을 잃지 않고 그와 눈을 맞추며 물었다.

"엄마 보러 왔니?"

"응, 또 너도 볼 겸해서. 꽤 오래 못봤지? 그동안 연락 못해서 미안했다. 내 보스가 갑자기 오키나와로 출장 보내는 바람에… 그리고 네 전화번호도 모르고… 너 오키나와 가본 적 있냐?"

나는 고개를 저었다.

"언제 한번 꼭 가봐라. 모래가 펼쳐진 해변에, 평온하게 흘러가는 시간들…"

내가 오키나와 따위에 신경 쓸 게 뭐람?

"네 시계 나한테 있는데 돌려줄까?"

나는 말했다.

그 다음에 일어난 일은 가히 예측할 만했으나 그 다음날 저녁에는 예측에서 벗어난 일이 일어났다.

그가 다시 온 것이다.

나는 근무가 끝나고 내 뒤통수를 향하는 호스티스 동료들의 아치형 눈썹을 조심스럽게 따돌리면서 그를 향해 걸어갔다.

"여기서 뭐해?"

난 진짜로 당황해서 물었다. 적어도 그라면, 다음 3주 동안은 내 눈앞에 나타나지 말았어야 옳았다. 심지어 이렇게 기대를 깨다니 에티켓을 지키지 못한 것처럼 느껴질 정도였다. 그러나 그 다음날 밤에도 그는 다시 왔다. 그 다음날 밤에도 또 왔다. 그리고 얼마 안 가, 나는 '그가 왜 왔지?' 하며 궁금해하는 마음을 버리게 되었다.

쌀쌀한 날씨였다. 깃털 이불이 발 끝에서 바스락거리는 소리를 냈다. 유지는 나를 포박하듯 껴안고 있었다. 그의 팔이 내 팔을 휘감고, 그의 다리가 내 허벅지를 끌어당겨 단단히 둘러쌌다. 첫번째 잠자리 이후, 나의 돌아눕는 습관을 못마땅히 여긴 그가 이런 식으로 착 달라붙는 바람에 적이 당황했었다. 어둠이 옅어져갔다. 집집마다 신문이 배달되면서 곧 현관 우편함에서도 덜컥 하는 소리가 들리겠지. 등 뒤로 유지의 가슴이 오르락내리락 하는 편안하고 익숙한 리듬이 느껴진다.

"유지."

대답이 없다. 하지만 듣고는 있을 것이다.

"야마가와 상이 나보고 자기 딸을 만났으면 좋겠대."

"으음…"

"유지, 그 자와 춤추는 거 정말 싫어."

역시 아무 대꾸가 없다. 너무 피곤해서 입이 떨어지지 않나보다.

얼마 후 뒷문이 삐걱거리는 소리가 들렸다. 그리고 내 눈은 스르르 감겼다.

마마상은 나에게 일주일에 한 번은 호객행위를 해야 하며 경기가 좋지 않을 때는 더 자주 해야 한다고 덧붙였다. 그녀는 컴퓨터 베이스를 체크하며, 술에 취해 방종한 꼬락서니를 보였던 남자들의 전화번호를 꼼꼼히 살펴 그 목록을 인쇄했다. 그리고 우리는 그 목록을 받아 그들에게 전화를 한 뒤 예의 꼬리치는 수법을 사용해 다시 바를 찾게끔 유혹했다. 마마상은 어떤 손님이 어떤 호스티스와 '특별한 관계'를 맺고 있는지 훤히 꿰고 있어서, 거기에 맞춰 이름과 전화번호를 할당하곤 했다. 경쟁 호스티스 바에서 손님들을 꾀어낼 때면 머리 당 수수료를 받았다. 내가 사요나라 바에 온 지 2주가 지났을 때, 마마상은 좀더 일찍 출근하라고 말했다.

"오늘은 다섯 시에 와, 네가 할 일이 뭔지 파악이 될 때까지 카티야 옆에 앉아서 어떻게 하는지 잘 보라구."

나는 당시 카티야에 대해서 아는 게 별로 없었다. 다른 호스티스들은 새로 온 호스티스와 빨리 친해지려고 하는 데 반해, 카티야는 일정한 거리를 두고 있었다. 내가 그날 오후 바에 도착했을 때, 카티야는 이미 바의 불빛 아래에 앉아 손가락으로 전화선을 빙빙 돌려 감으며 전화선 너머에 있는 사람에게 우는 소리를 하고 있었다.

"고바야시 씨, 우리 못본 지 벌써 몇 주나 지났잖아요. 한번 들러서 얼굴 좀 보여주셔야죠."

카티야는 잠시 말을 멈추고, 상대방이 그럴 듯하게 윤색한 스트레스나 과로 따위를 하소연할 기회를 주었다.

"그런 소리 마세요!"

그녀가 꾸짖듯 말했다.

"저 지금 무지 섹시한 팔찌 차고 있어요. 한번도 뺀 적이 없는 팔찌죠."

그녀의 목소리가 허스키해졌다.

"심지어 샤워할 때도 빼지 않아요…"

나는 그녀의 맨 팔목을 바라보았다. 전화선 너머의 남자가 갑자기 나타나기라도 하면 어쩌려고 저러는지 모르겠다. 그녀가 마지막 인사를 하고 전화를 끊을 무렵 나는 그녀 옆의 일인용 의자에 걸터 앉았다. 그녀는 자신의 목록표를 들고 간지(역주: 일본식 한자)로 씌어진 고바야시의 이름 위에 X자 표시를 했다.

"분명히 올 거야."

그녀가 장담하듯 말했다.

"전화 상으로는 어떤 허튼 소리도 지껄일 수가 있지. 면전에서 말할 때보다 거짓말하기가 쉽거든."

그녀는 범죄자 냄새를 풍기는 동유럽 억양의 과장된 영어 발음으로 말했다. 나는 그녀에게 어느 나라에서 왔냐고 물었다.

"우크라이나."

그녀가 대답했다. 내가 그녀에게 영어를 잘한다고 하자, 그녀는 어깨를 으쓱하더니 고객과의 전화를 3분 이내로 끝내는 방법에 대해 설명하기 시작했다. 카티야가 자신에 대해 말하기 시작한 건, 그로부터 몇 주가 지나서였다.

영국인인 카티야의 어머니는 열여덟 살 때 카티야의 아버지를 따라 오데사(역주:우크라이나 오데사 주州의 주도州都)로 이사왔다고 했다. 나는 그곳 얘기에 마음을 빼앗겼다. 오데사는 얼어붙은 보드카와 털모자의 거친 매혹을 지니고 있는 곳이었다. 카티야의 말에 의하면 영어로 의사소통할 사람도 없고 딸과 남편 또한 툭 하면 집을 비웠던 우크라이나에서의 생활은, 그녀의 어머니를 행복하게 만들기는커녕 외로움에 미칠 지경까지 몰아갔다고 했다. 카티야가 열두 살 되던 해, 결국 그녀의 어머니는 영국으로 도망쳤다.

"널 버리고 갔단 말이야?"

내가 물었다.

"그 후로 한 번도 만난 적이 없어?"

카티야는 반들반들하게 윤이 나도록 닦고 있는 와인 잔에 눈을 떼지 않고 대답했다.

"한 번도."

"엄마가 보고 싶지 않았니?"

"별로."

나도 카티야의 입장을 이해할 수 있었다. 어머니란 존재와 멀어져버린 비슷한 성장 배경이 카티야와 나를 더욱 가깝게 만들었다. 우리 엄마는 스페인으로 떠난 후 거의 나와 소식을 끊고 살았다. 현재도 나는 내가 일본에 있다는 사실을 굳이 알려서 그녀를 귀찮게 만들 의향이 없다. 말해봤자 뭐가 달라지겠는가? 그러나 카티야의 상황은 나보다 훨씬 더 심각했다.

그녀는 열일곱 살에 학교를 그만두고 수퍼마켓 계산원으로 일하기 시작했지만 그런 따분한 운명을 받아들이기에 그녀의 야망은 너무 컸다. 바코드를 찍어대는 카티야의 단조로운 인생은, 그로부터 2년 후 어느 날 우연히 보게 된, 일본에서 일할 여자를 구한다는 지역 신문의 광고로 인해 종지부를 찍게 된다. 거기엔 일본어를 할 줄 몰라도 괜찮다, 한 달 안으로 1년치 수입을 벌어들일 수 있다, 이런 문구들이 씌어 있었다.

2주 후, 카티야는 다른 두 명의 우크라이나 여자들과 함께 간사이 국제 공항에 도착했다. 그녀는 처음엔 힘들었다고 고백했다. 일본어도 할 줄 몰랐고, 일자리라고 잡은 건 야쿠자들이 운영하는 수상쩍은 호스티스 바였다고 한다. 나는 뭐가 어떻게 수상쩍은지 알 길이 없었다. 다만 몇 달 후 그녀는 그곳에서 완전히 빈털터리가 되었다는 말만 하고, 더이상은 얘기하지 않았다. 내가 물집이 생길 정도로 꽉 끼는 구두나 오만방자한 손님들에 대해 우는 소리를 해대면, 카티야는 이렇게 면박을 주곤 했다.

"그만 좀 징징대. 여기서 일하는 게 얼마나 다행인지 알기나 하니!"

카티야는 내게 일본에 오기 전에 뭘 했냐고 물었다. 나는 일본 문학을 공부했다고 대답했다. 나는 나 몰래 내 친구와 바람을 피운 애인과 헤어진 후 일본으로 왔다.

"난 마음에 없는 행동은 죽어도 못하거든."

나는 스스로 한 이 말이 진심이길 바라며 말을 이었다.

"그가 나를 배신한 것처럼 나도 그를 떠나면서 여권을 갱신했지."

오사카에 도착했을 때, 나는 유흥가의 좁은 골목들을 쏘다니며 사흘을 보냈다. 외로움에 지칠대로 지쳤고 무거운 배낭으로 어깨가 욱신거렸다. 일본어를 꽤 잘했지만 대부분의 술집에서는 관광비자를 소유한 외국인을 고용하려 들지 않았다. 가는 곳마다 번번이 퇴짜를 맞고 쫓겨났다.

그렇게 바를 전전하며 지내던 어느 날 밤, 여느 날과 다를 바 없이 머물고 있던 유스호스텔로 돌아왔다. 나는 거기에서 호주에서 온 애들과 진 러미 게임Gin Rummy[14]을 몇 판 벌이곤 했다. 그러나 유독 이날만은 혼자 아늑하게 쉴 수 있는 나만의 공간이 없다는 사실이 비참하게 느껴졌다.

그 후 나는 고급 회원제 클럽과 바들이 미로처럼 얼기설기 채워진 건물의 6층에서 사요나라 바를 발견했다. 마마상은 나를 찬찬히 훑어보더니 말했다.

14. 가지고 있는 패의 합계가 10점 혹은 그 이하일 때 가진 패를 보이는 카드 놀이의 일종

"너를 쓰려면 외국인 고용 등록 관련자들을 좀 불러야겠다. 너를 영어 선생이나 뭐 비슷한 거로 써넣으라고 해야지."

내가 말했다.

"어디서 사람이 와요? 이민국에서요?"

마마상은 나를 보며 웃기만 했다. 그날 저녁부터 나는 호스티스 일을 시작했다.

5

: 와타나베

내가 알고 있는 한 이 초공간의 유일한 시민은 오직 나 하나뿐이다. 포유류의 두뇌들은 내가 가진 심원한 능력으로 진화되기까지 수천 년이 걸릴지도 모른다. 물론 우주 어딘가에 내 수준에 이른 외계인이 존재할지 모르지만, 어쨌든 나는 이 원시적인 지구에서만큼은 빛에 눈뜬 유일무이한 존재다. 당신은 나를 괴상한 거짓말쟁이, 타고난 정신병자라고 매도할지도 모른다. 그러나 나는 다시 한번 당신에게 상기시키고 싶다. 세상에 자연의 순리를 거슬러 일어나는 일은 없다. 단지 우리가 알고 있는 것에 거슬러 일어나는 일이 있을 뿐이다.

평범한 3차원의 눈으로 바라보면 이 호스티스 바에는 놀랄 만한 것이라곤 없다. 족제비처럼 교활한 은행 간부들이 홀에 앉아 담배를 피우고, 담배 연기는 환풍기를 향해 브라운 운동Brown motion[15]을 하며 천천히 흘러간다. 호스티스들은 술과 해조류 안주가 놓인 쟁반을 들고 테이블 사이를 표범처럼 살금살금 걸어다닌다. 밥먹듯 해대는 거짓말들

15. 액체나 기체 속에 떠 있는 미립자가 끊임없이 불규칙적으로 운동하는 현상

과 진부한 얘기들, 활기 넘치는 잡담들이 언제까지고 울려퍼진다. 내가 발판 사다리 위에 올라 환풍기에 켜켜이 쌓인 먼지를 닦아내고 있을때, 내게 주의를 기울이는 사람은 아무도 없다. 그럴 만한 이유가 하나도 없지 않은가? 내 야구 모자와 케첩으로 더러워진 앞치마는 내가 존재하는 초공간 지대의 신성함을 나타내지 못한다. 진저리나는 주변 환경에 진이 빠진 나는 아름답고도 심오한 지각의 교향곡을 몹시도 갈망한다.

바로 4차원의 세계다. 젖은 헝겊을 물 양동이에 던져 넣으며, 나는 미세한 정신의 경련과 함께 심원한 인간 정신의 복잡한 지하 통로에 이른다. 존재들의 뒤틀림 속에서 눈앞에 우주의 해체가 펼쳐진다.

순식간에 나는 모든 것을 꿰뚫어보는 신의 경지에 이른다. 호스티스바의 단골 손님들이 내 비밀스런 영역권에 들어와 휘황찬란한 내장과 두뇌들을 활짝 벌려 놓는다. 공기는 정신 활동으로 밝게 빛난다. 생각들은 개똥벌레처럼 깜박거리면서 끓고 있는 잼 단지의 불꽃 멍울처럼 툭툭 터지며 너울거린다. 전기 충격이 신경 섬유를 따라 빠르게 이동하고 시냅스(역주:신경세포의 연접부)가 육체의 명령들을 중계방송한다. 초공간의 영역에서는 무엇도 숨겨진 채 피해갈 수 없다. 나는 이 물 양동이 속에 있는 모든 분자들의 양자 파동과 모든 원자들의 회전 속도를 이야기할 수 있다. 그러나 왜 우리가 그런 것들로 시간을 낭비해야 하는가? 아직 미개한 수준에 머물러 있는 당신의 마음은 그런 정보들을 처리할 수가 없다. 그 대신 내가 다른 얘기를 해주겠다.

샐러리맨들이 바에 한 줄로 앉아 있다. 그 중 남색 정장을 말쑥하게 차려 입은 야마시타 상은 야스카 전자 회사의 수출 부장으로, 글루텐

(역주:식물의 종자 속에 들어있는 식물성 단백질의 혼합물) 알러지를 갖고 있으며, 자연식 다이어트를 하며 살아간다. 소화 효소가 그가 점심에 먹었던 깍지콩 샐러드 찌꺼기를 포격하고 있다. 그는 아마추어 조류학에 관심이 있으며 여자로 분장하기 위해 인터넷 홈쇼핑으로 사이즈 11의 구두를 주문하는 별난 취미가 있다. 야마시타 상은 지금 남자들이 카티야 키셸이라는 사마귀를 먹이로 삼고 있는 거주 지역에 앉아있다. 그녀의 파란 눈이 자못 진지한 빛을 뿜으며 커진다.

"전 일주일에 7일을 일해요. 오빠가 신장 이식수술을 받아야만 살 수 있기 때문에 필사적으로 돈을 벌어야만 해요."

카티야에게는 우크라이나에 돼지를 기르는 오빠가 다섯이나 있다. 그들 중 신체적인 결함을 가진 사람은 딱 하나로, 지금 매독에 걸렸고 경미한 정신분열증이 있을 뿐이다. 야마시타 상은 약간 멍청한 스타일로 이 꾸며낸 곤경에 마음이 움직여 카티야에게 너그러운 기부를 하려고 든다.

어둠 속 영혼의 심연에 숨어든 카티야는 만족한 듯 가르랑거린다. 그녀는 피스타치오(역주: 견과류의 일종으로 남유럽, 소아시아에서 나는 관목의 열매)를 아작아작 씹다가, 조각이 그녀의 작은 어금니와 앞니 사이에 끼자 혀로 가뿐히 빼낸 후 꿀꺽 삼킨다. 넘어간 조각은 자유롭게 그녀의 식도를 타고 떨어져 작은 위액 웅덩이 속에 퐁당 빠진다.

시공간의 구조에는 잔물결 같은 파동이 인다. 메리가 바를 향해 돌진한다. 아름다운 메리, 그녀의 퀭한 사파이어 눈동자와 금빛으로 자아낸 머릿결이 빛을 발한다. 그녀의 심장이 마마상이 없나 살피며 걱정으로 떨리고, 그녀의 혀에는 늦게 와서 죄송하다는 말을 하기 위한 스프링이 부착되어 있다. 시체를 간음하는 듯한 남자친구의 사악한 섹스 스타일과 기한이 지난 방세 때문에 메리의 정신은 현재 여러 고민들에 포위되어 있다. 하지만 그녀는 잠시 내 발판 사다리를 보고 내게 미소를 보낼 시간을 포착한다. 입술의 부드러운 살집이 팽팽하게 당겨지면서 그 아름다움이 절정을 향해 치솟는다. 잠시 아무것도 느껴지지 않고 초공간을 소용돌이치는 미소를 짓는 메리만이 이 우주에 가득하다.

"안녕, 와타나베."

그녀가 말한다.

그녀에게 미소를 지어야지! 나는 스스로를 몰아댄다. 안녕이라고 말해, 어서!

하지만 슬프게도 내 성대는 작용하지 않는다. 윤기 나는 금발을 흔들면서 메리는 그냥 지나친다. 탈의실로 사라진 그녀 뒤로는 번쩍거리는 분자들의 소요가 한창이다.

어제는 나의 열아홉 번째 생일이었다. 저차원의 영역에 살고 있는 나의 부모님은, 내게 복슬복슬한 새끼고양이 그림이 그려진 카드를 보내왔다. 또 감나무 그늘 아래에서 웃음기 없는 눈빛으로 나를 노려보고 있는 자기들 사진도 함께 동봉했다. 아직 그들이 어떻게 생겼는지를 기억하고 있는 한 사진은 불필요하다. 또, 아버지는 공부에 전심전력을 다해 내 성적이 과에서 상위 1퍼센트에 들길 기대한다는 편지를 보내왔다.

그가 만약 자신의 아들이 인류의 새로운 진화의 국면에 신기원을 이룬 장본인이라는 사실을 안다면, 내 성적 따위는 금세 하찮은 일이 되어버릴 것이다. 고차원의 영역에서는 한낱 무가치하게 간주되는 것들이, 이 3차원의 영역에서는 아직도 내 가치를 판단하는 기준이 된다니 마음이 씁쓸했다.

나는 생일 카드를 벽난로 선반 위에 놓았다. 마치 애절한 태아의 눈빛으로 내 뒤를 몰래 밟는 듯한 새끼 고양이 그림이 불편한 심기를 부추겼다. 나는 단 몇 분 동안만 그것을 참아낸 후에 카드를 발기발기 찢어 화장실 변기 속으로 던져버렸다. 그리고 오사카 하수도 깊이 잠겨버릴 수 있도록 레버를 몇 차례 잡아당겼다. 그리고 나서 침몰하듯 무릎을 꿇고 벌벌 떨면서 나의 배은망덕함에 수치심을 느꼈다.

내 인격 형성기 동안 아버지는 나를 강하게 만들기 위해 여러모로 노력했다. 그는 세상이 얼마나 몰인정한지 알았고, 나를 거기에 부합하는 인간으로 만들기 위해 갖은 애를 썼다. 내가 맨 처음 세상의 잔혹함을 경험했던 시기는 초등학교 4학년으로 거슬러 올라간다. 나는 운동장 뒤편으로 나 있는 나무 숲 지름길을 따라 집으로 향하고 있었다.

그때, 당시 사춘기로 접어들기 이전의 야만적인 행동으로 악명을 떨치던 쌍둥이 형제 미치오와 카즈오 카쿠가 덤불 뒤에서 갑자기 뛰쳐나와 자신들의 가방으로 나를 두들겨 패기 시작했다. 나는 아프다기보다는 깜짝 놀랐다. 텅 빈 가방은 때리는 힘이 약했다. 일단 그렇게 그들은 가방으로 재미를 보았다.

잠시 후에 동생 미치오가 외투를 벗기 시작했다.

"덤벼, 이 바보야,"

그가 비아냥거리며 말했다.

"한번 붙어보자구. 내 첫번째 주먹 맛을 보여주겠어."

햇살이 무성한 이파리 차양을 통과해 그의 무법천지 얼굴 위로 얼룩졌다. 그는 형 카즈오에게 자기 외투를 건네고, 형 카즈오는 어느새 내 옆에 다가와 피에 굶주린 눈빛을 번뜩였다. 나는 하얗게 질려 간신히 서 있었다. 담배 파이프 청소 기구 같은 허약하기 짝이 없는 내 팔은 양 옆으로 나란히 흐느적거리며 매달려 있었다.

"야! 준비된 거야, 안된 거야?"

두말할 필요도 없이, 난 준비가 안됐다. 그로부터 2분 후에 나는 얼굴을 바닥에 파묻은 채, 방어 자세를 취하며 쥐며느리처럼 웅크리고 있었다. 배는 심하게 맞아 가죽이 벗겨진 것 같았고, 입술은 퉁퉁 부어 올랐고, 콧구멍에서는 피가 흘렀다. 내 몸은 고통 때문에 한 덩어리로 뭉개진 것 같았다.

미치오는 무방비 상태인 내 등을 발로 두어 번 차더니 형에게 큰 소리로 말했다.

"좋아… 이만하면 됐겠지."

그는 내 옆에 쪼그리고 앉았다. 나는 이 시점에서 죽은 연기를 했다. 동물 다큐멘타리에서 눈으로 보고 배운 술책이었다.

"호모 새끼,"

그는 내 귀에 대고 중얼거렸다.

"다음 달에 또 보자."

그들은 길을 따라 내려가기 시작했다. 그때 덤불에서 옷 스치는 소리를 내며 무적의 존재가 나타났다. 가지에 붙은 잎들을 헤치고 나온 사람은, 바로 내 아버지였다. 기쁨에 넘친 나머지 뜨거운 눈물이 먼지로 뒤범벅된 뺨을 타고 흘러내렸다. 나의 아버지가 오셨다! 그는 쌍둥이 형제를 향해 음산하게 고개를 끄덕거렸고, 그들은 아버지 앞에서 죽은 듯이 서 있었다. 그 다음 아버지는 양복 호주머니에서 지갑을 꺼내 미치오에게 천 엔을 건네주었다. 카쿠 쌍둥이 형제는 아버지에게 공손하게 고개를 숙이며 인사를 한 후, 가던 길을 따라 야성적인 웃음소리를 남기며 사라졌다.

"아버지…"

뭔가 잔인한 협잡꾼의 공모가 숨어있다! 날 이 지경으로 만든 게 다 아버지의 사주였단 말인가. 난 공포를 느꼈다. 그의 거무칙칙한 그림자가 내 얼굴 위로 드리워졌다.

"일어나, 이치로."

그가 명령했다.

"이건 지독히 기분 나쁜 경험이었다. 점잖게 싸우는 방법을 터득하는 데 앞으로 한 달을 주겠다. 이런 소름끼치는 꼴을 다시는 보고 싶지 않다."

어떤 아버지들은 피아노 레슨비를 지불하고, 어떤 아버지는 자기 자식들을 낚시터로 데리고 간다. 그리고 나의 아버지는 세상과 맞설 수 있도록 나를 혹독하게 단련시키는 데 사력을 다했다. 벚꽃이 지고 눈보라가 치고 햇살이 눈부시게 빛나는 세월 속에서, 나는 고등학교 3학년 때까지 매달 카쿠 쌍둥이 형제에게 무자비하게 두드려 맞았다. 광포한 주먹과 발길질이 쏟아질 때마다, 나는 불같이 뜨거운 아버지의 사랑을 느꼈다.

생일이란 무의미하고 허황된 것이다. 4차원 영역의 위대한 경지에 눈 멀었던 지난 19년이 무슨 대수란 말인가? 인류의 전체 문명은 사실 우주의 시각에서 볼 때는 눈 깜짝할 사이 지나가는 찰나일 뿐이다. 왜 우리가 선물과 축하로 생일을 높이 찬양해야만 하는가? 무엇 때문에? 어제 오후 나는 침실 문으로 빠져나와 아파트 건물 옥상으로 올라갔다. 비타민 C 알약을 빨아 먹으며 옥상에 앉아 오사카 하늘 일대를 감싼 유황 가스의 엷은 연무를 바라보았다. 나는 오사카에서 살고 일하는 수백 만 명을 생각했다. 모두 12,900,467명이었다. 나는 소위 마천루라 불리는 저 잿빛 오염으로 더러워진 거대한 고층빌딩 속에서 북적거리는 사무원들을 볼 수 있었다. 오사카 시청에서는 다카하시 시장이 수미토모 은행 간부로부터 뇌물을 받고 있었고, 텐노지에서는 야쿠자 조직의 보스가 배신자의 중지를 쇠톱으로 잘라내며 본때를 보이고 있었다. NHK TV 스튜디오에서는 토크 쇼의 진행자 유코 모리가 방송 몇 초 전 콤팩트 거울 속에 숨긴 코카인을 흡입하고 있었다. 나는 몇 시간동안 옥상을 떠나지 않았다. 이 건물의 주인인 푸지가 무아지경에 빠진 내게 소방용 호스로 물을 뿌려대지만 않았어도 더 오래 머물렀을 것이다.

"와타나베, 잠깐 시간 좀 갖자!"

마마상이 찰그랑거리는 금속성 소리를 내며 칼과 포크가 든 통을 부엌 카운터 위에 탁 하고 내려놓았다. 내 코의 감각 기관이 라벤다 운모 파우더와 개의 요실금으로 인한 악취로 움찔 뒤로 물러났다. 나는 표고버섯을 썰고 있던 칼을 내려놓고 앞치마에 손을 닦았다. 마마상은 거칠고 완강한 눈빛을 내게서 떼지 않고 있었다. 주름을 더 도드라지게 하는 파운데이션이 피부의 갈라진 틈 사이에 뭉쳐 있었다. 무지막지한 가슴 사이의 계곡은 꽉 끼는 조끼로부터 흘러나와 언제라도 옷단을 무너뜨릴 태세를 갖추었다. 예외 없이 그녀의 품안에 자리를 잡은 쥐방울만한 치와와, 미스터 보잔글스께서도 마마상의 벨벳 드레스 위로 자신의 하얀 털을 휘날리고 있었다. 누구도 대적할 수 없는 마마상의 몸집을 안식처로 삼은 미스터 보잔글스는 현재 방문 중인 귀족인 양 도도하게 그의 코로 나를 내려다보고 계시는 중이다.

"손님한테 또 한소리 들었다."

마마상이 퉁명스럽게 말했다.

또? 그 까다로운 샐러리맨 녀석이 또…

마마상은 통에서 포크를 꺼내더니 내 코 앞에 갖다 댔다.

"이 포크 좀 봐. 와타나베. 자, 뭐가 잘못됐지?"

가느다란 금속 포크가 불빛에 반사되었다. 내가 보기엔 지극히 양호한 상태다. 나는 내 진화된 4차원의 정신 속으로 깊이 들어갔다. 내 주위가 보다 확장된 현실 속으로 폭발하면서 10억분의 1초 순간에 공간과 논리의 장벽이 우뢰 소리와 함께 무너짐과 동시에, 포크는 그 구성 물질과 에너지로 해체되고, 느리게 움직이는 모기 떼처럼 느슨하게 접합된 격자 속에서는 쇳소리가 진동했다. 원자 이전의 상태에서조차 모든 것은 정상적으로 제자리에 있었다.

"포크에 잘못된 건 없습니다."

나는 마마상에게 친절히 알려주었다.

"와타나베!"

그녀는 내 눈을 찌를 듯한 기세로 포크를 들이밀며 날카롭게 쏘아붙였다.

"여기에 치즈가 묻어있잖아."

포크를 받아 든 나는 실눈을 뜨고 유심히 살폈다. 포크 갈퀴에 붙어 있는 응고된 어떤 물질이 시야에 잡혔다.

"죄송합니다. 식기 세척기에 세제가 부족했나봐요."

나는 내 뼈저린 후회를 표시하기에 충분할 만큼 오랫동안 머리를 숙여 사죄했다. 나는 거의 하루도 쉬지 못한 게 틀림없다. 초공간의 휘황찬란한 복잡성 때문에 가끔씩 정신적인 피로가 찾아온다.

"와타나베, 이 통에 든 걸 전부 다시 씻어. 이건 아주 위생적으로 보관해야 한다구. 이 통을 다 씻으면, 저 프라이팬에 있는 기름을 갈도록 해. 손님들에게 갈색으로 찌든 프렌치프라이를 계속 내갈 순 없잖아."

마마상의 성가신 잔소리가 본격적으로 탄력을 받은 상태다. 귀에 거슬리는 그녀의 심술궂은 질책을 나는 묵묵히 참아낸다. 마마상의 저 분노와 짜증의 근원은 사실 다른 곳에 있다. 그녀의 피 속에 감도는 호르몬을 신속하게 분석해본 결과 에스트로겐의 분비가 한결같이 저조한 상태다. 폐경기의 전조다. 그녀의 잠재의식의 파장은 안면 홍조증과 골다공증으로 인한 걱정으로 쉴 새가 없다. 그녀는 내 얼굴에 주걱으로 삿대질을 하며 여과없이 맹렬한 기세를 분출하고 있고, 미스터 보잔글스는 흥분했는지 쉴새없이 캥캥 짖어댄다. 그 작은 두개골 속에는 최고 지배권의 망상들이 펄쩍펄쩍 뛰고 있다. 미스터 보잔글스께서 오늘 점심으로 드신 게 뭔지 한번 볼까. 토끼 간으로 요리한 깡통 파테를 드셨고 깡통 헤어스프레이 분출구도 집어 삼키셨군. 그리고 한 무리의 꿈틀대는 선충들도 꿀꺽하셨네. 나는 몸의 무게 중심을 오른발로 옮겨 실으며 마마상의 그 무력적인 위협이 가시기만을 기다렸다. 나는 마마상의 이런 꾸짖음이 신체 기능이 저하될 때 자신의 통제력을 스스로 확인하려는 시도라는 것을 상기했다. 이내 마음속에 연민의 정이 가득 찼다. 비록 부엌데기에 지나지 않는다 해도 나에겐 적어도 젊음이 있으며 무엇보다 4차원 공간이 허락된 영예로운 전지전능함까지 지니고 있지 않은가.

"…그리고 저 환풍기에 낀 기름 때도 깨끗이 닦아내도록 해!"

내가 고개를 끄덕이자 마마상의 구두가 마침내 방향을 틀어 바 쪽을 향했다. 구두에서 나는 또각또각 소리와 기모노 아래에서 육감적인 살집들이 요란법석을 떠는 모습이 흡사 켄타우루스(역주: 그리이스 신화에 나오는 반인반마半人半馬의 괴물)를 연상케 했다.

다시 주방은 조용해지고 내 고막은 고통이 사라진 기쁨을 만끽한다. 나는 표고버섯을 썰기 위해 제자리로 돌아와 버섯의 부드럽고 연한 구멍들 사이로 칼날이 지나가는 것을 지켜본다. 주방 저 끝의 구석에 사는 바퀴벌레 가족들이 먼지때로 코팅된 벽의 맨 아래 널빤지 뒤로 황급히 달려간다. 그 검정 갑옷이 어슴프레하게 빛나고, 깔쭉깔쭉하게 생긴 더듬이가 실룩거린다. 나는 잠시 칼질을 멈추고 그들을 관찰한다.

오리온 벨트[16]를 지나, 켄타우루스 자리[17]의 알파 별[18]을 넘어, 우주의 바로 바깥 둘레에 무질서가 지배하는 영역이 존재한다. 거기에는 우주를 통치하는 힘이 반란을 일삼으며 모든 물리적인 법칙에 혼란을 가져온다.

그곳은 디스크처럼 평평한 행성으로 우주의 어두운 곳에 위치한다. 이 행성은 오메가몰프*Omegamorphs*라 불리는 종족들이 거주하는

---

16. 밝게 빛나는 겨울철의 대표적인 별자리인 오리온 자리의 허리 부분에 속하는 세 별
17. 그리스 신화에 나오는 상반신은 인간이고, 하반신은 말의 모습을 하고 있는 켄타우루스의 이름을 딴 별자리
18. 베타별과 나란히 은하수 속에서 빛나고 있으며, 세 개의 별로 구성됨

데, 이 종족들은 완전한 2차원적 존재들이다. 다시 말해 이들은 완전히 평면적인데, 내가 말하는 이 평면적이라는 의미는 종이 같은 형태가 아니라 명백히 3차원적인 영상을 지니지 않았다는 것을 말한다.

이러한 장애에도 불구하고, 오메가몰프는 평온하고 교육 수준 높은 축복된 문명으로 매우 지능적인 생명체로 진화해왔다. 그들은 우주의 평평한 껍데기 위를 미끄러지듯 움직인다. 행성의 가장자리에 이르면 그냥 자신의 몸을 홱 넘기면서 다른 쪽으로 향한다.

어느 날 오메가몰프 245HQK가 학교를 향해 미끄러지듯 가던 길이었다. 그때 뇌성벽력같은 소리가 주위에 진동하며 거대한 우주의 메아리가 하늘에 울려퍼졌다. 오메가몰프 245HQK는 무슨 일인지 궁금했으나 위를 쳐다볼 수가 없었다.

그의 세계에서는 수직이란 개념이 존재하지 않았으며 오직 수평만이 있을 뿐이었다. 그러나 하늘로부터 쿵 하고 울리는 소리를 들을 수는 있었다.

"환영한다, 오메가울프245HQK. 난 3차원 세계의 은하계에서 온 우주비행사 신이다. 나는 너를 그 지긋지긋하고 평면적인 소우주에서 해방시켜주기 위해 찾아왔다."

오메가울프 245HQK는 호기심에 가득 찼다. 그는 3차원 세계라면 만화책에나 나오는 신화같은 이야기라고만 생각했다.

"은하계 우주비행사 신으로서 나는 너를 현실의 다음 단계로 상승시켜줄 힘을 가지고 있다. 하지만 명심해둘 게 있다. 이 과정은 너무 위험한 모험이다. 너에겐 어지럼증, 구토, 두통이 수반될 것이다. 때때로 코피도 날 것이다. 최악의 경우엔, 미쳐버릴 수도 있다."

"네 마음이 이런 것에 대처할 만큼 충분히 강건하다고 해도 너는 격렬한 괴로움을 느낄 것이다. 너희 종족들 사이에서 유일하게, 너는 다른 오메가몰프들로부터 철저히 고립될 것이다. 정신이 계몽된 유일한 존재로서 홀로 표류하게 될 것이다."

오메가울프 245HQK에게 이런 세계는 생각만 해도 매혹적이었다.

"항상 행복하지만 아무것도 모르는 바보와, 아니면 3차원 신들의 경이로운 자식들 중에, 무엇이 되고 싶은가? 잠시 숙고할 시간을 주겠다."

오메가몰프 245HQK는 오후 강의에 출석하고 싶지 않아 주저없이 대답했다.

"괜찮으시다면, 저는 3차원 신들의 경이로운 자식이 되고 싶습니다."

말이 떨어지기가 무섭게 시공간의 천이 비틀거리듯 갈라지고, 오메가울프 245HQK는 3차원의 세계로 홱 잡아 당겨지듯 빠져들었다.

심장박동의 전폭 속에서 그는 완벽한 지식을 소유하게 되었다. 여전히 평평한 행성의 표면 위에서 거주한다 해도, 그의 지각은 수직의 영역에서 부유하고 있었다. 참새처럼 자신의 행성을 내려다볼 수 있고, 그의 친구인 오메가몰프들이 미끄러지듯 바삐 움직이는 모습들을 모두 관찰할 수 있었다. 또 그는 공포스럽게도, 자신이 그들 안에 있는 모든 걸 볼 수 있다는 걸 알았다. 그 납작한 몸의 내장들이 그를 고문하듯 적나라하게 펼쳐졌다. 그의 새로운 지각은 어떤 것도 억누르는 법이 없었다.

그는 분재를 하는 자신의 어머니와, 디지몬 카드를 도둑맞아 코를 훌쩍거리며 울고 있는 그의 동생 오메가몰프 783HTY도 볼 수 있었다. 이런 초인적인 장대한 광경은 그의 마음을 압도시키다 못해 산산이 부숴버렸다.

"미친 게 아니라면 이건 필경 지옥이 틀림없어!"

그는 은하계 우주신을 향해 울부짖었다. 파노라마처럼 펼쳐지는 새로운 시각을 가지고, 오메가울프 245HQK는 처음으로 눈을 들어 하늘을 보았다. 그는 우주비행사 신이 타고 있는 무시무시하게 커다란 은빛 강낭콩처럼 생긴 우주선이 공중에서 맴돌고 있는 것을 보았다.

"마음이 변했어요!"

그가 소리를 질렀다.

"이렇게 샅샅이 볼 수 있다니 마치 내가 괴물이 되어버린 것 같다구요!"

"너무 늦었다."

우주비행사 신이 대답했다.

"우리는 떠나야 한다. 자, 새로운 인식의 힘을 맘껏 즐기기 바란다."

고막을 찌르는 듯한 소닉 붐(역주: 항공기가 음속音速을 넘을 때 나는 폭발음)과 함께 우주선은 자취를 감추고, 오메가몰프 245HQK는 홀로 남겨졌다. 그는 이 새롭게 생긴 능력이 자신에게 어떤 세상을 갖다줄지 오싹한 두려움을 느끼고 있었다.

과학의 역사는 당신으로 하여금 상상을 능가하는 개념들을 수용하게끔 만들었다. 그러나 초공간을 발견한다는 것은, 어느 날 일어나보니 지구가 태양 궤도를 타고 나락같은 공간 속으로 질주해 들어가는 것을 발견하는 일과 비슷하다. 내가 아는 한, 현실은 끊임없이 변화해왔다. 서투른 과학이 만 년을 투자하고도 밝혀내지 못한 이 고차원의 영역을 나는 우연히 발견했다.

나는 인류가 조립해놓은 모든 과학적인 이론이 단지 진리의 그림자에 불과하다는 사실을 알게 되었다. 온전한 상태의 진리는 오직 초공간에만 존재한다. 여기 4차원의 세계에는 쿼크quarks[19]와 중성 미자[20]가 자포자기한 서커스단 물개처럼 자신의 일을 수행하고 있다. 통일장 이론–그토록 갈망하는 물리학의 성배(역주:중세의 전설로, 그리스도가 최후의 만찬에 썼다는 술잔)–은 자선 행사의 첫 무대에 선 배우처럼 스스로를 과시한다. 당신은 이렇게 묻고 싶을 것이다.

왜 내가 이 무한한 지혜를 만인 앞에 드러내지 않는지, 왜 세상 한가운데로 나아가 마침내 현대 물리학의 풍경을 영원히 바꿔놓을 중대 발표를 감행하지 않는가 하고 말이다. 나의 침묵은 내 선택이 아니다.

---

19. 물질을 이루는 가장 작은 기본 단위의 입자. 쿼크의 움직임을 수학적 모델로 설명한 공로로 2004년 노벨 물리학상을 받은 데이비드 그로스는, 쿼크를 연구하는 이유를 우주 생성의 비밀을 알 수 있기 때문이라고 말하며, 이 세상에서 가장 작은 물질인 쿼크를 충돌시켜보면 우주가 어떻게 태어났는지 알 수 있다고 주장했다.

20. 원자핵 붕괴과정에서 방출되는 기본 입자로 이제까지 빛의 속도와 구별할 수 없는 빠른 속도로 그냥 투과해버리기 때문에 질량이 없는 것으로 여겨져 왔지만, 최근 중성 미자에 질량이 있다는 징후가 속속 발견되었다. 중성 미자의 질량이 밝혀지면 지금껏 알려져왔던 우주의 나이가 달라지고 우주의 미래까지 수정될 가능성이 있다.

내가 진화된 생물체로 변형된 후, 내 자신과 나머지 문명 사이에는 개념적인 차이가 깊이 자리잡게 되었다. 인간의 언어는 내가 보고 있는 것들의 실재를 전달하기에는 그저 한계 투성이일 뿐이다. 물론 과거와 미래의 영원무궁함에 대해 무엇인가 말할 수는 있겠지만, 그 천 분의 일도 언어로 옮겨담기엔 역부족이다.

* * *

메리와 나. 이렇게 둘만 있다.

나는 마대로 바닥을 훔치면서, 홀의 축축한 암흑 속에서 몸을 꼼지락대며 뿌연 성운을 방출하는 메리를 지켜본다. 그녀는 소파 쿠션 뒤에서 뭔가를 찾느라 분주하다. 지난 달에 거기에서 누군가 흘리고 간 천 엔을 빼낸 후로 이런 은밀한 의식을 계속하고 있다. 소파의 어두운 틈새에는 커프스 금 단추, 명함, 비아그라 병 등 술취한 손님들의 호주머니에서 빠져나온 잡동사니들이 숨어있다. 오늘은 그저 고장 난 플라스틱 라이터뿐이니, 시간 낭비하지 말라고 메리에게 귀띔이라도 해주고 싶다. 그러나 나는 그녀가 쿠션을 내동댕이치는 과정에서 프렌치 메니큐어(역주:손톱 끝을 흰색으로 발라서 끝만 돋보이게 하는 프랑스식 방법)를 바른 그녀의 손톱 사이에 보풀과 잔먼지들이 끼는 게 보기가 좋다.

바에는 〈노르웨이지안 우드Norwegian Wood〉가 감상에 치우친 인스트루멘털 버전으로 연주되고, 소리의 파장이 귀 속으로 정에 호소하는 멜로디로 울려 퍼지며 들어온다. 4차원의 세계에서는, 음악도 이미 정답이 나온 수수께끼이다. 왜 '점점 세게Crescendo'가 우리의 정신을 승리에 기뻐 날뛰게 하는가? 왜 단조는 슬픔을 유발하는가? 왜냐하면 음악이 우리 감정의 떠다니는 에테르Ether(역주: 빛, 열, 전자기의 복사 현상의 가상적 매체)를 자극시키기 때문이다. 이는 초공간에서만 목격되는 형이상학적인 묘기다. 나는 이 멜로디가 메리의 잠재의식 입구를 지나 발끝으로 걸어 들어가는 것을 목격한다. 그녀는 쿠션을 뒤집어 엎다가 문득 허리를 펴고 방금 무엇이 내부로 스며들었는지 의아해한다. 나는 먼지와 때로 끈적끈적해진 마대 자루를 들어올리며 모른 척한다.

메리를 향한 내 열망은 아마 사춘기 때의 떨림같은 것일지도 모른다. 그러나 이건 그런 경우와는 다른 것 같다. 물론, 순진한 고등학생이었을 때는 여자들한테 첫눈에 반하곤 했다. 그러나 그러한 끌림은 머리카락이나 눈, 그리고 성격 같은 외부적인 특징에 의해 유발된 것이었다. 초공간의 시각은 나를 메리의 내면적 아름다움에 빠지게 만들었다.

정교하게 건축된 그녀 마음의 구조물, 주문 용지 받침대 위를 왼손이 훑고 갈 때 그녀의 오른쪽 두뇌가 환해지는 광경 등이었다. 대부분의 남자들이 그녀의 미끈한 몸매와 금발에 침을 흘리는 동안, 나는 똬리를 팽팽하게 틀고 있는 그녀의 내장에 감탄하느라 정신이 없다. 생동감이 넘치며 타오르는 동맥의 핏줄기는 그녀 피부의 극한점에까지 이른다.

"와타나베, 무슨 할 말 있어?"

나는 유선 음악 방송의 잔잔한 파장을 뚫고 들려오는 카랑카랑한 메리의 목소리에 움찔한다.

"아니요."

"네가 나를 쳐다보고 있길래…"

"아, 죄송해요."

메리가 내 쪽을 향해 강력한 의혹의 전파를 방출하기 시작했다. 내 얼굴은 야구 모자 깊이 더욱 파고 들었다. 마대 자루를 꽉 움켜쥔 손가락 관절은 새하얘지고, 손바닥에서는 땀이 왁자지껄하게 떠들고 있다.

"그런데 말이야, 식기 세척기에 세제를 더 넣어야겠어. 유리잔에 항상 얼룩이 묻어 있더라."

내 눈은 세척기의 스테인레스 외관을 관통해 세제가 충분히 들어있는 것을 확인한다. 하지만 나는 알았다는 듯 고개를 끄덕이고는 양동이 속에 마대를 집어넣고 주방으로 들어간다.

내가 묵직한 6리터의 세제통을 바 뒤쪽으로 질질 끌어당기고 있을 때 눈앞에 펼쳐진 광경이 나를 무색하게 했다. 메리의 남자친구가 언제 도착했는지, 두 사람이 한창 서로를 열정적으로 핥고 빨고 있는 중이었다. 입구에 발이 묶인 채 주방으로 다시 후퇴할까 고민하고 있을 때, 유지가 나를 보았다.

"야, 와타나베,"

그는 메리를 풀어주면서 말했다.

"요즘 재미 어때?"

나는 우물쭈물 입속에서 말을 씹었다.

"외투 가지고 나올게."

메리는 이렇게 말하고는 뒤돌아 유지에게 미소를 던지며 사라졌다. 오늘 저녁 그녀가 지은 미소 중에 가장 행복한 미소였다. 무디면서 끈질긴 치통같은 괴로운 맥박이 나를 집어삼키고 있었다.

유지는 그 억센 근육 조직에 잔물결을 일으키며 바를 어슬렁거리기 시작했다. 나는 그의 보잘것없는 호두 같은 두뇌와 그의 가슴에 진을 친 흐느적거리는 담뱃진 저장소를 조사하면서 우울한 기분을 달랬다. 왼쪽 폐에는 540밀리리터, 오른쪽 폐에는 612밀리리터의 담뱃진이 쌓여 있었다.

"야, 와타나베, 사케 한 병만 큰 걸로 가지고 와. 땡큐다."

유지가 나를 보고 히죽 웃는다. 하지만 나는 그의 싸구려 우정을 한사코 거부한다. 나는 오로지 그의 두뇌를 휘감고 있는 테스토스테론(역주: 남성 호르몬)의 뿌연 안개를 꿰뚫어야 하리라. 그리고 나면 그가 얼마나 메리를 경시하고 있는지, 어떤 식으로 자기 친구들에게 메리를 가리켜 자신이 데리고 노는 영국인 창녀라고 비하시키는지 훤히 보일 것이다. 그의 기억 속에 꼭꼭 감춰진 통로를 따라 들어가보니, 전에 사귄 여자친구의 부러진 손목이 눈에 들어온다. 화가 나서 속이 끓어오를 지경이다. 유지가 또 미소를 흘린다. 나의 시선을 친밀함의 표시로 착각한 것 같다.

"야, 와타나베. 가끔씩 우리랑 나가서 술도 마시고 그래. 에이코 기억 나? 예쁘기로 손가락 안에 드는 애였잖아? 걔가 지난 주에 네 안부를 묻더라."

나는 에이코 얘기에 망설였다. 지난 가을 여기서 일했던 에이코는 헬로 키티Hello Kitty 캐릭터 상품에 빠져 있어 항상 그 팔찌를 하고 다녔다.

"야, 메리. 오늘 밤 와타나베 데리고 나가서 여자들 좀 만나게 해주자. 어때?"

유지가 나를 보고 윙크를 했다.

메리는 외투 벨트를 채우며 우리를 향해 걸어오고 있다. 그녀는 난

처한 듯 눈썹을 치켜올리며 웃었다.

"그래. 안될 게 뭐 있어? 재미있을 거야. 우린 아트리움Atrium(역주: 오사카에 있는 나이트 클럽 이름)으로 갈 건데. 같이 갈래?"

"전 할 일이 있어서요."

"내가 우리 노부인께 잘 말해둘 테니까 걱정 말라구. 일은 내일 해도 되잖아."

유지는 일명 '와타나베를 여자와 자게 만들기' 임무를 스스로 떠맡은 채 물러서지 않고 있었다.

나는 거절했다. 유지는 계속 나를 놀려댔고, 당황한 메리가 나를 대신해 제발 그만두라고 말하면서 끝을 맺었다. 이중 문이 유지의 껄껄대는 웃음소리 뒤로 닫히면서 둘의 모습이 사라졌다. 목에 긁혀 나오는 듯한 거칠고 멍청한 웃음소리였다.

나는 인류의 진화를 막고 있는 여러 가지 장애물로부터 메리를 해방시켜줄 그날만을 간절히 기다리고 있다. 그녀를 초공간의 장대한 왕국으로 안내하고 보통의 지력을 초월하는 지하의 영역을 그녀에게 보여주고 싶다.

우리는 정신적 방사 작용에 의한 상호 간의 도청을 통해 빛의 속도로 의사 전달을 할 수 있을 것이다. 우리는 우리를 취하게 만드는 이 장대한 미 개척지를 질주하게 될 것이며, 초공간의 세계를 우리의 운동장으로 만들 것이다.

우리는 행복의 순도 백 퍼센트 경지를 만끽하게 될 것이다.

초공간에서는 우주의 많은 비밀들이 누설되어 있다. 얼마나 많은 천사들이 핀 위에서 춤을 추는지, 사요나라 바의 손님들 중에 부분 가발을 쓰고 있는 남자가 몇이나 되는지, 4차원의 공간 속에서는 이 모든 게 상상 이상으로 적나라하게 드러나 있다.

예언자가 초공간의 전지全知한 능력 속에서 많은 혜택을 누리고 있을망정, 유감스럽게도 미래를 읽는 능력은 그 혜택에 속해 있지 않다. 나머지 인류처럼 나 또한 현재라는 덫에 걸려 허우적대고 있다. 미래는 당신에게도 나에게도 미스테리일 뿐이다. 하지만 내게는 미래로 통하는 통로가 있긴 하다. 바로 타인들의 의향을 알아내는 메타 리딩meta-reading(역주: 초인지 읽기 능력)이다.

나는 지난주 어떤 것을 보게 되었다. 유지 오야지의 마음 속에 잉태되어 있는 악마스런 낌새 같은 것이었다. 지금으로부터 174시간 36분 전에 일어난 그 낌새를 알아차린 나는, 줄곧 메리의 뒤를 밟았다. 출근 전, 출근 후, 풀타임으로 근무하다시피 했다. 그녀가 동전 투입식 자동 세탁물을 세탁소로 질질 끌고 갈 때도, 오사카 공원에서 오리에게 빵 부스러기를 던져줄 때도, 나는 그녀 뒤에 앙상한 그림자처럼 머물러 있었다. 이러한 내 행동이 지나친 것인지도 모르겠으나, 어쨌든 나는 그녀를 끊임없는 내 보호 감독 아래 두어야만 했다. 그녀에게 무슨 일이 벌어지기라도 하면 내가 즉시 그 옆에 준비돼있어야 했기 때문이다.

아트리움에서 나는 아사히 맥주를 한 병 마시며 난간으로 둘러싸인 발코니에 기대어 서서, 흥분에 도취된 무리들을 내려다본다. 젊음의 전성기 속에서 몸부림치는 수백 개의 육체들이 연신 두드려대는 모터처럼 운동 근육들을 단련시키며 한껏 달아오른 알코올 기운으로 난잡한 기운을 풍겨댄다. 모든 게 너무 익숙한 풍경이다. 아무리 화사하게 웃고 있어도 공간 구석구석 스며든 절망과 허무주의의 심한 악취는 숨기지 못한다.

메리는 댄스 홀의 가장자리에서 숨이 찰 정도로 빠른 동작으로 두 팔을 들어 허공을 베고 있다. 춤을 출 때 그녀의 마음은 고민 따위는 모두 빠져나가고 엔돌핀의 바다에서 둥둥 떠다닌다.

유지와 그의 두 친구는 클럽 한켠에서 소파를 점령하고 있다. 그들은 주변에 있는 모든 사람들에게 이곳의 일인자가 누구인지를 각인시키려는 듯, 봉건시대 영주처럼 다리를 최대한 부채꼴 모양으로 쫙 벌린 채 앉아 폭력배의 이미지를 여지없이 풍겨대고 있다.

저 놈들. 우리가 주먹 꽤나 쓰게 보이니 부러운 눈치로군. 나는 이 토미 힐피거 셔츠만 입으면, 꼭 일본의 톰 크루즈같단 말씀이야.

유지 오야지, 23, 조직 폭력배

유지 이 자식 손이 또 내 허벅지 위에 와 있네. 정말 정전기 때문에 미치겠구만. 당장 얘기해야지. 신이시여, 제발 그의 욱 하는 성격이 안 나오게 해주시옵소서!

겐지 야마시타, 26, 조직 폭력배

안돼, 제발! 이런 짓은 못해! 죽어도 내 손으로 이 술에 표백제를 넣지 않을 거야. 나한테 미움 살 만한 짓을 한 적도 없는 이 착한 여자한테…아니! 이건 거짓말이야. 사실 난 너만큼 사랑한 여자가 없었어!

히로야 무라사키, *32*, 바텐더

유지와 그의 친구들이 대체로 온건한 정신 상태를 보이고 있으므로, 나는 그들이 오늘밤엔 어떤 위협적인 행동도 취하지 않으리라 짐작하고 안심한다. 그러나 조금은 더 머무르는 편이 현명할 것이다. 만약 내가 떠나고 난 뒤 메리에게 무슨 일이라도 생기면, 나는 결코 내 자신을 용서하지 못할 것이다.

6

: 사토

I

또다시 이렇게 식탁 옆에 서 있다. 연이어 이틀 동안 밤잠을 설친 나는 창백한 잿빛 잔디에 내려앉은 어둠을 응시하면서 설명할 수 없는 어떤 사건을 계속해서 곱씹고 있다. 그때 나는 깨어있었던 걸까, 아니면 단지 꿈을 꾸고 있었던 걸까. 진실을 규명하기 위해 내 마음은 하나의 영상만을 끊임없이 재생시키고 있다.

어제 아침, 나는 그야말로 끔찍한 상태에서 깨어났다. 밤새 꾸벅꾸벅 졸다가 몇 분마다 깨어 팔 다리가 기괴하게 구부러져 있는 내 꼴을 확인해야만 했다. 근육은 마치 장난기 많은 보이스카웃 대원들에 의해 꽁꽁 묶여 있었던 것처럼 뻐근했다. 그러나 이런 상태에도 불구하고, 나는 평소대로 매일 나오는 라디오 체조 방송 시간에 맞춰 6시 30분에 일어났다.

전날 밤 오금이 저려 와이셔츠를 다려놓지 못한 터라 곧 나는 다리미대를 세우고 구시렁대며 구김 투성이 셔츠에 다리미를 질주시켰다.

주어진 일을 제때 해놓지 않으면 나중에 매우 곤란한 상황이 생긴다는 사실을 증명이라도 하듯, 결국 다림질 중에 증기에 손을 데고 말았다.

나쁜 시력 때문에 소중한 몇 분을 까먹은 셈이다. 나는 7시 45분에 출발하는 열차를 놓칠까 허겁지겁 집을 떠났다. 이 열차를 놓치면 8시 13분까지 기다려야 한다. 그러나 대문에 거의 다 와서 내 발걸음은 또 다시 저지당했다.

"사토 씨! 사토 씨!"

아, 이렇게 운이 나쁠 수가. 다나카 부인이 말을 걸기에 이보다 나쁜 시간은 없었다. 그녀가 걸음을 질질 끌며 느리게 다가왔다. 아마도 그 추운 날씨 때문에 인공 고관절이 더욱 무겁게 느껴질 것이다. 서리 내린 잔디 위로 그녀의 발자국이 고스란히 찍혔다.

"죄송합니다, 다나카 부인, 오늘은 너무 늦어서 얘기할 시간이 없네요."

"쯧쯧!"

다나카 부인의 장광설이 시작될 조짐이다.

"단 몇 분이라우. 더구나 내가 사토 씨 말고 얘기를 나눌 사람이 또 누가 있겠수? 어젯밤엔 10시 45분에 들어와 놓고는…!"

다나카 부인에게 회사 지각 따위는 사소하고 하찮은 일일 뿐이다. 나는 더이상 지각에 대한 집착을 놓아버렸다. 나를 아래위로 훑어 보던 다나카 부인이 속내를 고스란히 드러내며 어수선을 떨었다.

"이 얼굴 좀 봐요. 빈혈에 걸린 것처럼 창백하잖수!"

그녀가 말했다.

"그래요?"

"그렇구말구요. 완전히 환자같다니까."

말을 할 때마다 얼어붙은 아침 공기 속으로 뿌연 입김이 새어나왔다. 그녀의 말이 진실인지 만져봐야 알 수 있다는 듯, 나는 손가락을 내 얼굴에 갖다댔다. 다나카 부인은 여러 장의 천을 덧댄 어깨 솔을 꽉 조이며 말을 이었다.

"고기를 충분히 먹지 않아서 그래요. 내가 비프 스테이크를 요리해 놓을 테니 일요일 저녁 우리 집에 한번 들러요. 조카 나오코한테도 올 수 있는지 내 물어보리다."

다나카 부인의 말투는 진지했다. 그러나 자기 조카 이름이 나올 때는 그 침착함을 잃고 개구진 미소를 슬쩍 흘리고 말았다.

'여보, 당신도 알다시피, 다나카 부인이 남 일에 참견하고 있을 때만큼 더 그녀다울 때는 없지 않소.'

"그런데, 제가 좀 바쁜 일이 있어서…"

"말도 안되는 소리. 주말엔 집구석에만 처박혀 있는 걸 내가 뻔히 다 아는데…"

"저, 아마 그래야만 될 것…"

나는 적당한 변명거리가 바닥나 버둥거리고 있었다.

"좋아요! 그럼, 일곱 시 반으로 정합시다. 일요일 저녁이에요."

그녀가 아이처럼 거리낌없는 기쁨을 드러내며 눈망울을 반짝거렸다.

"네, 일요일 저녁 일곱 시 반이요."

나의 비참한 메아리가 이어졌다.

"나오코가 가장 좋아하는 꽃은 분홍색 장미라우."

그녀가 흥분을 참지 못하고 윙크까지 보내며 덧붙였다.

나는 다나카 부인이 그 인공 고관절을 제법 탄력있게 흔들어대며 종종걸음으로 사라지는 것을 물끄러미 바라보았다. 그녀가 지나간 자리에는 나란히 녹아든 두 개의 슬리퍼 자국이 남아 있었다.

내 마음은 오늘 하루 종일 우울한 상태에서 빠져나오지 못했다. 평소 기분으로 돌아오려고 할 때마다, 일요일에 닥쳐올 곤욕스러운 상황을 생각하면 다시 우울이 엄습해왔다. 설상가상으로 대학을 갓 졸업한 인턴 사원 타로가 지난 화요일에 배당수익 분석 보고서를 본사에 팩스로 보내라고 내린 지시를 깜빡하고 말았다.

정말 무책임한 놈이다!

무라카미 상무가 몸소 내려와 왜 본사를 기다리게 만드냐고 물었다.

타로는 내가 야단치는 동안 고개를 떨구고 있었지만, 나는 그 녀석이 내 말을 새겨 듣지 않는다고 확신할 수 있었다. 그는 내 말이 끝나기만을 기다리다가, 무한정 담배를 피우며 농땡이를 치려고 어깨를 축 늘어뜨린 채 물러가더니, 어느새 사무실 보조 하타 양에게 집적거리고 있었다.

언젠가 나는 그가 몰래 책상 서랍에 워크맨을 숨기고 음악을 듣는 것을 발견한 적도 있다. 나는 다이와 무역 회사의 미래가 타로 같은 일당들 손에 놓여 있다는 생각에 몸서리를 쳤다.

무라카미 상은 지연된 팩스 일은 염려하지 말라고 타이르며, 본사에는 우리를 대신해 자신이 사과하겠다고 했다. 무라카미 상은 호스티스 바에서 잠시 함께 어울렸던 날 이후로 놀랄 정도로 내게 호의적인 태도를 보이고 있다.

그는 그날 너무 취해서 그날 밤 내가 다소 무례하게 군 것도 기억하지 못하는 듯했다. 다행히 그날 이후로는 함께 나가자는 말을 하지 않았지만, 때때로 나를 보며 수수께끼 같은 미소를 짓곤 했다. 그럴 때면 내가 그의 기억력을 과소평가하고 있는 건 아닐까 하는 의구심이 들기도 했다.

'당신도 이런 말을 즐겨했지. '영리한 매는 자신의 발톱을 숨긴다'고.'

나는 오늘 아침같은 예상치 못한 불상사를 다시는 겪지 않으리라 다짐하면서 밤 11시에 귀가하자마자 나머지 셔츠를 다리기 시작했다. 그리고 나서 밥과 된장찌개로 간단히 저녁을 때우고 잠자리에 들었다. 지난밤 불면의 사투 덕에 베개에 머리를 대자마자 깊고 자비로운 잠에 빠졌다.

몇 시간 후, 나는 잠자리에서 벌떡 일어났다. 마치 물 속에 오래 잠수해 있다가 가까스로 수면 위로 고개를 쳐든 사람처럼 쿵쿵대는 가슴을 끌어안고 숨을 헐떡거렸다. 디지털 알람 시계가 3시 19분을 가리키고 있었다. 나는 꿈속에서 본 영상을 다시 되살리며 어둠 속에서 덜덜 떨며 앉아 있었다.

몇 분을 더 기다렸지만, 여전히 맥박이 귓 속에서 빠르게 고동쳤다.

'당신이 내 꿈에 왔다 간 것 같아. 흰색 면으로 된 여름 옷을 입고, 밀짚 모자를 쓰고, 정원 손질용 장갑을 끼고 있었지. 얼굴이 너무나 창백했어. 우리가 정원에 토마토를 길렀던 그해 여름이었지.'

그런데 무엇이 나를 그토록 불안하게 했을까?

나는 누비 이불 속 깊이 몸을 숨겼다. 아마 모르는 게 더 나을지도 모른다.

그리고 다시 영상이 재생되었다. 단순한 선율. 당신의 활이 첼로 현위를 스치면서 내뱉던 그 낮고 음침한 곡조. 나는 침대를 뛰어 내려와 침실용 스탠드 옆에 놓인 대리석 문진(역주: 책장이나 종이가 바람에 날리지 않도록 누르는 물건)을 잡아챈 뒤, 아드레날린에 의해 급히 날아오르듯 빈 방으로 향했다.

머리 위로 문진을 높이 치켜들고 문을 옆으로 스르륵 밀었다. 커튼이 활짝 열려 있었다. 부드러운 달빛이 다다미 바닥에 조용히 내려앉아 방 물건들을 비추면서, 반질반질 윤이 나는 첼로의 곡선을 따라 깜박깜박 윙크를 했다.

무엇으로부터도 방해받지 않은 듯 침묵 속에 제왕다운 위엄을 갖춘 채 책장에 기대어 있는 첼로. 그러나 활은 보이지 않았다. 아마 아내의 낱장 악보와 함께 상자 속에 정리되어 있겠지. 나는 아까 들었던 음악은 활로 켜지 않고는 절대 나올 수 없는 소리라는 사실을 스스로에게 납득시켰다. 하지만 이러한 확고한 논리에도 불구하고 두꺼운 겨울 잠옷을 조롱이라도 하듯 밀려드는 오한에, 나는 심하게 몸을 떨며 오랫동안 첼로를 멀거니 응시하며 서 있었다.

첼로를 바라보는 일에 지쳐갈 때쯤, 달이 어느새 위치를 바꾸었다. 나는 홍차를 마시려고 아래층으로 내려왔다. 떨리는 손 안에서 주전자와 차 잎이 엉성하게 흔들렸다. 손가락과 발가락의 느낌을 모두 갉아먹을 만큼 게걸스러운 추위가 나를 상대로 지나친 밤의 향연을 펼치고 있었다.

해가 떠오른다.

홍차 덕에 약간은 진정이 되었지만, 이제 미칠 듯한 혼란이 공포의 자리를 대신하고 있다. 유령 따위의 어처구니없는 망상을 겪기에, 난 너무 나이가 많다.

'설마 당신은 아니겠지? 그런 식으로 멀쩡한 나를 가지고 몹쓸 장난을 칠 당신이 아니잖소, 그렇지 여보?'

II

카페인 중독으로 생명을 잃을 위험에 처한 채, 오늘도 나는 변함없이 사무실로 행진했다. 신경 과민 때문에 머리 위로 회사가 빙빙 도는데도 책상 위에 놓인 회계 대장을 끙끙대며 읽어내려갔다. 불행히도 내 카페인 저장소가 11시쯤에 바닥나 가장 간단한 일조차 부담스러울 지경에 이르렀다. 동료들의 잡담과 키보드의 달가닥 소리들이 소라 껍질에서 휘몰아치는 파도소리처럼 귓전에 사납게 충돌했다.

사무실 보조인 하타 양은 내 모습을 놀란 눈으로 훔쳐 보더니 집에 가서 쉬는 게 좋겠다고 재치있게 제안했다. 나는 걱정해줘서 고맙다고 말했지만 그건 불가능하다고 덧붙였다. 나는 안간힘을 쓰면서 저녁 여섯 시까지 자리를 지켰고, 내 에너지 계량기는 0으로 뚝 떨어져 있었다.

나는 다음날이 토요일이라는 사실에 안도감을 느끼며 전철역으로 향했다. 주말 동안에 철저히 휴식을 취한 후, 월요일 아침에는 다시 능력있고 지칠 줄 모르는 인간으로 탈바꿈해 다이와 무역 회사의 금융부에 나타나리라 다짐했다. 그리고 일요일에 있을 다나카 부인과의 저녁식사에 대한 생각을 애써 억눌렀다.

지름길로 질러가기 위해 불빛 환한 우메다의 지하 쇼핑몰로 들어섰다. 언제나 빨리 또는 늦게 출퇴근하느라 영업시간 중에는 이곳을 지나갈 기회가 거의 없었다. 상점에는 여자들이 들끓었다. 오피스 레이디들과 시시덕거리는 고등학교 여자애들이 이 상점 저 상점으로 우르르 몰려다니며 거울 앞에서 빙빙 돌기도 하고 손목에 향수 샘플을 뿌리기도 하고 최근의 패션에 대해서도 침 튀기며 떠들어댔다. 이러한 경박한 여자들의 무리를 보고 있자니, 지난날에 대한 그리움으로 가슴이 싸해졌다. 아내가 쇼핑에 취해 기분이 들떠 집에 돌아왔던 날들… 갑자기 향수가 물밀듯이 밀려들었다.

'당신은 쇼핑한 물건들을 펼쳐놓으며 무척이나 즐거워했지…거기엔 실크 스카프도 있었고, 캐시미어 스웨터, 그리고 매력적인 탱크탑도 있었어. 또 나를 위한 양말 한 켤레도 빠뜨리지 않았지. 당신이 내 눈치를 보며 엄지손가락으로 가격표를 가리던 모습까지 생생히 기억나오. 번번이 당신에게 구두쇠처럼 면박을 주었던 나를 얼마나 자책했는지 당신은 상상도 못할 거요.'

쇼핑몰 출구에 거의 도착했을 때 갑자기 땅딸막하고 자신감 넘쳐 보이는 휴대폰 세일즈맨이 덤벼들다시피 다가왔다. 무스로 뾰족하게 머리를 세우고 귀걸이까지 찬 젊은 남자였다. 기력이 쇠잔해진 나로선 그의 열광적인 세일즈 정신을 당해낼 재간이 없었다. 지불 방법과 링 소리까지, 감동적인 설명이 잇따랐다. 젊은이는 그 조그마한 기계를 내 앞에서 이리저리 흔들었다. 그건 인체에 해로운 감마 선을 배려하지 않은 조심성 없는 행동이었다.

마침내 그로부터 빠져나올 기회를 틈타 나는 허겁지겁 도망쳤다. 그때 누군가가 나를 부르는 작은 목소리가 쇼핑몰의 왁자지껄한 소란 속에 파묻힌 채 귀에 잡혔다.

"사토 씨! 사토 씨, 맞죠?"

어깨 너머 돌아보니 젊은 여자가 주저하듯 걸음을 떼며 나를 향해 미소짓고 있었다. 윤기나는 밤색 단발 머리가 얼굴의 윤곽을 또렷하게 만들고, 백화점 가방이 다소곳이 양손에 매달려 있었다.

"안녕하세요. 저 기억하시겠어요? 사요나라 바에서 만났었는데. 2주 전에 오셨잖아요."

물론 난 그녀를 기억한다. 그날 밤 유일한 일본인 호스티스 아니었던가. 이제야 발견하게 된 재미있는 사실은, 그녀의 키가 지극히 평균이라는 거였다. 그날 밤 그녀의 몸집이 작게 느껴졌던 건, 그 키다리 미국인 호스티스들 때문에 생긴 착시현상이었음에 틀림없다.

"그럼요, 기억하죠. 저희에게 매우 친절하셨잖아요."

나는 갑자기 눈 주위에 진을 친 거무스름한 그림자와 초췌하기 짝이 없는 내 몰골이 신경 쓰였다. 그에 반해, 이 젊은 여자는 얼마나 생기발랄한가. 그녀는 멋진 갈색 코듀로이 재킷과 격자무늬 스커트를 입고 있었고, 버클로 장식된 빨간 구두는 반짝반짝 윤이 났다.

"이 지독한 기억력 때문에 미안합니다. 이름이 통 생각나질 않는군요."

내가 말했다.

"마리코예요. 사과하실 필요까진 없어요. 우린 서로 인사를 나눈 적도 없었는걸요."

그녀가 말했다.

한바탕 오피스 레이디들이 바글바글한 스시 식당을 향해 우리 곁을 스쳐 지나갔다. 그들의 떠들썩한 잡담에 나까지 가세하기 싫어서 모두가 지나갈 때까지 기다렸다.

"오늘밤도 일해요, 마리코 양?"

내가 물었다.

"네. 일요일 밤 빼고는 매일 일하죠."

그녀가 대답했다.

"정말 열심히 일하시는군요!"

내가 칭찬조로 말했다.

마리코는 그렇지 않다는 듯 겸손하게 고개를 저었다.

"그런 말을 들을 정도는 아니에요… 사토 씨는 퇴근하시는 길이세요?"

"네. 지금 집에 가고 있는 중이죠."

"사요나라 바엔 다시 오실 거죠?"

이번에는 내가 고개를 저었다.

"아니요. 그럴 일은 없을 것 같네요."

마리코는 고개를 갸우뚱하며 실망 반, 호기심 반이 뒤섞인 눈빛으로 물었다.

"아, 왜요?"

나는 어떻게 대답할지 감이 잡히지 않았다. 그녀의 일터를 모욕하고 싶지는 않았다.

"난 별로 사교적인 사람이 못돼서요. 또 술도 잘 못마시고요."

마리코가 고개를 끄덕이는 것으로 봐서 그것을 합당한 이유로 받아들인 듯했다.

"하지만 언제라도 마음이 바뀌시면 사요나라 바는 대환영이란 거 아시죠? 내키지 않으시면 호스티스들과 어울리지 않으셔도 되고요, 그냥 음악을 즐기면서 조용히 있는 걸 좋아하시면, 그렇게 해드릴게요. 알코올 성분이 없는 근사한 칵테일도 만들어 드릴 수 있고요."

이 정도의 설득력이라면 호스티스 바에서 능력을 낭비하지 않고 비즈니스 세계에서 활동해도 손색이 없을 듯했다.

"고마워요. 아마 언젠가 다시 방문할 날이 있겠죠."

내가 마지못해 대답했다. 나는 거의 일어날 가능성이 없는 헛소리를 했다는 사실에 죄책감을 느끼며 안경을 콧대 위로 세웠다.

마리코는 즐거워하며 대답했다.

"그래요? 그럼 기다리고 있을게요."

그녀는 유니클로 아울렛에 매달린 시계를 힐끗 쳐다보았다. 6시 27분이었다.

"이만 가봐야겠어요, 거의 지각이거든요."

그녀가 양해를 구했다.

우리는 서로 인사를 했다. 마리코는 마지막까지 내게 사요나라 바에 꼭 들르라고 당부하면서, 그 광택나는 빨간 버클 구두를 사뿐사뿐 내디디며 몰개성한 인파 속으로 자취를 감추었다.

이상이 나의 오늘 하루 일과다. 8시도 안됐는데, 연신 터지는 하품에 턱이 아플 지경이다. 잠자리에 들 최적의 시간인 것 같다. 그러나 잠자리에 들기 전 우선 저 빈 방으로 가서 스카프로 첼로의 목을 단단히 감싸리라. 아마 현을 멋지게 둘러쌀 것이다… 누가 내 이런 이야기를 듣는다면! 맙소사, 내 정신이 어떻게 돌아가고 있는 것일까? 이런 바보 같은 생각을 하고 있다니…

미신에 사로잡혀 사전 대책을 세우고 있다니 정말 한심하다. 꼭꼭 감싸야 할 건 첼로가 아니라 이놈의 상상력이다. 곧바로 잠자리에 드는 게 상책이겠다.

III

토요일 아침, 방해받지 않고 열두 시간을 내리 잔 덕에 감사할 정도로 원기를 회복했다. 나는 잠시 식탁에 앉아 부엌에 싸늘한 햇살이 희미하게 스며드는 동안 커피 한 잔으로 위궤양을 자극했다.

아침식사 후에는 따스한 카디건과 활동적인 바지를 입고, 15분 정도만 기분좋게 걸으면 닿을 수 있는 철물점으로 향했다. 우편함을 확인하기 위해 대문 앞에서 잠시 발걸음을 멈추었을 때, 다나카 부인이 기회를 놓칠세라 자신의 위층 욕실 창으로 머리를 비죽 내밀었다.

"좋은 아침이에요. 사토 씨,"

그녀가 나를 향해 소리쳤다.

"안녕히 주무셨어요, 다나카 부인."

"사토 씨, 머리에 컬 클립을 말고 있어서 아래로 내려갈 수가 없네요."

"괜찮아요. 다나카 부인."

"어제 정육점에서 소고기를 샀어요. 내일 저녁을 위해 최고 등급 스테이크를 샀답니다."

"정말 그렇게까지 애쓰실 필요는 없는데요."

"무슨 소리! 사랑하는 조카와 이웃사촌을 위해 내가 좋아서 하는 일인데…"

그때 내가 지은 미소는 내가 생각해도 정말 가식적인 미소의 걸작이었다.

"그건 그렇고, 사토 씨, 오늘은 뭘 할 거유?"

"페인트를 사러 철물점에 가려구요. 거실 천장에 새 페인트를 칠해야 돼서요."

다나카 부인의 입술이 뭔가 마음에 안든다는 듯 쪼그라들었다.

"오늘만은 스스로를 피곤하게 만들지 말고 푹 좀 쉬어요."

그녀가 경고했다.

"물론 그럴 겁니다."

"지금 겨우 일곱 시 반이에요. 설마 시간을 잊어버린 건 아니겠죠."

"물론 아니에요. 다나카 부인."

다나카 부인은 위층 창문을 아래로 밀어 닫으려고 하다가 뭔가 기억났다는 듯 별안간 그 롤에 말린 머리를 다시 한번 창문 밖으로 내밀었다.

"잊지 말아요… 분홍색 장미!"

그날은 계획대로 정확히 움직였다. 철물점에 가서 매그놀리아 페인트 한 통을 샀다. 또 욕실에 필요한 붓꽃 무늬 타일도 주문했다. 이건 내 다음 토요일을 채워줄 일거리다. 바쁘게 산다는 건 언제나 중요하다.

'당신은 다른 주부들처럼 연속극을 보면서 게으름을 피운 적이 없었지. 항상 코바느질을 한다든가, 스페인어 동사를 공부한다든가 했지 않소? 아주 모범적인 생활 태도였어.'

집에 돌아온 후, 나는 가구와 다다미 바닥을 종이로 덮고 정오쯤 페인트칠에 착수했다.

모르는 사이 쌓이는 먼지처럼 땅거미가 오롯이 젖어들었다. 한순간 밝은 대낮이었는데 그 다음엔 어둠 속에서 페인트칠을 하고 있었다.

나는 불을 켰고, 일은 7시쯤에 마무리 되었다. 나는 한동안 서서 내가 몸소 이룩한 업적을 황홀하게 바라보았다. 눈에 띄게 달라지진 않았으나, 새로 단장한 산뜻함 덕에 기분이 밝아졌다.

* * *

저녁식사 후, 집은 매우 고요했다. 냉장고의 웅웅거리는 기계음과 수도꼭지에서 간헐적으로 떨어지는 물소리가 정적을 더욱 두드러지게 했다. 나는 욱신거리는 관절들을 욕조 속에 푹 담그고 싶어 위층으로 올라갔다. 뜨거운 물과 찬 물 수도꼭지를 조절한 후, 손을 넣어 온도가 적당한지 계속 점검했다.

카디건 단추를 반쯤 풀었을 때, 난 그 자리에서 얼어붙고 말았다. 양쪽 수도꼭지를 모두 잠근 뒤, 조심스럽게 귀를 기울였다. 저 멀리 건널목에서 철커덩 소리와 뒷문이 쾅 닫히는 소리, 그리고 대나무를 우우 울리는 바람이 부드럽게 노크하는 소리가 들렸다. 더이상은 없었다. 나는 다시 목욕을 준비하기 위해 욕조로 몸을 숙였다. 그러나 다시 한번 심장이 얼어붙었다. 이번에는 생생하게 들려왔다. 빈 방의 마룻바닥에서 들려오는 소리, 고문하듯 길게 이어지는 커다란 삐걱 소리였다.

나는 힘 풀린 다리로 복도를 걸어나와 누르스름한 불빛 아래 멈춰서서 잠시 생각에 잠겼다. 집이 꽤나 낡았지, 나는 스스로에게 중얼거렸다. 목재 바닥은 오래되었다. 약간의 자극만 가해도, 심지어 온도의 미세한 변화에도 팽창과 수축 작용을 할 만큼 약해져 있었다.

다시 한번 끼익 소리가 난 후 또다시 빠른 소리가 울려왔다. 맥박이 피부 아래에서 강하게 질주했다. 나는 두려움과 불길한 예감을 품고 맨발로 빈 방을 향해 서서히 걸어갔다.

미닫이 문 뒤에서 직직 긁는 저음의 소리가 들려왔다. 마치 육중한 물건을 갈대 돗자리 위로 질질 끌고 가는 소리 같았다. 믿을 수 없는 상황이었다. 갑자기 끓어오르는 격노로 인해 나는 무얼 대면해도 상관없다는 심정이 되어 미닫이 문을 와락 밀쳤다.

내 분노를 조롱이라도 하듯 첼로는 전날밤처럼 정직하게 책장 옆에 기대어 있었다. 바뀐 거라고는 그림자가 보다 완만한 각도로 좀더 살이 쪄 있다는 것뿐이었다. 분노는 순식간에 안도로 바뀌더니 다시 두려움으로 전환했다.

병원에 가자고 스스로에게 약속했다. 월요일 아침에라도 회사에서 빠져나오리라. 상관에게 긴급한 일이라고 말하리라. 이 고문에 종지부를 찍을 수만 있다면 무엇이든지 하리라.

난 목욕을 포기하고 아래층으로 내려가 운동화를 신고 외투를 걸친 채 집을 떠났다.

나는 호스티스 바 입구에서 갈팡질팡 서성대고 있었다. 위장에 갇힌 나비들이 막 입 밖으로 펄럭이며 날아오르는 것처럼 신경이 날카로워져 있었다. 무엇이 날 이리로 내몬 걸까? 그것도 나 혼자서! 막 자리를 뜨려고 할 때 문이 열렸다.

"좋은 저녁이죠. 어서 들어오세요."

플로리다 출신 아가씨, 스테파니다. 오렌지색 머리카락을 빙빙 꼬아서 머리 꼭대기에 얹어 놓은 모습이었다. 지난번에 입었던 몸에 착 달라붙는 검정 드레스와는 정반대인 매혹적인 진주색의 얌전한 실크 드레스가 보는 것만으로도 기분을 좋게 만들었다. 깃이 목과 어깨선 위까지 올라와 있고 끝단이 발목까지 흘러내려오는 옷이었다.

"잠깐만요. 당신, 무라카미 상 친구 맞죠? 어서 들어오세요."

"그래요. 고맙습니다."

입이 간신히 떨어졌다.

스테파니는 내 팔꿈치를 잡고 자상하게 안내했다. 무거운 유리문이 뒤에서 털썩 닫혔다. 앞에서 걸어가던 스테파니가 뒤를 돌아보며 미소와 함께 내 걸음을 부추기자, 나는 귀까지 빨개졌다.

스테파니의 실크 드레스는 앞에서 볼 때는 그토록 품위 있고 썩 잘 어울렸는데 뒤 쪽은 어깨 견갑골과 울퉁불퉁한 등뼈가 고스란히 드러날 정도로 완전히 뻥 뚫려 있었다. 머리칼 색과 같은 오렌지색 주근깨가 목덜미에서 등 아래까지 포진되어 있었다.

"바에 앉으실래요?"

그녀가 물었다.

"바가 좋을 것 같네요. 고마워요."

바는 내가 처음 왔을 때보다 한결 조용했다. 샐러리맨들도 주말은 가족들과 함께 보내는 모양이었다. 무대 위에선 엘비스 프레슬리처럼 이마에 곱슬머리 가발을 붙인 미국인 남자가 전자 키보드 앞에서 연주를 하고 있었다.

뱀 가죽 정장과 하얀 티셔츠를 입은 그의 행색은 불행한 결혼생활을 하는 남자의 이미지를 풍겼다. 그는 마이크에 대고 목소리를 떨며 노래했다.

"밥 밥 밥 밥 밥 아란, 오 밥 아라아아안, 오 밥 아라아아안…"

무대 앞에서는 일본인 호스티스가, 담배를 치아에 꽉 끼어문 채 헤벌쭉 웃고 있는 샐러리맨 품에 안겨 댄스 홀을 미끄러지듯 차분하게 춤을 추고 있었다.

"찾으시는 아가씨라도 있으신가요?"

내가 바의 일인용 의자에 앉을 때 스테파니가 물었다.

순간 마리코 생각이 났다. 지하 쇼핑몰에서 마주쳤던 멋진 빨간색 버클 구두 아가씨.

"아니요. 됐어요. 그냥 앉아서 저 미국인 가수의 노래를 감상하는 게 즐겁겠습니다. 그렇잖아도 아가씨들은 아주 바쁘잖아요."

스테파니가 상냥한 미소를 지었다. 그때 나는 그녀의 눈이 얼마나 예쁜지 깨달았다. 멘톨이 들어간 투명한 초록색 사탕 같았다.

"그럼, 그러세요. 언제라도 이야기 나눌 상대가 필요하시면 말씀 하세요. 이젠 부끄러워하지 마시고요!"

그녀는 내 어깨를 꽉 잡았다. 서로 말을 많이 나눈 처지도 아닌데 조금 과한 애정 표시라는 생각이 들었다. 자리를 뜨는 그녀의 등 뒤로, 수많은 눈동자들이 그녀의 주근깨를 뒤따랐다.

무대 위에서는 엘비스 프레슬리 가발을 쓴 가수가 가성으로 목소리를 바꾸는 중이었다. 그의 허벅지가 무례하게 흔들리고 끝이 뾰족한 구두는 박자에 맞춰 톡톡 무대 바닥을 두드렸다. 내 주위의 모든 샐러리맨들은 끊임없이 지껄여댔고, 그 옆에서는 크리스탈 벨처럼 딸랑딸랑 울려대는 호스티스들의 웃음보가 연신 터졌다.

나로서는 별로 좋아할 수 없는 환경이 분명했지만, 생기있는 분위기가 마음을 어루만졌다. 걸음아 날 살려라 도망치듯 집을 나온 나 자신이 바보처럼 느껴지기 시작했다. 마치 자기 그림자에 겁을 집어먹은 멍청한 늙은이 같았다. 내가 이토록 겁쟁이라는 걸 안다면 사람들은 나를 어떻게 생각할까?

"사토 씨!"

고개를 돌려보니 마리코가 바 안쪽에서 나를 보며 미소짓고 있었다. 그녀는 안믿겨진다는 듯 웃으며 말했다.

"사토 씨, 결국 오셨네요."

"그래요. 그런데 덥수룩한 꼴을 보여서 미안해요. 순식간에 결정한 일이라 옷 갈아입을 정신도 없었네요."

"좋아 보이기만 한 걸요."

마리코는 일부러 확신에 찬 음성으로 얘기하는 것 같았다.

"뭘 드릴까요, 사토 씨?"

나는 메뉴판에서 블루 라군이라 불리는 알콜 성분이 없는 칵테일을 선택했다. 그녀는 유연하고 우아한 손놀림으로 일사불란하게 내 음료를 준비했다. 그녀는 소매 없는 베이지색 상의를 입고, 머리는 넓은 앨리스 밴드로 뒤로 넘겼다.

나는 그녀가 터키옥빛 혼합물을 건네줄 때, 으레 장식용으로 꽂히는 파라솔과 설탕 입힌 체리를 보고 유쾌하게 웃었다. 시험 삼아 한 모금 마시자 그 압도적인 단맛 때문에 즉시 미각이 되살아났다.

"오늘 하루종일 페인트칠을 하셨군요."

마리코가 말했다.

"맞아요. 어떻게 알았죠?"

나는 놀라서 물었다.

"안경에 페인트 얼룩이 묻어 있잖아요."

나는 즉시 안경을 벗은 뒤 마리코 말이 맞다는 것을 알고 놀랐다. 문자 그대로 눈 바로 앞에 있는 것도 어떻게 몰라봤단 말인가?

안경알을 닦았지만 손가락 얼룩만 여기저기 보태고 말았다. 나는 한숨을 쉬며 다시 안경을 썼다.

마리코는 내 한심한 모습을 보고 큭큭거리며 웃었다.

“귓불에도 묻어있어요.”

또다시 한숨이 이어졌다.

“거울도 보지 않고 성급히 나왔다는 걸 증명해주는 거죠.”

마리코와 난 한바탕 웃었다. 나는 시럽 같은 칵테일을 또 한 입 마셨다.

“오늘 밤엔 무라카미 상과 동행이 아니시네요.”

“그렇게 됐습니다.”

나는 그녀가 더이상 꼬치꼬치 캐묻지 않길 바라며 답했다.

눈치 빠른 마리코도 더이상은 취조를 하지 않았다. 대신 화제를 돌리며 물었다.

“사토 씨는 간사이 사투리가 심하지 않으신 것 같아요. 여기가 고향이 아니시죠? 어디서 오셨는지 말씀해주실 수 있으세요? 도쿄?”

“맞아요. 도쿄. 1984년에 오사카로 이사왔지요.”

“그렇게 생각했어요!”

마리코는 자신의 짐작이 맞은 게 너무 기뻤던 나머지 여학생처럼 탄성을 질렀다.

“오사카엔 어떻게 오시게 됐어요?”

“장모님이 사경을 헤매시는 바람에 아내가 돌봐드릴 수 있도록 이사한 거죠.”

“오, 죄송해요.”

마리코는 가족사의 단편을 들추어낸 것에 진심으로 유감을 표하듯 눈을 내리깔았다.

"하지만 우린 계속 머물기로 했죠. 아내가 여기서 자랐거든요. 일본에서 오사카야말로 가장 친근한 도시라면서, 도쿄 사람들은 너무 거만하다고 말하곤 했지요."

마리코는 손가락으로 입술을 가리며 새침하게 소리 죽여 웃었다.

"사실일 리 없어요. 사토 씨. 당신은 조금도 거만하지 않잖아요!"

'여보, 비록 당신과 내 동료들은 아니라고 우겨댈 게 뻔하겠지만, 이 말에 나는 흐뭇한 기분이 되어 얼굴에 홍조까지 띠었다오.'

"마리코 양도 간사이 사투리를 안쓰는 것 같은데, 고향이 어디죠?"

이젠 내가 질문할 차례였다.

"후쿠오카 현이에요. 정확히 말하면 한참 두메산골이죠. 제가 살았던 곳은 읍 단위도 아니었어요. 아버지는 벼 농사를 지으셨죠."

재미있는 일이다. 이 몇 마디로 우리는 예상치 못했던 정보까지 나누게 되었다.

시골 사람들은 대체로 보수적이고 도시 생활에 의혹을 갖게 마련이다. 어떤 농부도 자신의 딸이 오사카에서 호스티스 일을 하는 걸 방관하지 않을 것이다. 그녀는 분명히 부모님의 동의도 구하지 않은 채 고향을 떠났거나, 아니면 무슨 일을 하고 있는지를 철저히 비밀에 부치고 있음에 틀림없다.

"후쿠오카라… 명절 때 집에 가려면 꽤 먼 길이군요."

"네. 그래서 그냥 오사카에 머물러 있죠."

"오사카엔 혼자 왔나요?"

"그렇다고 할 수 있죠."

이 무슨 모호한 대답인가. 나는 마리코가 후쿠오카를 떠난 정황에 대해 더 알고 싶었지만, 이내 마리코는 구레나룻을 기른 신사가 바 끝에서 롱 아일랜드 냉차를 주문하자 그쪽으로 가버렸다. 그때 나는 더 캐묻는 건 무례한 짓이라고 내 자신을 설득하고 있었다. 대나무 숲을 콕콕 찌르다 보면 뱀이 찍혀나올 수도 있는 법이다.

댄스 홀엔 두 커플이 더 가세해 행복에 도취된 듯 한껏 뽐내며 춤을 추고 있었다. 그 중 한 여자는 영국에서 온 메리였다. 락앤롤 음악에 맞추어 지르박을 추자 메리의 한쪽으로 질끈 묶은 금발도 따라서 춤을 추었다. 가발을 쓴 가수도 생기를 더해갔다. 뾰족한 구두로 무대 바닥을 연신 두드리며, 몸은 전자 피아노 뒤에서 역동적으로 움직였다. 송글송글 맺힌 땀이 그의 비죽거리는 윗입술 위로 반짝거렸다.

"우우우우 후우우우, 우우우 휘이, 우우 휘이, 우우우 워우우우…"

나는 저 낯선 미국인이 부르는 노래가 뭔지 묻기 위해 마리코가 있는 쪽으로 고개를 돌렸으나, 마리코는 없었다. 그러더니 곧 부엌에서 피망과 토마토를 곁들인 나무 꼬챙이로 꿴 치킨 요리를 한 접시 들고 나타났다.

"와타나베가 실수로 이 케밥(역주:동양의 산적요리)을 만들었어요. 좀 드세요."

그녀가 말했다.

"먹기는 힘들 것 같습니다. 정말 맛있어 보이지만, 저녁을 일찍 요리해 먹었거든요. 식욕이 없을 때 뭘 먹는 건 최악이죠."

이 말을 들은 마리코는 화염에 불이 붙듯 갑자기 기쁨에 넘치는 표정을 지었다.

"직접 요리를 하신단 말씀이세요? 정말 감동받았어요. 우리 아버지와 오빠는 오직 담뱃불 붙일 때만 가스불을 켰죠."

"그거 정말 안됐군요. 요리가 얼마나 멋진 소일거리인데요."

"완전 동감해요. 남자들은 요리하는 방법을 알아야 된다구요. 특히 당신처럼 혼자 사는 분은 더 그렇지요."

이 때 뭔가 귀에 와서 탁 걸렸다. 나는 오늘 저녁 대화를 쭉 거슬러 올라갔다.

"마리코 양, 내가 혼자 산다는 걸 어떻게 알았죠?"

내가 물었다.

마리코가 멈칫하면서 눈을 꿈벅거렸다. 그녀는 자기 머리 한 올을 배배 꼬며 오히려 되물었다.

"전에 말씀하지 않으셨어요?"

"아니요. 전 말한 것 같지 않아요."

"당신 부인에 대해서 말한 게 없다구요? 제 말은, 제가 왜 그렇게 생각했는지 저 자신도…"

나는 잠시 말을 잃었다. 마리코는 얼굴을 붉히며 바 카운터 위의 낡은 잡지 더미로 시선을 돌렸다. 그렇다. 그녀에게 그런 말을 할 사람은 무라카미 상밖에 없다.

'여보, 그 자가 당신과 나에 대해 알고 있는 걸 전부 털어놓은 것 같소.'

마리코는 갑자기 이 사태를 모면해보려는 듯 웃음을 터뜨렸지만, 웃음 속에 긴장감이 도사리고 있었다.

"용서하세요. 제가 괜히 주제넘게… 제 일에나 신경 써야겠어요…"

"혼자 산다는 걸 숨기려는 건 아닙니다."

나는 그녀의 불편함을 덜어주려고 웃으며 말했다. 그녀가 나의 얘기를 들은게 사실이라 해도, 그녀가 귀를 가진 게 죄는 아니지 않은가.

"다른 음료를 드릴까요?"

마리코가 물었다.

"아니요. 됐어요. 이제 집에 돌아가야겠어요."

이 말을 듣자 마리코가 당황하며 물었다.

"벌써요? 아직 이른 시간인데…"

그때 스테파니가 내 옆에 나타나 종이 한 장을 펄럭거리며 흔들었다.

"마리코. 부엌에 가서 와타나베한테 이 주문 좀 전해줄래?"

말이 끝나기가 무섭게 종이를 나꿔챈 마리코는, 마리코의 반응에 어리둥절해져서 눈썹을 치켜올리고 있는 스테파니의 존재조차 까맣게 잊은 듯했다.

"잠시만 기다려주실래요?"

마리코가 애원조의 눈빛으로 간청했다.

"금방 돌아올 거예요. 여쭤볼 게 있어요."

나는 고개를 끄덕였다. 하지만 나는 그녀가 자리를 뜨자마자 외투를 챙겨들고 바를 나왔다.

7

: 메리

열기가 식은 햇살과 라디오의 긴 침묵을 느끼며 나는 포도넝쿨처럼 이불을 몸으로 베베 꼰 상태에서 잠이 깼다. 잠시 비몽사몽 누워 있다 보니 지저분하게 어질러진 방이 의식 속으로 굴러 들어왔다. 빈 담뱃갑과 반쯤 읽은 문고판 책이 다다미 바닥에 정신없이 흐트러져 있었고, 지난밤 벗은 옷은 몸에서 흘러내린 그대로 이불 옆에 빨간 뭉치로 뭉쳐 있었다. 어젯밤에도 일하는 꿈을 꾸었다. 요즘엔 다른 꿈을 꿔본 적이 거의 없다.

알람 시계가 이미 하루 해가 갔다는 것을 알려주고 있었다. 나는 주름투성이 티셔츠를 주섬주섬 주워 입고 맨발로 부엌에 나갔다. 가정주부처럼 얌전하게 스카프를 머리에 두른 마리코가 깔끔한 스커트 차림으로 불 앞에서 지글지글 요리를 하고 있었다.

"안녕,"

몸이 잠시 움찔 솟아오르더니 마리코는 한손에 주걱을 들고 다른 한손은 가슴에 갖다 댄 채 고개를 돌렸다.

"놀랐잖아. 메리!"

"미안."

나는 그녀가 뭘 요리하고 있는지 보기 위해 까치발을 했다.

"시금치하고 가지야. 생각있으면 좀 들어."

마리코는 다시 고개를 돌리며 뭐라 뭐라 말했지만 환풍기 팬 소리에 묻혀버리고 말았다. 나는 식탁 앞에 털썩 주저앉아 식탁 위 구겨진 담뱃갑에서 럭키 스트라이크를 뽑았다. 마리코는 공기에 밥을 담아 내 앞에 놓았다.

"배 많이 고프지. 빈 속에 담배 피우는 건 해로워."

그녀가 잔소리를 했다.

마리코는 된장찌개와 보기좋게 윤이 나는 젓가락과 야채 한 접시로 식탁을 채웠다. 항상 내가 일어나는 시간에 맞춰 요리를 하는 것으로 봐서 혼자 밥 먹는 게 싫은 것 같았다.

"마마상이 어젯밤 바에서 울린 화재 경보의 정체를 알아냈을까?"

내가 물었다.

"누군가 복도에 있는 경보 벨 유리를 부쉈겠지. 아마 그녀의 적들 중 한 명일 거야."

"그게 누군데?"

호기심에 찬 내가 물었다.

"알잖아. 뭐, 전에 호스티스로 일했던 애들이라든가…"

어젯밤 자정쯤에 가라오케 룸에 있었는데 샐러리맨 한 사람이 한창 신나게 부르던 〈클로스 투 유Close to You〉가 화재 경보 소동으로 중간에 끊겼다. 천장에선 곧 살수 장치가 가동되었고 사람들은 공황 상태에 빠졌다. 우리와 함께 가라오케 룸에 있던 백만장자 노인네께서 과도하게 숨을 들이쉬며 "지진이야? 지진이야?"를 되풀이하며 정신을 못차리는 바람에 카티야가 그 노인네 팔을 붙잡고 밖으로 이끌면서 그가 좋아하는 악명 높은 아기 대화baby talk로 그를 열심히 얼러야 했다. 사람들을 바에서 빼내느라 여념이 없던 마마상은 그야말로 이때까지 한 번도 본 적 없는 창백한 낯빛이었다. 손님들 귀를 멍멍하게 만들고 몰골은 물에 빠진 생쥐 꼴을 만들어놨으니 사업에 이로울 게 없었다.

화재 경보의 날카로운 소리가 진동하는 바람에 저마다 손으로 귀를 틀어막았지만, 내겐 그다지 나쁜 경험만은 아니었다. 살수 장치의 물줄기는 마치 찌는 듯한 오후에 갑자기 쏟아붓는 폭우처럼 신선한 느낌마저 주었다. 아무도 보지 않을 때 혼자 눈을 감고 얼굴을 천장 쪽으로 들어올리기까지 했다.

"어젯밤 진짜 불이 났다고는 생각 안했어."

내가 말했다.

"나는 그 비상 경보가 진짜가 아니라… 어… 그러니까…"

적절한 단어를 찾아내려고 했지만, 내 어휘력은 잔뜩 웅크린 채 주무시는 중이었다.

"소방 연습."

다행히 마리코가 거들어주었다.

나는 이 말을 기억 속에 저장하기 위해 속으로 되뇌었다. 마리코는 기도라도 하듯 두 손을 모은 후 음식을 주셔서 감사하다고 말했다. 나는 그녀의 말을 따라한 후 젓가락을 들고 밥 공기 쪽으로 돌진해 냄비에서 줄줄 즙을 흘리고 있는 남색 가지를 찔렀다.

"난 진짜인 줄 알았어. 실제로 연기 냄새를 맡았거든. 잠깐이지만 호스티스 바야말로 죽는 장소로 최악이라는 생각이 스쳐갔어."

마리코가 말했다.

"호스티스 바야 일하는 장소로도 최악이지."

내가 맞장구쳤다.

마리코는 볼에 구두점 같은 보조개를 보이며 미소를 지었다.

"딱 석 달만 참으면 돼. 아버지가 진 빚을 모두 갚으면 후쿠오카로 돌아갈 거야."

"나도 석 달만 지나면 여기를 떠날 거야. 그때가 되면 함께 이별 파티라도 열어야겠다."

나는 마리코보다 두 배로 밥을 빨리 먹기 때문에 먼저 식사를 끝내고 남은 밥알 사이로 젓가락을 목재 기둥처럼 수직으로 찔러넣었다. 그리고 나서 밥 공기를 옆으로 민 후 아까 피웠던 담배로 손을 뻗었다. 그때 막 마시던 사발 위로 눈을 치켜 뜬 마리코가 밥에 꽂은 젓가락을 홱 잡아채는 바람에 그녀가 마시고 있던 국이 식탁 위에 쏟아지고 말았다.

"이런 식으로 꽂으면 안돼."

마리코는 내가 플러그 구멍에 드라이버를 쑤셔넣기라도 한 것처럼 완고한 투로 야단을 쳤다.

"그러면 재수없어. 그건 죽은 사람한테 음식을 바칠 때 하는 방식이야."

"난 미신을 믿지 않아."

내가 아무래도 상관없다는 듯 말했다.

"네가 믿건 안믿건, 이게 죽은 사람한테 아무 상관이 없을 줄 알아?"

마리코가 말했다.

그녀가 다시 마시던 국으로 주의를 돌리자 방 안은 조용해졌다. 부엌에는 벽시계 초침 소리만 혀를 쯧쯧 차듯이 울려퍼졌다.

호스티스라는 직업은 마리코가 원한 자신의 첫번째 경력사항이 아니었다. 마리코는 본래 초등학교 교사 지망생이었는데 대학 1학년을 마칠 무렵 농사를 짓던 집안이 어려워져 아버지가 상당한 돈을 대출받게 되었다. 그 이후로 매달 돈을 갚아나가기 위해 호스티스 일을 선택했을 뿐이다. 하지만 그녀는 이 일이 자신의 선택이었는지 아니면 아버지의 선택이었는지는 한번도 정확히 밝힌 적이 없었다.

손님에게 애교나 성적인 기교를 부릴 줄 모르는 마리코였지만, 그녀는 자연스러운 상냥함으로 항상 인기가 많았다. 마리코는 술을 내가는 임무를 맡고 있었고 제2의 천성같은 믿을 만한 상담자로서의 역할도 훌륭하게 해내고 있었다. 손님들 중에는 성적인 자극을 찾는 사람도 있고, 넘치는 여성미를 만끽하려는 사람도 있는데, 후자의 경우는 잔인한 세상에서 받은 상처를 이곳에서 위로받고자 한다. 술 마시기 게임으로 이런 칙칙한 분위기를 사전에 차단하려는 우리들에 비해, 마리코는 언제나 그 신세 한탄을 인내심을 갖고 경청하며 신중하게 엄선된 몇 마디로 모든 게 잘될 거라는 위로를 건네곤 했다.

나는 마리코가 아직 10대라는 사실을 잊곤 한다. 음악과 패션 등 그녀 또래들이 가질 법한 관심거리 따위는 전혀 염두에 두지 않는 성격이 내 주의를 끌었다. 마리코에게는, 낮에 산책을 가거나 TV를 보는 것 외에는 그다지 기분 전환 소일거리들이 없었다. 또 그녀는 요리를 하고 아파트를 청소하면서 대체로 명랑하고 남의 일에 참견하지 않는 성품이었다. 충돌을 일으킨 적이 있다면, 언젠가 유지가 부엌에서 마리화나를 피웠을 때였다. 그녀는 새벽 4시 경 스누피가 그려진 잠옷을 입고 방에서 뛰쳐나와 여기서 마약을 하는 건 도저히 참을 수 없다고 말했다. 유지는 그녀의 격분에 놀라 뒤로 바짝 물러서더니 정신없이 사과하면서 즉시 불을 비벼 껐다. 마리코는 내가 담배 피우는 건 뭐라 하지 않았다. 가족들이 모두 담배를 피웠기 때문에 담배 냄새에 익숙하다고 말했다. 가끔 집에 돌아와 보면 깨끗이 씻겨진 내 재떨이가 식기 건조대에 엎어져 있는 걸 발견하곤 했다.

샤워 후 옷을 갈아입고 마리코와 나는 일터로 향했다. 도착하자마자 비가 내리기 시작했다. 우리는 빌딩 로비에 서서 물결치는 우산의 바다 아래에서 휙휙 지나치는 사람들을 한동안 바라보다가, 지각의 위험에 직면하고 나서야 낡은 엘리베이터에 몸을 실었다. 6층, 우리가 일하는 곳엔 창문이 없어서 언제 비가 내리는지, 언제 두바이처럼 햇볕이 쨍쨍 내리쬐는지 오리무중이다.

오늘 근무는 바에서 시작한다. 술을 만들고 저기 한 무더기 모여있는 외톨이들을 상대로 사소한 잡담을 나눌 것이다. 오늘 밤 가수는 카우보이 모자를 쓰고 어쿠스틱 기타를 연주하는 일본 남자다. 나는 마른 행주로 재떨이들을 닦으며 그가 창백하게 떠 있는 노란 불빛 아래에서 노래부르는 모습을 바라보았다. 씁쓸하면서도 달콤한 그의 〈컨츄리 로드Country Roads〉는 거의 느껴보지 못했던 영국에 대한 애잔한 그리움을 새삼 불러 일으켰다.

한두 시간이 느리게 흘러갔다. 나는 체격 좋은 건설 회사 사장을 위해 위스키 사우어를 혼합하고, 터무니없이 비싼 안주들을 계속 대령했다. 그는 내게 젓가락을 쓸 줄 아느냐고 물었고, 나는 대답 대신 젓가락을 들고 땅콩을 한 접시에서 다른 접시로 옮겨담는 묘기를 보여주었다. 그러자 그는 대뜸 일본 남자와 성교한 적이 있느냐고 물어왔다. 나는 적당한 웃음으로 무마하며 '비밀'이라고 답했다.

에어컨이 세차게 돌고 있는데도 그의 얼굴에선 땀이 번들번들 흐르고 있었다.

9시쯤 되자 마마상이 홀을 돌기 시작했다. 테이블마다 멈춰 서서 손님들과 이야기를 나누며 농담조로 아가씨들이 버릇없이 굴지는 않냐고 물었다. 그녀는 수십 년간의 호스티스 경력으로 언제 손님이 대화 상대를 필요로 하는지를 거의 본능적으로 꿰뚫고 있었다. 언제 손님의 가족 안부를 물어야 할지, 언제 '왕년'을 들추며 우수어린 눈빛을 연출해야 할지, 언제 요염한 분위기로 깔깔 웃어제껴야 할지, 언제 니케이 주가 지수와 정부의 정책에 대해 불만을 토로해야 할지를 정확히 알고 있었다. 이런 그녀를 보고 있노라면 아마 젊었을 때는 무척이나 재주 많고 정열적인 호스티스였을 거라는 생각이 들곤 했다.

마마상이 바에서 걸음을 멈추었다. 미스터 보잔글스는 어김없이 그녀의 크림색 실크 블라우스 품 안에 다소곳이 안겨있었다. 그녀가 건설 회사 사장을 반기며 잉꼬 같은 카랑카랑한 음성을 연출했다.

"미야타 상! 이게 얼마만이에요? 타쿠마는 잘 있구요? 중학생이라고 했죠? 벌써 그렇게 됐나? 애들은 정말 빨리 큰다니까… 그리고 또 누구더라… 마리도 말썽 안피우고 잘 있죠?"

그러더니 마마상은 불현듯 그의 앞에서 내 허리를 쥐어짜듯 잡고서는 '완전 말라깽이'라고 놀려댔다. 나는 그 말에 완벽히 동의한다는 듯 깔깔 웃어주고는 대신 앙갚음으로 미스터 보잔글스의 콩알만한 머리를 마구 헝클어 놓았다.

"아휴, 조그만 게 너무 귀엽단 말이야!"

나는 정답게 속삭이듯 말했다. 행간에 숨은 뜻을 감지하지 못한 마마상이 나를 따라 웃었다. 반면 몇 초 동안 놀림을 당한 미스터 보잔글스는 복수심에 불타는 까만 눈동자로 나를 쏘아보았다.

"아드님은 요즘 어떠신가? 지금쯤 대학에 들어갔을 텐데."

건축 회사 사장이 물었다.

"대학이요? 무슨 말씀을요…"

터져나오는 마마상의 웃음소리가 홀에 울러퍼졌다.

"유지는 오토바이 택배 일을 구했어요."

건축회사 사장은 잘 됐다는 듯 고개를 끄덕였다.

"똑똑한 애야. 뭐하러 대학에서 4년을 낭비하나? 세상에 나가서 많은 걸 경험하는 게 낫지. 그리고 또 여간 잘생겼나. 분명히 여자들이 줄을 서서 옷을 벗고 달겨들 거라구."

마마상이 웃었다.

"철조망으로도 막지 못한다니까요. 나도 감당할 수 없는 머릿수를 그 녀석은 거뜬히 해내고 있죠. 그러고도 뒷일 안터지는 거 보면 용하다니까. 한창 좋을 때죠."

내 얼굴에서 웃음이 사라졌다. 마마상은 건축회사 사장에게 즐거운 저녁이 되라고 말하고는 카티야가 있는 테이블로 걸음을 옮겼다. 나는 하나같이 마마상을 반기며 태평양 같은 미소를 짓고 있는 남자들을 지켜보았다. 마마상의 실크 블라우스 아래 살 덩어리들이 가볍게 흔들렸다. 그녀가 뭐라고 말하든 나와 무슨 상관이람? 그렇다고 내가 유지한테서 떨어져 나갈 리는 만무하다.

건축 회사 사장은, 자기는 매일 밤 쌀이 가득한 배낭을 메고 6킬로미터를 달린다는 별 새삼스럽지 않은 이야기를 들려주기 시작했다. 그렇게 뛰고도 여전히 저 항아리 배를 달고 다니는 걸 보면 신진대사가 그다지 활발하지 못한 게 분명하다.

"게다가 각각 2킬로그램씩 나가는 발목 용 웨이트까지 신지."

그가 덧붙였다.

그의 어깨 너머로 사무실로 들어가는 마마상이 보였다. 카티야가 마치 망신당한 하녀처럼 그 뒤를 따르고 있었다. 마마상이 호스티스를 그녀의 사무실로 부르는 건 자신에게 버릇없이 굴었을 때밖에 없었다.(내 친구 산드린이 고등학교 교장 선생님에게 그가 10대 소녀들과 어울리기에는 적합하지 않은 성도착자라고 말했을 때와 같이 말이다.) 하지만 언제나 냉정함을 잃지 않는 카티야가 그런 짓을 했을 리는 없었다. 마마상의 사무실 문이 닫히고 나서 몇 분이 지나 모습을 드러낸 카티야는 자존심에 상처를 입은 듯한 얼굴로 이중 문을 향해 성큼성큼 걸어갔다. 나는 잠시 양해를 구하고 그녀를 따라 나갔다.

상기된 얼굴의 카티야는 엘리베이터 앞에서 이를 꽉 문 채 연신 버튼을 눌러대며 서 있었다. 층들 사이로 엘리베이터가 움직일 때마다 로프가 삐걱대는 소리가 났다.

"카티야! 어디 가?"

내가 물었다.

"아래. 엘리베이터가 오늘 내로 도착한다면. 아마 도착하기도 전에 마마상처럼 야비한 늙은이가 되어버릴지도 모르지."

엘리베이터 문이 삐걱거리며 핑 소리와 함께 열렸다. 윤이 나는 엘리베이터 내부가 우리 둘의 모습을 거울처럼 비추었다. 은색 링 귀걸이를 하고 머리를 뒤로 높이 잡아 맨 나의 모습과, 빛나는 흑발과 끈 없는 민소매 옷을 입어 맨살의 딱 벌어진 어깨가 드러난 카티야의 모습이 눈에 들어왔다.

"무슨 일 있었어? 해고라도 당한 거야?"

내가 물었다.

카티야는 고개를 돌려 나를 정면으로 바라보았다. 홀에서는 그토록 화려하면서도 아스라하게 느껴지던 그녀의 화장한 얼굴이, 복도의 적나라한 불빛 아래 드러나자 마치 인조 장식품처럼 보였다. 보라색 아이섀도우와 분홍색 볼 연지의 줄무늬 층을 모두 티슈로 닦아내고 싶다는 충동이 들었다.

"아니. 다행히 그렇게 드라마틱한 일은 없었어. 마마상이 오늘 밤 호스티스를 너무 많이 근무시키는 바람에 불려가서 5분 전에 근무 명부에서 내 이름을 지우는 걸 봤을 뿐이야. 그러더니 내가 실수로 출근을 했다고 우기더라."

"오늘 근무하기로 되어 있었던 건 분명하니?"

"물론. 이번 주 쉬는 날은 일요일이었어. 오늘이 아니고."

엘리베이터 문이 위협적으로 닫히려 했다. 카티야는 우크라이나 말로 욕설을 내뱉는 듯 뭐라 중얼거리며 다시 버튼을 눌렀다.

"마마상이 너한테 무슨 짓을 했는지 따져보기라도 했어? 오늘 분명히 근무하는 날이었다고 말이야."

나는 어이가 없어 고개를 흔들며 말했다.

"우리한테 너무 심한 거 아니니? 여기 있는 애들 모두 마마상한테 치를 떨어."

카티야가 한숨을 내쉬더니 발을 가볍게 두드렸다.

"나는 이 나라 비자도 없어. 그러니 내 권리를 주장할 입장이 못되지. 게다가 마마상에 비해서 뛰어난 활약도 못하고 있잖아. 오늘 밤 돈 좀 긁어내려고 치맛바람 일으키는 모습 봤지? 진짜 가관이더라."

카티야가 나를 보더니 머리를 흔들며 웃었다.

"넌 신경쓰지 마, 메리. 집으로 쫓겨나는 건 나지, 네가 아니잖아. 적어도 집에 가서 TV는 실컷 볼 수 있겠다. 그리고 오늘 일했던 시간에 대한 보수는 당연히 받을 거야. 어서 돌아가. 너까지 문제 생기기 전에."

카티야는 내 팔을 한 번 꽉 쥐더니 엘리베이터 안으로 걸음을 옮겼다.

카티야가 떠난 후 기분이 한정없이 가라앉았다. 내가 잠시 자리를 뜬 사이 바 안에서 대대적인 인사 이동이 있었다. 내 자리를 대신한 마리코가 좀 전까지 카티야와 함께 있었던 젊은 비즈니스맨들과 어울리라고 일러주었다. 나는 정말이지 비위 맞추느라 진땀을 뺄 기분이 아니었기 때문에 가능한 한 뒤탈이 나지 않을 만큼만 무례한 태도로 일관했다. 입을 함지박만큼 벌려 하품을 했고, 내 잔에 위스키를 가득 채운 다음 모기 물린 다리를 박박 긁어댔다. 모두 호스티스의 불문율을 깨는 행동들이었다. 남자들은 자기들끼리 눈짓을 하며 거북하게 웃었다. 알고 보니 그들은 학습 장애 아동 교육 세미나에 참석하기 위해 오사카로 출장 온 초등학교 교사들이었다. 그들은 "나는 미혼남자의 자유를 가지고 있기 때문에 매일 밤 가라오케를 연주하지요" 등의 괴상망칙한 영어로 나를 즐겁게 해주었다. 나도 모르는 사이 그들에게 호의적으로 변해, 결국 학생들에게 불러주라고 영어 자장가를 전수하는 것으로 내 영어 강의를 마쳤다.

얼마 안 있어 컨트리 뮤직 가수가 기타를 챙겼고, 초등학교 교사들은 얼큰히 취해 자리에서 일어났다. 그들은 한치의 주저도 없이 3만5천 엔을 지불하며 내게 "매우 많이 좋은 시간"이었다고 감사를 표했다. 나는 그들을 엘리베이터까지 배웅하며 엘리베이터 문이 그들의 웃는 얼굴을 가릴 때까지 손을 흔들어주었다. 복도에 혼자 남겨지자 엄습해오는 피로를 느꼈다.

뻐근한 다리를 이끌고 주방으로 와보니 와타나베가 카운터 위에서 치즈를 뭉개고 있었다. 그곳은 케첩과 마요네즈, 그리고 신만이 알 듯한 재료들이 한데 뭉쳐진 예술가의 팔레트 같았다. 잘못 조준된 발사물들이 쓰레기통을 둘러싸고 있었다. 위생 운운하는 사람이 아닌 나로서도 정말 봐 넘겨주기 곤란한 풍경이었다.

"안녕, 와타나베,"

내가 먼저 말을 걸었다.

와타나베가 먼저 나를 알아챈 낌새가 보인 것도 같은데, 단지 나의 상상일까?

"먹을 것 좀 만들어줄래? 샌드위치라도 괜찮겠는데."

고개를 끄덕이는 와타나베의 얼굴에서 작은 벼룩이 피부 속에 숨어 있기라도 한 듯 미세한 안면 경련이 일었다. 그는 빵 위에 버터를 바르고 치즈를 얹었다. 그리고 삼각형 네 조각으로 공들여 썬 샌드위치를 건네주면서 바닥의 타일에 시선을 두고 있었다. 나는 접시를 받아들면서 접시를 통해 떨려오는 그의 벌새같은 맥박 울림에 놀랐다. 나는 샌드위치를 한 입 베어물고, 씹고, 삼키고, 그리고 말했다.

"음… 맛있다."

그때도 와타나베는 자기 운동화에만 시선을 고정시키고 있었다. 처음은 아니었지만, 나는 그가 경미한 자폐증을 앓고 있는 게 분명하다고 생각했다.

"고마워, 와타나베."

나는 또 메아리 없는 인사를 던진 후, 바를 향해 돌아섰다. 주방 입구 쯤에서 슬쩍 뒤를 돌아보자 와타나베는 쓰레기통에 막 토마토를 던져 넣는 중이었다. 벽에 부딪쳐 철썩 뭉개진 토마토에서 씨와 과육이 흘러내렸다. 아마도 고등학교 시절 그는 그다지 운동신경이 뛰어나지 못한 학생이었을 것이다.

나는 바의 일인용 의자에 앉아 샌드위치를 먹으며 네이비 럼과 아마레토를 홀짝거렸다. 엘레나가 다가와 가라오케 룸에서 손님이 기다린다고 전했다. 빵과 브리 치즈를 입안에 가득 넣은 채 나는 엘레나에게 일본 방송의 장기자랑에 나가려면 목소리를 아껴둬야 하니 나 대신 좀 들어가줄 수 없겠냐고 물었다.

"콕 집어서 너와 카티야를 들여보내라고 했는걸."

엘레나가 무표정한 얼굴로 말했다.

"카티야는 집에 갔는데… 나랑 같이 들어가지 않을래?"

내가 말했다.

엘레나는 꼬임에 넘어가지 않고 벽시계를 가리키며 5분 있으면 근무가 끝난다고 답했다. 또 자기는 야쿠자에게 거부감이 있으며 돌봐야 할 아들도 있다고 덧붙였다.

"넌 깡패들한테 마음이 간다고 그랬잖아. 한 명은 얼굴에 붕대를 감고 있더라. 틀림없이 총에 맞은 것 같아. 굉장히 섹시하던데."

나는 한숨을 내쉬며 의자에서 일어섰다.

한 시간 동안 시시덕거린다고 해서 설마 몸이 박살나지는 않겠지. 홀에서는 마지막 패거리들이 담배 연기를 리본 모양으로 풀풀 날리며 흥청대고 있었다. 저음으로 깔리는 팻시 클라인Patsy Cline의 〈크레이지Crazy〉가 다시 한번 영국의 시간과 공간에 대한 향수를 불러 일으켰다.

룸 창문을 통해 처음 시야에 들어온 사람은 얼굴에 붕대를 칭칭 감은 남자였다. 그는 손을 무릎 위에 얹고 가죽 소파에 꼿꼿이 앉아있었다. 얼굴 왼쪽 전체를 덮은 면 붕대가 반창고로 고정되어 있었고, 붕대 위로는 검정 민들레 털처럼 가느다란 머리카락이 덥수룩하게 덮여 있었다.

그 옆에 앉은 남자가 내게 손을 흔들었다. 순간 메스꺼운 정신적 충격이 나를 강타했다. 유지의 보스, 야마가와 상이었다. 나는 그가 왜 여기에 왔는지 궁금해하며 가라오케 문을 밀고 들어갔다.

곧이어 두 남자가 최고급 검정 양복 속에서 감히 누구도 대적할 수 없는 분위기를 풍기며 나를 반기기 위해 일어섰다. 야마가와 상 옆의 남자는 고작해야 20대 초반 정도로 보였다. 임상용 붕대의 새하얀 면이 까무잡잡한 반쪽 얼굴과 대비되어 더욱 도드라졌다.

나는 고개를 푹 숙여 인사했다.

"야마가와 상! 안녕하셨어요! 여기서 뵙는 건 처음이네요."

"잘 있었지, 메리. 너무 늦게 불러낸 것 같아 미안하구만."

야마가와 상이 자상한 투로 말했다.

"여기서 잠깐 들러서 한잔 할까 하고. 히로, 어때? 내 말이 맞지? 완벽한 일본어 실력에다 이 얼마나 예쁘게 생긴 처녀인가. 유지는 정말 행운아라구."

"과찬이세요!"

나는 모든 칭찬에 의심을 가지며 저항했다.

"그리고 전혀 늦은 시간이 아니에요. 이렇게 찾아주셔서 기쁘기만 한 걸요."

야마가와 상이 문 쪽을 힐끗 보며 물었다.

"카티야는 아직 안오나?"

"죄송하지만 카티야는 이미 퇴근했어요… 원하시면 다른 호스티스를 불러올게요."

야마가와 상은 금을 입힌 어금니를 드러내며 미소를 지은 후 붕대를 감은 남자의 어깨에 손을 올리며 말했다.

"그럼 오늘 밤엔 우크라이나 여자 없이 놀아보자구. 자, 앉아. 메리, 돌아온 탕자인 나의 아들, 히로를 소개하지."

잠시 나는 야마가와 상이 생물학적 차원의 아들을 말하나 생각하다가, 부하들을 모두 아들이라고 부르는 그의 습관을 떠올렸다.

"만나서 반가워요."

내가 말했다.

히로가 손을 내밀었고 우리는 아무 말 없이 악수를 나누었다. 감정을 조금도 드러내지 않는 그의 멍한 시선이 내 미소를 비껴갔다. 내가 그의 얼굴에서 발견한 건 그런대로 잘생긴 축이라는 사실이었다. 붕대가 철저히 감추고 있어서 그 상처가 무엇 때문에 생겼는지는 알 수 없었다. 화상 아니면 칼로 베인 자국? 아님 왼쪽 눈이 부은 건가? 이게 병적인 호기심이라는 건 알고 있다.

"저… 술은 뭘로 하시겠어요?"

내가 그들 맞은편에 앉으며 물었다. 차가운 가죽 소파가 무릎 뒤로 착 달라붙었다.

"불덩이같은 머리를 한 아가씨가 위스키를 갖다주더군."

야마가와 상이 크리스탈 유리병과 빈 잔 네 개를 가리키며 말했다.

"그 오렌지 머리는 어디서 왔나? 아, 아니지! 이렇게 말했다고 날 불한당 취급하면 안돼, 메리. 난 그저 불꽃같이 아름다운 머리카락을 가진 아가씨들이 사는 나라가 어디인가 상상하고 싶었을 뿐이야."
나는 웃으며 야마가와 상과 히로의 잔에 위스키를 3분의 2쯤 들이부었다.
"돌아온 탕자를 위해 건배!"
야마가와 상이 큰 소리로 말했다.
우리는 술잔을 부딪치며 '감빼이'를 외쳤다. 위스키를 들이킬 때 잠시 정적이 흘렀다.
"히로 얼굴이 왜 저렇게 됐는지 궁금하지 않나, 메리?"
야마가와 상이 슬며시 얘기를 꺼냈다.
"아니요. 전…"
기습공격을 받은 기분이었다. 바보 같은 생각이었지만 잠시 야마가와 상이 내 마음을 읽은 건 아닌가 하는 두려움이 스쳤다.
"제가 상관할 일은 아닌 것 같아요."
진땀 빼는 나를 보자 야마가와 상이 껄껄대며 웃었다.
"히로, 무슨 일이 있었는지 네가 얘기해줘라."
히로가 나를 바라보았다.
"차와 충돌해서 얼굴에 화상을 입었습니다."
그는 교과서를 읽는 학생처럼 관심없다는 듯 무덤덤하게 말했다.
"폭주족 애들이었지!"
야마가와 상이 말했다.
나는 건조한 공기를 깊이 들이마셨다. 끔찍한 사고였을 것이다.
"정말 안됐군요…빨리 회복되시기를 바랄게요."
"아마 평생 흉터가 남을 거야."
야마가와 상이 단호한 투로 말했다.

"저런, 안됐군요."
나는 다시 연민을 담아 말했다.
히로는 눈 하나 깜짝하지 않고 앉아있었다. 그는 재킷 주머니에서 아메리칸 스피릿 담배를 꺼내 불을 붙인 후 오랫동안 들이마신 다음 천장을 향해 훅 하고 내뱉었다. 그 다음엔 야마가와 상이 담배를 꺼내 그것을 자신의 입 앞에 가만히 들고 있었다. 그제서야 나는 야마가와 상이 불을 붙여주기를 기다린다는 걸 눈치챘다. 나는 서둘러 태도를 고치며 세심하게 주의를 기울이지 못한 점을 사과했다.
야마가와 상이 테이블 위에서 얇은 노래 목록판을 집어 들었다.
"노래 부르시겠어요?"
내가 물었다.
"아니,"
야마가와 상은 페이지를 넘기며 말했다.
"여기에 발을 들여놓은 것도 위엄이 떨어지는 짓인데 더구나 기계에 대고 노래를 불러대서 남은 위엄마저 탕진해 버릴 순 없지 않은가?"
"히로는요?"
나는 순전히 의무감으로 물었다. 그는 가라오케 타입이 전혀 아니었다.
히로는 마치 내가 그에게 혀를 파랗게 칠하고 마오리 족 전사들의 춤이라도 추라고 요구한 것처럼 나를 빤히 쳐다보았다. 둘 다 여기가 그렇게 마음에 안든다면 왜 가라오케 룸을 선택했는가 말이다. 야마가와 상이 리모컨으로 숫자를 눌렀다. 가라오케 스크린 위 콘트롤 박스에 숫자가 한 자 한 자 찍히자 가수명과 제목이 번쩍거리며 나타났다.

마돈나, 〈머티리얼 걸Material Girl〉.

야마가와 상은 내게 마이크를 건네주며 말했다.

"메리가 우리를 위해 노래를 불러준다면 정말 영광이겠어."

나는 둘의 시선을 의식하며 무대 위에 올라 마이크를 잡았다. 전주가 시작되고 디스코 불빛이 무대 가장자리로부터 현란한 빛깔들을 내뿜으며 머리 위로 쏟아졌다. 가사가 스크린 밑으로 지나갔다. 나는 키에 맞추어 노래를 부르려고 애썼다. 싸구려 구식 비디오에서는 한 일본 여자가 웨딩 드레스를 입고 모노폴리 돈을 공중으로 흩뿌리며 롤러보드를 타고 있었다.

야마가와 상은 담배를 이빨 사이에 꽉 물고 엇박자로 박수를 쳤다. 히로는 드라이아이스 제빙기처럼 담배 연기를 들이마시며 지루함으로 가득 찬 잘생긴 눈을 꿈벅거리고 있었다. 나는 흥겹게 부르지도 않았을 뿐더러 춤도 추지 않았다. 순전히 시켜서 부르는 노래긴 하지만, 적어도 이 정도의 자유 의지는 있어야 하지 않겠는가.

"잘했어."

노래가 끝나자 야마가와 상이 말했다.

나는 무대에서 내려왔다.

"잠깐, 아직 끝나지 않았다구."

그는 리모컨을 컨트롤 박스 쪽으로 가리키더니 숫자 6132를 눌렀다. 마돈나, 〈머티리얼 걸〉.

나는 다소 황당한 눈빛으로 야마가와 상을 보았다. 실수로 똑같은 숫자를 누른 걸까?

그는 소파에 등을 기댄 채, 나를 향해 느긋한 시선을 던지고 있었다.

"한번 더,"

그가 명령했다.

모든 게 다시 시작되었다. 디스코 불빛, 신디사이저의 장단, 웨딩 드레스를 입은 배우.

나는 〈머티리얼 걸〉을 연이어 세 번 불렀다. 음정조차 엉망인 내 목소리 때문에 완전히 돌아버릴 지경이었다. 저 인간들은 내가 얼마나 지긋지긋해하는지 보이지 않는단 말인가? 내가 이 상황을 유지에게 말한다면 그도 아마 성질을 낼 것이다.

"잘했어,"

세번째 공연이 끝나자 야마가와 상이 자비를 베풀며 말했다.

"이리 와 앉아서 좀 쉬게."

나는 호흡을 가다듬으며 가죽 소파에 앉아, 미소를 위한 얼굴의 필수 근육을 떠올렸다. 위스키로 손을 뻗쳤지만 너무 진이 빠져 단번에 들이키지 못했다.

"노래 잘하는데, 메리,"

야마가와 상이 칭찬을 했다.

"메리는 훌륭한 가수야, 안그런가, 히로?"

"형님, 죄송합니다만, 저는 이 분야에 대해선 문외한입니다."

"괜찮아요. 저도 제 목소리가 끔찍하다는 것쯤은 알고 있어요."

나는 다소 퉁명스럽게 잘라 말했다.

히로는 다시 침묵을 선택했고, 나는 위스키를 한 모금 더 삼켰다.

"히로가 매력적이라고 생각하나?"

야마가와 상의 난데없는 질문이었다.

"얼굴이 반쪽이나 달아났는데도."

이 말을 듣자 속이 뒤틀렸다. 무슨 권리로 그를 이렇게까지 욕보인

단 말인가?

"남자친구가 있는 처지에 다른 남자까지 평가하고 싶진 않아요."

난 별 설득력없는 희미한 웃음을 지었다.

야마가와 상도 따라 웃었다.

"나는 어떤가?"

그의 일방적인 질문이 계속되었다.

"내가 매력적이라고 생각하나?"

"저를 정말 당황스럽게 만드시네요!"

마지막 남은 위스키 잔을 마저 비운 야마가와 상이 다시 리모컨을 집어들더니 점자로 글씨를 읽듯 버튼 위로 손가락을 이리저리 움직였다. 또 다시 노래를 부르라고? 나는 이번엔 사양하겠다고 얘기할 참이다. 목이 아프다는 말도 빼놓지 않을 것이다.

야마가와 상은 리모컨을 스크린 쪽으로 향하더니, 나를 보며 씩 웃었다.

8

: 와타나베

능글맞게 내려앉은 태양이 뜨겁고 묵직하게 내 뒷 목덜미의 상피세포를 비추고 있다. 나는 아파트 벽돌 지붕의 돌출부를 앞 갈퀴로 꽉 부여잡고 있는 도요새처럼 타맥(역주:포장용 아스팔트 응고제) 포장도로가 부글부글 끓고 있는 주차장 바닥에 납작하게 엎드려 있지만, 내 초인지적 키는 3층 건물만큼이나 높다. 차들은 광채를 내며 서 있다. 빨간색 혼다, 자홍색의 닛산, 파란 도요타가 그 트렁크에 꿈틀거리는 새끼 쥐들의 둥지를 품고 있는 듯하다.

나는 운전을 배우지 않았다. 납작하게 엎드린 금속 상자 속에서 도시의 더러운 자국들을 가로지른다는 건 결코 매력적인 일이 못된다. 자유를 느낀다고? 차를 가져서 누릴 수 있는 자유를 택하느니, 런닝머신 위의 햄스터가 되는 편이 낫겠다.

저기 그녀가 온다.

오늘 아침 메리는 머리카락을 머리 뒤로 높이 치켜 묶고 나타났다. 거대한 분수의 금빛 물줄기가 태양 아래 광학 섬유처럼 반짝였다. 이어서, 그녀는 암사자처럼 입을 크게 벌리고 감히 대적할 수 없는 하품을 했다. 페이지를 접어 놓은 〈선禪과 오토바이 수리 기술修理技術' Zen and the Art of Motorcycle Maintenance[21]〉이라는 책 한 권과 휴대폰이 담긴 자그마한 가죽 가방을 어깨에 메고 얇은 여름 옷차림에 양말도 신지 않은 채 싸구려 운동화를 질질 끌면서 걷고 있었다.

오늘 그녀는 '바다를 보고 싶다'는 생각으로 욕구불만에 찬 한숨을 연신 내쉬었다. 네안데르탈인처럼 진화가 덜 된 조악하고 미개한 남자친구를 안본 지 겨우 이틀밖에 안됐는데도 그녀의 마음은 벌써 그리움으로 가득 차 있다.

지금 그녀는 마치 자궁 외 임신처럼 다른 장소에 있는 그 대상에게 로맨틱한 동경을 품고 있지만, 실상은 그가 멀리 떨어져 있을수록 자신이 더 안전해진다는 사실을 깨닫지 못하고 있다.

오늘 오후 늦게 메리는 남자친구의 위치를 알아내 깜짝 방문을 하기로 마음먹었다. 내 마음에 어두운 휘장이 드리운다.

메리는 주차장을 가로지르며 출발하고, 나는 비상계단으로 그녀를 뒤쫓기 시작한다.

나는 벽에 바짝 붙어 포장 도로를 찰싹 찰싹 때리는 운동화 끈과 함께 4차원 공간 층에 신발 자국을 남기며 걷고 있다. 내 발걸음은 솜씨좋게 메리의 발걸음과 일치한다. 이 일이 비록 보잘것없이 보이겠지만 나에게는 즐기기에 족한 여행이다.

메리가 만약 그녀를 위해 내가 벌이고 있는 이 용맹스런 행사를 알

---

21. 로버트 퍼시ግRobert M. Persig의 소설로 주인공이 아들과 함께 장거리 오토바이 여행을 하며 붕괴되기 전의 자아와 화해해나가는 과정을 그림

게 된다면, 분명히 감사히 여기며 새롭고 광대하게 변화된 빛으로 나를 바라보기 시작할 것이다. 그때가 되면 그녀를 초공간으로 도약시킬 최초의 기회를 엿볼 수 있을 것이다. 우리의 발걸음은 완벽한 일치 속에서 벚나무가 늘어선 거리를 따라간다.

나무 꼭대기에는 참새 떼가 지저귀고, 엽록소가 충만한 잎사귀에서는 선명한 녹색으로 빛을 발하며 세부적인 층들로 폭발하는 미생물들의 향연이 한창이다.

감전된 신경세포들의 수지상 돌기[22]처럼 잎사귀 표면에 미세한 정맥이 뻗어있다. 자연은 늘 미리 계획하는 법 없이 그 예측할 수 없는 리듬들을 난타할 뿐이다. 초공간의 목구멍이 눈 앞에 펼쳐진 이래, 나의 경외심은 결코 무너진 적이 없다. 내가 알게 된 이 세계는 영원토록 풍성하다.

현실의 실상은 셀 수도 없는 한 묶음의 카드지만, 우리가 머문 3차원의 우주는 신의 손으로 다루어지는 하나의 낱장 카드에 불과하다. 이를 4차원과 비교해보자. 무수한 카드들이 마치 끝나지 않는 페이션스Patience 게임처럼 무수한 카드 짝패를 맞춘다. 이 부등不等의 법칙은 설명을 좌절시킨다. 차원적 한계는 제거되었고, 우주의 비밀에 대해 발육 정지 상태로 머물렀던 내 미 발달의 지식은 신성의 경지로 치솟았다. 신만큼 많이 알고 있다고 말하는 건 뻔뻔스러운 짓이지만, 나는 적어도 신이 내 나이였을 때 알았던 만큼은 알고 있다.

---

22. 신경세포는 수지상돌기와 축색돌기라는 가지를 뻗고 있는데, 일반적으로 작고 짧은 것이 수지상돌기로 들어오는 전기신호를 받아들이는 역할을 함

* * *

메리가 열차표를 살 동안 나는 담뱃가게 옆에 잠복한다. 통근자들이 무미건조하게 걷다가, 아름다운 북극광 속에서 움직이는 이 운동화 차림의 비너스를 주시하기 위해 흘긋 눈을 들어 바라본 후, 그 조우에 눈이 부셔 비틀거리며 나아간다.

메리가 승강장으로 걸어갈 때, 나는 표 개찰구를 어슬렁거렸다. 녹색 풀오버를 입은 늙은 남자가 개찰구로 쳇머리를 흔들며 걸어와 표를 그 홈 속으로 더듬더듬 넣고 있을 때, 나는 그의 뒤로 바짝 따라붙어 닮은 구석이라곤 전혀 없는 샴쌍둥이처럼 개찰구를 함께 통과했다.

그때 다른 곳에서 지켜보던 무임승차 단속원이 당황한 기색으로 미끄러지듯 달려왔다. 나는 죄의식 없이 그를 내려다보며 그의 DNA를 훑고 지나갔다.

그는 뚜레 증후군Tourette 's[23]이라는 열성 유전자를 갖고 태어났으며 현재 발톱이 살을 파고들고 있다. 이 남자는 자신의 머리를 막 흔들더니 한 걸음 물러섰다. 뚜레 증후군으로 복용하는 약 때문에 모든 조건 반사 체계가 엉망이 된 것이다.

"거기! 표 없이 어디를 가겠다는 거야?"

제기랄. 나는 두 손을 호주머니에 깊게 쑤셔 넣은 채 황소처럼 돌진했다. 내 뒤로 역의 안내원이 표 개찰구 쪽으로 따라붙었다. 군화처럼

23. 경련이라 불리는 음성통제 불능과 반복된 무의식적 행동에 의해 특성화된 신경장애로, 유전됨. 이 병을 앓는 환자는 이상하게 말하거나 부적절한 소리나 단어, 문장 등을 표현함

광이 나는 구두와 JR선[24]Japan Railways 모자가 중대한 사명을 띤 채 자리 잡고 있었다.

"거기 야구 모자 쓴 녀석! 당장 이리로 돌아와!"

준법정신이 투철한 수많은 사람들이 고개를 돌리더니 '야구 모자 쓴 녀석'을 찾기 위해 탐조등처럼 시선을 이러저리 돌렸고, 나는 저주를 퍼부으며 돌아서서 개찰구 쪽으로 무거운 발걸음을 옮겼다. 메리가 볼 수 있는 승강장이 아닌 여기서 잡힌 게 오히려 다행이다. 내가 다가가는 동안 역 안내원은 셔츠 단추가 금방이라도 튕겨나올 듯한 배 위로 그 짧은 두 팔을 꼰 채 서 있었다. 그는 매우 엄격한 인상을 풍겼지만 속으로는 사형집행자의 쾌감과 흡사한 짜릿함을 느끼고 있었다. 저 아래 승강장에서는 메리가 마일드 세븐을 피우며 다음 열차의 선로를 곁눈질로 바라보고 있다. 여기서 약 1.69킬로미터 떨어진 열차는 이제 29초만 지나면 도착한다. 제기랄, 이 다급한 상황에 또 이 짓거리라니.

"표가 없는 거냐, 아니면 올림픽 개막식처럼 회전식 개찰구를 헤치며 나아가는 실습을 하고 있는 중이냐? 자, 둘 중 어느 쪽이지?"

"저는… 어…"

정신 상태를 신속하게 정밀 조사해보니 역 안내원 모리모토는 관료주의 광신자에 최소공통분모의 도덕성을 지닌 사람이었다. 이 얼마나 위험한 결합인가. 그는 나의 경범죄를 통해 자신의 이득을 한껏 챙기

---

24. 일본 전국 철도의 80퍼센트를 운영하는 일본 철도 회사 명, 원래는 국철이었지만 현재는 민영화되어 지역별로 여러 개 회사로 나뉘어져 있다.

려 들 것이다.

"너 뭐야? 벙어리야? 귀머거리, 아님 바보? 자, 상상의 힘으로 표를 내보이든지, 아니면 냉큼 개찰구 밑으로 기어나와. 사무실에서 뭘 좀 작성해야겠다."

승강장 아래 열차가 선로에 마찰을 일으키면서, 브레이크가 황급히 비명을 질러댔다. 나는 상상의 표를 꺼내기 위해 호주머니를 뒤적거렸다. 아래에서 전철 문이 쉿 소리를 내며 갈라졌다. 나는 고분고분하게 개찰구 쪽으로 한 걸음 다가가 범죄의 응보를 달게 받겠다는 듯 몸을 홱 구부렸다. 그리고 바로 그 다음 180도 몸을 선회해 승강장까지 50미터 뻗은 복도를 전력질주하기 시작했다.

내 뒤에서 역 안내원 모리모토가 외마디 소리를 질러댔다.

"야! 이 뻔뻔스런 말라깽이 놈아! 당장 서지 못해!"

나는 가죽 끈으로 잡아 맨 푸들 때문에 잔뜩 열받은 노파 옆을 씽 소리를 내며 지난 후, 나를 향해 응원의 함성을 보내고 있는 무단결석한 고등학생들을 막 벗어나 코앞에서 닫히고 있는 전철 문으로 고개를 내밀었다. 아직은 아니야, 나는 속으로 되뇌었다. 한 걸음 한 걸음 내디딜 때마다 내 심장혈관체계가, 간신히 유지하고 있는 마지막 호흡까지 산산조각내고 있었다. 나는 문의 연동장치가 활성화되기 직전 전철 안으로 간신히 다이빙했고, 곧이어 문이 뒤에서 쉭 소리를 내며 닫혔다. 전철이 움직이자 안도감이 용솟음쳤다.

푸르스름한 빛으로 멍든 내륙의 바다가 방파제 기둥 주변으로 거품을 날리고 있었다. 나는 머리 위에서 악의 없이 빛나는 태양을 곁눈질로 올려다보았다. 아이가 크레욜라(역주: 크레용과 색연필로 유명한 회사) 크레용으로 그려낸 듯한 둥글고 노란 태양의 너울거리는 불빛이, 소용돌이치는 광구로부터 훌쩍 날아오르더니 나 이외 누구의 주목도 받지 못한 채 이내 사라졌다.

오사카 해양 수족관으로 들어가는 바다 앞 휑한 입구는 눈에 띄기 쉬운 장소였다. 숨을 수 있는 유일한 곳은 아사히 맥주 자판기 뒤뿐이었다. 나는 전기 배선들이 뒤엉킨 뒤쪽으로 몸을 끼워 넣었다. 냉장고 모터 소리가 허벅지 근처에서 윙윙 소리를 냈다. 나의 4차원적 시각은 커다란 몸집의 기계를 우회해, 간이 매점에서 녹차 아이스크림을 사고 있는 메리의 모습을 포착한다. 그녀는 아이스크림을 손에 든 채, 최면에 걸린 표정으로 발치에서 굽이치는 파도와 잿빛 썰물이 드리워진 바다를 향해 시선을 보낸다.

잠시 메리는 자신조차 잊고 14,792,090 리터의 차갑고 칙칙한 물에 매혹당한다. 평범한 세계의 풍미없는 특징들까지도 이토록 그녀를 감동시킨다면, 4차원 세계의 퀀텀 목장을 깡충깡충 뛰어다니는 일은 얼마나 압도적인 기분을 선사할 것인가? 플랑크 상수[25]와 마주치거나 1 쿨롱[26]사이에 코를 스치고 지나가는 전자의 쉉 소리를 듣는다면 어떨 것인가?

이제 토끼 굴 입구에서 망설이는 그녀를 세차게 끌어당겨줄 사람은 오직 나뿐이다.

수족관은 축축하고 어두웠다. 수조를 뚫고 지나가는 햇살이 사람들

25. 양자 역학의 기본 상수, 플랑크 1858-1947: 독일의 이론 물리학자, 양자론의 개척자

26. 전기량의 단위로 1암페어의 전류가 1초 동안 흐르는 양. 프랑스 물리학자 C.A.de Coulomb(1736-1806)의 이름

이 다니는 통로에 잔물결같은 그림자를 드리웠다. 다음 층의 저 멀리에 있는 열대어 구역에서는 미친 듯이 날뛰는 아시하라 초등학교 1학년 4반 학생들이 주변을 온통 아수라장으로 만들고 있었다.

서른다섯 명의 시끌벅적한 일고여덟 살 꼬마들은 마냥 들뜬 나머지 버릇없이 까불고 코딱지를 먹거나 복어를 흉내내며 배를 불룩하게 부풀리고 있었다. 나는 그들을 인솔하고 있는 선생, 고바야시 부인에게 연민의 정을 느꼈다. 어린 데즈카 군이 천식 호흡기를 깜빡 잊어버린 것과 아키 양이 오른쪽 콧구멍에 보라색 M&M 초콜렛을 쑤셔넣은 것, 모두 그녀의 잘못이 아니다. 고바야시 부인은 9시에 발륨Valium(역주: 정신안정제의 상표명)을 복용했다. 그 약효는 아직 떨어지지 않았지만 오늘의 소풍을 버티려면 아침에 복용했던 양의 반 정도가 더 필요하다.

그들이 엠퍼러 펭귄[27]의 울타리 밖에 머물러 있는 동안 나는 메리의 움직임을 데카르트 좌표[28]상에 놓고 줄곧 모니터한다. 메리는 넋이 나간 채, 손가락 마디로 흘러내리는 아이스크림을 핥아먹으며 뒤뚱거리는 펭귄을 뚫어져라 쳐다보고 있다.

나는 메리로부터 10미터 정도 떨어진, 극피 동물(바다나리, 불가사리, 해삼 등)과 성게 수조 뒤에 웅크리고 앉아있다. 메리는 현재 펭귄 울타리에 머물러 있는 사람은 자신뿐이라고 생각한다. 그리고 또 다른 생각도 지나간다.

펭귄이 비행기를 쳐다볼 때 뒤로 벌렁 자빠진다는 게 사실일까?

---

27. 일명 황제펭귄이라고도 하며, 펭귄 중의 가장 큰 종류를 가리킨다.
28. 17세기에 이 좌표를 도입한 프랑스의 수학자 R. 데카르트의 이름을 본딴 것으로, 교차하는 축 위치에 의해 위치가 결정되어 있는 평면(2차원) 또는 공간(3차원)상의 점

그걸 볼 수 있게 지금 비행기가 내 머리 위로 날아갔으면 좋겠는데. 오늘 여기 온 일은 유지에게 말하지 말아야지. 혼자 온 걸 알면 나를 이상하게 여길지도 몰라…

유지와의 관계가 소원해질수록 문젯거리가 줄어든다는 사실을 그녀로선 알 리가 없다. 그녀의 생각을 읽는 건 때때로 괴로운 감정을 몰고 왔다. 마치 늑대의 송곳니가 발치를 홱 잡아채고 있는데, 마법에 걸려 크르릉대는 늑대 우리 둘레를 마냥 비틀거리며 걷는 소녀를 지켜보는 것과 똑같은 심정이다.

메리가 펭귄 우리에 코를 바짝 붙이자 황제펭귄 한 마리가 다가와 가까이에서 메리를 응시한다. 펭귄은 옅은 홍조를 띤 그녀의 얼굴과 범고래의 물 뿜는 구멍에서 흘러나오는 물처럼 그녀 머리 위로 용솟음치는 분수같은 머리 스타일을 멀거니 바라본다.

전율이 이눅Innuk을 통해 뻗어나간다. 이눅은 깃털로 덮인 날개 뒤에 부리를 쑤셔넣은 채 잠자고 있는 여동생 이글로푹Iglopuk에게 옆걸음질로 다가간다.

나는 팜플렛 자판기에서 동전으로 작동하는 잠수함 쪽을 향해 이동하는 메리의 일거수 일투족을 놓치지 않으며 그림자 사이를 살금살금 걷는다. 열대어 구역에 들어선 뒤, 나는 칠흑같이 어두운 청소 용구 벽장 속으로 들어가 표백제 냄새에 어질어질한 기분을 느끼며 발사(역주: 열대 아메리카산 가볍고 단단한 나무) 목재로 만든 문틈을 통해 메리가 인도 태평양의 엔젤 피시(역주: 관상용 열대어) 주변을 어슬렁거리는 모습을 지켜본다.

메리는 손가락으로 수조를 톡톡 치면서 바보처럼 지그재그로 움직이는 아주 작은 줄무늬 말미잘의 주의를 끌어보려고 한다. 그리고 나서 우리는 해마 우리로 나아간다. 곧이어 메리는 수족관 관리인이 '마릴린'이라는 이름을 붙여준 1.2톤짜리 발정기의 황갈색 암컷 해마에 호기심어린 친근감을 나타낸다.

지금 마릴린은 축축한 콘크리트 바닥에 발랑 누워서 발바닥을 위로 향한 채 물갈퀴를 쭉 펴고 수염 달린 주둥이를 태양 아래서 꼬물거리고 있다. 근육의 미오글로빈(역주: 헤모글로빈 비슷한 근육의 색소 단백) 함량이 위태로울 만큼 저조해 만성피로 증후군에 시달리고 있다. 마릴린은 하루의 94.8퍼센트를 콘크리트 바닥 한 자리에서 보내고 있다.

나는 주 수조로 들어가는 입구에서 알루미늄으로 처리된 마일라 방화 담요가 깔린 실린더 벽의 연결 장치 아래로 몸을 구부린다.

"저기 봐, 할아버지. 조스예요!"

포카혼타스 식의 변발을 한 여자아이가 오사카 해양 수족관의 최고 인기 스타인 흰 범고래, 오스카를 보며 할아버지 주위를 깡충깡충 뛰어다니며 소리친다.

그때 노인이 내 앞에서 멈춰 선다.

"이봐요, 젊은이. 뭘 잃어버렸나? 뭘 찾는진 모르겠지만 도움이 필요하우?"

그의 목소리가 쩌렁쩌렁 울렸다.이 방해꾼같은 노인네…!

나는 그를 향해 격렬하게 "쉿"을 외쳤다. 다행히 메리는 흰 범고래 오스카에 정신이 팔려서 지금 상황을 알아차리지 못했다. 노인은 눈살을 찌푸리며 손녀를 옆으로 바짝 끌어당기더니 재빨리 자리를 떠났다.

오스카는 소금물이 담긴 18미터의 수조 안에서, 완벽한 범고래의 건강 상태를 과시하듯 하루 종일 시간 당 평균 34.2 킬로미터의 속도로 타원형을 그리며 매끄럽고 민첩하게 헤엄친다. 수조를 가로지르는 투명 아크릴 유리 통로에서 메리는 오스카의 새하얀 배 지느러미가 머리 위로 지나가는 것을 멍하니 바라본다. 그리고 오스카가 수족관 유리를 깨고 나와 그 단단한 턱으로 자신의 몸을 압박하는 장면을 상상하며 쾌감에 몸서리친다.

사실 오스카의 마음은 그럴 생각이 없다. 그는 온통 외롭고 혼란스러울 뿐이다. 수조가 그의 소나 체계[29]를 망가뜨려 놓는 바람에 그가 내보내는 모든 음파는 수조 벽 사이에서 의미 없이 왔다갔다를 반복하고 있었다.

지난 15개월 동안, 오스카는 끊임없이 노르웨이 바다로 돌아가는 통로를 찾기 위해 이리 저리 돌아다니면서 거울의 미로를 뚫어보려고 발버둥을 쳤다. 좌절감에 휩싸인 채, 오스카는 수조 꼭대기로 힘차게 돌진하고 자신의 꼬리를 물 표면에서 맥없이 흔들어댄다. 그리고 다시 잠수하기 전에 떨리는 소리를 내며 휘파람을 분다. 메리는 그것을 부럽게 바라본다.

쟤는 정말 재미있겠다. 범고래가 되는 건 분명히 신나는 일일 거야. 저렇게 물 속을 마음대로 날아다닐 수 있으니…

메리는 알고 보면 자기도 오스카와 같은 동족이라는 사실을 간파하

29. 마치 산 꼭대기에서 "야호"하고 외치면 메아리가 되어 돌아오는 것처럼, 음파를 보내면 표적에 부딪치고 나서 되돌아오는 원리로 목표물이 얼마나 멀리 떨어져 있는지에 대한 정보를 제공해줌

지 못하고 있다. 오스카는 다시 물고기로 돌아오기 위해 등뼈를 돌리면서 호를 그리고, 메리는 샐러리맨들에게 아첨을 떨며 돈을 긁어내기 위해 매일 밤마다 몸매가 드러나는 옷을 조여 입고 있지 않은가. 결국 호스티스 바와 수족관은 모두 서로 다른 구역의 대중들을 상대로 오락을 제공하는 동물원인 셈이다.

* * *

4차원의 세계에서는 우주의 가장 어두운 내부마저도 양자quantum의 은밀한 영역에 이별을 고하며 외부로 폭로되어 있다.

메리가 머리카락을 귀 뒤로 넘긴 채, 모래가 깔려있는 울 안에서 허둥지둥 기어가는 소라게를 지켜본다. 메리를 4차원의 시각으로 바라본 첫 순간부터, 나는 그녀에 대한 완벽한 정보를 소유하게 되었다. 메리의 손톱이 일초당 0.000001밀리미터씩 자란다는 것과, 한 번도 키스를 해본 적이 없는데도 그녀의 침 냄새(니코틴과 인동덩굴)를 맡을 수 있었고, 그녀의 정신 내부의 벽에서 아우성을 치는 깊고 어두운 공포증(개구리와 발판 사다리에 대한)도 볼 수 있었다.

미스테리에 휩싸인 연인과 그 연인의 신비를 벗기 위해 골몰한다는 내용은 인기있는 신화의 주 레퍼토리다. 그러나 신비에 의해 유지되는 정열이 순수할 수 있을까. 당신의 연인이 마지막으로 먹은 음식물을 적시적기에 항문 쪽으로 내모는 결장 근육의 모습까지 견딜 수 있는 정열, 바로 그것이야말로 순수한 정열이다.

오사카 해양 수족관에서 보낸 우리의 오후를 뒤로 하고, 이제 메리는 일터로 돌아가야만 했다. 신사이바시로 가는 미도스지(역주:오사카의 시영 지하철 노선) 노선에 몸을 실었을 때, 주방장 유니폼을 깜박 잊고 가져오지 않았다는 걸 깨달았다. 나는 원룸으로 돌아가기 위해 메리보다 한 정거장 앞서 내렸다. 근무 시간을 몇십 분 앞두고 내 미션 베이스캠프에 도착한 나는 수면 부족으로 인한 신경성을 감안해 뉴런(역주: 신경 단위)을 재생시키기 위해 10분 정도 요 위에서 팔다리를 푹 쉬게 하기로 결정했다.

정확히 103분 후, 나는 성난 전화기의 왁자한 때르릉 소리에 놀라 잠이 깼다. 분명히 내 초지각 수면 모니터가 잘못 프로그램된 게 틀림없다. 7.38 킬로미터 동쪽에서 보라색 카프탄(역주: 근동지역에서 입는 소매가 길고 띠가 달린 긴 옷)과 정맥류 치료용 팬티 스타킹을 착용한 마마상이 사무실 전화를 흔들어대는 모습이 보였다. 미스터 보잔글스도 그 자리를 빛내기 위해 코바늘로 뜬 약탈물을 질겅질겅 씹으며 자신의 긴 의자에 누워 있었다.

나는 수화기를 들어 조심스럽게 귀에 갖다 댔다.

"안녕하세요. 와타나베 이치로 씨 댁인가요?"

마마상의 냉정한 취조가 시작되었다.

나는 숨을 죽이며 맞다고 답했다.

"그거 잘됐네요! 와타나베 씨가 오늘 저녁, 도대체 일은 하러 올 건지 궁금해서요. 만약 와타나베 씨가 근무 시간에 맞춰 오지 않을 경우, 우리 경영진들이 그 사실을 알아야 그 게으른 인간을 대신할 사람을 뽑을 수 있지 않을까요."

"저, 사실은 늦잠을 잤어요."

나는 할 수 없이 털어놓았다.

마마상은 깊은 한숨을 내쉬고 나서 단호한 말투로 소리쳤다.

"15분 내로 도착 못하면 당장 해고야."

"저…"

"손님들한테 해조류 크래커를 내가면서 부엌데기가 쓸모없는 멍청이라 음식이 늦는다고 얘기해놨다구. 만일 15분 내로 도착 못하면 이번에는 '전에 일하던 부엌데기'가 쓸모없는 멍청이라서 음식이 늦는다고 얘기할 테니 그리 알아!"

마마상이 수화기를 쾅 내려놓는 바람에 나는 3도 동상이 걸린 듯한 귀를 한참이나 어루만져야 했다. 전선電線 여행을 마친 그녀는 고개를 숙여 미스터 보잔글스를 쓰다듬었다. 털 위의 세균들이 콩가(역주: 아프리카의 춤에서 발달한 쿠바 춤) 춤을 추며 샤넬 루즈를 칠한 마마상의 입술 위로 뛰어오르고 있었다.

나는 비타민 C 알약을 집어들고 서둘러 운동화를 신었다. 마마상으로선 지극히 행운이겠지만, 내가 사요나라 바에서 일하는 이유는 메리를 보호하기 위한 허울에 불과하다. 메리가 아니었다면 저 수화기를 들지도 않았을 것이다.

23분 34.2초 후, 나는 반사경 이중 문을 열고 들어갔다. 음침한 미광이 감도는 홀에 오늘은 이상할 정도로 해가 되는 존재들이 별로 보이지 않았다. 사회의 기생충들은 우체국 직원과, 지역 하수 종말 처리장의 감독인 세 명의 시청 직원들밖에 없었다.

이 이례적인 상황을 파악하는 데에는 별로 오랜 시간이 걸리지 않았다. 조류독감 H5N2(역주: 조류독감 중에서 독성이 약하고 치사율도 낮음) 바이러스의 변종이 이 지역의 주요 사무 빌딩들의 통풍관을 타고 순환하고 있다. 이 변종은 기업의 게으름뱅이들에게 경종을 울리는 생물공학 분야의 연구소 공학자 27세의 유시 카와카타라는 천재가 만든 것이다.

"야, 잠꾸러기! 피자와 데리야끼 치킨 준비 좀 해줘."

후쿠오카 농부의 딸, 마리코가 하수도 감독 이시다 옆의 바 의자에 앉아 있다. 이시다는 담배 연기를 훅 내뿜으면서, 하수 처리장의 제어반 위에서 마리코의 육체를 거칠게 범하기 전에 먼저 굴 요리와 샴페인을 그녀에게 강권하고 있다는 공상에 잠겨있다. 마리코는 눈을 깜박이면서 그에게 술이 더 필요하냐고 묻는다. 깨개갱 소리가 그의 목구멍을 타고 올라온다.

나는 주방으로 가서 앞치마를 둘렀다. 한 시간이 지루하게 흘러갔다. 가라오케 룸에는, 감금된 것이나 다름없는 메리가 두 명의 우체국 직원들의 음란한 지령을 받들어 야옹야옹 울 듯이 〈라 이슬라 보니타La Isla Bonita〉를 부르고 있다. 그때 카티야가 부엌으로 어깨를 으쓱거리며 들어왔다. 그녀와의 대화에 휘말리느니 차라리 더러운 접시를 박박 문지르는 게 더 유쾌한 일이므로 나는 계속해서 싱크대 위에 구부정하게 서 있었다. 카티야는 자신의 등장에 위축되는 나의 모습을 다르게 해석한다.

"사랑스러운 소년!"

카티야가 짐짓 목소리를 깔고 말했다.

"도대체 무슨 일이 있었던 거니? 여자친구가 가지 말라고 침대에서 붙들고 늘어지기라도 한 거야?"

카티야는 아니스 향이 나는 껌을 씹고 있다. 소르비톨[30]과 글리세린 그리고 E500 성분이 타액을 분비시키며 그녀의 입 안에서 소용돌이치고 있다. 오늘 그녀의 모습은 마치 귀걸이를 한 낙타를 연상케 한다. 나는 닦은 접시를 그릇 건조대에 올려놓았다.

"와타나베, 어떻게 메리에게 이 비보를 전해야 할까? 네가 다른 여자를 만난다는 걸 알면 메리는 폐인이 되어 버릴 거야."

능글맞게 웃는 카티야의 치아가 나비 모양의 수나사처럼 꽉 틀어 죄어 있다. 내 명치로부터 공포스러운 쿼크quark가 날아올랐다. 다행히 카티야의 알파 방출을 볼 때, 메리를 보호하는 내 은밀한 행보까지는 모르고 있는 듯했다. 그녀는 내가 메리에게 호감을 느끼는 것은 알고 있었지만, 그것을 3차원 세계에 속함직한 사춘기의 연정 쯤으로 치부하고 있었다. 그러한 옹색한 사랑 따위가 그녀가 알고 있는 전부였다. 나는 칼붙이를 씻어 그릇 건조대 위에 올려놓았다.

"너 알아? 메리는 네가 처음 일한 날부터 너를 원하고 있었다구…"

천만다행히 백만장자 전자파를 방출하는 부호 오하라 상이 바 안으로 걸어 들어왔다. 서양 여자들의 우유빛 피부와 곡선미를 맘껏 감상하려는 이 부유한 늙은이는 현재 카티야의 작업 대상이었다.

그가 바에 들어서자 카티야의 콧구멍이 실룩거렸다(그녀의 냄새 감지기는 누구도 따라올 수 없는 후각적인 능력으로 돈 냄새에 탁월한 기능을 발휘했다). 그녀는 먹잇감을 포획하려는 집요한 추적자처럼 코를 홀 쪽으로 벌름거리며 그 냄새를 미행하고 있었다.

---

30. 마가목 등의 과즙에 함유되어 있는 성분 요소. 당뇨병 환자의 설탕 대용품

시간이 부패한 종유석처럼 똑똑 떨어졌다. 나는 그리이스 샐러드와 간장으로 양념한 문어 다리를 곁들여 준비하고 프라이드 포테이토와 칠리 소스도 준비했다. 깊이 홈이 파진 프라이팬에 둥둥 떠 있는 기름을 쇠 주걱으로 살짝 걷어냈다. 악의에 찬 기름이 손목을 향해 몇 방울 튀어 올랐다. 나는 짧은 비명을 질렀다.

나는 지금이야말로 신께서 저버린 주방으로부터 날아오를 시간이라고 생각했다.

단 한 번의 반동反動으로 나는 초공간 속으로 무한정 상승한다. 도시를 뒤덮고 있는 오염의 장막이 급회전하고, 그 위로는 무수한 별들이 백열광을 내뿜는 종이 화환처럼 하늘을 가로질러 실에 꿰듯 장식되어 있다. 인간의 논리를 여러 갈래로 파헤치는 인식의 교전상태, 그 눈부시고 색다른 영역으로 휙 소리를 내며 날아갈 때, 영원한 진리가 내 두개골에 범람한다. 내 아래 펼쳐진 무수한 운명들의 소란법석은 마치 통제를 벗어난 교실의 축소형과 같다.

아래를 따라 더 내려가면 턱뼈에 잔뜩 압축된 빰처럼 빌딩들이 빽빽하게 밀집되어 있고 도시 계획은 테트리스 게임[31]으로 축소된다. 가족들은 잠재의식을 공격하는 텔레비전 앞에서 최면에 걸린 듯 눈을 떼지 못한다. 사춘기 흡혈귀들이 오사카 성을 살금살금 돌아다니고, 레즈비언 방화범들은 연기에 질식해가는 비통한 남편의 비명소리가 아스라해질 때까지 불타는 건물에서 줄행랑을 친다.

31. 7개의 각기 다른 블록이 매번 임의대로 화면의 상단 부분에 나타나고, 그것들을 하단의 블록라인에 요령있게 빈틈없이 채우고 나면 라인 단위로 줄이 사라진다. 이 때 화면의 상단에서는 다시 블록이 나타나고 그것을 또 아래 라인에 채우는 게임

그 아래로, 메리가 사요나라 바의 가라오케 룸에 앉아 있다. 담배 연기가 정전기처럼 각막에 달라붙어 눈이 따끔거리고, 미소 근육은 이미 몇 시간 전에 위축되어 이젠 피로해 보이는 우거지상이 그 자리를 대신하고 있다. 메리 옆에 앉은 샐러리맨은 간 흡수량을 넘는 술을 퍼마셔 시뻘겋게 달아오른 뺨을 해가지고 메리에게 유명한 영화배우처럼 생겼다고 헛소리를 지껄인다.

오하라 상은 무대 위에 서서 〈뉴욕, 뉴욕New York, New York〉을 열창하고 있다.

그는 〈뉴욕 뉴욕〉의 '점점 크게' 부분에 맞추어 힘차게 발길질을 하고 있지만 관절들의 삐걱대는 소리는 좀처럼 끊이지 않는다. 카티야는 내숭떠는 몸짓으로 상체를 앞뒤로 흔들며 노래에 완전히 매혹된 듯 행복에 겨운 웃음을 흘리고 있다. 그녀가 완전히 매혹된 것은 그의 노래가 아니라 그의 돈인데도 말이다. 오하라 상이 노래를 마치고 자리에 앉자 손바닥들이 열정적으로 부딪치며 찬사를 내뿜었다.

"정말 끝내줬어요!"

카티야는 그의 공연이 마치 영혼의 순례라도 되었다는 듯 호들갑을 떨었다. 오하라 상은 그녀의 스벵갈리Svengali[32]다.

오하라 상은 다갈색 반점으로 얼룩진 손으로 카티야의 허벅지를 꽉 움켜쥐며 칭찬에 대한 감사의 표시를 한다. 난 그의 머릿속을 들여다보았다.

그래. 오늘은 저 블론드 머리를 갖고 놀아볼까…하지만 순순히

32. 최면술사 이름, 이기적인 동기로 남을 조종하는 사람이나 젊은 여자를 꼬드겨 농락하는 늙은 남자를 가리킴

응해줄까? 나의 카티야라면 속임수를 써서라도 능히 꼬셔낼 수 있을 거야. 내 우크라이나 공주는 나를 실망시킨 적이 없거든.

얼음 파편들이 심장에 박혀들어 왔다. 저 늙은이의 정체는 과연 무엇일까? 그의 기억 저장고에 들어갔다가 나는 그가 야쿠자를 등에 업은 전자 회사의 황제였다는 몸서리쳐지는 전력을 목격한다. 그의 폭력적인 협박에 경쟁 회사들이 줄줄이 도산을 했다. 약을 달고 사는 그의 지방 덩어리 부인이 언덕 위 대저택에서 휘청거리는 동안, 저 늙은이와 그의 패거리들은 음란한 여자들을 끼고 한바탕 질펀하게 놀아보기 위해 승냥이 떼처럼 집창촌을 샅샅이 뒤졌다. 가끔 그는 즉석 현상 카메라로 여자들의 나체 사진을 찍어 다음날 아침 일부러 집에 방치해 둠으로써 부인을 능멸하기도 했다.

메리를 그 손아귀에서 구출해야만 한다. 지금 당장!

사요나라 바에는 파이로 경비Pyrosafe 회사의 살수 장치인 동으로 된 도관 설비가 천장을 가로질러 설치되어 있다. 이것은 언젠가 코앞에서 무시무시한 화재 현장을 목격한 마마상이 설치한 것이다. 바에 있는 세 개의 화재 경보기 중 하나만 작동해도 살수 장치가 가동된다. 그러나 마마상의 CCTV의 추적을 피해 건드릴 수 있는 건 복도 경보기뿐이다.

나는 앞치마를 벗어 걸고 홀에 있는 사람들을 주시하며 몰래 비상구를 향했다. 무의미한 사교와 돈 거래에 파묻힌 사람들에게 애초부터 나는 레이더 망에 잡히는 존재가 아니었다.

바깥에 있는 첫번째 경보기는 먼저 손으로 유리를 깨야만 했다. 이 빌딩의 미로같은 구조는 악명 높은 죽음의 함정이 될 수 있다. 하나님의 내침을 받은 인간들은 값비싼 노트북까지 냅다 버리고 걸음아 날 살려라 도망나와야 한다. 만약 메리의 안전만 아니었다면, 나는 잠시 후 펼쳐질 환희에 들떠 손바닥을 비벼댔을 것이다.

나는 뒤로 물러서 셋을 센 후, 화재 경보기 유리를 향해 있는 힘껏 주먹을 날렸다.

유리는 꿈쩍하지 않았다. 이렇게 장력이 세다니 제조업체의 치명적인 실수다. 정말로 화재가 발생하면 어쩔 것인가? 무슨 수로 이걸 깬단 말인가? 나는 답답한 심정으로 운동화를 벗었다. 그리고 깨질 때까지 운동화 뒤축으로 마구 유리를 두들겼다. 전자 속도가 전기회로를 도는 30분의 1초의 순간, 귀를 멍멍하게 만드는 경보기 소리가 요란하게 울려퍼지기 시작했다. 2.4초 후 수압이 살수관을 따라 올라와 용수로 시스템을 활성화시켰다. 스프레이는 3.2 미터의 범위로 어디나 할 것 없이 만족스럽게 물을 쏟아부었다.

나는 이 칭찬할 만한 완전범죄를 기리기 위해 잠시 상황을 만끽한 후 계단으로 줄행랑을 쳤다. 나의 독창적인 아이디어로 홀은 깨끗이 씻겨나갔다. 심박동이 방망이질쳐대는 손님들과 호스티스들이 공포에 질려 비상구로 내달렸다. 다급한 정신 상태로 인해 맥박 수 증가, 과호흡 증후군, 그리고 괄약근 약화 등의 반응이 나타나고 있었다. 버려진 외투들을 줍는 마마상의 얼굴은 차갑게 얼어붙었다. 스테파니는 술 취한 우체국 직원에게 제발 의자에서 일어나라고 애원을 하고 있었지만, 그는 위스키를 연신 홀짝거리며 혀 꼬부러진 소리로 주절거렸다.

"건물 안에도 비가 오다니 정말 기적이군, 기적이야. 내 우산 좀 갖다줘."

다른 샐러리맨들은 서로 뒤범벅이 되어 휙 소리를 내며 여섯 계단

씩 뛰어내리고 있었다. 말쑥한 정장이 흠뻑 젖어 얼굴이 험악하게 일그러진 오하라 상은 카티야의 팔을 꽉 움켜잡고 내려가고 있었다.

빅 에코 가라오케의 입구에서 눈에 안 띄는 곳에 몸을 숨긴 나는, 사요나라 바의 복도로 중요한 서류들이 옮겨지는 것을 보고 있었다. 정신의 미립자가 심하게 흔들리자 집단 의식이 윙윙 소리를 내며 진동했다. 뜻밖의 재난 덕에 활기를 띤 대뇌 운동이 한 단계 상승하고 있었다.

빌딩 안의 다른 바에서 대피나온 사람들 역시 뒤죽박죽 섞여 건물을 올려다보고 있었다. 화재의 기미를 열심히 찾아 보았으나 거기엔 한 줄기 연기도, 그들이 겪은 시련을 정당화시켜 줄 어떤 단서도 없었다. 마마상은 물에 흠뻑 젖은 외투들을 덜덜 떨고 있는 손님들에게 나누어 주기 위해 부산하게 돌아다녔다. 오하라 상의 비서는 운전사에게 휴대폰으로 전화를 걸어, 호스티스가 있는 마사지 샵으로 보스를 모셔가라고 지시했다.

"가짜 경보였던 것 같아."

사람들은 서로 이런 말들을 주고받으며 오랫동안 사건에 굶주려 있었다는 듯 자기에게 주어진 애도의 몫을 한껏 즐기고 있었다.

이 빌딩에는 단 한 사람만이 남아 있었다.

나는 홀 쪽으로 줌인해 들어갔다. 살수 장치 아래 두피를 촘촘히 메운 짙은 금발의 메리, 작은 물줄기가 뺨을 타고 흐르는 대리석 석상같은 메리의 얼굴이 눈에 들어왔다. 화재 경보의 울부짖음이 고통의 한계점 이하인 7.5 데시벨에 불과했다손 쳐도 이 상황을 온몸으로 환영하고 있는 메리의 모습에 나는 놀람을 금할 수 없었다.

이제껏 메리는 그토록 평안함을 느낀 적이 없었다. 그녀는 눈을 감고 고개를 젖혔다. 그녀의 영혼에서 발하는 새하얀 빛이 그녀의 흉골로부터 흘러내리며 천연 무지개빛으로 퍼져나갔다. 나는 그녀 안으로 침투해 정신의 내부로 주르르 미끄러졌다. 그때 난 뒤통수를 맞은 것처럼 정신이 번쩍 들었다. 메리는 불이 나지 않았다는 사실을 알고 있었다. 이것은 아직 개발되지 않은 잠재능력의 신호였다. 나 역시 그랬듯이, 그녀 또한 그것이 폭발될 때까지는 의식하지 못하는 능력이다.

전율이 등 줄기를 타고 흘러내렸다. 드디어 메리가 내 세계로 진입할 날이 가까워진 것이다.

9

: 사토

'당신도 알다시피 우리 집에선 일요일도 쉬는 날이 아니었지. 그 날은 으레 정원 울타리에 페인트칠을 하거나 배수로 낙엽들을 청소하는 일들을 하곤 했어. 난 당신이 머리에 스카프를 두르고 이 방 저 방 다니며 모든 가구들이 반들반들 윤이 나도록 열심히 닦던 모습을 생생히 기억하고 있소. 노동 분담에 단호했던 당신은 내가 집 밖의 허드렛일만 골라 한다고 잔소리를 늘어놨지. 내가 마루를 쓸고 베니스 풍 블라인드를 닦기라도 할라 치면 당신은 깃털로 된 먼지털이를 휘두르며 이렇게 소리치곤 했지. "내 남편은 없어!"라고. 물론, 당신이 떠난 이후로는, 우리집 청결 기준을 관리하는 책임은 온전히 내 차지가 되었어. 내가 제 몫을 톡톡히 해내고 있다는 사실을 당신도 인정하리라 믿소.'

나는 아침을 먹고 츄리닝으로 갈아입은 뒤 일을 시작했다. 뿌연 아침 이슬은 다나카 씨 집과 경계가 되는 울타리를 손질하려던 내 계획을 수포로 만들었다. 대신 나는 계단을 쓸고 난간을 닦은 다음 빗자루를 들고 비어있는 방으로 과감하게 들어갔다. 전날 밤 내 마음 속에 두려움을 불러일으키고 호스티스 바로까지 내몰았던 실체가 무엇이었는지 환한 낮에는 도무지 이해하기 힘들었다. 더구나 청소를 시작하고 나서는 마룻마닥이 눈에 띄게 삐걱대는 것을 인정해야만 했다.

만일 이 마루가 보다 일률적인 간격을 두고 삐걱거렸다면 그토록 놀라는 일은 없었을 것이다. 아무튼 마음의 안정을 찾은 나는 부부 침실로 발걸음을 옮겼다.

나는 집안 속속들이 만족할 만큼 정리가 될 때까지 가족 사당 관리를 뒤로 미루곤 했다. 그리고 이 순간 사당 앞에 무릎을 꿇고 조상의 위패位牌에 쌓인 먼지를 털고 단상에서 떨어져내린 향의 재들을 쓸어냈다.

'여전히 당신은 저 금색 옻칠을 두른 액자 속에서 높은 깃의 옷을 입은 채 무표정하게 나를 쳐다보고 있군. 사실 나는 큐슈로 가는 배 위에서 찍었던 사진을 저기에 놓고 싶었지. 배 난간에 기대 바람결에 나부끼는 머리카락과 함께 금방 터져나올 듯한 웃음을 억지로 참으며 미소만 짓고 있던 그 사진 말이오. 하지만 조상님들 액자 옆에 당신의 액자를 나란히 놓으면서, 혹여 조상님들의 반감을 사지 않을까 해서 좀더 얌전한 사진으로 바꿔 선택하게 되었지.'

나는 액자에 윈덱스(역주: 창문 청소용 세제 브랜드)를 뿌리고 반들반들 윤이 날 때까지 닦았다.

정오가 되자 하늘을 적셨던 작은 물방울들이 걷히면서 날이 화창하게 개었다. 나는 햇살이 내리쬐는 이웃 마을을 산책하며 발 아래로 촉촉한 대지의 탄력을 느꼈다.

히데요시 소유지를 뒤로 하고 논밭을 지날 때 다소의 굴욕감 속에서 전날 밤의 일이 떠올랐다. 나는 마리코가 내가 말없이 사라진 것에 마음 상하지 않았기를 바랐다. 곧이어 생각의 줄기가 그녀가 아닌 무라카미 상을 향한 가벼운 분노로 급선회했다. 고등학교를 갓 졸업한 여자가 담배 연기 가득한 호스티스 바에서 새벽까지 일한다는 것, 더구나 술과 남자들에 의해 타락해간다는 것은 정말 문제가 아닐 수 없다.

나는 매우 비정상적인 판단으로 거기에 갔음이 틀림없다. 다시는 거기에 발을 들여놓지 않을 것이다.

'여보, 나는 지금까지 당신과 내가 사람들 안주거리였다는 사실을 몰랐소.'

한참을 걸으니 갈증이 났다. 토모-오카Tomo-Oka 도로에 접해 있는 써클 케이 앞에서 포도 주스 한 병을 마시며 서 있을 때(길을 걸어다니면서 홀짝거리는 꼴을 연출하긴 싫었다), 자전거를 함께 탄 두 소년이 주차장을 가로질러 다가왔다.

한 소년은 핸들을 꽉 쥔 채 페달을 밟고 있었고, 다른 소년은 그 친구의 어깨를 잡고 뒷바퀴 추축 위에 서 있었다. 그들은 티셔츠와 바지를 입고 있었는데 거기엔 벨트가 절대적으로 필요해 보였다(팬티의 넓은 허리 밴드가 겉으로 훤히 드러날 정도였다). 자전거가 내 코앞에서 간신히 멈춰서자 뒤쪽에 타고 있던 소년이 풀쩍 뛰어내려 축 늘어진 주머니에서 동전 몇 개를 꺼냈다.

"이봐요, 아저씨. 남은 동전은 그냥 가져도 되니까 쿨(역주: 영국산 담배의 종류) 한 갑만 사다 줄래요?"

그 소년은 고작해야 열두 살 정도로밖에 보이지 않았고, 옆 친구는 훨씬 더 어려보였다. 그는 마치 내가 그 불법적인 요구에 순순히 응해주리라 믿는 듯 동전을 올려놓은 손바닥을 의기양양하게 쫙 폈다.

"애들아, 담배는 매우 해롭단다. 절대 시작해서는 안될 나쁜 버릇이지. 어릴 땐 그게 재밌어 보이겠지만, 중독성이 강해서 모든 질병의 원인이 된다구."

소년은 마치 가고일gargoyle[33]처럼 못생긴 얼굴을 찡그렸다.

"고매하신 할아버지, 이제 그 입에 자물쇠 좀 채우시죠."

그가 코웃음을 치며 말했다.

"정말 열받네. 우리는 당신같은 노인네 훈계 따윈 필요없다구. 저 길 아래에 있는 자동 판매기에서 사면 그만이니까."

"물론이지. 그럼 잘먹고 잘사쇼."

옆에 있던 반항적인 어린 친구가 한 마디 거들었다.

그 소년은 다시 자전거에 올랐다.

나는 그들의 갑작스런 습격에 잠시 할 말을 잃었다가, 곧 분노에 휩싸여 소리쳤다.

"난 너희들 엄마가 누군지 다 알고 있어! 각오해. 아주 혼 구멍이 나게 만들어줄 테니까!"

물론 그 아이들 엄마가 누구인지 알 리 없었다. 그러나 내 위협이 그들의 아킬레스건을 건드린 것만은 확실했다. 허세는 온데 간데 사라지고, 그들은 겁먹은 표정으로 뒤를 흘긋 돌아보더니 더 빠르게 페달을 밟으며 도망쳤다.

집으로 오는 도중 나는 다나카 부인이 일러둔 분홍색 장미를 사기 위해 나카야마 장의사 옆에 위치한 꽃 진열대에 멈춰섰다. 그러나 집

33. 중세 유럽의 고딕 건축물에서 빗물을 모아 흘려보내는 홈통에 붙은 기괴한 괴물의 머리 모양

에 돌아와 잘 살펴보니 꽃다발은 지저분했고 꽃잎도 시들어 끝 부분이 갈색으로 변해가고 있었다. 저녁 파티를 위한 넥타이와 커프스 단추를 고르면서 꽃 때문에 적이 신경이 쓰였다.

다나카 부인 집 현관 앞에 이르러 벨을 누르기 위해 손가락을 치켜드는 순간, 갑자기 돌풍이 불어닥친 듯 문이 확 열렸다.

"사토 씨!"

다나카 부인이 외쳤다.

"세상에나… 이렇게 사람을 놀래킬 수가 있수? 차려입으니 완전 딴 사람 같네!"

다나카 부인 역시 노상 집에서 입는 옷 대신 앞 주머니에 공놀이하는 고양이를 수 놓은 멋진 자주색 원피스를 입고 있었다. 그녀가 손수 뜬 코바느질이 틀림없다. 굵게 웨이브진 부드러운 잿빛 머리는 헤어스프레이로 고정되어 있었다.

"안녕하세요, 다나카 부인. 제가 늦진 않았겠죠."

내가 말했다.

"1분 30초 늦은걸요. 괜찮아요. 이렇게 와주신 것만 해도 충분해요. 자, 뭘하고 있수? 어서 들어와요."

나는 신발을 벗고 응접실에 나란히 놓인 복숭앗빛 감도는 손님용 슬리퍼로 갈아 신었다. 신발들 중에 뾰족한 굽의 가죽 부츠가 시선을 끌었다. 다나카 부인 나이에 더구나 류머티즘을 가진 할머니가 이런 공격적인 신발을 신는다는 건 불가능했다. 난 그것이 나오코의 신발임을 금방 알아차렸다.

기분이 들뜬 다나카 부인이 나를 거실 쪽으로 밀며 소리쳤다.

"나오코, 나오코! 옆집 사토 씨가 오셨어!"

나오코는 방석 위에서 가부좌를 틀고 앉아 7시 뉴스를 보다가 내가 들어가자 벌떡 일어섰다. 다나카 씨는 버들가지로 만든 흔들의자에 앉아 입을 벌린 채 꾸벅꾸벅 졸고 있었다.

"안녕하세요, 사토 씨."

나오코가 고개를 숙이며 인사를 건넸다.

"안녕하세요, 다나카 양."

나 또한 목례를 하며 회답했다.

"오랜만이에요, 좋아 보이시네요."

나오코가 말했다.

"다나카 양도 더 예뻐졌네요."

"그냥 편하게 나오코라고 불러 주세요."

나오코의 음성은 내 기억 그대로 낭랑하고 품위가 있었다. 또 창백한 각이 진 얼굴과 어깨선까지 늘어진 황갈색으로 염색한 머리 모두 기억하고 있던 그대로였다. 까만색 셔츠와 바지를 입은 나오코의 날씬한 모습은 마치 현대적인 커리어우먼의 면모를 과시하는 듯했고, 편물 시트 커버와 아이들 인형으로 들어찬 다나카 부인의 집과는 왠지 어울리지 않았다.

나는 나오코에게 장미를 건네주면서도 너덜너덜한 꽃잎 때문에 얼굴을 제대로 쳐다볼 수가 없었다.

"오! 제가 장미 좋아하는 걸 아직까지 기억하고 계시다니, 사토 씬 정말 다정하신 분이세요."

다나카 부인이 들뜬 감정을 숨기지 못하고 나를 향해 슬쩍 윙크를 보내왔다.

"사토 씨 기억력은 알아준다니까. 그렇지 않았다면 다이와 무역에서 승승장구하는 건 꿈도 꾸지 못할 일이야."

"그래요?"

나오코가 눈썹을 치켜 올리며 말했다.

정말 못말리는 다나카 부인! 저런 말들이 봇물 터지듯 술술 나오다니.

"아니, 천만에요. 제 기억력은 최상의 상태일 때도 그저 남들 평균에 불과합니다."

"사토 씬 겸손하신 게 탈이라니까!"

다나카 부인이 너스레를 떨었다.

"자, 이제 밥상으로 자리를 옮길까요?"

다나카 부인이 남편 쪽으로 몸을 구부리더니 손가락으로 그의 어깨를 쿡 찔렀다. 흔들의자가 덜컹거리며 요동쳤다.

"다나카 씨, 저녁식사 시간!"

그녀가 남편의 귀에 대고 고래고래 소리를 질렀다.

우리는 낮은 밥상을 둘러싸고 방석 위에 앉았다. 앞에는 김이 모락모락 나는 밥 공기와 된장찌개, 그리고 달달 볶아낸 야채와 간장으로 양념을 한 두부가 놓여 있었고, 상의 중앙에는 네잎 클로버 모양의 세라믹 접시 위로 스테이크의 빛나는 조각들이 네 잎을 따라 정렬되어 있었다.

식사는 나무랄 데 없이 훌륭했다. 스테이크는 육즙이 많았고 야채는 입에 착착 감겼다. 나오코와 나는 입을 모아 끊임없이 칭찬 릴레이를 펼쳤고, 다나카 부인은 그 칭찬이 성가신 작은 벌레라도 되는 것처럼 계속 밀어냈다. 부인의 요리 선물에 무관심한 다나카 씨는 그의 부인이 나이프와 포크로 그의 스테이크를 먹기좋게 썰고 있는 순간에도 입

속에서 뭐라 중얼거리며 못마땅한 표정을 지었다.

"여보."

다나카 부인의 잔소리가 시작되었다.

"당신이 의사 지시대로 매일 아침마다 물리치료 운동을 했더라면 관절염이 이렇게까지 악화되진 않았을 거에요… 안돼요! 맥주는 한 모금도 마실 수 없어요. 당신에게 허락된 건 오렌지 스쿼시 뿐이라구요."

그림자처럼 야윈 나오코만이 왕성한 식욕을 갖고 있었다. 그녀는 스스로 밥 공기에 밥을 더 퍼담고, 야채가 멸종 위기에 처했다는 뉴스라도 들은 것처럼 자기 접시 위에 아스파라거스를 산더미처럼 쌓아놓았다.

"나오코 양, 오사카 지사에 온 이후로 일은 손에 잘 잡히나요?"

내가 물었다.

"익숙해지고 있어요. 고마워요, 사토 씨. 도쿄 지사에서 일할 때보다 훨씬 재량권이 커요. 오사카에 온 지 한 달밖에 안됐는데 벌써 고객을 세 명이나 유치했는걸요."

나오코의 짙은 눈망울이 열의에 넘쳐 반짝반짝 빛났다. 그녀는 자신의 직업인 인테리어 디자이너에 매우 흡족해하는 눈치였다.

"다행이네요. 자신의 직업에 긍지를 갖는다는 건 좋은 일이죠."

"정말 현명하시다니까, 사토 씨는."

다나카 부인의 칭찬이 엉뚱한 곳으로 향했다.

"하지만 나오코의 예술적인 기질이 항상 자랑할 만한 건 아니었다우. 어릴 땐 크레용으로 벽이란 벽은 온통 도배를 해놓고 다니기 일쑤였어요. 얼마나 말썽꾸러기였는지 말도 못했다우."

스테이크를 씹으며 얼굴을 찡그린 다나카 씨를 제외하고는 모두 웃음을 터뜨렸다.

"사토 씨는요? 다이와 무역 일은 어떠세요?"

나오코가 물었다.

"매일매일이 도전의 연속이죠, 하루하루가 보람의 연속이기도 하구요."

내가 말했다.

나오코가 이 말에 미소지었다.

"하고 있는 일에 더 이상 도전이 없다면 그때가 바로 새로운 직업을 찾아 나설 때라고 생각해요."

글쎄. 이것은 다소 될대로 되라는 식의 태도처럼 느껴져 귀에 와서 걸렸다. 더이상 재미를 못느낀다는 이유만으로 직장을 그만둔다면, 어느 누가 모두들 꺼려하는 직종에 남아 있으려고 할 것인가?

"하지만 도전 없는 일을 고수하는 것도 일종의 도전일 수 있지요."

내가 반박했다.

나오코가 미소로 답하며 말했다.

"글쎄요, 그것도 하나의 시각일 수 있겠네요."

"사토 양반, 밥 좀 더 드실라우?"

다나카 부인은 이미 내 밥 공기에 밥을 수북이 담고 있었다.

"나오코와 친구 토모미가 최근 홋카이도 일대를 도보로 여행한 얘기를 내가 한 적이 있었나?"

"토모코예요."

나오코가 바로잡았다.

"뭐라구?"

"숙모, 얼마나 더 말씀드려야 돼요? 걔 이름은 토모코라구요."

"어쨌든 간에… 난 사토 씨도 휴가를 좀 가져야 한다고 귀가 따갑도록 얘기하지. 몇 년 동안 한 번도 휴가를 가진 적이 없으니, 도보 여행을 간다면 사토 씨에게 아주 좋을 거야."

"토모코는 여행사에서 일해요. 그래서 저렴한 항공 티켓을 쉽게 구할 수 있지요. 원하시면 그 친구 명함을 드릴게요."

나오코가 말했다.

난 무 피클 몇 조각을 오도독 소리내어 씹었다. 내 인생에서 가장 무관한 것을 꼽으라면, 단연 여행사가 1순위일 것이다. 하지만 나는 피클을 삼킨 후 예의를 차리며 다음과 같이 대답했다.

"언젠가 한번 중국을 방문해보고 싶었어요. 제 아내도 항상 중국을 가보고 싶어했죠."

이 말이 떨어지기가 무섭게 나는, 내 인생에서 내 등에 날개가 돋아 달을 향해 날아갈 일이 없을 것처럼, 중국을 방문할 일도 결코 없으리라는 기이한 내면의 소리를 들었다.

다나카 부인이 냅킨을 어색하게 비틀고 있을 때 약간의 침묵이 흘렀다. 그러나 곧 다나카 부인이 침묵을 깨고 입을 열었다.

"나오코, 너도 항상 중국을 가보고 싶어하지 않았니? 그리고 곧 골든 위크[34]도 다가오고. 그래서 말인데, 두 사람이 함께 가는 건 어떨까!"

이 모든 말이 숨도 쉴 수 없을 만큼 빠르게 터져 나왔다. 아마 일사

---

34. 일본에서 만들어낸 말로 4월 말부터 5월초에 걸쳐 일년 중에 가장 휴일이 많은 연휴기간

천리로 빠르게 제안하면 우리도 그게 얼마나 어처구니 없는 일인지 깨닫기 전에 일사천리로 입을 모아 대답할 것이라고 생각한 것 같았다.

나오코는 들고 있던 젓가락을 내려놓았다. 저녁 내내 기분이 좋았는데, 지금은 숙모를 쏘아보고 있었다.

"숙모,"

그녀가 새초롬해져서 말했다,

"토모코와 저는 이미 골든 위크 계획을 세워 놓았다구요. 숙모도 알면서 그러세요."

그리고 그녀는 내 쪽으로 몸을 돌린 후 한결 부드러운 목소리로 말했다.

"하지만 사토 씨, 만일 중국으로 가는 저렴한 티켓을 찾으신다면, 제가 최선을 다해서 도와 드릴게요."

난 나오코에게 고맙다고 말했다. 다나카 부인은 남편이 먹다 남긴 스테이크 위로 혀를 쯧쯧 차더니 덜걱거리며 저녁식사 접시들을 챙기기 시작했다. 또 나오코의 공격에 마음이 상했는지 우리가 설거지를 도우러 부엌으로 갔을 때조차 우리를 멀리 쫓아냈다.

다나카 씨가 자리에서 일어나 흔들의자로 느릿느릿 걸어가 앉자, 곧 강력한 코골이 굉음이 거실에 진동했다. 나오코와 나는 별로 나눌 이야기가 없었지만 이야기의 끝을 놓지 않고 잠시 테이블에 남아 있었다.

그녀가 봤다는 낯선 예술 영화 제목들은 한 번도 들어본 적이 없었고, 버마로 정글 트레킹을 간다는 그녀의 계획도 엉뚱한 짓으로만 느껴졌다. 내가 다음 주에 화장실 타일을 다시 깔 거라는 계획을 말하자, 인테리어 디자이너로서 마음이 끌렸는지 나오코의 눈이 반짝거렸다. 우리는 서로 지루함에 몸서리칠 때까지 앉아있었다.

곧 시간이 아홉 시를 가리켰다.

집에 돌아와 나는 양치질을 하고 잠옷으로 갈아입은 후 식탁에 앉아 손톱깎기로 손톱을 손질하며 르네상스 예술에 대한 라디오 프로그램을 들었다. 사람들과 함께 했던 시간이 어떻게 외로움을 더 증폭시킬 수 있었는지 의아할 뿐이다. 저녁 시간을 나 혼자 보냈다면 외로움을 느끼는 일 따위는 없었을 것이다.

라디오 너머로 다나카 부인이 나오코에게 작별 인사를 전하는 소리가 들려왔다. 그리고 차 문이 쾅 닫히는 소리와 함께 시동을 거는 소리가 뒤를 이었다. 나는 잘라낸 손톱들을 손 안에 쓸어담아 부엌 쓰레기통 속으로 흩뿌렸다.

지금쯤 다나카 부인은 앞으로 자신이 펼쳐갈 로맨스의 전령사 역할에 대해 한 풀 기가 꺾여 있을 것이다. 오직 한 사람만이 골몰하는 일이니 그럴 수밖에 없지 않은가.

II

토요일 밤 급습한 불안증세 때문에 의사의 상담을 받기 위해 나는 어떻게 해서라도 회사 시간을 조금 빼볼 생각이었다. 그러나 월요일 아침, 회사에 도착했을 때 그것이 실현 불가능하다는 것을 깨달았다.

다카하라 대리는 하와이로 출장을 떠났고 가와노우에 부인도 이제 막 출산휴가가 시작되었다.(그녀의 능숙한 비서 업무 능력이 아쉬워지긴 하겠지만, 나는 이 사무실에서 그녀의 불룩해지는 배를 지켜보는 일이 곤혹스러워지기 시작하고 있었다.) 내가 한두 시간 사무실을 비우기라도 한다면, 대학을 갓 졸업한 인턴 타로가 사무실을 진두지휘하게 된다. 이런 재난을 막기 위해서라도 나는 자리를 지키지 않을 수 없었다. 심지어 화장실과 분수대도 서둘러 다녀왔다.

이제까지 잠드는 일에는 큰 문제가 없었으므로 지금 의사를 방문하는 게 꼭 필요한 일은 아닐 듯싶었다. 일주일 내내 나는 자정이 되어서야 집에 돌아와 녹초가 되어 쓰러졌다. 그 다음에 내가 의식한 것은 아침 체조 방송을 준비시키는 날카로운 알람 소리였다.

나는 오늘 아침 아주 쾌적한 기분으로 집을 나섰다. 하늘은 파스텔 톤의 푸른빛을 띠면서 섬세하게 구름을 수놓고 있었다. 두 집 아래로 우에 부인 댁의 벚꽃이 환희에 빛나는 꽃밭 한가운데에 피어 있었다. 봄이 이 조용한 교외 마을에 발을 들여놓자 대기도 한껏 활기를 띠기 시작했다. 우편함 근처에 감시인처럼 서 있는 다나카 부인을 보자 나도 모르게 안도의 한숨이 흘러 나왔다. 으레 나를 향해 달려오곤 했던 모습이 월요일과 화요일 아침엔 보이지 않았기 때문이다.

"사토 씨, 어제 찹쌀떡 좀 만들었는데, 좀 드셔보실라우?"

그녀가 씩씩하게 말하며 찹쌀떡을 건네주었다.

"날씨가 아주 좋아요. 이따 바깥양반하고 같이 잉어 연못 주변을 산책해야겠어요."

"고맙습니다, 다나카 부인, 티 타임에 먹어야겠네요."

내가 찹쌀떡을 받아들며 말했다.

"그렇게 해요. 규칙적으로 먹는 건 아주 중요해요, 특히 사토 씨처럼 늦게까지 일하는 사람들한테는요. 어젠 12시 5분 쯤에 귀가했죠?"

"요즘 일손이 딸려서요."

다나카 부인이 혀를 차며 머리를 가로저었다.

"그럼 회사에 사람을 더 고용하라고 하세요."

나는 고분고분하게 머리를 끄덕였다. 회사 조직체에 대해서 아무것도 모르는 다나카 부인과는 입씨름을 하지 않는 게 상책이었다.

"지난 일요일 저녁 초대, 다시 한번 감사드립니다. 정말 오랜만에 최고의 식사를 한 것 같아요."

내가 말했다.

"내 조카가 버릇없이 굴어서 저녁 분위기가 엉망이 된 건 아닌지 걱정했다우."

다나카 부인이 커피 열매처럼 속 쓰린 얼굴로 말했다.

"버릇이 없다니요? 나오코 양은 젊고 매력적인 현대 여성인걸요."

내가 말했다. 다나카 부인은 하늘을 향해 눈을 들어올리더니 한숨을 지었다.

"현대적인 건 맞지만 매력적이고 젊다구요? 다음 생일만 지나면 그 애도 벌써 서른다섯이라우. 서른다섯. 남자친구 만들 기회도 거의 희박한 나이죠. 난 나오코의 생물학적 시계가 그 고집보다 더 오래 버텨주길 바랄 뿐이에요. 불쌍한 그애 엄마만 얼마나 속을 끓이는지…"

"네, 음…"

난 대화가 너무 사적으로 흘러가는 것을 막기 위해 말 허리를 잘랐다.

"다나카 부인, 7시 45분 열차를 잡아 타려면 이제 그만 가봐야겠어요. 싸주신 떡은 잘 먹겠습니다."

나는 대문 빗장을 열었다.

"잠깐만요,"

다나카 부인이 대문을 꽉 잡으며 물었다.

"요즘 잠은 잘 자우?"

"그럼요. 왜요?"

내가 물었다.

"오늘 새벽 4시 경에 당신이 집 근처를 거니는 소리를 들었어요."

말도 안되는 소리였다. 아마 맞은편에 살고 있는 한국인 가족의 소리였을 것이다. 졸린 상태에서 들은 소리라 그 소리의 근원지를 혼동한 것 같았다.

"다나카 부인, 확실합니까? 그게 한국인 가족들 소리는 아니었구요? 전 그 시간에 침대에 있었거든요."

"글쎄요…"

다나카 부인이 기분이 상했는지 툴툴거리며 말했다.

"그렇다면 누군가 당신 집을 침입해서 마룻바닥을 쿵쿵거리며 걷고 그 낡은 첼로도 연주했다는 거유? 난 백 퍼센트 확신이 안서는구랴…"

"첼로요?"

이상한 울렁거림이 급습해왔다. 속이 메스꺼워지면서 아침에 마셨던 모닝커피 냄새가 올라왔다.

"하지만 전 오늘 아침 여섯 시까지 침대를 떠나지 않았습니다."

나는 단언했다.

"그 소릴 들었을 때 난 뜨개질을 하며 앉아 있었어요."

다나카 부인이 한치의 물러섬 없이 응수했다.

"난 사토 씨가 왜 그 시간에 첼로를 연주할까 생각했죠."

"전 전혀 생각나지 않습니다."

나는 답답한 마음을 누르며 말했다.

"그러면 사토 씨한테 몽유병 증상이 있는 거겠죠."

다나카 부인이 한마디로 못박았다.

'여보, 이게 가능한 일이오? 당신 혹시 잠결에 걸어다니는 나를 본 적이 있었소? 만약 그랬다면 얘기를 했었겠지. 잠을 자면서 무슨 수로 당신 첼로를 연주했겠소?'

다나카 부인의 시선이 내 빈 집, 어두운 2층 창문 쪽으로 향했다.

"사토 씨, 몸을 너무 혹사시키면서 일하지 않도록 신경 좀 써요."

그녀가 충고했다. 그녀의 돌발적인 대화 방식이 걱정 때문인지 점점 부드러워졌다.

"우린, 당신이 건강을 망치는 일이 없었으면 해요."

스스로도 모르는 몽유병을 앓고 있다니 정말 아연실색할 노릇이었다. 7시 45분 열차가 역을 막 빠져 나갈 무렵, 마침내 의료 검진을 받을 시간이 다가왔다고 결정했다. 그러나 오늘 아침 사무실로 들어서는 순간 나는 타로가 연출해 내는 기이한 장면과 마주쳤다.

제정신이 아닌 듯한 그 녀석은 복사기 덮개 아래에 자신의 머리를 박고 있었고, 그 아래로 한 장 한 장 복사 용지가 빠져 나오면서 형광 불빛이 번쩍거렸다.

"타로! 뭐하고 있는 거야?"

내가 소리쳤다.

타로는 머리를 빼낸뒤 플래시 때문에 현기증을 느낀 듯 멍청하게 눈을 깜박거렸다.

"좋은 아침이에요, 과장님. 어젯밤 가라오케에서 진탕 마셨거든요. 이렇게 하면 숙취가 가실까 해서요."

'그래, 당신도 짐작했겠지만 난 그날 하루종일 타로를 엄격하게

지켜봤지.'

나는 다카하라 대리가 하와이에서 돌아올 때까지 의료 검진을 미루기로 했다. 젊은 타로의 손에 회사를 맡기고 떠난다는 건 다이와 무역에 재난을 초래하는 일과 다름없었다.

나는 밤 11시 15분에 귀가했다. 점심 이후로 텅 비어있는 위가 그 성난 주먹을 꽉 움켜쥐고 있었다. 그래서 지금 막 대합탕으로 허기를 채우려 하는 참이다. 종일 회사 업무에 정신이 팔린 나머지 다나카 부인이 말한 첼로 얘기에 대해 생각할 여유가 없었는데, 집으로 돌아오는 밤 기차 안에서 문득 그 진실을 규명할 어떤 묘안이 떠올랐다. 오늘밤 잠자리에 들기 전에 일단 화장용 분을 내 침대 옆 마룻바닥에 뿌릴 것이다. 만일 내가 용의자라면 다음날 내 몸에 묻은 분이 진실을 말해줄 것이다.

'여보, 지금이야말 잠자리에 들기에 최적의 시간이지만, 우선 가족사당에 놓을 선물이 하나 있소. 집으로 오다가 가판대에서 설탕을 입힌 아몬드를 샀지. 평생 당뇨병으로 고생하신 장모님은 싫어하실지도 모르겠지만 당신만은 그것을 즐길 거라고 생각하오. 당신은 단 것을 무척이나 좋아하기로 악명 높지 않았소?'

III

밤이 되면 대나무 숲은 다양한 소리들을 낸다. 어둠이 깔리면서 숲이 살아나는 것일까, 아니면 낮 동안은 단지 우리의 불경스런 귀가 그것을 느끼지 못하는 것일까? 불과 지난 일요일에 여기를 산책했는데 지금은 전혀 다른 장소처럼 느껴진다. 곤충이 날개를 부딪히고, 뱀이 나무 사이를 구불구불 기어간다. 전에 산책로 건너편에 매달린 끈끈하고 가느다란 거미줄 집과 키스하며 걸어 들어간 적이 있었다. 앙심을 품은 거미가 공격할까 두려워 거미줄이 내려앉은 어깨와 머리를 마구 털었었다.

'여보, 이 길을 따라 몇 킬로미터만 더 가면 우리가 야영했던 곳이 나온다는 걸 기억하겠지? 짧았던 우리 결혼생활에서 당신과의 첫번째 캠핑이었잖소. 당신이 어찌나 들떠 있던지! 내가 낚시할 때, 당신은 바지를 걷어 올리곤 시냇물 바닥에서 조약돌을 고르며 마냥 즐거워 했었지. 그 후로 당신은 김이 모락모락나는 밥도 지었고 모닥불 위에서 내가 잡은 물고기도 요리했었어. 당신은 평생 먹어본 것 중에 최고로 맛있는 생선이라고 호들갑을 떨었지, 기억나오?'

산들바람이 고요한 밤의 대기를 휘젓고 지나가면서 살갗 위로 면 잠옷의 감촉이 시원하게 와 닿았다. 발 밑으로 숲을 자박자박 밟는 기분이 이토록 편안하다니 참으로 묘한 기분이다. 머리가 한결 맑아지면서 벽처럼 둘러싸인 공간 속 고민거리들로부터 해방된 느낌마저 들었다.

아침에 일어나자마자 나는 우선 침대 주위에 흩뿌려놓은 화장용 분을 확인했다. 거기엔 어떤 발자국도, 심지어 발가락 비슷한 얼룩조차 없었다. 나는 분명 밤새도록 침대에 누워있었던 것이다.

동백꽃 향기가 풍기는 분을 쓸어내는 동안 어젯밤 꾸었던 꿈의 단편들이 달콤씁쓸하게 떠올랐다.

나는 호스티스 바의 일인용 의자에 앉아 있었고, 마리코가 내 앞에 칵테일을 놓았다. 그녀의 윤기나는 머리칼은 나비 핀 두 개로 뒤로 넘겨 있었다. 술은 잔 속에서 고혹적인 빛깔의 소용돌이를 만들었다. 나는 만화경처럼 변화무쌍한 빛깔의 음료에는 틀림없이 독이 있을 거라는 생각에 잠시 마실까 말까 망설였다. 하지만 결국은 잔을 들어 조금씩 마시기 시작했는데, 맛은 기억나지 않지만 그 술이 무엇이냐고 묻기 위해 마리코를 향해 고개를 들었던 것만은 기억이 난다.

'그때 당신이 그녀 안에 있었지.'

'당신도 예상하다시피 오늘도 눈썹 휘날리게 바쁜 하루였소.'

실망스럽게도 다카하라 대리는, 하와이에서의 협상이 예상보다 까다로와져서 한 주 더 머물러야 할 것 같다는 쪽지 한 장만 달랑 팩스로 보내왔다. 나는 걱정스러운 마음에 그가 묵고 있는 호놀룰루 호텔 방으로 전화를 걸어 자동응답기에 다급한 메시지를 남겼다.

점심식사 후 무라카미 상무가 사무실을 방문했다. 본래 목적은 운송 파트의 세부적인 경영 전략에 대한 요점을 알려주려는 것이었지만, 결국은 몇 가지 서류들을 들춰보면서 두어 시간 더 머물게 되었다. 말할 필요도 없이 나는 그가 나와 아내에 대해 함부로 지껄인 일로 기분이 상해 그를 보는 것만으로도 영 불편했으나, 다행히 프로 근성을 발휘해 공손함을 유지하고 있었다.

무라카미 상은 간부 경영진으로서 보이지 말아야 할 행동들을 여과없이 보여주고 있었다. 회계 장부를 휙휙 넘기면서 사무보조인 불쌍한 하타 양을 머리뿌리까지 새빨개지도록 집적거리거나, 경박한 재즈 톤으로 휘파람을 불어댔다. 또 툭 하면 담배를 피우자고 타로를 불러내 그 꾀병부리는 습관을 더욱 부추겼다. 무라카미 상은 사무실을 떠나기 전에 가와모토의 파일들을 가져가 더 자세히 검토해봐야겠다고 말했다. 내가 그 파일은 이미 완벽하게 정리가 되었다고 말하자 무라카미 상이 껄껄 웃으며 말했다.

"사토 상, 물론 그렇겠지. 당신같이 꼼꼼한 경리사원이 이런 파일들을 엉망으로 만들 일은 없을 테니 말이야. 이봐, 오늘밤 타로와 한잔 하려는데 같이 가지 않겠나?"

나는 핑계를 댔다. 무라카미 상은 이해한다는 듯 고개를 끄덕거린 후 나의 빈틈없는 관리 능력을 치하하며 가와모토의 파일을 가슴에 끌어안고 문 밖으로 사라졌다.

오후 4시 경, 컴퓨터에 저장된 회계 장부에 한참 열중하고 있을 때 하타 양이 연결해온 전화 한 통이 주위를 환기시켰다. 나는 후지츠 은행의 대부계를 담당하고 있는 코지마 상일 것이라 예상하며 수화기를 들었다.

"네, 사토입니다."

"사토 씨, 사요나라 바의 마리코예요."

순간, 창피함으로 볼이 확 달아올랐다. 호스티스가 직장으로 전화를 해오는 것만큼 비정상적인 일이 또 뭐가 있겠는가? 나는 사무실을 휙 둘러보았다. 회계의 부고문인 마쓰야마 상은 다른 전화를 받고 있었고, 타로는 그의 도널드 덕 화면 보호기를 응시하고 있었다. 오직 하타 양만이 근처 서류철 캐비닛 위에 스템플러를 올려 놓고 있었다. 만일 하타 양이 이 전화가 어디에서 왔는지 눈치챘다면 어쩌나?

"저… 일하시는데 폐를 끼쳤다면 정말 죄송해요… 하지만 당신께 연락드릴 수 있는 방법이 이것밖에 없었어요."

자신의 행동이 부적절했다는 것을 충분히 의식한 듯, 마리코의 목소리에서는 겁먹은 떨림이 묻어나왔다.

"어떻게 내 전화번호를 알아냈죠?"

나는 애써 침착하게 물었다.

"무라카미 상한테서 얻었나요?"

"오, 아니에요! 주소를 조회해서 다이와 무역의 번호를 알아냈어요… 회사 교환원을 통했구요."

그녀가 말했다.

"그랬군요. 미안하지만 지금은 너무 바빠서 통화할 수가 없습니다. 솔직히 다시는 이곳으로 전화하지 않았으면 합니다."

냉정하고 불손한 내 말투에 미안한 마음이 들었지만 사무실로 연락한 건 엄연히 마리코의 실수였다.

"알겠어요, 하지만 약속 시간을 정했으면 하는데요. 호스티스 바에 잠시 들러주실 수 있으세요? 말씀드릴 게 있어서요."

내 일상과 전혀 동떨어진 곳에 있는 마리코가 대체 내게 무슨 할 말이 있단 말인가? 여전히 통화 소리가 들리는 반경 내에 있는 하타 양이 막 창가에 놓인 접란으로 향하는 참이라, 나는 한시라도 빨리 전화를 끊어야겠다고 생각했다.

"무엇 때문에 그러십니까?"

내가 물었다.

전화선 너머로 잠시 침묵이 흐른 후 조용한 음성이 들려왔다.

"당신 부인에 대한 얘기예요."

나는 편두통을 느끼면서 저녁 8시에 회사를 떠났다. 신사이바시로 몰려드는 퇴근 후 인파 속에서 가방이 계속 내 무릎을 찧고 있었다.

무엇이 그들을 이리로 내모는 건지 나로선 알 수 없었다. 모든 게 불빛 속에 잠겨 있었고 술집들은 저마다 더욱 도를 더해가는 천박함으로 주의를 잡아 끌었다. 파친코 공들이 튀어오르고 오락실에서는 기관총 발사 소리가 연달아 터져나왔다.

씨 브리즈 레스토랑 입구에는 조개껍질로 만든 비키니를 입고 인어 꼬리를 단 여자가 거대한 수족관에서 헤엄치고 있었다. 그녀는 쏴 하는 소리와 함께 새까만 머리칼을 움직이며 지나가는 사람들을 멍하니 응시했다.

사요나라 바에 거의 도착할 무렵 맥박이 불규칙하게 뛰었다. 마리코의 전화는 여우가 닭장을 쑥대밭으로 만들어놓듯 내 마음을 뒤흔들어 놓았다. 마리코처럼 어린 여자가 내게 꼭 전해야만 할 말이 과연 무엇이란 말인가?

'여보, 그녀의 입에서 당신 얘기가 나오자마자 난 수화기를 내려 놓았소.'

마리코의 전화를 끊은 후 나는 하타 양에게 후지츠 은행에서 걸려오는 전화만 연결하라고 말했지만 이미 때는 늦었다. 마리코의 전화 때문에 더이상 일에 집중할 수가 없었다. 그녀에게서 확실한 이야기를 들을 때까지는 마음을 안정시킬 수 없을 것 같았다.

나는 호스티스 바 옆에 있는 국수가게 밖에 서서 꾸물거렸다. 사람들은 내 발을 밟고도 한 마디 사과 없이 난폭하게 밀치면서 지나갔다. 김 서린 창문 안으로 주방장이 굳은 살이 박힌 두툼한 손으로 고기 만두를 빚고 있는 것이 보였다.

'내가 여기에 온 건 마리코가 대체 당신에 대해 뭘 알고 있는지 궁금해서야. 그래, 무라카미 상이 떠들어댄 게 전부겠지. 무라카미 상이 알고 있는 거라곤, 고작 당신이 죽은 뒤에 떠돌았던 부풀려진 입소문들뿐이니까. 누구도 나만큼 당신을 잘 아는 사람은 없잖소. 당신이 스스로 목숨을 끊은 게 아니라는 걸 확신할 만큼 말이야.'

결국 나는 마리코와 얘기를 나눌 필요가 없으리라는 결론을 내리고 국수가게 창문가를 떠나 집으로 향했다.

집에 돌아와 뜨거운 물로 목욕을 하고 라디오를 듣다가, 목욕 후 으레 밀려드는 졸음으로 잠자리에 들었다.

그러나 새벽 2시쯤 마음 편한 선잠에서 나를 잡아떼는 전화벨이 울렸다. 나는 어두운 복도를 비틀비틀 걸어가 수화기를 들었다.

"여보세요?"

내가 잠에서 덜깬 목소리로 말했다. 그러자 딸깍 소리가 나면서 전화가 끊겼다.

나는 기분이 몹시 언짢았다. 사람들의 뻔뻔함이란! 최소한 잘못 건 실수에 대해 사과 정도는 해야 하지 않는가. 나는 동면을 방해받은 곰처럼 피곤한 걸음걸이로 삐걱거리는 계단을 올라가기 시작했다. 다시 잠이 안올 것 같았다. 불면증으로 그 동안 얼마나 고생을 했는가. 내일 하루 또 값비싼 대가를 지불해야 한다고 생각하니 씁쓸해졌다.

집은 잠잠하고 고요했다. 위층에 올라서는 순간 나는 빈 방의 문이 조금 열려 있는 것을 발견했다. 항상 문을 꼭 닫아두는데 정말 이상했다. 나는 안을 잠깐 엿보기로 마음먹었다.

문이 미끄러지듯 열렸다. 갈라진 커튼 사이로 교교한 달빛이 퍼져들었다. 시선이 방 중앙을 향했을 때 가슴이 철렁하고 내려앉았다.

'당신 첼로가 옮겨져 있다니!'

달빛을 온몸으로 만끽하듯 첼로는 방종한 자태로 누워있었다. 도저히 이해할 수 없었다. 누가 몰래 들어와 이걸 옮기기라도 했단 말인가? 누가 그런 짓을 하겠는가? 나는 정신없이 전등 스위치를 찾으며 헉헉 숨을 몰아쉬고 있었다. 불빛이 방 안 구석구석을 환하게 비추는 순간, 나는 첼로가 예전 그대로의 위치로 돌아와 있는 것을 보았다.

내가 본 게 환영이었단 말인가.

나는 깜짝 놀랐다. 이처럼 생생하고 확실한 환영은 처음이었다. 내 발은 다다미에 뿌리박혀 있었다. 첼로가 더한 장난을 칠까봐 등을 돌리고 방을 나가는 것조차 두려웠다. 그러나 밤을 새고 서 있을 수는 없는 노릇이었다. 이 상황에선 산책만이 가장 이성적인 행동이라는 생각이 들었다.

'또다시 이 새벽에 당신과 이야기를 하고 있소. 생각했던 것보다 훨씬 멀리 온 것 같아. 이제 딱 집으로 돌아가기 좋은 거리인 것 같소. 내가 얼마나 높이 올라왔는지 한번 봐요!'

동이 트면서 첫 불빛이 대나무가 무성한 숲에 들어와 있는 내 모습을 비출 때까지, 나는 내가 얼마나 높이 올라왔는지를 거의 의식하지 못했다. 지금 돌아가지 않으면 회사에 지각할 것이다. 이 시간에 잠옷 차림으로 길가를 허둥지둥 걷는 내 꼴이 지나가는 운전자들 눈에는 얼마나 괴상망측하게 보일 것인가.

이제 다나카 부인의 눈길을 피해 문 뒤쪽으로 조용히 들어가야 한다. 그녀와 잡담을 나누기에는 할 일이 너무 많다. 와이셔츠도 다려야 하고 기차도 타야 한다. 병원도 예약하고 첼로도 팔 것이다.

아직 서두른다면 7시 45분 열차는 잡을 수 있을 것이다.

10

: 메리

유지와 나는 이야기하느라 밤을 꼬박 새우고 새벽녘이 되어서야 사케와 땀으로 축축해진 요 위에서 곯아떨어졌다. 정오 무렵이 돼서야 눈을 뜨고는 아침을 먹으러 이곳에 왔다. 작업복을 입은 남자들이 담배를 피우고 농을 쳐가며 타맥(역주: 포장용 아스팔트 응고제) 냄새와 힘든 노역의 기운을 발산하며 카운터에 줄지어 서 있고, 뱃속에 국수를 잔뜩 채워 넣은 여자가 담뱃진이 말라붙은 아랫입술을 특별 디저트 삼아 쪽쪽 빨고 있다. 우리는 씻지 않아 꾀죄죄한 몰골에 수면 부족으로 멍한 상태다. 유지의 눈에는 작은 실핏줄들이 진을 쳤고 머리카락은 베개에 짓눌려 까치집이 되었다. 나는 그가 나무 젓가락으로 요령있게 음식을 집어 입으로 가져가는 것을 바라보았다. 볼이 면으로 꽉 차있을 때조차도 그의 얼굴은 흠잡을 데 없이 매력적이다.

간밤에 그는 내 휴대폰에 난바難波의 바Bar로 자신을 찾아오라는 메시지를 남겼다. 정통 에일 맥주와 케케묵은 먼지투성이의 카펫이 깔려있는 그 영국식 술집은 내가 가장 치를 떠는 곳이었다. 나는 퇴근 후 불편한 기분으로 택시를 탔다. 유지와 그의 친구 싱고가 내실에서 내기 당구를 치고 있었다. 나는 의자에 앉아 맥주를 마시며 당구대 위의 공이 조금씩 줄어드는 것을 바라보았다. 싱고가 다음 차례가 되어 당구대 위로 몸을 구부릴 때, 유지가 다가와 덤덤하게 말했다.

"오늘 내 아파트가 쑥대밭이 되어 있더라구."

누가 그런 짓을 했냐고 묻자, 그는 모른다고만 말했다. 누군가 스테레오를 부수고 칼로 그의 침대를 깊게 베었지만 가져간 것은 없다고 했다. 내 놀란 반응에 그는, 마치 "여자들이란 걱정을 달고 살지," 하는 듯 싱고를 보며 히죽 웃었다. 싱고는 나를 향해 웃으며 야마가와 상이 곧 진상을 밝혀낼 거라고 말했다.

이후, 그는 내 아파트로 걸어 돌아오면서 내 어깨를 감싸안았고, 나는 가죽 자켓 냄새와 담배 냄새를 맡으며 그에게 몸을 기댔다. 나는 술에 취해 다소 떠들썩하게 엉터리 일본어를 재잘거렸다. 그때 뒤에서 쿵 하며 뭔가 떨어지는 소리가 들렸다. 우리는 풀쩍 뛰었고 주위를 둘러보았다. 가로등 불빛 아래로 재활용 쓰레기통과 금 간 포장 도로만 눈에 들어왔다. 나는 웃으며 말했다.

"고양이였을 거야."

"제기랄, 깜짝 놀랐잖아."

유지가 말했다.

그의 말이 더 나를 놀라게 했다. 유지는 항상 자신의 감정 체계에 두려움 따위는 존재하지 않는 듯 행동해왔고 더군다나 범죄율도 낮은 이곳에서는 단 한번의 폭력 사건도 일어난 적이 없었다. 사실 일본 밤거리는 혼자 걸어도 안전했다. 그러나 곧 나는 유지가 그토록 예민해진 까닭을 이해할 수 있었다.

"네 집을 침입한 자들인 줄 알았지?"

열차 선로 반대편에서 오토바이가 갑자기 속도를 내고 있었다. 그림자가 깊이 내려앉은 유지의 얼굴은 표정을 읽을 수가 없었다.

"야마가와 상한테 얘기하니까 뭐라고 해? 그 자들이 누구인지 알아냈대?"

"별 말 없었어. 요즘 그와 관계가 좋질 않아."

"설마… 그날 밤 클럽에서는 좋아 보였는데."

내 구두 뒤축이 배수관 뚜껑에 부딪히면서 울리는 금속성 메아리가 고요한 밤에 이물스럽게 울려퍼졌다.

유지는 자기 팔을 내 어깨에서 천천히 내려놓았다.

"뭔가 잘못 되어가고 있어. 어떤 면에서 내가 그를 화나게 만들었거든. 싱고와 토루 역시 그걸 눈치챘고 다들 요즘 나를 대하는 태도들이 예전 같지 않아. 내가 맡은 일들도 잘 안풀리고…"

"뭐가 잘못된 건데?"

유지는 내 눈길을 피했다. 일전에 일본에 오기 전에 야쿠자 영화에서 보았던 총격전, 구타, 손(발)가락 절단 등을 유지한테 얘기한 적이 있었다. 그때 유지는 코웃음을 치며 그건 사실이 아니라고 일축했다. 하지만 지금 그의 불안한 모습을 보니 의혹이 고개를 들었다.

"이런 일은 위험해, 유지."

내가 말했다.

"여기서 손을 떼. 영원히 야마가와 상을 위해 일할 순 없는 거잖아, 안그래?"

"그렇게 간단하지 않아."

유지가 말했다.

"그는 나한테 돈과 시간을 투자했어. 그런 짓을 하면 분명히 심기를 건드릴 거야."

"그냥 내버려 둬. 더이상 그 사람 밑에서 일하고 싶지 않으면 그냥 떠나라구. 그가 뭘 어쩌겠어? 강압적인 힘이라도 사용한다는 거야?"

"나를 배신자로 규정할 거야."

"뭘 배신했다는 거야?"

"넌 이해 못해."

유지가 말했다.

"천불이 나서 뭔가 대가를 치루게 하겠지."

우리는 침묵에 잠겼다. 그의 말이 맞다. 난 이해할 수 없었다.

야마가와 상이 굳이 법석을 떨 이유가 뭐란 말인가? 이 아메리카 무라[35]를 떠도는 고등학교 낙제생들 누구라도 마약을 운반하고 사채를 회수하도록 훈련시킬 수 있지 않은가. 그러나 가라오케 룸에서의 그날 밤 이후로, 나는 야마가와 상이 사람을 불편하게 만드는 데 일가견이 있는 사람이라는 걸 숙지하고 있었다.

"가끔 일을 그만두고 숨어버리고 싶을 때가 있어. 전에도 그런 적이 있었지만."

"어디로?"

내가 물었다.

잠시 후 아파트 건물 입구에 도착했다. 연어 살코기빛 타일 바닥 위로 할인 피자 전단지와 편지함 속에서 튀어나온 콜걸들의 천박한 광고지들이 굴러다녔다. 유지는 너무 피곤한 나머지 대답조차 귀찮은 듯 어깨를 으쓱하기만 했다.

---

35. 간사이 지방의 일본 젊은이 문화를 대표하는 곳. 오사카 지역의 개성 강한 패션으로 치장한 젊은 이들이 모이며, 주말에는 퍼포먼스나 프리마켓도 열리는 아주 독특한 분위기의 장소

"내가 떠날 때 같이 떠나면 되잖아."

내가 말했다.

유지의 침묵이 대답을 대신하고 있었다. 나는 실망한 눈빛을 숨기려고 입구에 널부러진 전단지들을 꾹꾹 눌러밟으며 앞서 걸었다. 키홈 안으로 카드를 쿡 찔러넣자 문이 열렸고 녹음된 멘트가 우리에게 들어오라고 재촉했다. 나는 안으로 들어섰지만 유지는 미동 없이 주머니에 손을 넣은 채 주차장 쪽을 응시하며 서 있었다.

나는 미소지으며 망설이듯 말했다.

"안 들어올 거야?"

그러자 그가 나를 보며 말했다.

"돈만 내 손에 들어오면 다음 주에 우린 여기를 떠날 수 있어."

유지가 다 먹은 빈 그릇을 멀리 치우고 내 손을 잡기 위해 테이블 너머로 손을 뻗쳤다. 나는 의심과 불안으로 가득 찬 그의 얼굴을 향해 미소를 지었다. 유지가 자기 일에 대해 불평한 건 지난 밤이 처음이었다. 나는 언제나 그가 자기 일을 좋아하며 아무 불만이 없을 거라고만 생각했다.

지난 밤, 그가 돌연 떠나자는 말을 입 밖에 낸 건 단지 아파트 침입 사건으로 의기를 잃어 충동적으로 뱉아낸 말일 수도 있겠다는 생각이 들었다.

"여길 떠나면 친구들과 어머니가 보고 싶지 않겠어? 아는 사람들 모두 일본에 있잖아."

내가 물었다. 이것이야말로 그가 풀어야 할 숙제였다. 여길 떠난다는 건 그로서는 그리운 모든 것들을 뒤에 남겨놓는 일이었다. 나는 그의 심경이 변할 것을 대비해 마음의 준비를 단단히 했다. 한밤중에 꾸며진 계략은 종종 광기에 의해 부추겨지는 법이다.

"내 친구들은 야마가와 상의 자산이야."

유지가 말했다.

"그리고 어머니는 모진 분이셔. 그녀에 대해선 걱정할 필요가 없어."

"우리가 떠난다는 걸 어머니한테 알릴 거야?"

유지는 머리를 가로저었다.

"아무에게도 말해선 안돼. 어머니에게조차도. 숨겼다는 걸 알면 역정을 내시겠지만, 위험을 감수하면서까지 꼭 말할 가치는 없어. 그리고 떠날 시기가 될 때까지 넌 계속 어머니 바에서 일해야 해. 모든 게 여느 때처럼 흘러가는 것처럼 보여야 하니까."

"사람들에게 작별인사조차 할 수 없다는 게 끔찍하게 느껴져."

내가 말했다.

"그럼 카티야와 마리코에게만 말해. 영국으로 다시 돌아간다고. 단 떠날 준비가 될 때까지는 입을 다물고 있어야 해. 돈이 들어오는 데는 약 한두 주 걸릴 거야. 준비가 되면 그때 떠나는 거야."

"알았어."

그렇게 유지는 당분간 풀어야할 숙제를 보류한 셈이다. 유지가 테이블 건너에서 기습적으로 키스를 해오는 바람에 말문이 닫힌 나는 짧게 미소만 지어보였다. 그에게서 소금 냄새가 났다. 입술의 갈라진 아스팔트는 부드럽고도 거칠었다. 그는 내가 키스의 감촉을 충분히 음미하기도 전에 금세 뒤로 물러났다. 작업복을 입은 두 남자가 유지를 보며 음탕한 미소를 던졌다. 국수가게 주인은 큰 통 속에서 철망 바구니를 들어올리며 큰 소리로 떠들었다. 일본 남자가 서양 여자와 함께 있는 풍경은, 일본 여자가 서양 남자와 함께 있는 것보다 흔하지 않다. 우리는 가끔 사람들 시선이 우리 둘에게 자석처럼 척척 달라붙는 것을 느끼지만, 유지는 그런 걸 재미있어 하며 별로 염두에 두지 않았다. 기름 웅덩이처럼 짙고 매끄러운 그의 눈동자에 내 모습이 비쳤다.

"이 결정에 대해 후회할 일은 결코 없을 거야."

유지가 짐짓 확신에 찬 듯 말했다.

유지는 야마가와 상의 본부로 가고, 나는 집으로 돌아와 뜨거운 샤워기 아래에서 음조 없는 콧노래를 흥얼거렸다. 나는 콧노래를 즐기는 부류는 아니었지만 그 순간 어떤 행복감에 가득차 있었다. 샤워 후 나는 낡은 기모노를 걸치고 수건으로 머리를 틀어 올렸다. 유지와의 달콤한 계획을 누군가에게 말하고 싶어 입이 근질거렸다. 비록 절대로 입 밖에 내서는 안될 금기였지만 말이다. 나는 귀부인처럼 수건을 머리 위로 틀어 올리고는 마리코의 방을 향해 복도 쪽으로 유유히 걸었다.

나는 방문을 노크했다.

"마리코, 안에 있어?"

살짝 열려있던 문을 발로 툭 밀자 문이 흔들거리며 열렸다. 텅 빈 방은 말끔히 치워진 채 사람이 들기 전의 모습이었다. 마치 꼼꼼하게 정리된 손님 방을 슬쩍 들여다본 기분이었다. 모기 방충망을 통해 산들바람이 스며들었다. 나는 다시 문지방을 넘어 문을 닫았다.

내 정신을 딴 곳으로 돌려줄 마리코마저 없자, 나는 담배에 불을 붙였다. 그리고 초조함에 속에서 부엌을 왔다갔다 했다. 유지의 손에 곧 돈이 들어와야 한다. 유지의 일이 순조롭게 돌아가지 않는 이 상황에서 나만 혼자 들떠있는 모습이 좀 철없이 느껴지긴 했지만, 어쩔 수 없었다. 나쁜 일이 터지기 전에 둘이 함께 이곳을 뜨면 그만이다. 하지만 불길한 예감이 들기도 했다.

바퀴벌레가 극성을 부리는 호텔을 전전하며 누적된 피로와 싸우는 혼란스런 여행은 한 쌍의 남녀를 몰락시킬 수도 있다. 일본을 떠돌며 사소한 언쟁을 벌이는 커플들을 종종 목격했듯 유지와 나도 햇볕에 시커멓게 그을린 채 진이 빠진 커플들처럼 맥없이 끝장날 수도 있는 것이다. 그러나 여행은 마음의 눈을 활짝 열어주고 새로운 문화 속으로 우리를 포용한다. 유지 또한 암흑가로부터 자유로워질 것이다. 표현은 자주 안하지만 그도 나를 사랑하고 있다. 일본 여자들이 손을 가리고 내숭을 떨며 웃듯이, 남자들도 감정을 잘 표출하지 않을 뿐이다. 그마저 내 앞에서 감정을 노골적으로 드러낼 필요는 없다. 기꺼이 나와 아시아를 수 개월간 누빈다는 것만으로도 충분한 증거가 되지 않겠는가.

나는 뒤늦게 일터를 향해 달렸고 곧바로 탈의실로 직행했다. 마마상의 따발총 같은 잔소리에 대한 만반의 준비를 갖춘 후, 그녀가 제발 자기 사무실에 있기를 바라면서 급히 홀로 들어섰다. 다행히 아직 손님이 많지는 않았다. 바에는 스테파니와 아노시카 두 명의 손님과 함께 앉아있었고 카티야도 역시 두 명을 맡고 있었다.

홀의 불안정한 불빛 아래 그림자들이 무리지어 있었다. 주크박스에서 스팅Sting이 〈잉글리시맨 인 뉴욕Englishman in New York〉을 부르며 이방인으로 부유하고 있는 자신의 존재를 애도하고 있었다. 그가 미국에서 그토록 소외감을 느꼈다면, 잠시 이곳을 와보는 것도 나쁘지 않을 것이다.

내가 다가가자 카티야가 반기는 얼굴로 일어섰다. 그녀는 지난주 나와 함께 고베로 놀러갔을 때 구입한 기장이 긴 붉은색 중국 드레스를 입고 있었다. 머리는 꼭대기에서 한다발로 꼬았고, 동양적으로 그린 아이라인은 눈 가장자리로 갈수록 옅어졌다. 그녀가 내 손을 잡고 양쪽 볼에 후다닥 입을 맞추었다.

"이쪽은 메리예요. 영국에서 왔구요."

카티야가 소개했다.

"좋은 저녁이에요."

내가 먼저 인사를 건네자 샐러리맨들이 일어나 목례를 했다. 은발의 남자는 그럴듯한 덕망을 풍겼고 신입사원으로 보이는 다른 한 명은 마지막 사춘기의 흔적인 듯 이마에 여드름 흉터를 달고 있었다. 나는 그 은발의 남자를 알아보았다. 스테파니는 그를 '문어'라고 불렀다. 아마도 그는 목덜미에 입김을 훅훅 불어대거나 끊임없이 더듬거려도 그것을 묵묵히 참아주는 호스티스에게 고장난 현금 인출기처럼 만 엔짜리 지폐를 남발할 것이다.

"그리고 이 두 분의 잘생긴 신사들은,"

카티야가 계속해서 말을 이었다.

"무라카미 상과 타로."

말이 끝나기가 무섭게 그들이 고개를 숙여왔다. 카티야는 나조차 홀라당 넘어갈 만한 흠모에 찬 미소와 애정어린 눈빛으로 무장한 채 '문어' 옆에 앉았고, 나는 신입사원 옆에 자리를 잡았다.

"영국이라고 했죠? 멋진데요."

타로가 말했다. 그는 밤에 급격히 키가 크는 성장기 학생처럼 와이셔츠 소매 사이로 깡마른 팔목이 쑥 삐져나온 말라깽이였다.

"거긴 비가 많이 오죠. 고향은 어디예요?"

나는 무척 궁금한 듯 테이블 위로 몸을 숙이면서 팔꿈치를 올려놓았다.

"히로시마요."

타로가 대답했다.

"다이와 무역을 다니기 위해 오사카에 왔어요. 당신도 아마 제가 존경하는 우리 무라카미 상무님을 알 거예요."

타로는 문어 신사를 가르켰다.

"이 바의 단골이시잖아요."

카티야가 피스타치오 껍질을 벗겨 그 존경하는 고위급 양반의 입 속으로 휙 던져 넣었다. 순간 카티야는 반동적으로 자기 손을 핥으려 드는 그의 몸짓에 깔깔거리며 웃었다. 그가 뭐라고 중얼거리자 카티야는 아예 머리를 뒤로 젖힌 채 목에 힘줄을 내보이며 웃었다.

"나도 피스타치오 좋아하는데."

타로가 뭔가 바라는 투로 말했다.

나는 아무것도 눈치 못챈 듯 미소로 일관했다.

"무라카미 상 밑에서 일하는 건 어때요?"

"최고죠. 대학을 갓 졸업한 인턴 프로그램에 여자와 술에 대한 개인교습까지 추가했어요. 지금 전문가한테 실습을 받고 있는 셈이죠."

"행운이네요."

"상무님은 회사에서 가장 쿨한 타입이에요. 힘든 업무가 끝나면 긴장을 어떻게 풀어야 할지 잘 알고 계시죠. 그에 반해 내 직속 상관은 정말 지루한 로봇이에요. 예를 들어 '빨간 펜으로 표시한 부분을 제대로 고쳐놓기 전까지 담배 필 생각은 꿈도 꾸지 말라구.' 이런 식이죠."

"타로, 담배 피우겠나?"

무라카미상이 윈스턴 엑스트라 스트렝쓰 한 갑을 내밀며 물었다.

타로가 한 개피를 집어 입에 물었다. 나는 그에게 라이터 불을 대주고, 그가 연기를 쭉 빨아들인 후 몇 초간 멈추었다가 다시 내뿜는 것을 지켜보았다.

타로는 무라카미 상에게서 배우고 있다며 새롭게 맛들인 골프 이야기를 한참 떠들어대더니, 영어 속어를 몇 마디 가르쳐달라고 졸랐다. 나는 기꺼이 그의 발음까지 교정해가며 가르쳐주었다.

이렇게 저녁의 반이 지나가고 있었다. 타로는 리치[36] 추하이Chu-hi[37] 석 잔을 해치웠다. 그것은 이 햄스터를 완전히 다운시키기에는 부족한 감이 있었으나, 그의 볼은 곧 가마에 구운 것처럼 벌개졌다. 그리고 결국 설명할 수 없는 충동에 못이겨 자신의 넥타이를 홱 나꿔채 람보 스타일로 이마에 묶었다. 나는 실례가 되지 않는 선에서 살짝 웃었다.

무라카미 상이 이 광경을 보자 박수를 치며 소리를 쳤다.

"브라보, 타로! 사무실의 익살꾼이 드디어 본색을 드러내는구만."

카티야와 나는 소녀들처럼 킥킥대며 웃다가 잠시 모종의 경멸감이 담긴 눈빛을 교환했다.

무라카미 상은 가느다란 눈으로 허벅지까지 찢어진 카티야의 긴 드레스를 이리저리 실컷 훑고 나서야 싱가포르 슬링을 한 잔 더 시켰다.

---

36. 남부 중국이 원산지로 달콤하면서 신맛이 나는 술 담배를 하는 어른들에게 적합한 열대과일
37. 일반적으로 주정과 맛을 내는 향료나 엑기스 등을 혼합한 혼합주

이때 카티야가 나를 향해 바에 함께 가자고 말했다.

나는 코엥트로Cointreau[38] 체리 브랜디와 진을 적절히 배합하여 칵테일 믹서기에 쏟아부었다. 카티야는 팩에 든 파인애플 주스를 첨가했다. 정장을 빼입은 샐러리맨들 사이로 일곱 명의 호스티스들이 흩어져있는, 한껏 흥취가 무르익은 밤이었다.

여자들은 모두 윤기나는 머릿결과 가슴 사이의 계곡을 과시하고 있었다(아까 탈의실에서 그곳에 뿌리는 향수 분무개를 보았다). 아노시카와 산드린의 귀 뒤로는 그들을 더욱 돋보이게 만드는 하얀 난초 꽃잎이 꽂혀 있었다.

아노시카는 손님이 말을 걸어오면, 손톱으로 테이블 위의 마분지로 만든 잔 받침대를 깔쭉거리며 미소를 지었다.

"메리, 오늘따라 말이 없네?"

카티야가 말했다.

"저 꼬맹이가 신경을 건드렸니?"

"아주 빌어먹을 보모가 된 기분이야."

내가 말했다.

"저 꼬맹이를 둘둘 말아서 그냥 침대에 던져버리고 싶어. 문어 양반은 어때?"

"난 틈만 나면 자리를 뜰 기회만 엿봤는데 지금은 저 꼬맹이 엑스트라께서 대신 그 공백을 메워줘서 다행이야."

바 위쪽에 설치된 수퍼 모델 화면에서는 부채꼴 모양의 타조 깃털을

38. 오렌지를 주 재료로 만든 달고 진한 프랑스 산 향술로 후식이나 여러 가지 칵테일에 사용

늘어뜨린 채 중산모를 쓰고 객석 사이 통로를 걷고 있는 모델들의 행진이 한창이었다.

카티야가 미소를 지으며 말했다.

“무라카미 상이 너한테 뭐 좀 물어보라고 하던데.”

“뭘?”

카티야가 칵테일 믹서기의 뚜껑을 조이자 칵테일 믹서기가 장어가 몸을 비틀 듯 재빠르게 진동했다.

“네가 그 꼬맹이의 하룻밤 상대가 되어줄 수 있는지 말이야. 무라카미상은 네가 그 숫총각을 잘 다룰 것처럼 보인대.”

“뭐라구!”

나는 말문이 막혔다.

카티야는 진지했다.

“그가 30만 엔을 제시했어. 러브호텔 비용도 자기가 지불하겠대. 단, 이런 시나리오를 그 꼬맹이만 몰라야 된다는 거야. 네가 그에게 반한 거로 착각하게 만들어야 한다나…”

30만 엔, 그건 대부분 사람들의 한 달 봉급이다. 나는 고개를 돌려 뭔가 음모를 꾀하는 듯 머리를 맞대고 있는 타로와 무라카미 상을 보았다. 밀담을 전달하는 쪽은 무라카미 상이었고, 뭐가 그리 신나는지 입이 귀에 걸린 쪽은 타로였다.

“카티야! 농담하니? 난 창녀가 아니야…”

카티야는 잠시 움직임을 멈추고 큰 소리로 웃어댔다.

“메리, 심각하게 받아들이지 마. 무라카미 상이 누구한테나 하는 짓거리잖아.”

“그렇기야 그렇지.”

"더구나 30만 엔이야. 네 여행 경비에 단단히 한몫 할 걸!"

"그건 사실이지만."

"더구나 난, 너를 소개해서 챙길 수 있는 수수료까지 포기했어."

카티야의 농담은 더 들어주기 힘들 지경이었다. 바에 놓인 은쟁반을 탁하며 친 내 팔엔 생각보다 힘이 많이 들어가 있었다.

"메리, 오늘밤 유머 감각은 다 어디 간 거야?"

그녀가 놀렸다.

"호스티스 바를 매춘굴처럼 생각하는 놈들, 정말 구역질 나."

이렇게까지 독설을 내뿜을 만한 일은 아니었기 때문에, 순간 나도 카티야도 놀랐다. 나는 그녀에게서 고개를 돌렸다.

"요 전날 밤 야마가와 상이 여기에 왔다고 들었어."

카티야가 화제를 바꿨다.

"응. 가라오케 룸에서 나에게 〈머티리얼 걸〉을 무려 네 번이나 부르게 했어."

이 말을 듣자 유지처럼 카티야도 웃었다. 돌아보면 진짜 우스운 꼴이었다.

"싫다고 말하지 그랬니? 아니면 좀 나은 노래를 고르게 만들던가."

카티야가 유리잔에 무라카미 상의 칵테일을 부었다.

"야마가와 상이 교통사고 당한 남자를 데리고 왔었는데 그 남자 얼굴이 온통 붕대로 덮여 있더라."

"저런, 정말 안됐다,"

카티야가 말했다.

"한 가지 확실한 점은 야마가와 상 밑에서 일하면 사건 사고가 끊일 날이 없다는 거지."

그녀는 접시에 좀더 많은 피스타치오를 쏟아부었다. 나는 깨끗한 재떨이를 집어들고 다이와 무역의 장부에 3천 엔을 기재했다. 아무렇지 않은 듯 내뱉는 카티야의 단호한 비평이 나를 침울하게 만들었다. 그녀는 은쟁반을 들어올려 손바닥 위에서 균형을 잡았다. 그리고 바에서 몇 발자국 걷다가 뒤를 돌아보더니, 후회가 내비치는 미소를 흘리며 말했다.

"문어 양반 얘기… 네 감정 상하게 할 마음은 없었어. 네가 재미있다고 생각할 줄 알았거든."

"알아,"

내가 말했다.

"오늘밤 조금 피곤해서 그래. 신경쓰지 마."

"일 끝나고 한잔 하러 가자."

그녀가 말했다.

"얘기 나누다보면 기분이 풀어질 거야."

나는 그녀에게 미소를 지으며 생각했다. 카티야, 여길 떠나면 네가 많이 보고 싶을 거야.

내가 없을 때 무라카미 상이 타로의 사기를 북돋웠음에 틀림없다. 왜냐하면 자리에 되돌아오자 거기엔 타로 대신 돈후안으로 둔갑한 남자가 앉아 있었다. 머리에 두른 넥타이를 풀고 마른 가슴이 훤히 드러나도록 셔츠 단추를 두세 개나 열어제낀 것을 봐서, 분명히 여성의 마음을 사는 데 람보 스타일은 썩 어필하지 못한다는 무라카미 상의 경고를 진지하게 받아들인 것 같았다.

"메리, 운전해요?"

타로가 물었다.

나는 고개를 가로저었다.

"아니요. 너무 게을러서 배우지 못했어요. 아마 남은 인생도 대중교통 속에 묻혀서 지낼 거예요."

"난 지금 운전 교육을 받고 있어요."

타로가 제멋대로 말했다.

"강사가 그러는데 가르친 사람 중에 나처럼 운전에 소질이 있는 사람은 못봤대요. 2주 내로 면허증을 따야 해요. 당신이 원한다면 함께 드라이브를 즐길 수도 있어요. 나라奈良[39]는 일년 중 지금이 가장 아름다울 때죠."

"고마워요, 타로. 재미있겠어요."

내가 말했다.

나는 담배에 손을 뻗었다. 지금 중국의 날씨는 어떤지 궁금해졌다. 유지도 가죽 자켓을 가져가야 할까?

"제가 해드리지요."

타로가 지나치게 부드러운 태도로 내 담배에 불을 붙여주었다. 나는 찡그린 얼굴로 감사를 표한 후, 담배를 들이마시며 미소를 지으려고 했다. 그는 리치 알코팝lychee alcopop(역주: 알코올 함유 음료)을 삼키다가 들리지 않게 트림을 한 후 내게 질문을 했다.

"메리! 남자친구 있어요?"

"네."

나는 질문이 떨어지기가 무섭게 대답했다.

---

39. 일본 간사이 지역에 있는 현縣으로 뛰어난 고대건축과 불상이 있고, 교토 이전의 옛 수도였음

타로는 뒤통수를 맞은 듯한 억지웃음을 머금은 채 그 새로운 뉴스를 견디어 내고 있었다.

나의 악의 어린 쾌감은 곧 미안한 마음으로 바뀌었다.

"심각한 관계는 아니에요… 그냥 재미로 만나는 거죠."

타로의 미소가 그제서야 자연스럽게 풀어졌다.

"나 역시 재미보는 걸 좋아하죠… 우리 언제 함께 재미있는 시간을 가져볼까요?"

"좋아요. 물론이죠."

내가 말했다.

맙소사, 말도 안돼!… 하지만 거짓말해서 나쁠 게 뭐가 있겠는가? 난 더이상 이곳에 머무르지도 않을 텐데 말이다.

내 현기증이 시작되었을 때, 타로는 유니버셜 스튜디오 재팬[40]에 대한 이야기로 열변을 토하고 있었다. 나는 테이블을 꽉 붙잡고 증상이 가시기만을 기다렸지만, 머리가 어질어질해질 무렵 마치 보이지 않는 바이스vise(역주: 고정시키거나 조이는 공구)로 단단히 죄듯 두개골이 점점 압축되는 기분이었다. 흑점들의 눈보라가 시야를 어지럽혔다. 철부지처럼 앙앙거리는 타로의 목소리는 칠판 위로 손톱을 내리긋는 소리처럼 야만스럽게 귀에서 진동했다. 나는 그에게 닥치라고 말하고 싶었지만 터미네이터 2의 환각 상태에 빠진 듯한 그의 장황하고 지루한 수다가 잠

40. 할리우드 영화에서 탄생한 세계 최고봉의 무비 테마 파크로, 초대작 영화를 사실감 있게 재현한 흥미진진한 여러 어트랙션들과 스릴만점의 라이드, 그리고 할리우드 본고장 쇼와 엔터테인먼트 등이 설치되어 있다.

시 소강상태를 보일 때까지 기다렸다. 그러다가 마침내 양해를 구한 후 자리에서 일어서고 말았다.

나는 비틀거리며 홀을 가로질러 걸었다. 내 시야는 흔들리는 사람들의 형상과 불빛, 그리고 영상으로 가득한 주파수 못맞추는 텔레비전 같았다. 바에 있던 손님과 어깨를 심하게 부딪쳤지만 그가 누구인지 볼 기력조차 없이, 깊은 바리톤 음색으로 사과하는 그 음성만 희미하게 떠올리며 계속해서 쓰러질 듯 걸었다. 부디 기절하기 전에 목적지에 도달해야만 한다.

발 아래 바닥 표면이 카펫에서 타일로 바뀌고 그을린 피자 빵 껍데기와 한국식 피클 냄새가 났다. 깊이 홈이 파인 프라이팬 쪽으로 천천히 걸어가자 피부 위로 기름진 공기가 내려 앉았다.

나는 두 손을 앞으로 뻗은 채 슬로우 모션으로 걸으며 와타나베의 형상을 한 고요한 눈보라를 지나갔다. 내 손이 목적지인 차가운 금속 표면에 닿자 나는 더듬거리며 손잡이를 찾아 비틀어 열고 냉장고 안의 냉랭한 대기 속으로 걸어 들어갔다.

곧 문이 내 뒤에서 흔들리며 닫혔고, 나는 한 꾸러미의 피자 빵을 망가뜨리며 안도감에 털썩 주저앉았다.

나는 차고 껄끄러운 냉장고 바닥에 이마를 대는 동시에 무릎을 꿇으며 쓰러졌다. 어둠 속에 고립된 채 나만의 신전을 만들고 나자 머리를 꽉 조이고 있던 바이스도 점차 헐거워졌다.

어떤 소음도, 빛도 침투할 수 없으며, 무엇보다 샐러리맨들로부터 안전했다. 이곳에서 가뿐히 밤을 새울 수도 있을 것만 같았다. 나는 이 어지럼증의 정체를 밝히려고 애썼다. 술 때문일 리는 없었다. 이런 술고래 직업에 몇 달을 빠져 있다 보면, 그저 볼을 발갛게 만드는 데에도 자그마치 위스키 일곱 병이 필요하게 된다.

냉기가 머리를 맑게 식혀주었다. 온몸에 소름이 돋았고 어금니는 스타카토처럼 딱딱거리며 떨렸다. 뼛속까지 한기가 스며들면서 정맥에서 피가 냉각되고 있었다.

손잡이 돌리는 소리와 함께 갈라진 틈으로 미세하게 주방의 불빛이 새어 들어왔다. '나를 내버려둬'하는 내 단호한 파장에도 불구하고 틈이 더욱 크게 벌어지면서 어떤 그림자가 성큼 들어섰다. 아무 말이 없는 것으로 봐서 와타나베의 그림자가 틀림없다. 그는 문을 닫고 내 옆에 쭈그리고 앉았다. 그는 내 어깨를 건드렸고, 나는 흠칫 놀라 고개를 처들었다. 와타나베는 결코 신체적 접촉을 하는 타입이 아니었다. 나는 차가운 냉장고 바닥에 정강이를 댄 채 똑바로 앉았다.

"여기, 이것 좀 마셔요."

그가 들릴 듯 말듯 말하며 내 손에 물컵을 들려주었다. 나는 물을 한 모금, 그리고 또 한 모금 마셨다. 갈증은 안났지만 물을 마시자 신체 기능이 정상적으로 돌아오는 듯한 편안한 기분이 들었다.

"고마워."

내가 어둠 속에서 입을 열었다.

"머리가 아파서…."

"익숙해질 거예요."

그가 진지한 어조로 말했다.

나는 얼굴에 희미한 웃음을 지었다.

"이 증상이 빨리 없어졌으면 좋겠어."

와타나베는 아무 대꾸도 하지 않았고, 우리 둘 사이엔 침묵이 흘렀다. 잠시 후 그가 대뜸 말했다.

"저도 그랬죠."

그가 말을 이었다.

"그 일이 나한테 일어났을 때…"

나는 다시 웃었고, 처음은 아니지만 와타나베가 줄곧 나와 함께 있었던 것 같은 착각이 들었다.

우리는 잠시 말 없이 앉아있었다. 그러나 갑자기 대형 냉장고의 문이 확 열리더니 작은 치와와를 팔에 안은 마마상의 실루엣이 눈 앞에 나타났다. 우리는 깜짝 놀랐다.

"와타나베, 어서 나오지 못해!"

그녀가 말했다.

와타나베는 일어서서 그의 야구 모자를 방패 삼아 낯을 가리며 마마상 옆을 지나갔다.

"무슨 일이야, 메리?"

마마상이 화난 듯 물었다.

"왜 냉장고 안에 들어가 앉아있는 거야? 취했니?"

나는 휘청거리며 일어섰다.

"아니요. 어지럼증 때문에요. 잠깐 여기 앉아 있으면 나아질 거라고 생각했어요. 죄송해요."

마마상은 결코 불쾌함을 말로 표현하지 않는다. 대부분 사람들이 결정적인 순간을 위해 아껴둘 법한 가장 날카로운 눈빛으로 내 흐트러진 머리와 더러운 새틴 드레스를 쏘아보고 있었다.

"마리코는 어디 간 거야? 걔도 아프대?"

"모르겠어요. 저도 못봤어요."

내가 말했다.

마마상은 주눅들게 하는 눈초리로 야채 선반을 쏘아보았다.

"메리! 아프면 집에 가고, 일할 수 있으면 일해. 난 냉장고 안에서 밤 새는 시간까지 돈을 지불할 생각은 없어."

와타나베가 싱크대에 몸을 굽힌 채 이 모든 이야기를 듣고 있었다.

이때 스테파니가 자신의 적갈색 곱슬머리를 나풀거리며 주방으로 뛰어들어왔다.

"와타나베! 새우 오뎅과 살사 소스 얹은 나초(역주: 멕시코 요리의 일종) 한 접시!"

미국식 억양으로 외친 그녀는 주문 명세서를 끼워놓더니 강한 호기심이 어린 시선으로 우리 쪽을 슬쩍 훔쳐보았다. 나를 바라보는 마마상의 표정과 아주 흡사했다. 미스터 보잔글스는 마마상의 붉은 드레스 앞에서 조금씩 아래로 미끄러져 내려가고 있었다. 마마상은 팔을 구부려 미스터 보잔글스를 받쳐 들었다.

"지금은 괜찮아졌어요. 일할게요."

내가 말했다.

"좋아. 그럼, 9번 테이블로 가."

마마상은 홀 쪽으로 돌아서며 여전히 심술궂게 얼굴을 찡그렸다. 나중에 하나밖에 없는 아들이 일언반구 없이 일본을 떠났다는 걸 알았을 때 그녀가 과연 어떤 기분일지 궁금해졌다. 나와 함께 자취를 감추기로 한 유지의 선택은, 그 상처에 소금을 뿌리는 격이 될 것이다. 문득 그녀에게 미안한 마음이 들었다. 정말 그랬다. 하지만 그녀가 좀 더 좋은 사람이었다면 유지가 굳이 어머니에게까지 쉬쉬 하진 않았을 것이다.

타로라는 아기를 두 시간 동안이나 돌본 나는, 진이 다 빠져 무력하게 한숨을 내쉬었다. 와타나베는 싱크대에 부동 자세로 서 있었다.

"한시라도 빨리 이곳을 떠나고 싶어."

내가 말했다.

수도꼭지가 대신 대답을 분출하고 있었지만, 와타나베도 분명히 나와 같은 심정일 거라는 느낌이 들었다.

11

: 와타나베

8층짜리 통유리로 된 백화점 안 금빛 에스컬레이터가 투명한 식물 줄기의 미세한 기포 방울처럼 오르락내리락하면서 옥상 정원까지 빌딩 한가운데를 관통하며 지그재그로 나아간다. 모두가 찬미하는 이 온실 밖에는 금발과 흑발의 두 외국인 여자가 서 있다. 거무스름한 모헤어(역주: 소아시아 앙고라 염소털)로 만든 탱크 탑 섬유들이 날아 오르면서 금발 여자의 콧구멍을 간지럽힌다. 둘 사이의 호흡을 따라 정전기가 지직 소리를 낸다.

메리와 카티야는 여성 특유의 감미로운 어조로 서로를 누에고치처럼 싸맨 채 실로폰 같은 카랑카랑한 웃음을 연발 뿜어내고 있다. 메리가 신뢰와 자궁 수축을 유도하는 호르몬, 옥시토신으로 공기를 가득 채운다. 이같은 화학 탐지 신호의 1,700만 확산 작용이 일어날 때마다 나타나는 두 가지 성분이, 생물학적 기능을 순전히 교활한 목적으로만 사용하는 카티야의 코를 주름지게 만든다.

나는 백화점 맞은편, 유명 여배우가 메이블린 울트라 래쉬 마스카라에 찬사를 보내고 있는 대형 하늘빛 전광판 아래에 서 있다. 횡단보도 신호가 삑 소리를 내자 수많은 사람들의 발길이 내 쪽으로 향한다. 넥타이로 질식 위기에 처해 있는 샐러리맨들, 아직 학교에 들어가지 않은 아이의 손을 꽉 움켜잡은 엄마들, 오락실에서 내기 당구장까지 흥청망청 쏘다니는 건달들… 상아색 해골들을 조종하는 근육들과, 혈액의 메두사 촉수가 초공간을 향해 날아오르는 모든 모습은, 흡사 움직이는 인간 지도같다.

기억과 감정의 유령 같은 소용돌이 속에서 벌어지는 인간의 모든 움직임은 내게 있어 기분에 따라 스스로를 담궜다 빼내곤 하는 정신적 보물과 같은 발견물들이다. 그들은 중성 미자의 번뜩임 속에서 아주 작은 전기 매미처럼 신체의 마이크로 프로세서의 씽 소리를 내며 내 곁을 지나간다.

메리와 카티야는 한바탕 백화점 안내원의 거창한 인사를 받으며 백화점 안으로 들어가고, 나는 그들과 합류하기 위해 길을 건넌다.

2,758개의 소용돌이 모양의 지문이 그들이 지나가는 손잡이에 찍혀 있다. 나는 메리의 엄지 지문이 얼룩투성이 문의 맨 꼭대기에 찍히는 것을 바라보며, 나 또한 이 번쩍거리는 흔적에 손을 갖다대면서 문을 열고 들어간다.

빨간 유니폼을 입고 작은 공처럼 둥근 모자를 쓴 백화점 점원들이 1층 전체에 배치되어 있다. 모두가 자동 인형처럼 강박 관념에 사로잡힌 듯 진주같은 미소를 흘리며 상체를 굽혀 인사한다. 거기에 신선한 자극을 받은 메리와 카티야는 격렬한 운동이나 마리화나 같은 약물에서 촉진되는 엔돌핀의 범람을 느낀다. 그들은 실크 스카프 진열대로 나아간다. 카티야가 옆에 서 있는 자동 인형에 거부감을 느끼면서 스카프 하나를 머리에 두른다.

"바에서 이걸 뒤집어쓰고 점쟁이처럼 찻잎을 읽어주면[41] 몇 푼의 돈을 더 갈취할 수 있을거야."

메리가 깔깔대고 웃자 옆의 오피스 레이디가 흘긋 그들을 쳐다본다. 4차원 속의 나와는 달리, 그 오피스 레이디는 외국어의 파장을 모든 말의 기초를 이루는 우주의 메타언어[42]로 분해하여 해석할 수가 없다. 그들은 7.2 미터 떨어져 있는 모자 걸이대로 향하고, 나는 피라미드 형태로 쌓아올린 디아망테이[43] 머리 장식관 뒤로 미끄러지듯 나아간다. 백화점에서 사람들 눈을 피하는 건 쉬운 일이다. 눈부신 빛과 화려함 때문에 공간 감지 시신경이 주변의 움직임에 둔감해지기 때문이다.

나는 소비자들의 허영심을 부추기는 매음굴에는 거의 발을 들여놓지 않는다. 인조 섬유로 만든 메스꺼운 솜사탕 냄새와 공기 정화제 등, 처음부터 코에 와 닿는 냄새가 싫다. 나는 소비자들이 가진 권력에의 의지도 역겹고, DKNY 여름 기획전의 뒤를 쫓는 그들의 자기기만도 참아내기 어렵다. 가령 캐시미어 트윈 세트에 동경의 눈빛을 보내는 저 여자는 9천 엔의 옷이 마치 에어브러시를 뿌려 그럴듯하게 장식한 광고 캠페인처럼 자신을 돋보이게 만들 것이라 착각한다. 그리고 아연광처럼 흰 얼굴의 하얀 면장갑을 낀 저 여자는 자신의 마음에 쏙 드는 저 파란 허리 벨트가 그녀의 만성 피부질환을 꺼려하는 짝사랑 상대의 눈을 자신에게 돌릴 수 있는 매개체가 되어줄 것이라 기대한다. 그리

41. 차를 마시고 잔에 남은 찻잎 모양으로 미래를 점치는 서양 점술로, 해리포터 〈아즈카반의 죄수〉 편에 트릴로니 교수가 해리의 잔에 남은 찻잎을 보면서 불길한 예고를 하는 장면이 있다.
42. 어떤 언어를 분석 기술하는 데 사용되는 보다 고차원적인 기호체계
43. 이브닝 드레스 등에 아로새겨 넣는 번쩍번쩍한 인공 보석이나 유리 가루 등의 장식

고 면도기가 훑고 지나간 듯한 파르스름한 뺨과 썩은 동태눈알을 가진 저 남자는, 사선 스트라이프 무늬의 초록색 넥타이가 자신을 승진시켜 줄 것이라 믿는다.

그들의 근심걱정은 사소한 것이다. 가끔 나는 그들이 가장 멋진 양배추가 되기 위해 치장을 할 때, 양배추 밭 위에서 양배추들을 내려다 보는 전지전능한 허수아비가 된 기분이다. 실상에 눈 먼 그들은 한낱 양배추에 지나지 않는다.

메리와 카티야가 형광색의 탱크 탑과 군복 바지를 입은 마네킹이 전시된 숙녀복 매장으로 발길을 옮긴다. 털소매 장식 옷에 끌리고 있는 카티야는 그녀의 지배자적 취향이 스스로의 의지에서 비롯되었다고 생각한다. 그러나 나는 16세기 그녀의 혈통을 거슬러 올라가, 하인의 핏물로 목욕을 하는 우크라이나 백작부인을 볼 수 있다.

티셔츠 걸이대 사이를 거니는 메리를 보면서, 나는 애정과 두려움으로 착잡해진다. 지난 주 어느날 밤, 나는 집을 향해 조용한 주택가를 지나는 메리와 유지를 미행했다.

나는 그들의 뒤를 바짝 따라붙으며 그들이 하는 말을 훔쳐들었고, 곧 귀를 박박 문지르고 싶은 충동에 사로잡혔다.

그때 이후로 매일 밤 유지는 자신을 향한 메리의 사랑을 악취나는 거짓말 비료를 통해 더욱 비옥하게 만들고 있다. 메리의 감정적인 애착을 조장하는 그 거짓말들은 야비하고 추잡한 그의 본심과는 전혀 걸맞지 않는다. 유지가 사악한 목적을 띤 채 메리를 속이는 모습은 더 이상 지켜볼 수 없을 정도로 내겐 고역이다.

하지만 메리의 해방도 코앞에 다가왔다. 깊고 영원한 환희의 물 속으로 나를 잠기게 했던 지난 어느 날 밤, 그런 징후를 느끼지 않았던

가. 그녀는 현실이 피로해질 때마다 나를 찾는다. 우리는 어둠컴컴한 냉장고 속에서 함께 앉아있었다. 메리는 자신이 아플 뿐이라고 생각했지만, 오히려 그 반대인 첫번째 파동을 의식하지 못했을 뿐이다. 초월성을 획득하는 초기의 고통을 너무 잘 아는 나만이 그녀를 도울 수 있다.

나는 메리의 내면에서 마지막 푸닥거리가 불타오를 때 그녀의 곁을 지켜야 한다. 그래서 그녀를 이 비참하고 곰팡내 나는 인류로부터 해방시켜야만 한다.

메리와 카티야는 각양각색의 의상에 굶주린 듯 베이지색 카페트를 따라 걸음을 옮기며, 계속해서 옷 진열대로 손을 뻗쳐, 보이는 모든 것을 쓰다듬고 지나간다. 스판 청바지 신상품에 관심을 보이며, 카티야가 그 거식증으로 무력해진 다리를 옮긴다. 나의 가슴은 연민으로 숨이 막힌다.

“이거 어때?”

카티야가 묻는다.

“엉덩이 치수를 맞출 필요가 없잖아.”

메리는 주의를 기울이지 않는다.

“너도 알다시피 마리코가 안보인 지 이틀이 지났어.”

“흠…”

카티야는 계속해서 청바지 옷감을 점검하고 있다. 그녀는 극단적인 자기 중심주의 타입이라 현재 자기 앞에 놓이지 않은 사안은 곧잘 무시해버린다. 따라서 이 순간, 그녀 앞에 현존하지 않는 마리코는 그녀에겐 존재하지 않는 인물이나 다름없다. 비존재의 실체는 카티야의 관심 밖에 존재한다.

"어디로 사라진 건지 모르겠어. 후쿠오카로 돌아갔을 수도 있겠지. 하지만 옷들이 고스란히 옷장에 있더라구. 아무 말도 없이 사라질 애가 아닌데…"

"어떤 놈이랑 바람이 난 거겠지."

카티야가 대수롭지 않게 말했다.

"너, 샌드린 기억나? 걔도 고등학교 교사랑 붙어 먹었을 때 바에 나타나지 않았잖아."

"마리코는 샌드린이 아니잖아. 정말 걱정돼. 어젯밤엔 주소가 적힌 수첩이라도 찾아보려고 마리코 방을 전부 뒤집어 엎었는데, 가족 전화번호도 발견하지 못했어. 만약 누구를 만나고 있는 거라면, 최소한 옷은 가지러 들렀어야 하잖아."

"야, 메리. 걱정할 필요 없다니까. 마리코는 나타날 거라구."

하지만 메리는 근심으로 가득 찼다. 도랑에 얼굴을 처박고 누워있는 마리코의 모습이 머리 속에 칙칙한 빛깔의 선정적인 플래쉬 전구처럼 번쩍거렸다. 나는 이 미스테리를 캐보기로 마음먹었다.

나는 마리코를 탐색하기 위해 4차원 공간을 뚫고 탄환처럼 튀어 나간다. 곧 나는 무한대를 파열시키며 하늘 쪽으로 고함을 지르면서 강철과 벽돌로 된 도심지의 요새 위로 훌쩍 날아 오른다. 나의 초감각 렌즈는 좌우를 살피며 웁실론upsilon과 화이phi(역주: 상상 속에 존재하는 차원으로 위, 아래를 가리킴) 사이를 오락가락한다. 도시 경관의 구조 속에 통합된 모든 글루온gluon(역주: 쿼크quark 사이의 상호작용을 매개하는 입자)과 양전자positron(역주: 전자의 반입자反粒子)가 내 주의를 끌기 위해 떠들썩하게 비명을 지른다. 그러나 나는 언제나 사리분별력을 가지고 내가 찾고자 하는 대상으로만 모든 신경을 집중한다.

마리코는 도랑 근처 어디에서도 포착되지 않는다. 심지어 누워있지도 않았다. 그녀는 쥬소十三(역주: 오사카시 요도가와淀川 구에 속하는 지명)의 어느 한 쇼핑몰에서 2시간 14분 동안, 특수 과도를 사용하여 무를 깎아 장미를 만드는 기술을 시연하고 있는 샐러리맨을 구경하고 있었다(소매가로 1,999엔이다). 마리코는 매일 밤 이어지는 호스티스의 올빼미 생활로 인해 경미한 신경 쇠약에 시달리고 있다. 그녀는 앞으로 몇 시간 더 세일즈맨과 그 손재주, 그리고 은빛으로 번뜩이는 칼에 압도당한 채 서 있을 것이다.

메리와 카티야, 그리고 나는 백화점을 떠나 메리가 사는 시내 근방으로 가기 위해 주오선中央線[44]을 탔다. 일하러 가기까지 남은 세 시간 동안, 그들은 사케를 마시며 시간을 때울 작정으로 시내 신사神社근처에 있는 잉어 연못에 앉았다.

"이렇게 낮술을 퍼마시다니 사람들이 우리를 방탕한 여자로 보겠다."

카티야가 이죽거리며 말했다.

"마음대로 생각하라지, 뭐."

메리는 언제나 집 주변 이웃들에게 단정한 이미지를 연출하느라 신경을 썼다. 하지만 바에 출근할 시간이 닥쳐올 때면 자포자기 심정이 되어 점점 고삐가 풀어졌다. 지난 월요일 오전 11시 41분 쯤, 메리가

44. JR선은 순환선인 야마노테선과, 그 가운데를 동서로 가로지르는 주오선이 있음

빨래를 널기 위해 잠옷 바람으로 발코니에 나왔을 때, 길 건너편 죽순 노점에서 손님이 없어 심심해하던 한 늙은 남자가 우연히 메리의 모습을 포착했다. 그날 그 노인네는 자기 가게에 온 손님들에게 2층에 사는 매춘부 같은 외국 여자에 대해 험담하느라 온종일 시간가는 줄 몰랐다.

메리와 카티야는 연못가에 앉아 바지를 말아올린 후, 태양이 너울거리는 물 속으로 발을 담갔다. 오존층으로도 약화되지 않은 태양의 복사열이 메리의 어깨 위로 떨어지면서 멜라닌 세포를 짙게 물들였다. 둥근 잉어 연못은 진달래 꽃이 만발한 숲으로 둘러싸여 있었다. 몇 명의 연금 수령자 노인들이 챙 달린 넓은 햇빛 가리개 모자를 쓰고 유유히 산책을 즐기고 있었다. 그들은 보온병에서 우롱차를 따라 마시면서, 플랑크톤을 뒤쫓는 잉어 떼에 감탄하고 있었다. 만일 잉어의 실체인 지느러미와 비늘의 눈부신 축제를 보게 된다면, 아마 관절염으로 삐걱대는 무릎이 털썩 꺾이고 말 것이다. 일단 메리도 나처럼 초공간으로 날아오르는 궤도 이탈자가 되면, 우리는 이 연못에 다시 돌아와 장대하게 공중에 뜬 우주선처럼 저 아래에서 아른거리는 잉어의 빛을 지켜볼 것이다. 메리가 발가락으로 연못의 물을 튀기는 동안, 나는 진달래 숲 깊숙이 몸을 숨긴 채 내 목을 향해 맹렬하게 달겨드는 모기를 찰싹찰싹 쳐내고 있었다.

메리는 쌀과자의 칠리 향 때문에 혀 표피가 화끈거렸고, 카티야는 사케를 벌컥벌컥 들이켰다.

"메리, 너 요즘 좀 달라진 것 같아."

메리의 변화를 감지한 카티야가 불쑥 메리에게 말을 건넸다.

메리는 자기 앞에 닥친 골치 아픈 사건들을 털어놓아도 될지 갈팡질

팡하며 입술을 살짝 깨물었다.

"뭐가?"

메리가 물었다.

"좀 불안해 보여."

"봄이라서 그럴 거야."

"요즘 유지랑은 어때?"

"지난주엔 무척 바빴나봐. 거의 얼굴도 못봤어."

좋았어! 유지는 메리를 속이고 있는 게 분명해. 카티야의 생각이다. 그녀의 송장 같은 심장에 환희의 방울소리가 울려 퍼졌다.

"야마가와 상이 애들을 너무 혹사시키고 있지."

음흉한 카티야가 맞장구쳤다.

메리가 자기 팔뚝에 앉은 모기를 내려쳤다. 모기의 독이 물린 자국을 따라 서서히 침투해 들어갔다. 메리의 팔이 갈색 얼룩으로 번지면서, 모기의 호흡관이 자그마한 풀무처럼 피부를 압착하기 시작했다.

"모기한테 뜯기는 건 질색이야."

메리가 치를 떨며 말했다.

카티야는 이 화제에 대해선 그다지 할 말이 없다. 어렸을 때 플루토늄으로 오염된 토양에서 재배된 감자를 주식主食으로 먹었던 탓에, 모기조차 카티야의 피를 빨지 않았다. 메리는 사케를 한 모금 홀짝거렸다. 그녀의 간 전방엽은 아직도 지난 밤에 마신 알코올을 분해시키지 못하고 있었다.

둘 사이에 침묵이 하품을 할 무렵, 메리가 물었다.

"이 이상 뭔가가 더 있다는 느낌이 든 적 없니?"

"어디에? 잉어 연못에?"

"모든 것에."

"모든 거? 정신적인 걸 의미하는 거야? 종교처럼?"

카티야의 김빠지는 소리는 바다처럼 끝이 없다. 카티야의 비웃음을 사고 싶지 않은 메리가 대답했다.

"아, 나도 모르겠어. 아무것도 아니야."

메리는 눈을 감은 채 태양을 향해 얼굴을 들었고, 카티야는 물 속을 응시하며 물에 비친 자신의 모습과 다시 사랑을 나누기 시작했다. 마음 같아서는 당장 이 숲을 헤치고 나가, 메리에게 당신이 뭘 말하는지 나는 다 이해할 수 있다고 말하고 싶었다.

미풍이 연못 위로, 태양에 그을린 먼지들을 이끌고 지나갔다.

하지만 나는 자제심을 키워야 한다. 때가 무르익을 때까지는 묵묵히 인내하고 있으리라.

황무지같은 아르고논*Argonon* 별을 거주지로 추천할 사람은 거의 없을 것이다. 이 행성의 대기는 아연과 니켈로 응집된 구름 때문에 너무 탁해서 태양 빛조차 뚫고 들어올 수가 없다. 화창한 날조차 가시거리가 1미터에서 2미터를 넘지 못한다. 아르고논의 금속성 먼지들은 은하계에서도 악명이 높다. 그 먼지들은 별 사이 공간의 얼어붙은 암흑을 가로질러 공중을 떠돌다가 마주치는 소행성에 정착한다. 지구의 모든 먼지 중에 5퍼센트가 아르고논에서 비롯된다는 것을 알고 있는가? 그것은 우리의 선반을 서리로 덮고 굽도리널과 방사체 위를 모피처럼 덮는다. 그것은 텅 빈 교회의 다락방 서까래 사이로 광선을 따라 춤춘다.

아르고논의 사망률은 매우 높으며 거기 사는 생명체들은 보통 더럽고 야비하고 키가 작다고 알려져 있었다. 그럼에도 이 아르고논 사람들은 더 살기 좋은 행성에 사는 사람들을 수치스럽게 만들 정도로 타고난 친절함을 지녀 평판이 높았다. 비록 임상학적으로는 제정신이 아닌 사람들만이 찾아갈 법한 곳이지만, 일단 그곳에 갔던 사람들이라면 누구나 똑같이 입을 모을 것이다.

"당신이 궁지에 처했을 때, 아르고논 사람들은 자기 네번째 팔을 잘라서라도 당신을 도울 거요."

열악한 삶의 질 때문에 아르고논에서는 오랫동안 산아제한 정책이 시행되어 왔다. 그 와중에 불행하게도 여자아이와 남자아이 쌍둥이가 태어났다. 쌍둥이의 부모들은 그들의 출생을 숨기려고 애썼으나, 소문이 삽시간에 퍼져 결국 인구 억제 시행처 관리가 조사를 나왔다.

"이건 법을 심각하게 위반한 처사입니다,"

관리가 거실로 들어서며 말했다.

티타늄 돌풍이 창 유리를 세차게 강타했다. 아이의 두 엄마와 세 아빠는 고개를 떨구었다.

"그건 사고였어요."

세번째 아빠가 갑자기 소리를 높여 말했다.

"우리가 죄를 저지르고 있다는 것조차 몰랐는데 어떻게 유죄란 말입니까?"

"요즘 시대에 그걸 몰랐다고 말하는 건 말이 안돼요."

인구 억제 시행처 관리가 으르렁거리며 대꾸했다.

"생식 과정의 여덟 단계가 사전계획 없이 이루어질 수는 없지 않습니까?"

그는 유아용 침대에서 호흡 여과기를 얼굴에 덮어 쓴 채 잠들어 있는 아기들을 바라보았다.

"어쩔 수 없이 둘 다 데려가야겠습니다."

세 명의 아빠들은 절망감에 할 말을 잃었다. 첫번째 엄마가 금기야는 머리를 부여잡고 흐느껴 울기 시작했다. 두번째 엄마는 무릎을 꿇은 채 카펫을 손톱으로 움켜잡았다.

관리가 한숨을 쉬며 말했다.

"이제 그만 하세요. 한 명은 그냥 두고 가겠소."

부모들은 10스필른 동전을 꺼냈다. 한쪽 면에는 천국을 뜻하는 아르고논의 상징과, 다른 쪽 면에는 지구의 상징이 새겨져 있었다. 그들은 남자 아이에게는 솔라리스라는 이름을, 여자아이의 이름은 테레스트라로 지어주었다. 그리고 나서 그 동전을 허공 속으로 멀리 던졌다.

잠시 후, 인구 억제 시행처 관리는 솔라리스를 자신의 팔 아래에 쑤셔넣고 사라졌다. 그는 자신의 처사에 흡족해하며 사무실로 돌아와 필요한 서류를 작성했다. 그리고 나서 불법 출생자들을 보내는 곳, 즉 벌레 구멍의 소각로로 이어지는 비탈진 수로를 향해 아이를 데리고 갔다.

벌레 구멍 소각로는 교통 프로젝트의 실패로 나타난 부산물이었다. 벌레 구멍은 이웃 행성에서 온 과학자들이 레이저와 물질 처리 장치로 중성자 별의 성질을 바꾸려다가 생긴 것이었다. 본래는 우주로 통하는 지름길로 사용할 목적이었지만 계산 상 착오로 인해

진입하는 모든 우주선들이 즉시 반물질*anti-matter*로 압축되는 부작용이 나타났다. 자신들의 실수를 깨달은 과학자들은 할 수 없이 방침을 변경했으며, 그 후 벌레구멍은 더이상 교통 수단이 아닌 태양계의 쓰레기 소각장이 되었다. 이곳이 바로 아기 솔라리스가 보내질 곳이었다.

그의 여동생 테레스트라는 고향 별에서 성장했다. 정숙하고 자족하는 소녀로 자란 테레스트라는 아르고논의 시커먼 하늘과 비소가 득실대는 토양에 이르기까지 모든 것을 사랑했다. 그녀는 무거운 호흡 여과기를 마치 살의 일부인 것처럼 얼굴에 달고 사는 것을 좋아하도록 배웠다. 아르고논에서의 삶이 테레스트라가 아는 전부였기 때문에 불평불만도 있을 수 없었다.

어느 날 망간 황무지를 따라 산책을 하고 있을 때, 코발트 덩어리가 그녀의 머리 위로 떨어졌다.

"앗!"

그녀는 호흡 여과기를 쓴 채 화가 나서 소리를 질렀다. 하늘을 올려다보았으나 가시거리는 0.7미터였고, 아무것도 보이지 않았다.

"테레스트라! 난 네 오빠야."

"농담이지?"

테레스트라는 의심에 차서 물었다.

"농담이 아니란다. 난 지금 반물질이기 때문에 보이지 않는 거야."

철 가루가 함유된 뜨거운 일진 광풍이 거세게 휘몰아쳤다. 테레스트라는 짜증이 나서 머리털이 곤두섰다. 말도 안되는 농담이라고 생각했다.

"우리 오빠는 죽었어."

그녀가 냉담하게 말했다.

"그런데 당신은 멀쩡히 살아있잖아. 게다가 제정신도 아니고. 자, 이제 나를 그만 귀찮게 하고 가줘."

"난 죽지 않았어. 네가 말하는 "죽음"의 개념은 아르고논 사람들의 편견일 뿐이야."

분개한 목소리가 울려퍼졌다.

테레스트라는 농축된 먼지 구름을 통과하며 계속 걷기 시작했다. 그녀는 자신을 괴롭히는 저 자가 빨리 떠나주기만을 기다렸다.

그러나 그는 다음과 같이 간청했다.

"테레스트라, 난 네가 내 세계로 합류했으면 좋겠어, 지난 몇 주간 너를 지켜보았어. 이 금속물질들의 유해 덩어리에서 너를 구제해주고 싶단 말이야. 그들이 동전을 던졌을 때, 너는 운이 없었던 거야. 지금까지 네 현실은 지극히 미미해서 우주 속의 손톱만한 불결한 실체에 불과하다구."

테레스트라는 걸음을 멈추고 엉덩이에 손을 댄 채 말했다.

"알았어, 그러면 정확히 어떻게 나를 구제해줄 거지?"

"비탈진 수로를 뛰어 올라 벌레구멍 소각로 쪽으로 들어오면 돼."

실체없는 음성만이 그녀 쪽으로 흘러들어갔다.

테레스트라는 비웃었다.

"정말 단단히 미쳤군. 이제 내 눈 앞에서 꺼져줄래? 이 반물질 사기꾼아!"

테레스트라는 혐오감을 표시하기 위해 망간 토양을 한 움큼 퍼올려 쥐불놀이에 중독된 것처럼 팔을 빙빙 돌리고는 그 반물질을 향해 세차게 던졌다.

그 후 몇 년이 흘렀다. 솔라리스와 테레스트라는 우주를 자유롭게 돌아다니고 있었다. 그들은 소행성들을 뛰어넘고 유성우流星雨를 맞으며 두루 여행했다.

솔라리스는 테레스트라에게 말했다.

"내가 너한테 맨 처음 벌레구멍 소각로의 비탈진 수로로 뛰어들라고 말했을 때, 네가 얼마나 지독하게 법석을 떨면서 나를 모욕했는지 생각나니?"

테레스트라는 분홍빛의 매혹적인 음영을 드리우며 말했다.

"자꾸 상기시키지 마! 오빠를 힘들게 했던 거 다 알고 있다구."

솔라리스가 어깨를 으쓱해 보였다.

"난 거의 잊었는걸… 야! 저기 초신성이다! 가서 태양광선을 타고 윈드서핑을 즐겨보자구. 아르고논 사람들의 필터 밸브가 있는 마지막 별이니까."

메리 또한 테레스트라처럼 광대한 4차원의 우주여행을 할 날이 머지 않았다. 그때까지 나는 솔라리스 못지않은 인내심을 가지고 메리 옆을 꿋꿋이 지켜야 하리라.

메리와 카티야는 꿀에 파묻힌 벌처럼 나른해졌다. 오후 햇살이 그들의 소뇌를 극초단파 상태로 만들었고, 그들의 시각은 깜박깜박 명멸하고 있었다. 그들은 다리에 달라붙은 잔 모래를 털고 종아리 뒤쪽에 새겨진 모래 알갱이 자국들을 감싸며 바지를 다시 말아내렸다. 둘 다 일하러 가기 싫다고 툴툴거렸다. 둘이 함께 홀짝거린 알코올이 이화작용의 부진으로 여러 단계를 거쳐 확산되면서, 그들은 아무 생각 없이 푹 자고 싶은 마음 뿐이었다. 그들은 계속 투덜거리며 눈에 보이지 않는 미세조류와 호수의 원생동물의 점액질로 코팅된 발을 샌달 속으로 밀어넣었다.

나는 메리와 카티야가 시내 신사神社에서 역까지 이르는 조용한 주택가를 걸어내려가는 동안 일정한 간격을 두고 뒤따랐다. 논가를 날뛰며 내려오던 세 명의 유도복을 입은 남자아이들이 메리와 카티야가 옆을 지나자 사춘기적 열에 들떠 부리던 소란을 잠시 멈추었다. 그러나 내가 13.1초 후에 지나갈 땐 세 명 중에 가장 뚱뚱한 남자 아이가 나를 향해 "야아, 야아," 소리지르며 장난질을 시작하더니 가라테 손놀림으로 내 앞가슴 바로 앞까지 치고 들어왔다.

나는 이런 종류의 치 떨리는 속박으로부터 멀리 벗어날 요량으로 길쪽으로 비틀거리며 피했다. 아이들의 한바탕 웃음소리가 내 심장을 무겁게 짓눌렀다. 내 정신에서 극초음파의 원한 방사선이 날아올랐다. 나는 그 뚱뚱한 공격자에게 텔레파시 경고를 보냈다.

'그래, 웃을 수 있을 때 실컷 웃어라, 코지 수바로, 넌 그 쇄골 밑 동맥에 끼어있는 지독한 콜레스테롤 때문에 서른이 되기도 전에 가라테 손놀림조차 힘들게 될 거야.'

코지 수바로는 잠재의식의 심연 속에서 내 불길한 메시지를 접수했다. 햇살과 친구들의 웃음소리에도 불구하고 코지 수바로는 내 후퇴하는 등을 보면서 오랫동안 심하게 몸을 떨었다.

조금이라도 일하러 가는 시간을 미루려고 메리와 카티야는 역 앞 미스터 도우넛에 커피를 마시러 들른다.

나는 쇼핑상가 입구 쪽에 있는 초라한 철물점 차양 아래에서 그들이 더블 에스프레소와 아메리카노를 테이블 앞에 두고 앉아 있는 것을 지켜본다. 미스터 도우넛 안으로 비치는 늦은 오후의 빛나는 햇살이 가게에 들어서는 사람들 얼굴을 창백하게 표백시킨다. 메리가 사케로 달착지근해진 호흡 한 줄기를 커피를 향해 '후' 불자, 카페인을 함유한 열기가 표면으로 올라와 이 천사의 미풍 속에서 방향을 잡는다. 커피 한 모금이 그녀의 목구멍으로 미끄러져 내려가면서 후두를 강타하는 순간 그 주변이 꼭 조여든다. 커피가 수축과 팽창을 거듭하는 목구멍의 애무를 탐닉하면서 그녀의 편도선을 말끔히 씻어낸다. 위장으로부터 입까지 여행을 끝마친 잔잔한 가스 트림이 삐걱거리는 외부 세계로 소리없이 발산된다. 그녀의 입술은 어디에서도 찾아볼 수 없는 그 자체로 고동치는 진홍빛 우주다.

그녀 옆에는 우크라이나 불평꾼이 더블 에스프레소의 열량 때문에 초조해하고 있다. 분홍색 풍선껌 색깔의 유니폼을 입은 가게 여자가 쇠 집게로 카운터 진열대에 놓인 윤기 도는 도너츠들을 정렬한다. 그녀의 위장에는 네 가지 초콜릿 도너츠로 구성된 전분질의 볼링 공들이 가득하다. 조금 전 그녀는 더플 가방에, 오늘밤 '렙투스의 거룩한 형제들'이라는 사이비교의 아지트로 돌아가 사람들에게 나누어 줄 열네 가지 계피 향료로 만든 꽈배기를 가득 채웠다. 그녀는 고된 공중 부양과 마법 주문을 외우는 데 하루를 꼬박 바친 사람들에게 이 도너츠가 틀림없이 요긴하리라고 생각했다.

나라 전체가 퇴근을 준비하는 시간이다. 인간 조수가 시내에서 교외로 빠져나가면서 맥박 진동 수가 굼뜨게 쿵쿵 소리를 낸다. 저조한 혈당 수치와 과도한 기억 용량으로 무뎌진 두뇌는 자동 조종장치로 전환되었고, 내부의 독백은 점점 활기를 잃어간다. 아침에 산뜻했던 옷들은 이제 레이저젯 잉크로 얼룩져 있다. 집으로 향하는 기진맥진한 영혼들 속에 피로감이 만연하다. 이들은 모두 잿빛 존재들로 획일화되어 있다.

느리게 움직이는 군중 속에서 나는 한눈에 그를 알아보았다. 암페타민으로 과열된 그의 심장은 수동 착암기(역주: 바위에 구멍을 뚫는 기계)처럼 들뛰고 있으며, 모공은 땀으로 들어차 있다. 그는 자기 모습이 사람들 눈에 띄지 않길 바라지만, 어느 누구에게든 오늘 하루종일 봤던 사람들 중에 가장 시선을 사로잡는 얼굴일 것이다.

그는 쇼핑 상가의 레코드점에 들어가 재즈 부문을 쓱 훑어보고 있다. 모든 손님들의 눈이 일본의 인기 가요나 해외 음악의 편집 음반을 통과해, 얼굴 반쪽이 상처로 장식된 이 남자에게 집중되어 있다. 그 상처는 그들에게 놀람과 혐오감, 그리고 일종의 즐거움을 유발시킨다. 내가 볼 때 그 남자의 상처는 별로 얘깃거리가 되지 않는다.

4차원에서는 모든 특징이, 그것이 외부건 내부건 동일한 선상에 존재하며 얼굴 겉모습은 그 안에 있는 기관에 비해 대수롭지 않기 때문이다. 나는 그의 상처 자국보다 그의 코 연골 밀도에 더 관심이 간다.

그가 기계적으로 레코드를 훑어보며 창 밖을 내다볼 즈음 땀이 그의 값비싼 정장을 축축하게 적시고 있다. 나는 그를 전에 본 적이 있다.

그는 지난주에 그의 보스와 함께 사요나라 바를 찾았다. 야쿠자 소속인 그는 18명의 사람을 죽였고, 여러 별명을 가지고 있다. 가장 최근에 붙은 별명은 '레드 코브라'다.

그의 시신경을 하나하나 자른 후 살짝 들어올려보니 그가 넋을 놓고 바라보는 대상이 눈에 들어온다. 카티야다. 그의 정신적 재구성은 그녀를 더 높은 미적 경지로 끌어올렸다. 그녀의 칙칙했던 피부는 지금 우윳빛 유백광을 발산하고 있으며 그녀의 길고 부드러운 머리카락은 청정하고 유혹적인 속삭임으로 다가온다. 카티야가 에스프레소를 홀짝거릴 때, 그의 목구멍은 형용할 수 없는 욕망으로 바짝 타들어간다.

석양이 시내의 싸구려 소매점들 위로 내려앉을 무렵, 메리와 카티야는 미스터 도너츠를 떠나고, 레드 코브라는 레코드점 창문에서 떨어져 발걸음을 옮긴다. 상처가 너무 눈길을 끌기 때문에 그가 카티야를 더 이상 뒤쫓는 건 무리다. 메리와 카티야는 기차 역으로 향했다.

붐비던 통근자들의 거리가 점차 한산해지기 시작한다. 메리와 카티야가 티켓을 사들고 회전식 개찰구로 향할 때, 나는 재활용 쓰레기통 뒤에서 살금살금 빠져나온다. 나는 그들의 골수가 재생되고 림프세포가 림프관을 통해 용솟음치는 것을 관찰한다. 그들의 사고 근저로 접근하니, 메리는 기차 안에서 눈을 붙이고 싶어하고 카티야는 무언가를 기억해내려고 애쓰고 있다. 잃어버린 기억은 카티야의 잠재의식의 벽을 계속 들이받다가 점점 더 가까이 접근해 마침내 정신의 최전선과 충돌한다. 바로 그 순간 카티야가 180도 몸을 돌린 후 외마디 소리를 질렀다.

"쇼핑한 물건들을 미스터 도너츠에 두고 왔어!"

나는 그 자리에 얼어붙었다. 눈은 움직이는 물체를 향하는 법이다.

"잠깐만 기다려!"

카티야가 메리에게 명령조로 얘기했다.

"금방 갖다올게."

나는 침착하게 재활용 휴지통 뒤로 다시 살금살금 몸을 숨겼다. 메리는 쯧쯧 혀를 차듯 고개를 설레설레 흔들면서 카티야가 출구로 달려가는 것을 지켜보다가, 커다란 검도 막대기를 들고 잘난 척하며 옆을 지나가는 어린 소년을 보더니 그 귀염성과 진지함이 재미있다는 듯 미소를 짓는다. 그리고 나서 갑자기 그녀가 말한다.

"와타나베?"

콘크리트 바닥과 포스터가 붙여진 벽이 빙빙 돌더니 시야가 뻥 뚫리면서 그 가운데에 메리가 우뚝 서 있다. 메리는 의문에 찬 표정으로 나를 향해 걸어왔다.

"와타나베! 여기서 뭐하니?"

물론 당신의 보디가드로 여기 있지요. 당신을 보호하고 4차원 세계로의 진입을 돕기 위해…

"괜찮은 거야?"

그녀가 마음을 녹이는 다정한 미소를 담고 물었다.

나는 야구 모자 챙으로 얼굴을 가려 부끄러움의 흰 열기가 그녀에게 닿지 않게 했다. 나는 괜찮다고, 그녀의 걱정은 앞으로 남은 인류를 위해 아껴두라고 말하고 싶었지만, 내 입에선 단 한 마디도 나오지 않았다.

12

: 사토

아침 10시 15분에 초인종이 울렸다. 나는 다나카 부인일 것이라 생각했다. 대나무 숲에서 밤을 보내고 새벽녘에 집으로 돌아온 나를 본 이래로, 그녀는 계속 내게서 눈을 떼지 않고 있었다. 또 내 비정상적인 행동을 영양 부족 탓으로 돌리며, 종종 저녁이 되면 건강에 좋은 쇠고기와 야채 스튜 요리를 가져다 주었다. 나는 다나카 부인에게 혼자서도 충분히 음식을 해먹을 수 있다고 말했지만, 그녀는 어이없다는 듯 웃으며 밥과 된장찌개가 전부인 식단으로는 결코 뼈에 살 붙을 일이 없을 거라고 응수했다.

나는 커다란 빨간 오븐 장갑으로 김이 모락모락 피어오르는 찜 냄비 그릇을 받치고 서 있을 다나카 부인을 머릿속에 그리며 현관 문을 열었다. 그러나 거기에는 구식 골덴 정장을 입은 내 또래 신사 한 명이 서 있었다. 그의 대머리는 오늘 아침 집을 떠나기 전에 글리세린으로 정성스럽게 마사지한 것처럼 햇빛 아래 반짝반짝 빛났다.(농담할 처지는 아니지만, 내가 아는 한 내 숱 없는 머리도 꼭 저만큼 빛날 수 있을 것이다!) 또 첫눈에 코믹 변장으로 오해할 만큼 엄청나게 덥수룩한 수염이 얼굴을 덮고 있었다.

"무슨 일이십니까?"

내가 물었다.

행색이 너무 초라해 창문 청소 서비스 용역업체같은 곳에서 나온 사람처럼 보였다.

"사토 씨?"

그 남자가 입을 떼며 말했다.

"목요일 밤에 통화했던 사람입니다. 전 쓰이타 고등학교에서 음악을 가르치는 오니시라고 합니다. 첼로를 기증하신다고 해서 왔습니다. 쓰이타 고등학교의 교사와 학생들을 대신해 감사드립니다, 사토 씨."

오니시 씨는 환하게 미소를 지으며 빠르게 두 차례 고개를 숙였다.

그와 했던 약속이 이제야 떠올랐다. 지금은 토요일 아침 10시, 어떻게 이 약속이 기억에서 스르르 빠져나간 걸까? 당황한 나는 애써 미소를 지으며 고개를 숙였다.

"사토 씨 덕분에 이제 형편이 어려운 학생들이 첼로 수업을 받을 수 있게 되었습니다. 감사의 표시로 다음주 수요일에 있을 쓰이타 고등학교 금관 악기부 콘서트에 당신을 명예손님으로 초대하고 싶습니다."

오니시 씨는 내 입에서 기증의 말이 나오길 기대하며 미소와 함께 또 한 차례 고개를 숙였다. 위층으로 올라가 첼로를 보여주기 전에 차 한잔이라도 대접하는 게 도리일 듯싶었다.

그러나 그때 매우 이상한 상황이 벌어졌다. 내 셔츠와 카디건 밑으로 갑자기 끈적끈적한 땀이 배여나오면서 몸이 돌처럼 굳어버린 것이다.

시간이 지체되자 오니시 씨의 빼드렁니 웃음이 활기를 잃기 시작했다.

"강요하거나 폐를 끼칠 생각은 없습니다. 원하신다면 좀더 편한 시간에 찾아 뵐까요?"

그의 바다코끼리 같은 수염이 말할 때마다 실룩거렸다. 나는 그렇게 북슬대는 수염을 손질해본 적이 없었기 때문에 밥 먹을 때 저 수염이 방해가 되지 않을까 궁금했다. 또 저 거친 털 속에 파묻힌 부스럼 딱지 같은 걸 떼려면 특수 빗이 필요할지 모른다는 생각이 들었다.

오니시 씨의 음성에 어느덧 불편한 기색이 어렸다. 그 다음 내 입에서 나온 말은 도무지 나로서도 왜 그랬는지 알 수 없는 소리였다. 몇 시간 후면 나는 내가 저지른 이 무례한 행동에 대해 얼굴이 화끈거릴 정도로 수치심을 느낄 것이다.

나는 목청을 가다듬었다.

"오니시 씨, 유감스럽지만 이미 그 첼로를 다른 곳에 기증했습니다. 근래에 제 건망증이 심해져서 완전히 잊고 있었어요. 이렇게 시간을 뺏어 정말 죄송합니다."

이토록 손쉽고 당당하게 거짓말을 하는 스스로가 놀라웠다. 이런 뻔뻔스러움은 어디에서 나온 것일까? 틀림없이 억압당했던 마음의 편향일 것이다.

갑작스런 비보를 접한 오니시 씨는 관대함의 극치를 보여주었다.

"아, 그렇습니까? 괜찮습니다. 우리는 모두 실수를 하죠. 좋은 곳에 기증하셨으면 그걸로 된 거죠."

그는 자기 손목시계를 힐끗 보더니 금관 악기부 연습 시간에 맞춰 돌아가야 한다면서, 내가 수요일 콘서트에 참석하는 건 여전히 대환영이며 내 이름도 손님 명부에 그대로 기재되어 있을 거라고 덧붙였다. 그리고 나서 좋은 하루가 되라고 인사한 후 발길을 돌렸다. 비록 유행에 한참 뒤쳐진 골덴 정장에 수염은 헝클어져 있었지만, 나는 우리 둘

중 누가 더 작은 사람인지 알 수 있을 것 같았다.

그가 돌아간 뒤 나는 빈 방으로 올라가 첼로 앞에 섰다. 머리 장식 부분과 줄 감개 위에 먼지가 소복하게 쌓여 있었다.

나는 바지 주머니에서 손수건을 꺼내 그것을 닦기 시작했다. 선행을 이행하지 않은 게 죄가 된다는 말이 사실일까? 만약 그렇다면 내 죄는 두 배로 불어난 셈이다. 바로 현관 앞에서 내게 주어진 선행의 기회조차 밀어냈기 때문이다.

무엇이 나를 거짓말하도록 내몰았던 걸까? 내 거짓말은 고등학교 학생들이 첼로를 배울 기회를 빼앗아 버렸다.

'무엇보다 나를 가장 화나게 만든 건, 그 첼로를 기증하는 거야말로 당신이 가장 원했을 일이라는 점이었소. 내 당신과 약속하는데 그 첼로를, 내 첫 기회였던 쓰이타 고등학교에 가져가리다. 오니시 씨 앞으로 쪽지와 함께 첼로를 남기겠소. 그 첼로가 더이상 빈 방에서 무용지물처럼 방치되는 일은 없게 말이오.'

II

안타깝게도 지금까지 3주 동안이나 사무실에 일손이 부족했다. 처리해야 할 끊임없는 서류들이 북극 탐험가들이 겪는 설맹雪盲처럼 우리를 막막하게 했다.

마쓰야마 상은 마법에 걸린 미결서류함을 운운하기 시작했다. 정리를 완료했다고 생각한 순간 불가사의하게도 서류함이 저절로 다시 찬다는 것이다. 모두 이 말을 듣고 실컷 웃긴 했지만, 계속되는 다카하라 상의 부재로 걱정은 좀처럼 사그라들지 않았다. 오전 나절에 나는 적절한 대책을 논의하기 위해 무라카미 상무의 집무실을 방문했다.

무라카미 상은 마호가니 테이블 앞에 앉아 나를 튼튼한 윙백 의자에 앉힌 뒤, 인터폰으로 비서에게 커피를 가져오라고 지시했다. 구름 한 점 없이 새파란 하늘이 펼쳐진 아침이었다. 그의 넓은 어깨 뒤로 금속의 마천루들이 햇빛을 받으며 찬란히 빛나고 있었다.

내가 걱정거리를 말하자 무라카미 상은 눈을 지그시 감고 턱에 손을 괸 채 사뭇 심사숙고하는 모습을 보이다가 잠시 후 눈을 떴다.

"자네처럼 이해심 많은 동료를 둔 다카하라 상은 정말 운 좋은 친구야. 하지만 자넨 다카하라 상이 자취를 감추었다고는 생각해본 적 없나? 본래 스트레스가 심한 자리에다가 하와이는 외로운 비즈니스맨들에게 유혹이 많은 곳이지."

무라카미 상이 혼자 미소를 지으며 말했다. 아마도 어떤 개인적인 추억 때문이리라.

"하지만 실종 신고를 내기 전에 한 주 더 기다려보세. 틀림없이 연락이 올 테니까. 더이상 다이와에서는 미래를 기약할 수 없다고 언질을 주어야겠지만 말이야."

'세상에, 지금 무슨 말을 들었는지 당신은 믿어지오? 상무라는 사람이 실종된 직원 문제를 놓고 어떻게 저런 경솔한 말을 앞세울 수 있는지…?'

무라카미 상이 커피 잔을 들어올리며 피어오르는 김 속에서 미소지었다. 그의 눈꺼풀은 촉촉했고 분홍빛이었다. 솔직히 말하면 약간의 눈화장을 한 것 같았다. 커피가 절절 끓고 있는데도 무라카미 상은 그걸 한 입에 쭉 들이켰다. 그가 컵을 받침대에 내려놓았을 때, 그의 커피가 반이나 없어져 있었다.

"저, 상무님. 다카하라 대리를 알고 지낸 지 여덟 달 밖에 되지 않았지만 항상 그의 곧은 성품에 깊이 탄복했습니다. 말 한마디 없이 사라질 사람은 아닙니다. 우리 사무실 사람들은 그가 잘 있다는 것만 알아도 안심이 될 거예요."

내가 말했다.

무라카미 상은 가죽 의자에 앉은 채 상체를 젖혔다.

"물론 그렇겠지, 내가 오후에 직접 경찰서에 연락을 하겠네. 아마도 호놀룰루의 경찰과 연계를 할 거야. 당분간 다카하라 자리를 대신할 사람을 보내줄 테니 염려 말게."

"감사합니다. 이만 일어나도 괜찮다면, 오후 임원 회의를 준비하러 나가 보겠습니다."

무라카미 상이 방향을 선회한 것을 기뻐하며 내가 말했다.

나는 업무에 폐를 끼쳐서 죄송하다는 말과 함께 목례를 했다. 무라카미 상은 미소를 지으며 나를 문 앞까지 배웅했다.

금융부로 돌아온 나는 직원들에게 무라카미 상이 다카하라의 업무를 대신할 사람을 보낼 것이라고 알렸다. 이 소식을 듣자 여기저기 안도의 한숨이 터져나왔고, 타로는 일어나서 만세를 부르며 승리의 댄스를 추었다. 난 이 소식이 왜 타로에게 중요한지 알 수가 없었다. 일손이 부족해서 모두들 목이 끊어진 닭처럼 동분서주할 때 타로는 빈둥거리는 자세로 일관하지 않았던가. 누구든 오늘 아침 타로에게서 풍기는 고약한 냄새를 맡았다면, 아마 스무 걸음 밖으로 나가떨어졌을 것이다. 그가 간밤에 위스키 술통에서 개 헤엄을 쳤고 거대한 재떨이 속에서 잠을 잤을 것이라는 데에 한치의 의심도 품지 않았으리라.

결국 나는 공중 보건과 안전을 위해 사물함에서 깔끔한 면 와이셔츠를 꺼내 녀석에게 건네주며, 당장 세면실로 가서 페놀 비누로 속속들이 닦기 전에는 사무실 근처에 얼씬도 말라고 못박아 놓았다. 정오쯤에 미쓰비시 공장에서 손님이 오기로 되어 있었기 때문에 사무실에서 양조장 냄새를 풍길 수는 없었다.

나는 타로가 빈둥거리면서 하타 양에게, 전날 밤 무라카미 상과 함께 나갔다고 하는 말을 얼핏 들었다. 그것은 달리 말해, 무라카미 상이 타로에게 밤늦도록 흥청대며 즐기는 방식을 전수해주고 있다는 소리였다. 무라카미 상은 신입 사원을 탈선으로 이끌기 전에 최소한 그것이 사무실 업무에 얼마나 지장을 초래하는지를 알아야 했다.

일이 끝나려면 아직 멀었지만, 저녁 8시 경 회사를 나왔다. 내 의지가 아니라 이케다 의사의 제안이었다.

최근 진료에서 그는 하루 업무를 8시까지로 제한하라고 따끔하게 충고했다. 지금이 일년 중 가장 중요한 시기라고 역설하자, 그는 내 말을 자르며 일 중독에서 벗어나기 위해서라도 업무량을 줄이고 삶에서 가치있는 것들을 발견해야 한다고 주장했다. 그 말은 나를 당혹스럽게 했다.

"중독이란 말은 그렇게 가볍게 사용할 말이 아닌 것 같은데요."

내가 말했다. 무슨 권리로 유흥가의 뒷골목을 배회하는 알콜 중독자들과 불법적인 마리화나 중독자들을 나와 동일시한다는 말인가?

회사 생리를 잘 모르는 이케다 의사의 관점에서 볼 때, 하루 열 시간 업무는 절충선을 넘은 것으로 보일 수 있었다. 또 가벼운 모멸감을 느끼게 하는 이런 대화 방식도 의사 일을 하다보니 자연스럽게 밴 습관인 것 같았다.

나는 어제 그와 함께 두번째 최면 요법을 가졌다. 그리고 또다시 그는 나를 '무의식 상태'로 보내는 데 실패했다. 그는 최면 요법을 실시했던 사람들 중에 나처럼 저항심 강한 사람은 처음 봤다고 투덜거렸다. 비록 말투는 불만 조였지만 왠지 위압당한 낌새를 눈치챌 수 있었다. 틀림없이 그가 진료했던 수천 명의 환자들은 수십 년에 걸쳐 그가 밑줄 그어가며 공부했던 진부한 책 내용으로부터 벗어나지 않았을 텐데 하는 생각이 들자 내심 쾌감까지 느껴졌다.

대나무 숲을 거닐던 밤, 어떻게든 의사의 도움을 받으리라 스스로 약속했지만, 심한 정신적 반동이 의사의 노력마저 방해하고 나설 때, 내가 할 수 있는 일은 과연 뭐란 말인가?

III

지금은 새벽 4시, 낯선 하루가 또다시 불면의 밤으로부터 새어나온다.

'당신과 얘기를 나눌 수 있는 용기를 불러 모으며 줄곧 몇 시간 동안 앉아 있었소.'

내 피곤한 눈길이 벽 위에서 춤추는 상상의 그림자를 지켜보며 어둠 속을 파고들었다. 골백 번을 되새겨봐도 오직 하나의 의미로만 축약되는 마리코의 이야기를 끊임없이 재생시키느라 두뇌가 완전히 소진되었다.

'여보, 모든 걸 유보하고 당신에게 판단을 위임하리다.'

무라카미 상은 약속대로 다카하라의 자리를 임시로 메울 야마모토 양을 보내왔고, 그녀는 정각 8시에 나를 찾아와 보고했다.

짧은 커트 머리의 야마모토 양은 명랑한 웃음을 잃지 않으며 열정과 관록으로 일에 임했다. 처음으로 나는 무라카미 상의 선택에 만족했다. 업무에 대해서는 진지하고 노련하면서도 마음을 편하게 해주는 경쾌함을 동시에 지닌 야마모토 양은 녹슨 금융부에 기름 같은 존재가 되어주고 있었다. 그녀는 배드민턴 채 두 개를 가져와서 점심시간 때 사무실 주차장에서 한 게임 하자며 타로를 불러냈다. 나는 컵라면을 먹으며 창문 너머로 그들이 앞뒤로 깃털 공을 주고받는 모습을 지켜보았다. 타로는 괴로운 듯 쉴새없이 숨을 헐떡거렸다.

점심식사 후 무라카미 상은 야마모토 양이 일을 잘하고 있나 살펴보려고 잠시 들렀다. 그는 다카하라 상의 실종을 간사이 경찰서에 알렸다고 말했다. 이제 다카하라를 찾았다는 연락이 올 때까지는 기다리는 수밖에 없었다.

만족할 만한 진전이 있는 하루였다. 그래서 나는 다섯 시 땡 소리와 함께 모두들 한두 명씩 사무실을 빠져나가기 시작했을 때조차 그다지 신경에 거슬리지 않았다.

첫번째로 나간 사람은 물론 타로였다. 그는 마치 하루종일 감금되어 있다가 광장으로 뛰쳐나가는 강아지처럼 필사적으로 문을 향해 달려갔다. 그 다음은, 화요일 저녁에 부인이 도자기 강습을 나가 자기가 아이들을 돌봐야 한다며 마쓰야마 상이 자리를 떠났다. 하타 양은 휴대폰에 대고 깔깔 웃으면서 6시 쯤에 나갔다. 그리고 우리의 새 식구, 야마모토 양은 재택 근무마저 불사하기 위해 파일을 한아름 안고 30분 후에 떠났다. 참으로 성실한 아가씨였다. 다카하라가 돌아오면, 그녀를 타로 자리에 앉히면 좋겠다는 생각마저 들었다.

8시가 되자 다이와 트레이딩 건물은 조용해졌다. 계단에서 울려퍼지는 발자국 소리와 "수고하셨습니다," 라고 외치는 목소리들이 점점 희미해지더니 모두 자취를 감추었다. 청소부들도 복도 걸레질을 마치고 집으로 돌아갔다. 나는 사무실 컴퓨터의 윙윙거리는 소리와 함께 완전히 혼자가 되었다.

나는 이 평화와 고요를 이용해 회계 장부를 뒤적이기 시작했다. 그러는 사이에 배가 고파와 홀 아래에 있는 자동 판매기에서 스낵거리를 살까 생각했다. 그러나 한 프로젝트에서 오류가 발견되어 조금 더 시간을 투자했다. 그리고 나서 이케다 의사와 약속했던 열 시간의 절충안을 심각하게 위반했다는 사실을 깨달았다. 그러나 이렇게 혼자 남아 일하고 있으니 반항아가 된 짜릿한 기분도 들었고, 내 사무실이 어두운 빌딩에서 유일하게 빛을 발하고 있을 것을 생각하니 특별한 만족감이 밀려왔다.

코가 닿을 정도로 회계 장부를 들여다보고 있을 때였다. 어디선가 기침 소리가 들려왔다.

또렷한 여자의 음색이었으며 내 주위를 끌기 위해 음량을 교묘히 조절한 느낌마저 들었다. 어떤 발자국 소리도 없었기에 나는 아무 생각 없이 문 쪽을 바라보았다.

첫눈에 심장이 멎었다.

'깅엄 손수건에 싼 도시락 통을 들고 저기 서 있는 당신을 보는 순간, 나도 모르게 당신 이름이 내 입에서 흘러나왔다오.'

"사토 씨?"

'그리고 나서 내 환영은 부서졌소. 당신이 아닌 호스티스 마리코

였다니…'

나는 차동장치처럼 의자에서 벌떡 일어났다.

"사토 씨, 저는…"

"여기서 지금 뭘 하는 거요?"

내 목소리가 분노로 떨렸다.

마리코가 한 걸음 물러섰다.

'사실 그렇게 격분했던 건 그녀를 당신이라고 착각했기 때문이오.'

그 상황이 결코 마리코가 연출한 속임수가 아니었음에도 불구하고 나는 마치 그런 것처럼 반응했다.

마리코는 머리를 떨구며 말했다.

"놀라게 해서 죄송해요. 여기서 나가야할 것 같네요."

그러나 그녀는 말만 그럴 뿐 나갈 생각이 없어 보였다. 이렇게 말없이 찾아오다니 최대한 좋게 말해 뻔뻔스러웠다. 나는 지난주에 왔던 그녀의 전화를 떠올렸고, 수화기를 뚫고 나를 불쾌감으로 채웠던 마지막 말이 또다시 생각나 언짢아졌다.

마리코는 색깔 옅은 파란색 주름 스커트와 노란색 스웨터를 입고 있었다. 그녀는 도시락 통이 마치 옷을 더럽히기라도 할까봐 두 손을 모아 약간 바깥 쪽으로 들고 서 있었다. 머리는 뒤로 묶었고 발에는 빨간색 버클 구두가 빛나고 있었다. 이렇게 악의 없는 모습의 어린 아가씨가 어째서 이렇게 큰 분노를 일으키고 있단 말인가?

"여기서 뭘 하는 겁니까?"

이번엔 내 목소리도 그다지 떨리지 않았다. 거의 숨죽인 듯한 음성이었다.

"오늘 오후에 당신께 드리려고 도시락을 만들었어요. 호스티스 바로 가기 전에 전해 드리고 싶어서요. 여기 다섯 시에 도착해서 건물 건너편 공원 벤치에 앉아 당신이 나오기만을 기다렸죠. 일곱 시가 되어도 안나오시더라구요. 그땐 이미 일하러 가기엔 늦어버렸죠. 계속해서 5분만 더 기다리면 나오실거라고 생각했어요. 속으로 계속 생각했죠. 5분만 더 기다리자. 5분만 더."

"왜 내 도시락을 만들었습니까?"

나는 의심에 차서 물었다.

"일어났을 때 그냥 그러고 싶었어요."

마리코는 왜 하늘이 파란색이냐고 물은 것처럼 매우 간단한 사실인양 대답했다. 그녀는 깅엄 박스를 든 손을 내밀었다.

"밥에다 연어와 우메보시(역주: 일본 전통 음식으로 매실을 소금에 절여서 만든 장아찌)를 곁들여 싸왔어요."

그녀는 초조한 얼굴이 됐다. 목소리도 점점 작아졌다. 당연히 그래야 했다. 나는 사기꾼 건설업자와 보험 영업사원을 대하면서 갈고닦은 무표정을 연출했다. 사실 네 시간은 누군가를 기다리며 앉아있기엔 너무 긴 시간이다.

혹시 마리코가 나에게 어떤 비현실적인 로맨틱한 연정을 품고 있는 건 아닐까 하는 의구심이 들었지만, 즉시 터무니없는 추측이라고 일축했다. 한창 싱싱한 개화기에 있는 장미가 나처럼 무뚝뚝하고 늙은 샐러리맨에게 무얼 기대한단 말인가? 마리코는 내 냉담한 태도에 눈을 내리깐 채 입술을 깨물었다.

"마리코, 지난주 회사로 전화했을 때 정말 불쾌했습니다. 이 부분은 확실히 해둬야 한다고 생각해요. 그리고 이렇게 개인적으로 찾아오기까지 하니 더욱 기분이 언짢습니다. 당신이 여기 있는 건 매우 부적절한 일이에요."

내가 말했다.

"여기 들어오기 전에 사람들이 거의 퇴근한 걸 확인했어요. 경비 아저씨가 담배 피우러 간 틈을 타서 몰래 들어왔어요. 그리고 어둠 속에서 당신 사무실을 찾아온 거예요. 혹시 다른 사람이 있을까 문도 두드리지 않았구요."

마리코의 눈이 애원하듯 커졌다. 그러나 그렇다고 내 불편한 마음이 사그라드는 건 아니었다.

"아무도 없을 때 여기 있다는 게 훨씬 더 부적절한 겁니다."

나는 단호하게 말했다.

"지난주 전화드린 후에, 사요나라 바에 한 번 정도는 들러주실 줄 알았어요. 매일 밤 밖을 내다보며 당신을 기다렸어요. 끝내 오지 않으셔서 직접 찾아뵙는 수밖에 없겠구나 생각했죠."

"무슨 말을 하든 내겐 들을 생각이 없습니다."

'당신도 잘 알다시피 이 말은 전적으로 사실이 아니지. 더구나 처음으로 혼자 호스티스 바를 찾아갔던 그 혼란스럽던 밤에도, 다시 그녀의 이야기를 듣기 위해 집으로 가던 발길을 돌릴 뻔하기까지 했잖소.'

그녀가 울기 시작했다. 나는 떠나달라고 요구할 참이었다. 하염없이 흘러내리는 눈물이 그녀의 눈가를 촉촉하게 적셨다.

"제발…"

그녀가 목 멘 소리로 간청했다.

그 눈물을 보자 내 마음이 약해졌다. 돌발적인 분출에 대응할 준비가 안된 나는 잠시 주춤했다.

"음… 마리코… 이러지 말아요. 제발 그쳐요."

이번엔 내가 애원했다.

"처음 뵌 그날 밤부터 매일 당신 꿈을 꾸었어요."

그녀가 말했다. 마치 유행가 가사를 암송하는 것처럼 들렸다. 나는 이건 아니라는 생각에 고개를 세차게 흔들었다.

"꿈속에서 아득하게 펼쳐진 하얀 백사장을 따라 걷고 있었어요. 그런데 갑자기 누군가 당신을 칼로 찔러서, 당신이 비명을 지르며 쓰러졌어요. 저는 하얗게 질렸죠. 당신은 죽어가고 있는 것 같았어요. 저는 당신을 일으키려고 했지만, 당신은 너무 고통스러워했어요. 저는 구급차를 부르기 위해 해변 아래에 있는 우리 오두막 쪽으로 막 뛰어갔어요."

나는 얼굴에서 핏기가 싹 가시는 것을 느꼈다. 필경 우연이리라. 그래야만 한다.

"꿈에서 깼을 때, 저는 울고 있었죠."

그녀가 말했다.

"터무니없는 꿈이에요."

나는 환풍기에서 스며나오는 듯한 아득한 목소리로 말했다.

"내가 미쳐가고 있는 기분이에요. 낯선 사람일 뿐인데 왜 끊임없이 당신 생각이 머리에서 떠나지 않는지…"

나는 현기증이 났다.

'해변 아래로 구급차를 부르러 뛰어갔던 건 바로 당신이었잖소.

심지어 마리코는 그 무렵엔 태어나지도 않았었어. 어째서 마리코가 그런 꿈을 꾼 걸까? 이건 그저 우연일 뿐이겠지.'

"마리코, 그 꿈을 매일 밤 꾸었나요?"

내가 물었다.

마리코가 고개를 끄덕였다.

"도무지 일어날 수 없는 일이에요. 누가 당신에게 내가 오키나와에서 신장결석을 앓았다고 말한 적이 있습니까?"

화를 내거나 비난하는 투가 아니었는데도 마리코는 슬픔으로 제정신이 아닌 듯 풀썩 무릎을 꿇으며 바닥으로 쓰러졌다. 동시에 깅엄 박스가 손에서 떨어지면서 바닥에서 한번 튀어오른 후 하타 양의 책상 밑으로 미끄러져 들어갔다.

그녀는 손으로 얼굴을 감싼 채 흐느꼈다.

"전 당신의 신장결석에 대해선 아는 바가 없어요. 오키나와에 대해서도 아는 게 없다구요. 제가 아는 건, 그 꿈이 전부예요. 더이상 그런 꿈은 꾸고 싶지 않아요. 정말 싫다구요. 매일 밤 잠들 때마다 이 악몽이 하루 빨리 끝나길 기도하고 있어요."

흐느낌이 계속되었다. 이 가엾은 아가씨는 어찌할 바를 모르고 있었다. 나는 그녀를 위로하기 위해 몸을 약간 숙였다. 그러나 내 손은 그 어깨 주위를 어색하게 맴돌 뿐이었다.

"병원에 가봐야 할 것 같아요."

나는 아무 위로도 되지 못하는 말을 중얼거렸다.

"그렇다고 제가 당신을 싫어하는 건 아니에요."

그녀가 말했다.

복도에 접해있는 문이 우리 목소리에 항의라도 하듯 쾅 닫혔다. 우리는 깜짝 놀랐다.

마리코가 목소리를 낮춰 계속 말했다.

"잠이 들면 가끔씩 한 여인이 나타나요. 침대 곁에 앉아 제 머리카락을 쓰다듬죠."

마리코는 내가 그 이미지를 상상할 수 있도록 잠시 말을 멈추었다. 그녀는 한 줄기 연기 같은 목소리로 말을 이었다.

"제 머리카락을 쓰다듬으면서 모든 게 잘될 거라고, 그리고 자기가 저를 돌봐줄 거라고 속삭였어요. 내가 외롭고 혼자라는 걸 다 안다면서 이 나쁜 상황이 그리 오래 가지 않을 거라고 말했어요. 자기가 저를 안전하게 지켜줄 거라구요."

"그 여인은 어떻게 생겼습니까?"

내가 물었다.

마리코의 얼굴에서 흥건한 눈물 자국이 사라졌다. 그녀는 이마에 흐트러진 머리카락 한 올을 쓸어올리며 눈도 깜박이지 않고 나를 바라보았다.

"저랑 많이 닮았어요."

마리코가 말했다.

"이름은 레이코라고 했어요."

이런 말들이 오고 간 후, 우리는 더이상 그 기묘한 꿈에 대해 언급하지 않았다.

나는 마리코가 택시를 타고 떠나는 걸 지켜본 다음 집으로 가는 기차에 몸을 실었다. 그녀의 말들이 좀처럼 머리에서 떠나질 않았다.

'여보, 마리코의 입에서 당신 이름이 나왔을 때, 마치 폭풍의 한 가운데 있는 것처럼 순식간에 사무실이 형언할 수 없는 고요 속에 잠겨버렸소. 도대체 그녀가 어떻게 당신 이름을 알게 된 거지?'

수수께끼 같은 마리코의 꿈 때문에 혼란스러웠다. 어려운 퍼즐의 단서를 찾듯 숨은 의미를 캐내려고 머리를 쥐어짜는 동안, 그녀의 말들이 계속해서 메아리쳤다.

어쩌면 마리코가 거짓말을 하고 있는지도 모른다. 아니면 교묘하게 짠 계략일 수도 있다. 하지만 나는 잘 속는 사람은 아니었다. 오늘밤 마리코의 모습에선 어떤 음흉한 기미도 찾아볼 수 없었다. 그녀가 좀 더 침착함을 되찾을 내일, 우리는 다시 만나 이야기하기로 했다. 그녀가 나를 기다렸던 같은 나무 벤치 6시 정각에 만나기로 약속했다.

IV

출근 후 아침 내내, 전날 밤 생각이 머리에서 떠나지 않았다. 집중력이 뚝 떨어져 창밖을 멍하니 쳐다보기 일쑤였다. 회사 건물로부터 약 5백 미터 떨어진 거리에서 또 하나의 고층빌딩이 올라가고 있었고, 내 시선은 30층으로 콘크리트를 끌어올리고 있는 황색 기중기에 고정되어 있었다. 다행스럽게도 그런 무거운 기분은 오래 지속되지 않았다.

일이 쌓여 있어 곧 업무에 빠져들었기 때문이다.

야마모토 양은 자기가 사무실의 진정한 스타라는 것을 입증하고 있었다. 밤 사이 그녀는 집으로 가져간 파일에서 3만 엔 이상의 월별 배당 금액 오차를 발견해냈다. 만일 야마모토 양의 날카로운 검토가 없었다면, 금융부는 돌아오는 7월 난감한 곤경에 빠졌을 것이다. 내가 이 사실을 알리자 누구도 총대를 메려들지 않았다. 나는 회계 업무에 더 세심한 주의를 기울여야겠다고 다짐했다.

5시 45분 쯤 불안감이 더해갔다. 6시 3분 전, 나는 서류 가방과 코트를 들고 마쓰야마 상에게 퇴근하겠다고 알렸다. 그는 자기보다 일찍 떠나는게 마냥 의아했는지, 고개를 들어 벽시계를 쳐다보았다.

"지금 가신다구요?"

그가 물었다.

"너무 과로하지 말게."

나는 작별인사를 하고 문 밖으로 걸어나갔다. 회사 건물 건너편에 있는 삼각형 모양의 비좁은 잔디밭은, 사실 '공원'이라 하기에는 옹색하기 그지없었다. 풀은 시들시들하고 화단은 돌보지 않아 버려진 것이나 다름없었다. 하지만 1991년에 심은 어린 묘목들이 튼튼한 구리빛 너도밤나무로 훌쩍 자라있는 풍경만은 볼 만했다.

'당신도 이 나무들을 보면 기뻐했겠지.'

나는 견고한 나무 아래의 한 벤치를 골라 앉아 무릎 위에 서류 가방을 눕혀 놓고 마리코를 기다렸다.

공원은 인적이 드물었다.

한 남자가 손목에 땀받이 띠를 하고 조깅복 차림으로 지나갔고, 고등학생 교복을 입은 연인들이 공원 입구에서 도둑 키스를 하고 있었다. 내 벤치 옆에서는 길거리 음식을 팔던 노점상이 자신의 소형 운반차 짐을 정리하고 있었다. 그는 나와 눈이 마주치자 하늘을 올려다보며 말했다.

"곧 쏟아부을 것 같아요. 빨리 집으로 돌아가는 게 좋을 겁니다."

종일 흐렸던 날씨가 이제는 매우 어둡고 위협적인 기운을 발하고 있었다.

"친구를 기다리고 있습니다."

내가 말했다.

"물에 빠진 생쥐 꼴을 면하려면 그 친구가 후닥닥 나타나줘야 할 거예요."

노점상인은 아이스박스 속에서 짤그랑거리는 탄산음료 깡통들처럼 휘파람을 불며 카트를 밀고 사라졌다. 시계를 보니 6시 15분이었다. 고작 15분 기다리고 떠났는데 마리코가 막 도착하기라도 하면 아깝지 않겠는가. 나는 어젯밤 마리코를 네 시간 동안이나 벤치에 묶어두었던 그 원리를 이해하기 시작했다.

또 20분이 흘렀고, 노점상의 말이 현실로 이루어졌다. 전조도 없이 하늘 뚜껑이 활짝 열렸다. 쇠사슬이 달린 헐렁한 바지를 입고 프리스케이트를 타는 두 남자아이가, 물에 흠뻑 젖는 것만큼 즐거운 일도 없다는 듯 있는대로 소리를 질러대며 작은 바퀴 위에서 허공을 가르고 있었다.

나는 머리 위로 서류 가방을 받쳐들고 구시렁거리면서 공원을 떠나 모두들 비를 피해 모여든 지하철 역으로 향했다.

마리코가 나타나지 않자 왠지 신경이 쓰였다. 6시에 만나자고 했을 때 그녀는 매우 기뻐했었다. 그런데 이렇게 약속을 어긴 건 분명 그럴 만한 이유가 있을 것이다. 내키진 않았지만 나는 호스티스 바로 가서 그녀가 무사한지 확인하기로 마음먹었다. 들어갔다 나오는 데 10분 이상은 걸리지 않을 것이고, 무라카미 상과 그의 짝궁 타로와 우연히 마주치기에도 너무 이른 시간이었다.

마지막으로 바를 찾은 지 벌써 몇 주가 지났다. 아래층 로비는 기억하고 있는 것보다 훨씬 더 우중충했다. 담배 꽁초로 어지러운 바닥은 세심한 걸레질이 필요해 보였고 지린내까지 풍기고 있어서 발조차 디디고 싶지 않았다.

엘리베이터를 타고 올라가는 동안 다시 신경이 곤두섰다. 이미 두 번이나 온 곳이라 어떤지 뻔히 알고 있는 처지에 이런 예민한 반응을 보이다니 정말 바보처럼 느껴졌다.

주의를 끌지 않고 슬쩍 들어가려던 애초의 계획을 좌절시키듯 세 명의 미국인 호스티스가 문 안쪽에 떡 하니 버티고 서 있었다.

"어서 오세요!"

그들이 합창하듯 인사했다. 키 큰 마네킹들한테 인사를 받는 기분이었다. 죄다 번들거리는 립스틱 칠한 입술을 있는대로 벌리고 징그러운 치아를 드러내며 웃고 있었다. 나는 문 쪽으로 뒷걸음질쳤다.

그들 중 에메랄드빛 금속 조각으로 장식한 꼭 끼는 드레스를 입은 전투적인 호스티스가 다가서며 말했다.

"좋은 밤이죠!"

그녀는 어색한 억양의 일본어를 구사했다.

"코트 주세요. 어머! 흠뻑 젖었네! 비가 많이 내리고 있나봐요. 수건 갖다 드릴게요. 전에 오신 적 있나요?"

그녀는 형편없는 일본어 실력을 목소리 크기로 가리려는지 고함치듯 떠들었다.

"물론, 전에 한번 오셨지."

이번엔 다른 여자가 나섰다. 플로리다에서 온 스테파니였다. 그녀의 숱많은 오렌지색 머리카락이 표범 무늬 드레스 위로 굽이쳤다.(좀더 솔직히 말해서 그녀가 입은 의상은 여름 잠옷으로 더 적합해 보였다.)

"무라카미 상의 친구셔."

"누구?"

스테파니가 영어로 몇 마디 하자 여자들이 깔깔대며 웃었다.

"무라카미 상의 친구로군요! 왜 진작 얘기하지 않으셨어요?"

세번째 여자, 금발머리가 애교스럽게 얘기했다.

"여기서 무라카미 상은 인기가 많으시죠."

"저런, 안경도 젖었네요! 티슈 좀 갖다 드릴게요! 안경을 닦아야죠."

전투적인 호스티스가 외쳤다.

"사실 오래 머물 생각은 없습니다. 그렇게 바쁘지 않다면 마리코와 잠깐 얘기 좀 나눌까 해서요."

나는 밤색빛 도는 조용한 실내 어딘가에 있을 마리코를 염탐하듯 텅 빈 홀을 유심히 살펴보았다. 단골 손님과 호스티스들 없이도 홀은 여전히 사치스러운 아늑함을 풍기고 있었다. 클레오파트라 눈화장을 한 일본인 호스티스가 바에 앉아 젓가락으로 샐러드를 느릿느릿 집어들고 있었다.

"마리코요?"

스테파니가 물었다.

내가 고개를 끄덕이자 세 명의 여자들은 기관총 포격처럼 왁자한 영어로 지껄이기 시작했다. 대학에서 영어 교과 과정을 두 개나 이수했는데도 내 귀에 잡힌 단어는 '마리코' 뿐이었다. 달콤한 목소리를 가진 금발의 여자가 내게 시선을 고정시킨 채 갑자기 손뼉을 치면서 자지리지게 웃어댔다. 나는 더욱 위축되었다.

플로리다 출신 스테파니가 나를 향해 정오 햇살처럼 밝고 기운찬 미소를 보내며 말했다.

"유감스럽게도 마리코는 오늘 없어요. 내일 저녁에 전화를 주시면 일하러 나왔는지 알려드릴게요. 그래야 여기 오시는 수고를 덜 수 있죠."

"좀 더 있지 그러세요?"

금발 여자가 손을 엉덩이 위에 얹고 살랑거리며 말했다.

"혼자서 언제 또 이런 매력적인 여자 셋을 상대하겠어요?"

나는 순간 공황를 느끼며 억지 웃음을 자아냈다.

"하하하… 지금 불가피하게 집에 가야해서요… 고맙습니다… 당신들은, 어…"

나는 고개 숙여 사과한 후 서둘러 빠져나오다가 문 옆에 놓인 양치류 화분에 발이 걸려 넘어질 뻔했다.

한바탕 거센 빗줄기가 지나가자 하늘은 온통 잿빛이었다. 물이 배수로를 따라 졸졸 흐르고, 거리는 상점 불빛을 반사시키는 물 웅덩이들로 미끈거렸다. 나는 우울한 기분에 휩싸여 집으로 향하면서 물 고인 웅덩이들조차 피해가지 않았다. 양말이 흠뻑 젖어 철썩철썩 소리를 낼 때까지 고인 물들을 첨벙첨벙 튀기며 걸었다. 이런 내 꼴이 매우 유치하고 왜소하게 느껴졌다.

'당신과 나의 거리로 들어섰을 때 오카무라 아이들 중 한 명이 그린슬리브즈Greensleeves를 연습하는 피아노 소리가 들려왔지. 박자는 엉성했고 멜로디도 잘못 누른 건반들 때문에 훌륭한 연주라고는 할 수 없었소. 또 악보 페이지를 막 넘기듯 연주가 잠시 중단되기도 했지. 내가 점점 늙고 감상적이 되어가는 것 같아. 하지만 내 귀엔 묘하게도 그 음악이 매력적으로 들렸다오. 당신은 어떻게 저 집에 있는 애들 이름을 전부 다 기억할 수 있었는지 아직도 난 감이 안 잡혀.'

집에 도착하자 다나카 부인의 침실 창문에 불이 켜져 있는 것이 보였다. 커튼이 열려 있어 다나카 부인이 감청색 옷을 입고 왔다갔다 하는 것을 볼 수 있었다. 그녀는 나를 발견하자 창문으로 가서 커튼을 확 잡아당겼다. 나는 다나카 부인이 지금 이 시간에 왜 저토록 흥분해 있는지 궁금했다.

'당신도 알다시피 다나카 부인은 일곱 시부터는 뜨개질을 하면서 남편과 함께 애청프로를 보지 않소.'

나는 손을 흔들었지만 그녀는 아무 반응이 없었다. 대신 내가 대문 빗장을 벗기는 것만 빤히 쳐다보았다.

그때 나는 문 앞 계단 위에서 검은 뭉치 같은 것을 발견했다. 저게 뭐지? 나는 어둠 속에서 눈을 가늘게 떴다. 쓰레기 봉투나 커다란 천 꾸러미 같았다. 나는 지난주에 누군가 오에 씨 앞마당에 낡고 녹슨 유모차를 집어던졌다는 이야기를 기억해내고 나한테도 비슷한 일이 일어났구나 생각했다.

조심스럽게 뭉치를 향해 발을 떼는 순간, 나는 그 자리에 얼어붙었다. 뭉치가 움직인 것이다. 길고 희미한 뭔가가 흘낏 지나갔다. 다리였다. 나의 시선이 이동했다. 뭉치라고 생각했던 건 다름 아닌 사람이었다. 스커트 차림의 여자. 그녀는 자신의 몸을 둥글게 만 채 축축한 콘크리트 계단 위에 앉아 있었다.

"마리코?"

내가 소리쳤다.

"마리코?"

나는 발을 떼지 못한 채 잠시 더 그녀를 응시했다. 그리고 광적으로 커튼을 잡아당기는 다나카 부인도 아랑곳없이, 그녀가 괜찮은지 보기 위해 달려갔다.

13

: 메리

토요일 오전, 카페인으로 무장한 사람들이 옷깃과 정신을 날카롭게 세우고 보기 좋게 스스로를 치장했다. 립스틱을 바르고 정장을 입은 여자들은 코 위에 바른 파우더를 흩뜨리면서 나를 앞서 지나갔다. 말쑥하게 면도한 남자들은, 연어가 짝짓기를 위해 상류로 돌진하듯 어딘가에 골몰한 채 나를 스쳐지나갔다. 머리카락 속에 위산과 상그리아(역주: 적포도주에 레모네이드 등을 혼합하여 만든 음료)를 가득 채운 채, 나는 지난 밤의 더러운 옷을 그대로 걸친 부랑자 같은 몰골로 사람들 사이를 어슬렁거리며 걸었다.

샌들은 가죽 끈이 고장나 걸을 때마다 발에서 따로 놀았다. 나는 정장과 가방들 사이를 누비면서 내키지 않는 사과의 말을 중얼거렸다. 샌들을 고쳐 신으려고 몸을 구부렸을 때, 누군가 뒤에서 어깨를 밀치며 지나갔다. 그 바람에 손가락 끝이 땅에 찧어 상처가 났다.

나는 헝클어진 머리칼 사이로 얼굴을 찌푸렸다. 이 사람들에게 다른 통근자들은 고려 대상이 아니다. 특히나 눈 아래로 마스카라가 번지고 끊임없이 신발을 고쳐신는 추접스런 외국인에게는 그러한 행패가 도를 더할 뿐이다. 나는 아예 샌들을 손에 움켜쥐고 걸었다.

전철역에 접한 버스정거장의 콘크리트 승강장에는 해가 들지 않았다. 정거장을 찾느라 숙취에서 덜 깬 두뇌를 한참 혹사시킨 나는, 절약형 화장지 팩이 든 쇼핑 카트를 유모차인양 앞뒤로 흔들고 있는 우비 차림의 구부정한 노부인 옆에 섰다. 그녀 옆에는 무뚝뚝한 표정을 마스크처럼 쓴 중년의 샐러리맨이 서 있었다. 그의 미간에는 마치 '누구도 나를 방해할 순 없어'라고 말하는 듯한 주름이 한가득 잡혀 있었다. 샌들을 버리고 싶은 마음이 굴뚝같았지만 끝까지 손에 움켜쥐고 서 있었다. 그나마 그걸 들고 있어야 갑자기 신발이 망가져 난처해하는 여자인지, 아니면 정신병원을 탈출한 미친 여자인지 구분이 될 것이다.

버스가 부르릉 소리를 내며 간지가 씌어진 차선으로 굴러 들어왔다. 157번 버스가 멈춰섰고, 나는 디젤 냄새로 인한 메스꺼움을 느끼며 몸서리를 쳤다. 뒷문이 열리고 질서정연한 줄이 만들어졌다.

내가 버스에 오를 차례가 되자 어느새 안은 사람들로 미어졌다. 천장 손잡이는 손가락 관절들로 빽빽하게 채워졌다. 나는 내 몸을 그 안으로 쑤셔넣었다. 이런 콩나물 시루 같은 버스에서는 굳이 서둘러 돈을 지불할 필요가 없을 듯싶었다. 나는 목적지에 도달한 후 무임 승차를 시인해도 별 탈이 없을 것이라고 자위했지만, 교통 경찰에 대한 두려움이 나를 운전 기사 쪽으로 발걸음을 돌리도록 만들었다.

"좋은 아침이에요."

내가 인사했다.

운전 기사는 플라스틱 칸막이 뒤에서 눈을 깜박이며 나를 쳐다보았다.

"귀찮게해서 죄송해요."

나는 대학교에서 배운 공손한 일본어로 말했다.

"지갑을 도둑맞았거든요. 몇 정거장만 무료로 태워주시면 안될까요?"

이 사건이 노인들에게 눈요깃감을 제공해주었다.

"저 외국 여자가 지갑을 도둑맞았다는구먼."

한 노인이 다른 노인에게 말했다.

"일본어를 아주 잘하는데."

운전기사가 다시 눈을 깜빡거렸다.

"공짜로요?"

그의 말은 내 말의 메아리처럼 울렸다.

"글쎄요. 그럴 순 없어요. 저흰 무료로 누군가를 태울 수 없습니다. 경찰서로 가서 지갑을 잃어버렸다고 말하지 그래요?"

운전 기사는 어려 보였고 말쑥했으며 신경성 안면경련과 이 세상이 필요로 하는 철저한 양심을 갖고 있는 듯했다. 그러나 지금만은 예외여야 했다.

"하지만 전 경찰 분들을 귀찮게 하고 싶지 않아요."

나는 머지 않아 내 매력이 그를 굴복시킬 것이라고 자신하며 말했다.

"몇 정거장만 가면 돼요. 고맙습니다. 불편을 끼쳐드려 죄송해요."

뒤쪽의 승객들이 무슨 일이 벌어지고 있는지 보기 위해 목을 길게 뺐다. 운전 기사는 어떻게 이럴 수 있나 하는 놀라움과 함께 곤혹스런 미소를 지었다. 나는 꿋꿋이 내 입장을 고수하기 위해, 저 기사가 버스 운전자 협회에서 맹세한 서약과는 상관없이 대항해야겠다고 결심했다.

"죄송하지만 안됩니다. 누구도 무임 승차는 안됩니다."

그가 말했다.

"두 정거장밖에 안되는 걸요."

나는 애걸복걸하지는 않았다. 나는 유지를 찾아내 그가 배설물을 토할 때까지 흠씬 패주고 싶었고, 그리고 나서 내 머리에 쏟아진 그 토사물을 씻어내고 싶은 마음 뿐이었다.

"죄송합니다."

운전 기사는 완강히 버텼다.

슈웃 하는 소리와 함께 문이 열렸다. 괜찮다. 양심을 위해서라면 기꺼이 라고 생각하며 나는 포장 도로 위에 발을 내려놓았다.

움푹 패인 버스 대합실 벽에 지도 한 장이 붙어 있었다. 나는 유지네 집으로 향하는 마을 노선을 보며 걸어서 한 시간쯤 걸리겠다고 어림잡았다. 나는 고속도로를 따라가기로 결정한 뒤에, 미국식 식당 차에 잠시 들러 세수를 하기로 했다.

지도에서 고개를 돌릴 때, 우비를 입은 한 노부인이 뒤에서 손수레를 밀며 나를 향해 절름거리며 다가왔다. 등 굽은 백발을 가진 그녀는 골다공증을 앓는 부서지기 쉬운 새장처럼 보였다.

나는 이곳에서 척추가 엉망인 노부인들을 많이 보아왔다. 유지는 그들이 논에서 십수 년간 등 굽은 생활을 해왔기 때문에 그렇게 되었다고 말했었다.

그녀는 내게서 몇 걸음 못미쳐 머뭇거리며 입을 떼었다.

"치마 뒤쪽을 당겨요. 속옷이 보여."

그녀가 침울하게 말했다.

"오, 이런."

나는 치마 뒤쪽을 바보처럼 세게 끌어당겼다.

충고를 받아들인 내 태도가 그녀의 사기를 진작시켰는지 그녀는 내 몸을 툭 찔렀다. 이내 그녀의 우비에 주름이 잡혔다.

"무슨 일이 있었수? 그 더러운 꼴 하며…"

나는 한걸음 뒤로 물러났다. 옛날 사람이라고 해서 마음대로 사람을 손가락으로 툭 찌르며 비난할 권리는 없지 않은가. 사람의 호감을 사는 일은 아예 포기하기로 작정한 이들임에 틀림없다.

"지갑을 잃어버렸어요."

"도둑맞았다고 하지 않았수?"

"잃어버렸든, 도둑 맞았든, 그게 뭐든요."

"일본어가 형편없구먼. 영어를 할 수 있는 사람을 데리고 오면 도움이 되겠수?"

"아니요, 됐어요."

"그럼 경찰을 불러주리다. 아주 똑똑하지. 여기 경찰들은."

"정말 괜찮아요…"

그녀는 절약형 화장지 팩이 담긴 손수레를 밀면서 사라졌다. 나는 이 화창한 날에 우비를 입고 사라지는 그 뒷모습을 바라보며 괜한 연민이 느껴졌다. 또다른 157번 버스가 정지하면서 그녀의 모습이 시야에서 멀어져갔다. 나는 치마 뒤쪽을 살짝 아래로 잡아당기면서 버스에 올랐다. 나이 든 운전 기사가 입 가장자리에 이쑤시개를 쑤셔박고는 부루퉁한 표정을 짓고 있었다.

내가 몇 정거장만 태워달라고 부탁하자 그는 뭐라 중얼거렸다. 나는 그의 마음이 변하기 전에 얼른 빈 자리를 찾아 앉았다.

지금까지 유지는 일본 떠날 돈을 어떻게 마련할지 속시원히 얘기한 적이 없었다. 나는 꼬치꼬치 캐묻지 않으려고 재빨리 혀를 깨물었지만, 그러는 동안 사요나라 바의 진력나는 생활로 속은 부글부글 끓어 올랐다. 나는 더이상 고통받고 싶지 않았다.

샐러리맨들에게 여흥을 제공하는 일에 만족하거나, 아니면 도 닦는 경지에 들어가거나, 그것도 아니면 머리 속에서 하이쿠를 습작해야 하는 내 본분도 잊고 있었다. 손님이 화장실에 가 있거나 다른 호스티스들에게 인사를 건네거나 또는 나에게 돈을 주기 위해 지갑을 뒤지는 동안, 나는 정신이 멍해지곤 했다. 카티야가 정신차리라는 눈빛을 던지며 내게 묻곤 했다.

"도대체 무슨 생각을 하고 있는 거니? 푹 좀 자야할 것 같다."

그것은 현실을 직시하라는 충고나 다름없었지만, 내 호스티스 생활이 단말마의 고통처럼 느껴질 때는 그런 충고도 별 설득력을 갖지 못했다.

어젯밤은 마마상의 조용한 금전등록기에서 쉭쉭 소리가 끊이지 않았다. 나는 좀더 많은 포커 게임을 벌렸고, 가라오케에서는 〈유아 더 원 댓 아이 원트You're the One That I Want〉 말고도 수없이 많은 곡들을 불러제꼈다.

마마상은 마리코 때문에 근심으로 가득 차 있는 나를 사무실로 부르더니 마리코와 연락이 닿았다는 말을 해주었다. 들어보니 아버지가 후두암 때문에 응급수술을 받게 되어 후쿠오카로 돌아갔다고 했다. 마마상은 정향 담배를 피우며 비관적이고 침울한 어조로 말했다.

"나쁜 일들은 좋은 사람들에게 일어나지."

그녀가 입가에 연기를 내뿜으며 말했다. 그리고는 내게 집으로 가서 마리코에게 보낼 옷가방을 꾸리라고 했다.

나는 마리코의 방에 들어가 스커트와 블라우스 등을 가방에 챙겨넣으며 그녀의 빈 자리를 절실히 느꼈다. 나는 간지 사전을 꺼내 들고 그녀의 가방 안에 짧은 편지를 적어 넣었다. 함께 지낸 날들이 정말 즐거웠으며, 앞으로 보고 싶을 것이며, 모든 일들은 다 잘될 거라고 적었다. 어린 시절 엄마를 잃은 마리코가 고작 열아홉 살인 지금 아버지까지 잃을지 모른다고 생각하니 가슴이 아팠다.

마마상은 곧 마리코의 방에 다른 미국인 여자가 들어올 거라고 귀띔하며 그 여자의 여권 사진을 보여주었다. 탄탄히 맞물린 치아와 파마머리를 한 뉴저지 출신의 여자였다. 일이 잘되기만 하면 그녀가 도착할 즈음엔 나도 이곳을 뜨게 될 것이다.

지난 밤 퇴근 후에 유지를 만났다. 그는 유리창 청소부들의 안전모처럼 귀를 덮은 두건을 쓰고 꾀죄죄한 티셔츠와 청바지 차림으로, 길바닥이 자기를 모욕이라도 한 듯 거리 중간을 쏘아보고 있었다. 그 침울해 보이는 얼굴이 빅 에코 앞에서 호객 행위를 하고 있는 댄서에게로 향했다. 댄서는 뒤로 가면서 앞으로 가는 듯한 브레이크 댄스를 추면서 치과의 임플란트용 드릴처럼 생기 넘치게 팔딱거렸다.

매끄러운 머리를 뒤로 묶은 댄서는 차갑고 공허한 얼굴로 기어를 홱홱 잡아당기듯 격렬하게 춤을 추었고, 주의를 끌기 위해 사용된 특수 장치의 금속성 물질들이 바닥에 쨍그랑 소리를 냈다. 지나가는 사람들이 이따금씩 고개를 들어 무표정한 얼굴로 그 모습을 바라보았다.

유지는 나를 보자 씩 웃으며 피우던 담배를 차도와 인도 사이의 도랑 속으로 흘려 보냈다. 나는 제일 먼저 돈은 어떻게 되어가고 있는지 묻고 싶었지만, 마음을 억누르며 다음으로 미뤘다. 대신 나는 그의 모자를 아래로 잡아당긴 후 모자의 모직 이마 부분에 키스했다. 유지는 모자를 뒤쪽으로 다시 밀더니 내 등을 한 손으로 받치고 입을 맞추었다.

"메리. 바에서 친구들을 만날 거라고 말했지? 넌 집에 가는 편이 좋겠어. 아주 지루할 거야."

유지가 말했다.

"친구들 때문에 지루하다고? 절대로 그런 일은 없을걸."

"내 말 들어. 너한텐 아주 지루할 거야."

유지는 내 상냥한 빈정거림을 귓등으로 흘리며 반복했다.

"상관없다니까."

바보같은 고집이라는 건 알지만 그가 나를 밀어내다니 적잖이 마음이 상했다. 그를 만나 보내는 저녁시간은 내게 절대로 빼놓을 수 없는 선물과 같았다. 그러나 그 다음 맞닥뜨렸던 고통을 돌이켜보면, 나는 그때 집에 갔어야 했다.

"좋아, 난 분명히 경고했다."

유지가 말했다.

"참, 오늘 고등학교 때 알고 지냈던 서울 사는 한국 친구와 연락이 됐는데 며칠 동안 우리가 와서 머물러도 좋다고 했어."

그때 내 어깨 너머로 유지의 시선이 흔들렸다.

"우릴 쳐다보고 있는 저 여자 누구지?"

로봇 카바레 너머 그의 시선을 따라가니, 빅 에코 벽에 기대어 가죽 부츠 뒷굽을 벽면에 세운 여자가 눈에 들어왔다. 서리가 내린 듯 새하얀 입술이 네거티브 필름(역주:실제와 달리 흑백이 뒤바뀌는 필름)을 떠올리게 했다. 그녀는 내게 시비 거는 듯한 눈빛을 보내고 있었다.

유지가 가소롭다는 듯 말했다.

"저 여자 왜 저래?"

그리고는 나를 데리고 그 자리를 떴다.

이전에는 용기가 없어 들어와본 적 없었던 타쿠타쿠는 칭과 톱밥 투성이의 라이브 바였다. 기대했던 것만큼 멋진 곳이었다. 검정 벽지에는 지역 밴드 광고지가 붙어 있고, 작은 무대와, 불량배들, 그리고 백발의 연주자들이 있었다. 유지의 폼생폼사 친구들이 만남의 장소로 여기를 택한 건 어쩐지 괴짜스런 느낌을 주었다.

그들은 어떤 상황에서도 힙합 속에 존재하는 인물같았다. 두건을 쓰고 몸에 금 사슬을 두른 그들은 사지를 한껏 뒤로 자빠뜨린 채 바 옆의 테이블에 앉아있었다. 그 중 조끼를 입은 남자는 소매 대신 팔에 온통 문신 투성이였다. 하늘색으로 물결치는 새까만 도마뱀과 표범으로 장식된 팔은 팔 굽혀 펴기와 오랜 운동으로 다져진 잔근육들이 툭툭 불거져 있었다. 그는 내 쪽을 향해 냉담하게 고개를 한 차례 끄덕인 후 줄곧 나를 없는 사람 취급하더니, 어깨를 약간 기울여 나를 따돌리는 자세로 무슨 말인지 이해할 수 없을 정도로 시종일관 빠르게 지껄였다.

나는 대화에서 소외당한 채 소파에 기대 앉아 그들이 앞서 피우던 담배 꽁초에 불을 붙이고 유지가 준 음료를 홀짝거리며 시간을 죽였다.(이건 죄책감의 칵테일이었다. 유지는 진작에, '철저히 무시당하는 여자친구 역할을 즐길 수 있겠냐'고 정확히 얘기해주었어야 했다).

또 나는 틈틈이 사람들도 관찰했다. 코파카바나에서 일을 마친 몇 명의 호스티스들, 캐나다 깃발이 꼼꼼하게 꿰매어진 배낭을 둘러멘 채 음악에 맞춰 풀쩍풀쩍 뛰고 있는 두 명의 여행객, 무대 근처에서 서성대는 비쩍 마른 수리카타(역주:식육목 사향 고양이과의 작은 포유류 육식동물)를 닮은 한 남자아이.

나는 유지와 단둘이 될 순간만 손꼽으며 지루한 시간을 견뎠다. 사람들은 입을 꾹 다물고 앉아 있는 나를 틀림없이 일본어 한마디 할 줄 모르는 금발의 멍청이로 여길 것이다. 마음대로 생각하라지, 나는 중얼거렸다.

새벽 세 시, 바는 한산해졌다. 우리가 거의 마지막 손님이었다. 얼큰히 취해 화장실로 향하는데, 수영장에서 올라올 때 느껴지는 중력의 두 배 정도에 해당하는 이상한 무게감이 느껴졌다.

화장실 안으로 비틀비틀 들어가자, 얼굴은 홍당무가 되고 머리는 산발을 한 수십 명의 여자들이 나와 똑같은 갈색 A 라인 스커트를 입고 나를 반겼다. 내 영상이 모든 표면과 천장, 벽 그리고 좁은 문에까지 반사되어 나타났다. 내가 빙 돌자 그들도 따라 빙 돌고, 내가 치마를 펴자 그들도 따라서 자신들의 치마를 폈다. 나는 몸에서 칵테일의 알콜 기운을 빼내기 위해 변기 쪽으로 걸음을 옮겼다.

세면대 위에서 손을 씻으며 거울을 바라보았다. 풀어진 눈동자를 제외하고 온몸이 홍조를 띤 듯했다. 혼자 음란하게 술취한 것 같아 창피한 느낌마저 들었다.

문 옆으로 찢어진 비닐 커버 소파에는 임시변통으로 덕 테이프(역주:접착력과 방수능력이 좋은 강력 테이프)가 덧대어 있었다. 그곳에 몸을 눕히고 눈을 감자 어둡고 메스꺼운 롤러 코스터의 급강하와 상승 현상처럼 몸이 어떤 구멍 속으로 한정없이 빨려들어가는 기분이었다. 나는 다시 눈을 떴다. 이제 정말 집에 가야할 시간이다.

머리가 띵한 상태로 거울을 바라보는 내내, 화장실 문은 꽉 닫혀 있었다. 나는 문으로 다가가 밀어보았다. 꼼짝도 하지 않았다. 나는 한동안 문과 씨름을 하다가 급기야는 엉덩이를 반쯤 내린 자세에서 가라테 발차기를 했다. 문은 잠겨있었다.

나는 주먹을 망치삼아 두드리며 소리쳤지만, 대답 대신 기타 연주 소음만이 낙심스럽게 울부짖었다. 아까 자리에서 일어났을 때, 바 직원이 영업을 마무리하려는 듯 테이블을 치우기 시작하고 있었다. 화장실 안에 사람이 있는지 없는지 확인도 안한 채 문을 잠궜을지도 모를 일이다.

나는 스스로에게 당황하지 말라고 타일렀다. 내가 없어진 걸 알아차린 유지가 누군가를 시켜 내가 괜찮은지 확인하라고 할지도 모른다. 아니면 그의 몹쓸 장난질일 수도 있다. 나는 다시 소파에 털썩 주저앉았고 보다 개연성 높은 판단에 애써 등을 돌린 채 다시 눈을 감았다.

몇 분 후, 나는 위경련으로 구역질을 하며 양변기를 끌어안고 있었다. 일을 다 보고 나자 몸 상태가 조금 나아져 있었다. 세면대로 가서 얼굴과 충혈된 눈에 찬물을 끼얹자 술이 조금 깼다. 나는 염소 맛이 나는 물을 손 한가득 떠 치아를 씻어냈다. 더이상 주변은 요동치지 않았다. 밤 내내 화장실 안에 갇혀있을지 모른다는 생각을 하니 불쾌해지기 시작했다. 바 안의 음악이 멎었다.

한참 뒤 바텐더가 나를 밖으로 꺼내주었다. 그리곤 문은 잠겨 있지도 않았다고 말하며 실실 웃었다. 불빛 가득한 바에는 어느새 의자들이 테이블 위로 쌓아 올려져 있었다. 두건을 쓴 남자가 내 발 주변을 비질했다.

"문 닫을 시간입니다."

바텐더가 말했다.

"손님 친구들은 모두 밖에 있어요."

나는 그에게 고맙다고 말하고 낯선 사람들이 북적대는 거리로 걸어 나왔다.

잠시 동안 내가 할 수 있는 일이란 게 고작 이렇게 짜증을 내며 서 있는 것뿐이라고 생각하자 화가 치밀었다. 유지는 나를 두고 사라진 것으로도 모자라 내 지갑까지 가져갔다. 어떻게 집에 가지? 나는 유리창 청소부 모자와 비슷한 빌어먹을 유지의 두건을 찾느라 국수 가게와 바의 창문들을 힐끗거리며 주변을 배회했다.

내가 집에 가버렸다고 생각해서 내 지갑을 보관하려고 가져간 걸까? 혹시 바텐더가 내가 가버렸다고 말한 건 아닐까?

둘 중 뭐든 그를 만나면 가만 있지 않을 것이다. 한 시간 넘게 거리를 헤맨 후 나는 버스 운행 시간을 기다리며 전철역 안에서 엉덩이를 붙였다. 그로부터 세 시간 후 사람 몰려드는 소리와 저려오는 어깨 때문에 잠에서 깼다. 화가 났다. 이제 유지는 나를 두고 간 이유를 내게 충분히 납득시켜야만 한다. 그러지 못하면 함께 일본을 떠나는 일에 대해 진지하게 재고해볼 필요가 있다. 나를 이런 식으로 취급하다니 방관할 수 없는 일이다.

버스가 유지의 아파트로 향하는 언덕 아래에서 멈췄다. 나는 운전기사에게 고맙다고 말한 뒤 햇빛 속으로 발걸음을 내려놓았다. 유지가 사는 언덕은 너무 가팔라서 몸을 앞으로 기울인 채 우습꽝스럽게 걸어 올라야만 했다.

자전거 타는 사람들은 내려서 자전거를 끌고 올라가야 했고, 차가 올라갈 때는 중력이 타이어의 압착력에 과도한 힘을 가해 끼익 하는 쇳소리가 연신 터져나왔다.

나는 언덕을 오르기 시작했고, 길가에 쌓인 돌무더기가 발바닥에 박힐 때마다 맨발을 움츠렸다. 택지 개발업자는 아파트와 주택을 짓기 위해 대지를 언덕 꼭대기까지 계단식으로 넓게 파들어갔다. 높은 경사면에 놓인 집들 사이에는, 모기와 눈에 띄지 않는 포식 동물들이 잠복해있는 경사진 대나무 숲을 양 옆에 두고 길이 나 있었다.

유지의 아파트 건물에 거의 다다랐을 때 전날 밤 술독 오른 피부가 땀과 어우러져 번들번들 빛나고 있었다. 나는 로비에 서서 가슴을 쓸어내리며 한숨 돌린 뒤 윗입술에 묻어있는 땀의 짭짤한 맛을 느끼며 호흡을 가다듬었다.

마지막으로 유지의 아파트를 방문한 건 몇 주 전이었다. 우리는 유지 집에서 그다지 많은 시간을 보내는 편이 아니었다. 더구나 침입 사건 이후로는 발걸음도 하지 않았다. 매트리스가 더러운 접시들로 가득 차고 엉덩이를 붙일 만한 곳은 모두 재떨이처럼 이중 삼중의 각종 먼지와 쓰레기들로 도배된 유지네 집보다는 그나마 양호한 내 집에서 시간을 보내는 편이 나았다.

침입 사건은 요전 주에 일어났는데 집은 아직도 엉망진창이었다. 옷들은 광포하게 여기저기 흩어져 있고 각종 잡동사니들이 바닥을 덮고 있었다. 마치 악마의 힘이 한바탕 휩쓸고 간 것처럼 물건들이 어지럽게 흩어져 있었다. 고요한 정적 속에서 바퀴벌레들이 빵 부스러기에 촉수를 대고 바스락거리는 소리까지 들리는 듯했다. 장식품이라고는 고작 냉장고에 붙은, 여우같이 생긴 유지의 전 여자친구 유키의 사진이 전부였다.

그녀는 모델이 되기 위해 동경으로 도망간 후로 소식이 끊겼다고 했다. 카티야가 아주 오래 전에 그녀를 한번 만난 적이 있는데, 그녀를 두고 완벽한 정신병자라고 말했었다.

나는 입구에서 초인종을 누르며 마음 속으로 유지가 문으로 발을 질질 끌고 걸어나올 때까지 걸리는 시간을 세고 있었다. 인터콤이 말 없이 찰칵 열렸다. 이상했다. 나는 안으로 들어가 방충망을 친 창문과 말하는 재활용 쓰레기통의 광고 포스터를 지나 2층으로 올라갔다. 유지는 평소에 방문을 잠그는 일이 없었으므로 그냥 그 안으로 걸어 들어갔다.

"어젯밤 어디 갔었어?"

나는 망가진 샌들을 그의 머리를 향해 던질 태세로 팔을 힘껏 들어 올리며 쏘아붙였다. 그러나 방엔 아무도 없었다.

거실로 나온 나는 외마디 비명을 질렀다. 한 남자가 나에게 총을 겨누고 있었다.

"빌어먹을, 닥치지 못해!"

그가 눈을 부라리며 소리쳤다.

나는 입을 다물었다. 다리에 힘이 쭉 빠졌지만 안간힘을 쓰며 서 있었다. 총을 이렇게 가까이 본 건 처음이었다. 그는 방아쇠를 힘껏 잡아당겨 나를 쏠 기세였다. 분명히 그럴 것이다.

아드레날린이 사납게 요동쳤다. 사지가 얼어붙어 눈조차 깜 박일 수가 없었다.

"말을 잘 듣는군."

그가 말했다.

그가 총을 정장 속 권총집에 집어넣자 방안의 소음도 가라앉았다.

그는 달가닥거리는 블라인드 사이의 희미한 빛 속에서 공포로 할 말을 잃은 나를 지켜보았다. 이 남자한테는 뭔가 끔찍한 일이 일어났던 게 틀림없다.

그의 얼굴 반쪽이 소름끼치는 상처 자국으로 덮혀 있었다. 불에 너무 가까이 닿은 플라스틱처럼 녹아 일그러져 형체를 알아볼 수가 없었다. 눈썹도 달아났고 눈꺼풀에는 보기 흉하게 베인 상처가 있었다.

나는 그가 누구인지 알아차렸다. 지난번 얼굴에 하얀 붕대를 하고 야마가와 상과 함께 가라오케 룸에 있었던 남자다.

그렇다. 돌아온 탕자다.

"메리, 맞지?"

나는 고개를 끄덕였다. 그의 이름은 기억나지 않았다.

"일본어를 할 수 있나?"

난 또다시 고개를 끄덕였다.

"해치지 않을 테니 걱정 마."

그가 말했다.

나는 총이 기대 쉬고 있는 그의 자켓 가슴팍을 응시했다. 나에게 고통을 주고 다시 거두는 일이 너무 익숙해 보여서 그의 말을 곧이곧대로 믿을 수가 없었다. 본능은 침묵을 지키라고 명령했지만 유지에 대한 걱정이 그 본능을 앞섰다.

"유지는 어딨죠?"

나는 다급하게 물었다.

"나도 몰라. 나 역시 그 자식을 기다리고 있으니까. 솔직히 내 눈앞에 나타나지 않기를 더 바라고 있는지도 모르지."

그가 말했다.

공기는 오래된 세탁물과 매트리스의 고약한 냄새로 축축하고 무거웠다. 얼굴이 절단난 총잡이는 깨진 미니디스크 플레이어와 찢어진 코믹 만화책을 짓밟고 서 있었다.

"유지를 왜 기다리죠?"

나는 총을 의식하며 불안하게 끼어들었다.

탕자는 속이 뒤틀린 듯한 미소를 지었다. 성한 반쪽 얼굴에서만 표정을 읽을 수 있었다.

"그가 무슨 짓을 저질렀다고 생각하나?"

"돈을 횡령했나요?"

머릿속에서 가장 먼저 떠오른 생각이었다. 유지는 일본을 떠날 돈이 필요하다고 얘기했었다. 분명 그는 그 일 때문에 곤경에 빠진 것이다. 불쌍하고 바보같은 유지.

탕자의 얼굴에 뒤틀린 미소가 번득였다.

"그가 그렇게 말하던가?"

나는 고개를 저었다.

"아니에요."

"그럼 꿈보다 해몽이겠지. 그는 야마가와 상 앞으로 회수된 사채를 몰래 빼돌렸어. 그리고는 채무자들이 책임을 회피한 것처럼 보이게 만들었지."

그는 듣기 쉽게 설명하는 방법을 몰랐다. 단어 몇 개가 막히자 전체 문장을 이해하는 데 무척 애를 먹었다. 그러나 말 뜻을 이해하자마자 불쾌한 회의감이 들었다. 나도 사채업에 대해서는 어느 정도 알고 있었다.

유지라면 채무자들에게 이중 삼중 야비한 짓을 하는 건 고사하고,

사채금을 회수하는 것만으로도 못할 짓을 하고 있다는 양심의 가책을 느낄 것이다. 평범한 사람들에게 절대 못된 짓을 할 유지가 아니었다. 언젠가 유지와 함께 교토의 레스토랑에 갔을 때 계산을 깜빡 잊고 나온 적이 있었다.

기온祇園[45]을 중간쯤 빠져나왔을 때 그 사실을 깨달은 유지는 다시 돌아가야겠다며 택시를 잡아타기까지 했다. 나는 돈이 굳었다고 좋아했지만 유지의 태도는 완강했다. 작은 가게들이 얼마나 재정적으로 허덕이는지 잘 안다고 말했다.

"그가 가져간 건 사실 돈이라고 할 수 없어."

총잡이가 말했다.

"야마가와 상을 노하게 한 건 도둑질 그 자체지. 야마가와 상이 원하는 건 충성이거든. 아마 보통의 경우라면, 유지는…"

그는 자기 손가락으로 목 베는 시늉을 했다.

"하지만 야마가와 상과 유지의 어머니는 수십 년간 친분을 다져온 사이지."

"그럼, 유지를 해치는 일은 없겠죠?"

그가 웃었다.

"그의 사기 행각은 비단 사채뿐만이 아니야. 마약들도 없어졌지. 그게 바로 우리가 이곳을 샅샅이 뒤진 이유야. 증거는 못찾았지만 시간문제라고 생각했는데, 아니나 다를까, 어제 유지가 몰래 그 마약을 팔

45. 오래된 일본식 가옥을 개조한 요정들이 즐비한 거리로 직접 기모노를 입어보는 등 게이샤 문화를 체험해볼 수 있으며, 교토의 고전 예능도 즐길 수 있다.

기 위해 협상을 가졌다는 사실이 야마가와 상 귀에 들어갔지. 유지는 야마가와 상의 오랜 고객과 내통했어. 값을 깎아주는 것으로 확실한 입막음이 될 거라 믿었던 거지."

그는 마치 서투르고 괴로운 사건을 목격한 듯 몸을 움츠렸다.

"당신 남자친구가 이렇게 목이 날아가도 싼 짓을 벌인 이유에 대해 알고 있는 게 있나?"

그의 말이 끝나기가 무섭게 연대기가 장소 별로 분류되기 시작했다. 만약 이 남자 말이 사실이라면, 유지의 범죄는 이 아파트가 침입당하기 전에, 그리고 일본을 떠나기로 결정하기 전으로 거슬러 올라가야 했다. 그가 그토록 위험한 일을 감행한 이유는 무엇이었을까? 모든 게 사실이 아닐 것이다. 유지와 직접 얘기를 나눠봐야 한다.

"유지를 만나서 뭘 어떻게 할 거죠?"

내가 물었다.

방을 가로질러 총잡이의 눈이 음험하게 번득였다. 그는 유지의 물건들을 저벅저벅 밟으며 나를 향해 다가왔다. 거리가 코가 닿을 듯 가까워졌을 때 눈 한 가득 보기 흉한 흉터자국이 들어왔다. 귀 속에서 맥박 소리가 진동했다.

"내 얼굴을 봐."

그가 명령했다.

"그들이 내게 어떤 짓을 했는지 똑똑히 보라구. 어떻게 이런 몰골이 되었는지 상상할 수 있겠어?"

분노로 그의 안면 근육이 으르렁거리듯 일그러졌다. 그는 내게 손가락 하나 까딱하지 않았지만, 닿을 듯 가까운 그 얼굴만으로도 숨이 막혀왔다. 나는 그에게서 고개를 돌렸다. 그는 내 턱 끝에 손가락을 갖다대더니 내 얼굴을 잡아 돌렸다.

"산酸은 내 얼굴을 먹어 삼켰지."

그가 말했다.

"내게 할 일이 남아있다면 이걸 똑같이 유지에게 돌려주는 것 아니겠나?"

그는 나를 놓아주며 한 걸음 물러섰다. 저 남자는 제정신이 아니었다. 격리시켜야 마땅할 정신병자다. 경찰서에 가서 야마가와 상 일당에 대해 폭로할 것이다. 즉시 경찰들이 출동해서 그들을 체포하겠지. 이 야쿠자 조직이 마약을 밀매하고 있다는 것, 내가 얘기할 건 그것뿐이다. 야마가와 상 조직은 카드로 조립한 불안정한 건물처럼 붕괴되고 말 것이다.

"어디서 왔지, 메리?"

그가 물었다.

"영국이요."

말이 목에 가시처럼 걸렸다. 곧 죽어도 그와는 사소한 잡담을 나누고 싶지 않았다.

"영국,"

그가 되풀이했다.

"메리, 당신 할 일은 영국으로 돌아가는 것뿐이야. 유지 일은 신경 끊는 게 이로워."

나는 근처에 손에 잡히는 뭔가가 있다면, 그걸로 그를 해치고 싶다는 충동을 느꼈다. 눈물이 고이기 시작했다.

"그게 전부 유지 짓이라는 걸 어떻게 장담하죠?"

이 말이 그를 자극시켰는지 그의 얼굴이 다시 일그러졌다.

"잘 들어, 메리. 당신이 유지를 얼마나 알아? 당신을 상대로 애정 넘치는 남자친구 연기를 끝내주게 해낸 모양이지? 이틀에 한 번 꼴로 난잡한 섹스 사냥을 즐기는 놈처럼은 보이지 않았을 테니까. 난 그놈 때문에 오사카에서 추방당했어. 당신 남자친구 때문에 그들이 내 얼굴에 산을 뿌렸고, 하지도 않은 일 때문에 억울하게 쫓겨났지. 그들은 약혼녀까지 두고 떠난 내게, 다시 그녀에게 연락이라도 한다면 그녀를 내가 구출해낸 매춘굴로 다시 보내버리겠다고 위협까지 했어. 내가 쫓겨난 그날 밤, 그녀는 유지한테 내가 죽었다는 얘기를 들었지. 나는 몇 달이 지나서야 내가 살아있다고 그녀에게 전할 수 있었어. 그래, 몇 달이나 걸렸지."

바깥에서 두부 장수의 소형 카트가 굴러가고 있었다. 두부 장수는 확성기로 이웃들에게 자기 상품을 선전해대고 있었다. 전날 밤 느꼈던 메스꺼움이 다시 솟구쳤다. 내 앞에 서 있는 저 남자는 유지의 머릿가죽을 전리품으로 만든 후에야 평화를 되찾을 것이다.

"고향으로 돌아가, 메리."

그가 말했다.

"영국으로 돌아가라구. 당신은 이런 곳에 있을 여자가 아니야. 멀리 가서 속편하게 지내라구. 난 경찰들을 귀찮게 하지 않을 거고, 그들도 당신을 돕지 않을 거야. 운이 없어서 그들이 당신을 강제 추방시키지 않는다면 말이야."

떠나도 좋다는 허가를 받은 것이나 다름없는 상황에서, 나는 돌아서 문 쪽으로 향했다. 몸이 사시나무 떨듯 떨리고 있었다. 한시라도 빨리 이곳을 벗어나 유지가 무사한지 확인해야 한다. 현관에 이르렀을 때 뒤에서 그의 목소리가 들려왔다.

"잠깐."

나는 멈추었지만 돌아보지는 않았다. 머릿속에 총이 보이는 것 같았다. 당장 나를 끝장내버릴 강철 권총이 내 등을 단단히 겨누고 있을 것이다.

"유지를 보게 되면."

그가 나지막히 말했다.

"히로가 돌아왔다고 전해."

나는 등을 돌린 채 간신히 고개만 끄덕인 후 복도의 차가운 대기 속으로 걸어나왔다.

14

: 와타나베

유지가 문을 가로질러 단단히 못 박힌 널빤지를 잡아뜯었다. 쪼개진 조각들이 손바닥으로 박혀 들었다. 주먹 자국이 고스란히 남은 광대뼈는 욱신거리고 갈라진 상처에는 세균들이 방목지를 틀었다. 유지는 널빤지가 떨어지자 문으로 돌진했다. 부러진 갈비뼈를 부여잡으며 그는 '다됐다'고 생각했다. 그리고는 부서지면서 열린 문 안으로 비틀거리며 들어갔다. 그곳으로부터 19.2미터 떨어진 지하철 승강장의 낡은 의자에 앉아, 나는 비타민 C 알약을 혀 위에서 녹이면서 치석이 내 이빨에 구멍을 내는 것을 느끼고 있었다. 내 손이 옆의 휘발유통을 더듬었다. 그래, 유지 넌 정말 다됐어. 다됐구말구. 나는 속으로 중얼거렸다.

밤의 장막이 우주를 감쌌다. 어둠의 경계가 현재 페루 산맥을 넘어 북극 빙하권까지 나아가고 있다. 별들은 후퇴하며 붉은 빛을 방사하고 유령 같은 은하수는 태어난 이래 1억 년 이상 반짝거리고 있다. 비행기는 꼬리를 깜박거리며 날고 있다. 나는 유명한 스모 선수인 치요노후지千代の富士가 비즈니스 클라스에 앉아 플레이텍스 훈련용 스포츠 브라를 착용한 채 두부를 먹고 있는 모습을 본다. 나는 지구로 돌아와 수천 마리의 꿈틀거리는 지렁이들과, 죽은 고양이의 잔해에 들러붙어 목숨을 부지하는 구더기들이 있는 저 지하 깊이 굴을 판다. 내친 김에

백악기의 지층에 미칠 때까지 502.3미터를 더 깊이 판다. 거기엔 단단한 뻐드렁니와 발톱을 앞으로 쑤셔넣은 채 보존된 메갈로닉스(역주: 소 크기의 나무 늘보) 화석의 마지막 기절한 표정이 반짝 하고 지나간다.

영락한 로터스 바의 어둠 속에서 유지는 목재 칸막이로 넘어지며 벽에 머리를 쾅 부딪쳤다. 그는 이미 한물 간 로터스 바를 거의 의식하지 못하고 있다. 한때는 사뿐사뿐 걸어다니는 호스티스들과 돈푼 꽤나 있어보이는 사업가들로 들끓었던 부정부패의 온상지였지만, 이제 이곳은 천 마리의 부지런한 생물들이 주인 노릇을 하고 있을 뿐이다. 소파 커버에는 들쥐들의 향연이 펼쳐지고, 바퀴벌레들은 벽지를 조금씩 갉아먹고, 독사들은 자신의 독치를 쑤셔넣을 털 달린 포유동물들을 찾아 헤매고 있다. 마마상이 약 여섯 달 전에 뒷문 널빤지를 좀더 단단히 못질해 놓으라고 나를 여기로 보낸 적이 있었다. 그녀가 말한 곳에서 발견된 망치와 못은 죄다 녹이 슬어 있고, 쥐 오줌이 말라붙어 반짝거렸다.

마마상이 로터스 바의 주인이 된 이후, 7년의 쓸쓸한 세월이 흘러갔다. 그건 애초부터 실패할 사업적 모험이었다. 무료 샴페인을 제공한다는 광고 전단지를 뿌리는 쇼걸 차림의 호스티스들을 눈요깃감으로 내세우며 휘황찬란한 개업식을 치르자마자, 마마상은 간사이 노선의 확장 공사가 가게로부터, 문자 그대로 침을 뱉으면 닿을 듯한 거리에서 곧 착수될 예정이라는 통지문을 받았다. 마마상은 착공을 막기 위해 철도 간부들에게 술과 여자를 들이대며 탄원도 하고 불도저 앞에서 아예 드러눕기도 하면서 백방으로 노력했지만, 18개월 후부터 총알열차가 매 시간마다 열두 번 윙 소리를 내며 날아다니기 시작했다. 열차가 지나갈 때마다 전쟁터가 따로 없었다. 벽을 흔들어대는 진동으로 손님들이 의자에서 떨어지기 일쑤였다. 마마상은 11개월 동안 이 격렬한 난동에도 시종일관 미소를 잃지 않으며, 선반에서 떨어진 물건들을 민첩하게 주워 올리는 식으로 손님들을 안심시켰다. 하지만 떨어지는 올드 네이비 럼주 병에 머리를 맞은 샐러리맨이 건 소송은 나귀의 등을 부숴버린 빨대나 다름없었다. 그 사건 직후 마마상은 로터스 바를 내놓았고, 지금까지도 팔리지 않고 있다.

마마상의 신경이 종이 조각처럼 갈기갈기 찢어질 때, 그녀의 철없는 아들 유지는 로터스 바에서 그 어느 때보다 행복한 나날을 보내고 있었다. 호스티스들은 사춘기 전의 유지를 꼬마 손님 취급하며 너무 귀엽다느니 사랑스럽다느니 하는 말들을 끊임없이 늘어놓았다. 그리고 지금, 짙은 고통의 안개 속에 침몰한 유지는 행복한 지난날들을 다시금 돌이키고 있다. 작은 딱정벌레가 질겁하며 달아나는 바의 선반 위에서 숙제를 하고 있으면, 호스티스 유코가 그 명주처럼 부드러운 목소리로 유지의 총명함을 칭찬했다. 유지는 그 시절을 생각하며 달콤씁쓸함이 뒤섞인 향수병으로 신음했다. 혀가 깨진 이빨의 가장자리를 스치자 다시 한번 신음 소리가 터져나왔다.

혼란에 사로잡힌 메리가 남동쪽으로 8.3킬로미터 떨어진 거리에서 걷고 있다. 그녀가 그렇게 거리를 헤매는 걸 지켜보려니 내 마음이 갈가리 찢어진다. 하지만 뱀의 혀처럼 찢어 올려진 운명은 드디어 나를 선택의 기로에 세워놓았다. 필사적으로 메리를 구한 후, 그녀를 신데렐라 마차에 태워 무사히 집으로 귀환시킬 것이다. 하지만 그것은 임시변통 식 해결일 뿐, 오직 휘발유만이 확실한 문제 해결사가 되어줄 것이다.

신참내기가 모는 텅 빈 열차가 코 앞에서 폭발음을 내며 지나갔다.

로터스 바의 베네치아 풍 블라인드가 미친 듯이 춤을 추고, 벽에 기댄 유지의 두개골이 덜컹덜컹 소리를 냈다. 의자와 테이블이 마룻바닥 위로 펄쩍 뛰어오르며 자이브를 추고, 샹들리에는 좌우로 마구 흔들렸다. 열차가 멀어지면서 진동도 잦아들었다. 열차 선로 맞은편에는 나를 지켜보는 버려진 냉장고와 오존층을 통해 클로로플루오로카본(역주: 탄소, 수소, 염소, 불소로 된 각종 화합물)을 방출하는 금성만이 빛나고 있었다.

나는 오늘밤 기어코 무슨 일이 터지리라는 것을 직감했다. 빛을 내는 우주의 에테르에서 그것을 감지할 수 있었다. 일을 마치고 신사이바시 거리를 따라 메리와 유지를 미행했다. 닫혀진 상가들과 시티뱅크 타워를 거쳐 성스러운 시내의 신사神社를 지나면서 나는 그들을 그림자처럼 따라붙었다. 유지는 메리 같은 황금 트로피를 손에 쥐고도, 앞서 걷는 창녀의 살찐 허벅지에서 눈을 떼지 못했다. 바로 옆에 있는 메리의 존재를 어떻게 저토록 무시할 수 있을까? 그녀의 속눈썹에 붙어 사는 아주 작은 진드기와 그녀의 귀지에조차 찬사를 보내는 나와는 정말 대조적이다. 메리가 초감각을 획득하기만 하면, 다시는 저렇게 무시당하는 일이 없도록 곁을 지킬 것이다.

유지의 친구들이 바에서 기다리고 있었다. 바는 무정부주의자와 성전환자, 그리고 사탄 숭배자들로 가득한 지옥과 다름없었다. 그렇게 잘못된 길을 가는 바보들에게 동정심이 일었다. 그들이 만약 초감각적인 존재로 진화해 실제 루시퍼의 모습이 얼마나 비참한지 볼 수만 있다면, 아마 벌렁거리는 심장을 부여잡고 이 상서롭지 못한 공간으로부터 멀리 도망칠 것이다. 지옥의 C급 명부 작성자로 전락한 요즘 악마들은, 손님들을 검은 무리와 벨기에식 메탈 콘서트로 이끌면서 간신히 연명하고 있다. 누구라도 염소 피를 벌컥벌컥 들이키라는 유혹에는 두 번 이상 심사숙고하게 된다.

악마 숭배자들은 더이상 나를 겁주지 못한다. 그들은 뾰족한 턱을 가진 유지의 야쿠자 동료들과 비교할 때, 힘없이 울어대는 새끼 고양이에 불과하다. 나는 그 야쿠자 깡패들을 보자마자 그들이 유지에게 실질적인 해를 끼치기로 작당했다는 것을 알아차렸다.

"가롯 유다가 응분의 대가를 치루는 건 당연하지."

유지 유다가 바에 들어서자 그 중 한 명이 중얼거렸다.

공포가 내 신경의 고속도로를 탔다. 유지가 죽도록 얻어터지는 것이야 나쁘지 않았지만, 메리가 거기에 함께 있다는 것이 마음에 걸렸다. 메리가 놀라 비명이라도 질러대면 메리 또한 두들겨패고도 남을 놈들이었다. 세 명의 야쿠자 일당은 도덕성 대신에 사회의 악덕으로 똘똘 뭉친 테스토스테론의 인사불성 속에 앉아있었다.

금색 모자를 쓴 YY염색체 보유자인 겐지는 일전에 자신의 로트와 일러(역주: 독일산으로 경비견, 경찰견으로 쓰임) 트릭시를 욕조에 빠뜨린 다음 그 물 안에 전기 토스트 기를 넣은 적이 있었다. 트릭시가 죽으면서 뿜어낸 단말마가 그에게 샴페인을 마시고 난 뒤의 유쾌한 기분을 선사했다. 그 이후로 겐지는 더 많은 개들을 찾아 나섰다. 싱고와 토루 또한 번갈아가면서 지하실에서 서로 하얀 눈알이 툭 튀어나올 때까지 있는 힘을 다해 목을 졸랐다. 심지어 사람들이 많은 장소에서도 그들은 자신들의 악마성을 제어하지 못해 테이블 아래에서 담배 라이터로 서로의 피부에 물집을 냈다.

약탈자와 먹잇감이 테이블에서 인사를 나누는 동안, 나는 그림자 인간이 되기 위해 살금살금 물러났다. 자리에 앉자마자 유지와 그의 친구들은 메리를 소외시키면서 떠들기 시작했다.

시계 바늘이 움직였다. 맨틀 아래로 대류가 지각을 약 0.25밀리미터 정도 들어올렸다. 루시퍼의 군대는 연속적으로 데스 메탈death metal을 울려퍼지게 하기 위해 바 한쪽 구석에 설치된 주크박스로 100엔 동전을 계속 밀어 넣었다. 메리는 연신 칵테일을 마셔댔다. 그녀는 자기의 마음을 누비며 지나가는 지루한 흐름을 질식시키기 위해, 그리고 내동댕이쳐진 생명없는 인형처럼 취급당한 굴욕감을 잊기 위해, 술을 퍼마셨다. 메리도 일단 4차원 세계의 입구를 발견하고 나면, 결코 지루할 일이 없을 것이다.

차원의 초월성은 지루함의 싹을 없애버리는 제초제와 같다. 그때까지는 비통한 마음으로 그녀를 지켜보는 수밖에 없다.

유지는 동료들의 변화를 감지하지 못한 채 평상시처럼 자기 만족에 빠져있었다. 그들은 유지가 제멋에 지껄이는 꼴을 묵묵히 견디는 동시에, 그가 잔인하게 죽어갈 순간을 기대하며 군침을 흘렸다. 손님들이 하나둘씩 빠져나가자 그들의 진동 수도 올라갔다. 그들은 비밀리에 능글맞은 웃음을 주고받으며 콧구멍을 벌름거렸다. 나는 마지막 손님이 떠나는 시점에 그들의 공격이 시작될 것이라 짐작하면서 이 원시인들의 약호를 판독했다. 손님 수가 줄어들면서 마침내 여섯 개의 노란 눈동자가 꿈쩍하지 않고 앉아 있는 어떤 한 물체로 모아졌다. 바로 나였다.

그림자 인간인 나도 그들을 바라보았다. 나의 초지각이 현악기 뜯는 소리를 냈다. 살인 청부업자들 눈에 나는 서둘러 자리를 떠날 생각이 없어 보였을 것이다. 그들은 더 신경을 곤두세웠다. 야마가와 상의 지령에 불복종하는 건 그들로선 가당치 않은 일이었다. 바 직원들도 점점 동요했다. 살인청부업자들이 임무를 빨리 완수해야 그들도 선혈이 낭자한 바닥을 빨리 닦고 귀가할 수 있었다. 그들은 자신들의 시나리오를 위해 내가 떠나주기만을 기다리고 있었지만, 결코 메리보다 먼저 자리를 뜰 수는 없었다. 그림자 속에서 두 시간을 보내는 동안, 한 가지 묘안이 떠올랐다. 모든 게 메리의 방광膀胱에 달려 있었다.

나는 메리가 의자에 앉자마자 폐기물 처리 장치를 모니터했다. 그녀는 오늘밤, 두 번 소변을 보았다. 한번은 9시 46분에, 그리고 또 한 번은 유지를 만나기 전인 12시 59분이었다. 3시 4분 쯤 부드럽고 질척질척해진 방광이 다시 한번 부풀어올랐다. 신장의 네프론에서 음식 찌꺼기 입자들이 여과되었다. 부서진 헤모글로빈의 파편들과 5개월 동안 숙성된 아스피린이 그녀의 둘둘 말린 가느다란 관을 통해 졸졸 흐르고 있었다. 나는 메리가 야쿠자 깡패들의 인내심이 바닥나기 전에 방광의 요구에 복종해줄지 조바심을 느끼며 주시했다.

드디어 메리의 몽상이 요의尿意로 교체되는 순간, 나는 안도감으로 몸을 떨었다. 메리는 자리에서 일어나 바를 가로질러 몸을 비틀거리며 여자 화장실로 이어지는 짧은 복도로 내려갔다. 나도 일어나 메리를 따라갔다. 여자 화장실 문은 열려 있었다. 나는 문을 당겨 닫은 후, 있는 힘껏 손잡이에 매달렸다.

한편, 바에서는 토루의 분노가 결정적인 국면에 이르렀다. 마지막 손님이 시야에서 사라졌다는 것만으로도 충분히 만족스러운 기회였다. 그는 일어서서 팔에 그려진 낫 문신처럼 원을 그리듯 팔을 휘둘렀다. 재떨이와 유리잔이 마루바닥에 떨어졌다. 얼굴에 강철 같은 주먹이 날아오자, 유지의 관자놀이에서 동맥이 부글부글 끓어올랐다.

“배신자!”

바 직원들이, 앉은 자리에서 나가 떨어지는 유지를 지켜보다가 쪼개지는 목공품 소리에 질겁을 했다. 유지는 목구멍에서 부글거리며 올라오는 피를 토했다. 다음은 싱고와 겐지 차례였다. 갈비뼈와 팔에 발길질을 하는 얼굴이 잔인하게 일그러졌다. 유지는 발에 채일 때마다 감전당한 것처럼 몸을 비틀었다.

"어디에… 있는지… 말하란 말야, 새꺄…"

말 한마디마다 사정없는 발길질이 이어졌다.

고통으로 실성한 듯 피로 쿨럭이는 유지의 목구멍에서 웃음이 흘러나왔다.

"번지 수를 잘못 찾았어… 메리한테 가서 알아봐!"

방광에 다시 평정이 찾아오자, 메리는 화장실 문으로 향했다. 메리는 근육량이 적은 데다 술 취한 상태임에도 불구하고 손잡이에 무려 103.1 뉴톤이나 되는 힘을 가했다. 하지만 그 맞은편에는 312.1 뉴톤의 타협하지 않는 내 힘이 그녀의 공포에 맞서고 있었다. 나는 신발 바닥을 문설주에 대고, 들썩들썩대는 문이 열리지 않도록 사력을 다해 손잡이를 잡아당겼다.

잠시 난타가 중지된 바에서는 토루가 유지 옆에 쭈그리고 앉아있었다.

"다시 말해봐. 너 지금 뭐라구 했어?"

"메리한테 있어… 메리를 잡아!"

내 심장이 분노로 솟구쳤다. 다행히 목구멍에 피와 점액이 가득 차 있었기 때문에 그들은 무슨 소리인지 잘 알아들을 수가 없었다. 유지는 피로 부글대는 웃음을 또 한번 분출했다. 토루가 손바닥으로 그 얼굴을 가격했다. 그리고 나서 유지를 잡아 일으켜 팔을 뒤로 비튼 다음 클럽의 서빙 창구 쪽으로 세차게 밀쳤다. 바 직원이 유지의 피 튀기는 행진에 목례와 손짓으로 작별 인사를 고했다.

문을 사이에 두고 밀고 당기기가 계속되었다. 급기야 그녀가 고함을 질렀다. *누구 없어요? 도와 주세요!* 일곱 번의 시도 끝에 결국 그녀는 자포자기했다.

나는 바 쪽으로 전력질주했다. 바텐더가 깨진 유리 파편을 치우고 있을 무렵, 나는 피로 얼룩진 바닥에서 저벅저벅 실리콘 이산화물을 밟으며 바텐더 옆을 휙 지나쳤다.

밖에는 겐지와 싱고 그리고 토루가 순찰차의 번쩍거리는 파란 불빛 속에서 유황의 지옥불 같은 격한 분노를 내뿜으며 서 있었고, 경찰은 그들이 하는 말을 상세히 받아적고 있었다.

저 멀리, 날개 부러진 새처럼 빈 택시에 간신히 올라타는 유지가 보였다.

내 휘발유통 안에는 밀실 공포증에 걸린 탄화수소가 연소될 준비를 하며 성난 몸부림을 치고 있다. 이 분자들은 한때 퇴적암 사이에 쑤셔 박혀 수천 년 동안 짓눌려 있던, 미래에 정유 공장에서 흡수될 자신들의 운명을 전혀 알아차리지 못한 채 지구를 지배했던 주라기 열대우림과 공룡이었다. 나는 이런 식의 좌천으로 인한 그들의 욕구불만을 이해할 수 있었다.

철로 건너편에서 유지가 성냥을 그었다. 인광성 물질이 민감한 반응을 보이면서 성냥 끝 불길이 로터스 바의 어둠 속에서 너울거렸다. 그는 성냥을 하나 더 켜기 전에 먼저 것이 모두 타들어가는 것을 바라보았다. 내 휘발유통이 어떤 임무를 띠고 있는지, 이제 짐작할 수 있을 것이다. 바로 유지가 성냥에 한 짓과 똑같은 일이다. 도덕적이고 양심적인 사람들은 나를 용서받지 못할 괴물로 여길 수도 있겠지만, 잠시 이성을 가지고 생각해보면 얘기는 달라진다. 유지를 불태워버림으로써 이 세상에서 고통받는 사람들이 줄어들 수 있다는 사실을 생각해보자. 그가 지구를 오염시키고, 더 나아가 메리의 삶뿐만 아니라 미래에 자신을 스쳐갈 모든 이들의 삶까지도 위험에 빠뜨리도록 수수방관할 수는 없다.

이것은 사나운 열정에서 비롯된 결정이 아니라 다분한 숙고를 통해 도출한 유익한 결정이었다. 또 이것은 살인이 아니다. 단지 그의 살이 탄소 가루와 에너지로 바뀌는 변환 작용일 뿐이다. 우주 내에 존재하는 물질의 총합은 언제까지나 변하지 않는다. 그리고 진정 중요한 것은 결코 사라지지 않는다. 심지어 영혼까지도 집파리의 유충이나 알을 까는 애벌레 등 가까운 생명체로 이주할 것이다. 거듭 말하지만, 나는 전혀 양심의 가책을 느끼지 않는다.

다급할 때면 나타나 도움을 주는 신조차 자취를 감추었다는 것을 깨닫지 못한 유지는, 나무 오두막 안에서 잔머리를 굴리며 난관을 모면할 획책만을 궁리하고 있다. 메리를 공모자로 만들겠다는 계획을 조금도 바꿀 생각이 없는 그는, 오히려 메리에게 자신의 알리바이를 만들어달라고 설득할 작정이었다. 더군다나 그는 자기가 저지른 배신 행위에 대해서까지 메리가 어느 정도 비난의 몫을 감당해주기를 바라고 있었다.

달빛 속에서 올빼미가 날개를 펴고, 중국 대륙 만한 빙판이 화성의 운하를 표류한다. 암흑 속에서 고색창연한 녹청색을 내뿜는 로터스 바의 지붕 위에서 먹이를 찾아 어슬렁거리던 고양이는, 내가 일어서자 남은 세 개의 목숨[46]을 염두에 두고 바닥으로 풀쩍 뛰어내려 발소리도 없이 멀리 달아났다. 옆에서는 휘발유가 세차게 넘실거리고, 나는 철로를 가로지르고 있다. 나는 이끼 낀 비탈을 기어 호스티스 바로 향했다. 그 쓰러질 듯한 외양에도 불구하고 이 목조 건물에는 무려 790 킬로주울(역주: 1킬로칼로리는 4킬로주울)의 에너지가 이제 막 눈을 뜨고 있다.

로터스 바는 현재, 단순히 이곳에서 번성하는 생물들의 생존 공간 이상의 가치를 획득했다. 처음에는 생태계 속에서 그 존재의 이유를 되찾더니, 이젠 도망친 야쿠자 깡패를 위한 은신처가 되어주고 있지 않은가. 사실 이곳은 호스티스 과거의 집적소와 같은 장소이다.

그 유령같은 흔적은 좀처럼 사그라들지 않고 어둠 속을 부유하며 아무 의미 없이 계속해서 재생된다. 밤마다 유지의 침실로 살금살금 숨어들어 열한 살짜리의 휘둥그래진 눈 앞에서 감질나는 밸리 댄스를 추어댔던 요부 키요카, 자신의 한쪽 의안義眼[47]소프트 렌즈를 이빨 사이에 물고 수많은 남자들을 상대로 에로티시즘의 개념을 아찔하게 설명하며 자극적인 농을 펼치던 시즈코, 군살이라곤 찾아볼 수 없는 몸매로 꽤 젊고 요염했던 마마상. 마마상은 아들의 죽음으로 무참히 망가질

46. 많은 고양이는 뛰어난 유연성과 민첩성을 갖추고 있기 때문에 높은 곳에서 거꾸로 떨어져도 순간적으로 몸을 다시 거꾸로 돌려 안정적으로 착지할 수 있다. 이렇듯 몸을 안전하게 보호할 수 있다고 해서 목숨이 아홉 개라는 말이 붙음

47. 사고, 외상, 질병 또는 선천적으로 실명이 되었을 때 눈을 제거하거나 또는 제거하지 않은 상태에서 미용적 효과를 볼 수 있도록 아연 등을 혼합한 화학물질을 특수 처리하여 제조한 인공 안구

것이다. 아마 미스터 보잔글스가 본분을 다해 마마상을 위로하겠지. 메리 또한 유지의 죽음을 애도할 사람 중에 하나다. 하지만 일단 초감각의 세계로 도약하게 되면 그러한 상실감은 일시에 사라질 것이다.

나는 바 주위를 둘러가며 잡초 위로 휘발유를 졸졸 부으면서 그 혼란스런 향기를 한껏 들이마셨다. 그 신랄한 냄새는 유지의 콧구멍까지 간지럽게 만들겠지만, 그는 지금 지독한 자기 연민에 사로잡혀 그 냄새가 뭔지, 어디서 오는 것인지조차 모를 것이다. 일단 유지가 죽고 나면 메리가 초감각적 존재로 날아오르는 일도 기하급수적으로 진행될 것이다. 메리가 내게 자기 존재의 골조를 적나라하게 드러냈듯이 나도 메리에게 그렇게 비춰질 걸 생각하니 한편으로 기운빠지는 느낌도 들었다.

그녀는 곧 내 세포질 속을 번개처럼 날아다니는 리보솜(역주:세포 중의 RNA와 단백질의 복합체)을 보게 될 것이고, 내 발에 난 사마귀와 흔들거리는 맹장도 간파할 것이다. 저주스러웠던 성장기의 훈육 방식과 노상 내 영혼에 출몰하는 아버지의 그림자도 엿볼 수 있을 것이다. 적어도 메리는 내 지나간 시절의 가정에서 아늑한 분위기의 저녁식사를 기대할 일은 없겠다고 느낄 것이다. 아버지는 언제나 여자와는 어떤 관계도 맺어서는 안된다고 엄격히 금했었다. 어릴 때부터 경제학 박사 학위를 따고 재정부에서 일자리를 구할 때까지 여자는 절대 금기항목이라고 귀가 따갑도록 충고해왔다. 그때가 돼야만 적당한 결혼 상대자를 만날 수 있다는 말이었다.

여자 아이들에게 전혀 호감을 느끼지 못했던 중학교 시절까지만 해도, 아버지의 지시사항을 따르는 일은 그다지 어렵지 않았다. 본래 여자를 싫어해서라기보다는 그저 여자는 어리석고 둔한 존재라고만 생각했다. 하지만 고등학교 때 내 인생에 들어온 한 여자아이로 인해, 여자를 보는 관점이 영원히 바뀌게 되었다.

당시 우리 학교 영재 수학 반에는 총 여섯 명이 있었다. 탁구에 미쳐 있던 내 유일한 친구, 테쓰야. 다른 사람과는 얘기도 나누지 않고 서로 고대 라틴어로만 대화했던 쌍둥이 천재, 히데와 준. 그리고 우리 같은 머저리들하고 같은 수업을 듣는다는 말을 입밖에 내면 당장 혀를 잡아 빼버리겠다고 위협했던 인기 농구 스타, 유 카노. 그리고 아이 이노우에.

아이 이노우에는 두 가지 이유로 유명세를 탔다. 첫째, 그녀의 아버지가 학교에서 일하는 소사라 운동장 끝 판잣집에서 함께 살고 있다는 점과 둘째로 열두 살 때부터 척추 측만증을 교정하기 위해 등에 보기 흉한 척추교정기를 매달고 다녔다는 점이다. 아이의 그런 장애는 놀리기 좋아하는 녀석들의 안성맞춤 희생양이었다. 여자아이들은 냉장고 자석을 그 금속 척추교정기에 갖다대며 장난을 쳤고, 남자아이들은 "야! 철의 여인!"하며 소리를 질러댔다.

그들은 아이가 걸어오는 것만 봐도 포복절도했다. 그녀에게 고등학교 시절은 지옥이었다.

다른 애들과는 달리 아이는 어떤 클럽에도 가입하지 않았고 사설 입시학원에도 다니지 않았다. 방과 후에는 책상 밑의 껌을 떼는 아버지 일을 도와주거나 혼자 대나무 숲을 거닐었다. 척추교정기의 덜거덕대는 소리 때문에 새들이 멀리 달아났다.

아이에 대해 가장 잊을 수 없는 기억은 고 3 가을 태풍이 왔던 시기에 일어났다. 위험천만한 날씨 때문에 휴교령이 내려졌던 어느 날, 나는 강풍에도 굴하지 않고 홀로 등교를 했다. 내가 담당했던 전자 유도에 관한 프로젝트를 꼭 끝내고 싶었고, 물리를 가르쳤던 가자구치 선생님으로부터 실험실 사용까지 허락받아놓은 차였다. 나는 오전 나절에 실험 준비를 마쳤고 전압계의 기록을 읽느라 바빴다.

바로 그때 창문 밖 무언가가 시선을 끌었다. 학교 체육관 지붕 위에 혼자 서 있는 아이였다. 비가 그녀의 교복을 흠뻑 적셨고 강풍이 그녀의 머리칼을 사정없이 헝클어뜨렸다. 폭우가 세차게 후려치는 가운데 그녀는 마치 고대 선박 앞에 새겨진 조각상처럼 팔을 앞으로 쭉 뻗고 있었다. 그때 목격한 야생적이고 대담하며 광기까지 느껴지던 그 눈빛을 나는 지금도 잊을 수가 없다. 그때 그녀는 척추교정기도 차고 있지 않았다.

그 이후로 나는 무작정 그녀에게 끌렸다. 하지만 이미 말했듯이 아이는 인기와는 동떨어진 인물이었고, 못마땅하기는 하지만, 나 역시 마찬가지였다. 두 명의 왕따가 친하게 지낸다면 학교 전체의 웃음거리가 될 것이며, 우리의 외로운 투쟁도 더 극심해질 게 뻔했다.

우리가 서로에게 처음으로 말을 걸었던 건 그 태풍 이후 몇 달이 흘러서였다. 그날 그녀는 오후 무렵 얼굴을 내리깔고 대나무 숲을 거닐고 있었다. 쌍둥이 악당인 미치오와 카즈오가 인터넷 쇼핑으로 주문한 쌍절곤을 테스트해본다고 나를 흠씬 두들겨 팬 직후였다. 금속성의 절거덕거리는 소리가 점점 가까이 들려왔다. 고개를 든 나는 호기심에 나를 내려다보는 아이의 그림자와 마주쳤다. 그녀는 등에 달린 척추교정기가 허용하는 만큼만 등을 구부렸다.

“괜찮니?”

그녀가 말을 건넸다.

“넌 지금 굉장히 희귀한 풀 위에 누워 있어. 조금이라도 그 식물에게 경의를 표했으면 한다."

나는 샛길 쪽으로 방향을 바꾼 뒤 그녀가 빨리 떠나주길 바라며 진흙 속에 얼굴을 처박았다.

"와타나베, 카쿠 쌍둥이는 4학년 때부터 매달 같은 시간, 같은 장소에서 너를 기다리고 있었어. 귀가길을 좀 바꿔보는 게 어떻겠니?"

그녀가 물었다.

나는 다시 고개를 들고, 그들을 피하는 건 귀중한 학습 경험을 박탈하는 일이라고 설명해주었다. 눈빛은 바보라고 말하는 듯했으나, 결국 아이는 손을 내밀어 내가 일어설 수 있도록 도와주었다.

그날부터 우리는 친구가 되었다. 예상했던대로 이지메는 더욱 심해졌다. 아이들은 우리에게 멀리 도망가서 함께 서커스단에나 들어가라고 놀려댔다. 내가 쓰고 있는 안경을 걸핏하면 나꿔 채서는 렌즈에 풀칠을 해놓기 일쑤였다. 교무실의 선생님들조차 아이는 저렇게 큰 정조대를 차고 있으니 10대에 임신할 위험은 없을 거라며 농을 지껄였다. 그러나 기쁘기도 하고 놀랍기도 한 일이지만, 내게 그런 건 전혀 중요하지 않았다. 나는 입시 학원을 빼먹기 시작했고, 대신 아이가 숲에서 식물 채집하는 것을 돕거나, 화창한 저녁이면 주파수를 맞춘 러시아 오페라 방송을 함께 들으며 행복한 시간을 보냈다.

우리는 피차 그다지 말이 없었다. 고독한 유년기와 학교 사교로부터 고립돼왔던 습관 때문에 둘다 대화하는 기술이 부족했다. 그러나 그저 함께 있는 것만으로도 매우 만족스러웠으며, 우리를 박해하는 무리들은 이런 결속력을 더욱 튼튼하게 만들었다.

아이에 관한 추억 중 두번째로 잊혀지지 않는 건 우리의 우정이 종지부를 찍기 전날의 일이었다. 시내를 함께 걷고 있을 때 저만치 우리의 박해자들이 걸어오는 것을 포착했다. 그때 아이가 KFC 골목길로 내 손을 잡아끌었다. 우리는 숨을 죽인 채 그 깡패 같은 녀석들이 서로 난폭하게 밀치고 험한 욕을 해대며 사라지는 것을 지켜보았다. 잡힐 수도 있는 위험천만한 동시에 흥미진진한 순간이었다. 치킨 기름이 타들어가는 냄새도 풍겼던 것 같다. 그리고 지금도 나는 KFC를 지날 때면, 그녀가 나를 당겨 내 입술에 자기 입술을 포갰던 순간을 떠올리곤 한다.

그날 밤 나는 위안을 주는 듯한 대기를 가르며 귀가했다. 식탁에 앉아 어머니가 차려준 음식을 먹으면서도 나는 아무 맛을 느낄 수 없었다. 방으로 돌아와 침대 위로 풀쩍 뛰어 오른 나는 몽상에 잠긴 채 패러데이 법칙[48]을 설명하고 있는 물리 교과서를 휙휙 넘기며 앉아있었다.

잠시 후 방문이 열리고 아버지가 들어왔다. 그의 엄격한 납빛 얼굴은 지극한 행복 속에 잠긴 듯한 내 기분을 산산조각 냈다. 아버지는 책상 쪽으로 천천히 걸어오더니 나의 앵글포이즈 램프[49]를 조절해 내 얼굴을 눈부실 정도로 비추었다.

"와타나베,"

무시무시하게 차분한 음성이었다.

"오늘 입시 학원에서 전화가 왔다. 네가 지난 두 주 동안 결석을 했다고 그러던데…"

---

48. 1831년 영국의 과학자 패러데이Michael Faraday가 발견한 전자기 유도 현상으로 발전기의 원리가 되었다.
49. 어느 각도에서나 방향을 조절할 수 있는 조종 기둥과 머리를 가진 램프

뜨끔해진 나는 망막을 찌르는 눈부신 태양의 흑점과 분광 전구의 필라멘트 때문에 눈을 깜박거렸다.

"자, 와타나베, 요즘 어떤 불결한 매춘부 같은 계집애를 만나고 있는지 얘기해라."

나는 고개를 떨군 채, 강렬하게 쏘아보는 아버지의 눈길 아래에서 움찔거렸다. 그리고 나서 모기만한 소리로 사실 그대로를 털어놓았다.

한숨도 못잔 다음날 아침, 나는 신경쇠약에 걸린 창백한 얼굴로 정신없이 학교 정문을 통과했다.

한시라도 빨리 아이에게 아버지가 격노하셨다는 이야기를 전해주어야 했다. 그러다가 결국 오전 휴식 시간에 복도를 절거덕거리며 나아가는 아이만의 금속 걸음걸이를 포착했다.

"아이! 아이!"

내가 불렀다.

그녀는 빨간 화학 수업 자료를 가슴 앞에 끌어안고 휙 돌아보았다.

나는 달려가 그녀의 어깨 위에 손을 얹었다.

"아침에 왜 영재 수학 반에 오지 않았니?"

내가 물었다.

그녀는 나를 위아래로 훑어보았다. 아무 말도 하지 않는 그녀의 아름다움은, 누군가 핥기라도 한 것처럼 머리 위에 얼룩덜룩 묻어있는 침 자국으로도 훼손되지 않았다. 나는 그녀의 머리를 깨끗하고 살뜰하게 어루만져 주고픈 심정뿐이었다.

"왜 수학 반에 못들어갔냐구?"

그녀가 내가 한 말을 반복했다.

"네 아버지의 지령을 받은 사람이 교장실에서 성희롱을 해대는 바람에 빠져나올 방법이 없었어. 이제 됐니? 자 이제 내 어깨 위에 올린 손 좀 치워줄래? 난 다시 오해받고 싶지 않다구."

그녀는 분노로 이글이글 타오르는 눈빛으로 다시 뒤돌아 당당하게 걸어갔다.

나는 그 이후로 오랫동안 슬픔에 빠져있었다. 하지만 진심으로, 차라리 잘된 일이었다고 생각한다. 가끔씩 나는 초공간의 바다를 항해하며 아이 이노우에를 찾는다. 그녀는 대학교 1학년 때 곧은 척추와 함께 미국으로 건너가 스탠포드 대학교에서 식물학을 전공하면서 장학금까지 받았다.

아이 이노우에가 비록 4차원의 세계는 알지 못한다 해도 자기 인생만큼은 퍽 잘 꾸려나간 셈이다. 그녀에겐 칩 폰테인이라고 하는 미국인 남자친구도 있었다. 처음에는 질투심을 느꼈으나 별빛 충만한 이 경지에 존재하는 나 자신을 떠올리고 나면 질투심은 온데 간데 없이 사라졌다.

원을 그리며 휘발유를 모두 부었다. 이제 필요한 건 불씨 하나뿐이다. 임박한 죽음을 직감한 것처럼, 유지는 바 한가운데로 기어가고 있다. 그의 누관을 통해 염분이 새어나온다. 그를 불태워버리기에 앞서 다시 한번 그의 비참한 기분 속으로 들어가보기 위해 그에게 5분을 허용하기로 마음먹었다.

왜 하필 나야? 난 먹이 사슬의 맨 위에 속해 있었다구. 이런 외진 곳에서 손과 무릎에 죽도록 피를 흘리고 있다니. 내 몰골이 끔찍하다.

이제 다음 순서로 나아가야 한다. 이 밖에서 충분히 시간을 낭비했다. 일 처리가 빨라질수록 메리와 재회할 수 있는 시간도 빨라진다.

아, 고통때문에 죽을 지경이다. 난 분명히 죽어가고 있어. 오, 하나님, 목숨만 살려주신다면 앞으로 믿음으로 살겠다고 맹세하겠나이다. 신성하고 헌신적인 삶을 살겠나이다. 제발 저를 혼자 죽게 내버려두지 마시옵소서. 너무 외롭습니다…

유지는 존재론적 공포 속에서 목이 메었다. 인간이 가진 근본적인 외로움에 대한 암울한 진실 중 하나는, 그 외로움이 유년기 이래 언제나 우리 마음 속에 잠복해있다는 것이다. 그러나 유지는 그 외로운 순간을 언제나 힙합이나 비디오 게임, 그리고 인터넷 포르노로 멀리 쫓아버리곤 했다. 신체 기록을 훑어보니 그다지 죽어간다고는 할 수 없었다. 정말로 마지막 숨을 헐떡거리고 있는 오사카의 시민 15.2명의 귀중한 순간에 비하면 그야말로 모욕적인 존재다. 나는 이 덩치 큰 아기에게, 죽어간다는 게 정말 무엇인지 가르쳐줄 의무가 있다고 생각했다.

내 손가락이 호주머니 안에 있는 플라스틱 라이터로 다가갔다. 그때 무언가 귀를 스치고 지나갔다. 만약 내가 모든 것을 아는 존재가 아니었다면, 아기 소리처럼 너무 작고 가냘픈 그 흐느낌을 숲에서 길을 잃은 걸 스카웃 소녀의 울음으로 착각했을 것이다. 나는 혐오에 몸을 떨며 내 초감각 해부용 메스를 꺼내 이 도망자의 머리 속을 절개했다. 의심했던대로 그는 자신이 속해있던 조직의 축출과 박해로 제정신이 아니었다. 제대로 기운을 회복하기 위해서는 몇 달 정도는 걸릴 것이다.

나는 밤 공기 속으로 힘차게 라이터를 던졌다. 라이터는 철로 맞은편에 털썩 소리를 내며 떨어졌다. 큰 불길이 타오른다면 더 바랄 게 없을 것이다. 그건 죽음의 고통을 덜어주기 위한 온정의 제스처일 테니까. 뭐가 걱정이란 말인가.

당분간 인류는 안전할 것이다.

15

: 사토

'당신은 때때로 폭풍우야말로 하늘이 자신의 구멍을 깨끗이 만드는 방법이라고 농담삼아 말하곤 했지.'

오늘 아침 집을 나선 후 새로 태어난 듯한 쾌청한 공기를 한껏 들이마셨을 때 더할 나위 없이 완벽한 기분이 들었다. 이웃 아이들이 줄을 지어 초등학교로 행진할 때 여덟 개의 노란 모자가 집 대문 위로 까딱까딱 움직였다.

아이들은 47번지에 멈춰 서서 대문을 막 나오는 머리 땋은 꼬마 소녀를 기다렸다. 소녀가 껑충껑충 뛰어가 그 끝에 서자 다시금 줄이 움직이기 시작했다. 하나같이 노란색 가방을 둘러멘 아이들을 보자니 연못을 향해 아장아장 걸어가는 명랑한 새끼 오리들이 떠올랐다.

우편함 근처에 아무도 없다는 것을 확인한 나는, 가능한 한 빨리 길 아래로 내뺄 작정이었다. 하지만 쓸데없는 짓이었다. 대문의 빗장을 벗기는 순간, 다나카 부인이 자기집 현관문을 열고 나오면서 나를 불렀다.

"저기요, 사토 씨!"

다나카 부인은 7리그 부츠seven-league boots[50]라도 신은 것처럼 단숨에 잔디를 가로질렀다. 내 사생활을 캐내고야 말겠다는 의지가 인공 고관절

수술을 받은 노인네들은 엄두도 못낼 왕성한 기력을 끌어내는 모양이었다.

"좋은 아침이죠, 다나카 부인."

내가 말했다.

"사토 씨,"

다나카 부인이 숨을 골랐다.

"폭풍우가 하늘을 멋지게 청소했죠?"

내가 사이를 틈타 말했다.

"음…"

다나카 부인은 참견 거리를 입 속에 가득 머금고 있다가 내 입에서 날씨 같은 뜬금없는 화제가 튀어나오자 마지못해 웅얼거렸다.

서둘러 나오느라 핑크색 누비 실내복을 되는대로 걸쳤는지 단추들이 잘못 채워져 있었다. 그녀는 컬 클립을 만 잿빛 머리에 헤어네트를 뒤집어쓴 모습으로 팔짱을 낀 채 나를 심술궂게 쳐다보았다. 내가 1분 1초도 기다리지 않고 떠나는 7시 45분 열차에 대해 막 이야기하려는 순간, 다나카 부인이 불쑥 입을 열었다.

"저기, 사토 씨, 당신 혹시 다크호스[51] 아니우?"

"제가요?"

나는 그녀가 왜 그런 말을 했는지 잘 알고 있으면서도 일부러 되물었다.

---

50. 옛 이야기 엄지동자Hop-o' -my-Thumb에 나오는, 한 걸음에 7리그(약 21마일) 갈 수 있다는 구두
51. 뜻밖의 유력한 경쟁 상대, 여기서는 나오코와 마리코 두 여자 사이를 염두에 둔 것임

"여기 사토 씨 말고 또 누가 있겠수! 어젯밤 쓰레기 분리 수거를 하러 나갔다가 당신 집 현관 입구에 앉아 있는 아가씨 때문에 얼마나 혼비백산했는지 알아요?"

다나카 부인은 마치 그 여자가 자신을 놀래킬 목적으로 거기 있었다는 듯 약간의 모욕감까지 실린 어조로 말했다.

나는 공손히 미소지었다.

'여보, 당신도 알다시피 쓰레기 수거일은 월요일이지 않소.'

"그 여자 때문에 십 년은 감수했다니까!"

다나카 부인이 마치 사라지지 않은 충격을 억누르듯 가슴에 손을 얹으며 말을 이었다.

"그 여잔 누구예요? 사토 씨 친구라도 되는 거예요?"

"아니오. 직장 동료입니다."

"직장 동료요?"

다나카 부인이 눈을 동그랗게 뜨며 소리쳤다.

"난 길 잃은 학생이라고 생각했어요."

내 미소가 어색하게 일그러지고 있었다.

"오래 있지는 않았어요."

나는 괜한 거짓말을 덧붙였다.

"제가 오자 바로 떠났죠. 회사 업무 때문에 전해줄 용무가 좀 있어서요."

"난 현관 문이 쾅 닫히는 소리를 듣지 못했는데…"

다나카 부인은 어떤 속임수 하나라도 놓치지 않겠다는 듯 끈질기게 물고 늘어졌다.

"혹시 부인께 방해라도 될까봐 아주 조용히 닫았어요."

"그럼 그 밤에 그 아가씨 혼자 집에 돌아가게 했단 말이우?"

다나카 부인이 집요하게 물었다.

"아뇨, 택시를 불러줬어요."

"어젯밤에 내가 들은 차 소리라곤 10시 15분쯤 귀가하는 오카무라 씨 차 소리뿐인데…"

뺨 위에 괴로운 거짓말쟁이의 홍조가 떠올랐다. 평소 이웃들의 일거수 일투족을 하나도 놓치지 않는 다나카 부인을 속인다는 건 애초부터 불가능했다. 아마도 다나카 부인의 눈에 나는, 입과 손에 밀가루가 묻어있는데도 붕어빵을 건드리지 않았다고 막무가내로 우기는 소년처럼 보일 것이다.

"참 이상하군요."

내가 맥없이 말했다. 하지만 홍당무가 된 뺨은 이미 다나카 부인에게 충분한 승전보를 울린 것이나 다름없었다. 그녀는 의당 해야할 다음 말로 넘어갔다.

"그 직장 동료라는 아가씨, 정말 이상했어요."

"무슨 말씀이시죠?"

내가 물었다.

"마치 교회 생쥐처럼 어두운 현관 앞에 죽은 듯이 구부린 채 앉아 있었어요. 나는 집을 잘못 찾아왔나 생각하면서 혹시 당신을 기다리는지 물어보러 갔죠. 근데, 나를 보는 눈빛이 마치 허공을 보는 것 같았어요."

"몸이 좀 좋지 않았나 봅니다."

내가 말했다.

"음… 글쎄요. 처음엔 귀머거리인 줄 알았어요. 그래서 몇 발자국

더 다가가서 아주 크고 분명한 소리로 다시 한번 물었죠. 사토 씨를 기다리고 있으시냐고. 그리고 나서 사토 씨는 일 때문에 자주 늦으니, 원한다면 우리 집 거실에 와서 편안하게 기다리라고 했죠."

"그러니 뭐라고 하던가요?"

내가 물었다.

"아무 말도 없었어요. 대신 나를 아주 똑바로 쳐다봤어요. 내가 말한 걸 분명히 알아들은 눈치였어요."

"아마 낯을 좀 가리는 성격인가봐요."

"낯을 가린다구요?"

다나카 부인이 말도 안된다는 듯 코방귀를 끼며 덧붙였다.

"사토 씨, 오히려 그 반대였어요. 나를 똑바로 쳐다보더니 방긋 웃기까지 했어요. 그래서 난 속으로 생각했죠. 나를 향해 저런 식으로 뻔뻔스럽게 웃는 저 여자는 도대체 누구람? 하고 말이에요. 그러더니 그때부터는 내가 바보나 서커스 광대라도 되는 것처럼 아예 대놓고 깔깔거리며 웃기 시작했어요. 도대체 뭣 때문에 그러냐고 물으니까 더 정신을 못차리고 웃더라구요. 그래서 미친 사람처럼 혼자 웃어대며 차갑고 축축한 곳에 앉아있는 그 여잘 떠났죠. 내 호의를 그런 버릇없는 아가씨한테 낭비하고 싶진 않았어요."

"제 동료를 대신해서 사과드릴게요."

사실 나는 어젯밤 마리코가 이렇게 속죄를 할 만큼 나쁜 행실을 보이지는 않았을 것이라고 생각했다. 다나카 부인은 본래 허풍선이 기질이 있고 마리코도 아마 몸이 너무 안좋은 상태라 제대로 된 처신이 어려웠을 것이다.

"그녀가 그런 식으로 행동한 데엔 분명히 그럴 만한 이유가 있었을 겁니다."

다나카 부인은 내 사과를 모욕적인 언사로 받아들인 듯했다. 입을 오므리면서 언짢은 표정을 짓는 바람에 순간적으로 주름살이 이마에 진을 쳤다. 그리고는 금방이라도 마리코의 얼굴이 커튼 밖으로 드러나리라 생각하는 것처럼 우리 집 침실 창문을 올려다보았다.

"오늘은 웬일이우? 커튼을 다 닫아놓고…"

다나카 부인이 말했다.

나는 매일 아침 커튼을 활짝 열어놓는 습관이 있다. 다나카 부인은 집 안에 누군가 있다는 것을 밝혀내기 위해 기를 쓰고 더 많은 증거들을 찾아낼 태세였다.

"이런, 건망증이 도졌네요."

내 설득력 없는 말이 이어졌다.

"사토 씨."

다나카 부인이 발끈하며 말했다.

"열차 시간에 늦겠네요."

그것은 그녀가 얼마나 화가 났는지를 보여주는 단적인 표현이었다. 여느 때 같으면 내가 기차를 놓치든 말든 철저히 무관심한 채 느긋하게 잡담을 늘어놓았을 그녀였다. 그녀는 좋은 하루가 되라고 말한 뒤 화난 얼굴로 발을 질질 끌고 집으로 들어가 버렸다. 오히려 내 마음이 울적해졌다. 물론 사생활을 보호할 권리는 있었지만, 다나카 부인을 우울하게 만들었다는 게 못내 안타까웠다.

나는 지난 밤 첼로가 있는 빈 방의 요 위에서 잠을 설쳤다. 밤에도 짹짹거리는 새 소리와 교미 중인 고양이의 울음소리, 그리고 집 안의 삐걱거리는 소리와 바람 부는 소리에 한 시간에 열 번은 일어나 앉았을 것이다.

나는 낯설고도 은밀한 모습으로 흔들거리는, 책장과 첼로의 시커먼 그림자를 지켜보았다. 나 아닌 누군가가 이 집에서 함께 숨쉬고 있다는 사실이 낯설기만 했다. 몸을 뒤척이며 꿈 속에서 슬프게 몸부림치고 있는 마리코의 신음소리가 들리는 듯했다. 도대체 뭘 해야 할지 감을 잡을 수가 없었다. 그녀가 최후의 순간을 향해 똑딱거리는 시한 폭탄처럼 지쳐갈 때, 나는 그저 그 고통이 수면에 드러나기만을 기다리며 밤을 지새는 것 외에는 달리 방도가 없었다.

그녀를 보자마자 서류 가방이 축축한 잔디 위로 떨어졌다. 나는 두근거리는 심장으로 그녀에게 뛰어갔다.

"마리코!"

그녀는 젖은 낙엽 더미처럼 꼼짝하지 않았다. 나는 무릎을 꿇고 그녀의 어깨를 흔들었다.

"마리코."

의식불명인 채 축 늘어진 마리코의 몸을 보자 공포가 밀려왔다. 순간 온몸에 소름이 돋았다. 나는 그녀가 이미 죽었으며, 이 현관 계단이 영안실이 되었다고 생각했다. 그녀는 마치 눈에 보이지 않는 약탈자로부터 자신을 보호하려는 듯, 가슴팍으로 무릎을 안고 손으로 얼굴을 가린 채 잔뜩 웅크리고 있었다. 팔목에 손을 대보니 맥박이 너무 희미해 심장이 철렁했다. 나는 그녀의 헝클어진 머리카락을 쓸어넘겼으나, 몇 가닥은 여전히 땀에 젖은 이마에 붙어 있었다. 나는 그녀가 아직도 숨을 쉬고 있는지 확인해보기 위해 살짝 벌어진 그 입술 앞에 손을 대어보았다. 나는 다시 그녀의 몸을 흔들었다.

"마리코!"

나는 한손으로는 그녀의 머리를, 다른 손으로는 어깨를 받치며 똑바로 들어올렸다. 백조처럼 흰 목을 드러내며 뒤로 머리를 맥없이 떨군 그녀의 모습은 마치 흡혈귀의 품 안에서 실신한 소녀같았다.

"마리코, 내 말 들려요? 구급차를 부를게요. 당신을 병원에 데려가야겠어요."

마리코의 벌어진 입술 사이로 뭐라 중얼거리는 신음소리가 새어나왔다.

"마리코, 정신차리고 좀 일어나 앉아봐요. 전화로 구급차를 불러야겠어요."

마리코는 내가 머리를 똑바로 세워주자 눈을 조금 뜨더니 고통의 안개 속에서 희미하게 나를 응시했다.

"그럴 필요 없어요."

그녀가 공허한 쉰 목소리로 중얼거렸다.

"마리코, 잠깐 여기 있어요. 전화로 빨리 구급차를 불러야 하니까."

그녀의 눈이 더 커졌다. 그녀가 스스로 일어나려고 하자 내 팔에 무게감이 느껴졌다.

"제발 그러지 마세요."

"마리코, 당신은 병원에 가야 해요."

"아니에요! 전…"

어떤 두려움이 공황 상태의 그녀를 엄습한 것 같았다. 그녀의 눈이 주변의 모든 곳에 꽂혔다.

"지금 당신은 많이 아파요, 마리코, 안으로 들어갈 수 있게 도와줄

게요. 일어설 수 있겠어요?"

마리코가 고개를 끄덕였다.

나는 현관 문을 연 뒤 그녀의 팔뚝을 꽉 잡고 일어설 수 있도록 몸을 끌어올렸다. 그리곤 깊게 숨을 들이마신 후 다시 들어올렸다. 그녀는 예상보다 훨씬 가벼워 나는 요통 한번 느끼지 않고 거실까지의 여정을 견디어냈다. 하지만 이러한 혼란스러운 상황이 내 움직임을 서투르게 만들었는지, 마리코의 정수리가 문 테두리에 살짝 부딪히고 말았다. 그녀가 고통을 느끼는지 몸을 움찔했다. 나는 다시 비스듬히 조심스럽게 들어가 마리코를 거실 소파 위에 눕히고 머리는 팔걸이 위로 올렸다.

"고마워요."

그녀가 말했다.

"천만에요."

내가 말했다.

불을 켜자 진주 단추를 단 복숭앗빛 카디건과 풀잎 무늬가 들어간 주름 스커트 차림을 한 마리코의 모습이 한눈에 들어왔다. 창백한 백열등 아래 뺨이 마치 흰 눈 속에서처럼 도드라져 보였다. 그녀가 눈꺼풀을 다시 찡그리면서 얕고 고르지 못한 호흡을 뱉었다. 나는 이웃 감시꾼들을 경계하며 두꺼운 빨간색 커튼을 잡아당겼다.

"마리코, 병원으로 데려다 줄까요?"

마리코는 눈을 감은 채 고개만 절레절레 흔들었다.

나는 벽난로 앞 카펫 쪽으로 천천히 걸어갔다.

"마리코, 안색이 너무 안좋아요. 내 주치의에게 전화해야겠어요. 이렇게 방치하는 건 부주의한 짓이예요."

"저는 잠이 필요할 뿐이에요."

마리코가 말했다. 벽난로 시계의 똑딱거리는 소리에 파묻힐 정도로 매우 가냘픈 목소리였다.

"마리코, 당신은 많이 아픈 것 같아요."

"좀 자면 가실 거예요."

"뭐가 가신다는 거죠? 마리코, 혹시 약물이나 마약을 한 건 아니겠죠?"

그러자 마리코는 눈을 번쩍 뜨더니, 어처구니없는 의심을 받았다는 듯 괴로운 낯빛을 드러냈다.

"아뇨, 아니에요!"

나는 비상약을 가지러 계단 아래의 서랍으로 향했다. 체온계를 꺼내 살균 약솜으로 닦고 나서 그것을 들고 거실로 돌아왔다.

"마리코, 체온 좀 재볼게요."

내가 말했다.

나는 체온계를 그녀의 혓바닥 아래에 넣고 와이셔츠 소매를 걷어부친 뒤 손목 시계로 1분을 쟀다.잠시 뒤 확인해보니 37도가 약간 넘었다. 그러나 눈금의 오류를 감안해볼 때 마리코의 체온은 대체로 정상인 것 같았다.

나는 혼란에 휩싸여 마리코를 바라보았다. 얼굴 전체는 새하얀 유백광을 발했지만, 뺨은 마치 깊은 내부에서 불타고 있기라도 한 듯 잔화殘火처럼 붉게 빛났다.

"열은 별로 없어요. 어디가 아픈지 짐작이 갑니까?"

벽난로 시계가 똑딱거렸다. 물이 순환하자 온수 타이머가 찰칵 소리를 내며 파이프가 덜커덩거렸다. 마리코는 조용히 누워 있었다. 마치 몸의 나머지 부분들로부터 추방당한 것처럼 팔과 다리는 생기없이 축 늘어져 있었다. 그녀의 눈에서 눈물이 솟구쳤다. 마리코는 울먹이며 말했다.

"아버지가 돌아가셨어요."

나는 잠든 마리코를 안고 무거운 발걸음으로 느릿느릿 계단을 올라갔다. 심리학자는 아니지만 현재 마리코가 크나큰 슬픔에 빠져있다는 것 정도는 알 수 있었다. 그럼에도 나는 여전히 의사에게 전화를 걸어야 할지 갈등하고 있었다. 그리고 결국 열이 더 오르지만 않는다면 이 밤에 의사를 귀찮게 할 이유는 없다고 결론내렸다. 내일까지 기다려보는 게 현명할 것이다.

마리코를 침대 위에 눕히고 약간 올라간 스커트 단을 내려주며 눈을 돌렸다. 그리고 빨간색 버클 구두를 벗겨 침대 옆에 놓았다. 그리고 양말을 벗길까 잠깐 고민했다. 양말을 신고 자면 건강에 좋을 리 없었지만, 혹시 그녀가 일어나서 자기 맨발을 보고 당황할 수도 있겠다는 생각에 그냥 놔두기로 했다.

'여보, 나는 당신이 만든 세공 누비 이불 하나를 리넨 찬장[52]에서 꺼냈소. 그리곤 그녀 위로 흔들어 펼친 다음 어깨까지 끌어당겨 덮어줬다오.'

마리코는, 낯빛은 여전히 폐결핵 환자처럼 창백했지만 표정은 아이처럼 평화로웠다. 마르고 갈라진 입술에 수분 로션이라도 발라주고 싶

52. 접혀진 리넨 천을 양식화하여 가구에 조각한 장식적인 모티브

었으나 아무 동의 없이 그러는 건 잘못된 일처럼 느껴졌다.

그녀의 자는 모습을 지켜보며 내 안의 다정함과 분노의 두 감정을 놓고 갈등했다. 그녀가 왜 가까운 사람의 현관이 아닌 우리 집 현관을 선택했는지, 지금 무슨 장난을 치고 있는지 묻고 싶었다.

'하지만 이런 이기심이 얼마 가지 않았다는 걸 알면 당신도 좋아하겠지. 마리코는 아버지를 잃은 상실감으로 괴로워하는데 내 불쾌한 감정만을 앞세운다는 건 부끄러운 일 아니겠소?'

얘기는 내일로 미루기로 결심했다. 그녀에겐 휴식이 필요했다.

커튼을 닫았을 때, 문득 마리코가 조용히 흐느껴우는 소리를 들었다. 처음에는 그쪽으로 몸을 돌렸으나, 몰래 관찰하고 있다는 찝찝한 기분 때문에 결국은 눈을 떼고 방에서 나왔다. 문득 그녀가 전날 밤에 했던 이상한 고백이 떠올랐다. 그리고 잠깐이지만 그녀의 꿈속으로 들어가볼 수 있으면 좋겠다고 생각했다. 그것만이 그녀의 말이 사실인지 아닌지 알 수 있는 유일한 방법이었다.

다나카 부인의 기분이 아직도 풀리지 않은 덕에, 오늘 아침은 지각을 면할 수 있었다. 다카하라 상의 자리를 대신하고 있는 야마모토 양과 사무보조 하타 양은 벌써 출근해 있었다. 하타 양은 혼자 콧노래를 부르며 커피메이커에 새 필터를 끼우고 있었고, 야마모토 양은 컴퓨터를 켜고 이메일 계정 문의를 체크하고 있었다. 아침 인사를 나누고 책상에 막 앉으려고 할 때 마쓰야마 상이 흰색 종이 한 장을 펄럭이며 갑자기 사무실로 들어왔다.

"무라카미 상무님이 막 복도에서 저를 불러세우더니 이 편지를 건네주셨어요. 다카하라 상이 어젯밤 하와이에 있는 세븐 일레븐에서 팩스로 보내왔대요."

"설마요!"

하타 양이 놀라 소리쳤다.

"이런 세상에!"

내가 흥분하여 외쳤다.

나는 책상 뒤에서 뛰쳐나와 마쓰야마 상에게서 팩스 종이를 낚아챘다. 하타 양과 야마모토 양이 내 옆으로 달려왔고, 나는 믿지 못하겠다는 심정으로 머리를 흔들며 자필로 씌어진 짧은 편지를 두 번이나 눈으로 읽어내렸다. 그리고 세번째는 내 입에서 나온 단어들이 서류 캐비닛에 부딪친 뒤 다시 되튀어 돌아와 편지 내용을 희석시켜주길 희망하듯 큰 소리로 읽었다.

친애하는 금융부 가족들께,

저는 여러분이 이 편지에 놀라지 않고, 모든 일이 계속 순조롭기를 바랍니다. 황새치를 날로 먹은 후에 약간의 식중독 증세를 앓았지만 그래도 매우 건강히 잘 지내고 있습니다. 제 무단 이탈에 대해 여러분 모두에게 사과드립니다. 제가 한 짓에 대해서는 변명의 여지가 없습니다.

여러분들 모두 제게 무슨 일이 일어났는지 궁금하실 겁니다. 저 또한 시간이 흐를수록 모든 게 의아스럽기만 합니다. 가장 평범한 일인 동시에 그렇지만은 않은 사건, 간단히 말하면 한 여자를 만나게 되었거든요. 제가 만난 이 아름다운 하와이 여인 레일라니는 일본어를 모릅니다. 또 저도 그녀의 모국어로는 "안녕하세요, 저는 일본인입니다."라는 말밖에 할 줄 모릅니다. 하지만 우리의 사랑은 놀랍게도, 말 없이도 얼마나 많은 것들을 나눌 수 있는지를 보여주고 있습니다.

우리는 지난주에 해변에서 결혼식을 올렸고 피로연에서 작은 돼지를 통째로 구웠습니다. 다이와 무역에서 제 입지가 영영 사라져버렸다는 것은 잘 알고 있습니다. 어쨌든 샐러리맨의 삶을 즐기지 못했던 저는 현재 조개껍질로 장신구를 만들어 관광객들에게 팔고 있습니다. 이 열대 바닷바람 속에서, 제게 일어난 이 축복할 만한 사건에 감사할 뿐입니다. 이제 저는 나머지 인생을 그녀와 함께 그녀가 이전 결혼 생활에서 얻은 다섯 아이들을 키우며 호놀룰루 이동주택에서 살 생각입니다. 금융부 가족 여러분, 여러분도 언젠가는 지금의 저만큼 행복해지길 바랄 뿐입니다.

모두들 안녕히. 행운을 빕니다.

다카하라 전前 대리 올림

이 쇼킹한 뉴스 때문에 원을 그리며 서 있던 우리 몸이 더욱 밀착되었다. 편지를 다시금 유심히 들여다 볼 때는 정수리들이 부딪혔다. 마치 다카하라 상이 죽기라도 했다는 듯한 반응들이었다.

마쓰야마 상이 혀를 찼다.

"일본어는 한마디도 못하는 아내라… 그건 대체 어떤 종류의 결혼이란 말입니까?"

"다카하라 대리님은 해변을 싫어했어요. 그리고 출장 가기 전에 햇빛 알러지가 있다고 말씀하신 걸 들었는걸요."

하타 양이 외쳤다.

그러자 다카하라 상과는 안면만 있는 야마모토 양이 말했다.

"글쎄요. 최소한 상어들한테 잡아먹히진 않았잖아요."

타로는 맥도날드 아침메뉴인 머핀muffin 냄새를 풍기며 탭댄스를 추면서 들어왔다. 그가 무슨 일이냐고 물어와서, 의기소침하게 팩스 편지를 건네주었다. 곧 그의 입술이 편지 글을 따라 소리없이 움직였다.

"잘했어. 다카하라!"

타로가 편지를 다 읽고 나서 환호성을 내지르더니 음정 틀린 콧노래를 흥얼거리며 복사기 주변에서 폴리네시아 훌라 춤을 춰댔다.

하타 양은 독한 술 한잔이 필요하다는 마쓰야마 상에게 술 대신 커피를 따라주기 위해 커피 포트 쪽으로 발걸음을 옮겼다. 야마모토 양은 자기 컴퓨터 앞으로 되돌아갔고, 나는 얼굴에 한바탕 차가운 물을 끼얹기 위해 화장실로 향했다.

나는 금융부로 옮긴 지난 8개월 이래로 다카하라와 함께 일하면서 그의 꼼꼼한 일처리 방식에 내심 감탄했었다. 그는 최고의 회계사이자 다이와 무역 다도 협회의 회장직까지 맡고 있었다. 심지어 선풍적인 인기를 몰았던 무민Moomin[53] 캐릭터 상품들이 신입사원들의 책상 위에 진을 쳤을 때도, 회사의 금기 규정을 설명하며 얼마나 유연하게 그들을 납득시켰던가.

그랬던 그가 정녕 불운한 해변 떠돌이의 삶을 위해 회사를 떠났단

---

53. '무민란트Moominland' 라는 유명한 동화책의 주인공 이름. 핀란드의 세계적 동화작가이자 화가인 토베 얀손Tove Jansson이 지은 무민 시리즈는 나중에 TV 만화 시리즈까지 만들어지면서 전 세계적으로 책, 애니메이션, 캐릭터 상품 등으로 개발되어 높은 인기를 얻었다.

말인가? 나는 혹시 이게 조작된 사건은 아닐까 의심할 수밖에 없었다. 아니면 다카하라가 머리에 심각한 인격 장애를 일으킬 만한 강한 타격을 받았다거나.

하루 종일 업무에 집중할 수가 없었다.

'전화로 고객들과 계약을 협상할 때조차 내 생각의 흐름은 어느새 당신의 세공 이불 아래 누워 있는 마리코에게로 향하고, 히타치 보고서를 교정할 때에도 내 마음은 전날 밤을 떠돌고 있었지. 나를 이토록 소진시키는 일이 일어난 건 몇 년만에 처음인 것 같아.'

오전 무렵 하타 양이 꿀이 약간 들어간 카밀레 차 한 잔을 내 책상으로 가져왔다. 뜨거운 차에 혀를 데는 순간, 다소 터무니없게도 혹시 동료들이 내 침대 위에 어린 호스티스가 누워있다는 걸 알게 되면 어쩌나 하는 걱정이 들었다. 그러자 값비싼 옷과 보석을 사주겠다는 입발림으로 순진한 여학생을 러브호텔로 유인해내는 혐오스런 샐러리맨이 떠올랐다. 사람들은 분명히 우리 사이에 벌어질 법한 성적인 사건들을 상상할 것이다. 그럴 경우 내 이미지는 얼마나 추락할 것인가. 최소한 다나카 부인만은 이런 식으로 생각하지 않을 만큼의 분별력을 지녔으리라 믿는다.

점심시간에 사무실로 배달된 연어 도시락 때문에 더욱더 마리코 생각이 났다. 지금쯤 일어났을까? 내가 남긴 쪽지를 보았을까? 그녀를 위해 식탁 위에 놓아둔 빵과 잼을 발견했을까? 몸은 좀 나아졌는지 전화를 걸어보고 싶은 마음이 굴뚝같았지만 아직 자고 있을 것 같아 그만두었다.

햇빛 비치는 주차장에서 터져나온 웃음소리가 주의를 흩뜨렸다. 나는 도시락을 창문가로 가져가 타로와 야마모토 양이 배드민턴 공을 주거니 받거니 하며 즐거워하는 모습을 지켜보았다. 하타 양과 납품부에서 온 아카시 양 또한 그들 사이에 회계 장부의 길다란 종이를 임시 네트 삼아 높이 쳐든 채 깔깔거리고 있었다. 타로가 깃털 공을 치자 두 아가씨는 장난기 서린 태도로 공의 진로를 방해하기 위해 네트를 위로 올렸다. 타로가 라켓을 막 흔들어대며 불만 가득한 얼굴로 무어라 외쳐대고 있었다. 여자들과 함께 한다는 사실에 마냥 들뜬 것 같았다. 나는 혼자서 슬쩍 웃음을 흘렸다.

그때 뒤에서 굵직한 저음이 울려왔다.

"아! 저 친구들 놀고 있구만…"

놀라 움찍한 나는 창문에서 몸을 돌려 출입구를 막고 서 있는 무라카미 상의 잿빛 머리카락과 우람한 어깨를 보았다. 그는 니코틴에 찌든 미소로 인사를 건네왔다.

"사실은,"

내가 말했다.

"점심시간에 약간의 운동을 눈감아주고 있습니다. 신진대사를 활발하게 하고, 또 흔히 찾아오는 오후의 무기력증을 몰아내거든요."

무라카미 상이 사무실을 가로질러 다가왔다.

"그럼, 사토 자네는? 최근에 운동을 하고 있나?"

"기차 역을 왔다 갔다 하면서 하루에 20분씩 걷는 게 전부죠. 의료 게시판에서 제 나이 사람들에게 추천한 것입니다."

"난 자네가 그보다 더 많이 운동할 수 있을 거라 생각하는데. 난 가능한 한 운동을 즐기는 편이지. 그래야 오래된 모터를 계속 돌아가게 할 수 있거든."

무라카미 상이 심기를 불편하게 만드는 윙크를 보내왔다. 물론 그가 골프에 미쳐있는 건 사실이지만, 그렇다고 그의 몸매가 나보다 낫다고는 할 수 없었다. 문득 손수 처리하는 주말 일거리들도 상당한 운동이 된다고 말하고 싶었으나 알콜 중독 꼴초 앞에서 건강 문제를 변호한다는 게 우습게 느껴져 그만두었다. 나는 젓가락으로 밥을 떠 입에 넣었다. 주차장에서, 깃털 공에 머리를 맞은 타로가 우스꽝스러운 꼴로 엉덩방아를 찧었다. 아가씨들이 떠들썩하게 웃었고 이내 유쾌한 분위기 속에서 네트가 무너졌다.

"타로가 야마모토 양의 관심을 끌기 위해 꽤나 애쓰고 있구만."

무라카미 상이 관대하게 말했다.

"사랑을 느끼는 게 틀림없어."

나는 음식을 씹으며 무성의한 반응을 보였다.

"그 늙은 다카하라 상과 그의 하와이 마누라를 보게. 누가 그런 일을 상상이나 했겠나? 사랑 때문에 다들 제정신이 아니야."

"저도 방금 다카하라 상 이야기를 말씀드리려고 했어요."

내가 진지하게 말했다.

"제 생각에는 누군가 그렇게 말하도록 강요한 것 같아요. 모든 게 그와는 너무 어울리지 않습니다. 아무래도 그가 어떤 정신적인 고통에 시달리고 있다는 생각을 지울 수가 없습니다."

무라카미 상이 껄껄대고 웃었다.

"사토 상, 언제나 냉소적이구만! 퇴직금을 줘야 하니 조만간 그에게 연락할 거야. 그때 되면 자네 의혹도 자연스레 풀릴 걸세. 남자가 사랑을 위해 모든 걸 포기한다는데, 그게 그렇게 믿기 어려운가?"

나는 다시 한번 입 속에서 웅얼거렸다. 주차장 아래에서 하타 양과 아카시 양이 또 다시 네트를 올리고 있었다. 야마모토 양은 타로와 시합 후 악수를 나눴다. 그는 그녀에게 홀딱 반한 듯 씩 웃으며 그 손을 놓지 않으려고 했다.

"이만 돌아가봐야겠네. 오늘 오후에 시청 공무원들을 안내해야 하거든. 지난 밤에 대만 회사의 손님들을 접대하느라 아직까지 숙취가 가시지 않았지만 말이야!"

"정말 바쁜 하루를 보내고 계시네요."

내가 말했다.

그가 요란하게 하품을 하자 그의 코와 뺨의 울퉁불퉁한 혈관들이 작은 벌레들처럼 꿈틀거렸다. 찢어질 듯한 하품 사이로 위스키 냄새와 구강청정제 향이 함께 풍겨나왔다.

"그럼, 나중에 보세."

그가 내 등을 애정어린 손짓으로 두드리며 말했다.

"그리고 늙은 다카하라 상에 대해선 더이상 심각하게 생각지 말게. 사랑의 전염병이 다음엔 자네를 강타할지 누가 알겠나!"

그가 윙크를 보내자, 눈가에 잔주름이 자글자글 잡혔다. 그는 점심시간이 끝났음을 알리는 회사 종소리와 함께 복도 쪽으로 성큼성큼 걸어나갔다.

오후 5시쯤 되자 나는 안절부절못하며 의자에서 엉덩이를 들썩거리기 시작했다. 야마모토 양이 내 자리로 왔을 때, 나는 흩어진 서류 클립들을 모으며 미결 서류함을 정리하고 있었다. 흰색 셔츠와 민소매 원피스 차림의 그녀는 아침 8시 30분 종소리가 울렸을 때와 다름없이 모든 게 산뜻해 보였다.

그녀는 나카무라의 신용을 조회할 수 있게 허가해달라고 말해왔다.

이 업무는 반드시 내 관리 감독을 필요로 했고 시간도 많이 걸렸다. 마지못해 승낙을 하고 나자, 미처 참지 못하고 지친 듯한 한숨이 흘러나왔다.

'여보, 내가 되도록이면 한숨짓지 않으려고 노력한다는 건 당신도 잘 알고 있지? 한숨을 너무 많이 쉬는 건 사무실 업무에 좋지 않은 영향을 끼칠 수 있으니까 말이야.'

내 의욕이 저조한 상태라는 걸 재빠르게 눈치 챈 야마모토 양이 말했다.

"과장님까지 굳이 남아서 감독하실 필요는 없어요. 오늘 너무 고되게 일하셨잖아요. 저 혼자서도 충분히 처리할 수 있으니까 그냥 퇴근하셨으면 해요."

활기차고 확고한 그녀의 말에 나도 모르게 미소가 지어졌다.

"좋아요. 그럼 내 믿고 맡기지, 모두 야마모토 양이 알아서 처리하도록."

"알겠습니다, 과장님! 모두 믿고 맡겨주세요!"

야마모토 양이 익살맞은 경례를 보내왔다.

오사카코 급행열차에서 내렸을 때, 날씨는 매우 난폭해져 있었다. 바람이 귓전을 때리며 외투의 접힌 깃을 잡아채고 넥타이도 밧줄처럼 팽팽히 당겨져 눈앞에서 펄럭거렸다.

주택가로 들어섰을 때, 오카무라네 아이들 둘이 플라스틱 쇼핑백과 노끈으로 만든 연을 날리고 있는 것이 보였다. 바람이 연을 멀리 힘껏 날려보내자 아이들은 소리를 지르며 연줄을 꽉 움켜쥐었다.

집 앞에 도착해보니, 침실 커튼이 활짝 젖혀져 있고 통풍을 위해 창문까지 약간 열려있었다. 왠지 모를 흐뭇함이 밀려왔다. 이것은 마리코가 자리에서 일어나 집안을 돌아다니고 있다는 것을 의미했다. 현관 문에 열쇠를 집어넣어보니 자물쇠가 채워져 있지 않고, 걸쇠만 걸려 있었다.

"마리코?"

집은 무덤처럼 고요했다. 나는 로퍼를 현관에 벗어던지고 서류 가방을 내려놓았다. 그리고 계단을 걸어 올라가 침실 문을 두드렸다. 아무 대답이 없자 잠시 귀를 문 틈에 바짝 대고 있다가 문 안을 엿보았다. 세공 누비이불이 조심스럽게 개켜 있고 빨간색 버클 신발도 없었다. 나는 복도를 따라 걸어 내려가다가 조금 열려진 화장실 문을 가볍게 똑똑 두드렸다.

"마리코?"

나는 화장실 문을 열고 따뜻한 습기 속으로 걸어 들어갔다. 욕조 수증기가 내 안경을 뿌옇게 만들고 벽 타일을 얼룩지게 했다. 마리코가 지금 막 목욕을 끝낸 게 틀림없었다. 나는 매번 수퍼마켓에서 구입하는 내 비듬 방지용 샴푸(나는 숱이 없어 샴푸도 아주 조금만 쓰면 됐기 때문에 지금까지 몇 년 동안 같은 용기를 쓰고 있었다.) 냄새를 맡을 수 있었다. 그러나 그 화학 방향제에는 단물처럼 달콤하고 사향 냄새가 나는 뭔가가 섞여 있었다.

셔츠로 안경 알에 서린 김을 닦아내고 다시 옷깃을 추스리는 순간, 뭔가 예사롭지 않은 풍경이 시선에 걸렸다. 화장실 수납장 거울에 '운명'이라고 씌어진 한 단어가 김 속에 새겨 있었다. 글자 끝이 가는 것이 마치 서예 붓을 사용한 것처럼 보였다.

나는 수건 걸이대에 걸린 수건의 축축한 감촉을 만져본 후, 아래층으로 내려갔다.

부엌에 빵과 잼은 보이지 않았고 접시와 칼은 깨끗이 씻겨 건조대 위에 놓여있었다. 내가 남긴 쪽지는 연꽃 모양으로 접혀있었다. 나는 실망감에 차서 빈 부엌을 둘러보았다.

"운명."

내가 제법 큰 소리로 외쳤다.

"거울 위에 씌어진 단어치고는 너무 뜬금없군."

그때 현관 문이 딸깍하며 열렸다.

나는 마리코가 실내 슬리퍼로 갈아신고 부엌 쪽으로 걸어오는 소리를 들으며 서 있었다.

"마리코."

그녀가 시야에 들어오는 순간, 나도 모르게 그녀의 이름을 불렀다.

그녀는 문간에 멈춰 서서 부끄러움과 감사가 뒤섞인 눈빛으로 나를 바라보았다.

잠자리에서 눌린 옷은 제멋대로 구겨져 있고 주름치마의 주름도 엉망이었다. 양말 한 짝은 무릎까지 올라와 있고 다른 한 짝은 발목 주위에서 쭈글쭈글하게 주름이 잡혀 있었다. 나는 그녀의 얼굴이 분홍빛 매끈한 피부로 돌아온 것을 보고 안심했다.

'여보, 부엌 한 귀퉁이에서 오랫동안 모습을 보이지 않았던 당신의 낡은 바구니가 이제 먼지를 털고 그녀의 팔에 걸쳐 있소.'

마리코의 젖은 머리칼이 바람을 맞았는지 제멋대로 헝클어져 있었다. 젖은 머리로 밖을 다녔다니 걱정이 되었다.

"저… 지난 밤 제 행동에 대해 사과드리고 싶어요."

그녀가 말을 시작했다.

나는 목소리를 가다듬고 물었다.

"이제 괜찮아졌어요?"

마리코는 지난 밤이었으면 엄두도 못냈을 또렷한 눈빛으로 내 시선과 마주쳤다. 그녀의 뺨이 붉게 달아올랐다.

"네, 고맙습니다. 돌봐주셔서 감사해요. 갑자기 나타나 그런 식으로 부담을 드려서 정말 몸 둘 바를 모르겠어요."

어째서 나였단 말인가? 나는 묻고 싶었다. 어째서 우리 집 현관 입구 계단이어야 했는가? 그러나 이 질문 뒤에는 더 수많은 질문들이 산적해 있었다. 나는 우선 이 불쌍한 아가씨를 편안히 앉혀야겠다고 생각했다.

"이렇게 회복된 걸 보니 다행이에요."

내가 말했다.

"빵과 잼이 있더라구요. 감사해요. 너무 배가 고파 전부 다 먹어 치웠어요. 냉장고에 음식이 없는 것 같아 장을 보러 수퍼마켓에 다녀왔고요."

마리코가 내게 보여주려는 듯 잔가지로 짠 바구니를 들어올렸다가 다시 내렸다. 내가 자기 친절을 무례로 간주할까 겁나는지 눈빛이 불안하게 흔들렸다.

"마리코, 정말 생각이 깊군요. 나는 혼자서 쇼핑 갈 시간이 거의 없죠."

마리코가 미소를 지었다. 해질녘의 어슴푸레한 그림자가 내려앉은 부엌은 어둠침침했다. 눈의 부담을 줄이기 위해 대개는 민첩하게 불을 켜지만, 오늘 밤에는 그림자들의 환영을 그냥 지켜보고 있었다.

"떠나기 전에 당신을 위해서 저녁을 만들어 드리고 싶었어요."

그녀가 말했다.

"지난 밤 저를 보살펴주신 것에 대해 감사의 표시를 하고 싶었거든요. 제가 할 수 있는 건 그것밖에 없어요."

"정말 그럴 필요까진 없습니다."

내가 거부하듯 말했다.

"하지만 당신 친절에 보답하는 차원에서 뭐라도 해야 제 기분이 좋아질 것 같아요."

마리코가 손가락으로 젖은 머리를 매만졌다.

"그리고 또 어제 일에 대해 당신께 설명드려야 한다고 생각해요. 우리 앉을까요?"

마리코가 바구니를 바닥 위에 내려놓은 뒤, 우리는 각자 의자를 당겨 앉았다. 어스름 속에서, 식탁 위에는 소금과 후추 분쇄기와 우유병이 있었고, 주요 헤드라인만 눈에 들어오는 어제 신문은 화분 옆에 놓여 있었다. 마리코의 미소가 해안에 밀려드는 파도처럼 식탁 위 물건들을 지나 나를 향해 밀려왔다.

"당신이 출근하신 후에 곧바로 일어났어요."

그녀가 말을 시작했다.

"하루 종일 앉아서 지금 이 상황과, 제가 뭘 해야 하는지를 생각했죠. 우선 지난 밤 저한테 무슨 문제가 있었는지 설명해드릴게요. 저는 가끔씩 우울하거나 지칠 때 깊은 잠에 빠져들어요. 어릴 때부터 앓고 있는 지병이죠. 일종의 기면 발작증(역주: 갑자기 잠이 드는 현상)인데, 일상 생활에 큰 지장은 없지만 때때로 지난 밤처럼 불시에 증상이 나타나곤 해요."

모든 단어들을 암기하고 있는 듯한 유창한 말 솜씨는 마치 수없이 똑같은 설명을 반복해온 것만 같았다.

"정말 안됐군요, 마리코."

내가 말했다.

나를 안심시키려는 듯 마리코가 웃음을 띠었다.

"상상해보면 꽤나 어이없죠. 초등학교 때 제 담임 선생님은 제가 말썽을 부릴 때마다 저를 교장 선생님께 보내곤 했어요. 그리고 교장 선생님은 어느새 내가 교장실 소파 위에서 잠들어 있는 걸 발견하시곤 했죠."

"예전에 그런 병에 대한 다큐멘터리를 본 적이 있어요."

내가 말했다.

마리코가 미소지었다.

"이런 증상은 드물게 나타나요. 예를 들면 시험이라든가, 감정적인 충격, 지진같은 게 일어나면, 깊디 깊은 잠에 빠지는 거죠."

어둠이 조용한 벌떼처럼 부엌을 가득 메웠다. 식탁 너머 마리코의 모습은 실제보다 훨씬 나이들어 보였다.

"갑자기 증상이 올까봐 무척 마음을 졸이겠군요."

내가 말했다.

"꼭 그렇진 않아요. 가끔씩 스스로에게 편하다고 최면을 걸어서 증상을 제어해보려고 하죠. 하지만 항상 그런 암시가 먹혀드는 건 아니에요. 지난 밤처럼 나쁜 소식을 들었을 땐, 할 수 있는 일이 아무것도 없어요."

그 나쁜 소식이란 바로 아버지의 부고였을 것이다. 나는 그녀가 이미 그 사실을 내게 말했다는 걸 기억하고 있는지 궁금했으나, 혹시나 충격으로 다시 의식을 잃을까 두려워 입을 다물기로 마음먹었다.

"그 증상은 약물로 치료할 수 있습니까?"

마리코가 머리를 가로저었다.

"카페인 알약을 한 통 다 삼켜도 깨어있을 순 없어요."

"너무 끔찍하군요."

"다 익숙해지게 마련이죠."

그녀의 미소에 드리워진 따스함은 그 불운 가운데 만들어진 작은 평화의 표식처럼 보였다.

"불을 켤까요?"

마리코가 식탁에서 일어나 불을 켜자 방이 순식간에 밝아졌다. 내가 움찔하는 순간, 그녀는 묵묵히 바닥에서 쇼핑 바구니를 들어올려 조리대로 옮겼다.

"서둘러 요리할게요. 배가 많이 고프실 거예요."

"마리코, 내가 하는 게 맞지 않을까요. 당신은 엄연히 손님이잖습니까."

"한번 맛보셨으면 하는 특별 요리가 있어요."

마리코가 경쾌한 얼굴로 고집을 부렸다.

그때 나는 그녀로부터 왜 우리 집을 찾아왔는지 이유를 아직 듣지 못했다는 것을 깨달았다. 나는 냉장고로 가서 보리차 주전자를 꺼낸 후 사온 음식들을 조리대로 옮기는 마리코를 바라보았다.

늦은 쇼핑이었지만, 메밀국수, 표고버섯, 후추, 양파, 그리고 닭 가슴살 등 모든 재료가 신선해 보였다. 그녀는 체크 무늬의 앞치마를 입고 끈을 등 뒤로 묶었다. 그리고 나무로 만든 도마를 건조대 선반에서 꺼내더니 길고 가는 칼을 골라 들었다.

"완벽한 칼이네요,"

그녀가 칼날에 흡족해하며 말했다. 그리고는 수도꼭지 아래에서 야채들을 씻기 시작했다.

"마리코, 어떻게 우리 집으로 오는 길을 찾았죠?"

내가 물었다.

그녀가 갑자기 수도꼭지를 잠그고 움직임을 멈추었다.

"저도 기억할 수 있다면 좋을 텐데,"

그녀가 차분한 어조로 말했다.

"하지만 기억이 나지 않아요."

16

: 머리

파란색 트럭이 엄지손가락을 치켜든 내 쪽으로 천천히 다가왔다. 면도 자국이 남아있는 거친 피부의 건설업자 둘이 차 앞 좌석에 나란히 앉아있었다. 안심하며 손가락을 내리는 순간, 그들이 나를 단지 눈요깃감으로 취급하고 있다는 사실을 알아차렸다. 운전자가 창밖으로 상체를 내밀며 소리쳤다.

"야, 노랑머리!"

그의 동료가 웃음소리로 야유를 보내왔다. 트럭은 이별의 손짓을 하듯 뒤의 헐거운 방수포를 펄럭거리며 내 시야에서 사라졌다. 나는 길 한가운데로 뛰쳐나가 가운데 손가락을 치켜들며 욕을 퍼부었다. 보통은 예의에서 벗어나지 않도록 행동하는 나지만, 오늘은 정말 일진이 사나운 날이다.

마치 이 길을 영원히 걷게 될 것 같은 기분이 들었다. 다음 차마저 서지 않으면 그땐 그 차 뒤꽁무니에 돌을 던져버릴 심산이었다. 이 끝도 없이 펼쳐진 논을 바라보는 것도, 피부에 물집을 내는 저 태양도 지긋지긋하다. 유지를 만나는 일이 이렇게 힘들고 고통스러울지 몰랐다. 하지만 이것만이 도랑에 드러누워 울음을 터뜨리는 걸 막을 수 있는 유일한 방법이었다.

마침내 한 외판원이 나를 태워주었다. 애완 동물용 변기를 팔러 다닌다는 그는 신사이바시로 가는 내내 열을 올리며 자기 상품 자랑을 늘어놓았다. 개들에게는 물 내리는 법을 가르치는 데 사흘밖에 걸리지 않으며, 영리한 고양이는 한 시간 안에도 가르칠 수 있다고 장담했다. 자기 기분에 너무 들뜬 나머지, 산에서 밤을 보낸 듯한 내 몰골에는 아랑곳 않는 그가 마냥 편하게 느껴졌다. 그 말도 안되는 상술 섞인 수다조차 백색 소음처럼 내 마음을 진정시켜 주었다. 차에서 내릴 때 나는 그의 명함을 받아들고, 애완 동물용 변기를 주변에 홍보해주겠다고 약속했다.

사람들로 빽빽이 들어찬 아메리카 무라는 쇼핑객들과 전단지 뿌리는 사람들로 장사진을 이루고 있었다. 그야말로 고트족Goths[54]과 스케이트 선수들의 축소판이었다. 나는 즐비하게 늘어선 가게들이 제각각 사운드 트랙을 요란하게 틀어놓은 시끄러운 골목으로 들어갔다. 달콤한 가스펠 송이 10대 소녀들을 100엔 샵으로 유인하고 세르쥬 갱스부르Serge Gainsbourg의 노래가 한물 간 옷가게에서 흘러나오고 있었다. 이 패션 거리 한가운데 러브호텔이 마치 광견병에 걸린 개처럼 조심스럽게 서 있었다. 그 입구 위에는 횃불을 높이 치켜 든 자유의 여신상이 지

---

54. '고트'란 본래 기독교 체제를 기반으로 한 로마제국 멸망 후 중세 암흑기의 '고딕gothic 문화'를 토대로 1970년대 이후 문화 예술 전 장르에 걸쳐 광범위하게 유행하기 시작한 문화의 한 형태를 일컫는 말이다. 현대의 고트족은 하나의 문화적인 집단으로 어두운 것을 좋아하고 검은 옷, 해골 등의 기괴한 장신구와 함께 어둡게 칠한 눈화장과 백색 얼굴로 보는 이들에게 공포감을 주는 이미지를 연출하는 사람들을 가리킨다.

나가는 행인들에게 기계적으로 윙크를 보내고 있었다. 언젠가 유지와 락앤롤 가수같은 차림으로 거기서 하룻밤을 보낸 적이 있었는데, 침대에 앉을 때마다 엘비스 프레슬리의 작은 조각상이 벽에서 튀어나와 〈러브 미 텐더Love Me Tender〉를 불러주었다.

나는 모스 버거(역주:일본의 햄버거 체인점) 뒤의 골목길로 내질러 바가 즐비한 길고 좁다란 골목으로 들어섰다. 눈에 보이는 것이라곤 맥 빠진 채 수거되기만을 기다리는 검정 비닐 봉투 안의 음식물 쓰레기뿐이었다. 낮에는 음침하게 시간을 죽이는 이 보잘것없는 골목도 어스름이 질 때쯤이면 네온사인과 바를 찾는 사람들로 활기를 되찾는다. 이곳을 지나며 내가 본 유일한 생명체는 쥐 빼고는 장어구이 식당의 주방장뿐이었다. 그는 문간에 멈추어 서서 담배를 뻐끔대며 그 큰 주형鑄型같은 눈으로 나를 쳐다보았다. 피차 아는 척하며 호들갑을 떨 생각이 없었던 우리는 서로 멍하니 눈빛만 주고받았다. 그의 앞치마는 도살장에서 아침을 보낸 것처럼 붉은빛으로 얼룩져 있었다.

마마상은 길고 헐렁한 빨간색 실크옷을 입고 문간에 서 있었다. 얼굴엔 요란한 화장기가 사라져 마치 얌전한 귀부인처럼 보였다. 화장기 없는 마마상의 얼굴을 본 건 난생 처음이었다. 입술 위에도 누군가를 현혹시키려는 립스틱 자국이 없었지만, 오히려 버스를 탄 여느 부인들처럼 썩 괜찮은 이미지가 풍겼다. 나이는 좀더 들어보일망정 한층 더 고상해 보였다. 그녀의 품 안에는 털이 마구 헝클어진 미스터 보잔글스가 몸치장을 거들어줄 하인을 필요로 하며 입이 찢어져라 하품을 해대고 있었다.

"오늘 아침 네 아파트로 전화했다. 아무도 받지 않길래 네가 이곳으로 오고 있는 줄 알았지."

마마상이 말했다.

"유지는 무사해요? 도대체 어디 있는 거예요? 여기 있나요?"

마마상이 잔잔히 웃었다.

"메리, 네 꼴을 좀 봐! 마치 악마한테 쫓긴 사람같구나. 유지는 여기 없어. 하지만 안전한 곳에 있으니 걱정하지 마라. 조만간 그애에게 데려다줄 테니까."

마마상의 한마디 한마디가 마음을 안도시키는 작은 진정제 화살처럼 내 마음에 꽂혔다. 나는 어느새 어깨를 들썩이며 소리죽여 흐느끼고 있었다.

"유지 아파트에 갔었어요. 거기서 권총을 들고 있는 남자를 봤는데, 유지를 벼르고 있다고 말하면서…"

그 다음 말은 꺽꺽거리는 격한 울먹임 속에 파묻혀 거의 알아들을 수 없을 정도였다. 마마상 앞에서 이렇게 울고 있는 내가 바보처럼 느껴졌지만 도무지 감정을 억누를 수가 없었다. 훔칠 겨를도 없이 눈물이 빠르게 흘러내렸다.

"다 알고 있어. 미안하다. 너한테 미리 얘기할 방법이 없었어."

마마상이 말했다. 그녀가 내 어깨 위에 손을 얹는 바람에 깜짝 놀라 올려다보았다. 눈물 때문에 눈을 쉴새없이 깜빡거려 그녀의 얼굴 표정을 읽을 수가 없었다.

"이제 울 필요 없어. 최악의 순간은 지나갔다."

그녀가 내 어깨를 문지르며 나를 위로했다.

나는 이제 그만 감정을 추스르라고 나 자신에게 말했다. 아들이 안전하지 않다면 마마상이 저렇게 조용한 성직자처럼 행동할 리가 없었다. 나는 아직도 떨림이 가시지 않은 채 심호흡을 했다.

"유지는 지금 곤경에 빠져있는 거죠, 그렇죠?"

"그래, 아주 많이. 하지만 너까지 걱정할 필요는 없다. 모두 다 잘 해결될 거야."

마마상이 말했다.

나는 마지막 눈물을 걷어냈다. 눈 주변의 여린 피부가 붉게 부어올랐다. 일본에서 지냈던 동안 한번도 이런 식으로 스스로를 풀어놓은 적이 없었는데, 이게 얼마나 기분을 후련하게 만드는지 잠시 잊고 지낸 것 같았다.

미스터 보잔글스는 마마상의 진홍빛 손톱이 귀 털을 쓰다듬자 나른하게 눈을 감았다.

"이리 와서 차 한잔 하자."

마마상이 말했다.

나는 바의 야경 속으로 발을 내딛었다. 테이블이 창백한 램프 빛을 쪼이고 은빛의 반사볼이 댄스 홀 위로 달빛을 뿌리며 빙글빙글 돌아가고 있었다. 햇빛이 미치지 않는 영원한 진공 상태나 다름없는 이 장소는 이제 정적과 성적 매력을 깡그리 잃어버린 마마상의 분위기만으로 채워져 있었다. 나는 바에 앉아 있는 한 여자가 계속해서 수치스럽다는 표정으로 뭔가를 중얼거리며 나를 훔쳐보고 있다는 것을 알아차렸다. 그녀 옆에는 귀엽고 통통한 아기가 유모차에서 자고 있었다. 그 여자는 잘차려 입었고 매우 예뻤으며, 비단결같은 흑발이 어스름 속에서 꽃봉오리를 틔우는 듯한 얼굴 윤곽을 만들어내고 있었다. 바 위에는 점토로 만든 세 개의 컵과 모락모락 김이 나는 찻주전자가 놓여 있었다.

"자, 소개할게. 아야, 이 쪽은 메리. 메리, 이 쪽은 아야."

마마상이 말했다.

마마상이 허리를 굽혀 미스터 보잔글스를 바닥에 내려놓자 보잔글스는 그 작은 다리로 펄쩍펄쩍 뛰어 바 뒤로 숨더니 환영의 먹이를 쫓듯 다시 모습을 드러냈다. 마마상이 손잡이 없는 컵에 녹차를 따라 나에게 건넸다.

"아야는 여기서 일했어, 하지만 난 그녀를 해고할 수밖에 없었지. 내가 고용했던 애들 중에 최악의 호스티스였거든."

마마상이 말했다.

"정말 순간 순간이 지옥이었지. 샐러리맨들과 그들의 추잡스런 숨소리."

아야가 얼굴을 찡그리며 말했고 우리는 서로를 보며 웃었다. 아기는 여전히 꿈나라였다. 마마상이 돈과 상관없는 사교에 개입한 것은 이번이 처음이었다. 나는 약간의 비소가 들어간 듯 구정물 맛 나는 녹차를 한 모금 마셨다. 마마상은 무릎을 꿇고 유모차에서 잠든 아기의 이마를 어루만지며 그 잔머리를 옆으로 쓸어넘겼다. 아야는 그녀의 핸드백(전에 고객이 나에게 주었던 것과 똑같은 구찌 가죽 가방이었다) 안으로 깊숙이 손을 넣어 알약이 든 유리병을 꺼냈다.

"혹시 신경안정제 필요해요?"

그녀가 말했다.

"아니요. 고맙지만 괜찮아요."

내가 말했다.

그녀는 어깨를 으쓱하더니 그것을 다시 가방에 넣었다.

"독하지 않은데…"

그녀가 아쉬운 듯 말꼬리를 흐렸다.

"이 약이 내 손에 들어온 건 여기서 일할 때였어요. 지금은 꼭 필요할 때만 복용하지만."

아기가 잠꼬대를 했다. 곧이어 아야는 얼굴을 내 쪽으로 기울이더니 노골적으로 측은하다는 기색을 보이며 얼룩진 내 얼굴을 들여다보았다. 그녀가 치를 떨며 말했다.

"난 호스티스 시절이 조금도 그립지 않아."

마마상과 보잔글스는 내가 오랫동안 궁금해했던 비밀스러운 문으로 나를 안내했다. 나는 어둠 속에서 발을 헛디디지나 않을까 불안해하며 난간을 잡고 계단을 올랐다. 계단 꼭대기에서 마마상이 열쇠를 꺼냈다. 자물쇠가 철컥 하며 돌아가는 소리 뒤로 뒤틀린 마룻바닥의 삐걱 소리가 들렸다.

나는 마마상의 어두운 실루엣을 따라 환한 빛 속으로 들어섰다. 그녀의 숙소는 생각했던 것과는 다르게 전형적인 일본식의 간소함을 띠고 있었다. 사실 그녀의 화려한 옷차림을 감안할 때 내심 뭔가 다채롭고 기상천외한 인테리어가 펼쳐지리라 기대했었다. 가령 화려한 핑크빛 장식이라든가 그녀가 한창 잘나가는 호스티스였을 때 찍은 몽상적인 흑백사진 같은 것들 말이다.

그러나 그곳에는 다다미와 방석, 그리고 소용돌이치는 듯한 세련된 용 무늬 벽지가 들어 차 있었다. 향내와 가구의 광택제 냄새는 교외에 사는 여느 주부들의 집과 다를 바 없었다. 아래층의 바처럼 그곳에도 창문이 없었다.

마마상은 아치형 눈썹을 치켜뜨며 혼란스러워하는 내 표정을 읽었다.

"왜, 이곳이 어색하니?"

그녀가 무미건조하게 물었다.

"아니요, 그렇지 않아요… 아래층에서 여쭤보고 싶은 게 있었어요. 지난 밤 유지에게 무슨 일이 있었던 거죠? 우린 바에 있었고 제가 화장실에 간 사이 유지가…"

"조금만 기다려. 내가 이따가 유지한테 데려다 준다고 말했잖니. 유지한테 직접 듣는 게 나을 거야."

그녀가 보잔글스를 바닥에 내려놓고 벽장 문을 열더니 무늬 없는 면 가운을 꺼내 나에게 건넸다. 그것은 깔끔했고 마분지처럼 빳빳했다.

"목욕물을 받아 놨어. 내가 목욕을 하려고 했는데 네가 먼저 해야겠다."

그녀가 나를 위아래로 훑어보았다.

"네가 더 목욕이 필요한 것 같으니까."

그녀가 내 팔을 부드럽게 어루만지며 덧붙였다. 내가 몇 달 동안 알아왔던 마녀같은 폭군은 대체 어디로 사라진 걸까?

"난 아래층으로 내려가 아야에게 작별인사를 해야겠다. 저 가여운 애는 무슨 일이 일어났는지도 몰라. 이렇게 운 나쁜 날을 잡아 방문한 게 실수지."

욕실 안은 피어오르는 수증기 속에서 전구가 희미하게 빛을 발하고 있었다. 내가 들어가자 거미가 천정을 가로질러 몇 인치 정도 허둥지둥 앞으로 나아가더니 갑작스레 석고 모형이라도 된 것처럼 꼼짝 않고 멈춰 섰다. 나는 금속 욕조 위의 대나무 덮개를 들어올린 후 손가락으로 물을 한번 휘 저었다. 계란을 익힐 만큼 뜨거웠다. 더러운 옷가지를 바닥 위에 벗고 먼저 샤워를 하기 위해 허리 높이로 고정된 샤워기 아래 플라스틱 발판대에 앉았다. 그리곤 비누로 몸을 문지른 후 마마상의 살구향 샴푸로 머리를 감았다. 각종 먼지와 담배 냄새가 밴 구정물이 수도꼭지 구멍 아래로 소용돌이치며 사라졌다.

몸에 있는 비누를 말끔히 헹구어낸 다음 욕조에 몸을 담그자 온몸의 피부가 화상을 입을 정도로 뜨거운 열기에 조금씩 반항하기 시작했다. 함께 살 때 마리코는 내 서양식 목욕 습관을 질겁하며 이렇게 묻곤 했다.

"어떻게 네 땟국물 속으로 그렇게 용감하게 들어갈 수가 있니?"

나는 다른 사람들의 땟국물보다 내 땟국물이 더 좋다고 대답해주었다. 일본에서는 가족들이 같은 목욕 물을 몇 주 동안이나 다시 데워 함께 사용한다. 비록 사전에 철저히 씻고 들어간다 해도 몸에서 나온 파편들이 물 위로 떠오르게 마련이다. 이 시점에서 나는 수면으로 떠오른, 명확히 내 것이 아닌 두 가닥의 짧은 검정 머리칼을 보았다. 그다지 유쾌하지는 않았지만 문화적 상대주의라는 미명 하에 그 흔적을 너그럽게 눈감아주었다.

물 안에서 내 머리카락은 해초처럼 흩날렸고 열기가 팔다리 쪽에 짜릿한 통증을 일으켰다.

나는 다리를 쭉 뻗어 발을 욕조 끝의 금속 받침대 위에 올려놓았다. 그러다가 몸에서 정체불명의 상처 두 개를 발견했다. 하나는 발목에 있었고, 또 다른 하나는 쇄골에 있었다. 나는 어디서 상처를 입었는지 기억해내려고 애쓰며, 눈을 감은 채 머리가 완전히 물 속에 잠길 때까지 아래로 미끄러졌다. 모든 사물이 수면 아래에서 요동칠 때 귀 쪽으로 강한 압력이 밀려들었다.

무엇 때문에 마마상은 유지에게 일어난 일을 말해주려 하지 않는 걸까? 그런들 뭐가 달라지기라도 한단 말인가? 나는 한시라도 빨리 유지에게 가고 싶었다. 물 속에서 머리를 들어올려 눈을 문지르는 순간 욕실 문이 천천히 열리는 소리가 들렸다.

마마상이 빨간색 실크 가운 자락을 살랑살랑 흔들며 안으로 들어왔다. 나는 깜짝 놀라 무릎을 바짝 당겨 세우며 꼿꼿이 앉은 뒤 두 팔로 가슴을 감싸 안았다. 욕조 가장자리에 물이 튀었다.

당황스럽게도 마마상은 미안한 기색 하나 없이 태평하게 웃었다.

"뭘 그렇게 부끄러워하니!"

그녀가 문을 닫으며 말했다.

"내가 보지 못한 무슨 신기한 거라도 가지고 있는 거야?"

그녀가 샤워 발판 위에 앉았다. 앉은 자리는 축축하고 거품 투성이여서 옷이 젖을 게 뻔했다. 그녀의 옷단이 바닥에 끌리면서 물에 젖어들어 색이 진하게 변했다. 마마상은 목욕 물의 흐릿한 김 속에 앉아 미소지었다. 마치 내가 우스꽝스럽고 새침을 떤다고 생각하는 듯한 표정이었다. 나는 그녀에게 나가달라고 말하고 싶었다. 부끄러워서가 아니라 단지 들어오기 전에 내게 최소한 한 마디 양해라도 구하는 게 도리라고 생각했기 때문이다.

"너희 서양인들은 아주 수줍어하는구나. 우리 일본인들은 낯선 사람들과 같이 온천이나 목욕탕에서 많은 시간을 보내지."

마마상이 말했다.

나는 그녀의 미소에 답하지 못했다. 그녀가 얼마나 많은 낯선 사람들과 목욕을 하는지는 내 알 바 아니었다. 이건 별난 종류의 모성애적

관음증이거나 혹은 자기 아들이 늘 보는 몸을 똑같이 보고 싶어하는 마음일지도 모르겠다. 나는 자의식을 버리려고 애쓰면서 다시 다리를 폈다.

"기분이 나아졌니?"

그녀가 물었다.

"이제 좀 깨끗해진 느낌이에요."

"저런, 눈 밑이 거뭇거뭇하네. 잠 한숨 못잔 사람 같잖아."

마마상이 말했다.

"정말 못잤어요. 하지만 피곤하진 않아요."

"넌 충격을 받은 거야. 아마 누구라도 히로와 마주쳤으면 그랬겠지."

"히로요? 얼굴에 화상 자국 있는 그 남자 말인가요?"

그 기억이 떠오르자, 그와 그의 총이 수십 마일 떨어진 지금에도 속이 다시 울렁거렸다.

마마상은 내 질문에 서둘러 대답하지 않았다. 그녀는 샤워 발판에서 일어나 타일로 된 선반으로 향했다. 젖은 실크옷이 그녀의 펑퍼짐한 엉덩이에 착 달라붙었다. 크림 통을 집어든 그녀는 다시 자리에 앉아 뚜껑을 열고 목에 크림을 바른 후 노련한 손놀림으로 아래에서 위로 마사지했다.

"유지와 히로는 어릴 적부터 친구였지. 히로의 어머니가 알콜중독자여서 히로를 잘 돌보지 못했어. 그래서 우리와 오랫동안 같이 있었단다. 히로는 네가 지금 앉아 있는 그 욕조에서 수백 번 목욕을 했었어. 그와 유지는 친형제 같았지."

마마상이 말했다.

"형제요? 그는 유지를 미워하던 걸요. 자기를 오사카에서 쫓아낸 장본인이라고 하면서 유지의 얼굴에도 산을 뿌리겠다고 말했어요."

마마상은 마사지하던 손놀림을 멈추고 크림 통을 바닥에 내려놓았다. 우리 사이에 뿌옇게 내려앉은 증기 때문에 그녀의 얼굴이 창백한 달처럼 보였다. 그녀는 운동장에서 말다툼을 벌이는 아이들을 지켜본 듯 깊은 한숨을 내쉬었다.

"유지가 야마가와 상의 마약을 훔쳤다는게 사실인가요?"

내가 물었다.

"그들이 그렇게 말하더구나."

마마상이 말했다.

"내가 모두 돈으로 갚아주겠다고 했는데도 야마가와 상은 거북한 태도로 나왔어. 다행인 건, 내게 유지를 위기에서 벗어나게 할 만한 영향력이 있다는 거야."

'영향력'이란 단어를 언급할 때 마마상은 어깨를 꼿꼿이 폈다. 그녀는 내가 이것을 알아차렸다는 것을 알고 웃음을 지었다.

"지금, 어떻게 이런 늙은이가 영향력을 가질 수 있을까 생각하고 있었지?"

"아니에요."

나는 상대의 생각을 읽어내는 그녀의 능력에 감탄하며 부인했다.

"너는 내가 단수 취업 비자가 허용되지 않는 이 바닥에서 어떻게 여러 해 동안 이 호스티스 바를 탈 없이 운영할 수 있었다고 생각하니?"

하긴 이곳에서 일하는 동안 한번도 그 부분을 진지하게 생각해본 적이 없었다.

마마상이 짧게 미소지었다.

"내 아들한테 이제 오사카는 위험지대야. 우리 집이 이렇게 오사카에 있는데도 말이지. 그래서 마음이 아주 씁쓸하구나. 하지만 야마가와 상과의 모든 일들이 깨끗이 정리된 뒤에도 유지는 여기에 있으면 안돼. 유지 얼굴에 산을 던지고 싶어 몸서리치는 히로같은 머저리들이 죽치고 있는 한은 말이야. 너와 외국에 나갈 거라고 유지가 말하더구나. 좋은 생각인 것 같아. 오늘 밤 너희 둘이 서울로 떠나도록 도와줄 수도 있다. 물론 네가 원한다면."

나의 심박동이 빨라졌다. 물론 나는 매우 원하고 있었다.

"네. 그러고 싶어요."

마마상이 고개를 끄덕였다.

"그럴 줄 알았다."

그녀는 실크 가운 주머니에서 가느다란 담배 한 갑을 꺼냈다. 그리곤 높은 선반 위 재떨이를 끌어당기더니 갈색 담배에 불을 붙여 내게 건네주었다. 나는 물 묻은 손가락으로 그것을 받아들었다. 정향과 돈다발 냄새를 풍기며 천천히 타들어가는, 미식가들이나 피울 법한 감칠맛나는 담배였다. 욕실 선반 위에 환풍기가 달려 있었지만 마마상은 그것을 작동시키지 않았다.

담배 연기와 수증기가 뒤섞인 탓에 마치 사기 타일로 만들어진 구름 한가운데 떠있는 것 같았다. 우리는 함께 그 아지랑이 속으로 푸른 연기를 내뿜었다. 축축한 재떨이 위로 가볍게 쌓여가는 잿더미들의 친밀감처럼 마마상과 나 사이에도 모종의 기념식을 치르는 분위기가 형성되었다.

나는 결국 마마상이 그렇게 나쁜 사람만은 아니라고 결론내렸다. 그녀와 이런 휴전 상태에 이르기까지 일본에서 머문 전全기간이 걸린 셈이지만, 늦었을지언정 이렇게라도 된 것이 내심 기뻤다. 그때 나는 마마상이 꺼낸 말을 듣고 마마상도 나와 같은 생각을 하고 있었다는 걸 알았다.

"일본에 온 지 얼마나 됐지, 메리?"

"8, 9개월이요."

"어린 아가씨로선 꽤 긴 시간이지. 영국에 있는 가족들이 보고싶지 않니?"

"사실 가족이 있다고는 말할 수 없어요. 삼촌밖에 없으니까요."

이 말을 듣자 마마상은 눈썹을 치켜올렸다.

"그럼 부모님은?"

"아버지는 어릴 때 돌아가셨어요. 어머니는 남자친구와 스페인에서 살고 있죠. 그들은 휴양지에서 바를 차리려고 5, 6개월 전쯤 이사를 갔어요."

"스페인? 전에 스페인 여행 브로셔를 한번 본 적이 있는데 아주 아름답던걸. 어머니 뵈러 놀러가면 정말 즐겁겠구나."

나는 물에 잠긴 채 어깨를 으쓱한 후, 천장에 달라붙은 거미를 향해 정향 나는 담배 연기를 훅 하고 내뿜었다.

"가본 적이 없어요."

"그럼 어머니가 영국으로 너를 보러 오시니?"

"아니요… 어머니는 스페인에 쭉 머물고 싶어하세요."

나는 이 말이 씩씩하게 들리길 원했지만, 마음 속은 괴로움과 씁쓸함 뿐이었다. 나는 어머니 이야기를 하고 싶지 않았다. 아직 학생일 때 어머니가 나를 두고 스페인으로 떠났다고 말하면, 사람들은 나를 버려진 자식 취급하곤 했다. 물론 어머니가 스페인으로 초대하긴 했지만 왠지 내키지 않았다. 어쨌든 어머니는 자신의 의무를 저버리지 않았는가. 어렸을 적 그녀는 나를 낳을 때 7파인트[55]의 피를 흘렸다며 툭하면 과장을 섞어 얘기하곤 했다. 마치 그 7파인트의 피가 이후 어머니로서의 직무 태만에 대한 합당한 이유라도 되는 듯이 말이다. 만일 내가 설거지 같은 가사 일을 게을리했다면 그녀의 파인트 수치는 8 또는 9까지 치솟았을 것이다. 예전엔 이따금 통화를 하기도 했지만 지금은 전화번호조차 모른다. 단지 같은 주소에 살기를 바라면서, 그녀의 생일이나 크리스마스 때에 의례적인 카드를 보내는 게 전부였다.

"유지도 아버지 없이 자랐어."

"네, 알아요. 유지한테 들었어요."

우리의 담배 연기가 서로 꼬이며 천정으로 올라갔다. 아직 태울 부분이 조금은 남아있었지만 더이상 맛이 느껴지지 않았다. 나는 꽁초를 재떨이에 눌렀다. 물에 불은 손가락 피부가 쭈글쭈글해졌고 손가락 끝 살갗이 투명한 흰색으로 변해있었다.

"영국에는 미혼모가 많다고 들었다."

마마상이 말했다.

"네. 사실 이혼하는 사람들이 더 많죠."

"일본에서는 미혼모들을 문제있는 사람들로 취급하지. 하물며 호스티스 바에서 일하는 미혼모라면 말 다한 거 아니겠니? 차라리 나병 환자가 되는 게 나을 거야. 미혼모는 최악의 경우지. 나는 유지를 이웃

55. 약 3,500–4,000cc정도. 평균 성인은 체내 10파인트 정도의 혈액을 보유하고 있으며, 4 파인트 정도의 혈액을 잃으면 생명이 위독함

에서 멀리 떨어진 곳으로 전학시켜야 했어. 내 직업 때문에 유지가 놀림 당하는 게 싫었거든."

"그 잘못된 선입견에 대해 엘레나가 얘기한 적이 있어요. 사람들은 대체 호스티스를 뭐라고 생각하는 거죠?"

마마상의 입술이 치켜 올라가면서 여우 같은 미소가 흘러나왔다.

"밤마다 자기 남편이 어디로 사라진다고 생각하겠어? 내 밥 벌이를 막지 못하니 야비하게 내 아들을 상대로 분풀이를 했지. 자식들에게 유지를 못살게 굴라고 교묘히 조종하면서 말이야. 부모를 둔 자식들 못지않게 편모슬하에서도 호강하는 유지를 보면서 배가 아팠던 게지. 그들은 변함없이 나를 천민 취급했지만, 나는 유지를 사립 초등학교와 사립 중학교에 보내기 위해 호스티스 일을 하면서 맺은 인맥을 이용했어. 유지가 들어간 사립 중학교는 모두 정치인과 기업 회장을 아버지로 둔 아이들이 다녔던, 명문대 입학생들을 가장 많이 배출하는 간사이 최고의 학교였지."

"정말이요? 간사이 최고 명문을요?"

유지가 사립학교를 다녔다니.

나는 크게 소리내어 웃을 뻔했다. 유지는 언제나 거리의 자식인양 행동해왔다. 걸음걸이라든가 오사카 식의 느린 말투, 거친 행동, 그리고 사람들을 믿지 않는 판단 방식 등이 그런 걸 느끼게 했다. 마마상 또한 나를 놀라게 했다. 왜냐하면 그녀는 이제껏 으레 자수성가한 여자들이 품을 법한, 교육에 대한 멸시를 드러냈기 때문이었다.

"전국에서 다섯 손가락 안에 드는 중학교였어. 내가 어떻게 유지를 입학시켰는지는 묻지 마라. 유지의 초등학교 성적은 평균 수준이었고 학급의 골칫거리로 이미 악명을 떨치고 있었으니까. 나는 연줄을 댔고 보기 싫은 놈들에게 아첨까지 떨었어. 학교가 좋으면 유지를 옳은 길로 인도할 수 있다고 믿었거든. 하지만 오히려 그곳에서 문제가 시작됐지."

연한 황록색 타일에 물방울이 맺혔다. 샤워기 끝에 매달린 물방울이 떨어질 준비를 하며 미세하게 떨리고 있었다. 나는 한쪽 팔을 욕조 모서리에 걸친 채 마마상 쪽으로 기대 앉았다. 그러고 보면 유지는 자신의 유년이나 사춘기 때 이야기를 해준 적이 없었다. 그는 마치 자신이 비정한 스물한 살인 채 이 세상에 태어난 것처럼 행동했다. 그에겐 좀 유감스러운 일이지만, 그의 어머니는 그런 허세를 전혀 부리지 않았다.

"거긴 배경이 중시되는 학교였지. 유지가 학교에 첫 등교하던 날, 나는 만약 누가 아버지에 대해 물으면 자동차 사고로 돌아가셨다고 말하고, 어머니에 대해 물으면 여성 사업가라고만 말하라고 간단히 일러주었어. 유지를 이런 엘리트 학교에서 속물근성을 가진 매정한 사람들로부터 보호하고 싶었거든."

그러나 속물근성으로부터 보호하는 가장 좋은 방법은 처음부터 그 엘리트 학교에 유지를 보내지 않는 것이었다. 마마상은 유지에게 자신이 누구인지를 숨기고 부끄러워하라는 걸 몸소 가르쳐준 것이나 다름없었다.

"일이 잘못됐나요? 사장님이 호스티스라는 걸 알아차린 거죠?"

내가 물었다.

마마상이 고개를 가로저었다.

"그들은 내가 부라쿠민(역주:옛날 일본에서 차별당하던 조선의 백정과 같은 계층)이라는 것을 알아냈어."

"부라쿠민?"

그녀는 매우 불편해 보였다. 언젠가 부라쿠민 박물관 전시회에 간 적이 있었다. 그들은 동물들을 도살하고 무덤을 파는 등 살육으로 오염된 인간 이하의 취급을 받는 계급이었다. 그러나 그건 이미 몇 세대 전의 일이다. 지금 그들을 차별하는 건 엄연히 불법이며 그것에 대해 언급하는 사람 또한 본 적이 없었다.

"난 오사카 외곽의 부라쿠민 빈민가에서 태어났어. 그 빈민촌은 깡패와 부패된 경찰들이 득실대고 범죄와 가난이 끊일 날이 없었지. 그 이후로 많이 개선되기는 했지만 여전히 그곳에서는 택시 잡아 세우기조차 힘들지."

나는 고개를 끄덕였다. 이런 이야기를 듣고 있자니 마음이 불편해졌다. 마마상과 나는 오늘 이전에 한 번도 친구였던 적이 없는 뜨악한 사이였다. 왠지 그녀가 친밀감을 억지로 조장하는 것처럼 느껴져 부담스러웠다.

"사장님이 슬럼가에서 태어난 줄은 몰랐어요."

"넌 외국인이야. 모르는 게 당연해. 일본의 지식인들도 이런 장소에 대해서는 거의 몰라. 이런 깨끗하고 풍요로운 땅에서 어느 누가 슬럼가와 그곳의 비참한 생활을 인정하고 싶겠어? 난 열다섯 살 때 그곳을 빠져나왔어."

"겨우 열다섯에요?"

"식당 주방 일을 했지. 어린 나이에 세상을 빨리 알았어."

"그 슬럼가로 다시 돌아간 적이 있었나요?"

"가끔씩 부모님에게 돈을 보내기는 했지만 여러 해 동안 발길을 끊고 살았지. 내가 그들의 전반적인 삶의 질을 높여줄 거라는 환상은 아에 갖지도 않았어. 그보다는 좀더 비싼 술을 마시는 데 일조를 했겠지. 어머니는 10년 전에 돌아가셨고, 아버지는 어머니가 돌아가신 지 4년 후에 따라가셨지. 학교에서 유지에게 문제가 생긴 것도 다 아버지 때문이었어. 아버지는 간과 신장이 안좋으셔서 오랫동안 병을 앓아오셨는데 돌아가시기 전에 내가 사립병원으로 옮겨드렸지. 그러다가 문병을 갔는데 마침 병원 전문의 중 한 사람이 나를 알아봤어. 그 사람한테는 유지와 같은 반을 다니는 아들이 있었거든. 그런데 갑자기 아버지가 울부짖으며 병원 침대에 오줌까지 싸버리니까 그의 안색이 갑자기 돌변하더니 다른 환자들의 불평 때문에 아버지를 다른 병실로 옮길 수 밖에 없다고 쌀쌀맞게 말하는 거야. 그 다음 날 두 가지 일이 발생했지. 아버지는 돌아가셨고, 유지는 학교에서 싸움박질을 하고 돌아왔어. 한쪽 눈이 너무 부어 눈동자도 안보이고, 몸에 성한 곳이라곤 없었지. 유지는 말 한마디 없이 자기 방으로 들어갔지만, 난 무슨 일이 일어났는지 눈치챘어. 그날 밤 그 의사에게 사생활을 보호받을 환자의 권리에 대한 존중심을 따끔히 가르쳐주려고 몇몇 친구를 그의 집으로 보냈지만 때는 늦어 있었어. 유지는 더이상 학교에 가지 않겠다고 선포했어. 선생들조차 그를 똥처럼 취급하는데 어떻게 견딜 수 있었겠니?"

"그럼 아주 학교를 떠난 건가요?"

"그때 유지는 열다섯 살이었어. 내가 집을 떠났을 때와 같은 나이였지."

마마상은 자조적인 미소를 머금었다.

"운명은 우리가 얼마나 많은 돈을 쓰는지에 대해선 관심 없어. 결국 자기가 하고 싶은 것을 할 뿐이지."

샤워기 끝에서 다시 물방울이 떨어졌다. 욕조의 물이 식어 젖은 머리에 오한을 일으켰다. 이제서야 나는 왜 유지가 자신의 삶에 별 야망을 품지 않았는지 이해할 수 있을 것 같았다.

"왜 저한테 이런 얘기들을 해주시는 거죠?"

내가 물었다. 어젯밤만 해도 그녀는 내 행동을 트집잡으며 마구 부려먹지 않았던가. 그런데 고작 몇 시간밖에 지나지 않은 지금, 왜 저렇게 자신의 은밀한 과거사를 속속들이 내 앞에 펼쳐보이는 것일까?

"유지가 누구인지 네가 알아둘 필요가 있다고 생각했어. 더 자세히 말하면, 우리가 누구인지 말이야. 메리, 솔직하게 말해도 될까? 나는 네가 그다지 맘에 들지 않았다."

나는 그녀의 눈을 피했다. 그녀가 방금 한 말은, 그녀 머리를 물들인 짙은 염색만큼이나 언제나 분명하게 와 닿는 사실이었지만, 이렇게 직접 들으니 유쾌할 리 없었다.

"넌 착해, 메리. 누구라도 그것을 볼 수 있지만, 착하다고 해서 인종이 다른 커플에 대한 선입견을 불식시킬 수 있는 건 아니야."

나 또한 그 사실을 알고 있었다. 나는 호흡을 따라 오르락내리락하는 욕조물을 바라보았다. 그건 그렇고 선입견이 뭐가 어쨌다는 건가? 내가 백인이라는 이유로 내게 적의를 보였던 유일한 사람은 바로 그녀 아니었던가.

그동안 내가 품었을 서운함과 상처를 이제 와서 무마해 보려고 갑자기 요란을 떠는 게 달갑지 않았다.

"하지만 지금 이렇게 넌 유지 옆을 지키고 있지 않니? 그 동안 네게 잘해주지 못했다는 걸 이제야 깨달았어. 내 아들을 진심으로 사랑하는 네 모습을 지금에서야 본 거야."

나는 정말 유지를 사랑한다. 하지만 꼭 모든 일이 이렇게 어그러지고 나서야 나를 인정할 수 있었던 걸까? 마마상은 미소지었고 나는 이것이 그녀의 어설픈 사죄의 표현이라는 것을 알아차렸다. 나는 억지로 미소를 지어 보였다.

마마상은 일어나 벽의 선반에서 수건을 꺼내며 말했다.

"물이 거의 식었겠다. 난 빈 방에 가서 네 잠자리를 준비할 테니 그동안 몸을 말리고 있으렴."

"자지 않아도 돼요. 피곤하지 않거든요. 대신 유지를 보러 갈래요."

"오늘 밤까지는 유지를 만날 수 없어. 내가 먼저 좀 정리해둬야 할게 있거든. 그때까지는 푹 쉬도록 해라. 내 말대로 해. 넌 잠이 필요하다니까."

나는 유지 꿈을 꾸다가 어둠 속에서 눈을 떴다. 꿈속에서 우리는 발정난 동물처럼 서로의 몸을 더듬고 핥는 일에만 정신이 팔려 있었다. 이러한 광란 상태가 얼마나 지속될지 막연한 상태에서, 문득 유지의 어깨 너머로 마마상이 방 구석에 앉아 우리를 뚫어져라 쳐다보고 있는 것을 보았다. 동시에 우리의 야만적인 애무도 끝났다.

그녀의 눈빛은 내 흥분 상태의 신경을 무참히 짓누르면서 마치 총알처럼 화들짝 나를 깨웠다. 내 잠재의식이 형편없는 유머 감각을 가진 건 사실이지만, 현재 돌아가는 상황을 분석하려고 굳이 정신분석학자까지 필요할 정도는 아니라고 생각했다. 이 상황은 그렇게 복잡하지 않다고 확신했다.

나는 침대 시트 사이를 비집고 흘러나오는 위의 꼬르륵거리는 소리를 들으며 침대 위에 누워있었다. 문 사이로 한 줄기 불빛도 새어들어오지 않는 방은 칠흑같이 깜깜했다.

나의 정신 시계로 볼 때 지금 막 7시를 넘어섰을 것이다. 나의 정신 시계는 성능이 좋은 편이니 얼추 맞을 것이다.

나는 일어나 팔을 앞으로 뻗고 걷다가, 손이 벽에 닿자 손을 앞뒤로 훑어 스위치를 찾았다. 방이 환해지자 내가 욕실에서 벗어던진 옷들이 이불 발치에 깔끔하게 개켜있는 것이 보였다. 나는 셔츠를 집어 들어 그 냄새를 깊이 들이마셨다. 고산 지대의 청량함이 직물 속에 배여 있었다. 나머지 옷들도 마찬가지였다. 심지어 속옷조차 다림질이 되어있는 것 같았다. 나는 한시라도 빨리 유지를 만나야겠다는 생각에 참을성 없이 목욕 가운을 벗은 뒤, 서둘러 주섬주섬 옷을 챙겨 입고 뭉친 머리카락을 손가락으로 대충 손질했다.

파리가 앉지 못하게 큼지막한 버들가지 덮개가 덮힌 밥상 하나가 놓여있었다. 덮개를 들어올리자 연어 주먹밥 한 접시와 보리차가 있었다.

허기졌던 나는 연어 주먹밥을 한 입 베어 물었다. 치아가 싱싱한 해조류 속으로 박혀들었다. 연어 주먹밥 중앙에는 참치 마요네즈가 있었다. 해조, 쌀 그리고 참치 마요네즈, 한번도 경험해보지 못한 환상적인 배합의 맛이었다. 보리차와 함께 세번째 연어 주먹밥을 먹어치웠을 때 문이 열렸다.

에르메스 스카프를 두르고 옴폭 들어간 무릎을 드러내는 짧은 검정색 원피스를 입은 마마상이 완벽한 메이크업을 한 얼굴로 들어왔다. 미스터 보잔글스는 그녀의 품 안에 잠들어 있었다. 잘 손질된 털이 뾰족하게 다림질된 셔츠 깃처럼 두드러졌다.

"잘 잤니?"

그녀가 물었다.

"네. 옷을 빨아주셔서 고마워요."

"나가호리 거리에 차를 대기시켜 놨다. 거기 어떻게 가는지 알지?"

나는 고개를 끄덕였다.

"유지한테 가는 차예요?"

"그래. 비상구로 이 건물을 빠져 나가거라. 누구의 눈에도 띄어선 안돼."

나는 호스티스 바가 바로 아래층에 있다는 것을 잊고 있었다. 대부분의 호스티스들은 지금쯤 이 밤의 첫번째 진토닉을 들고 있을 것이다. 나는 우정과 경쟁과 지루함과 교대 시간의 협상 등, 뒤에 두고 떠나는 이 애잔하고 연기 자욱한 세계를 떠올렸다. 유일하게 카티야만이 앞으로 보고싶어질 것 같았다. 며칠 동안 카티야에 대해 까맣게 잊고 있었다.

"카티야가 아래 있나요?"

"물론. 여느 때처럼 늑장을 부리며 지각했지."

"그녀와 잠시 얘기할 시간이 있을까요?"

"그건 별로 좋은 생각이 아닌 것 같다, 메리. 우린 지금 급해. 그리고 네가 여기에 있다는 사실은 아무도 몰라야 해. 카티야조차도 말이야."

"딱 2분이면 돼요."

"안돼."

왜 안된다는 거야? 나는 소리치고 싶었다. 하지만 나는 마마상이 나를 유지에게 데려다준다는 사실을 기억해냈다.

"그럼… 카티야에게 말 좀 전해주시겠어요? 보고 싶을 거라구요."

마마상은 자상한 얼굴로 고개를 끄덕였다.

"전해주마."

그녀가 말했다.

"이제 그만 서둘러, 메리. 가야할 시간이야."

17

: 와타나베

열차가 노다와 후쿠시마 사이를 요동치며 나아갈 때, 나는 순간적인 범죄의 플래시로 눈을 번쩍 떴다. 내가 열차에 오른 건 새벽 5시 16분, 여명이 막 별빛을 잠재우기 시작할 무렵이었다. 10시 16분인 지금, 열차는 그동안 순환선을 17.3번이나 돌았다. 눈에 띄지 않는 충성스런 인간 방패로서 메리의 곁을 지키기 위해, 나는 우메다 역에서 메리의 뒤를 쫓으려고 했다. 그러나 이틀 동안 잠 한숨 못잔 상태에서 초감각 기관을 너무 무리하게 사용하는 바람에 내 의지와는 상관없이 초능력이 잠시 고갈되고 말았다.

나는 초월적인 존재임엔 틀림없으나 내 두뇌는 슬프게도 유기적인 기관이라 세포의 재생을 필요로 한다. 죄책감으로 마음이 무거워진 나는 비기하학적인 공간의 옥상에서 급강하한다. 찢어진 누더기 차림으로 눈물 투성이가 되어 거리를 헤매는 나의 천사가 보였다. 내가 곯아 떨어지지만 않았어도 막을 수 있었던 일이라는 낭패감에 나는 몸서리를 쳤다.

나는 야구 모자를 다시금 고쳐 쓰고 다음 정거장에서 내릴 준비를 한다. 내 직무유기를 보상하기 위해 메리와 합류할 시간이다.

호스티스 바에 들어서면서 나는 오늘이 이곳 문에 내 지문을 남기는 마지막 날이 될 것이라는 기쁜 징후를 발견했다. 밤마다 나는 이 장소에서 인간의 영혼을 고갈시키는 모습과, 살해당한 영혼들의 기념품들이 여기 저기 흩어져 있는 것을 목격하곤 했다.

음침한 키메라[56]들이 홀에 떠다니며 불평불만 속에서 몸을 비틀고, 산산조각 난 자아들은 의자 다리 사이를 수놓으며 담배 자판기 속에 몸을 숨긴다. 여기는 불쌍한 샐러리맨들과, 그들을 사팔 눈으로 곁눈질 해대는 가련한 영혼들의 전시장이다. 위스키의 바가지 요금과 불룩한 유방들, 그리고 탱탱한 허벅지들이 그들이 앓는 절망적인 무기력의 치료책이 되어줄 수 없다는 사실을 그들은 언제쯤에야 깨닫게 될 것인가?

유일한 탈출구는 그런 것들이 존재하는 3차원의 세계 속에 매몰되는 것이 아니라, 3차원의 강박적인 사슬을 멀리 던져버리는 것이다.

네 개의 심장이 바에서 펌프질을 하고 있다. 반월 판막이 열렸다 닫혔다 하면서 심박동 주기에 따라 열심히 혈액을 나르고 있다. 그 중 하나의 심장은 마마상의 것이고(61bpm), 또 다른 하나는 유지가 3년 전에 망가뜨린 전前 호스티스 아야의 것이다(68bpm). 할머니를 방문한 악마의 자손 또한 보인다. 에스트로겐이 왕성한 돼지 마마상이 유모차 옥좌에서 잠들어있는 손자 카츠(84bpm)를 보며 정답게 속삭이는 동안, 미스터 보잔글스(131bpm)는 질투심에 차서 아이를 노려보고 있다. 그에

56. 돌연변이 접목 등에 의해 두 가지 이상의 다른 조직을 가진 가공의 괴물, 여기서는 괴물같은 인간들을 빗대어 표현한 것임

게 아기는 사기꾼에 불과하며, 아첨하는 젖 냄새를 뿌리고 몸에 털 코트도 걸치지 않은 열등한 존재일 뿐이다. 마마상은 아야 옆의 일인용 의자에서 자신의 빨간 실크 옷자락을 들어올리며 그 무거운 몸을 일으켰다.

나는 이 순간을 놓치지 않고 문을 열고 들어갔다. 홍차를 따르던 마마상이 찻주전자 주둥이에서 아치를 그리며 떨어지는 탄닌 성분과 물 분자 줄기로부터 고개를 들었다.

"와타나베, 이 수상쩍은 출현에 내가 돈을 지불해야 되는 건 아니겠지?"

마마상이 말했다.

아야가 웃었다. 아야는 지금 상상 속의 남편을 바에 대동하고 왔기 때문에 기분이 좋은 상태다. 180센티미터 키에 탄탄한 잔근육을 소유한 그 상상 속의 남편은 지금 그녀 뒤에 서 있으며, 그 얼굴은 그녀가 그날 아침에 본 면도기 광고의 남자 모델의 얼굴과 조화를 이루며 점점 더 멋져지고 있다.

"음… 그냥 일하러 왔어요."

내가 대답했다.

침묵하는 마마상에게서 멸시의 느낌이 강하게 전해져왔다. 마침내 그녀가 입을 열었다.

"와타나베, 네 근무는 앞으로 여덟 시간 후에 시작되는 걸 알고 있지? 설마 일곱 시 전에 일한 몫에 대해서까지 돈을 바란다면 지금 당장 그 환상을 깨는 게 좋을 거다."

"알겠습니다."

내가 대답했다.

"좋아,"

마마상이 흔쾌히 대꾸했다.

"뭐 특별하게 할 일이 있는 거냐?"

"음…"

"피자 오븐이나 분리해서 깨끗이 닦아놓는 게 좋을 것 같은데…"

"알겠습니다."

나는 바를 지나 주방으로 신발을 질질 끌며 걸어갔다.

마마상은 그녀의 고개를 가로저으며 속으로 중얼거렸다.

저 바보같은 놈. 적어도 피자 오븐은 깨끗해지겠군.

아야가 생각에 잠긴 채 혼자 킬킬거렸다.

다른 사람들이 두뇌란 것을 부여받았을 때, 걘 어디 가 있었던 거지?

그녀는 상상 속의 남편에게 말하고 있었다.

저런 얼빠진 소리들에 맞서는 건 시간 낭비다. 그들이 나를 바보라고 생각하든 말든 상관할 바 아니다. 내가 거의 신의 경지에 올랐다는 것을 그들이 무슨 수로 알겠는가? 세상에 속한 것들을 이미 초월했다는 사실을 말이다.

파이pi를 소수 백만 자리까지 계산할 수 있고, 천 킬로미터나 떨어진 수중 동굴에 매달린 이끼의 마음을 읽을 수 있다는 걸 그들이 어떻게 알 수 있겠는가? 무지몽매한 그들은 이렇게 초감각 차원의 세계를 자유자재로 여행하는 내 실체를 알지 못한 채, 나를 인습 타파주의자, 이단자로 깎아내리고 있다. 그러나 내가 거기에 동의할 리는 만무하다.

주방에서 나는 피자 커터(역주: 피자 반죽을 자르는 기구)를 달그락거리면서 일에 착수했다는 소리를 냈다.

바에서는 아야가 마마상 쪽으로 몸을 기울이며 나로 인해 잠시 중단됐던 수다를 이어가고 있었다.

"메리라는 애, 예쁘게 생겼어요?"

마마상은 잠시 자신의 입술을 깨물었다.

"멀대같이 키가 크지. 입과 엉덩이도 지나치게 크고, 게다가 코도 너무 뾰족해. 그나마 한 가지 봐줄 만한 게 있다면 머리카락이 금발이라는 거야."

펄펄 끓는 우유 냄비처럼 속이 부글부글 끓어올랐다. 뭘 안다고 저런 소리를 지껄이는가? 저 여자는 극단적인 주관주의에 매몰되어 있다. 모든 사람들이 사과를 볼 때 저 여잔 바나나를 보고, 모든 사람들이 바나나를 볼 때 저 여잔 강낭콩을 본다. 하지만 바나나와 강낭콩은 어디에도 존재하지 않는다. 마마상은 오직 메리의 외양만을 인식할 뿐이다. 그 안의 눈부시도록 빛나는 무한한 경지에 대해서는 눈 먼 장님이나 똑같다.

"메리가 곧 도착하겠죠?"

아야가 물었다.

"아마 한 시간쯤 있으면."

마마상이 말을 이었다.

"미즈타니 씨한테 전화가 왔는데, 아마가사키尼崎[57]의 유지 집 근처에서 차를 얻어타려고 엄지손가락을 치켜들고 서 있었다더라. 게다가 맨

57. 일본 효고 현 남동부에 있는 도시로, 오사카 시 서부 공업지역의 연장이며 한신阪神 공업지대의 중심지역이며, 오사카와 인접한 생활권으로 주택도시로 확장되고 있음

발이었다지!"

"미즈타니 씨가 그냥 지나쳤대요?"

아야가 재미있다는 듯 웃으며 묻더니, 이내 다시 말을 이었다.

"미즈타니 씨는 정말 젠틀 맨이시라니까! 그건 그렇구 메리가 유지 아파트에 진을 치고 있던 야마가와 상 애들과 충돌을 일으켰을까요?"

"히로가 권총으로 메리를 위협해서 쫓아내는 소리를 미즈타니 씨가 들었다고 하더라."

내 손의 근원섬유(역주:가느다란 단백질성 섬유가 수없이 모여서 형성된 세포)가 쪼그라들면서 잡고 있던 피자 판이 마룻바닥에 쨍그랑 소리를 내며 떨어졌다. 이미 알고 있는 사실에 몸이 새삼스레 움찔하다니 희한한 일이다.

"와타나베, 정신차려!"

마마상이 블러드하운드(역주: 영국 경찰견)처럼 눈알을 굴렸다.

"왜 저런 바보를 주방에 풀어놓았는지 모르겠다."

그녀가 아야를 보며 구시렁댔다.

아야가 웃으며 물었다.

"메리가 도착하면 어떻게 하실 거예요?"

"유지에게 보내야지. 지금 같은 시기엔 여자가 필요하니까."

나는 분노로 머리 속이 하얘졌다. 어떻게 감히 메리를 위안부 취급할 수 있는가. 그 썩어가는 은신처에서 꿈틀대고 있는 유지를 위해 한 낱 육체 덩어리가 되라니.

"하지만 야마가와 상한테 전화를 받기 전엔 어떤 행동도 취할 수 없어. 나는 그가 유지를 용서할 거라고 믿어. 물론 그래야만 한다는 걸 그 치도 알고 있을 거야. 내가 얼마나 오랫동안 그 늙은이에게 여자를 제공했는데… 또 그놈이 시키는 스파이 노릇까지 하다가 내가 데리고 있던 가장 예쁜 애가 목숨을 잃기까지 했어. 그런데 내가 베푼 은혜도 깡그리 잊어버리고 아직도 나를 요주의 대상으로 취급하고 있다니 정말 괘씸해."

아야가 공감하듯 고개를 끄덕거렸다.

"야마가와 상은 자신이 누군가를 그렇게 빨리 용서하는 손쉬운 상대가 아니라는 걸 보여주고 싶은 걸 거예요. 메리는 지금 일이 어떻게 돌아가고 있는지 알고나 있을까요?"

"모르겠어. 그 멍청한 백인 계집애가 뭘 알겠니? 난 그저 내 아들을 위해 최선만 다하면 돼."

마마상이 자신의 진분홍빛 마수를 뚫어져라 쳐다보았다. 마성은 인간 의지의 부산물이다. 범죄자 아들을 구하기 위해 모든 도덕성을 짓밟는 어머니의 의지보다 더 강한 마성은 없다.

아야는 이 사실을 알고 있었다. 그녀 또한 한때 이 세계에 발을 담근 적이 있었으므로, 고개를 끄덕이며 동지애가 담긴 미소를 흘렸다.

* * *

나는 시내 변두리에서 차를 얻어타려고 끊임없이 손을 흔들며 쓰러질듯 걷고 있는 메리로부터 서쪽으로 7.3킬로미터 떨어져 있다. 메리는 충격 상태에 빠져 있다. 차가운 강철 권총과 대면한 경험은 메리의 스물두 해 평생에 걸쳐 일어난 가장 충격적인 사건으로 그녀의 정체성을 파멸시켜 버렸다.

메리의 정신을 추적해보니 한 시간 전에 그녀의 버려진 자아를 볼 수 있었다. 낙천적이고 천진난만하기만 했던 메리가 보다 강하고 현명한 메리로 변해 있었다. 한 시간 전의 메리는 한번도 키스를 받아보지 못한 메리, 침대에 오줌을 싸는 어린 메리처럼, 살아오는 동안 폐기했던 천 명의 또 다른 메리들을 다시 뒤쫓기 시작하는 자신을 발견했다. 그 중 대부분은 어른이 되기 위해 마땅히 버려져야 할 자아들이었지만, 이런 상황에서 권총으로 한번도 위협당한 적이 없는 자아라면 누구라도 그것을 붙잡고 싶을 것이다.

그녀의 고통이 내 사지를 마비시켰다. 두 번 다시 그녀가 그런 일을 당하는 일이 없도록 하겠다고 나는 눈물을 삼키며 맹세했다.

바에서 마마상은 자신의 두 살배기 손자, 카츠의 방문에 매우 들떠 있었다. 이제 유지의 앞길은 끝난 거나 다름없으니, 마마상에게는 범죄 지하 조직을 손에 넣겠다는 자신의 야망을 투사할 대용품이 필요했다.

이제 아야에 대한 이야기를 부연할 시점이다. 지금 아야를 보면 그녀가 한때 성질 못된 타락한 요부였다는 사실이 믿기지 않을 것이다. 10대였던 유지를 포함해 많은 남자들이 자살도 불사할 것 같은 그녀의 가미카제 정신을 꽤나 유혹적이라고 생각했던 시절이 있었다. 그러나 유지는 아야를 임신시키고 나서 매몰차게 차 버렸다. 그 일로 유지는 귀 윗부분 연골 조직을 다시 붙이기 위해 117 바늘이나 꿰매는 행사를 치러야 했다. 그러나 그렇게 악마의 대못이 박힌 번데기가 오늘날에는 사랑스러운 어머니로 거듭난 것이다.

아야를 변화시킨 것은 모성애가 아니었다. 처음에는 모성애라곤 눈을 씻고도 찾아볼 수가 없었다. 그녀는 아기의 분유에 각성제를 섞는 몽롱한 꿈을 꾸기 일쑤였다. 그러던 아기가 자지러질 정도로 TV 음량을 최고로 해놓고 TV 화면을 들여다보던 어느 날 오후, 아야의 인생에 놀라운 변화가 일어났다.

그때 그녀는 약물에 취해 몽롱한 눈빛으로 화면에 나오는 젊은 남자 배우를 보고 있었다. 뚜렷한 이목구비의 잘생긴 얼굴에 푹 빠진 그녀는 그 남자 배우가 TV에서 기어나와 자기 남편이 되면 얼마나 좋을까 생각했다. 결국 아야는 결혼식을 상상했고, 놀랍게도 그런 환상이 위안이 된다는 것을 알게 되었다. 심지어는 기분이 좋아져 카츠를 데리고 산책을 나갈 정도였다. 이것은 카츠가 세상 빛을 본 지 반 년 만에 처음 있는 일이었다.

그날 저녁, 국수를 먹으면서 그녀는 그 음식이 자신의 새 남편이 정성스럽게 장만한 특별 요리라고 상상했다. 그런 식으로 아야의 상상은 계속되었다. 날이 지나면서 그 환상은 점점 도를 더해갔고, 머지 않아 그녀는 매순간을 상상 속 남편과 지내게 되었다.

하지만 누가 그녀를 비난할 수 있겠는가? 상상의 남편은 그녀의 욕구에 사려깊게 반응하고, 고분고분 말도 잘 듣고, 또 미혼모로서 그녀가 겪고 있던 문화적 편견으로부터 축복받은 휴식처까지 제공해주었다. 그는 아야를 행복하게 만들었다. 하지만 그럴수록 현실은 냉혹하고 김이 빠졌다. 마마상과 바에 앉아 있는 지금도 그녀는 상상의 남편과 둘이 있고 싶어 안달이 날 지경이다.

그런 자기기만과 현실을 부정하는 안간힘을 목격하면서 두려움으로 숨이 막혔다. 아무 규율 없이 그런 식으로 무절제하게 환상의 영역에 빠지는 건 위험한 일이었다. 하지만 그러한 환상에서 단 한가지 이득을 취할 수 있다면, 적어도 아야가 자신이 지닌 영아 살해의 성향을 지속적으로 저지할 수 있다는 점이었다.

날짜, 시, 분 등의 시간 단위에 대한 인간의 자의적인 해석에 의하면, 현재 32분이 지나갔다. 나는 피자 오븐을 분리한 후 콘크리트 미로를 헤치며 사요나라 바를 향해 다가오는 메리를 보았다. 나는 그녀의 정신을 관통하며 반복해서 주문을 외웠다.

"돌아가, 돌아가, 돌아가."

그러나 아무 소용이 없었다. 메리의 마음은 유지를 보고 싶다는 열망 하나로 가득 차 있었다. 그녀가 돌아갈 일은 결코 없을 것이다.

문이 급하게 닫히는 쾅 소리가 들리자 마마상이 바의 일인용 의자에서 내려와 미스터 보잔글스를 팔 안에 끌어안았다. 그녀는 자기 품에서 팔딱팔딱 뛰고 있는 그 자그마한 짐승의 심장 소리를 좋아했다. 마마상과 아야가 눈을 맞추며 비밀리에 악의적인 미소를 교환했다.

"유지는 무사해요? 도대체 어디에 있는 거예요? 여기 있나요?"

메리의 산발한 머리카락은 마치 거꾸로 빗질한 듯했고 눈빛은 제정신이 아니었다.

마마상은 이런 메리의 걱정을 횡재 또는 생명을 주는 태양의 미립자처럼 받아들였다. 그녀는 짐짓 자상한 어머니 같은 미소를 흘리면서 말을 건넸다.

"진정해. 유지는 여기 없어. 하지만 안전한 장소에 있으니 걱정 마렴. 조금 있다가 데려다 줄 테니까."

메리는 마마상에게 숨막히는 키스를 퍼붓고 싶었지만, 한꺼번에 안도감이 밀려와 횡경막이 수축되면서 걷잡을 수 없는 흐느낌이 터져나왔다. 마마상이 메리의 등 뒤에서 이를 갈고 있었다. 마마상이 마지막으로 눈물을 보인 건, 한참을 거슬러 올라간 여덟 살 때로 마마상의 오빠가 천장 선풍기에 그녀가 아끼는 고양이를 매다는 바람에 그 모가지가 잘려나갔을 때였다.

"유지 아파트에 갔었어요. 거기서 권총을 들고 있는 남자를 봤는데, 유지를 벼르고 있다고 말하면서…"

충격으로 용솟음치는 메리의 눈물 분비선을 타고 염분이 함유된 눈물 방울이 뚝뚝 떨어졌다. 마마상은 신경질적으로 바닥에 발을 톡톡 두드렸고, 아야는 은밀한 코웃음을 쳤다.

아, 메리와 내가 함께 마마상의 모습이 백만 개의 추악한 파편으로 해체되는 초공간으로 날아오를 수만 있다면, 마마상의 기억 창고를 급습해 그녀가 외로움에 못이겨 술이 곤드레 만드레 취해 있을 때 거울 속에 자기 모습을 비추며 어떤 식으로 춤을 추는지 그 꼴을 보고 실컷 웃어버릴 수 있을 텐데. 하지만 메리의 울음은 좀처럼 잦아들지 않았다.

마마상은 메리에게 목욕을 권하며 위층으로 데리고 올라갔다. 아야는 무질서한 환상 속에 방치된 채 카츠가 탄 유모차를 흔들기 시작했다. 나는 주방을 왔다 갔다 하며 최선의 방법을 고심하고 있었다.

지난 밤 나는 최악의 판단 오류를 범했다. 비록 유지가 철저히 깨진 상태라는 판단은 옳았을 망정, 그게 메리에게 위협이 되지 않을 거라는 가정은 틀렸다. 나는 그의 n차원[58]의 신경 기하학을 완전히 잘못 읽

58. 인간으로서는 인식할 수 없는 미지수의 고차원의 세계를 가리킴

었다. 내가 열차에서 곯아 떨어졌던 그 시간, 메리에 대한 위협이 재발한 것이다. 기회가 주어졌을 때 로터스 바에서 그를 완전히 재로 만들어버렸어야 했다.

나는 초공간 카메라를 뒤로 회전시켜 한꺼번에 네 장소를 본다. 메리는 마마상과 위층에 있고, 유지는 로터스 바에서 무기력한 미물처럼 팔다리를 늘어뜨린 채 꿈틀거리고 있다. 그 권총 맨은 유지의 아파트에서 한 손으로 팔굽혀 펴기를 하고 있고, 야쿠자 두목인 야마가와 상은 장롱 속에 박쥐처럼 거꾸로 매달려있다.

야마가와 상의 도파민(역주: 부신에서 만들어지는 뇌 속의 신경전달 물질) 수치를 판독해볼 때, 앞으로 몇 시간은 잠에 빠져있을 것이다. 마마상은 야마가와 상이 잠에서 깨어나 그녀에게 전화를 걸 때까지는 어떤 행동도 취하지 않을 것이며, 따라서 메리는 당분간 안전하다. 권총 맨, 레드 코브라는 일 없이 기다리는 것에 진력이 나 있다. 사람을 상처 입히고 불구로 만들도록 길들여진 그는 유지를 죽이고 싶어 몸이 근질근질하다. 그 순간 이 더러운 일로 손을 더럽히지 않는 동시에 유지까지 처리할 수 있는 최적의 묘안이 떠올랐다. 그저 레드 코브라의 공간을 로터스 바 위에 포개놓으면 된다!

그 계획에 고무된 나는 마마상이 자기 처소로 향하는 문에 나타났을 때 주방에서 뛰쳐나갔다.

"와타나베,"

그녀가 나를 불러 세웠다.

"변기 하나가 막혔더라. 탈의실 철사 옷걸이를 가져다 뚫을 수 있는지 한번 봐라."

나는 잠시 멈춰 서서 그녀가 마신 홍차의 카페인 분자가 그녀의 시냅스(역주: 신경세포 사이의 좁은 틈) 후부 세포막을 자극시키고 있는 것을 관찰한다. 나는 검사관 같은 네 개의 광학 렌즈를 통해 소형화되고 전도되어 빛의 파편에 의해 운반되는 나 자신을 볼 수 있다. 그들은 나를 유심히 주시하고 있다. 방금 마마상과 그녀의 개는 내 인생이 막힌 화장실 변기를 뚫는 것보다 더 나은 목적을 갖고 있지 않다고 못박는다.

"뭘 그러고 서 있어?"

마마상이 재촉했다.

좋은 질문이다. 내가 왜 이러고 서 있는 거지? 마마상을 무시하고 이중 문으로 돌진하다가 실수로 계산대 옆에 세워진 양치류 화분을 발로 차버렸다. 흙과 질산 비료가 카펫 위로 엎어졌다. 하지만 내겐 그걸 치울 시간이 없다. 나는 버스를 타야 한다.

나는 유지의 아파트가 있는 언덕을 올라갔다. 하늘에는 뭉게구름이 흩어져있고 언덕에는 자외선이 한껏 내리쬐고 있었다. 언덕 중턱에서는 가정 주부들이 수다를 떨며 티라미수[59]를 먹고 있었다. 만약 이 길이 무장한 야쿠자 깡패와 통해있다는 걸 안다면 모두들 질겁하고 말 것이다. 하지만 나는 의연하다. 일단 레드 코브라가 우리 공동의 적에 대한 정보를 접하기만 하면, 우리가 친구 사이가 되는 건 시간 문제다. 나는 그것을 확신하므로 두렵지 않다. 하지만 일단 자율 신경계를 무장시키고 보는 게 바람직하다. 쏟아지는 식은땀이 자꾸 주의를 산만하게 만들었다.

59. '기분이 좋아지는 요리' 라는 뜻으로 이탈리아의 대표적인 디저트 케익

내 초지각은 단숨에 호스티스 바로 날아올랐다. 메리는 목욕을 하고 있다. 친수성親水性 성분 속에 몸을 담그자 혈관이 팽창했다. 그녀는 그토록 깨지기 쉬운 평온함 속에 놓여있었다. 잠시 나는 그녀와 내가 더 이상 알 수 없는 미래와 맞닥뜨리는 일이 없도록 그 상태가 영원히 지속되기를 기원했으나, 그 즉시 나의 바람을 취소했다. 그녀가 약속된 땅에 도달하려면 시간 역시 앞으로 전진해야만 한다. 나는 그때까지 그녀의 길이 좀더 순탄하길 염원하며 무대 뒤에서 기꺼이 고생을 자처하는 수밖에 없었다.

아파트 현관에 다다른 나는 고도 때문에 메스꺼움을 느꼈다. 신경과민증적 발열로 몸은 마음과 반대로 도망자가 되어 있었다. 나는 몸을 와들와들 떨면서 땀을 흘렸고, 바이오리듬은 발작 상태로 움찔해 있었다. 다행히 마음만은 바위처럼 굳건했다.

나는 인터폰 시스템에 침투해 비상 접근 코드를 알아냈다. 세 개의 숫자 코드를 입력하고 해시 키(역주: 계기판 위의 #표시키)를 눌렀다. 아무 일도 일어나지 않았다. 이 전자 코드는 처리하기 힘든 숙제였다. 나는 해시 키 대신 스타 키를 썼다. 그러자 엉뚱하게도 아무 상관 없는 아파트 227호의 벨이 울리기 시작했다. 제기랄. TV 전기 검사관인 척해야겠다.

딸깍 하는 소리와 함께 227호의 바짝 달아오른 나오미 다키시마가 수화기를 들고 날카로운 소리로 지껄였다.

"제때에 와야지, 이 매너없는 남자야! 나처럼 뜨거운 여자를 이렇게 기다리게 하면 어떡해! 당장 쏜살같이 날아와!"

쾅 소리를 내며 수화기를 내려놓은 227호의 나오미 다키시마는 내 신분을 점검하는 과정도 없이 문을 째깍 열어주었다.

나는 복도를 따라 유지의 아파트를 향해 걸어가면서 손에 권총을 들고 있는 레드 코브라를 보기 위해 플라스터보드(역주: 석고를 속에 넣은 판지) 벽을 절개했다. 내 발자국 소리가 점점 커졌다. 문을 코앞에 두고 바짝 얼어붙은 순간, 내 마음은 두 갈래 길에서 방황했다. 심지어 모든 걸 포기하고 돌아갈 준비까지 되어 있었다.

하지만 곧 그 순간은 지나갔다. 나는 문을 두드린 후 손잡이를 비틀고 안으로 들어섰다. 아래로 드리워진 블라인드가 오후 햇살을 단단히 막고 있었다. 레드 코브라는 거실 문 뒤에서 권총의 공이치기를 잡아당기며 반사 신경을 곧추세웠다.

미묘한 상황이었다. 어서 신분을 드러내 내가 습격자가 아니라는 사실을 알릴 필요가 있었다. 그렇지 않으면 레드 코브라가 내 머리를 향해 방아쇠를 당겨버릴 것이다.

"저기… 아무도 안계세요?"

나는 고약한 냄새가 나는 유지 오야지 처소의 어둠 속에서 맥없이 소리쳤다.

레드 코브라는 내가 어떤 행동을 보일지 주시하며 침묵을 지켰다.

"저기요,"

내가 반복했다.

"음… 전 위험한 인물이 아니에요."

여전히 아무 반응이 없었다. 거실 문 뒤에서 레드 코브라가 침입자를 경계하고 있었다. 레드 코브라는 현관에 멈춰 선 내게서 약 1.25미터 정도밖에 떨어져 있지 않았다. 일단 나를 소개하고 나면 그의 방어태세도 수그러들 것이다. 그리고 나서 남자 대 남자로서 함께 유지 오야지를 전멸시키는 전략을 세우면 된다. 나는 현관에서 발을 뗐다.

바로 그때 고막을 찢는 듯한 파열음과 함께 22구경 총탄이 시속 137킬로미터의 속도로 내 옆를 지나쳐 창 옆의 벽토에 꽂혔다. 나는 마룻바닥에 바짝 배를 붙이고 엎드렸다. 화약 터지는 소리가 귀에서 진동했다. 집에 있던 54명의 아파트 거주민들은 하던 일을 멈추고 소리의 출처가 어딘지 이리저리 둘러보기 시작했다. 차의 내연 기관이 폭발한 건가? 아니면 보일러가 터졌나? 직관은 나에게 눈을 꼭 감고 원목 마룻바닥에 이마를 바짝 대고 있으라고 명령했다.

레드 코브라는 글록 18 권총의 반동으로 약간의 진통을 느끼면서 자신의 오른쪽 어깨를 문질렀다. 마룻바닥에 벌레처럼 달라붙어 덜덜 떨고 있는 내 모습을 내려다본 그는, 더럽고 볼품없는 내 청바지와 야구모자를 쓱 훑더니 대충 상황을 판단했다. 그의 턱 끝이 오후 5시의 이른 그림자 속에서 모습을 드러냈다.

"이런, 빌어먹을. 야마구찌 조직이 보낸 에이스 이시노란 놈인줄 알았는데… 걔도 너처럼 비쩍 말라빠진 놈이라서 말이야."

그는 지금 변변치 못한 핑계거리를 둘러대고 있지만, 아까 분명 내게서 세 발자국밖에 떨어져 있지 않았었다.

"설마 경찰을 부르는 어리석은 짓은 하지 않았겠지. 지금 말해봤자 너무 늦긴 했지만… 넌 누구지? 어서 일어나."

그러나 나의 자동 반응 기계는 작동 고장이었다. 나의 근육은 마비되어 꿈쩍할 수가 없었다.

레드 코브라가 내 갈비뼈를 툭 차며 말했다.

"돌아누워야 네 얼굴을 볼 수 있을 거 아냐."

그가 성급하게 윽박질렀다.

"네가 에이스 이시노가 아니라는 걸 보여주지 않으면 당장 총알을 박아버리겠어."

마비증이 다소 소강 상태를 보이며 내 고개가 까딱 옆으로 돌아갔다.

레드 코브라의 얼굴은 상처 때문에 표정이라곤 찾아볼 수 없었지만, 그의 내면은 공포로 전율하고 있었다. 내가 무언가 자신과는 다른 존재라는 것을 직감으로 눈치챈 것이다.

"넌… 호스티스 바에서 일하는 놈 맞지? 마마상이 너를 이리로 보낸 거냐?"

나는 조잡한 가정에 공격당한 채 머리를 가로저었다.

"그럼 여기 나타난 이유가 뭐야?"

간신히 목구멍을 열어 급하게 튀어나온 내 목소리는 마치 카스트라토(역주: 16-18세기의 어려서 거세한 남성 가수)의 음성 같았다.

"유지가 어디 있는지 가르쳐 드리려구요."

실로 마술 같은 말이었다. 왜냐하면 레드 코브라의 얼굴에도 변화가 일었기 때문이다. 그는 얼굴에 적나라한 욕망을 숨기지 않았다. 난 그토록 기쁨으로 들뜬 표정과 증오의 표정이 동시에 교차하는 얼굴을 본 적이 없었다. 복수심이 제2의 맥박처럼 레드 코브라의 가슴 속에서 방망이질쳤다.

"어디야?"

"아마가사키의 버려진 바에 숨어 있어요."

"로터스 바?"

나는 고개를 끄덕거렸다.

설사 내 초능력을 직감했더라도 야쿠자 조직의 훈육방식에 길들여진 그는 잠시의 경계태세도 늦추지 않았다. 그는 한 걸음 뒤로 물러섰다.

"마마상이 무슨 꿍꿍이 때문에 너를 여기로 보낸 게 틀림없어. 유지가 로터스 바에 숨어 있다고 말하면 내가 당장 거기로 달려가 너희들이 만들어 놓은 덫에 보기좋게 걸려들 게 뻔하니까 말이야. 안그래?"

"아니에요. 마마상은 야마가와 상이 유지를 용서해주길 원하고 있어요. 그녀는 일을 엉망으로 만들고 싶어 하지 않아요."

이렇게 많은 말을 한꺼번에 쏟아내는 데 익숙하지 않았던 터라 목소리가 괴상하게 갈라졌다.

레드 코브라의 얼굴이 금세 증오로 굳어졌다. 그로서는 유지가 용서받고 자유롭게 되는 걸 지켜보느니 차라리 할복자살을 택할 것이다. 그는 결단코 그런 일이 일어나도록 하지 않을 것이다. 필요하다면 조직의 규칙까지 깨고 자기 손에서 해결하려 들 수도 있다.

"로터스 바에서 누군가 나를 기다리고 있다면 사실대로 부는 게 네놈 신상에 이로울 거야. 나를 속이면, 넌 바로 내 손에 죽어."

뻣뻣한 정장 아래서 글록 18 권총이 희미하게 진동했다. 그는 처절할 정도로 심각했다.

"유지밖에 없어요."

"좋아. 당장 일어나. 넌 나와 함께 간다."

레드 코브라는 로터스 바에서 동쪽으로 48.3미터 떨어진 쓰레기장 같은 경내에 자신의 메르세데스 벤츠를 세웠다. 나의 초감각이 로터스 바의 벽을 큰 낫으로 베었다. 유지가 바닥 한가운데 등을 깔고 누워 있었다. 유지는 어머니에게 서둘러 전화를 거는 대신 축축한 곰팡내가 진동하는 바에서 종일을 보냈다. 다행스럽게도 그는 넋이 나가 있었다. 제정신이 아닌 자들에게 시간은 쏜살같이 지나간다.

레드 코브라가 계기반에서 윈스턴 담배 한 갑을 꺼내들고 톡톡 두드려 담배 한 개피를 빼내 불을 붙였다. 여기까지 죽은 듯이 운전하고 온 것처럼 여전히 그는 침묵 속에서 담배를 피웠다. 우리가 공유하고 있는 유대감은 말로 지탱될 필요가 없었다. 차의 내부는 공감대와 담배 연기로 웅웅거렸다.

"유지는 반드시 있는 거겠지?"

레드 코브라가 중얼거렸다.

곧 유지를 보게 될 것이 분명했으므로 나는 대꾸할 필요를 못느꼈다. 나는 상상력은 빈약하지만 냉담하고 복수의 환상에 사로잡혀 있는 그의 야쿠자다운 정신 작용을 내밀히 들여다보았다. 그것은 분명 볼만한 가치가 있었다. 잔인하게 구성된 폭력이 사무라이 무기의 빛나는 총구를 유지의 목구멍으로 처넣게 될 것이다.

레드 코브라는 신경 과민 상태에서 담배 연기를 훅훅 뿜어대며 차가운 대기에 도너츠 모양을 날려보냈다. 그는 지금 시간을 지연시키고 있다. 이 순간만을 지나치게 기다리다가 막상 목전에 닥치니 무대 공포증이 생기는 모양이다. 내가 먼저 뭔가를 말하지 않으면 몇 시간이고 죽치고 앉아 시간을 끌 게 분명했다.

"뭘 기다리고 계세요?"

내가 물었다.

레드 코브라는 앞만 바라보고 있었다. 담배 연기가 그의 콧구멍에서 흘러나왔다.

"관찰 중이야."

그가 말했다.

레드 코브라는 사기를 진작시키는 말 한마디를 필요로 하고 있었다.

나는 유지를 죽이는 일이야말로 인류를 위한 선제 공격이라고 말해줄까도 생각해봤지만, 대신 백미러에 매달린 마술 나무가 아로마 분자를 내뿜는 광경을 지켜보았다.

레드 코브라가 담배를 재떨이에 비비며 말을 이었다.

"이봐, 주방장, 나를 여기까지 데리고 온 이유가 뭐야? 그렇게 해서 네가 얻는 게 뭐지?"

열이 올라 내 볼이 발그레해졌다. 얘기해봤자 그는 결코 이해할 수 없을 것이다. 차라리 쓰레기가 너저분한 경내에 쭈그리고 앉아 개미와 이야기하는 편이 나을 것이다.

"메리."

내가 대답이랍시고 들려준 말이었다.

레드 코브라의 상처 자국이 미소로 인해 더 깊이 패였다.

"메리."

그가 메아리를 울렸다.

"이제야 알겠군… 자, 그럼 놈을 족치러 가볼까."

나는 고개를 끄덕였다. 정확히 내가 기다리던 말이었다.

* * *

우리가 시든 잔디를 짓뭉개며 로터스 바로 향할 때, 총알 열차가 덜거덕거리는 마찰음을 요란스럽게 내며 철로를 질주했다. 우리는 그 누구도 대적하지 못할 강한 팀으로 거듭났다. 레드 코브라의 근육과 위협적인 상처, 그리고 나의 초지성으로 구성된 팀은 그야말로 천하무적이 아닌가. 우리가 가까이 다가가자 로터스 바도 따라서 흔들거리기 시작했다. 들쥐들이 그들의 창의적인 노동을 잠시 멈춘 채 뒷다리를 들었고, 바퀴벌레들도 우리를 향해 청각 기관을 돌렸다. 유지조차도 뭔가 냄새를 맡고 있었다.

문 앞에서 레드 코브라가 마지막 순간을 빌어 나지막히 위협했다.

"이게 속임수라면 신께 맹세컨대 네 내장을 모조리 쏟아버리겠어."

그가 삐걱거리는 소리와 함께 문을 열었다. 햇빛이 무한한 암흑을 방해하며 새어들자 먼지 티끌이 광선을 따라 춤을 추고 다른 곳의 암흑들도 기대에 부풀어 숨을 헐떡거렸다.

문 열리는 소리가 들리자 테이블 아래로 기어든 유지가 두근거리는 심장을 진정시키며 침입자를 주시했다. 레드 코브라가 어둠 속을 민첩하게 둘러보았다. 그러나 본다고 해서 볼 수 있는 건 아니었다. 그의 망막의 감광석 색소는 현재 야맹증을 앓고 있는 것과 비슷했다. 유지는 레드 코브라의 눈에 띄지 않는다는 보호막을 하나 가진 셈이었다. 그러나 행운아 레드 코브라는 감광성 색소가 필요 없는 나를 옆에 두고 있었다.

"조심해요!"

내가 소리치며 레드 코브라의 팔을 잡아당겼다.

소화기가 그의 어깨 쪽을 지나쳐 썩어가는 마룻바닥에 쿵 하고 떨어졌다. 조금만 늦었어도 소화기는 레드 코브라의 두개골을 박살냈을 것이다. 그러나 레드 코브라는 생명을 구해준 데 대한 고마움을 표시할 여유가 없었다. 그는 어둠 속을 향해 총을 발사했다.

"당장 테이블 아래에서 나오지 못해!"

레드 코브라가 소리쳤다.

유지는 단단히 골이 난 아이처럼 꿈쩍도 하지 않았다.

또다시 글록 18 권총에서 역학적 진동이 발사되자 귀청이 떨어져 나갈 듯한 굉음이 진동했다. 22구경 총탄은 테이블을 뚫고 지름 11 센티미터의 구멍을 낸 후 유지로부터 32센티미터 간격을 두고 쏜살같이 날아갔다. 하지만 유지는 그것을 자기 뺨의 털이 곤두선 것이라고 착각했다.

결국 유지는 양손을 들고 테이블 아래에서 빠져 나왔다. 희미한 빛 속에서 레드 코브라의 그로테스크한 상처 자국이 눈에 들어오자, 유지의 담즙이 만족스러운 듯 윙윙 소리를 냈다.

"오랜만이군."

유지가 먼저 말을 건넸다.

레드 코브라가 유지에게 권총을 겨눈 채 마룻바닥에서 소화기를 집어들었다.

"이걸로 나를 어떻게 해볼 작정이었나?"

그는 바 너머로 소화기를 힘껏 내던졌다. 소화기와 충돌한 샹들리에가 좌우로 사정없이 요동쳤다.

유지는 결백을 주장하며 살려달라고 애걸하지도, 위축되지도 않았다. 아무 미동도 없었다. 방에는 임박한 죽음의 냄새가 스며들었으나, 유지는 두려워하지 않았다. 제정신이 아니었고 공포에 대한 반응도 무뎌진 상태였다.

"내가 없는 동안 설마 내 여자 손가락 하나라도 건들진 않았겠지?"

레드 코브라가 으르렁댔다.

유지는 머리를 저으며 대답했다.

"그런 건 공개적으로 말할 사안이 아니지."

레드 코브라가 유지에게 달겨들었다. 강타한 주먹이 유지를 바닥으로 고꾸라뜨렸고, 유지의 입에선 쓰디쓴 웃음이 흘러나왔다. 글록 18 권총의 총구가 유지의 고동치는 관자놀이를 압박했다. 총구는 유지를 제압하며 정확히 그가 원하는 방향을 가리켰고, 레드 코브라는 힘의 환상에 도취되었다.

"똑똑히 들어,"

레드 코브라가 낮게 속삭였다.

"네 놈 면상에 구멍을 내주기 전에 네가 나한테 베풀지 않았던 선택의 기회를 줄 생각이다. 왼쪽 아니면 오른쪽, 원하는 쪽에 빵구를 내주겠다. 자, 어느 쪽을 원하지?"

마침내 유지는 망연자실을 넘어선 심정이 돼버렸다. 유지의 마음 저변에는 아직도 마지막 허영심이 꿈틀대고 있었다. 추한 모습을 보인다는 건 그로서는 죽음보다 더한 치욕이었다.

"어서 대답해. 아니면 대기 중인 주방장님께서 너를 대신해 결정을 내리게 만들까?"

유지가 소리 없이 나를 응시한 후, 맥없이 후후 웃으며 대답했다.

"왼쪽."

"대가리 처들고 아가리 벌려."

레드 코브라가 명령했다.

유지는 너무 심하게 떨고 있어서 입조차 제대로 벌리지 못했다. 레드 코브라가 유지의 치아 사이로 총구를 밀어넣고 뺨을 향해 발사 준비를 했다. 초감각으로 탄도학 계산을 해보니 아주 근거리였다. 방아쇠를 당기기만 하면 유지는 당장 저세상 사람이 될 것이다. 나는 숨을 멈추었다. 유지는 총구를 입에 한가득 문 채 눈을 꽉 감고 있었다. 나는 방아쇠가 조금씩 당겨지면서 레드 코브라의 손 근육 섬유가 수축되는 소리가 들렸다.

"잠깐만요!"

내가 소리쳤다.

레드 코브라가 놀라 움찔하며 물었다.

"뭐야?"

내 입이 딱 벌어졌고, 곧 레드 코브라의 휴대폰이 울렸다. 우리는 모두 그 휴대폰 벨소리의 첫 음조를 권총의 불발로 착각한 나머지 털이 쭈뼛 서는 기분을 맛봤다. 대신 강렬한 일본 가요 멜로디가 스러져가는 폐허를 가득 메웠다.

"에이, 썅!"

레드 코브라는 자신의 행동을 저지당한 데 성질이 나서 식식거렸다.

그 휴대폰엔 발신자 번호 확인 서비스가 없었다. 나는 그 출처를 추적해보았다.

"받지 마세요!"

내가 급하게 소리쳤지만 때는 늦었다. 그는 이미 자신의 귀에 휴대폰을 댄 상태였다.

"레드 코브라,"

야마가와 상의 목소리가 새어나왔다.

"총을 내려놓고 유지 오야지에게서 물러서라. 걘 다쳐선 안된다. 알아듣겠나? 걘 다쳐선 안된다."

18

: 사토

내 자정 산책에 동참하기 위해 고개를 내민 별들이 하늘을 가린 대나무 잎사귀들 사이로 총총히 빛나고 있다. 수액과 모카 신 아래 비옥한 토탄土炭 향기로 공기는 한껏 상큼하다. 재킷이나 외투도 걸치지 않은 내 모습은 마치 숲속의 잠옷 파티를 향해 가고 있는 것처럼 보일 것이다. 두꺼비들이 쉰 목소리로 세레나데를 부르고, 근처 통조림 공장 기계가 충돌하며 철컥거리는 소리를 내고 있다. 이런 공기를 마시면 폐에서 교통 가스와 그 밖의 여러 오염 물질들을 몰아낼 수 있을 것이다.

'하지만 여보, 건강을 떠나서 오로지 당신과 이야기를 하기 위해 이 길을 걷는 내 모습이 음침하게 보일 수도 있을 것 같소. 마리코가 잠자리에 든 후 뜨거운 코코아 한 잔을 마시며 식탁에 앉아 당신과 이야기하려 했는데 집중이 잘 안되더군.'

마리코가 잠든 침대 스프링 삐걱거리는 소리와 위아래로 들썩거리는 베개가 계속 상상되었다. 방문객을 맞은 지 벌써 사흘이 지나고 있었다. 다른 사람이라면 손님이 며칠밤 묵어가는 행사쯤이야 수월하게 치르겠지만, 나로선 다른 사람이 내 집에서 숨쉬고 있다는 사실이 영 익숙하지가 않았다. 나는 코코아를 담았던 머그잔을 씻고 부엌 창문을 열었다. 산들바람이 신선한 숲 공기를 싣고 밀려 들었다. 나는 즉시 현관으로 가 신발을 신었다. 그 바람은 피리 부는 사나이의 파이프에서 흘러나올 법한 마법 걸린 멜로디처럼 나를 숲으로 이끌었다.

마리코에게 더 머물다 가라고 권한 건 잘한 일이었다. 최근에 고아가 되었고 오빠들도 나 몰라라 하는 그녀가 유일하게 돌아갈 곳은 젊고 상처받기 쉬운 이들을 먹이로 하는 세계, 음침한 호스티스 세계뿐이었다. 마리코가 얼마나 간절히 호스티스 일을 그만두고 싶은지 고백했을 때, 내 의무는 명확해졌다. 그럼에도 그녀를 머물도록 설득하는데 두 시간이나 걸렸다.

'당신도 알다시피 내 관대함은 당신처럼 타고난 자연스러움이 부족하잖소. 하지만 결국 해냈다는 사실이 기쁠 뿐이라오.'

마리코가 이 불행한 시기에 내릴 수 있는 가장 최악의 선택은 바로 담배 연기 자욱하고 건강에 해로운 호스티스 바로 돌아가는 일이었다. 더구나 그렇게 불안하기 짝이 없는 건강 상태로 돌아간다는 건 더더욱 위험한 짓이었다.

발 밑으로 흙탕물이 첨벙 하는 소리를 듣자 어린애 같은 즐거움이 고개를 들었다. 근처 어디에도 보이지 않는데 시냇물의 수다스러운 졸졸 소리가 들려온다. 산들바람은 잠잠해졌지만 모든 잎사귀들이 내 행보를 따라 속삭임을 던져오는 것만 같다. 집으로 돌아가기 전에 조금 더 걸을 생각이다.

어떤 식으로 마리코의 슬픔에 대한 얘기를 풀어나갈지 막연했다. 그녀가 지금 무엇을 생각하고 무엇을 느끼는지 나로선 알 길이 없었다. 그녀는 내 앞에서 줄곧 자기 감정을 숨겼고, 내 정신이 딴 데 가 있다는 생각이 들 때만 그 감정을 드러냈다. 예를 들면 지난 밤 뒷마당으로 쓰레기를 갖고 나갔을 때 힐끔 부엌 창문 쪽을 보니, 마른 행주로 냄비를 닦으며 서 있는 마리코의 뺨에 고독한 눈물 방울이 흘러내리고 있었다. 그러나 그녀는 내 앞에서는 명랑한 모습만 보여주었다. 다만 아버지에 대한 화제만은 기를 쓰고 피했다. 대신 우리는 금잔화나, 난간 칠에 가장 좋을 법한 색깔에 대해 이야기했다.

'여보, 만일 당신이 있었다면 마리코에게 무슨 말을 해줘야할지 정확히 알았겠지!'

오늘 아침 나는 마리코가 먼저 일어나 부엌으로 내려가는 소리를 들었다. 경박스런 요정들이 장난이라도 치듯 갑자기 프라이팬이 쨍그랑 울렸고 서랍들이 열렸다가 닫혔다. 내려가 마리코가 뭘 하는지 확인하고 싶었지만 아침 체조 방송을 놓치고 싶지 않아 호기심을 꾹꾹 누르며 아침 운동을 하고, 면도를 하고, 양복을 입고, 넥타이를 맸다. 내가 침실을 떠날 때 맛있는 냄새가 계단을 타고 올라오며 나를 반겼다.

"마리코!"

내가 부엌으로 들어서며 꾸짖었다.

"정말, 이렇게까지 할 필요는 없어요."

마리코는 한창 새우 튀김 요리가 만들어지고 있는 가스렌지에서 몸을 돌렸다. 그녀의 환한 미소가 태양을 대신해 빛나고 있었다.

"좋은 아침이에요, 사토 씨! 당신을 위해 아침을 지었어요."

식탁 위에서 나를 기다리고 있는 건 밥과 된장국, 오이절임, 구운 생선 등의 전통적인 성찬이었다.

"세상에, 마리코! 난 평소에 그냥 토스트와 잼으로 아침을 때워요."

내가 말했다.

마리코가 웃으며 어서 앉아서 음식을 들라는 제스처를 취했다. 그리고 함께 먹는 대신 내 도시락을 준비하느라 다시 분주하게 움직였다. 나는 마치 토요일이라도 맞은 듯 라디오에서 흘러나오는 의사록을 청취하며 여유로운 아침식사를 했다.

7시 35분 쯤 마리코가 서두르지 않으면 회사에 지각할 거라고 상냥하게 상기시켜 주었다. 그녀는 손수건 끈 가장자리로 묶은 도시락통을 내가 들고 가기 편하도록 쇼핑백에 넣었다. 나는 마지막 커피 한 모금을 마시고 식탁에서 일어났다.

"마리코, 정원까지 배웅해주지 않겠어요? 소개하고 싶은 사람이 있거든요."

내가 말했다.

마리코는 입고 있던 면직물 페전트 블라우스[60]와 파란색 스커트를 내려다보았다. 또 내 시선을 의식하며 노란색 머리용 스카프 속 머리카락도 매만졌다. 그녀는 적잖이 당황한 것 같았다.

"하지만 사토 씨, 제가 뭘 입고 있는지 보세요. 엉망이잖아요.!"

윗층으로 올라가 어제 가져온 옷과 화장품으로 가득찬 자그마한 여행 가방에서 뭔가 더 괜찮은 것을 꺼내입고 싶은 듯 그녀의 눈길이 천장을 향했다.

"그렇지 않아요, 마리코. 괜찮아 보이기만 한 걸요. 어제 아침 당신

60. 유럽 농부들이 입었던 스타일로 목둘레 손목 둘레에 끈을 넣어 잡아당긴 잔주름이 많고 품이 넓은 블라우스

이 우리집 주변을 기웃거렸다고 말했던 그 부인에게 당신을 소개시켜 주고 싶어서요. 내가 가고 나면 또 그런 불상사가 반복될지 모르고, 그러면 한순간도 마음 편히 쉬지 못할 거예요."

마리코는 살짝 입술을 깨물었다. 나는 그녀의 망설임을 이해할 수 있었다. 어제 아침 마리코는 45분 동안 우리 집 꽃과 나무에 물을 주는 척하며 모든 창문을 하나하나 들여다보던 다나카 부인 때문에 아래층으로 내려가지도 못했다. 그리고 마리코에게 그날 밤 그녀가 다나카 부인과 현관에서 마주친 이야기를 했지만, 예상대로 그녀는 기억이 없다고 답했다.

오늘 아침, 하늘은 우중충하고 어둑한 회색빛이었다. 새들은 던져올린 돌멩이들처럼 텅 빈 창공을 가로지르며 튀어 올랐다. 우리는 다나카 부인의 집을 바라보며 정원에 나란히 서 있었다. 도시락과 서류 가방으로 무장한 나는 떳떳하게 서 있는 데 반해, 마리코는 초조하게 치맛자락을 비틀고 있었다. 나는 다나카 부인이 마리코가 얼마나 상냥한 아가씨인지 금방 알아차릴 것이며 서로 곧 친해질 거라고 믿었다. 두 세대의 갭이 놓여 있긴 하지만 가사 일이라든가 머리에 두르는 스카프 등 공통 관심사가 많을 것이라고 생각했다.

"다나카 부인이 곧 나올 거예요."

내가 장담했다.

그때 우에 씨가 추처럼 흔들거리는 서류 가방을 들고 7시 45분 특급열차를 잡아타기 위해 지나가고 있었다. 그러다가 치맛자락으로 손장난을 치는 정원의 마리코를 보자, 마시던 캔 위로 입 속의 액체를 쏟아냈다. 나는 떳떳하게 처신하기로 마음먹은 이상 우에 씨에게 활달하게 아침인사를 건넸고, 마리코도 수줍게 미소를 지었다. 발걸음을 재축하면서 멀리 나아가던 우에 씨가 마리코를 돌아보기 위해 자신의 목을 거의 탈구시킬 듯 비틀었다.

다나카 부인은 마리코와 나를 꽤 오래 기다리게 했다. 인내심이 거의 바닥났을 때 드디어 다나카 부인이 현관 문을 열고 나왔다. 그녀는 포도주색 누비 옷을 입은 채 청록색 터번으로 머리의 컬 클립을 감싸고 있었다. 이 특이한 차림은 그녀가 인공 고관절 수술을 받았을 때 병원에서 하고 있던 모습이었다. 나는 오늘 아침 그녀가 왜 이런 차림을 하고 있는지 의아했다. 잔디 위에 버려진 남편의 휠체어 타이어가 못마땅한 듯, 다나카 부인의 입에서 쯧쯧 혀 차는 소리가 흘러나왔다.

'여보, 당신도 알다시피 본래 다나카 부인은 남의 동정을 살피는데 유별난 취미가 있지 않소. 그러니 저렇게 냉담해지기에는 틀림없이 굉장한 노력이 들 거요.'

"좋은 아침이에요, 다나카 부인."

"사토 씨, 좋은 아침이에요. 당신 친구가 있군요."

다나카 부인이 미온적인 미소를 보내왔다. 그녀의 눈이 마리코의 옷과 거동 하나하나를 뚫어지게 관찰하고 있었다.

"우리, 전에 만났죠."

다나카 부인이 말했다.

숨 죽이며 서 있던 마리코가 급하게 입을 열었다.

"그 날 밤, 제 무례에 대해 진심으로 사과드리고 싶어요. 몸이 좀 안 좋아서 평상시 모습이 아니었습니다."

마리코가 미안한 기색을 띠며 머리를 숙였다. 나는 다나카 부인의 마음이 누그러지기 시작한 걸 볼 수 있었다.

"저는 마리코라고 합니다. 뵙게 돼서 정말로 반가워요."

"난 다나카 부인이에요."

다나카 부인은 짧게 말했다.

인색하게 머리를 살짝 숙이는 다나카 부인에게 마리코는 한번 더 깊이 고개를 숙였다.

"마리코는 얼마간 저와 함께 있을 겁니다. 요전 주에 다이와 무역에서 해고됐어요. 일자리를 구할 동안 여기서 머물기로 했고요. 가족 모두 후쿠오카에 살고 있지만 일자리를 구하기엔 역시 오사카가 더 낫지요."

나는 콧잔등에 작은 개미가 기어다니는 듯한 간지러움을 느끼며 그곳을 긁적거렸다. 전날 밤 마리코의 요리를 도우면서 그녀를 다이와 무역의 직원처럼 보이게 해야겠다고 생각했다. 다나카 부인과 호스티스 화제는 나눠본 적이 없었지만, 그녀라면 분명 그 직업에 난색을 표할 게 분명했다.

"해고되었다니 정말 유감스러운 일이군요."

다나카 부인의 어조는 의심할 여지없이 냉담했다.

"당신은 사토 씨가 베푼 은혜를 잊지 말아야겠네요."

"네, 사토 씨의 친절에 빚지고 있는 셈이죠."

마리코가 단언했다.

"최근에 아버지께서 돌아가셔서… 뭘 해야 할지 제정신이 아니었거든요. 그러니까 제 말은…"

마리코는 상기된 얼굴로 시선을 잔디에 두고 있었다.

"다이와 무역에서는 어떤 부서에서 일했나요?"

다나카 부인이 물었다. 이렇게 눈에 띌 정도로 차갑게 화제를 바꾸는 다나카 부인의 태도 때문에 속이 뒤집혔다. 마리코에게 가짜 직장에 대한 세부적인 사항은 일러주지 않은 터라 마리코가 다나카 부인을 속이기에 충분한 배경 지식을 갖고 있을지 의문이었다.

"저는 회계 쪽에서 일했어요."

마리코가 대답했다.

"회계 쪽이라…"

다나카 부인이 되풀이했다.

"거기서 무슨 일을 했죠?"

"전 단지 여직원이었을 뿐인 걸요. 숫자와 회계 쪽으로는 통 소질이 없었죠."

마리코가 말했다.

"빠른 시일 내에 새 직장을 찾길 바랄게요. 사토 씨의 호의를 오랫동안 이용할 마음은 없을 테니까요."

다나카 부인이 뻔뻔스럽게 말했다.

다나카 부인의 무례함은 내게 큰 타격이었다. 아버지가 돌아가셨다는 소리를 방금 듣지 않았던가? 마리코는 수치심 때문에 바짝 위축되었다.

나는 그녀가 다나카 부인의 말에 개의치 않도록 말했다.

"말도 안됩니다. 이용하다니요. 마리코, 머물고 싶은 만큼 얼마든지 머물러도 좋아요. 적성에 맞고 보수도 좋은 일자리를 구하는 게 더 중요하니까. 무작정 서둘러서 아무 일이나 시작해선 안돼요. 그런 걸 위해서라면 제 호의는 무한합니다."

이 관대한 발표는 어느 정도 삐딱한 태도로 일관하는 다나카 부인에 대한 분노에서 비롯된 것이었다. 이 말을 듣자 다나카 부인의 청록색 터번에 주름이 졌다. 마리코는 여전히 다나카 부인의 말에 움츠린 채 희미하게 미소지었다.

이 과정에서 나는 이미 두 대의 기차를 놓쳤고 회사에 지각하는 건 기정사실이 되었다. 다나카 부인의 무지막지한 간섭의 손아귀에 마리코를 남겨두고 싶지 않았지만, 선택의 여지가 없었다. 한 부서의 과장으로서 시간 엄수를 게을리해선 안됐다. 나는 그들에게 마지막 인사를 하고, 잔디 위를 떠났다. 그리고 기차 역으로 향하면서, 내가 없는 사이에 여자들만의 유대감 속에서 신비로운 연금술이 빚어지기를 기도했다.

느지막히 회사에 도착했을 때, 마쓰야마 상이 마시고 있던 커피 잔 가장자리로 눈썹을 치켜 올렸다. 타로가 윙크하며 쾌활하게 인사했다.

"좋은 저녁이에요, 과장님!"

나는 동료들에게 내 부주의함을 사과했다. 그리고 나서 미결 서류함 내용을 조사하느라 분주한 야마모토 양 쪽으로 걸음을 옮겼다. 전날 밤 하시모토 파일을 끝내기 위해 야근을 했을 텐데도 하얀 블라우스와 가느다란 세로 줄무늬 스커트 차림의 야마모토 양은 여전히 세련되어 보였다. 또 초롱초롱한 눈빛에도 생기가 넘쳐 흘렀다.

"좋은 아침이에요, 과장님. 지금 막 과장님 메일을 확인하고 있었어요. 부디 언짢아하지 않으셨으면 해요."

죄책감이 뱀 둥지처럼 요동쳤다. 제시간에만 왔어도 야마모토 양이 내 메일을 확인하는 일은 없었을 것이다. 나는 코트를 걸고 책상 위에 서류 가방을 놓았다.

"물론 괜찮아요. 고마워요, 야마모토 양. 뭐 중요한 메일이라도?"

"수출부 예산안 제출 기한이 지났다는 무라카미 상무님의 이메일 뿐이었어요."

입에서 한숨이 흘러나왔다. 최근 내 기억력은 그물 체처럼 중요한 걸 모조리 빠뜨리고 있었다.

"원하신다면 제가 그 업무를 처리할게요."

야마모토 양이 여느 때 같은 열의를 띠며 자청해왔다.

"그건 내가 할 일이지. 한치의 실수도 없어야 하는 중대한 일이니까."

"그럼 과장님의 회계 업무를 제가 좀 도와드리는 건 어떨까요?"

야마모토 양이 말했다.

보통 나는 내 업무를 아랫사람에게 위임하지 않지만 야마모토 양은 아주 유능한 사원이고, 때때로 약간의 업무 위임이라면 그리 나쁘지만은 않을 것 같았다. 나는 그녀에게 파일을 건네주었고 그녀는 미소와 함께 최선을 다하겠다고 말하며 원반을 문 강아지처럼 들떠서 자리로 돌아갔다.

나는 점심 시간에 손수건 끝자락을 풀고 도시락통을 열었다. 내 다채로운 도시락을 본 마쓰야마 상의 눈에 부러움이 가득했다. 그의 부인은 그에게 토마토 소스로 요리한 식어빠진 미트볼과 밥을 싸주었다. 내 도시락엔 죽순 밥(역주: 삶은 죽순을 잘게 썰어 넣은 밥), 새우 튀김, 장어구이, 단무지와 각종 별미거리가 장식되어 있었다.

"굉장하네요. 이걸 다 손수 만드셨어요?"

그가 말했다.

나는 고개를 살짝 끄덕이고 젓가락을 집었다.

"전 과장님이 이렇게 공들인 도시락을 싸가지고 오시는 걸 오랫동안 보지 못했어요. 운송부에서 일했을 때 이후로는 못봤죠."

마쓰야마 상이 말을 멈추더니 자기의 차가운 미트볼을 멀거니 쳐다보며 불만을 토로했다.

"마누라가 나를 식중독에 걸리게 할 작정이로군."

마지막 젓가락질을 한 뒤 나는 도시락통을 옆으로 밀어놓고 〈간사이 잡Kansai Jobs〉의 최근 발행물을 집어들었다. 사랑하는 사람을 잃은 후 스스로 동기부여가 힘든 상황에서 일자리 구하는 걸 좀 거들어준다면 마리코에게 적잖은 힘이 될 것 같았다. 그러나 고등학교 졸업장이 전부인 그녀에게 적당한 일자리를 찾아주는 일은 생각보다 만만치 않았다.

대부분의 사무직은, 심지어 사무보조 일자리조차 좀더 많은 자격 요건을 요구하고 있었다. 신물이 날 정도로 꼼꼼이 훑어본 지 20분쯤 지났을 때, 적당한 일자리가 눈에 들어왔다. 난바의 생선가게에서 초보자도 환영한다는 광고문구였다. 급료는 낮았지만 승진과 퇴직금 등 각종 편의를 제공하겠다는 문구도 있었다. 나는 그 광고에 빨간색으로 동그라미를 치며 매우 흡족해했다. 집으로 빨리 돌아가 당장 마리코에게 알려주고 싶었다.

시간은 빠르게 흘러갔다. 다른 때라면 예산 계획 정정 마무리 작업에 야근을 자처했겠지만, 내가 오기만을 기다리며 오랜 시간을 혼자 보냈을 마리코에게 한시라도 빨리 돌아가고 싶었다. 5시 5분 전, 업무 종료를 알리는 회사 종소리가 울리기도 전에, 나는 책상에 앉아 서류 가방을 싸며 떠날 준비를 하고 있는 나 자신을 발견했다. 일주일 전만 해도 상상하기 힘든 모습이었다. 떠날 준비를 하는 사람은 한 명 더 있었다.

타로는 정장 위로 파카 지퍼를 올리고는 모피 두건을 쓰고 앉아 치아를 드러내며 웃고 있었다. 종소리가 울리자 마자 우리는 일찍 가는 것에 미안함을 표하며 인사를 한 뒤 함께 사무실을 나왔다. 나는 이른 퇴근이 다소 부끄러웠지만 타로는 매우 즐거워 보였다. 사무실 밖에서 그는 더이상 대학을 갓 졸업한 인턴사원이 아니라 〈토요일 밤의 열기〉의 존 트라볼타인 양, 발뒤꿈치를 부딪혀 찰깍 소리를 내며 엉덩이를 돌리더니 엄지와 중지를 마찰시켜 딱딱 소리를 냈다.

"과장님. 시청 맞은편에 있는 바에서 에이스 이시노를 만나 한잔 하기로 했는데 함께 가실래요?"

에이스 이시노는 다이와 무역의 오토바이 택배 사원으로 근처에서 치명적인 교통사고가 나는 게 가장 큰 기쁨이라고 떠들고 다니는 놈이었다. 그는 우리 사무실에 들를 때면 마치 이국적인 휴양지를 동경하는 듯한 분위기를 연출하며 타로에게 그런 사건들을 자세히 이야기해 주곤 했다.

한번은 에이스가 우리 부서의 계약서를 운반하는 길에 연쇄충돌로 길바닥에 나동그라진 적이 있었다. 오사카 병원의 사고 응급실에서 20분 동안 충격 치료를 받은 에이스는 링거 주사를 떼고 4시 정각 마감 시간에 맞춰 계약서 배달을 끝내기 위해 오토바이를 가지러 갔다.

"타로, 지금 농담하나?"

내가 미심쩍은 투로 물었다.

타로는 마케팅 부서의 아키타 양에게 손을 흔드느라 잠시 주의가 산만해졌다. 그녀는 구두의 또각또각 소리를 내며 립스틱 칠한 입술로 활짝 웃으며 우리 곁을 지나갔다.

"물론, 농담이죠."

타로가 웃으면서 말했다.

"어떤 식으로든 그런 일은 피하실 과장님이시잖아요. 대신 뜨거운 데이트를 즐기실 거죠? 그녀 이름이 뭐라고 하셨더라? 미치코 뭐라고 하신 것 같은데, 맞아요?"

화들짝 놀란 나는 잠시 비틀거렸다. 격렬한 수치심이 얼굴에 급속도로 진을 쳤다. 타로가 어떻게 마리코를 알고 있는 걸까?

"방금 뭐라고 했나?"

나는 감정을 억누르며 물었다.

"하! 제가 맞췄죠. 그 여자 누구예요? 안내 데스크에 있는 카노 양 맞죠? 그녀를 어디 멋진 곳으로 데려가시려구요? 옥토푸스 헛Octopus Hut이나 아님 빅 에코Big Echo라도?"

안도감이 거대한 파도가 되어 밀려왔다. 늘 그렇듯이 타로 이놈이 농을 지껄이며 나를 놀린 것뿐이다.

"그래, 맞아, 타로."

계단 쪽으로 발을 옮기며 내가 무미건조하게 말했다.

"안내 데스크의 카노 양을 데리고 옥토푸스 헛으로 갈 거라네. 그녀가 결혼을 했고, 현재 임신 석 달째고, 내가 그녀 나이의 족히 두 배라는 사실은 아예 안중에도 없으니까."

타로가 윙크를 보내며 엄지손가락을 치켜올렸다.

"멋져요. 무라카미 상무님도 이런 시시콜콜한 사항들 따위는 장애로 여기지 않는 분이죠."

"암, 그렇겠지."

내가 말했다.

타로는 동시에 계단을 두 개씩 뛰어 내려간 다음 맨 아래에서 나를 기다렸다. 우리는 함께 로비로 걸음을 옮겼다.

안내 데스크 뒤에서 전화 이어폰으로 이야기하고 있는 카노 양은 매우 지쳐 보였고 눈 주위에는 멍이 들어 있었다. 블라우스 임부복 주름 아래로 복부의 융기가 감지되었다. 타로는 뭐가 우스운지 혼자 소리죽여 킥킥댔다.

"타로, 나는 카노 양에게 월요일에 교토 은행에서 찾아올 손님이 있다고 일러주어야 하니까 친구 에이스와 즐거운 저녁을 보내길 바라네."

"헤헤헤."

타로가 턱을 쓰다듬으며 말했다.

"장담하는데 과장님만큼은 즐겁지 않을 겁니다."

그가 돌아서 회전문으로 뛰어들었다.

"조심하는 게 좋으실 거예요, 과장님."

회전문으로 냅다 들어가던 그가 뒤를 돌아보며 마지막 야유를 퍼부었다.

"참! 미치코는 질투심이 많은 타입인 것 같아요."

나는 월요일 아침의 시찰에 대해 카노 양에게 간단한 설명을 건넨 뒤 5시 15분 열차에 늦지 않기 위해 서둘러 역으로 향했다. 6시가 조금 넘어서 동네로 들어섰다.

오카무라 아이들이 반원으로 둘러서 장난감 팽이 시합을 하며 초저녁 어스름 속에 서 있었다. 그들이 사용하는 팽이 꼭대기 부분은 우리가 어린 시절에 가지고 놀았던 나무가 아니라 유선형 알루미늄이었다. 그들은 내가 지나가자 돌아가는 팽이를 치우며 공손하게 길을 비켜주었다.

우리 집 바로 밖에서는 그보다 어린 오카무라 아이 둘이 더러운 배수로 속에서 수영하는 두 개의 벌거벗은 플라스틱 인형을 바라보며 앉아있었다. 어깨쯤 내려온 머리가 안쪽으로 말려있고 거친 무명 천으로 만든 옷을 입고 있어서 남자아인지 여자아인지 알기 어려웠다.

"그런 데서 놀면 안된단다. 더럽잖니."

내가 말했다.

그들은 아직 말을 배울 나이가 되지 않았는지 멍한 눈으로 나를 쳐다보기만 했다. 둘 다 매우 어렸다.

바로 그때 우리 집 오른쪽으로 스친 어떤 움직임이 내 시선을 끌었다. 침실 창문에서 나를 응시하고 있는 다나카 부인이었다. 청록색 터번 아래 드러난 얼굴은 단호하고 무서워보이기까지 했다. 내가 손을 흔들자 그녀는 고의적으로 무시하며 침실의 커튼을 닫았다.

이 메시지는 강하고 분명했다. 그녀는 마리코를 용납할 수 없는 것이다. 문득 비애감이 들었다. 나 때문도, 마리코 때문도 아니었다. 우리의 좋은 친구인 동시에 이웃인 다나카 부인 때문이었다.

'알다시피, 다나카 부인이 비록 강압적이면서 요령없이 참견하기 좋아하고 다소 경솔하긴 하지만 그렇다고 잔인한 사람은 절대 아니지 않았소.'

하지만 의지할 데 없는 마리코의 가련한 곤경보다 이웃 간의 우정이 우선시되어야 한다고 생각한다면, 다나카 부인은 너무나 매정한 사람이 아닌가. 나는 실망감을 느끼며 현관으로 발걸음을 옮겼다.

열쇠를 자물통에 넣었을 때 뭔가 다른 느낌이 들었다. 나는 열쇠를 돌려 문을 열었다.

"마리코, 내가 왔어요!"

내가 크게 소리쳤다.

나는 신발을 벗어던지고 외투 단추를 끌르면서 찻주전자를 올려놓기 위해 부엌으로 향했다. 그러나 내 발길은 부엌까지 이르지 못하고 계단 끝에서 얼어붙었다. 그리고는 마치 술에 취해 인사불성이 된 것처럼 난간을 가슴으로 끌어당겨 꽉 쥔 채 꼼짝하지 않았다.

첼로의 서글픈 울림이 집 안을 가득 채우고 있었다. 음표가 꼬리에 꼬리를 물면서 내 뼛속에 슬픔이 사무쳤다. 나는 마치 몽유병자처럼 계단을 올라갔다. 첼로는 음정이 잘 맞지 않았고 활은 꼭 로진[61]의 필요 속에서 빽빽한 가운데 각각의 음계는 마치 인공호흡기를 낀 노인처럼 삐걱거렸다. 그러나 그 음악 자체가 형언할 수 없는 아름다움으로 다가왔다.

열린 문 틈 사이로 나는 무릎 사이에 첼로를 세우고 방 가운데 의자에 앉아 있는 첼리스트 마리코를 보았다. 악보대 위에 펼쳐진 노란색 종이들을 열심히 응시하고 있는 마리코는 내가 문간에 서 있다는 것도 알아채지 못했다. 그녀는 악보 위의 연속적인 음표들에 따라 손가락과 활을 움직이면서 무섭게 집중하는 표정을 짓고 있었다. 마리코의 연주는 팔꿈치만을 사용해 단단히 움켜잡는 식으로 매우 불안정해 보였다.

'여보, 활의 움직임과 함께 머리까지 함께 흔들리던 당신의 그 능수능란하고 열정적이었던 연주가 생각나오. 마리코는 당신이 대학 졸업 학기 콘서트 때 연주했던 엘가의 곡을 연주하고 있소. 그

61. 송진에서 테레빈유를 증류하고 남은 잔류물로 활을 부드럽게 만드는 데 사용한다.

때 교제한 지 여섯 주밖에 안된 우리는 여전히 서로에 대한 수줍음이 가시질 않았지. 그날 밤 무대 위에서 당신은 검은색 벨벳 드레스를 입고 모든 관람석에서 숨을 죽일 만큼 아름다운 연주를 선보였잖소.'

나는 헛기침을 했다.

활이 마찰을 일으키면서 정지하자 선율이 중간에서 끊겼다. 마리코가 고개를 들더니 얼굴을 붉혔다.

"사토 씨, 저는…"

그녀는 한손으로 첼로의 목을 쥐고 다른 한손으로는 등 뒤로 활을 숨기며 급히 몸을 움직였다.

"저… 저는 당신이 여섯 시까지는 돌아오시지 않을 거라고 생각했어요. 당장 치울게요!"

그녀가 더듬거리며 말했다.

그때, 마리코가 재빨리 몸을 돌리며 서둘러 첼로를 책장에 기대어 놓다가 첼로의 머리 장식 부분을 쾅 부딪치고 말았다. 그녀는 허둥지둥 낱장 악보들을 정리하기 시작했다.

"정말로 죄송해요, 사토 씨. 제가 정말 불쾌한 일을 저질렀죠! 제가 당신 사생활에 대한 존중감이 없다고 생각하시겠죠."

그녀의 목소리가 근심에 휩싸여 있었다.

"단지… 오늘 아침 무슨 소리를 들었어요. 발자국 소리 같았어요. 물론 아무 일도 없었지만 자꾸 말도 안되는 상상이 머리에서 떠나지 않아서… 한번 둘러 보려고 이 방에 들어 왔을 때, 첼로가 보였죠. 고등학교 때 첼로를 연주했었어요. 거의 두 해나 흘렀죠. 어쨌든 너무 연주하고 싶었지만 승낙을 받으려고 당신이 돌아오기만 기다렸는데,

그만…"

마리코가 깊은 한숨을 내쉬었다.

"의지력이 바닥날까 두려웠는데 결국 이렇게 되어버렸어요."

나는 너그럽게 미소지었다. 마리코의 여린 손가락들이 첼로의 목 위아래로 춤추는 광경은 나를 다소 멍하게 만들었다. 이 늙어가는 현악기에 활을 당긴 지도 벌써 수 년이 흘렀다.

"얼굴이 너무 창백해요, 사토 씨. 저 때문에 화가 나신 거죠?"

마리코의 턱이 가늘게 떨렸다.

"정말 죄송해요. 다시는 이 첼로에 손대지 않겠다고 약속할게요."

그녀는 갈아입은 노란색 스커트를 쥐어뜯으며 서 있었다. 스카프 대신 양 갈래로 땋아내린 머리가 그녀의 얼굴을 더욱 동그랗고 귀엽게 보이게 했다.

겨울잠에서 깨어난 내 혀가 움직이기 시작했다.

"난 화나지 않았어요."

나는 마리코에게 말했다. 사실이었다.

'화났다'라는 단어는 내가 느꼈던 감정과 부합되지 않았다.

"첼로를 연주하는 건 얼마든지 환영이에요. 고등학교 때 배운 걸 잊어버리지 않으려면 매일 연습하는 게 중요하죠. 하지만 이러는 편이 더 좋겠어요, 마리코…"

내가 머뭇거리자 마리코는 그 다음 나올 말을 애타게 기다렸다.

"내가 여기 있는 동안만은 연주하지 말아줬으면 해요."

'나는 이 말을 하면서 당신이 이런 불합리한 제안에 동의하지 않으리란 걸 알았소.'

스스로 잘한 건지 확신이 서지 않았다. 단지 유혹의 노랫소리가 바다의 선원에게 좋지 않은 것처럼, 내게는 이 첼로 소리가 좋지 않으리라 생각했을 뿐이다. 마리코도 고개만 끄덕일 뿐 왜냐고는 묻지 않았다. 그녀는 낱장 악보를 모아 든 후 악보대를 치웠다.

'여보, 마리코가 저녁 식사로 무척 맛있는 양고기 스튜를 만들었소. 그리고 당신만이 알던 요리 비법으로 구워낸 살구 파이도 그 뒤를 이었지.'

설거지를 끝낸 후 우리는 모노폴리 게임을 했다. 내가 연이어 세 번을 이겼다. 게임에 대한 배경 지식이 부족한 데다 천성적으로 승부욕이 없는 마리코는 내겐 매우 약한 적수였다. 그러나 그녀는 시종일관 웃음을 터트리며 마냥 즐거워했다.

세 번째 패배 후 그녀는 내게 축하를 표하며, 나야말로 자기가 아는 사람 중에 가장 똑똑한 사람이라고 단언했다. 나는 그녀에게 그 말이 사실이라면 그녀의 사교계를 좀더 넓힐 필요가 있다고 힘주어 말했다. 그러자 마리코가 웃으며 말했다.

"사토 씨, 당신이 저의 사교계인 걸요!"

내가 점심 시간에 찾아낸 일자리 이야기를 해주자, 마리코는 오빠 중 한 명이 생선장수였고 학창시절 그의 가게에 앉아 그를 쳐다보는 게 낙이었다고 말하며 매우 기뻐했다.

아! 나는 마침내 시냇물 위를 비틀거리며 걷고 있다. 아니 좀 더 정확히 말하자면 발이 흠뻑 젖어버렸다! 달빛 아래 은색으로 빛나는 둥근 조약돌과 모래 위에 물기가 저벅저벅 스며들었다.

너무 늦었다. 이젠 정말 돌아갈 시간이다. 내일이 토요일이라 해도 나는 마리코의 구직을 돕기 위해 아침 일찍 일어날 예정이었다. 내가 조금만 세심히 신경을 써주면 마리코 일도 모두 잘 풀릴 것이다.

'요즘 모처럼 그녀가 당신과 내 집에서 한가한 시간을 보내며 행복해하고 있소. 그녀가 당신 요리 책들을 찾아내 당신만의 요리 비법을 시험삼아 해보고 있다오. 언젠가 당신도 그 요리 비법들은 대대로 이어져야 한다고 혼잣말하듯 중얼거렸지.'

숲 공기가 쌀쌀해졌다. 순식간에 온도가 뚝 떨어진 것이다. 체온을 유지하기 위해서라도 빨리 여기를 벗어나야 했다. 그리 오래 걸리진 않을 것이다. 나를 안내하는 별들이 방황하는 불면증 환자를 위한 고양이 눈동자처럼 저렇게 반짝이고 있지 않은가.

II

오늘 아침 베이컨이 지글거리며 타는 소리에 눈을 떴다. 9시였다. 이것은 두 시간 반 늦잠을 잤고 아침 체조 방송도 놓쳤다는 것을 의미했다. 나는 당황해서 탁상 시계를 집어 들었다. 어떻게 날카로운 알람 소리에도 나 몰라라 잘 수 있었을까. 알람 스위치는 꺼져 있었다. 잠결에 눌러버렸음이 틀림없다.

나는 누비 이불을 확 걷어차고 창문으로 가서 커튼을 열었다. 아침 햇살이 비치자, 지난 밤 대나무 숲이 나를 따라 우리 집까지 들어왔다는 걸 알아차렸다. 잔가지들과 흩어진 나뭇잎들의 잔재가 잠옷 끝자락에 붙어있었다. 나는 잠시 동안 창가에 서서 썩 잘 어울리는 트레이닝복을 입은 우에 씨와 그의 부인이, 사납게 짖어대며 민첩하게 달리는 닥스훈트 애완견을 뒤쫓는 모습을 바라보았다.

나는 세수와 면도를 한 후 셔츠와 골덴 바지로 갈아 입었다. 아래층 부엌에는 오렌지주스 병과 토스트를 세워놓는 기구가 식탁 위에 놓여 있고, 꽃무늬 원피스에 긴 양말을 신고 베이지색 카디건을 입은 마리코가 가스렌지 옆에 서서 주걱으로 베이컨을 프라이팬에서 접시로 나르고 있었다. 미소를 짓자 양 볼에 보조개가 살짝 패였다.

"좋은 아침이에요! 베이컨을 좋아하실지 모르겠어요."

'내가 베이컨을 무척 좋아한다는 걸 당신도 기억하고 있겠지.'

나는 순식간에 토스트와 마멀레이드(역주: 오렌지,레몬 등의 잼), 그리고 베이컨도 일곱 조각이나 먹어 치웠다. 마리코는 뜨거운 물 한 잔과 자몽 반 개를 먹었다. 나는 배를 가볍게 두드리면서 지금 콜레스테롤 수치가 엄청 올라 종합 검진에서 분명히 비정상으로 나올 거라고 농담을 했다. 마리코가 고개를 저으며 말했다.

"사토 씨, 당신은 정말 그 절반 나이로 보일 만큼 몸이 균형잡힌 걸요. 걱정할 일은 전혀 없을 거예요."

커피를 마시며 나는 오늘 하루종일 생선 가게 일자리를 찾아보자고 제안했다. 그러자 마리코도 의욕을 보이며 이력서를 만들어 지역 상점과 레스토랑에 뿌리자고 답했다. 괜찮은 아이디어라고 생각한 나는 타자기를 가지러 위층으로 올라갔다가, 마리코가 설거지를 마칠 무렵 그것을 가져와 식탁 위에 놓았다.

"마리코, 집안일은 잠시 뒤로 미루고 이리 와서 이력서를 쓰도록 해요. 내가 대신 그릇들을 정리하겠소."

내가 말했다.

"하지만 전 타이프를 못치는 걸요."

마리코가 말했다. 결국 마리코가 세부 사항들을 불러주면 내가 그것을 받아서 치기로 했다. 우리는 그다지 진전을 보지 못했다. 정확히 말하면 딱 한 줄이었다.

이름: 마리코 와다. 생년월일: 1986년 5월 20일.

타자기 키들이 그녀의 생년월일에서 덜거덕거리는 순간, 나는 놀라 마리코를 올려다봤다.

"이런, 마리코. 오늘 생일이군요."

'당신도 알다시피 근 몇 년 동안 내 생일은 매우 조용히 지나갔지. 직장 동료들도 몰랐으니 말이야. 하지만 단 한 명 다나카 부인만이 용케 기억해주는 바람에 언제나 킹 사이즈 케이크를 구워 다나카 씨의 휠체어에 싣고 가져왔지. 그녀가 작년에 만들었던 케이크, 기억나오? 수많은 양초들로 장식되어 있어서 난 거의 열두 개가 넘는 불꽃을 입바람을 불어 꺼야만 했지. 내 나이에 생일 파티 분위기를 한껏 낸다는 게 좀 당황스럽긴 했지만 말이야. 하지만 나처럼 세상사에 지쳐 있기에 마리코는 아직 너무 어리지. 상실감과 고통이 짙게 배인 마음에 생일 파티가 조금이나마 기운을 북돋워줄 수 있지 않을까 하는 생각이 들었소.'

나는 타자기를 옆으로 민 다음, 마리코를 향해 오늘 하루 동안 하고 싶은 것을 다 얘기해보라고 말했다.

마리코는 매우 수줍어했다.

"특별히 하고 싶은 게 없어요. 제 말은, 특히 올해는 그냥…"

"특별하게 생각할 필요는 없어요. 그냥 뭘 하고 싶은 기분인지 쉽게 생각해요."

마리코가 머리를 귀 뒤로 넘기며 창문 쪽으로 시선을 돌려 새파란 하늘을 바라보았다.

"글쎄요. 그럼 나들이도 괜찮겠네요."

그녀가 말했다.

우리는 곧 초밥을 넣은 소풍 바구니와 우롱차를 담은 보온병을 준비했다. 그리고 아라시야마嵐山[62]로 가는 2일용 왕복 티켓을 구입하러 기차 역으로 향했다.

'여보, 당신과 내가 얼마나 자주 아라시야마에 갔었소? 아마 백 번은 족히 넘을 거야! 벚꽃과 단풍, 그 밖에도 계절의 변화를 담은 아름다운 경치를 감상하기에 거기보다 좋은 곳은 없지. 하지만 요즘 옛날같지 않은 모습을 보면 당신도 분명히 실망할 거요. 그 사이 자판기와 관광객이 거의 네 배나 늘었고 녹차나 볼품없는 기념품 노점들에 몰려드는 사람들이 인산인해를 이루지. 하지만 그런 변화에도 불구하고 여전히 아라시야마는 그 시골 풍의 꾸밈없는 매력을 잃지 않았다오.'

마리코가 아라시야마를 방문한 건 이번이 처음이었다. 그녀는 울창한 산과 반짝이는 호수를 보면서 무척 즐거워했다. 우리는 점심을 먹기 전에 원숭이 산으로 길고 힘든 이동을 했다. 원숭이들이 얼마나 우스꽝스러운 모습으로 무리지어 있던지! 우리는 꼭대기에 있는 원숭이 사육장으로 들어가 철사망 사이로 호박 조각을 밀어넣었다. 빨간 눈과 아인슈타인 머리를 한 원숭이들이 서로 격렬하게 때리고 할퀴면서 무시무시한 손놀림으로 음식을 홱 나꿔챘다. 원숭이를 그림 책으로만 봤

62. 교토에서 열차로 30분 남짓 걸리는 곳으로 일본 벚꽃놀이의 명소

던 아이들은 원숭이들이 난폭한 싸움질을 벌이는 모습에 좋아 어쩔 줄 몰라 하며 포테이토 칩으로 더욱 그들의 성질을 부추겼다. 마리코는 몸서리를 치더니 그 사생결투를 빨리 끝내기 위해 호박 봉지를 한번에 다 밀어 넣었다.

점심식사 후에 우리는 보트를 빌려 번갈아 노를 저으며 호수 위에서 시간을 보냈다. 마리코는 연약한 팔로도 얼마든지 완벽한 사공이 될 수 있다는 것을 보여주었다. 호수를 둘러싼 산 위로 하늘이 푸른 물망초 빛깔로 빛나고, 잔잔한 호수는 햇살을 받아 무지개빛으로 가물거렸다. 근처의 보트에서 부부와 아이들이 무슨 말장난을 하는지 유쾌한 웃음을 터뜨렸다. 저만치 억센 손을 가진 젊은이가 다리 위에서 관광객들을 위한 인력거를 달가닥거리며 끌고 있었다.

잠시 후 우리는 노 젓는 걸 멈추고 잠시 물 위에 둥둥 떠 있었다. 보트가 기분좋게 흔들거릴 때, 우리는 거의 침묵을 지켰다. 오고간 말이라곤 이 목가적인 경치와 완벽한 날씨에 대한 몇 마디의 찬사뿐이었다.

그날 저녁 오사카 역에 도착했을 때, 나는 마리코에게 집 열쇠를 주면서 오늘만큼은 절대로 요리할 생각을 하지 말라고 단도리한 후에 마리코를 먼저 집으로 보냈다. 마리코는 빈 소풍 바구니를 들고 서서 미소와 함께 머리를 설레설레 흔들더니 내게 수고스러운 일은 하지 말라고 신신당부했다.

그녀가 떠난 후 나는 영업이 끝나가는 수퍼마켓으로 서둘러 달려가 생일 케이크와 스시, 그리고 사케를 큰 병으로 하나 샀다. 술은 입에도 대지 않는 나와, 알코올 선호도를 물어본 적 없는 마리코를 생각하며 잠시 주저하기도 했지만, 특별한 날이니만큼 이 정도 구색은 갖춰도 괜찮겠다고 결정했다. 마리코도 이제 막 법적으로 술을 마셔도 되는 어엿한 스무살 성인으로 들어서지 않았는가.

쇼핑백을 들고 돌아왔을 때 나는 활짝 열린 현관 문과, 양팔로 몸을 감싼 채 쌀쌀한 밤 공기를 맞으며 잔디 위에 서 있는 마리코를 보고 깜짝 놀랐다. 어둠 속에서 그렇게 혼자 서 있는 모습이 매우 기이한 느낌을 불러일으켰다.

"마리코? 밖에서 뭐하고 있는 거요? 괜찮아요?"

"예, 괜찮아요."

그녀는 당황스러운 표정이었다.

"어떤 소리를 들었어요. 집 벽을 누군가 긁고 있는 것 같은… 그래서 나와봤는데 아무도 없더라구요."

나는 다나카 부인의 집과 우리 집 사이에 있는 좁은 도랑을 내려다보았다. 컴컴하고 아무것도 없었다. 다나카 부인의 집은 불이 꺼져있었다. 나는 그들이 토요일 밤이면 시민문화회관으로 마작을 하러 나간다는 사실을 상기했다.

"무라사키네 고양이 짓일 거예요."

내가 무심하게 말했다.

"밤에 이 주변을 어슬렁거리곤 하죠. 어서 안으로 들어갑시다. 내가 한 턱 쏠 테니까요."

축제 분위기를 내기 위해 식탁 위에 흰 천을 덮고, 좋은 도자기 그릇과 사케 술잔을 꺼냈다. 그리고 나서 빨간 냅킨을 백조 모양으로 접었다. 이제 남은 일은 스시 통을 열고 군침을 돌게 만드는 방어와 문어, 대구 알 등을 큰 접시에 옮겨담는 일이었다. 모든 준비를 마친 뒤 나는 자리에 앉아 마리코의 목욕이 끝나기만을 기다렸다.

그녀는 매우 빠르게 목욕을 끝냈고 곧 맨발의 경쾌한 발자국 소리가 계단을 타고 내려왔다. 부엌으로 들어오기 전 그녀는 잠시 멈칫 안을 살피는 숙녀다운 매너를 보였다. 원피스 어깨 부분이 젖어있는 것으로 봐서 머리도 제대로 말리지 않고 급히 내려온 것 같았다.

"사토 씨! 제가 수고스러운 일은 절대 하시지 말라고 했잖아요."

그녀의 얼굴에는 기쁨과 생기가 넘쳐 흘렀다. 고작 이런 사소한 일로도 그녀는 정말 행복해했다. 나는 그녀의 의자를 당겨주었고 그녀는 자리에 앉아 백조 모양의 냅킨 하나를 집어올리며 탄성을 멈추지 않았다. 우리는 손을 모아 감사의 기도를 올린 후, 스시를 간장에 찍고 작은 봉지에서 초생강을 집어들며 식사를 시작했다. 두 개의 술잔에 사케를 들이붓던 마리코가 갑자기 무라카미 상무의 술 취했을 때 모습을 흉내내는 바람에 나도 킬킬대며 웃고 말았다. 마리코는 어린 아가씨 치고 정말 위트가 넘쳤다.

스시를 다 먹어치웠을 때, 나는 마리코에게 눈을 감으라고 한 후 케이크에 양초 스무 개를 꽂아 불을 붙이고 나서 부엌 전등을 껐다. 아마 나는 사케로 조금 취해 있었던 것 같다. 왜냐하면 내가 형편없는 영어 발음으로 노래를 부르기 시작했기 때문이다.

"해피 버쓰데이 투유, 해피 버쓰데이 투유…"

눈을 뜬 마리코가 웃으며 손뼉을 쳤다. 소원을 빌라고 말하자 그녀는 눈을 꽉 감고 있는 힘을 다해 양초에 입바람을 불었다.

잠시 후 우리는 배 터지기 일보 직전이라고 우스갯소리를 하며, 먹다 남은 달콤한 초콜렛 케이크 부스러기와 함께 식탁에 앉아 있었다. 세번째 사케 잔이 이미 비워진 후였다. 호스티스 바에서 일했던 버릇

때문인지 마리코는 끊임없이 술잔을 채우고 있었다. 나는 라디오를 틀어 비틀즈Beatles와 사이먼 앤 가펑클Siman & Garfunkel과 같은 추억의 옛 노래가 흘러나오는 방송에 주파수를 맞추었다.

'여보, 술잔을 기울이며 마리코에게 당신과 내가 도쿄 시절 자주 찾았던 민속주점 이야기를 했소. 달콤한 파출리[63] 향과 키안티[64]병 안의 양초로 불밝힌 아늑한 구석이 마냥 좋았던 그 시절 말이오.'

나는 마리코에게 한때 내가 즐겨 입었던 빛바랜 나팔바지와 무지개 무늬로 수 놓은 양복 조끼에 대해서도 이야기해주었다. 이 말에 마리코는 정신없이 웃다가 중심을 잃고 의자 옆으로 쓰러질 뻔하기까지 했다.

"대학 시절이 정말 재미있으셨겠어요. 저도 60년대에 살아봤으면 좋겠어요."

"70년대예요, 마리코. 60년대에는 나도 중고등학생이었어요."

사케 병이 거의 바닥났을 때 마리코가 말했다.

"고마워요, 사토 씨."

"마리코, 귀에 딱지 앉겠어요! 그러지 말아요. 한 번이면 족해요."

"아무리 고마움을 표현해도 충분하지 않은 걸요."

"계속 그러면 지금까지 당신을 돕고자 했던 걸 몹시 후회할 거예요."

마리코의 웃음 소리가 가게 입구에 달린 벨처럼 딸랑딸랑 울렸다.

---

63. 인도산의 아로마 향료로 식욕억제, 정서 안정 등의 효과가 있음
64. 이탈리아산 적포도주

갑작스런 두통을 느낀 나는 실없이 잘 우는 감성적인 10대처럼 팔꿈치를 식탁에 대고 눈을 감은 채 관자놀이를 문질러댔다. 술 기운으로 얼굴이 뜨거웠다. 마리코가 환한 부엌 불을 대신할 거실 탁상용 램프를 가져왔을 때에야 비로소 안심이 되었다. 벌겋게 달아오른 내 얼굴이 그렇잖아도 신경 쓰이던 참이었다.

내가 술에 취했다는 게 당황스러웠다. 몇 년 간 나는 직장에서 술 취하는 일이 없도록 주의했고 일과 후 술자리도 되도록이면 피했다. 그러나 여기 우리 집 식탁에서, 양념 선반에 놓인 통들이 회전목마를 타듯 빙글빙글 돌아가는 것을 바라보고 있었다. 예상 외의 전개, 즉 삶의 아이러니가 불현듯 나에게도 찾아온 것이다.

두통조차 개의치 않고, 나는 이 술 취한 기분을 즐기기 시작했다. 마리코는 행복해 보였고 수다스러웠으며 함께 있으면 즐거운 여자였다. 나는 그녀의 말 내용에 주의를 기울이는 대신 그 예쁘장한 얼굴을 바라보며 내심 너무나 멋진 여자라고 감탄하고 있었다. 뒤쪽에 놓인 탁상용 램프는 시종일관 고른 치열을 드러내며 미소짓는 그녀의 모습을 매력적인 스핑크스처럼 보이게 했다.

몇 시간 동안 우리는 옛 팝송의 배경 음악 속에서 실없는 웃음을 남발하며 분별없는 수다로 부엌을 채웠다. 사케는 내 마음과 입 사이의 여과기를 녹여버린 듯했다. 이전 같으면 너무 주제넘게 참견하는 사안이라고 생각했던 질문 하나가 나도 모르게 입에서 스르르 빠져 나왔다.

"언제 후쿠오카로 돌아갈 거지요? 가족들에게 돌아갈 마음이 있어요?"

마리코가 또렷한 눈빛으로 단호히 말했다.

"아니요, 사토 씨, 그러지 않을 거예요. 한번 진 꽃잎은 다시는 그 줄기로 돌아갈 수 없어요."

마리코는 이 어리석은 속담을 영원한 진리인양 읊조렸다. 나는 매우 안타까웠고 그녀를 다른 방식으로 설득해보려고 했다.

"꽃잎과 가족은 별개예요, 마리코."

내가 말했다.

마리코가 생각에 잠긴 듯 잠잠해졌다.

"그리고 당신은 진 꽃잎이 아니에요."

내가 덧붙였다.

이 말을 듣자 마리코가 나를 올려다보았다.

"고마워요, 사토 씨. 하지만 당신은 당신이 잘 모르는 것에 대해 말씀하고 계세요."

그녀가 민망한 낯빛으로 힘없이 미소지었다. 나는 분별력을 잃고 괜스런 말을 꺼낸 게 후회스러웠다. 생일 축하를 위한 자리인 만큼 마리코를 우울한 기분으로 만들고 싶지 않았다. 마리코가 거의 바닥을 보이는 사케 병을 집어들더니 내 잔을 조금 더 채웠다.

처음엔 거북했던 사케가 지금은 설탕물처럼 벌컥벌컥 들어가고 있었다. 라디오에선 〈퍼프 더 매직 드래곤Puff the Magic Dragon〉이 흘러나왔다. 나는 눈을 감고 아름다운 비취색과 에메랄드빛 비늘로 덮인 용 한 마리가 아라시야마 언덕을 내리덮치는 모습을 상상했다.

"전 여기가 마음에 들어요. 정말 행복해요."

마리코의 음성이 들려왔다.

나는 눈을 뜨고, 기세등등한 곡예 비행으로 나를 불안하게 만들었던 그 용이 사라진 것에 안도했다.

"그 말을 들으니 나도 기쁘군요."

내가 말했다.

"사토 씨, 전 당신처럼 자상한 사람을 본 적이 없어요. 이렇게 저를 집에서 머물게 해주신 것도 그렇고…"

"마리코, 분명히 1, 2주만 지나면 이 지루하고 고지식한 구식 양반한테 치를 떨 거예요. 그리고 이 집에서는 시간이 정지한 것 같죠."

마리코가 잠시 조용히 있다가 웃음 지으며 말했다.

"시간이 영원히 정지했으면 좋겠어요."

술기운에 졸음이 밀려들기 시작했다. 우리는 10시가 되어서야 각자의 방으로 돌아갔다. 나는 목욕탕 거울 앞에 서서 아무렇게나 양치질을 하면서 흔들거리는 내 영상을 지켜보았다. 내 머리 안의 주크박스에서는 사이먼 앤 가펑클 노래의 단편들이 알아듣지 못할 외국어 음절들과 함께 재생되고 있었다. 나는 얼굴에 비누칠을 하고 찬물을 끼얹었다. 그리고 빈 방으로 비틀거리며 들어가 옷을 바닥 여기저기 벗어던진 후 깨끗한 잠옷으로 갈아입었다. 요를 깔고 누운 지 몇 초도 되지 않아 달콤한 망각 속에 빠져들었다.

나는 얼마 안 가 눈을 떴다. 그다지 오래 잠들지 못했다는 느낌이 들었다.

'여보, 당신 꿈을 꾸었소. 아무도 없는 호수 한 가운데에서 보트를 타고 있었는데, 당신이 갑자기 물이 무섭다며 빨리 뭍으로 데려가달라고 애원을 하는 바람에 부두 쪽으로 열심히 노를 젓기 시작했지. 하지만 이런 종류의 꿈에선 언제나 그렇듯이 열심히 저을수록 부두에서 점점 더 멀어지게 마련이잖소. 비록 꿈속이었다 해도

나는 이런 패러독스를 느끼고 있었던 것 같아. 하지만, 이상하게도 난 노젓는 걸 멈추지 않았다오.'

굉장히 또렷한 꿈이었고, 나는 어떻게 내가 그 배를 저어 이 방에 가까스로 닿았는지 어리둥절해하며 깨어났다.

무언가 희끄무레한 것이 이불 발치에 있었다. 흰 잠옷 원피스를 입은 마리코였다. 그녀 뒤로 커튼이 활짝 젖혀져 있어 이웃집에서 새어나오는 노란 불빛이 방 안으로 스며들었다. 빗줄기가 창 유리를 가볍게 두드리며 사선으로 떨어지고 있었다.

"마리코? 무슨 일이에요?"

내가 말했다.

나는 상체를 일으켜 똑바로 앉았다. 창을 뒤로 한 마리코의 얼굴은 암흑 속에 매몰된 채 머리카락은 어깨 위로 흩어져 있었다.

"꿈을 꾸었어요."

그녀가 나지막히 속삭였다.

"악몽을 꾸었나요?"

밖의 불빛이 마리코의 얇은 면 잠옷 속을 비추며 내 시선을 그녀의 다리 실루엣으로 이끌었다. 이러한 암흑 속의 친밀성은 나를 당황하게 만들었다. 나는 일어나 스위치를 켜고 싶었다.

"아니요. 악몽은 아니었어요. 어떻게 보면 꿈이 아니었던 것도 같아요. 어떤 음성을 들었어요. 어제 내가 첼로를 집어들 수밖에 없게 만든 바로 그 음성, 그리고 나에게 당신 사무실로 가라고 말했던 그 목소리이기도 했어요."

그녀의 속삭임이 내 목덜미 털을 쭈뼛 서게 했다. 나는 더 듣고 싶었지만, 마리코가 이렇게 어둠침침한 곳에 달랑 잠옷 차림으로 서 있는 게 어색하게 느껴져 신경이 곤두섰다.

"그녀가 당신 홀로 내버려두면 안된다고 말했어요."

마리코가 말했다.

흐릿한 그녀의 얼굴은 심각함 그 자체였다. 나는 침대 옆에 무릎을 꿇고 앉아 그녀에게 말을 건넸다는 여자 이야기를 기억해냈다. 내 누비 이불 속으로 서늘한 공기가 느껴졌다.

"난 혼자 사는 것에 매우 만족해요."

나는 등골 오싹한 분위기를 몰아내려는 심산으로 짐짓 무덤덤하게 말했다.

마리코는 내 입에서 더 많은 말이 터져나오기를 기다리며 조용히 서 있었다. 잠옷 원피스에 달린 목 뒤로 매는 끈이 풀어져 상아빛 날개 같은 쇄골이 고스란히 드러났다.

"마리코, 또 나쁜 꿈을 꾸어서 정말 안됐군요. 하지만 잠자리로 돌아가는 편이 좋겠어요. 아침에 다시 이야기합시다."

"제가 지금 말하는 건, 내일 아침엔 말할 수 없는 거예요."

마리코가 말했다.

"아침에 말할 수 없는 거라면, 말하지 않는 편이 낫겠습니다. 마리코, 사케를 너무 많이 마신 것 같군요. 어서 가서 잠을 좀 자면 그런 증상이 가실 거예요."

"전 한 모금밖에 마시지 않았어요."

"어서 가주세요, 마리코. 내일 이야기합시다."

"여기 있을지 말지 선택권이 저한테 있다고 생각하신다면, 사토 씨, 그건 오산이에요. 그날 밤 당신이 사요나라 바로 걸어 들어오신 것처럼 제가 여기 있는 것 역시 선택의 여지가 없는 일이에요."

"마리코, 당신 지금 제정신이 아닌 것 같군요."

"우리는 함께 할 숙명이라는 거, 아직도 모르시겠어요?"

나 혼자 은밀히 느꼈던 직감이 소리가 되어 나오자 정신이 아찔해졌다. 마리코가 내 사무실로 몰래 찾아왔던 그밤 이후로 줄곧 이런 직감이 들었다.

'여보, 당신은 이 사실을 알고 있었겠지.'

내가 할 말을 잃고 놀란 틈을 타 마리코가 잠옷 원피스를 들어올렸다. 나는 그녀가 잠옷을 머리 위로 벗어버린 후에야 사태의 심각성을 알아차렸다. 잠옷은 첼로 옆 바닥에 떨어져 마치 하얀 그림자처럼 보였다.

"마리코!"

내가 소리쳤다. 그리곤 이불을 걷어차며 놀라 뛰어올랐다. 그리고 마리코가 메두사라도 되는 것처럼 홱 하고 고개를 돌렸다. 한번 흘긋 쳐다보기만 해도 내 몸이 금세 돌로 변할 것만 같았다.

"도대체 무슨 짓이오?"

나는 충격을 받아 얼떨떨했다. 슬픔 때문에 실성해버린 걸까?

"사토 씨, 무엇 때문에 저를 보는 걸 두려워하시죠?"

그녀가 침착한 어조로 물었다.

나의 눈이 달랑 니커(역주: 헐렁한 속바지) 차림으로 서 있는 그녀에게로 향했다. 마른 엉덩이와 왜소한 가슴까지 그녀의 모든 육체가 음탕한 젊음을 드러내며 깔깔 웃어댔다. 그녀는 마치 원죄 이전의 부끄러움을 모르는 이브처럼 평온한 표정으로 나를 가만히 응시했다. 나는 시선을 첼로 쪽으로 옮겼다. 내 몸이 반응하는 일은 절대로 없어야 했다. 그러지 않을 것이다.

"마리코, 난 잠시 산책을 나갈 테니, 내가 돌아오기 전에 당신 방으로 가 있어야 해요. 무슨 말인지 알아듣겠어요?"

신경계에 혼란이 왔는지 손이 마구 떨렸다.

"알았어요. 방으로 가겠어요. 약속드리죠. 당신을 혼자 내버려둘 테니 딱 한 번만 다시 저를 봐주세요."

"싫소."

내가 거절했다.

"약속드려요. 한 번만 봐주세요. 제가 사라져주길 바라고 혼자 있길 원하신다면 그렇게 해드릴게요. 영원히요. 그게 당신이 원하는 거라면."

도대체 마리코를 장악하고 있는 이 변화된 실체는 뭐란 말인가? 내 집에서 나를 코너로 모는 이 괴물은 누구란 말인가? 나는 문으로 뛰쳐나가고 싶었다. 그러나 그녀가 내 길을 가로막고 설까 겁이 났다. 내 시선이 책장의 어두운 골조를 따라 절망적으로 헤매고 있었다.

"왜 이런 짓을 하는 거요?"

내가 물었다.

"왜 그런다고 생각하세요?"

마리코가 되물었다.

"당신은 완전히 이성을 잃었어요!"

"그녀가 말했어요. 자기가 저지른 짓을 미안하게 생각한다고. 당신은 좋은 남편이었지만 이 세상에서는 더이상 살아갈 수가 없었다고…"

순식간에 분노가 치솟았다. 여자를 때리고 싶다는 충동을 느낀 건 처음이었다. 하지만 천만다행으로 그 순간은 지나갔다. 나는 머리를 돌려 그녀의 눈을 똑바로 쳐다보았다. 그녀의 벌거벗은 몸은 이미 효력을 상실한 후였다.

"내 아내는 자살하지 않았어. 아무것도 모르면서 함부로 지껄이지 말아요. 어떤 귀신이 당신을 찾아갔는지 모르지만 이거 하나만은 확실해. 그건 내 아내가 아니라구!"

마리코는 아무 타격도 받지 않은 듯, 그 자리에 그대로 대담하게 서 있었다. 그녀의 말이 사실이거나 거짓말이거나 그것은 중요하지 않았다. 내가 보기에 그녀의 단호함은 이미 한 풀 꺾인 상태였다.

"처음엔 당신도 믿지 않을 거라면서 시간을 주어야 한다고 말했어요."

"마리코, 도대체 내게 왜 이런 짓을 하는 거요?"

"진실을 피해갈 순 없어요."

"도대체 당신은 누구요?"

내가 물었다. 정말 더이상은 무엇도 믿을 수 없을 것 같았다. 그녀가 말한 전부가 갑자기 의혹 투성이로 변했다. 왜 이런 거짓말을 하고 있는 것일까? 그래서 그녀가 얻는 건 무엇인가?

마리코가 나를 향해 다가오기 시작했다. 바로 그때 초인종이 울렸다. 그러자 마리코도 걸음을 멈추었다. 밤에 초인종이 울리는 일은 없었다. 마치 현실 속에서 일어나는 일같지 않았다. 마리코가 불확실한 눈빛으로 뒤를 돌아보더니 거듭 또 돌아보았다.

"그냥 두세요."

그녀가 말했다.

하지만 나는 방에서 부리나케 뛰쳐나갔다.

밖에는 구급차의 번쩍거리는 불빛이 우리 잔디를 뒤덮고 있었다. 문

밖엔 거센 빗줄기 아래로 큰 우산을 받쳐든 다나카 부인의 조카 나오코가 휠체어를 탄 다나카 씨와 함께 서 있었다. 구급차의 출현은 너무 예외적인 일이라 내가 혹여 평행 우주[65]로 향하는 문을 연 건 아닌가 하는 착각이 들기도 했다. 위층에서 일어난 음흉한 멜로 드라마가 이 요란한 현장을 알아챌 수 없게 할 만큼 내 주의를 사로잡았던 것일까? 길을 가로질러 우에 씨와 그의 아내가 그들의 거실 창문에 코를 납작하게 붙인 채 바깥을 내다보고 있었다.

"나오코! 무슨 일이에요?"

내가 소리쳤다.

"숙모가 구급차에 계세요. 오늘 오후에 정원에서 쓰러져 의식을 잃었어요. 삼촌이 전화를 걸어서 도움을 구할 때까지 거기에 누운 채 몇 시간 동안 방치되셨어요."

"오, 이런!"

이 뉴스는 내 위장에 구멍을 뚫을 정도로 충격적이었다.

다나카 씨는 미끈미끈한 장어처럼 입술을 비튼 채 얼굴을 잔뜩 찌푸리고 있었다. 그는 잠자리에 들지도 못하고 이 추위에 비를 맞으며 밖에 나와 있는 것이 매우 못마땅한 듯했다.

"숙모는 지금 혼수상태예요."

나오코가 말했다.

---

65. 평행 우주론에 따르면 우리가 포기한 선택들이 이룬 우주가 '지금'의 우주와 '평행하게' 존재한다고 한다. 즉, 하나의 선택이 이뤄지면 선택되지 않은 하나의 다른 우주도 동시에 창조된다는 이야기로 세계는 무한대의 평행 우주들이 집합으로 이루어졌다는 뜻이다. 각각의 우주에는 개인의 과거와 현재, 그리고 미래가 동시에 존재하며 이는 예측불가능의 변수에 따라 얼마든지 바뀔 수 있다.

구급차는 사이렌을 울리며 움직이기 시작했다.

"응급실로 갈 거예요."

울컥 하는 통증이 목구멍에 와서 걸렸다.

"나오코, 당신도 갈 건가요?"

내가 물었다.

나오코가 고개를 끄덕였다.

"삼촌과 전 지금 출발할 거예요."

"알았어요. 잠깐만 기다려요. 나도 금방 옷만 갈아입고 나오겠소."

III

다나카 부인은 중환자실로 옮겨졌다. 우리는 막 그녀를 보고 나왔다. 정말 끔찍한 모습이었다! 얼굴에는 산소 마스크를 쓰고 튜브를 사방팔방 꽂고 있었다. 잔인한 중력 탓에 흑빛을 띤 얼굴 살이 축 처져 있었다. 의사가 오더니, 다나카 부인의 상태가 현재 안정되었고 곧 회복될 수 있을 거라고 말했다. 좋은 소식이었음에도 불구하고 나오코는 의사의 말이 끝나기가 무섭게 심하게 흐느꼈다. 나는 나오코의 어깨를 두드린 후 잠깐 화장실 좀 다녀오겠다고 말했다. 나는 차가운 물로 얼굴을 씻었다. 그리고 병원의 공중전화 박스로 가서 잔돈을 넣고 집 전화 번호를 눌렀다. 첫 신호가 울린 후 바로 수화기 드는 소리가 났다.

"네."

마리코였다.

거의 새벽 두 시였지만 마리코의 음성은 완전히 깨어 있었다.

"마리코. 난 오늘 밤엔 병원에 있을 거예요. 내가 없어도 불편해하지 말고 편히 쉬어요. 하지만 먼저 무슨 일이 있는 건지, 그리고 왜 내게 그런 거짓말을 했는지 듣고 싶소."

나는 기다렸고, 전화선 너머로 주저하는 듯한 침묵이 흘렀다. 잠시 후 마리코가 깊은 한숨을 내쉬더니 흐느껴 울기 시작했다.

19

: 메리

차가 바둑판 같은 거리를 마치 도랑을 따라 기어가듯 움직이다가 이따금씩 경로를 바꾸며 우메다의 페리스 관람차ferris wheel(역주: 대규모 회전식 관람차)와 번쩍거리는 아케이드를 지나쳤다.

한껏 들뜬 사람들은 자유분방한 기분에 사로잡혀 있었고 네온은 보름달 같은 최음성을 자극하듯 쉴새없이 윙윙거렸다. 여자들은 프린트 클럽print club[66]에서 걸어나와 사랑을 테마로 찍은 자신들의 폼잡은 사진을 보며 낄낄거렸다. 새로 출현한 호스트 바 종족들이 꼼므데가르숑 정장을 말쑥하게 차려입고, 지나가는 여자들에게 샴페인과 은밀한 장소가 제공되는 자신들의 클럽에서 밀어를 나누자며 호객행위를 하고 있었다.

나는 마치 VIP나 되는 것처럼 이런 식으로 운전사가 딸린 차를 타고 가는 게 못내 불편했다. 신호등에서 대기 중인 우리 차는 다른 차들과 견주기라도 하듯 그 값비싼 자태를 은근히 뽐내며 낮은 엔진소리를 냈다. 나는 자동차 유리 칸막이를 두드려 운전사에게 지금 어디로 가고

66. '프리쿠라' 라고도 하며 자기 사진이나 혹은 유명한 사람들의 사진을 이런 저런 그림 속에 넣어서 독특한 캐릭터를 만들어 모으는 곳

있는 거냐고 물어보고 싶은 마음이 굴뚝같았지만, 그 유리 칸막이는 필경 그런 행동을 막기 위해 만들어진 장치일 터였다.

요도가와淀川 강을(역주: 일본 오사카 주변을 흐르는 강) 지날 무렵, 나는 목을 꺾어 내게 익숙한 오사카가 아득히 멀어지는 걸 바라보면서 왠지 불안해지기 시작했다. 우리는 고속도로로 들어섰고 나는 교외 통근자들의 위성도시 출구를 가리키는 간지 표지판을 읽었다.

아마가사키尼崎 5킬로미터, 다카라즈카寶塚 9킬로미터.

지금 가는 길이 맞는 길일까? 가슴은 답답했고, 위장은 퍼덕거리는 새들의 사육장으로 변하고 있었다. 내가 마지막으로 이런 신경 증상을 보인 건, 처음 일본에 도착해 시차로 인한 피로와 문화적 충격으로 날카로워져 있을 때였다. 나는 마마상에게 빌린 슬리퍼를 벗고, 꼭 끼던 발가락 끝을 문질렀다.

마마상의 신발 중 이것밖에는 맞는 사이즈가 없었다. 그녀는 누가 쳐들어올 것처럼 허둥지둥 옷방으로 달려가더니 내 사이즈에 맞는 옷을 찾았고, 변기 위에 웅크리기 전에 가냘픈 발에 신곤 하던 자기 화장실 슬리퍼도 내게 주었다. 그 슬리퍼는 그녀가 가진 것 중에 외국인의 발을 감당할 수 있는 유일한 물건이었다. 만약 내가 일본인이었다면 '공공장소에서 화장실 슬리퍼를 신으면 안된다'라는 신성한 금기를 깼다는 이유로 굴욕감을 느꼈겠지만, 일본인이 아닌 나로선 문화적 치욕감을 느낄 이유가 없었다. 그러니 다른 사람들이 내 대신 굴욕감을 느끼게 놔둬도 상관없는 것이다.

BMW는 시내의 불빛을 뒤로 하고 작은 읍내 변두리로 굴러들어가면서 열차 선로와 평행하게 깔린 진흙과 석탄재의 길로 향했다. 인적 없고 적막한 그곳에는 귀신이 튀어나올 것 같은 다 쓰러져가는 통나무

집뿐이었다. 차는 돌부리와 움푹 파인 곳들을 지나며 심하게 흔들리다가 펄쩍 뛰어올랐다. 도대체 유지가 여기서 뭘 하고 있단 말인가? 운전사가 나를 맞는 곳에 데리고 온 것인가? 나는 유리 칸막이 뒤에서 운전사가 어떻게 생겼는지 기억해내려고 애썼다.

그는 키가 크고, 체격이 크며, 유니폼을 입고 운전사 모자를 쓰고 있다. 내가 차를 탈 때 차 문을 열어주던 그의 눈에서 얼핏 스쳐갔던 살인의 낌새는 단지 내 상상에 불과한 것인가? 헤드라이트는 현재 불빛의 유일한 보급원으로 전방 몇 미터만을 비추며 대나무 숲과 녹슨 자전거, 그리고 탈구된 턱처럼 경첩이 맞지 않아 문이 덜렁거리는 버려진 냉장고를 보여주었다.

스러져가는 건물 앞에 펼쳐진 썩은 냄새 진동하는 뜰에 이르러, 차가 갑자기 방향을 틀고 멈추는 바람에 엔진에서 윙윙 소리가 났다. 운전사 쪽 앞 문이 딸깍 열렸고, 잠시 후 내 문도 열렸다.

“자, 다 왔습니다.”

그가 방송하듯 말했다.

나는 단단한 땅 위로 올라섰다. 하늘엔 별이 총총히 빛나고 저 멀리에서 화톳불 타는 냄새가 흘러들었다.

“여기가 어디죠? 유지가 여기 있다구요?”

운전사는 자기 알 바 아니라는 듯 어깨만 으쓱하고는 서둘러 차로 돌아갔다. 나는 마치 숨바꼭질을 소재로 한 공포 영화의 멍청한 소녀처럼 버려진 집 밖에 홀로 남겨졌다.

헤드라이트 불빛이 현관 위 깨진 네온사인을 잠깐 비추자 로터스 바라고 씌어진 글자가 보였다. 그리고 무수한 등불들이 모래시계의 유연한 곡선 몸매를 자랑하는 지체 높으신 귀부인처럼 서로 몸을 꼰 채 벽을 따라 붙어 있었다. 뒤집어진 페인트 통은 녹색 유상액(역주: 에멀션 페인트) 웅덩이 속에 안치되어 있었다. 어느 전위 예술가가 출입구에서 벽 아래를 따라 녹색 페인트를 화려하게 칠해놓았다.

나는 헤드라이트 불빛에 의지해 마치 이 건물을 녹색 원 안으로 빙 둘러싸듯 모퉁이 쪽으로 돌아가며 뿌려진 페인트를 볼 수 있었다. 문득 학창 시절, 빨간 십자가를 문에 칠해 놓으면 집에 전염병이 도는 신호라고 배웠던 역사 수업이 떠올랐다.

나는 간청하는 눈빛으로 운전사를 돌아보았다.

"유지가 저 안에 있는지 확인하는 동안 잠깐만 기다려 주실래요?"

그러나 그는 이미 모자가 문틀에 걸리지 않도록 상체를 푹 숙여 차 안으로 들어서고 있었다.

"제발이요… 1, 2분이면 돼요."

운전사는 차문을 쾅 닫고 시동을 걸었다.

오, 하나님. 나를 여기 버려두고 가다니. 나는 차의 앞 유리를 후려치고 싶었지만, 대신 그가 떠나는 모습만 무력하게 지켜보았다. 헤드라이트는 석탄과 진흙으로 도배한 길을 내려가며 시야에서 사라졌고, 이제 완벽한 어둠만이 이 공간을 삼키고 있었다. 내 눈앞엔 오로지 저 건물 안으로 홀로 들어가야 하는 무시무시한 모험만이 남겨졌다.

초인종도 없고 자물쇠도 부서져 있었다. 문을 막 열었을 때 눈에 제일 처음 들어온 것은 양초들이었다. 받침대도 없이 위풍당당하게 사방으로 흩뿌려진 수많은 양초들이 탁자 위에 촛농을 똑똑 떨어뜨리고 있어 모든 게 흡사 광채 속에 휩싸인 성당 같은 분위기를 풍겼다. 벽은 명멸하는 그림자로 살아 움직였고, 모퉁이마다 높이 둥지를 튼 거미집들은 섬세한 모기장처럼 보였다. 양초들의 매혹적인 금박 무늬 아래로 천장이 심한 곰팡이로 썩어들어가는 것이 보였다.

"메리."

유지가 내 바로 뒤의 문 입구에 서 있었다. 차 소리를 듣고 몸을 숨긴 것이 틀림없었다. 심하게 망가진 얼굴은 온통 피로 얼룩진 채 퉁퉁 부어올라 혹시 마스크를 쓴 건가 하는 생각까지 잠시 들었다.

나는 나도 모르게 영어로 중얼거렸다.

"하나님 맙소사, 유지…"

나는 달려가 그를 와락 껴안았고, 이내 목을 타고 낮은 흐느낌이 흘러나왔다. 유지는 너무 많이 다친 것 같았다.

"제기랄. 꼴사납게 보이지?"

그의 티셔츠 앞면이 응고된 피로 뻣뻣했다. 나는 다시 그를 꼭 껴안았다. 어딘가 상처 난 부위를 건드렸는지 유지가 거친 신음소리를 흘렸다. 나는 뭉친 피로 끈적끈적해진 그의 얼굴을 어루만졌다. 이마에는 깊은 상처가 보였는데, 마치 또 하나의 입을 만들려는 듯 칼로 깊게 벤 자국이었다.

"오 맙소사. 병원에 가야겠어. 빨리…"

'꿰매다'라는 단어가 떠오르지 않았다.

"…빨리 바느질해야 해."

"저절로 나을 거야."

"하지만 많이 아프잖아."

"이미 익숙해졌어."

"여긴 어디야? 뭐하는 곳이지?"

"옛날 바야. 여긴 안전해."

"코가 이상해. 부러진 거야?"

"코는 괜찮아. 그들이 내 이빨을 부러뜨렸지."

"누가 그랬어? '그들'이 누구야?"

"복면을 한 암살자들. 닌자들이지. 약 열두 명 정도가 하늘에서 밧줄을 타고 내려왔어. 모두 한수 배우고들 돌아갔지. 당분간 이 근처엔 얼씬도 하지 않을 거야."

요란한 여진이 땅을 타고 진동하자 건물이 간질 발작하듯 흔들렸다. 양초 불꽃이 격렬하게 떨리고 베니스 풍의 블라인드가 덜거덕거렸다.

"그들이 돌아왔다."

그가 자못 진지하게 말했다.

"임무를 마저 완수하려고."

열차는 우르르 굉음을 내며 사라졌고, 나는 어이가 없어 유지의 어깨를 살짝 때렸다. 씩 웃는 그의 치아가 심하게 깨져있었다.

"어머니한테 얘기 들었어. 정말 미안하다."

유지가 내 얼굴을 두 손으로 감쌌다.

"그런 꼴을 당하게 하다니 다 내 잘못이야. 어떻게 이 신세를 갚아야할지 모르겠어."

"제발 그런 소리 하지 마. 네 잘못이 아니잖아. 난 아무 일도 겪지 않았다구. 네가 당한 거에 비하면 정말 아무것도 아니야. 난 괜찮으니까…"

그가 갑자기 내 입술을 덮쳐왔다. 처음에는 찢어진 입술이 신경쓰였는지 살짝 대고만 있다가 점차 강도를 더하더니 결국 나는 그의 피 맛까지 보고 말았다. 또다시 열차가 지나가면서 건물이 발작을 일으키며 벽에 간신히 달라붙어 있는 얇은 널빤지와 바 뒤의 먼지에 쌓인 유리

잔들을 덜거덕거리게 했다. 우리는 혼이 빠질 듯한 키스에 취해 바닥으로 무너졌다. 유지가 내 몸을 마룻바닥으로 밀어붙였고 나는 누운 채로 그의 셔츠 속에 손을 넣었다. 그도 내 셔츠 단추를 더듬거렸다. 우리는 곧 반쯤 알몸이 되었다. 나는 그를 힘주어 끌어안으면서 얼마나 원했는지 모른다고 속삭였다. 들린 내 골반 아래로 그의 손이 밀고 들어왔다. 그의 입술이 쇄골을 거쳐 젖무덤을 핥고 지나 배꼽 부위를 애무하면서 내가 볼 수 없는 흔적을 따라 내려갔다. 나는 그의 이마에 난 상처를 엄지손가락으로 누르며 그를 위로 끌어 올렸다. 다시 우리 입술이 격렬하게 포개졌다. 그는 몸을 옆으로 비틀고 눈길을 돌리며 말했다.

"빌어먹을! 이 몰골을 해가지고… 내가 꼴사납지 않아?"

나는 고개를 가로저으며 말했다.

"아니. 넌 언제나 내게 최고였어."

그가 웃었다.

"거짓말쟁이."

우리는 몸을 한차례 뒤집었다. 그리고 나는 그의 말이 틀렸다는 것을 증명하기 위해 치마를 걷어 올리고 그의 위에 걸터앉았다.

폐허 한가운데 양초들이 하나둘씩 어둠에 편승하며 타들어갔다. 나는 니커와 고리를 푼 브래지어 차림으로 앉아있었고, 치마와 블라우스는 먼지로 얼룩진 채 구겨져 있었다. 셔츠를 벗고 습기로 푹 꺼진 천장을 멀거니 응시하며 누워 있던 유지는, 내가 가져온 말보로를 입에 물더니 하루의 절제 후에 만끽하는 마취성의 달콤한 휴식 속에서 무거워진 눈꺼풀을 내리깔았다. 그의 옆에 책상다리를 하고 앉은 나는 소독약에 적신 솜을 그의 갈비뼈 위 상처에 대고 톡톡 두드렸다. 유지가 몸을 움찔하며 숨을 몰아 쉬었다.

"가만히 있어, 다 너를 위해서야."

내가 마치 양호 교사처럼 구는 바람에 우리는 서로를 바라보며 웃었다. 연신 바닥을 후닥닥 달려가는 작은 쥐들이 우리가 내는 목소리 음량을 따라 이 끝에서 저 끝으로 그 시커먼 음영을 화살처럼 돌진시켰다. 마마상이 준 휴대폰은 우리 옆 마룻바닥에서 벨이 울리기를 기대하며 잠시 잠들어 있었다.

"어머니가 너한테 화장실 슬리퍼를 주실 줄은 몰랐는걸."

유지가 느린 어조로 말했다.

"피투성이가 돼서 밤을 보낸 주제에, 지금 내 신발 따위가 눈에 들어오니?"

"화장실 슬리퍼라… 큰 차이가 있지… 욱."

솜을 두드리고 있던 내 손이 엇나갔다. 나는 사과를 한 뒤 욱신거릴 상처에 입바람을 불었다. 그리고 나서 그의 이마에 다시 한번 키스했다. 오늘 밤엔 내 키스가 멈출 줄을 몰랐다.

유지가 자기 얼굴에 닿는 내 머리카락을 쓸어 넘겼다.

"네 머리카락이 상처를 간지럽혀."

나는 머리카락을 어깨 뒤로 넘겼다. 유지는 담배를 들지 않은 나머지 손으로 내 등을 문지르며 니커 고무줄 끈 바로 아래를 만지작거렸다. 또다시 총알 열차가 벽을 흔들며 지나갔다. 휴대폰 시계가 정확히 한 시를 가리키고 있었다. 나는 그의 복부에서 리바이스 청바지 허리띠로 이어지는 봉긋 솟은 산맥과 덤불과 나선부를 어루만졌다.

"왜 그랬어?"

내가 물었다.

"뭘?"

"돈을 빼돌린 거. 야마가와 상의 마약을 훔쳤다면서."

등을 애무하던 손길이 멈칫했다.

"우리를 위해서 한 일이야. 내가 말했을 텐데. 일본을 떠나려면 그 방법밖에 없었어. 머저리 같은 짓이었다는 건 알지만…"

"하지만 마약이 없어진 건, 우리가 일본을 떠나려고 작정하기 전, 그러니까 돈이 필요하다고 생각하기 전이었잖아. 히로가 그러더라구. 없어진 마약 때문에 그들이 네 아파트를 뒤집은 거라구. 그 일은 네가 떠나려고 결심한 직후에 일어난 거잖아."

그의 입에서 담배 연기가 깃털 장식처럼 새어나왔다.

"너한테 말하기 오래 전부터 떠날 계획을 하고 있었어. 단지 그놈들이 쳐들어온 이후 처음으로 네게 말한 것 뿐이야. 너를 그런 지저분한 일에서 멀리 떼어놓고 싶었거든. 서로에 대해 더 잘 이해할 때까지는 함께하자는 말을 입밖에 낼 수 없었어."

내 눈과 마주치자 그는 아주 조심스럽게 자신의 부은 눈꺼풀을 매만졌다. 그가 몇 개월 동안 말도 못하고 혼자 속앓이를 했을 걸 생각하니 마음이 아파왔다. 촛불이 천장 선풍기 날을 누비고 지나가며 그 위로 화려한 그림자를 던졌다. 그는 살짝 고개를 돌리더니 모든 일이 끝났다고 말하며 우리 애정 문제나 논하자고 했다. 하지만 나는 캐야할 문제가 더 있었다.

"그래서 마약은 어떻게 된 거야? 다 팔았어?"

유지는 골똘히 생각에 잠겨 말이 없더니 잠시 후 입을 열었다.

"메리, 이런 얘기, 너한테만은 별로 하고 싶지 않아. 넌 다른 세계에 속한 사람이라 이해하지 못할 거야."

이 말이 나를 섭섭하게 했다.

"내가 왜 이해하지 못할 거라고 생각해?"

"나도 솔직하게 모든 걸 털어놓고 싶지만, 네가 나를 미워하게 될지도 모르거든."

"난 널 결코 미워할 수 없어."

유지는 다시 천장을 응시했고 나는 그에게 다시 키스했다. 이번에는 어깨 쪽이었다. *나는 너를 미워할 수 없어.* 절대 거짓말이 아니었다. 아마 더 신뢰하게 될 것이다. 열차가 선로 위에서 포효하는 익수룡[67]처럼 쇳소리를 내며 지나가자, 그림자가 흔들리면서 또다시 벽이 싸구려 드라마 세트 장의 얇은 종이처럼 맹렬히 진동했다.

"왜 히로는 너를 그렇게 미워하지?"

유지는 상체를 곧추 세우다가 통증 때문에 잠시 움찔했다. 그는 내 눈을 마지못해 바라보았다.

"우리는 한때 친구였어,"

그가 말을 하기 시작했다.

"둘 다 야마가와 상 밑으로 들어가기 전까지는 말이야."

"무엇 때문에 우정에 금이 간 거야?"

"야마가와 상은 히로만 편애했어. 몇 달 후에는 항상 히로를 옆에 끼고 다니면서 둘이서만 속닥거리기 일쑤였지. 그것 때문에 애들 모두 속이 뒤틀렸어. 내가 제일 그랬지만. 내 질투심 때문에 히로와 나는

---

67. 지질시대 백악기 후기에 서식한 비행성 대형 파충류로 고문당하는 비명소리를 냄

소원해져서 말도 섞지 않았지. 너무 유치한 짓이었지만…"

"하지만 그게 전부는 아니잖아."

"물론. 일 년 전에 히로가 야마가와 상을 배신한 것처럼 누군가 그럴싸한 연극을 꾸몄어. 결국 히로는 응징당했고 오사카에서 내쫓겼지. 히로는 자기를 그렇게 만든 게 나라고 확신했어."

"누가 그런 짓을 한 건데?"

유지가 고개를 가로저었다.

"나도 몰라,"

그가 내 옆의 허공을 쳐다보며 말을 이었다.

"그들이 히로 얼굴에 산을 뿌렸어. 하지만 난 그들이 하는 짓을 옆에서 지켜본 게 전부야. 히로의 자유를 억압하는 짓 따위는 한 번도 한 적이 없다구. 하지만 그때는 옆에서 지켜보는 수밖에 선택의 여지가 없었어. 아직도 히로의 비명소리와 산 냄새가 진동했던 그날의 악몽이 떠나질 않아."

나는 손을 뻗어 유지의 손을 잡았다. 옆에서 그런 걸 지켜봤다고 생각하니 내 속이 다 메스꺼웠다. 나는 선택의 여지가 없었다는 그의 말을 곧이곧대로 믿었다. 그 부분은 더 이상 캐묻지 말아야 했다.

"그날 이후로 히로를 마주친 적이 있어?"

유지가 내 손에서 자기 손을 뺐다.

"오늘 총을 들고 여길 찾아왔더군."

내 가슴이 쿵 하고 내려앉았다. 아까 여기는 안전하다고 그의 입으로 말하지 않았던가.

"농담하지 마! 설마 너를 쏘려고?"

"얼굴을 쏘려고 했지."

"오, 맙소사,"

나는 내 얼굴을 볼 수는 없었지만 분명히 공포로 가득할 것이다.

"하지만 넌 지금 괜찮잖아. 그가 쏘지 않은 거야? 누가 그를 말린 거야?"

"그가 내 입 속에다가 권총을 쑤셔박고 방아쇠를 당기려고 할 때 전화가 왔어. 만약에 그때 내 입 한 가득 권총만 없었다면 웃음이 터졌을 거야. 난 그놈이 전화를 무시할 줄 알았는데 받더라구. 누군지 모르겠지만 얘기를 듣고 나서 돌아서서 가버리던걸. 정확히 지금 말한 그대로야. 말 한마디 없이 그냥 가버렸어. 나는 식은 땀으로 범벅이 된 채 마룻바닥에 널부러져 그가 다시 돌아와 나를 끝장내주기만을 기다렸지. 하지만 차가 떠나는 소리가 들리고는 끝이었어."

나는 그 상황을 상상해보려고 애썼지만 머릿속이 멍했다.

"전화를 건 사람은 누구지?"

유지가 어깨를 으쓱했다.

"야마가와 상, 아니면 히로가 다른 조직에 몸담고 있는지도 모르지. 아, 그리고 우리 바에서 일하는 남자아이, 너도 알잖아, 좀 맛이 간 애 말이야. 걔도 히로와 함께 왔던 걸. 저기에 서 있었어."

유지가 문을 가리켰고, 나는 마치 어떤 그림자라도 나타나길 기대하는 것처럼 그곳을 바라보았다.

"그냥 나를 쳐다보고 있던데. 내가 여기서 나가기만 하면 더이상 그 녀석이 우리 어머니를 위해 피자를 만들 일은 없을 거야."

"와타나베?"

"그게 그놈 이름이냐? 와타나베?"

와타나베라구? 어떻게 모든 일이 이렇게 뒤죽박죽일 수 있지? 뭔가 숨겨진 사실이 더 있는 걸까?

"그럼, 히로가 네 얼굴을 그 지경으로 만든 거야?"

유지가 이마의 상처를 조심스럽게 매만졌다.

"아마 이건… 누가 어디를 때렸는지 기억도 안나. 지난 24시간 동안 나는 만인의 개자식이었으니까."

그가 씩 웃음을 흘렸다. 나 또한 웃음을 지으려고 애썼다. 이 모든 걸 겪고도 아직 유머 감각이 살아있다니 말문이 막혔다.

"히로가 다시 돌아오지 않을 거라는 보장 있어?"

내가 물었다.

"내 말을 믿어. 그놈은 돌아오지 않아."

그가 간단히 확신에 차서 대답했다.

유지가 내 뒤통수를 툭 쳤고, 나는 절망으로 머리를 감싸쥔 채 그에게 몸을 기댔다. 나는 이전의 '대충 알았던 때'로 돌아가고 싶었다. 판도라 상자[68]의 뚜껑을 쾅 닫아버리고 다시는 그 근처엔 얼씬도 하고 싶지 않았다.

내 기억이 유지가 저지른 범죄의 긴 목록 중 어느 한 항목에 가서 걸렸다.

"히로가 그러던데. 네가 히로 약혼녀한테 히로가 죽었다고 했다고."

유지가 돌연 거북해했다.

"난 선택의 여지가 없었어. 그 여잔 눈물 한 방울 흘리지 않고 순순

68. 옛 신화의 일부. 판도라라는 여인에게 상자를 주고 절대 열지 말라고 했는데, 결국 판도라가 참지 못하고 그것을 열어 온갖 잡귀들이 뛰쳐나와 그때부터 세상이 어지러워졌다는 이야기

히 받아들이더라구. 그리고 바로 다음날 아무렇지도 않게 출근까지 하고 다른 사람한테는 그 일에 대해서 입도 벙긋하지 않았어."

"히로가 어떻게 죽었다고 말했는데?"

"총에 맞아서."

"하지만 그 여잔 지금 진실을 알 거 아냐? 분명히 너를 증오할 거야."

"그 여잔 처음부터 모든 걸 알고 있었고 나를 증오할 일도 없어. 단지 내 일을 했을 뿐이라고 생각할 테니까."

나는 조용히 머릿속에서 여태까지의 얘기들을 곰곰이 되짚어보았다.

유지는 이것을 침묵 시위로 착각한 듯 했다.

"이봐, 메리, 내가 뭐라 말하길 바라는 거야? 내가 그동안 하루하루 죄책감을 느끼지 않았을 거라고 생각하는 거야? 난 내 가장 친한 친구가 코앞에서 잔인하게 고문당하는 걸 지켜봤어. 히로가 다시 여기로 돌아온 지 몇 주가 지났다는 걸 알고 난 계속 그를 기다렸다구. 그리고 오늘 히로가 내 눈 앞에 나타나서 내 면상에 권총을 갖다댔을 때 내가 무슨 생각을 했는지 알아? 그래. 방아쇠를 당겨. 내 죄값을 치를테니 어서 당겨."

"그런 식으로 말하지 마. 얼굴에 총알이 박힌다고 달라지는 게 뭐야?"

"난 모든 걸 엉망진창으로 만들었어."

유지가 말했다.

"난 그저 내 죄값을 치르고 이놈의 소굴을 벗어나고 싶을 뿐이야. 모든 게 끝났으면 좋겠어. 여기서 빠져나갈 수만 있다면 손목이라도 자르겠어."

"그만해. 우린 떠날 거야. 잊었어? 여길 떠나서 다시 돌아오지 않으면 돼."

나는 유지의 피부에서 풍기는 소독약 냄새를 맡으며 그를 두 팔로 감싸안았다. 밤 공기는 서늘했지만, 그의 피부는 마치 속죄해야 할 모든 죄목들이 불타고 있는 것처럼 뜨거웠다. 아직 그에게서 듣지 못한 이야기가 있다는 강박증을 느끼면서도, 나는 아무 말 없이 그를 안고만 있었다. 유지를 짓누르고 있는 양심의 무게를 조금이라도 덜어주기 위해 뭔가 안도의 말을 들려줄 때라고 생각했지만, 어떤 말도 떠오르지 않았다.

양초 찌꺼기들이 마룻바닥 결을 따라 촛농 연못을 이룬 채 테이블 다리를 타고 내려오다가 중간 지점에 불투명하게 굳어있었다. 우리는 부둥켜안고 누워 눈 안으로 들어오는 스폰지 같은 어둠을 빨아들이고 있었다. 시간은 자정이었고 둘다 위장에서 꼬르륵 소리가 났다. 우리는 말보로 담배를 피우며, 허기를 달래기 위해 케케묵은 사케 한 병을 마구 들이켰다. 하루 넘게 아무것도 먹지 못한 유지는 위가 스스로를 갉아먹는 것 같다고 얘기했다. 먼지가 뽀얗게 내려앉은 술병을 주고받으며, 유지는 처음으로 그가 다녔던 학교라든가, 어머니가 호스티스라는 이유 때문에 자신이 성질을 부리곤 했다는 등, 자신의 과거사를 털어놓기 시작했다. 나는 가끔씩 모르는 단어의 뜻을 물을 때만 끼어들 뿐 시종일관 귀를 기울였다.

유지가 내게 이런 이야기를 하는 건 결코 흔한 일이 아니었다. 그는 번번이 하던 말을 멈추고 지루하게 해서 미안하다고 말했다. 나는 그렇지 않다고 말하며, 사소한 것 하나라도 놓치지 않기 위해 이야기를 계속하라고 했다.

이야기 도중 전화 벨이 울렸다. 진동으로 설정해놓은 휴대폰이 마룻바닥 위에서 푸닥거리를 하며 몸을 비틀었다. 유지는 숨을 멈춘 채 와락 달려들어 휴대폰을 움켜잡았다. 내겐 낮은 명령조의 단조로운 웅웅거림만이 들려왔다. 약 30초 정도 흘렀을까. 전화를 끊을 때까지 유지는 아무 말도 하지 않았다.

"누구야?"

"어머니. 이리로 차를 보냈대. 야마가와 상의 본부로 우리를 데려갈 거야. 오사카를 떠날 수 있는 자유의 몸이 되기 전에, 내게 할 말이 있는 거겠지."

"무슨 할 말? 젠장! 히로한테 한 짓을 너한테도 하면 어떡해?"

유지가 한손으로 내 어깨를 꽉 쥐었다.

"이봐, 메리. 어머니가 개입하신 이상 우리가 위험에 빠질 일은 없어. 나를 놓아주기 전에 야마가와 상은 자신의 법을 한바탕 설교하고 싶은 것뿐이야. 이미 어머니하고 말이 되어 있나봐. 그가 그러기로 약속했대."

"너, 그 자를 믿는 거야?"

"글쎄. 그야 물론 믿을 수 없지. 아마 내 손가락을 부러뜨릴지도 몰라."

"유지!"

그가 킥킥거리며 웃었다.

"미안… 잘 들어, 메리. 난 이미 내가 자초한 죄의 대가는 실컷 치른 셈이야. 야마가와 상은 단지 잔소리를 좀 하고 싶을 거야. 이별 신고식 없이는 누구도 조직을 떠날 수 없어. 내가 그렇게 큰 죄를 저지른 것도 아니고, 또 그는 어머니와 오랜 친구 사이라구."

유지는 피 묻은 셔츠를 들고 툭툭 턴 다음 머리를 끼워 넣었다.

"메리, 너까지 같이 갈 필요는 없어."

그가 말했다.

"네가 가는 곳이면 어디든 갈 거야."

내가 말했다.

유지가 셔츠 소매로 팔을 끼워넣을 때 나는 바닥에 놓인 내 구겨진 치마로 손을 뻗었다.

"두려워?"

내가 물었다.

"아니."

"난 두려워."

"메리, 그놈들은 너한테 아무 짓도 안해."

"나 때문이 아니야. 내가 두려운 건…"

"이 생각만 해, 메리. 몇 시간 후면 우린 일본에 없어. 어머니가 여권과 비행기 표를 다 준비해놨다구."

BMW가 헤드라이트를 비추며 뜰로 들어섰다. 나를 이곳으로 데려왔던 운전사가 다시 문 밖으로 몸을 기울이며 나타났다. 심부름꾼으로서 여전히 아무 표정이 없었다. 그는 마치 우리가 저주받은 유령이나 투명인간이라도 되는 것처럼 알아볼 가치도 없다는 듯한 태도를 보였다. 그는 유지의 엉망진창이 된 얼굴은 거의 쳐다보지 않은 채 뒷문을 열었다.

뒷좌석에서 내가 속삭였다.

"저 사람 좀 이상해 보여. 아는 사람이야?"

유지는 딴 생각에 잠긴 듯 기계적으로 고개를 가로저었다. 시동이 걸리고 BMW가 뜰을 빠져나가 돌 투성이 길로 향하자, 창 뒤로 대나무 숲과 골함석 담들이 멀어져갔다. 건물이 빽빽이 들어찬 지역의 세븐 일레븐 주차장에서 할리Harleys(역주: 미국제 대형 오토바이)에 두 발을 벌리고 걸터앉은 폭주족 둘이 우리를 뚫어져라 쳐다보았다. 밤 12시부터 오전 8시까지 일하는 야간 근무자들이 노란 작업복을 입고 길 위에서 반복적인 움직임을 보이고 있었다. 안전모와 야광 조끼를 입은 한 남자가 번쩍거리는 봉을 휘두르며 우회하라는 신호를 보내왔다.

유지는 묵묵히 침묵을 지켰지만, 그의 신경줄이 팽팽히 당겨지는 소리가 들리는 듯했다. 그가 아까 두렵지 않다고 말했을 때는 몸이 나른하게 풀어진 상태였다는 생각이 문득 들었다. 나는 우리 앞에 놓인 시간이 쏜살같이 지나가 야마가와 상과의 만남이 이미 종료되어 있거나, 아니면 시간이 한정없이 늘어져 결코 만날 일이 없기를 공허하게 바라고 있었다. 우리는 서로의 눈길을 피했다. 내가 유지의 손을 꽉 잡자 유지도 내 손을 꽉 잡았지만, 시선은 여전히 담청색 차창 너머 세계에 고정되어 있었다.

야마가와 상의 바는 사요나라 바와 불과 몇 블록밖에 떨어지지 않은 곳에 있었지만, 와본 건 이번이 처음이었다. 그 바는 핑크 팬더와 튜즈데이 월드라고 쓰여진 간판과 핑크빛 네온이 달린 조그마한 바들과 함께 자갈 깔린 거리에 쑤셔박혀 있었다. 한두 곳은 간판도 없이, 온통 캄캄한 창문과 철통같이 지키고 선 문지기만 있었다.

다이아몬드 아 포레버 밖에는 두 명의 일본인 여장 남자가 궐련용

물부리를 높이 치켜들고, 판토마임에서 나이 든 여장을 한 남자처럼 입술에 연지를 바르는 과장된 몸짓을 하며 밤거리를 축제 분위기로 띄우고 있었다. 가라오케의 악쓰는 소리들이 밤 공기를 찢을 때, 그리 멀지 않은 곳에서 술에 취해 쓰러져 있던 샐러리맨이 〈마이 웨이My Way〉를 목놓아 부르며 자기는 '나의 길'을 갔다고 주장하고 있었다.

야마가와 상이 운영하는 바 이름은 세븐 원더스였다. 단골 손님들은 큼지막한 테이블 주위에 무리지어 앉은 샐러리맨들뿐이었다. 각각의 테이블 위로 벽걸이 형 TV가 매달려, 세븐 원더스 세계를 구성하는 일원으로서 자신의 건축 구조물을 뽐내고 있었다.

내 바로 옆에 있는 화면에서는 피라미드와 관련된 프로가 방영되고 있었다. 원근법을 이용해 급강하하면서 미끄러져 활주해 들어가다가 또 머리 위로 다시 치솟는 모습이 원을 그리며 날고 있는 새의 관점에서 스핑크스를 보여주는 듯했다.

각 테이블에는 벽걸이 형 TV 화면뿐만이 아니라 우아한 비둘기색 기모노를 입은 호스티스들이 자리를 잡고 앉아있었다. 흑단 같은 머리는 머리 뒤로 틀어올려 쪽을 지고, 화이트닝 로션을 바른 듯한 투명한 피부의 호스티스들은 시종일관 입가에 미소를 머금고 술을 따랐다. 그들은 저마다 말을 삼가는 교양미를 지니고 있었지만, 이는 백조가 물속으로 발길질을 해대는 것과 비슷한 숨은 노역에 다름 아닐 것이다.

"이 바는 어떤 곳이야?"

내가 유지에게 물었다.

유지는 내 말을 듣고 있지 않았다.

얼굴 위에 '바빌론 공중 정원'[69]의 그림자가 내려앉은 샐러리맨들이 엉망이 된 유지의 얼굴을 슬쩍슬쩍 훔쳐보았다. 호스티스들은 우리가 누구인지, 왜 여기에 왔는지 정확히 아는 듯 누가 시키기라도 한 것처럼 우리 존재를 완벽히 무시하고 있었다.

유지가 나를 보며 말했다.

"메리, 야마가와 상을 만나고 올 테니까 여기 바에서 기다리고 있어."

"싫어. 함께 가."

"오래 걸리지 않을 거야. 그냥 여기 있어."

나는 물러서지 않을 듯 완강하게 고개를 가로저었다.

"절대 떨어지지 않아."

그가 마지못해 내 팔을 놓았다.

"그래, 알았다."

술을 섞고 있던 호스티스는 유지가 나를 바 뒤로 데리고 갈 때 어떤 제지도 하지 않았다. 문을 열자 앞으로 계단이 펼쳐졌고, 뒤를 흘긋 돌아본 나는 나를 바라보는 그녀의 보랏빛 홍채가 번쩍거리는 것을 보았다. 그녀는 금세 눈길을 돌렸다. 그녀는 다름 아닌 14시간 전 마마상의 바에서 보았던 컬러 렌즈를 착용한 젊은 엄마, 호스티스 짓거리는 이제 신물난다고 말했던 그 여자였다.

유지가 내 손을 끌어 당기며 말했다.

"뭐해?"

계단 한 줄을 올라가니 짧은 복도가 나왔다. 빈틈없이 회반죽을 칠

---

69. BC500년 경 신바빌로니아의 네부카드네자르 2세가 왕비 아미티스를 위해 건설한 정원. 세계 7대 불가사의의 하나로서 실제로 공중에 떠 있는 것이 아니라 높이 솟아 있다는 뜻인데 여기서는 벽걸이 형 TV를 가리킴

한 벽이 피가 요동치는 우리 심장의 공명판 역할을 하는 듯했다. 형광등이 고장난 섬광 촬영장치처럼 깜박거렸다. 유지는 용기를 불어 넣기라도 하듯 숨을 크게 들이마신 다음 똑똑 문을 두들겼다. 기다리라는 거친 목소리가 흘러나왔다. 그리고 그 다음 숨을 내쉬는 순간, 들어오라는 목소리가 들려왔다.

우리가 그 음침한 방으로 발을 내딛자 야마가와 상이 자신의 테이블 뒤에서 일어났다. 벽은 마치 흡광성 색소를 칠해놓은 것처럼 새까맸다. 아래층 멀티미디어의 자매 격인 벽걸이형 화면은 오로지 빛만을 쏟아내고 있었고, 그 안에서 가상 열대어들이 담청색 물살을 헤치며 휙휙 날아오르고 있었다.

시계는 새벽 2시를 가리키고 있었지만 새하얀 셔츠 차림에 머리 웨이브까지 깔끔하게 정리된 야마가와 상의 모습에서는 한치의 흐트러짐도 찾아볼 수 없었다.

"유지, 그 동안 잘 있었나?"

"예. 안녕하셨습니까, 형님?"

"아, 메리도 왔는가?"

"좋은 밤이에요. 야마가와 상."

우리는 허리를 90도로 굽히며 인사했다. 그가 원하는 게 겸손이라면 최대한 그에 걸맞은 모습을 보여준 셈이다. 별 탈 없이 여기를 빠져나갈 수 있다면 무슨 짓인들 못하겠는가. 야마가와 상은 편안해 보였고 격식을 차리지도 않았다. 그러자 우리도 간단한 인사나 하러 들른 것 같은 착각이 들었다.

그는 우리에게 가죽 소파를 가리키고는 빙 돌아가 견고한 화강암 테이블 가장자리에 앉았다. 컴퓨터에서 나온 빛이 야마가와 상의 얼굴 위로 떨어질 때, 나는 상황이 심상치 않다는 것을 깨닫기 시작했다. 처음엔 가상의 잔물결이 만들어낸 착시 현상인 줄 알았으나, 분명히 그의 피부 아래에서 일종의 근육 장애가 일어나고 있었다. 게다가 턱에서는 딸깍 하는 소리까지 났다. 완전히 마약에 중독된 것이다.

"셔츠에 피가 묻었구만."

그가 유지에게 말했다.

그는 일어나서 겉에서는 보이지 않던 벽 칸막이를 열었다. 그리고 셀로판으로 잘 포장된 신품 셔츠를 꺼내 유지에게 던졌다. 희망적인 신호였다. 깨끗한 셔츠를 주고나서 다시 얼굴을 후려치는 일은 있을 수 없었다. 나는 치마의 주름을 매만지며 슬리퍼 안의 발을 느슨하게 움직였다. 계속해서 턱을 떨던 야마가와 상이 손등으로 테이블을 규칙적으로 두드리면서 다시 자리로 돌아가 앉았다. 그는 미소를 짓고 있었다. 약물로 제정신이 아닌 그의 상태가 오히려 우리에게 유리하게 작용할 수도 있겠다는 생각이 들었다.

"타이거스 좋아하나, 메리?"

뭐? 나는 잠시 어리둥절했다.

"무슨 말씀이신지?"

"한신 타이거스 말이야. 그 팀 좋아하나?"

아, 야구 얘기로군.

"예, 그럼요."

"착한 소녀야."

야마가와 상이 껄껄 웃었다. 나는 시험에서 통과한 것이다. 그는 유지를 보며 말투를 바꾸었다.

"유지 자네, 애들한테 흠씬 맞았구만."

"예, 마땅히 그럴 만하다고 생각합니다."

유지가 정중히 말했다.

야마가와 상이 고개를 설레설레 흔들며 쯧쯧 혀를 찼다.

"아니지. 이 정도로는 약하지. 저지른 짓에 비하면 새 발의 피 아닌가? 자네 모친 같은 사람을 어머니로 둔 것을 감사하게. 자네가 응당 치러야 할 죄값을 피해갈 수 있게 된 건, 순전히 그런 어머니한테서 태어난 출생 사고 때문이니까."

유지가 고개를 끄덕거리며 경청했다.

"어쨌든, 끝난 일은 끝난 일이야. 이제 자네 모친과 내가 합의본 조건을 말해주겠네."

야마가와 상은 바지에 손바닥을 문지르며 다시 테이블에서 엉덩이를 들어올렸다. 가상의 물고기에서 쏟아져 나온 빛이 그의 얼굴에 다채로운 색채의 스트라이프 문양을 드리웠다.

"우선 오사카를 떠나는 날로부터, 다시는 이곳으로 돌아올 수 없어. 다시 돌아올 수 없단 말은 영영 돌아올 수 없단 소리야. 10년 정도 지나서 슬쩍 와보고 싶은 마음이 들 수도 있지만, 아니, 내가 미스터 오야지 자네를 아는 바로는 몇 달 후에 그런 일이 일어날 수도 있겠지. 만일 그런 불상사가 벌어진다면 그건 죽음을 자초하는 일이란 걸 명심하게. 내가 죽은 후에도 돌아올 수 없어. 그렇게 빨리 썩은 나무가 되진 않겠지만…"

그가 화강암 테이블을 세 번 똑똑 두드렸다.

"잊어선 안돼. 내 뒤를 잇게 될 자가 계속해서 자넬 감시할 테니까. 오가와 형님이 살해당했을 때 내가 그 적들을 대신 처단한 것처럼 말이야."

그의 말투는 부드러웠고 심지어 가끔은 자애롭기까지 했다. 나는 처절할 정도로 이곳을 벗어나고 싶었다. 다시는 여기 발 붙일 수 없다는 조건, 그것이야말로 내가 예상할 수 있는 가장 자비로운 말이었다. 그러나 유지의 입장은 분명히 나와는 다를 것이다.

"또 뭐가 있었지?"

야마가와 상이 기억을 파헤치며 자문했다.

"폭력 세계가 그리워 또 다른 조직에 몸 담글 생각은 아예 않는 게 좋아. 혀를 잘리고 싶지 않다면 말이야. 알아들었나?"

유지가 다시 한번 고개를 끄덕였다.

"어쨌든 과거에 머물러 있는 건 좋지 않은 일이지. 자네의 새로운 인생과 새로운 사랑을 위해 축배를 들자구."

그가 나에게 짐짓 친근한 미소를 보내왔다.

"자네 생각은 어떤가?"

유지가 고개를 끄덕이자, 야마가와 상은 손바닥을 한 번 마주 치며 소리쳤다.

"아야 양, 술!"

문이 열리고 사요나라 바에서 봤던 그 여자가 들어왔다. 하얀 기모노의 넓은 허리띠에 부채를 꽂은 차림이었다. 그녀는 내 존재를 무시하듯 내게는 시선조차 주지 않은 채 장미 봉오리처럼 칠해진 입술을 꼭 다물고 들어왔다. 헤어스프레이를 뿌린 게이샤 식 머리 모양 아래로, 그녀의 시선은 오로지 야마가와 상을 향해 있었다. 그녀는 발을 끌며 춤추듯 그에게 걸어가 상체를 숙여 인사했다.

"위스키 세 잔, 얼음은 넣지 말고."

아야가 고개를 끄덕인 후 벽걸이 형 화면 맞은편 벽 쪽으로 걸음을 옮겼다. 그녀가 손바닥을 갖다대자 벽이 열리면서 번쩍이는 양주 진열장이 나타났다. 그녀가 등을 보인 채 쨍그랑거리며 술잔을 챙기고 술병 뚜껑을 틀어 열고 있을 때, 나는 기모노 허리띠에 꽂혀 있는 아이보리색 베개와 그녀의 목덜미로 흘러내린 스프레이를 뿌리지 않은 솜털 같은 머리카락을 쳐다보고 있었다.

예전에 유지 어머니 밑에서 일했다면 유지도 그녀를 알고 있는 게 당연했다. 왠지 유지는 그녀의 존재를 당황스러워하면서도 그 감정을 드러내지 않는 것 같았다.

“저 호락호락하지 않은 드넓은 세상 속으로 떨어진다는 게 정말 가슴 뛰는 일 아닌가? 자네 계획은 뭔가?”

“아직 없습니다.”

유지가 말했다.

나는 유지 목소리에서 망설이는 듯한 느낌을 받았다. 그는 마치 지뢰밭을 지나가듯 야마가와 상 앞에서 쩔쩔 매고 있었다.

“무슨 헛소리! 자네 모친이 간사이 국제 공항에서 새벽 다섯 시에 출발하는 서울 행 비행기를 예약해두었잖나. 아직도 내게 그걸 숨기려 하다니 역시 자넨 영악하단 말야.”

그가 나를 향해 웃더니 어금니를 갈며 윙크했다. 빨리 술을 마시고 이 자리를 뜨는 게 상책이겠다.

아야는 서빙하는 포셀린 인형처럼 쟁반을 들고 우리 쪽으로 다가왔다. 그녀는 먼저 내게로 다가와 세 잔의 위스키가 출렁이고 있는 쟁반을 내밀었다. 얼굴 이면을 꿰뚫어 보려는 내 날카로운 눈빛에도 그녀는 아무 관심 없다는 표정으로 일관하고 있었다.

내가 잔을 집어 들자 이 게이샤 로봇은 여우 같은 윙크로 나를 무장

해제시켰다. 그리고 나서 쟁반을 유지에게 내밀었다. 유지가 위스키 잔을 들자 그녀는 씩 웃으며 유지에게로 몸을 기울였다. 그리곤 들고 있던 쟁반에서 한 손을 떼어 유지의 볼을 꼬집었다. 유지는 꿈쩍도 하지 않았다. 위스키 잔이 그의 무릎 위에서 흐느적거렸다. 아야는 마치 그를 한입 깨물 것처럼 벌어진 입술 사이로 치아를 반짝거리며, 그의 얼굴 가까이 자신의 얼굴을 들이댔다. 그리고는 아무 반응 없는 유지의 피 묻은 입술을 반쯤은 핥고 반쯤은 키스하고 있었다.

놀라서 할 말을 잃은 나는 당장 일어나 그녀를 떼어내고 싶은 살인적인 충동을 느꼈으나, 가까스로 억제하며 노려보기만 했다. 전문가 경지에 오른 아야의 일탈 행위를 감상하던 야마가와 상은 만족한 미소를 지을 뿐이었다. 아야는 혀 끝으로 유지의 갈라진 상처와 벗겨진 찰과상의 전쟁터를 훑고 지나갔다. 마침내 그녀는 유지의 귓가에 대고 뭐라 뭐라 속삭인 후, 그를 놓아주고 마지막 위스키 잔을 들고 야마가와 상에게로 향했다.

"고마워, 아야. 수고했어."

아야는 고개를 숙인 후 방에서 미끄러지듯 사라졌다. 그녀의 뒤로 닫힌 문이 다시금 시커먼 벽과 한치의 오차 없이 하나가 되었다.

야마가와 상이 잔을 높이 치켜들었다.

"자, 유지의 미래를 위해서 건배! 걸맞지 않은 자유를 위해 행복하고 감사하며 살길."

유지와 나는 위스키를 마시기 전에 야마가와 상의 잔과 부딪히기 위해 상체를 앞으로 숙였다.

"음악,"

야마가와 상이 큰 소리로 말했다.

나는 예의를 잃지 않고 미소를 지었다. 저 자가 미쳤나? 무엇 때문에 이미 눈 밖에 난 부하와 그 여자친구와의 사교에 저다지도 목을 메는 것인가? 우리가 처절할 만큼 이 소굴을 빠져나가고 싶어하는 게 안 보인단 말인가? 아마 우리의 불편함을 내심 즐기고 있는지도 모른다.

야마가와 상은 탁자 위에 놓인 얇은 노트북을 열고 키보드 위에서 손가락을 움직였다. 곧 천장 스피커로부터 듣기 좋은 피아노 선율이 쏟아지기 시작했다. 기억나지 않는 노래 전주가 끝나고 성별을 감지하기 어려운, 그 특유의 가슴 뛰는 쳇 베이커Chet Baker의 음색이 흘러나왔다.

"메리, 재즈 좋아하나?"

야마가와 상이 물었다.

"예."

사실 재즈에는 그다지 관심이 없다. 하지만 젠장, 이 상황에서 개인적인 기호가 무슨 대수란 말인가? 야마가와 상이 재즈 매니아적 열기에 도취해 눈을 감고 음악에 맞춰 고개를 까딱거릴 때, 유지와 난 꿀 먹은 벙어리처럼 앉아 있었다. 아마 다른 때 같았다면, 유지와 난 최소 찡그린 얼굴로 히스테리를 주고 받았을 것이다. 그러나 시간이 갈수록 우리는 감히 서로의 얼굴도 쳐다볼 수 없었다.

야마가와 상이 갑자기 눈을 둥그렇게 떴다. 고개짓으로 장단을 맞추며 기분이 우쭐해진 그는 마일즈 데이비스Miles Davis에 대해 코카인 중독자다운 혼잣말을 중얼거리기 시작했으나 거의 알아듣기가 힘들었다. 그리고 나서 그는 한신 타이거스가 겪고 있는 슬럼프에 대해 죽는 소리를 해댔고, 그러다가 갑자기 자기 딸이 요즘 한큐 백화점에서 돈을 물 쓰듯 펑펑 써대서 신용카드를 압수했다는 등의 이야기들을 끊임없이 쏟아냈다. 그는 단지 오늘밤 수다를 좀 떨고 싶은 것 같았다. 내일 아침이면 전날 밤 자신이 떨었던 그 빌어먹을 수다에 대해 스스로도 고개를 갸우뚱할 것이다.

최면을 일으키는 노랫소리와 발끝까지 퍼진 위스키의 취기에 나른해져서 어떤 소리도 뚜렷이 들리지 않았다. 나는 놀랄 만큼 심신이 풀어져 있었다. 야마가와 상의 그 지각없는 의식의 흐름이 졸음 효과를 발휘한 게 틀림없었다. 벽걸이 형 화면에서는 가상의 물고기들이 휙휙 날아다녔다. 나는 내 풀린 눈을 그냥 내버려두었다. 변화무쌍하게 바뀌는 만화경처럼, 화면 속 물고기들은 침침한 배경 속으로 용해되어 들어갔다.

이 강렬한 몽타주[70]에 사로잡힌 나는 내 정신을 올바른 변속 기어로 세차게 잡아 당겼지만 눈은 계속해서 허공을 굼뜨게 헤엄쳤다. 이 나른한 마비 상태 어디에선가 공포가 고개를 들기 시작했다. 무슨 빌어먹을 일이 일어나고 있는 거지? 나는 유지 쪽으로 고개를 돌린 뒤 의자 사이를 가로질러 손을 뻗치려 했다. 그러나 어떤 인력이 작용하기라도 하듯 내 팔은 그의 팔 받침대에 닿기도 전에 제자리로 돌아왔다. 유지 쪽에선 아무 반응도 없었다.

야마가와 상이 중간에서 말을 끊었다.

"자, 미스터 오야지, 오늘밤 즐거웠네. 자넨 이 자릴 뜨고 싶어 몸이 근질거렸겠지만 말이야. 지금부터 소지품을 챙겨 오사카를 떠날 때까지 남은 시간은 정확히 한 시간이야."

---

70. 개개의 알 수 없는 장면을 빨리 연속시켜 종합적인 효과를 노리는 기법

유지가 고개를 끄덕거린 후 부러울 정도로 손쉽게 자리에서 일어섰다. 나는 열병 말기 환자처럼 팔다리가 움직이지 않았다.

"유지…?"

왜 내 목소리가 이토록 작은 거지?

"내 다리가…"

내 다리가 이상해…

나는 유지 쪽으로 팔을 뻗었으나 그는 교묘히 빠져나가듯 내 손아귀를 벗어났다. 창자 속에서 공포가 나선 모양으로 소용돌이쳤다. 이런 일이 일어나선 안돼.

"안돼…"

나는 다시 한번 안간힘을 썼지만 팔은 의지에 협력하지 않았다. 방은 더이상 차분한 분위기가 아니었다. 재즈는 음조 없이 귓가에 와서 부딪쳤고 팽창된 벽이 마구 흔들렸다. 문 쪽에서 두 개의 흐릿한 물체가 악수를 나누고 있었다. 문이 닫혔다. 나는 마지막 의식의 가닥을 두드리며 어떻게든 버텨보려고 악을 썼지만, 결국엔 그 끈을 놓아버리고 말았다. 그 편이 더 쉬웠다.

20

: 와타나베

상상할 수도 없이 아득한 높이에서 추락한 나는, 바닥에 등을 댄 채 누워 있다. 창백한 달이 커졌다 작아졌다 하며 비상 계단의 입구에 그림자를 드리웠다. 타이거 덴(역주: '호랑이 굴' 이라는 뜻)과 가라오케 라라랜드 벽으로 둘러싸인 축축한 널빤지 위에 누워있는 나는 벌써 천 번 정도 손바닥을 코 앞에 들이대고 굴곡을 따라 가라앉은 운명선과 계곡과 하구의 삼각주를 들여다보고 있다. 지나치게 긴장한 나머지 두뇌에서 경련이 일었다. 아무 일도 일어나지 않고 있다. 답답함과 상실감으로 가슴은 끊임없이 방망이질쳐대고, 나는 완전히 기운이 빠질 때까지 계속해서 손바닥을 접었다 폈다.

하늘에서 차가운 물방울이 이마 위로 떨어졌다. 하늘도 분명히 나 때문에 흐느끼고 있는 것이리라, 아니면 중국식 물고문[71]이라도 하고 있는 걸까. 어쨌든 손금을 이렇게 오래 들여다보고 있게 되면 미쳐버릴 수도 있겠지만, 그래도 난 포기하지 않을 것이다. 나는 한 번 더 손

71. 희생자의 이마에 물을 한 방울씩 끊임없이 떨어뜨림으로써 나중엔 미쳐버리거나 자백을 하게 만드는 고문 방식

금을 들여다보고 손바닥을 접었다 폈다. 그때 나는 비명을 질러대기 시작했고, 누군가 내게로 다가왔다.

오늘 이른 오후, 휴대폰이 모든 일을 그르친 후 레드 코브라와 나는 차들의 요란한 경적 사이로 세레나데를 울리며 시내로 들어섰다. 소형 오픈 트럭 한 대가 우리의 자살행위와 다름없는 돌진을 피하다가 논두렁에 빠졌지만, 레드 코브라의 양심은 꿈쩍도 하지 않았다. 연신 바퀴의 끼익 소리와 함께 잠든 교외 지역을 밟으면서, 레드 코브라는 마치 운전대가 그에게 무슨 지대한 해라도 끼친 것처럼 그것을 거칠게 다루었다.

복수의 달성을 방해한 야마가와 상의 전화는 레드 코브라의 세계에 거대한 실존적 구멍을 냈다. 결백한 탑승객으로서 나는, 그에게 전혀 동정심이 일지 않았다. 그 빌어먹을 전화를 받지 말라고 경고하지 않았던가.

나는 분노로 가득찼다. 당첨된 로또 복권을 바람에 날려 보낸 것처럼 절호의 기회를 눈앞에서 허무하게 놓치고 말았다. 현재 메리와 나는 출발했던 곳에 다시 와 있었다. 이제 우리의 운명은 상대성의 바다에 떠 있는 두 개의 퀀텀 얼룩처럼 불확실해졌다. 신이 주사위 놀이를 한다는 이야기는 들어보지 못했지만, 아마 우리 인자하신 하나님께서는 느슨하게 쥔 손아귀 속에서 주사위를 달가닥거리는 걸 아주 좋아하시는 것 같다.

레드 코브라가 모퉁이를 돌며 브레이크를 밟는 순간, 차 바퀴가 겉돌았다. 나는 속수무책으로 앞으로 튕겨나와 맥없이 안전 벨트에 걸렸다.

"내려."

노여움을 가까스로 억제하고 있던 레드 코브라가 내뱉듯 말했다.

인적이 드문 길이었다. 무너질 듯한 대나무 숲과 그 양쪽으로 콘크리트 제방이 둘러싸여 있었다. 홀로 철저한 절망감 속에 파묻히고 싶은 레드 코브라는 운전대를 꽉 움켜잡고 있었다. 그래, 나도 동감이다. 내가 생각해도 우리의 공생 관계는 이미 오래 전에 끝났다. 나는 차 문을 열면서 17분 2초 정도 걸으면 여기서 가장 가까운 역에 닿을 수 있다는 것을 감지했다.

"아직도 메리가 걱정되면…"

그가 시선을 앞 유리에 고정시킨 채 낮은 소리로 말했다.

"세븐 원더스에 나타날 거야."

나는 그에게 자신감을 북돋아줄 요량으로, 마치 그 사실을 몰랐다는 듯 고개를 끄덕였다.

내가 차 문을 닫자마자 레드 코브라는 마치 살아있을 시간이 한 시간밖에 남지 않은 사람처럼 급히 엑셀레이터를 밟으며 쏜살같이 출발했다. 그 앞뒤 가리지 않는 열정은 왠지 인간의 나약함을 보여주는 것만 같았다. 하지만 지금 나는 모든 판단을 보류할 만큼 깊은 통찰력을 지니고 있다.

나는 몇 차례 대중 교통 수단을 이용해 트루 러브 거리로 들어서 야마가와 상의 소굴 맞은편 골목에 잠복했다. 그 후 몇 시간 동안이나 메리는 나타나지 않았다. 내 감시 능력은 공간 접근 상태와는 상관없이 자유롭지만, 이런 식으로 만전을 기하는 것도 나쁘지 않았다.

골목은 쥐들에게는 더없이 비옥한 땅이었다. 쥐들의 먹이가 되는 벌레 밀도는 이 골목 평방미터 당 4.3마리 꼴로 포진되어 있었다. 악취가 코를 찌르는 골목 입구로 들어섰을 때, 주둥이로 자기 새끼의 발을 문 채 살금살금 기어가는 쥐 한 마리를 목격했다. 그러나 그 장면이 내 마음을 동요시키지는 못했다. 인간의 도시 주거지와 쥐들의 왕국 사이를 가르고 있는 보도, 맨홀 커버, 배수시설 등 모든 장벽들도 내 초지각 앞에서는 산산히 해체된다.

그리고 동족상잔의 질병을 퍼뜨리는 쥐들의 비밀스런 행동들도 더 이상 내게는 미스테리가 아니다. 그들은 인간보다 훨씬 더 기민한 종족들로 가히 칭찬받을 만하다.

내가 널빤지 위에 앉았을 때, 비상 계단에서 나를 관찰하던 쥐 한 마리가 그 작은 눈알을 굴리며, 나를 인간의 대표 상징물로 인식하면서 패러다임의 변화를 겪고 있었다. 나는 내 초지각 기관의 스파이 활동을 다시 소집시키기 전에 어둠 속에서 쥐를 향해 동의의 고개짓을 한 번 끄덕여주었다.

나는 동쪽으로 네 개의 시가지를 훌쩍 뛰어넘어 사요나라 바에 닿았다. 마마상은 홀로 바에 앉아 나를 대신할 주방장을 구하기 위해 요식업체에 전화를 거는 중이었다. 그녀의 두개골 속에는 아직도 그날 내가 화분을 발로 차버린 일에 대한 분노가 가시지 않고 있다.

그놈을 진작에 해고시켰어야 하는 건데. 그녀의 속이 펄펄 끓어올랐다. 베토벤 교향곡 5번도 통화 신호가 떨어지기만을 기다리는 그녀의 마음을 진정시키지 못했다. 내 시선은 다다미 방에서 유지 때문에 속을 태우고 있는 메리에게로 이동한다.

복숭아 솜털처럼 따뜻한 면 가운으로 사지를 휘감은 메리는 맨발로 왔다 갔다 하며 안절부절못하고 있었다. 그녀의 내장이 입체파 그림처럼 모든 심미적인 수준을 충족시키며 반짝반짝 빛을 발했다. 나는 내 초지각 시선이 과도한 황홀 상태에 빠지지 않도록 빨리 방향을 바꾸어야만 했다.

메리가 아랫입술을 잘근잘근 깨물 때, 수많은 분자들이 그녀의 생각 공장에서 활발하게 움직였다. 곧 걱정이 꼬리에 꼬리를 물고 늘어졌다. 우주의 청사진이 뉴턴의 이론이나 기계적인 것만으로 이루어졌다면 이 세상도 더 파악하기 쉬워질 것이다. 또 내가 인과관계의 사슬에서 도약해 다음날 펼쳐질 하루를 내다볼 수만 있다면 메리를 구하기 위해 해야 할 일이 무엇인지도 선명하게 알 수 있을 것이다.

그러나 참으로 불행하게도, 이 우주는 뉴턴의 시계 장치 도식과는 일치하지 않는다. 우리의 우주는 불투명한 논리와 역설에 의해 지배된다. 이러한 혼란과 임의의 공간 속에서 미래는 10억 분의 1초에 의해 다른 형태로 나타난다. 현재라 불리는 알에서 과연 무엇이 부화될 것인가? 나는 모른다.

내가 할 수 있는 최선책은 단지 초지각을 도입해 상황을 모니터하고 적시라고 생각될 때 행동을 취하는 것뿐이다. 사요나라 바로 돌아가 메리에게 적절한 경고를 한다 한들 그녀가 유지 생각에 매달려 있는 이상 효과를 보지 못할 것이다. 내 어설픈 말 주변은 불길한 예측을 제대로 설명해내지도 못할 것이다.

메리가 나지막한 탁자 옆에 무릎을 꿇고 앉았다. 그녀의 폐 속에서 가스가 교환되고 발톱 단백질이 재생되고 있었다. 그녀의 존재를 구성하는 세포마다 삶으로 가득 차 있다. 머지 않아 그녀가 초공간을 공유할 나의 동료가 된다고 생각하자 가슴이 벅차오르며 맥박이 뛰기 시작했다. 그러나 우리에게는 우선 살아남기 위해 극복해야 할 당면한 과

제가 있다.

사요나라 바 위의 방으로 뚫고 들어간 나는 메리의 마음에 범람하는 맹목적인 낙관주의, 또 실로 짠 매트에서 풀쩍 뛰어 오르는 진드기와 책 제본의 좀벌레도 목격했다. 그러나 이 모든 경이로운 복잡성은 메리를 향한 내 외곬수적인 몰입으로 인해 부차적인 문제로 떨어지며 그 빛을 잃는다.

내 정신은 화끈화끈 열을 발하며 활동을 멈추기 시작했다. 미세한 구멍으로 땀이 새어나왔고 피부의 전기전도력은 상승했으며, 망막에서는 미세한 불꽃놀이가 터져나왔다. 증상이 곧 사라지겠지 생각하며 나는 메리의 옆을 지켰다. 정신적인 심계항진(역주: 가슴이 두근거림)으로 신경은 쓰였지만, 그건 메리의 안전을 걱정하는 마음에 비하면 아무것도 아니었다. 그러다가 완전한 몰락, 즉 초지각을 거세당한 후에야 나는 깊은 절망감에 몸서리를 쳤다.

그것은 마치 초고층빌딩에서 수직으로 떨어지는 듯한, 실로 심장이 멎는 듯한 공포의 순간이었다. 도시의 풍경이 절대적인 평면도 속으로 잠김과 동시에 4차원의 경지로부터 갑자기 어느 힘이 나를 트루 러브 거리의 골목으로 다시 토해내면서 모든 활동은 일시에 중지되었다. 충격으로 멍해진 나는 무슨 일이 일어났는지 이해하기 위해 머리를 쥐어뜯었다.

맨 처음 초공간 체험을 했을 때를 제외하고 내 육감이 의지와 별도로 작용한 건 이번이 처음이었다. 원인을 알 수 없는 돌연한 공포감을 밀쳐내려고, 나는 자리에 앉아 다시 도약하기 위해 안간힘을 썼다. 쥐들이 바퀴 달린 대형 쓰레기통 안에서 소곤거리고 있었다. 시궁창에서 내몰린 물방울이 내 발에 튀었다.

나는 안간힘을 쓰며 다시 한번 몸을 움직이려 했지만 오도가도 못하는 신세가 되어 냄새나는 골목 귀퉁이에 처박힌 채, 사람 잡는 덫인 3차원 세계에 감금되고 말았다. 내 의식이 음울한 절망감에 백기를 들 때, 소뇌에 피가 거머리처럼 달라붙었다.

예닐곱 시간쯤 지났을까. 시공간의 구조에 더이상 접근할 수 없었기 때문에 정확히 추측할 수 없었다. 이 공간의 거세가 얼마나 오래 지속될지 막막한 상태였지만 그럼에도 나는 이 증상이 곧 끝나리라는 긍정적인 끈을 놓지 않고 있다. 신적 경지란 것이 필경 그렇게 매몰차게 다시 거두어가기 위해 부여된 건 절대 아닐 것이다. 나의 초지각 기관의 고장은 적시적기에 맞춰 회복될 것이다. 나는 인내심을 갖고 기다려야 한다.

그러나 적응하기가 쉽지 않았다. 더이상 지나치는 사람들의 은밀한 비밀들을 읽을 수가 없었다. 그들은 내게 철저한 이방인이 되었다. 더이상 나는 도시를 하나의 단일체로서 파악할 수 없었다. 콘크리트와 살의 유기적 조직, 패스트푸드와 카페인과 전기를 분해하지도 못했고 쓰레기와 하수 그리고 열의 방출 상태도 알 수 없었다. 심지어 나를 둘러싼 벽 뒤에 일어나는 세속적인 소동거리조차 짐작할 수 없었다. 내가 마시고 있는 공기의 화학적 성분은 무엇일까? 나를 골똘하게 쳐다보는 저 쥐는 도대체 무슨 생각을 하고 있을까? 이제 나의 지력은 여느 사람들의 두개골 안에서 벌어지는 작용 정도로 축소되었다. 그러나 무엇보다도 절망적인 건 더이상 메리의 행방을 알 수 없다는 점이었다. 몇 달만에 처음으로 내 투시력은 오로지 나의 물리적인 눈으로 제한되었다. 가히 열등하고 애처로운 기관이었다.

정신을 차린 후 초지각을 수축시키려고 시도했지만 뜻대로 되지 않자, 나는 공습경보 같은 비명을 질러댔다. 밤중에 지른 내 비명이 많은 구경꾼들의 이목을 끌었다. 타이거 덴에서 나온 두 명의 여자가 아까부터 골목 입구에 서 있었다. 그들은 호랑이 무늬의 점프슈트(역주:우주복처럼 위 아래가 연결된 옷)를 입고, 떼었다 붙였다 하는 고양이 귀와 수염을 붙인 채 네온 야경에 실루엣을 발산하고 있었다.

"경찰을 불러야 하나?"

"아니야, 좀 안좋은 일이 있는 거겠지."

"자기 손만 계속 들여다보고 있잖아… 그 안에 신주단지라도 모셔 놓은 것처럼."

"야, 꼬마야! 험한 꼴을 많이 당한 모양인데 참으렴. 기운을 내라구."

그때 라라랜드 가라오케의 매니저가 뒷문으로 나와 무슨 일이 있냐고 물었다. 내가 묵묵부답으로 일관하자 그는 어깨를 으쓱하더니 진정하라는 말만 하고 들어가버렸다. 나는 이때 스스로를 통제하는 일이 중요하다는 생각이 들었다. 메리가 나타날지도 모르니 정신을 바짝 차려야 했다. 초지각이 작용하지 않는 이상 메리를 놓치게 되는 사태가 벌어질까 두려워지기 시작했다.

내 상실감은 가히 압도적이었다. 진화의 누전 상태는 초공간으로 도약하는 능력뿐만 아니라 초공간에서 보았던 기억까지도 모조리 앗아갔다. 비록 마음의 눈이 평범한 영역의 색깔과 소리와 냄새를 수집할 수 있다 해도, 그 이상의 것은 포착하지 못했다. 마치 4차원 영역을 여행한 적이 한번도 없었던 것처럼 느껴졌다. 현재 내가 호흡을 가다듬으며 마음을 차분히 가라앉혀야 할 이유가 있다면 단 두 가지뿐이다. 메리, 그리고 내 힘이 돌아올 것이라는 믿음이다.

좌절감에서 간신히 기운을 차린 뒤, 나는 세븐 원더스를 유심히 주시했다. 샐러리맨들과 야쿠자 깡패들이 드문드문 오갈 뿐, 아직까지는 관심을 끌 만한 어떤 일도 일어나지 않았다. 창문은 너무 어두워 안이 들여다보이지 않았다.

"이봐."

"안녕."

"아직까지 여기 있네. 무슨 꿍꿍이야?"

대답할 가치도 없는 가소로운 질문이다. 라이크라 재질의 호랑이 의상을 입은 여자는 내가 지저분하게 굴기라도 하면 금세 꽁무니를 뺄 심산으로 담배에 불을 붙이며 한쪽 발만 길 쪽으로 내디딘 채 내게서 거리를 두고 있었다. 필터를 빨 때마다 얼굴에 부착된 고양이 털이 흔들렸다. 그녀 뒤로 또다른 요상한 여자 하나가 주변을 배회하며 자신의 인공 꼬리를 이따금씩 매만지고 있었다. 몇 시간 전에만 만났어도, 나는 그녀의 자기비하가 정확히 어디에서 연유했는지 간파하기 위해 그녀의 마음 속으로 쌍성펄서[72]를 보냈을 것이다. 그러나 초능력이 박탈당한 이상, 그저 그녀를 어리석다고 추측할 수밖에 없다.

"지금은 완전히 잠잠해졌네. 안그래, 꼬마?"

나는 그녀가 제 풀에 지쳐 물러가도록 아무 대꾸도 하지 않고, 계속해서 세븐 원더스 문을 주시했다. 지금까지 적어도 30분 동안은 사람

---

72. 중력으로 함께 묶여진 채 서로의 둘레를 도는 두 별의 특별한 시스템

의 왕래가 전혀 없었다.

"너, 저기 들어가서 뭔 일을 저지르고 싶지?"

타이거 걸이 말했다.

나는 깜짝 놀라 고개를 들고 그녀를 쳐다보았다. 내 생각이 얼굴에 고스란히 드러나 있는 게 틀림없었다.

"저긴 회원제로 운영되는 클럽이야. 거만한 호스티스들로 가득차 있지. 음… 회원들이 모두 백만장자들이라구."

그녀가 비꼬듯 말했다.

"야쿠자,"

내가 의미심장하게 덧붙였다.

타이거 걸이 깔깔대고 웃었다.

"이 바닥에 누군들 없겠어?"

초지각 없이는 그녀에게 정확한 답변을 들려줄 수가 없다.

타이거 걸은 잠시 아무 말 없이 담배만 피웠다. 뒤로 바짝 당겨 묶은 머리 때문에 치켜 올라간 얼굴이 고양이처럼 보였다.

"근데 아까 비명은 왜 지른 거니?"

그녀가 물었다.

나는 대답을 준비하느라 고심했다. 저 타이거 걸이 진정 내가 신뢰할 수 있는 사람일까? 예전같으면 그녀의 프시(역주: 투시, 텔레파시, 염력등의 초자연 현상) 지수를 읽었겠지만, 지금은 그 인간적인 공유 영역에만 의지할 뿐이다. 나 이외의 모든 인류들도 똑같이 볼 수 있는 포니테일 머리로 얼굴이 우스꽝스럽게 당겨진 여자, 호랑이 분장을 하고 끈적끈적하게 들러붙는 젊은 여자 말이다.

"별일 아니에요."

내가 대답했다.

"별일이 아니라고!"

그녀가 빈정거렸다.

"무슨 일이 있는 게 분명한데 그런 식으로 대답하니까 정말 밥맛이네!"

나는 그녀 너머로 냉정한 눈빛을 보냈다.

"알다시피 지금 새벽 두 시야. 돌아갈 집도 없니?"

두 시라고? 나는 놀라서 정신이 번쩍 들었다. 언제 시간이 이렇게 부지불식간에 빠져나간 걸까?

타이거 걸의 담배가 꽁초만 남을 때까지 연기를 피웠다.

"원한다면 들어와서 타이거 덴에 앉아 있어도 돼. 하지만 바에만 있어야 돼. 멤버십 카드 없이 그 이상은 맛볼 수 없지."

나는 그녀를 올려다보았다. 지금 농담하는 걸까? 그녀의 눈이 참을성 없이 가느다래졌다. 그녀는 손을 엉덩이에 올리고 가까이 오라는 유혹의 제스처를 공격적으로 펼쳤다. 지독히도 파리가 날리는 밤인가보다.

"빨리 말해, 좋아, 싫어? 시간 없어."

그녀 뒤로 BMW가 멈춰 섰다.

심장이 뛰기 시작했다. 내가 대답이 없자, 타이거 걸은 몇 마디 욕설을 내뱉고는 화난 듯 그 인조 꼬리를 휘두르며 자신의 바로 기어들어갔다.

새가 날개를 펼치듯 BMW의 뒷문 두 개가 동시에 열렸다. 아크릴로 색칠해놓은 듯한 꽃마차에서 메리가 나타났다. 이건 처음으로 초공간 차원을 벗어나 메리를 보는 순간이었다.

3차원의 메리는 4차원의 구체화된 모형에서 잘려나간 판자처럼 완벽한 평면이었다. 그럼에도 불구하고 그 매력은 여전히 나를 깊이 빠져들게 했다. 그녀의 머리는 예전처럼 황금 물결로 넘실거렸고, 보석 같은 눈동자에선 한결같은 광채가 났다. 메리는 한 차원만 가지고 봐도 눈에 띄는 확연한 아름다움을 지니고 있었다.

영화 〈새벽의 저주〉에 나오는 엑스트라를 닮은 사악한 유지는 옆에서 어슬렁거리며 걷고 있었다. 나는 메리가 그를 따라 안으로 들어가는 것을 지켜보았다. 스모 선수가 억세게 포옹한 것처럼 가슴이 답답하게 조여왔다.

문이 그들 뒤로 닫히면서, 나는 8시간만에 처음으로 자리에서 일어섰다. 하지만 다리에 쥐가 나서 다시 풀썩 주저앉고 말았다. 메리의 예사롭지 않은 등장과 퇴장, 그리고 그 다음에 일어날 일을 나는 알지 못한다. 나는 다시 한번 힘주어 일어서 세븐 원더스로 쓰러질 듯 걸어 들어가 '관계자 외 출입금지'라고 씌어진 문 뒤로 방금 몇 가닥의 금발이 희미하게 사라지는 것을 간신히 포착했다. 나는 막다른 장소인 바에 서 있을 수밖에 없었다. 텔레비전 화면 아래 널부러진 바의 게으름뱅이들은, 곤드레만드레 취해 내가 들어온 것도 눈치채지 못하고 있었다. 그러나 그 중 한 명의 호스티스만은 예외였다. 마치 흩날리는 눈처럼 새하얀 기모노를 입은 그녀가 미끄러지듯 다가왔다. 피부는 마약 분말처럼 창백했고 머리카락은 마치 머리를 감싸며 똬리를 튼 시커먼 뱀처럼 보였다.

"난 너를 잘 알지,"

그녀가 약간 사시 기미가 있는 보라색 눈동자를 빛내며 나를 꿰뚫어 보듯 말을 걸었다.

내 머릿속에는, 그녀와 내가 아는 사이라는 기억이 없었다. 초지각만 돌아온다면 그녀의 말이 실수인지 아닌지는 단번에 판가름날 것이다. 그러나 그녀가 나를 알고 있는 이상, 백만 엔의 멤버십 비용을 뱉아내지 않고도 여기를 떠나지 않아도 되는 프리미엄을 보장받을 수 있지 않을까 하는 기대감이 잠시 들었다. 그러나 그 기대는 이내 무참히 깨졌다.

"넌 여기서 몇 블록 떨어진 호스티스 바의 주방장이잖아."

그녀가 미소를 지으며 속삭임이 가신 큰 소리로 윽박질렀다.

"당장 나가, 이 부엌데기야! 넌 여기 있을 자격이 없어. 사람을 불러 팔을 부러뜨리기 전에 어서 꺼지라구!"

나는 세븐 원더스 뒷문으로 달아나다가 주방 쪽에서 야쿠자들이 포커 게임을 벌이는 추잡스런 소음을 들었다. 나는 용기를 내서 그림자를 피해 살금살금 다시 되돌아가 좁은 통로에서 바 쪽을 살폈다. 여장 남자들과 튜즈데이 월드의 문지기가 저렇게 지켜보고 있는데, 누가 감히 내 팔을 부러뜨리겠는가. 아니다. 이 밤의 유흥가에서 누가 죽도록 두드려 맞는다 해도 눈 하나 깜짝할 사람은 없으며, 오히려 오락거리로서는 더없이 그만일 것이다. 그냥 눈 딱 감고 위험을 감행하는 수밖에는 없다.

지나치게 목이 좁은 모래시계에서 한번에 한 알의 모래만 간신히 빠져나가듯, 시간은 나를 고문하며 굼뜨게 흘러갔다. 이 바깥 세상은 어떻게 돌아가고 있는지, 도대체 메리는 무사한지, 나는 희미한 심박동 속에서 몰락한 내 정신의 개화기와 몰살당한 저 머나먼 열대우림 지역을 상상했다. 세븐 원더스의 위층 창문에서는 아무 일도 일어나지 않고 있었다. 기다림은 고통이었다. 도대체 저기서 무슨 빌어먹을 짓거리들을 하고 있는 걸까? 무한한 전지능력이 없어진 후, 나는 소름끼치는 상상의 노예가 되었다. 내 머릿속을 침범한 사무라이 검과 카펫 위로 흐르는 메리의 피 때문에 나는 거의 미칠 지경이 되어버렸다. 그 상상이 너무도 생생했던 나머지, 위장에서 위산이 솟구쳤다. 나는 그것을 길가에 토하듯 뱉아냈다. 10분 뒤에는 안으로 들어갈 것이다. 미친 듯이 돌진할 것이다. 비록 두 팔을 잃을지언정 가만히 사건이 일어나도록 방관하고 있을 수만은 없다.

10분이 지났고, 또 다시 10분이 흘렀다. 다이아몬드 아 포레버 밖에 서있던 여장 남자들은 뭐가 그리 우스운지 머리까지 흔들어대며 가성으로 웃어댔다. 낡은 파티 드레스를 입은 남자는 눈을 동그랗게 뜨고 자기 손바닥을 뚫어져라 응시했다. 내가 모른 척하자 그들의 웃음소리가 더욱 커졌다. 분명 그들은 내 흉내를 내고 있었다. 나는 그들이 나를 보고 있다는 것조차 눈치채지 못했다. 그러나 그들의 비웃음도 내 기분을 상하게 만들지는 않았다. 그들은 아무것도 모른다. 만일 그가 내 처지라면, 즉 이 밤에 자신의 초능력을 무참히 거세당하고, 설상가상으로 별빛 같은 유일한 사랑마저 이 지역의 무시무시한 야쿠자 보스를 찾아갔다면, 과연 저 낡은 파티 드레스는 이 상황에서 어떻게 대처할 것인가. 나보다 더 온건한 태도를 보일 수 있을까? 결코 그러지 못했을 것이다.

호스티스 바의 문이 열리자 심장이 한바탕 쿵쿵 소리를 냈다. 트루러브의 거리 밖으로 걸어나온 사람은 유지 혼자였다.

불안한 듯 안색이 창백해진 그는 고작 40분 만에 10년이나 늙어버린 것 같았다. 그 멍든 눈이 본능적으로 내 쪽을 보며 깜박거렸다. 우월

한 자족감으로 충천했던 남성성은 자취를 감추었다. 유지는 패배했고 꺾였다. 그 쓸모없는 건달은 열외자로 보기 좋게 발길질당했다. 그는 고개를 다시 돌리고는 걸음을 재촉했다. 그의 빠른 발걸음이 무심결에 절박함을 나타내고 있었다.

이제는 내가 일을 저지를 차례였다. 나는 골목 모퉁이의 공중전화 박스로 달려가 교환원과 연결되는 버튼을 눌렀다. 계속되는 신호음 끝에 마침내 수화기 건너편의 목소리가 두려움으로 기름 칠한 내 손 안으로 미끄러지듯 들어왔다.

"안녕하세요? 교환원 마키타입니다. 무엇을 도와드릴까요?"

나는 순간적으로 목소리만을 가지고 그 생물학적 성분을 추적해 들어갈 수 없는 이 순간의 무능력을 뼈저리게 느꼈다. 나는 다시금 위급한 현실을 직시하며 정신을 곧추세웠다.

"신사이바시 트루 러브 거리에 폭발물을 설치했다. 곧 폭발할 것이다. 당장 이 거리 전체를 비우는 게 좋을 것이다. 지금 당장."

"……"

"난 최후의 심판을 예고하는 교단의 일원이다."

교환원인 마키타가 조그만 소리로 킬킬거렸다.

"잠시만요. 경찰서와 연결해드리겠습니다."

딸깍 하는 소리와 함께 신호음이 울렸고, 세번째 신호음이 울리자 곧 딱딱한 음성이 들려왔다.

"네. 경찰서입니다."

"이건 익명의 비밀 정보다. 정확히 10분 후에 신사이바시 트루 러브 거리에서 폭발물이 터질 것이다. 이 지역의 사람들을 모두 대피시켜라."

그러자 전화기 송화구 부분을 손으로 막은 채 소리죽여 자기네들끼리 뭐라고 긴급하게 말하는 소리가 들려왔다. 수화기는 다른 사람에게 옮겨졌다.

"알겠습니다. 좀더 자세한 정황을 말씀해주십시요. 폭탄은 어디에 설치되었나요? 어떤 종류의 폭발성 물질입니까?"

나는 심호흡을 했다.

"폭탄이 아니다. 신경가스(역주:독가스의 일종)다."

이번엔 경찰이 심호흡을 할 차례였다.

"정확히 어딥니까?"

"그건 말할 수 없다. 교주가 나를 응징할 것이다. 거리를 비워라."

나는 그들이 전화를 추적하기 전에 수화기를 내려놓은 후, 골목으로 돌아가 몸을 숨겼다.

가장 가까운 경찰서는 두 블록 떨어진 곳에 있었다. 내가 비상 계단의 반도 채 오르지 못했을 때 경찰차가 도착했다. 사이렌은 음속의 전격전으로 울부짖듯 윙윙거리고, 번쩍거리는 비상등이 자갈길을 온통 파란빛으로 물들였다. 브레이크가 끼익 소리를 내면서 경찰관들이 일제히 튀어나오자 여장 남자들이 흥분한 채 다리를 모으고 종종걸음으로 내달렸다. 경찰들은 헬멧과 하얀색 외과용 마스크, 그리고 형광의 번쩍이는 경찰봉으로 무장했다. 그들은 마스크를 쓴 채 바 사이로 산발적으로 흩어져 사람들에게 신속하고 침착하게 건물에서 나오라고 소리쳤다. 어처구니없어 하는 샐러리맨들이 거리로 쏟아져나와 번쩍이는 경찰봉을 따라 움직였다. 한 남자는 자신의 셔츠 단추를 마사지 오일로 미끈거리는 가슴팍까지 채워 올리고 로퍼 속으로 한쪽 발을 쑤셔넣으면서 지하 매음굴에서 껑충 뛰어 올랐다.

사람들을 향해 확성기가 울려퍼졌다:

"속히 건물을 떠나십시오! 반복합니다! 신속하고 침착하게 건물에서 나오십시오! 의료 처치가 필요하신 분을 위해 밖에 구급차가 대기하고 있습니다."

비상 계단 맨 위에서 한 경찰관이 만취한 샐러리맨을 어깨에 두른 채 구급차를 향해 급히 뛰어가고 있었다. 샐러리맨이 들것에 실리자 대기하고 있던 세 명의 의료인들이 와락 달려들어 산소 마스크를 씌운 후 눈꺼풀을 뒤집고 불빛을 비추어 보았다. 그 경찰관은 외과용 마스크를 고쳐 쓰며 다시 아귀다툼 속으로 되돌아갔다.

"모두 다 나오세요! 소지품들은 그냥 버리고 침착하게 나오세요!"

나비 넥타이와 조끼를 입은 두 명의 바텐더가 동시에 핑크 팬더를 빠져나오다가 문에 어깨가 끼어 꼼짝 못하는 신세가 되었다. 그러다가 뒤에서 주먹으로 연달아 치자 길가로 밀려나오며 우르르 자갈길 위로 넘어졌다.

"거기! 어서 내려와요."

하얀 마스크를 쓴 경찰이 나를 향해 형광 경찰봉을 흔들어대는 바람에 나도 하는 수 없이 내려가는 척 연기를 했다. 그 경찰은 놓고 나온 물건을 가지러 몰래 타이거 덴으로 들어가는 여자를 향해 무적의 경찰봉을 흔들어댔다. 비현실적인 대이동 속에서 거리를 가득 메운 수십 명의 사람들은 일부는 의상 퍼레이드를 하고, 일부는 중단된 비즈니스 미팅을 이어갔다. 사람들 무리 속에서 슬쩍 비친 금발 때문에 잠시 희망으로 가슴이 뛰었으나, 다시 보니 마릴린 먼로의 가발을 쓴 여자였다.

세븐 원더스를 빠져나온 손님들은 당황하지 말라는 확성기의 지시를 조심스럽게 따랐다. 기모노를 입은 천사들은 그 사이를 누비며 친밀한 속삭임으로 손님들을 진정시켰다. 마지막 대열 속에서 바를 떠나는 사람들 중에 곤혹스러운 미소를 흘리며 시커먼 그림자 속에 나타난 야마가와 상이 있었다. 그의 심복들은 휴대폰에 대고 뭐라뭐라 호통치거나 거리에 침을 뱉으며 그를 따랐다. 메리는 없었다. 분명히 자신의 의지와는 상관없이 어딘가에 갇혀있는 게 틀림없었다. 사람들이 대피하는 난잡한 소음을 들으며 두려움에 떨고 있을 것이다. 어서 들어가서 그녀를 구해야 한다.

얼마 안 있어 모든 바와 클럽이 깨끗하게 비워졌다. 사람들은 경찰차와 구급차가 있는 골목 끝에 떼 지어 모여 있었다. 통행 차단을 위한 주황색 위험 테이프가 골목 양끝에 걸렸다. 인명 대피 업무를 성공적으로 완수했다는 사실에 만족한 경찰관들이 테이프 밑으로 몸을 구부리고 안전 지대로 빠져나왔다. 트루 러브 거리는 이제 여타의 오사카 지역으로부터 완벽히 격리되었다.

아마도 알코올 강화 도파민(역주:부신에서 만들어지는 뇌 속의 신경전달물질) 수치 탓이겠지만, 마치 위험 테이프와 교통 표지가 공식적인 안전 지대를 만들기라도 한 것처럼, 모든 사람들이 마음을 푹 놓고 있었다. 대피자들은 구경꾼 모드로 전환한 후 화학물질이 감히 주황색 테잎은 넘지 못할 거라고 자신하며 목을 빼고 텅 빈 골목을 내려다보았다. 이 모든 일이 한낱 속임수라는 면에서, 그들은 자신들이 얼마나 행운아인지 모르는 셈이다.

두 화학전 팀Operation Chemical Attack이 일에 착수할 무렵, 나는 비상 계단을 타고 황급히 내려왔다. 거리로 들어선 트럭에서 부틸 고무로 된 작업복을 입은 네 명의 남자가 나왔다. 그들의 얼굴은 팽창 방독면으로 거의 가려져 있었다. 두려움 가득한 정적이 군중 위에 내려앉았다. 4인조 대원들의 주황색 작업복에는 유독물질 경찰대라고 씌어진 완장이 둘려 있었다. 그들은 화학 탐침봉을 금속 탐지기인양 좌우로 흔들며 바 안으로 들어갔다. 마치 공상 과학소설 같은 이 기이한 풍경이 정신상태에 영향을 주었는지, 군중 속에 파묻혀 있던 한 여자가 혼절하고 말았다. 그 여자를 들것에 싣자마자 또 다른 사람이 쓰러졌다. 이러한 연쇄 효과는 곧 전염성을 띠고 확대될 게 분명했다.

유독물질 경찰대는 과학적인 철저함으로 무장한 채 자신들의 화학용 막대기를 이리저리 움직이며 천천히 나아갔다. 각 대원들이 바 또는 클럽의 입구에 이르렀을 때, 나는 위험 테이프 아래로 머리를 숙이고 들어가 세븐 원더스로 전력질주했다. 사람들 사이에 들썩들썩한 소요가 일어났고 무수한 경찰봉들이 그 번쩍거리는 분노를 연출하며 나를 향해 치솟았다. 나는 굉음과 함께 버려진 바의 문을 밀어젖힌 후 돌진해 들어갔다.

바닥에 떨어진 위스키 잔들과 뒤로 넘어진 의자들, 그리고 혼자 웅웅거리는 비디오 화면만이 무색하게 떠다니는 바Bar는 흡사 메리 셀레스트 호Marie Celeste(역주:1872년에 발견되었던 유령선)를 연상시켰다. 나는 관계자 외 출입금지라고 씌어진 문으로 직행해 한번에 두 계단씩 뛰어올랐다. 맨 꼭대기에 이르자 문 세 개가 눈앞에 나타났다.

첫번째 문은 열려 있었고 안은 회의실처럼 의자들로 둘러싸인 길다란 탁자로 채워져 있었다. 두번째 문 역시 열린 채 저쿠지(역주: 거품이 나오는 욕조)와 사우나를 갖춘 욕실을 보여주고 있었다. 잠겨 있는 세번째 문에 온 신경이 집중되었다. 나는 몸의 무게를 전부 실어 있는 힘을 다해 어깨로 부딪쳤다. 어깨가 탈구될 정도로 심하게 부딪쳤을 때 화학 탐침봉 하나가 깜박거리는 녹색 불빛과 함께 계단을 휘저으며 내쪽으로 올라오고 있었다. 유독물질 경찰대원 중 한 명이 작업복과 방독면을 착용한 종말론적 광경을 연출하며 탐침봉 끝을 따라 올라왔다. 그는 탄소 화학 필터를 통해 헉헉 숨을 몰아 쉬며 나를 쳐다보았다.

"저기 여자가 있어요."

나는 부상당한 어깨를 움켜쥐고 헐떡거리며 말했다.

내가 뒤로 물러서자 그가 고무밑창 신발을 무시무시하게 날리며 문을 열었다. 암흑 속에 내던져진 방 한가운데 메리가 마치 치사 주사(역주:사형집행 방법의 하나)를 맞은 사람처럼 의자 깊이 몸을 묻은 채 혼절해 있었다. 영상 수족관에서 떨어지는 다색의 빛이 축 늘어져 있는 미녀의 창백한 얼굴에 음영을 드리웠다. 내가 울렁거리는 가슴을 안고 메리를 향해 발을 떼자, 부틸 고무 손이 내 어깨를 압박하며 나를 뒤로 잡아당겼다. 그 유독물질 경찰대원은 내게 그 자리에 있으라는 손짓을 하며 메리에게 다가가 맥박을 확인했다.

메리에게 무슨 일이 일어났었는지 깨달았을 때 소름끼치는 전율이 내 전신을 강타했다. 메리는 마침내 도약한 것이다. 이해할 수 없는 거대한 세계와 조우한 메리는 그 현상에 압도당한 게 틀림없었다. 내가 옆에만 있었어도 그 충격을 잘 극복하도록 도와줄 수 있었을 텐데. 그녀가 초공간의 신전으로 서서히 발을 들여놓도록 안내하며 환영식을 치뤄주는 그녀의 유일한 남자가 될 수 있었을 텐데. 하지만 나는 그렇게 하지 못했다.

그 경찰관은 동맥에서 용솟음치는 그녀의 맥박소리에 흡족해하며 메리를 두 팔로 안아들었다.

"티셔츠로 입과 코를 막고 나를 따라와요."

그가 호흡장치를 통해 쉰 목소리로 지시했다.

용맹스런 유독물질 경찰대원이 자신의 팔에 구조한 외국인을 안고 성큼성큼 걸어나왔다. 안전 지대로 운반할 때까지 메리의 숱 많은 금발이 나부꼈다. 지역 신문은 미친 듯이 사진을 찰칵 하고 찍어댔다. 나는 야구 모자를 푹 눌러 쓰고 티셔츠로 얼굴의 반 정도를 가린 채 그들 뒤를 따랐다. 그러는 동안, 사람들 속에서 뒤통수를 꿰뚫는 듯한 잔인한 눈빛으로 나를 독살스럽게 쏘아보는 하얀 기모노를 느꼈다. 적어도 야마가와 상은 보이지 않았다. 유독물질 경찰대원은 메리를 의료인들에게 인도했고, 그들은 메리를 들것에 실은 뒤 산소 마스크를 얼굴에 부착시켰다. 그 유독물질 경찰대원은 몇 명을 더 구조하기 위해 위험 지역으로 되돌아가기에 앞서 자신에게 홀딱 반한 군중들을 향해 웃는 얼굴로 인사를 했다. 들것이 구급차 뒤편으로 올려졌다.

"잠깐만요, 어디로 데려가는 거죠?"

내가 물었다.

그들이 구급차 문을 닫으려고 할 때 흰 코트를 입은 의사가 모습을 보였다.

"오사카 종합 병원이요."

그가 대답했다.

"심호흡을 한번 해보세요. 호흡에 문제가 있나요?"

나는 고개를 가로저었다. 그러나 곧 마음을 고쳐먹고 그럴듯하게 천식 환자처럼 씨근거리는 소리를 내며 고개를 끄덕였다. 이제 병원까지 공짜로 구급차를 얻어 탈 수 있을 것이다. 나는 메리가 있는 곳에 있어야 한다.

그녀가 다시 4차원으로 도약하게 되면 그 상황을 설명해줄 사람이 그녀에겐 필요하다. 비록 그 사람이 3차원의 노예 상태로 전락했을지라도 말이다. 절망감이 가슴을 짓눌렀다. 요 몇 주 동안 메리가 깨달음의 새로운 지평에 합류하기만을 고대했건만, 그녀가 그 힘을 획득한 바로 그날 나는 능력을 상실하고 만 것이다. 아, 어째서 이토록 불공평한가!

흰 코트를 입은 의사는 나를 걱정스럽게 바라보았다.

"구급차가 꽉 찼어요. 내가 보기에 인공호흡장치로도 괜찮을 것 같으니 다음 구급차가 올 때까지 심호흡을 계속 하고 있어요."

메리를 실은 구급차가 생사를 가르는 요란한 소리를 내며 출발했다.

"눈동자가 수축되는 것 같아요?"

의사가 물었다.

나는 구급차 탑승자 순위의 우선권을 확보하기 위해 고개를 끄덕거렸다.

의사가 그의 클립보드에 나의 가짜 증상을 간단히 메모하고 있을 때 검정 외투를 입은 한 경찰관이 끼어들었다.

"혼다 형사입니다."

그가 신분증을 번쩍 들어 보이며 말을 이었다.

"당신의 환자와 잠시 얘기를 해도 되겠습니까? 단 둘이서만 얘기해야 될 매우 중요한 사안이 있습니다."

의사는 고개를 끄덕인 후 자리를 비켜주었다. 나는 외상성 쇼크를 입은 사람처럼 할 말을 잃은 채 혼다 형사를 멍하게 쳐다보았다.

"잘 들어."

혼다 형사가 낮은 목소리로 말했다.

"여기서 바로 말하지. 장난전화를 한 놈이 너라는 걸 다 알고 있다. 네가 한 짓에 수많은 죄목을 갖다 붙일 수도 있다는 걸 명심해. 네가 낭비시킨 수많은 자원과 인력, 그리고 네가 야기시킨 이 공황상태를 똑똑히 보란 말이야."

혼다 형사가 나를 잡아먹을 듯이 쏘아보았다. 내 얼굴에서 핏기가 한 방울도 남김없이 사라지고 있었다.

"하지만 현재로선 조사에 응해주기만 하면, 너의 그 보잘것없는 곡예로 인해 네가 자초한 궁지에서 벗어나게 해줄 수도 있어. 그러니까 그렇게 겁먹은 표정은 짓지 말라구. 몇 가지만 얘기해주면 돼. 가령, 어떻게 그 외국 여자가 그 방 안에 갇혀있는 걸 알았는지, 그리고 야마가와 상과 그의 행적에 대해 얼마나 많이 알고 있는지."

혼다 형사는 의혹에 가득 찬 눈빛으로 곁눈질을 했다.

"어디 조용한 곳에 가서 얘기하는 게 좋겠어. 자, 경찰서로 가지."

그는 고개를 들었다.

"이봐, 모리,"

그가 방독면을 쓴 경찰관들 중 한 명에게 소리쳤다.

"난 지금 이 사람을 데리고 경찰서로 갈 테니까 사람들한테 이제 안전하니 모두 바 안으로 들어가도 좋다고 얘기해줘."

혼다 형사는 불어난 인파를 헤치며 내 팔꿈치를 움켜잡고 끌어당겼다. 번쩍거리는 경찰차의 비상등 불빛이 이웃 거리와 밤늦게 만취한 사람들 머리 위로 떨어졌다. 의료인들은 경련이 인다든가, 가슴이 울렁거린다든가, 토할 것 같다든가, 식은땀이 흐른다고 죽는소리를 해대는 대피자들의 상상 증상을 받아 적느라 바빴다.

이 모든 게 단 한 번의 장난전화로 일파만파 번진 상황이었다. 더 많은 구급차가 도착하자 NHK 뉴스 직원들이 방송 밴에서 우르르 쏟아져 나왔다. 우리가 이 혼란 사이를 누비는 내내 혼다 형사는 내 팔꿈치를 단단히 붙잡고 있었다.

차에 이르자 혼다 형사는 외투 주머니에서 열쇠를 꺼내 중앙 잠금장치에 대고 적외선 빔을 쏘았다. 우리는 빈 알루미늄 커피 깡통이 너저분하게 굴러다니고 가죽 냄새가 나는 차 안으로 기어 들어갔다.

"야마가와 상에 대한 안좋은 소문들은 끊이질 않았지."

혼다 형사가 안전 벨트를 딸깍 채우며 말했다.

"유괴, 마약과 창녀 거래, 불법 도박과 건축 등… 2년 동안 조사를 해왔지만 딱히 밝혀낸 게 없어. 그래서 자네 진술이 필요한 거야. 그 여자가 방에 감금되어 있었다는 말만 하면 돼."

나는 아무 말도 하지 않았다. 스스로의 지옥에 감금된 상황에서 선과 악의 전쟁에 개입하고 싶은 마음은 추호도 없었고, 야마가와 상의 조직을 와해시키는 일도 관심 밖이었다. 내가 원하는 건 오로지 내 초지각이 돌아오고 메리를 찾는 일뿐이었다. 차가 거리를 뚫고 지나갈 때 불쾌한 직관이 머릿속으로 기어들어왔다. 메리의 자유가 내 초능력을 상실한 대가로 주어진 거라면… 이것이 진실이라면 어떻게 될 것인가? 그 다음엔 어떻게 해야 하나?

얼마 안 가 차는 곧 경찰서에 도착했다. 나는 의기소침하고 무기력한 모습으로 차에서 내렸다.

"얼마나 걸리죠?"

나는 혼다 형사에게 질문까지 했다.

"이건 범죄 수사야. 필요한 만큼 취조를 받아야 해."

그가 날카롭게 쏘아붙였다.

나는 그를 쫓아 텅 빈 입구로 걸음을 옮겼다. 우리는 베이지색의 무미건조한 경치 속에서 서류정리용 캐비닛 냄새와 빌딩 증후군[73]의 징후를 풍기는 복도를 따라 걸었다.

"다 왔어."

혼다 형사가 말했다.

그가 문을 밀자 회의실 용 탁자가 있는 방이 나타났다. 탁자가 너무 길어서 마치 망원경 끝에 붙어 있는 것 같은 착시 현상을 일으켰다. 그 탁자 끝에는 야마가와 상이 앉아있었고, 시커먼 정장을 입은 남자들이 야마가와 상을 호위하며 서 있었다. 제 2의 카쿠 쌍둥이 형제같은 두 남자가 다가와 양쪽에서 내 팔을 잡았다. 그러나 그러한 속박이 전혀 불필요할 정도로 나는 얼어붙어 있었다. 나는 혼다 형사를 돌아보았다. 그는 지포 라이터를 들고 지루한 눈빛으로 담배에 불을 붙였다.

"와타나베!"

야마가와 상이 친절하게 나를 반겼다.

"드디어 이렇게 만났구만. 우선 지난 몇 주 동안 자네가 펼친 재롱 때문에 여간 즐겁지 않았어. 이제 모든 게 막을 내려서 몹시 아쉽지만 말이야."

방을 가득 메운 야쿠자들의 눈빛이 나를 쏘아보고 있었다.

아르마니 정장 속의 거인 같은 야마가와 상이 탁자 뒤에서 몸을 일으켰다.

---

73. 밀폐된 건물 내에서 장시간 생활하는 사람들에게 발생하는 질병 가운데 하나

"하지만 유감스럽게도 오늘 밤 자네는 선을 넘어버렸어."

그가 말을 이었다.

"자, 이제 우리가 자네한테 뭘 베풀어야 하겠나?"

21

: 사토

'당신도 예상하다시피 5분 전에 들른 다이와 무역엔 일요일 아침이라 개미 새끼 한 마리 안보이더군. 정적에 휩싸여 있는 빌딩과 꺼져 있는 컴퓨터들, 그리고 텅 빈 휴지통만이 눈에 들어오고 사무실엔 수정액 냄새와 오래된 커피의 잔향만이 떠다니고 있었지. 수면부족에 걸린 사람에게 카페인은 더없이 좋은 친구라오. 더구나 일을 산더미처럼 앞에 쌓아놓고 있는 사람에게는 말이야. 머릿속이 복잡해서 커피 메이커를 작동시키고 앉아 내게 일어났던 모든 일들을 하나하나 되짚어봤어. 나의 소심한 일면이, 내가 막 당신에게 얘기하려던 부분을 말하지 않는 편이 낫겠다고 고개를 돌리더군. 내가 한 일이 역시 떳떳하지 못한 모양이야. 하지만 입을 다물 순 없을 것 같아. 무엇도 당신에겐 비밀로 부칠 수 없다는 걸 당신도 알잖소.'

병원으로 돌아왔을 때 오사카 종합 병원 응급실 밖에서는 무시무시한 소동이 펼쳐지고 있었다. 응급 의료진들은 1초라도 빨리 환자를 안으로 옮기기 위해 미처 시동도 꺼지지 않은 구급차에서 뛰어내렸다. 간사이 방송 관계자들이 분주히 움직이며 주차장을 가로질러 전선줄을 풀고 있었다. 그곳을 빠져나가려고 할 때 숱 많은 곱슬머리에 카리스마 넘치는 미소를 지닌 기자 한 명이 다가와 마이크를 들이대며, 그날 밤 새벽 3시 경에 신사이바시 현장에 있었냐고 물었다. 뉴스거리에 굶주린 카메라와 불빛이 내 주위를 빙빙 돌면서 현기증을 일으켰다.

나는 머리를 절레절레 흔들며 용케 그곳을 빠져 나왔다. 정확히 새벽 3시, 신사이바시에 있긴 했지만, 나는 그들이 흥미를 느낄 만한 무엇도 보지 못했다.

'그리고 당신도 알다시피, 난 사진 찍히는 걸 몹시 싫어하잖소.'

나는 응급실을 우회해 옆 문으로 들어가 신경외과 병동으로 올라갔다. 다나카 부인의 일인실로 향하는 동안, 콧김과 잠꼬대와 씩씩거리는 숨소리를 내뿜으며 하얗고 빳빳한 침대 시트 속에서 미라처럼 잠든 환자들을 스쳐지나갔다. 이 병동에선 예의상 목 보호대가 절실히 필요한 듯했다. 오노 의사는, 나와 나오코가 때와 상관없이 다나카 부인을 면회할 수 있도록 허락해주었다.

그는 다나카 부인이 친숙한 목소리에 반응을 보일 수도 있으니 지속적으로 그녀에게 이야기를 들려주는 게 좋다고 말했다. 나오코는 의식 없는 다나카 부인을 상대로 수월하게 말을 걸었지만, 나는 혼수상태인 이웃에게 말을 건다는 게 영 불편했다. 내가 대화를 주도한다는 게 왠지 자연스런 순리를 거스르는 것만 같았다. 다나카 부인은 아마도 내 형편없는 말주변을 마지못해 감내하며 답답한 마음으로 누워 있을 것이다.

내가 신사이바시를 떠날 때 다나카 부인에게 계속 무언가를 얘기하던 나오코는, 내가 돌아왔을 때도 여전히 정신없이 말하고 있었다.

"숙모, 삼촌이 주무시기 전에 뜨거운 토디(역주: 위스키에 뜨거운 물, 설탕, 레몬을 탄 음료) 한 잔을 만들어 드렸어요. 브랜디를 한 모금 마시면 잠을 잘 주무실 것 같아서요…"

'당신도 알다시피 다나카 부인은 남편이 알콜을 입에 대는 걸 격렬하게 말리는 입장 아니오. 아마도 나오코는 숙모를 빨리 일어나게 할 요량으로 화를 부추기는 것 같아.'

나오코는 기진맥진해 보였다. 근심에 찬 손가락이 커리어 우먼의 멋진 머리 스타일을 새 둥지 모양으로 갈퀴질하고 있었다. 피부는 눈물 자국으로 군데군데 얼룩지고 거칠어 보였다.

좀전에 그녀는 삼촌을 자기 친구와 함께 사는 아파트로 모셔다 드리고 다시 곧바로 숙모의 침대 곁을 지키기 위해 병원으로 돌아왔다. 그녀는 밤을 꼬박 새운 것 같았다.

"사토 씨! 불과 몇 시간 만에 다시 나타나신 걸 보니 거의 못주무셨죠?"

출입구에서 서성거리는 나를 보자 나오코가 말했다.

"다나카 양, 당신이야말로 못잤겠어요. 야간 근무 간호사가 그러던데, 삼촌을 급히 집에 모셔다드리고 한 시간도 채 안돼서 다시 돌아왔다면서요."

나오코가 숙모의 맥 없는 손을 쥐며 한숨을 내쉬었다.

"차도가 없어요."

지칠대로 지친 나오코는 감정적이 되어 있었다. 나는 그녀에게 옥상으로 올라가 바람 좀 쐬고 오라고 권유했다. 그녀가 자리를 뜨자, 나는 그녀가 앉았던 침대 옆 딱딱한 플라스틱 의자에 자리를 잡았다.

"다나카 부인, 자리를 지키지 못해서 정말 미안했어요."

내가 어색하게 말했다.

"처리할 일 때문에 급히 가봐야 했거든요."

다나카 부인은 실로 보기에도 딱할 정도였다. 손목엔 점적 장치[74]가 부착되어 있었고 왼쪽 콧구멍으로 들어간 튜브는 얼굴 위에 테이프로 고정되어 있었다. 특히 환자복 소매에 달린 장식 단추들 사이의 벌어진 틈처럼 움푹 들어간 누르스름한 눈꺼풀이 안타깝게 내 시선을 잡았다.

잿빛 곱슬머리가 머리 둘레를 감싼 흰 붕대에 눌려 납작해져 있는 것으로 봐서 응급 수술 때문에 불가피하게 머리카락 일부를 잘라버린 것 같았다. 그녀가 깨어났을 때 아마 이것 때문에 언짢아할 수도 있겠다는 생각이 들었다.

5시 30분, 병동에서는 생명의 징후가 보이고 있었다. 두 명의 간호사가 타버린 토스트를 복도 쓰레기통에 던지며 소곤소곤 잡담을 나누고, 깨끗한 흰색 리넨 천을 덮은 침대 차가 삐걱거리며 지나갔다. 태양이 하늘에서 스스로의 존재를 드러내기 시작하자, 나는 다나카 부인의 몸에 비타민 D를 선물할 요량으로 커튼을 활짝 젖혔다.

"이번 일요일은 정말 화창하네요."

내가 그럴싸한 어수선을 떨며 말했다.

다나카 부인은 빳빳한 시트 위에서 여전히 반응 없이 누워있었다. 유일하게 움직이는 것이라곤 점적 장치 속의 액체뿐이었다.

나는 목이 메었고, 이내 방 풍경이 눈물의 홍수로 흐려졌다. 나는 침

74. 수액의 용량을 주의깊게 조절하여 측정된 양의 수액이 정확하게 투여되도록 하는 기계

묵 속에서 의자 깊이 몸을 묻었다.

나오코는 내가 지난 밤 잠자리에 들기 위해 집으로 갔을 것이라 생각하고 있지만, 그건 사실이 아니었다. 나오코가 침대 곁에서 헌신적으로 밤을 지새우는 동안, 내 안중에 혼수 상태의 다나카 부인은 없었다.

'당신은 새로운 걱정거리에 휩싸여 있는 나를 보고 있겠지. 진작 신경 썼어야 할 부분이었는데… 진실은 운무와 같아 구름 속 이미지처럼 계속 변한다는 생각뿐이야.'

지난 밤, 다나카 부인의 병실에서 나와 병원 공중전화로 마리코와 대화를 나누면서, 나는 거의 중심을 잃고 비틀거렸다. 그리고 수화기를 내려놓은 후엔 쓰러질 듯 벽에 몸을 기댔다. 마리코의 고백은 내게 충격 이상의 충격을 주었다.

"불쌍하고 딱한 여자 같으니."

나는 나도 모르게 크게 중얼거렸다. 호주머니에서 수첩을 꺼내 무라카미 상의 휴대폰 번호를 찾아낸 나는, 분노로 떨리는 손을 간신히 추스르며 다이얼을 돌렸다.

무라카미 상의 위치를 알아낸 나는 10분 후 택시를 타고 거리를 달리고 있었다.

"이 시간에 사람들은 으레 반대 쪽으로 가는데… 귀가하시는 건 아닌 것 같고…"

운전사가 백미러를 통해 호기심 어린 눈빛을 빛내며 강한 간사이 사투리로 말했다.

"긴급히 볼 일이 좀 있어서요."

내가 마지못해 대꾸했다.

“아주 급하신 일이신가봐요.”

운전사는 이 말을 마친 뒤 현명하게도 입을 다물었다.

택시는 경찰차와 구급차가 진을 치고 있고 있는 스오마치 사거리를 통과할 수 없었다.

“암흑가 영화 촬영을 하는가보군.”

운전사가 혀를 찼다.

나는 그에게 아메리카무라에서 내려달라고 말했다. 울분도 식힐 겸 호텔까지 남은 거리는 걸어갈 작정이었다.

나는 얇은 여름 재킷을 턱까지 끌어 올리고 종종걸음으로 걸었다. 네온으로 얼룩진 거리 위에는 빈 담뱃갑들이 어지럽게 흩어져 있었다. 미친 듯이 목적지를 향하는 내 귓전으로, 멀리서 울리는 경찰차 사이렌 소리가 비명이 되어 꽂혔다.

내 마음은 오로지 복수심으로 불타올랐다. 나는 그런 사악한 짓을 절대로 방관하지 않으리라 다짐하며 이를 악물었다. 이성은 내게 우선 침착하라고 말하고 있었지만 그러기에 내 분노는 너무 컸다. 거리를 쿵쿵 걸으며 울분을 풀기보다는 오히려 분노의 회오리 속으로 나 자신을 몰아댔다.

플라자 호텔 밖에서 대기하고 있던 두 명의 야간 도어맨이 내게 목례하며 양쪽에서 유리문을 열어주었다. 나는 지나치게 호사스런 분위기의 로비로 들어섰다.

바닥은 온통 윤 나는 대리석이 깔려 있었고 장대한 계단은 중 2층으로 뻗어 있었다. 이 모든 게 내 괴로운 심정과는 이질적으로 느껴졌다. 나는 마치 집 앞 정원 창고로 발을 들여놓은 것처럼 리셉션을 향해 성큼성큼 걸어갔다.

29층에 이르자 벨보이가 나를 옥상에 이르는 커다란 온실로 안내했다. 테라스에 접한 프랑스 식 창[75]으로 발걸음을 옮기자 놀랄 만한 광경이 사나운 개처럼 시야로 달려들었다. 온 도시가 장식용 꼬마 전구로 줄줄이 이어지고, 모든 사물들이 밤의 산사태 아래 콘크리트와 회색빛으로 사려깊게 묻혀있었다. 차들은 날개 없는 반딧불처럼 한신 고속도로를 따라 기어가고, 우메다 스카이 빌딩 꼭대기에서 발산하는 위험천만한 불빛은 게으른 조종사에게 경고하듯 반짝거렸다. 잎이 무성한 정원으로 개조된 옥상은 오사카 시 의회가 이산화탄소 방출을 줄이고자 장려한 정책의 일환이었다.

그건 그렇고 내가 걸음을 멈춘 건 이러한 원예의 공적 따위를 찬양하기 위해서가 아니었다. 종려 잎사귀 밀림과 꽃이 핀 선인장, 그리고 장식용 항아리 너머로 디스코 음악 소리가 흘러나왔다. 나는 소리나는 곳을 향해 잘 손질된 풀숲을 헤쳐갔다.

식물들 사이로 수영장이 반짝반짝 빛나고, 그 옆에는 모자이크 타일이 깔린 바닥 위로 움푹 파인 욕조 하나가 놓여 있었다. 이 거품이 일고 있는 방종의 현장 한가운데 무라카미 상이 가슴을 드러낸 채 앉아 플루트flute형[76]의 샴페인 잔을 홀짝거리고 있었다. 그의 옆에는 그 수제자인 신입사원 타로가 공기 튜브가 부착된 잠수용 마스크를 쓰고 있었다. 여자 하나가 깔깔거리며 모자이크 타일에 무릎을 꿇고 앉아 공기 튜브 안에 샴페인을 들이붓자 질식 위기에 처한 타로가 욕조 속에서

75. 정원 발코니로 이어지는 경첩이 달린 좌우로 열리는 두 짝 유리창
76. 탄산가스가 잘 빠져나가지 않아 천천히 마실 수 있는 가늘고 길다랗게 생긴 샴페인 글라스

푸푸 소리를 냈다.

그 외에 또다른 여자들이 풀장 옆 테이블과 의자 옆에서 태엽 인형처럼 춤을 추고 있었다. 그 여자들의 차림새는 따뜻한 봄 저녁보다는 해변 파티에나 더 어울릴 법했다. 술마시며 흥청대는 이 광경은 나를 그 자리에 얼어붙게 만들었다.

"어이, 사토!"

나를 본 무라카미 상이 소리쳤다. 그가 염소로 소독된 거품에서 몸을 일으키자, 배 위까지 덮은 사각 팬티 아래에서 물방울이 튀어올랐다. 그는 나를 향해 샴페인 잔을 경쾌하게 들어올렸다.

"아까 전화를 받고 기뻤다네. 아무렴, 우리 축하 파티에 자네도 당연히 한몫 끼어야지."

이미 술에 진탕 취한 무라카미 상이 위엄을 잃고 비틀거리며 말했다. 나는 일단 마음을 추스르기로 했다. 이제 내가 입을 떼기만 하면 그의 취기는 단번에 가실 것이다.

"여분의 팬티가 있을 거야, 사토. 얼른 입고 우리와 합류하게. 오늘 밤 우리가 뭘 축하하고 있는지 얘기하면, 아마 믿지 못할 거야."

나는 안경을 콧대 위로 곧추 세우고 차가운 눈빛으로 그를 바라보았다. 나는 그의 바보 같은 축하 따위에 장단을 맞출 기분이 아니었다.

"맞춰보게, 사토, 어서. 자넨 안믿을 걸."

그가 갈지자 걸음을 걷는 순간, 그의 무릎에서 제트 기류 소음같은 삐걱거림이 포효했다. 그는 너무 퍼 마신 나머지, 내가 왜 동도 트지 않은 일요일 새벽에 그의 파티에 불청객으로 나타났는지 궁금해하지도 않았다.

"무라카미 상, 개인적으로 할 말이 있습니다."

내가 말했다.

"음?"

나의 뻣뻣한 말투에 무라카미 상은 다시 뒤로 주저앉으며 물 속에 첨벙 빠졌다.

"우리의 친구 타로 앞에서 못할 말이 뭔가?"

그가 잠수용 마스크를 쓴 새가슴의 인간을 가리키며 말했다.

"아님 우리 하와이 친구들인 허니, 코코, 신시아 앞에서도 못할 말인가? 얘들아! 사토 씨에게 인사드려!"

여자들은 내게 웃으며 손을 흔들고는 계속해서 춤을 추었다. 무라카미 상은 눈을 감고 나른한 미소를 지었다. 풀장 가장자리엔 바지와 양말, 그리고 넥타이들이 너저분하게 흩어져 있었고, 샴페인 병 옆에는 사지가 찢긴 채 뜯어먹지 않은 살이 고스란히 껍질에 붙은 랍스터가 은쟁반 위에 늘어져 있었다. 이런 호화판 현장을 보고 있자니 속이 뒤틀렸다.

"좋습니다, 무라카미 상. 그럼 여기서 말하지요. 나는 당신이 마리코를 이용해서 꾸민 비열한 계략이 이미 내 귀에 다 들어왔다고 말하러 온 겁니다."

나는 손이 부들부들 떨리는 걸 참기 위해 주먹을 꽉 움켜쥐었다. 저 쿠지 욕조 속에 들어앉은 저 남자를, 이 순간 나는 무지막지하게 경멸하고 있었다. 무라카미 상은 짐짓 놀란 듯 눈을 치켜 떴다.

"뭐? 마리코? 구내 식당 직원 마리코?"

"아니요. 호스티스 마리코요."

그가 느긋하게 샴페인을 한 모금 마셨다.

"유감이지만, 기억을 되살려봐야겠군."

"사요나라 바의 마리코 말입니다."

그가 모르겠다는 몸짓을 해오자 그의 몸을 마구 흔들고 싶은 충동이 일었다. 타로는 저쿠지 거품 속으로 더 깊이 가라앉았다. 이제 와 생각해보니 지난주 타로가 나를 상대로 놀렸던 갖은 언행들이 다 이유가 있었다. 그도 공모자였던 것이다. 주먹을 쥔 손 안에서, 손톱이 손바닥을 더욱 깊이 찌르고 있었다.

"당신 계획은 이제 무산됐습니다. 난 지금 어떤 일이 진행되고 있는지 정확히 알고 있습니다. 월요일 아침에 당신과 당신의 공범 야마모토 양이 무슨 작당을 꾸미려고 했는지 그 전모를 본사에 보고할 겁니다."

무라카미 상이 막 가벼운 환각을 경험한 것처럼 눈을 깜빡거렸다.

"사토 상, 미안하지만 자네가 방금 말한 걸 놓쳤네. 다시 말해주겠나?"

"당신과 당신의 공범 야마모토 양이 무슨 작당을 꾸미려고 했는지 정확히 다 알고 있단 말입니다. 월요일 아침 제일 먼저 본사에 이 사실을 폭로할 거고, 당신은 감옥 신세를 져야할 겁니다."

스쿠버 마스크를 벗은 타로의 입이 편도선 검사가 가능할 정도로 쩍 벌어졌다. 물론 나는 무라카미 상이 감옥에 들어갈지 장담할 순 없었다. 나를 이토록 화나게 만든 건, 무엇보다 그가 마리코를 취급한 방식 때문이었다.

무라카미 상은 자신감에 전혀 타격을 받지 않은 채 껄껄 웃었다.

"농담 집어치우게, 사토! 야마모토 양이 물론 사랑스러운 여자긴 하지만 내가 데리고 놀기에는 벅찬 스타일이야. 게다가 나는 유부남 아닌가!"

"내가 무슨 말을 하는지 다 알면서 그런 식으로 잡아떼지 마십시오!"

내 위압적인 말투에 모두가 놀랐다. 무라카미 상의 너털 웃음도 유쾌한 분위기를 잃었고, 춤추던 세 여자도 팝송의 음량을 죽이고 나를 유심히 쳐다보았다.

'당신이 여기 있었다면 나를 당장 집으로 직행하도록 만들었겠지. 내가 다시 제정신으로 보일 때까지 나를 집에서 한 발자국도 나가지 못하게 했을 거야.'

"사토 상, 이해할 수 있도록 말을 해보게. 도대체 자네가 말하려는 게 뭔가?"

무라카미 상이 물었다.

"당신의 지시를 받은 야마모토 양이 우리 회사 고객들 계좌에서 돈을 몰래 빼내고 있었잖습니까. 그 목적을 위해 당신이 그녀를 금융부로 배치한 거구요."

무라카미 상이 욕조의 뜨거운 김 때문에 두피에 착 달라붙은 은발 머리를 손가락으로 쓸었다.

"말도 안되는 소리!"

그가 비웃었다.

"야마모토 양은 고베 대학을 과수석으로 졸업한 재원이야. 내가 자네 부서에 그녀를 배치한 건, 내 비서가 인사기록카드에서 적임자라고 생각하는 그녀를 뽑았기 때문이고. 돈이 도난당했다는 말은 금시초문인데."

"마리코가 전부 다 털어놨어요."

"호스티스 마리코?"

"내가 사무실 업무에 집중할 수 없게 나를 유혹하라고 당신이 돈으로 매수한 그 호스티스 말입니다."

무라카미 상과 타로가 눈빛을 교환했다. 타로는 그의 검지손가락을 관자놀이에 대고 빙빙 돌린 후 큰 소리로 말했다.

"미쳤군."

무례하고 건방진 놈! 여기가 사무실이었다면 호되게 꾸짖었을 것이다.

무라카미 상은 샴페인을 내려놓더니 다시 한번 몸을 일으켰다. 그리고 경영 세미나에서 배웠을 법한 나를 믿어도 좋다는 제스처를 취하며 쫙 편 손바닥을 내밀었다.

"사토 상, 자, 여기 와서 앉게나. 샴페인 좀 들어. 요즘 금융부에서 스트레스 받는 일들이 많았지? 자네를 꼬시라고 호스티스를 산 적이 없다는 건 내 맹세하네. 자네같이 잘 생긴 남자가 여자를 찾기 위해 굳이 내 도움을 필요로 하겠나? 함께 이리와 앉자구. 이렇게 좋은 샴페인을 낭비하는 것도 죄악이야."

무라카미 상이 타로에게 몸을 돌려 슬쩍 뜻 모를 제스처를 취하자, 타로가 고개를 끄덕이더니 뜨거운 욕조 가장자리 쪽에서 배로 물을 튀기며 넘어졌다. 그런 꼴사나운 모습이 연출된 건 그의 발에 달린 커다란 고무 물갈퀴 때문이었다.

그는 몸을 똑바로 일으켜 세우고 잘 꾸며진 정글 속으로 뒤뚱뒤뚱 걸어갔다. 그의 물갈퀴가 타일 바닥에 철벅 하는 소리를 냈다. 세 명의 무희들도 그의 뒤를 후다닥 뒤쫓았다. 나는 자리에서 꿈쩍도 하지 않았다.

"선심쓰는 척하지 마십시오, 무라카미 상. 이건 업무와 관련된 스트레스와는 아무런 상관도 없는 일이에요. 마리코가 전부 다 얘기했어요. 당신은 내가 당신의 범죄를 눈치채지 못하게 그녀에게 나를 유혹하라고 상당한 돈을 지불해왔지 않습니까."

권한 샴페인조차 내가 외면하자 무라카미 상은 면 가운을 옆에서 확 잡아챘다. 그의 축축한 팔이 소매를 누비듯 지나갔다. 가운은 앵무새와 야자 잎이 그려져 있어 열대지방의 다채로운 기운을 발산했다. 무라카미 상이 생각에 잠긴 듯 얼굴을 찌푸렸다.

"사토 상, 내가 그 계좌에 손을 댔다는 건 당치도 않은 말이야. 그리고 거듭 말하지만 자네 주의를 돌리려고 호스티스를 산 적도 없어."

"당신은 현행범 신세입니다."

내가 말했다.

"뭐라고? 현행범? 도대체 무슨 증거로 그 따위 말을 하지?"

내가 터무니 없는 말을 뱉었다는 생각이 들었다. 유일한 증거라고는 고작 마리코의 말이 전부인 상황에서, 지금 나는 내 상관을 무모하게 공격하고 있었다.

"증거는 발견될 겁니다."

나는 자신있게 말했다.

"그리고 다카하라 상의 실종에 대해서도 적절한 수사가 진행될 겁니다. 그가 그런 식으로 사라지다니, 제가 생각해도 정말 납득하기 어려운 허술한 시나리오였습니다."

무라카미 상은 내가 수수께끼같은 인물이라도 되는 것처럼 흘긋 곁눈질을 했다. 문득 무라카미 상에게 효과적으로 사전 경고를 준 건 아닌가 하는 생각이 들었다. 이제 그는 사무실로 가서 월요일 아침이 되기까지 모든 증거를 없애버리기만 하면 되는 것이다.

순간 정신의 공황상태를 느꼈지만, 곧 교토 은행이 모든 거래 기록을 보관하고 있음을 기억해냈다.

"그럼 자넨 내가 다카하라 상의 실종에 책임이 있다는 건가?"

무라카미 상이 후후 웃었다.

"내가 살인 청부업자라도 시켜서 그를 죽였단 말이지? 내 횡령 범죄가 드러나지 않도록 말이야? 자넨 진짜 아무것도 모르면서 잘도 지껄이는구만. 사토 상, 오늘 밤, 자네 정말 운좋은 줄 알라구. 첫째로 내가 너무 취했다는 것, 둘째로 지난 몇 년간 자네가 겪은 일들에 연민을 느낀다는 것. 그 둘만 아니었다면, 자넨 오늘밤 내 앞에서 보인 처사에 대해 톡톡한 대가를 치러야 했을 거야."

"톡톡한 대가라니요? 당신같은 죄인이 도대체 무슨 권리로? 자신의 범죄가 만천하에 드러난 이 마당에 뭘 어떡하겠다는 겁니까? 당신은 정말 더러운 짓을 했어요. 그녀가 천애고아라는 걸 이용해서 아버지 빚을 해결해준다는 조건으로 그 순결한 여자를 타락의 구렁텅이로 밀어넣다니…"

나는 혈압이 올라 숨이 차고 맥박이 빨라졌다.

무라카미 상이 저쿠지 욕조를 가로지르며 걸어와 난간을 붙잡고 타일 바닥 위로 자신의 몸을 끌어올렸다.

"사토, 난 자네가 지금 대체 무슨 말을 하고 있는지 도무지 알 수가 없군."

그가 말했다.

"이보게, 호스티스 일이라는 게 본래 기만적인 직업 아닌가. 여자들은 손님을 조종하기 위해서라면 온갖 수법을 동원하지. 소위 그 고아라고 했던 여자가 혹시 자네에게 돈을 요구하지는 않았나?"

"그녀에게 돈을 준 장본인은 당신이잖습니까!"

"그 여자 말 외에 다른 증거라도 있는 건가?"

무라카미 상이 딸꾹질을 했다.

비록 확증은 없을지라도 결정적인 논리는 있었다.

"누군가 그녀에게, 나에 대한 사적인 정보를 주고 있었습니다. 그녀는 내가 홀아비라는 것을 알고 있었고 내 아내가… 내 아내가 떠난 이후에 떠돌았던 모든 악성 루머들에 대해서까지 모두 다 알고 있었단 말입니다. 그런 악의적인 거짓말들은… 호스티스 바에서 그녀와 내통한 단 한 명의 손님이 그런 것들을 일러주었을 거고, 난 이제 당신의 목적을 알게 됐습니다."

격한 감정이 내 목소리를 변형시켰다. 뜨거운 눈물이 눈시울을 자극했다. 이것으로 마음은 더욱 초조해졌다. 이런 처량맞은 태도는 내 계획엔 없는 일이었다.

"사토 상."

무라카미 상이 온화한 음성으로 말했다.

"내 맹세하는데, 난 한번도 그 호스티스와 접촉한 적이 없었네. 아마 다른 사람이 그런 짓을 했겠지. 그녀는 자네를 놀리고 있는 거야. 내가 마마상에게 그런 계집들을 좀더 엄격히 관리하라고 언질을 좀 줘야겠구만."

그가 위로의 제스처로 손을 벌리며 나를 향해 한 걸음 다가왔다.

"그렇다면 그녀가 무슨 수로 당신이 퍼뜨린 내 아내에 대한 악성 루머들을 알고 있는 겁니까?"

"난 자네 아내에 대해 악성 루머를 퍼뜨린 적이 없네."

나는 분노로 할 말을 잃었다. 어떻게 그 현장에서 들은 사실까지 부인한단 말인가? 나는 내 귀로 직접 그가 금연 구역에서 친구와 지껄이는 소리를 들은 적도 있었다.

"그 따위 거짓말은 집어치워요! 난 당신이 한 말을 똑똑히 들었다구! 당신 때문에 지금도 그리고 몇 년 후에도 모든 사람의 머릿속에 내 아내는 자살한 여자로 남아있을 거요. 당신이 얼마나 내 아내를 능멸했는지, 그녀의 이름을 얼마나 더러운 진흙탕 속에 빠뜨렸는지 알기나 하냐구!"

나는 미친 놈처럼 고래고래 소리치고 있었지만 상관 없었다.

무라카미 상의 눈에서 마침내 샴페인의 광채가 가셨다.

"사토 상, 자넨 좋은 사람이고 최고의 직원이야. 하지만 당분간 좀 쉬어야 할 것 같네. 정신과 치료를 좀 받아보라구…"

그의 위선에 내 심장에서 울리는 경멸의 심박동이 호텔 옥상의 사방팔방을 동시다발로 난타했다.

"나한테 정신과 치료를 받으라고 말하는 당신이야말로 자기 꼴을 돌아봐. 나는 심심풀이 땅콩으로 구역질나는 거짓말을 함부로 지껄이고 다니는 그런 인간이 아니라구!"

"백주 대낮이었지."

무라카미 상이 집요하게 물고 늘어졌다.

"그녀가 자살한 걸 목격한 사람들도 많았어. 신문에도 게재된 사건이었고."

'여보, 당신 지금 내가 팽팽히 맞서고 있는 이 사악한 인간을 보고 있소? 철면피를 쓴 거짓말쟁이로 몰릴 때 저 자가 찾을 수 있는 방어책이라고는 저렇게 거짓말을 밥먹듯이 해대는 것뿐이겠지.'

"내 아내에 대해 한마디만 더하면."

드디어 참지 못한 내가 으르렁거렸다.

"그땐 당신도 후회하게 될 거야."

하지만 무라카미 상무는 멈출 줄을 몰랐다.

"자네의 죄책감은 이해하네, 사토. 하지만 자네 잘못은 아니니 이제 자책은 그만 하게. 모든 사람이 그녀의 정신에 문제가 있었다는 것쯤은 알고 있었으니까…"

무라카미 상의 말이 딸꾹질 때문에 잠시 멈췄다. 그러나 마지막 한 마디가 실례의 선을 이미 넘어버린 후였다.

나는 순식간에 그와 나 사이의 몇 미터를 가로질러 서투른 주먹을 날렸다. 그는 내 주먹을 비껴 저쿠지 욕조에 거대한 물을 튀기며 자빠졌다. 내 신발과 바지에 염소로 소독된 해일이 밀려들었다. 그는 처음에는 격노를 내뿜으며 하얀 포말 아래로 완전히 사라졌다가 곧 눈을 부릅뜨고 헐떡거리며 머리를 빼냈다. 은발이 그의 두피에 수달피처럼 달라붙었다.

그는 심하게 기침을 해대며 저쿠지 욕조 가장자리로 나아가 뭍으로 끌어올려지듯 욕조 밖으로 몸을 빼낸 후 옆으로 쓰러졌다. 가운이 멍든 몸 뒤쪽으로 축 늘어진 채 매달려 있었다. 그는 쫙 편 손바닥을 타일에 대고 물을 뱉아내느라 계속해서 기침을 했다.

뜨거운 욕조 내부는 플라스틱으로 되어 있어 뇌진탕을 일으키기라도 했다면 큰일이었다. 내 서툰 주먹질에 대한 후회가 물밀듯 밀려왔다. 아무리 화가 나도 야만인처럼 군다는 건 변명의 여지가 없는 잘못이었다. 나는 마치 내 자신을 교살형에라도 처하듯 머리를 떨구었다.

'여보, 당신이 못마땅해하리란 걸 알고 있소.'

"그럴 의도는 없었습니다."

무라카미 상이 타일에 고개를 묻고 숨을 헐떡이고 있을 때 내가 말했다. 분노에 찬 충혈된 그의 눈이 내 눈과 마주쳤다.

"이만 가겠습니다. 여기 온 제가 어리석었습니다. 이 일은 월요일 본사가 처리하도록 맡기겠습니다."

나는 괴롭게 기침을 하고 있는 그를 내버려두고, 내 행동에 깊은 수치심을 느끼며 호텔 안쪽으로 들어갔다.

'이렇게 무모할 정도로 공격적인 태도를 취한 남편을 당신이 어떻게 자랑스러워할 수 있을까? 오늘밤 당신을 수치스럽게 만든 건 무라카미 상만이 아니었던 것 같아.'

그러나 후회도 내 분노를 가라앉히지 못했다. 어떻게 감히 나한테 정신과 치료를 받아보라고 제안할 수 있단 말인가? 쾌락에 탐닉할 돈을 끌어모으기 위해 불법적인 행동을 저지른 그가 말이다. 랍스터와 고고를 추는 무희들과 오사카의 파노라마 식 야경을 맘껏 탐하려고 청렴결백을 팔아버린 그런 인간 따위가 말이다.

그 심장 안에는 도대체 무슨 깊은 병이 들어서 돈 한푼 없는 여자를 매수한 것일까? 월요일 아침만 되면 그는 더이상 다른 사람을 악용할 자리에 앉아있지 못할 것이며, 나는 그가 어두운 복도로 사라져가는 꼴을 지켜보게 될 것이다.

나는 다나카 부인이 차도가 있는지 살펴보기 위해 병원으로 돌아가기로 마음먹었다. 그리고 금융부로 가서 지난주 뭔가 낌새가 있었던, 야마모토 양이 훑고 지나간 모든 파일과 계좌를 철저히 조사할 참이었다.

어떤 증거들을 발견하든 마리코가 나와 함께 월요일 아침 본사로 가서 모든 걸 설명해줄 것이다. 마리코가 이용당했다는 생각만 하면 가슴이 저며왔다.

'여보, 우리 둘 다 그녀가 속마음은 선한 여자라는 걸 알고 있지. 단지 다시는 자기 자존심을 팔아 넘기지 않도록, 그녀의 삶이 좀 우회해갈 수 있도록 도움의 손길이 필요하다는 걸 말이야.'

나는 엘리베이터 앞에서 버튼을 눌렀다. 엘리베이터는 이미 올라오고 있는 중이었다. 문 위의 숫자가 29층에 다다르자 문이 핑 소리를 내며 열렸다.

처음에 나는 엘리베이터 안의 남자를 알아보지 못했다. 그는 남자 같은 머리 스타일에 통통한 햄스터 같은 빰을 지닌 뚱뚱한 외국 여자와 함께 서 있었다. 히피족 차림의 그 중년 남자는 태양에 그을린 구릿빛 피부와 길다란 속눈썹을 가지고 있었다. 둘 다 홀치기 염색[77]으로 물들인 사롱[78]을 두르고 밀짚으로 만든 샌들을 신고 있었다.

그 남자가 나를 보더니 활짝 웃었다.

"사토 상! 알로하! 오늘 밤 당신도 우리를 축하해주러 왔다고 타로가 전해줬어요!"

그는 하와이에서 돌아온 다카하라 상이었다.

다카하라 상은 가족 신혼여행에 아내와 다섯 아이들을 일본으로 데려왔다. 옥상 파티는 그의 자비自費로 열린 것이고, 고고 댄스를 추었

77. 일명 매듭염이라고도 하며 천의 일부를 실로 감아 홀치거나 매듭을 지어 염색을 하는 방식으로 홀친 부분은 염색이 되지 않음

78. 말레이 반도 사람들이 허리에 감는 천

던 세 명의 무희들은 일본계 하와이 사람인 처가 사촌 둘, 그리고 그들의 큰 딸이었다. 아마 타로는 그들에게 내가 신들린 듯 날뛰고 있다고 신파조로 떠들어대며 그들의 달콤한 신혼 분위기를 깼을 것이다.

다카하라 상은 그 구릿빛 손을 내 어깨 위에 올리고, 내가 무라카미 상을 오해해서 정말 걱정스러웠다고 말했다.

또 그는 무라카미 상이 자기에게 회사의 옛자리로 돌아와도 좋다고 말했으며, 뭔가를 숨기고 있다면 도저히 그런 행동은 할 수 없었을 거라고 덧붙였다. 그리고 최근 내 건강 상태는 어떤지, 잠은 충분히 자고 있는지도 물었다.

다카하라 상의 얘기가 끝나자, 남편의 말을 하나도 못알아들은 그의 아내가 열광적인 미소를 지었다. 나는 뜨거운 욕조 근처에서 무라카미 상이 넘어진 얘기를 했다. 다카하라 상과 그의 신부가 무라카미 상이 괜찮은지 보기 위해 서둘러 자리를 떠난 뒤, 나는 텅 빈 엘리베이터 안으로 걸음을 옮겼다.

다카하라 상의 최후 중재로 내 확신도 한 풀 꺾여버렸다. 하지만 내 추리는 다카하라 상 또한 공모자 중 하나일 수도 있다는 나름대로의 재해석으로 옮아갔다. 진실을 밝혀내는 유일한 방법은 그 증거를 내 스스로 찾아내는 것뿐이었다.

* * *

병원을 떠나기 전, 나는 살균제와 외과의 처치제 냄새 속에 숨쉬고 있는 혼수 상태의 다나카 부인 옆에 앉아있었다.

밀랍 인형처럼 누워 있는 다나카 부인의 얼굴은 거의 투명할 정도로 창백했고 안쪽 팔은 푸르스름한 빛을 띠었다. 나는 이러한 변색이 혹시 점적 장치 고장 때문은 아닌가 하는 의심이 들었다. 나오코가 줄담배 집회라도 참석한 듯 담배 냄새를 풍기며 옥상에서 돌아왔을 때, 나는 다나카 부인의 팔에 대해 물어보았다.

나오코는 가죽 코트를 벗어 문 뒤에 걸었다.

"팔은 줄곧 저랬을 거예요. 맞아요, 생각해보니까, 어렸을 적에 저것에 대해 물어봤던 적이 있어요."

그녀는 상체를 구부려 다나카 부인의 눈썹을 쓰다듬었다.

"순환기가 항상 안좋으셨죠, 그렇죠, 숙모?"

나는 다시 일어서서 나오코에게 봐야할 용무가 있으니 한두 시간 후에 돌아오겠다고 말했다.

나오코가 가느다란 은색 줄 손목시계를 들여다보았다.

"일요일 아침 여섯 시 반에 대체 무슨 볼 일이죠?"

그녀는 의아스러운 듯 묻더니 이내 머리를 저었다.

"죄송해요. 제가 무례했던 것 같네요. 사토 씨, 정말 잠 한숨 못잔 사람처럼 보여요."

"두 시간이면 됩니다. 제가 멋진 아침식사를 대령하죠. 그리고 다나카 부인이 애청 프로그램을 들을 수 있도록 휴대용 TV도 챙겨올게요."

나는 다나카 부인이 너무 오래 기다리지 않도록 일사불란하게 조사를 진행하리라 마음먹으며 다시 한번 병원을 떠났다.

이른 아침 햇살이 눈을 뚫고 들어왔다. 나는 더러워진 안경 렌즈를 통해 TV 방송 관계자들이 자취를 감춘 평온해진 병원 주차장을 바라보았다. 무엇보다도 잠시 앉아 눈을 감고 싶은 마음뿐이었다. 단 1분만이라도 그러고 싶었다.

하지만 나는 이런 졸음이 유혹의 덫일 수도 있겠다는 생각에 정신을 바짝 차렸다. 기차가 있었지만 택시를 타고 다이와 무역에 갈 참이었다. 내가 뒷좌석에서 암만 곯아떨어져도 돈이 궁한 택시 기사가 부리나케 나를 깨울 테니 말이다. 택시 주차장은 병원 맞은편에 있었다. 횡단보도에서 신호등이 바뀌기를 기다리고 있을 때(오가는 차는 없었지만 어떤 환경에서도 도로 안전 규칙을 위반할 순 없었다), 누군가의 목소리가 들려왔다.

"이봐요, 부탁 좀 드려도 될까요?"

허스키한 저음이었기 때문에 남자일 거라 생각하며 고개를 돌렸다. 그러나 어깨까지 구불구불하게 내려온 금발의 여자가 눈에 들어왔다. 바로 영국에서 온 메리였다.

'여보, 내가 어떻게 호스티스 바에서 그녀를 만났는지 기억하오? 어떤 식으로 그녀가 자신의 손톱 매니큐어를 잡아 뜯고 마마상에게 잔소리를 들었는지 말이오?'

두 번 다시 볼 일이 없을 거라고 생각한 영국 출신의 메리를 뜬금없는 오사카 종합 병원 주차장에서 만날 줄은 상상도 못한 터라 나로선 적이 당황스러웠다.

호스티스 바에서 처음 봤던 밤에는 아주 진한 화장을 하고 있었는데, 지금 그녀의 맨 얼굴은 너무 창백해서 유령처럼 보일 정도였다. 눈은 너구리처럼 퀭하고 칙칙했으며, 구겨진 옷은 지저분하기 짝이 없었다.

그녀의 가는 손목엔 병원 반창고가 붙어 있어, 막 퇴원한 건 아닐까 하는 생각이 들었다. 게다가 그녀는 화장실용 슬리퍼를 신고 있었다. 저런 건 화장실에서만 신는다는 걸 모르는 걸까? 나는 충고를 해줄까 망설이다가 그만두었다.

"보시다시피, 지갑을 잃어버렸어요. 친구들 있는 곳으로 가려면 천 엔이 필요해요. 주소를 알려주시면 돌아가서 바로 부쳐드릴게요. 천 엔이 없으시면 더 적은 금액도 괜찮아요."

약간의 속어가 뒤섞이긴 했지만 그녀는 제법 유창하게 말했다. 그런 사무적인 태도로 외국인에게 다가와 말을 거는 걸 별로 쑥스러워하지 않는 듯했다. 아마 이런 행동방식이 영국에서는 스스럼없이 통용되는 것 같았다. 메리는 나를 알아보지 못했다. 그도 그럴 것이 바에서 수많은 얼굴들을 마주쳤을 것이고, 더구나 내 얼굴은 그 중에서도 기억에 남을 만한 얼굴이 아니었다.

"지갑을 잃어버렸다면 경찰서로 가세요. 누군가 거기에 맡겨놨을지도 모르잖아요. 가장 가까운 경찰서를 가르쳐드리지요."

메리가 초조하게 한숨을 내쉬었다.

"지갑을 잃어버린 곳은 신사이바시예요. 누군들 여기까지 와서 지갑을 맡기진 않았을 거예요."

"하지만 최소한 도움을 받을 순 있을 겁니다."

"그렇기야 하지만…"

횡단보도 신호등이 초록색으로 바뀌면서 건너도 안전하다는 신호로 멜로디가 흘러나왔다. 메리는 괜한 시간 낭비를 했다는 후회 속에 나를 외면하며 돌아서고 있었다. 돈을 손 안에 넣을 때까지 계속 길가에서서 낯선 사람들을 상대로 구걸할 게 분명했다.

"잠깐만요, 천 엔이 필요하다구요?"

내가 물었다.

메리가 뒤를 돌아보더니 고개를 끄덕였다.

나는 지갑을 샅샅이 뒤졌다.

"5천 엔보다 적은 지폐는 없네요. 자, 받으세요."

나는 적어도 그녀를 마음이 여린 스타일로 보지 않았었는데, 그녀는 돈을 받아들면서 감사의 눈빛을 담은 그 큰 눈망울을 그렁거렸다. 그때서야 나는 그녀가 얼마나 어렸는지 생각이 났다.

만일 자기 딸이 일본에 있는 병원 주차장에서 돈을 구걸하고 있었다는 것을 알면, 그녀의 부모는 어떤 심정이 들까?

"감사합니다."

그녀가 말했다.

"괜찮아요. 호스티스 바에서 일하는 메리, 맞죠?"

"아니요. 그렇지 않아요."

그녀가 머리를 세차게 흔들며 말했다. 그리고나서 빨간색으로 변한 신호등을 무시하며 나보다 앞서 달아났다.

나는 막 두번째 커피잔의 마지막 한 모금을 목구멍 아래로 흘려 보냈다. 일요일이라는 것과 주위에 아무도 없다는 사실이 나로선 행운이다. 그래야 아무 방해 없이 철저한 조사와 정돈을 끝낼 수 있기 때문이다.

나는 손가락 끝으로 까끌까끌한 턱수염을 문질렀다. 입 안도 텁텁했다. 첫번째 커피 잔을 비우는 동안, 나는 야마모토 양에게 위임했던 파일들을 가져와 내 앞에 수북하게 쌓았다.

나조차도 내가 정확히 무엇을 찾고 있는지 확신할 수 없었지만, 더 이상 지체할 수는 없었다. 이 기회에 무라카미 상의 부정행위를 영원히 종식시켜야만 한다.

'오늘밤 내 행동이 당신을 실망시켰으니, 당신의 존경심을 되찾기 위해서라도 당신 눈에 들 만한 일을 하고 싶소.'

자, 첫번째 파일부터 시작이다!

22

: 머리

택시는 줄지어 선 자동 판매기들과 새벽을 거부하듯 커튼들이 드리워진 목재 가옥 건물들을 조용히 지나고 있었다. 침대에서 잠든 채 자신들이 신뢰하는 사람과 같은 공기로 숨 쉬고 있을 커튼 뒤의 사람들을 나는 생각했다. 풀은 단순히 녹색만은 아니며, 모든 잎에는 도금이 되어 있는 법이다.

나는 신경 과민 상태로 뒷좌석에서 안절부절못하고 있었다. 폐가 찢어지기 직전까지 오랫동안 비명을 질러대고 싶었지만, 대신 취할 수 있는 행동이란 고작 빈약하기 짝이 없는 꼼지락거림뿐이었다. 내 머리 속은 멀쩡하게 돌아가기엔 너무 끔찍한 공간이 되어 있었다. 적어도 야마가와 상의 사무실에서 마약에 취하기 전까지는 유지도 나를 사랑한다고 하늘에 대고 맹세라도 할 수 있었다. 바보 같으니.

갑자기 울려대는 경적소리가 생각의 흐름을 방해했다. 택시 기사가 욕을 하며 핸들을 탁 쳤고, 옆 길에서 상어처럼 으스스하게 미끄러져 오던 차 한 대가 장애물처럼 우리 앞에서 브레이크를 밟았다. 그 바람에 우리 차는 건물 가장자리로 비스듬히 멈춰 설 수밖에 없었다.

"이런, 정신나간 것들! 무슨 수작이야?"

택시 기사가 소리쳤다.

상대 차의 선팅된 앞 유리는 모든 빛을 반사시키고 있었으나, 얼핏 두 사람의 그림자가 보였다. 나는 긴장했다. 그 차의 움직임은 엔진 고장 때문이라고 볼 수 없는 다분히 의도적인 것이었다. 택시 기사와 나는 차 문이 열리는 것을 지켜보았다. 잠시후 선글라스를 낀 정장 차림의 남자가 차에서 나왔다. 바로 야마가와 상의 외인 복수부대, 히로였다.

나는 택시 기사 쪽으로 몸을 기울였다.

"차를 돌리는 게 낫겠어요."

내 침착한 말투가 이 긴급한 상황의 심각성을 일깨우지 못한 것 같아 나는 덧붙였다.

"저 자는 총이 있다구요. 빨리 길 아래쪽으로 돌려요."

택시 기사는 차를 돌리지도, 말을 하거나 주위를 둘러보지도 않았다. 다만 위험천만하게 아슬아슬한 장면을 연출하며 차 문을 열더니, 거의 다 지어진 공사판의 골조 뒤로 줄행랑을 쳤다.

히로는 도망가는 택시 기사를 보고 웃는 것 같았다. 불빛 때문에 잘못 본 것일 수도 있다. 아드레날린 때문에, 나는 아무 생각도 할 수 없었다. 무참히 끌려나가 길바닥으로 내동댕이쳐진 후 총탄에 의해 척추가 산산조각 나는 장면만 머릿속에 가득했다.

몇초 후, 히로가 내 팔을 잡았고, 나는 몸을 틀며 격렬하게 저항했다. 그가 내 다른 쪽 팔을 잡는 순간, 나는 팔을 빼내기 위해 몸부림을 치며 비명을 질렀다.

"메리, 그만해요! 난 당신을 해치지 않아요."

그가 말했다.

붉은 빗방울 같은 핏자국이 그의 셔츠에 튀어 있었다. 보기에도 심상치 않았다.

곧 그의 뒤로 원조자가 달려왔다.

"메리! 괜찮아. 그만해, 나야."

나는 몸부림을 멈추었다. 카티야?

곧 손목이 풀렸고 카티야가 히로와 나 사이를 비집고 들어와 내 어깨를 잡았다. 남자 사이즈의 티셔츠와 헐렁한 청바지가 그녀의 작은 체구를 덮고 있었고, 갈색 머리칼은 야구 모자 아래로 깊이 쑤셔박혀 있었다.

"병원 밖에서 널 기다리고 있었는데, 미처 부르기도 전에 네가 택시를 타더라구."

나는 두 대의 버려진 차가 서 있는 텅 빈 거리를 내려다보았다. 히로와 카티야 외엔 누구도 보이지 않았다.

"네가 아무것도 모르고 내 아파트로 갈까 걱정했는데, 여기서 이렇게 널 잡아서 얼마나 다행인지 몰라."

카티야가 말했다.

"그곳에는 누군가 널 기다리고 있을 거야."

우리는 차를 몰아 나무로 둘러싸인 호수 공원에 도착했다. 히로는 야트막한 둑에 서서 돌로 물수제비를 떴다. 돌이 물 위를 스치듯 날아가더니 물에 닿은 지점이 동심원을 그리며 뻗어나갔다. 말괄량이로 변신한 카티야는 야구 모자 챙으로 얼굴에 그림자를 드리운 채 운동화를 벗어던졌다. 나는 새것 같은 차 시트 커버 냄새를 맡으며 카티야의 남자친구가 돌멩이를 줍기 위해 땅으로 몸을 구부리는 것을 바라보았다.

"아무 기억도 안난다는 거지?"

카티야가 말했다.

"마지막으로 기억나는 건 약 효과가 나타나기 시작했다는 거… 그리고 깨어보니 병원이었어."

"경찰들이 그 거리 일대를 통제했어. 거기서 어떤 가스가 샜대. 자세한 내용은 잘 모르겠어. 와타나베가 야마가와 상 바에 네가 있다는 걸 알고, 경찰에게 그 사실을 알렸다나 봐. 덕분에 넌 밖으로 나올 수 있었던 거야. 히로가 그러는데 와타나베가 네 신변을 무척 걱정했대."

나는 와타나베의 얼룩진 주방 앞치마를 떠올렸다. 무척 고마운 마음이 들었다. 나는 항상 그 아이가 좋았다.

"그리고 나서 내가 병원으로 실려간 거야?"

"네가 구급차에 실려갔다고 히로가 그러더라구. 간호사나 병원 사람들하고 얘기 안했어?"

"아무하고도. 깨어나서 5분 후에 그 자리를 떠났으니까."

"아무 말 없이 나왔단 말이야?"

"그래. 계속 있어야 할 이유가 없잖아."

사실 이유가 없는 건 아니었지만, 카티야는 내가 옳았다는 듯이 고개를 끄덕였다. 깨어나자마자 처음 눈에 들어온 건 병실의 초록색 커튼이었다. 잠을 자며 울고 있었는지 흘러내린 눈물로 귓가가 젖어 있었다.

당황한 나는 스스로에게 물었다. 내가 왜 병원에 있는 거지? 야마가와 상이 그 바에서 나에게 무슨 짓을 한 거야? 나를 강간한 걸까? 나는 일어나 앉아 침대 옆으로 다리를 세우고 치마 밑을 점검하고 몸 구석구석을 살펴 보았다.

몸에 기운이 하나도 없었지만 아프거나 멍든 곳은 없었다. 곧 나는 침대 아래에 있는 신발을 찾아내 그곳을 떠났다. 야마가와 상이 내 몸 위에서 숨을 몰아쉬며 의식을 잃은 내 몸에 허튼 짓거리를 하고 있었다는 생각을 지울 수가 없었다.

호수 표면 위를 스치던 돌멩이가 연속적으로 세 번 튀어오르면서 물을 튀겼다. 두 번은 거의 희미했고, 한 번은 굉장히 컸다.

"강간당한 걸까?"

내가 물었다.

카티야는 잠시도 주저하지 않고 나를 바라보며 말했다.

"그럴 가능성은 거의 없어. 경찰들이 널 아주 재빨리 빼냈거든. 그리고 설령 야마가와 상과 일주일을 보냈다 한들 달라질 건 없었을 거야. 그 인간, 발기불능이거든."

"발기불능?"

그날 처음으로 입가에 웃음이 흘렀다. 그다지 안심은 안됐지만 마음은 가벼워졌다.

"그럼 도대체 왜…?"

"그게 여자들 채용하는 방법 중에 하나거든. 그 놈은 아주 쓰레기 같은 인간이야."

카티야는 우크라이나 말로 자신의 격분을 계속 분출했다. 그녀가 일전에 내게 가르쳐준, 한줄로 꿰어진 독 든 진주마냥 봇물처럼 쏟아져 나오는 욕설이었다. 그 증오와 비난의 말들이 오히려 내 마음을 진정시켰지만, 사실 그 말들은 내게 좀더 일찍 도착했어야 했다.

"그런 얘기를 왜 진작 해주지 않았니? 넌 한번도 그들에 대해 나쁜 말을 한 적이 없었잖아."

카티야는 원조자를 구하듯 조용히 히로 쪽을 바라보더니 다시 고개를 돌렸다.

"나는 너한테 좋은 친구가 되어주지 못했어. 미안해, 메리. 나는 그들이 유지의 뒤를 캐고 있다는 걸 알고 있었어. 유지는 오랫동안 스스로 매를 번 셈이야. 하지만 맹세컨대 나는 네가 안전하다고 생각했어. 모르겠다, 메리. 내가 뭔가를 얘기해줬어야 했나봐…"

죄책감을 느끼는 듯 카티야가 잠시 말을 멈추었다.

"야마가와 상은 절대 영국인이나 미국인은 건드리지 않아. 모든 사람들이 그걸 알고 있지. 네가 지난 밤 바에 나타나지 않았을 때, 마마상이 말했어. 네가 유지와 함께 한국으로 갔다고. 난 너희 두 사람이 일본을 떠나기로 했던 걸 알고 있었기 때문에, 마마상의 말을 믿었는데…"

"그럼, 그들이 나에게 무슨 짓을 할지 마마상은 알고 있었다는 거야?"

"메리! 마마상은 너를 이용했어. 그녀가 널 야마가와 상에게 보낸 거라구. 그리고 장담하건데 유지도 그 꿍꿍이를 다 알고 있었어. 유감이다. 네가 유지를 믿었다는 걸 알아."

카티야가 내 목에 자기 팔을 두르기 위해 핸드 브레이크 쪽으로 몸을 구부렸다. 포옹은 어색했고, 그녀의 팔은 너무나 가늘었다. 그녀는 내 어깨 뼈를 통해 자신의 위로를 번지게 하려는 듯 내 등을 연신 문질렀다. 그러나 나는 이상하게 카티야의 위로에 동화되지 못했다.

"경찰서에 갈래."

내가 말했다. 이 말을 입 밖으로 내자 그 욕망이 더욱 분명해졌다.

카티야는 여전히 내 어깨를 놓지 않은 채 살짝 잡아당기더니, 말도 안된다는 단호한 눈빛을 보내왔다.

"메리, 네가 다친 것도 아니잖아. 그리고 네가 가진 유일한 증거는 네 말뿐이야. 야마가와 상은 경찰서에 자기 사람들을 심어놨어. 생각해 봐. 상황만 더 악화시킬 거야. 네가 이렇게 빠져나온 것만도 얼마나 행운인 줄 아니?"

행운? 지금 농담하는 걸까? 나뭇가지가 흔들리며 차 앞 유리에 그림자를 드리웠다.

"그럼 그들이 한 짓을 그냥 눈감아주란 말이야?"

"어느 쪽도 달갑지 않은 선택이지만, 메리, 우리가 나선다고 해결될 일이 아니야."

히로는 물수제비 뜨는 일을 멈추고 산들바람으로 잔잔한 파문이 일고있는 호수를 응시하고 있었다. 나는 카티야에게 그들이 히로의 얼굴에 해놓은 짓을 처음 보았을 때 어떤 기분이었냐고 묻고 싶었지만, 호기심과 잔인함 사이의 미묘한 경계를 의식하며 입을 다물었다.

어쨌든 그녀는 지금 행복하지 않은가. 마치 그녀의 모든 모공으로부터 기쁨의 빛이 발산되는 듯했다. 나는 차에 타자마자 그것을 확연하게 느꼈다. 나와는 대조적인 그녀의 모습이 상처입은 마음을 더욱 쓰라리게 했다.

"그리고 어제 일은… 히로도 너한테 겁 줄 마음은 없었어. 너한테는 히로 첫인상이 썩 좋지 않았겠지?"

"사실 볼수록 겁나는 걸…"

나는 농담삼아 말했지만 사실이었다.

"너희 둘은 이제 앞으로 어떻게 할 거야?"

"미국 캘리포니아에 히로의 사촌이 사는데 농장 일거리를 구해줄 수 있대. 공항으로 가는 길에 너를 잡았던 거야."

"와! 미국이라고."

나는 진심으로 기뻐했다. 특히 그녀가 그 모든 역겨운 시간들을 감내한 후에 맞이한 일이라 더욱 그랬다. 하지만 나는 그녀가 떠나는 게 싫었다. 아직은 너무 빠른 감이 있었다.

"카티야, 정말 보고 싶을 거야."

내가 말했다.

카티야가 자동차 앞 좌석 도구함을 열어 갈색 봉투를 꺼냈다.

"이거 받아, 메리."

봉투 안에는 영국 여권과 만 엔짜리 지폐 한 묶음이 들어있었다. 나는 그것을 다시 카티야에게 내밀었다.

"카티야, 받을 수 없어, 너무 과해. 다 갚을 수도 없겠다."

"그냥 받아. 더이상 아무 말도 하지마. 이제 어디서 뭘 할 수 있겠어? 사요나라 바로 다시 돌아갈래? 돈은 나중에 세어봐. 오늘 아침 히로가 널 위해 준비한 여권이야."

나는 여권을 꺼내어 넘겨 보았다. 거기엔 1979년 6월 생인 금발의 캐시 로즈가 있었다. 공항을 무난히 통과하기엔 그저 딱이었다.

"마마상이 네 진짜 여권을 갖고 있어서 최선을 다해 급조한 거야."

카티야가 말했다.

"메리, 너도 우리와 함께 공항에 가자. 일본을 떠나야 해. 지금 이곳에 있는 건 너무 위험해. 우리와 같이 미국에 가고 싶다면 히로의 사촌이 네 일자리를 알아봐줄 거야. 그게 싫으면 바로 영국행 비행기를 타든가…"

이 상황에 다소 안이한 소리로 들리겠지만, 나는 카티야의 새 인생에 불청객으로 자리잡긴 싫었다. 영국 역시 딱히 내키는 건 아니었지만 열네 시간의 비행으로 야마가와 상과 다른 곳에 있을 수만 있다면, 영국도 그다지 나쁜 곳은 아닐 터였다.

"그럼 난 영국으로 돌아갈래. 네 비행기는 언제 출발하니?"

"두 시간 남았어."

"두 시간?"

마음이 조급해졌다. 어떻게 그렇게 빨리 떠날 수 있을까? 카티야의 미소에는 나에 대한 미안함과 사랑의 열병에 도취된 무관심이 미묘하게 뒤섞여 있었다.

"왜 한 번도 히로에 대해 이야기하지 않았어?"

내가 물었다.

"입을 다물고 있는 편이 더 안전했기 때문이었어. 더구나 네가 유지와 사귀는 사이라 너무 위험하다고 생각했지. 난 히로가 언젠가는 돌아올 거라고 믿었어. 단지 그게 정확히 언제가 될지는 몰랐지만."

"1년은 정말 긴 시간이야. 어떻게 견딜 수 있었니?"

"다시 하라고 해도 난 똑같이 했을 거야. 필요하다면 10년, 아니 평생을 기다렸겠지."

카티야가 평생을 기다릴 수 있다고 말한 그 남자는 손을 호주머니에 찔러 넣은 채 반짝이는 호수를 바라보고 있었다. 나는 유지의 아파트에서 그가 했던 말을 기억했다. 그들이 히로의 여자친구를 그가 구해낸 매춘굴로 다시 보낼 거라고 협박했기 때문에 그녀에게 연락을 취할 수 없었다고 하지 않았던가.

나는 웃고 있지 않아도 행복의 광채 속에 둘러싸인 카티야를 본다. 항상 그녀를 앙칼지고 냉소적인 사람으로 생각했는데, 지금에서야 비로소 그녀를 제대로 알 수 있을 듯했다.

오늘 아침 전만 해도 나는 그녀에 대해 10퍼센트, 아니 5퍼센트밖에 알지 못했던 거다. 그리고 그녀가 떠나가는 이 시점에서 그 선입견을 바로잡는다 한들, 함께 할 시간은 더이상 남아 있지 않았다. 때는 너무 늦어버렸다.

"히로가 돌아온 걸 언제 알았니?"

"우리가 널 만나기 두 시간 전에. 히로가 오사카에 돌아온 건 몇 주 전이었는데 야마가와 상이 나한테 연락해선 안된다고 명령을 내렸대. 그는 더이상 그런 비인간적인 일당들과 함께 할 수 없다고 결론을 내리고 오늘 아침 그곳을 떠나 나한테 왔어."

"야마가와 상이 호락호락하게 보내줬단 말이야?"

"별로 좋지 않게 헤어졌나봐. 그게 바로 우리가 첫번째 비행기로 여길 뜨려고 하는 이유야. 지난 밤 세븐 원더스에서 그런 일이 있고 나서, 너도 여길 떠나야 한다고 말해주려고 했어."

카티야가 내게 옷을 갈아 입으라고 말하며 가방에서 검정색 셔츠와 흰색 바지, 그리고 캔버스화를 꺼냈다. 나는 뒷좌석으로 기어가 카디야가 준 옷을 입고 머리를 빗질했다. 카티야는 맨발을 계기반 위에 올려놓고 한쪽 눈을 시계에 고정시킨 채 담배를 피웠다. 유지의 땀과 피와 지문, 그리고 로터스 바 마룻바닥의 먼지들로 뒤범벅된 지난 밤의 치마와 블라우스가 눈에 거슬렸다. 결국 나는 그것들을 둘둘 말아 쇼핑백에 쑤셔넣은 뒤 운전석 밑으로 차버렸다.

카티야는 이런 행동 뒤에 숨겨진 내 심정을 눈치챈 듯했지만 아무 말도 하지 않았다. 나는 잠시 칫솔을 빌려 양치질을 하고 싶었지만 카티야는 벌써 초조해하는 것 같았다.

그녀는 자리에서 몸을 비틀며 물었다.

"준비됐어?"

"응, 그런데 와타나베에게 작별인사를 못한 게 안타까워. 최소한 고맙다는 말이라도 전해야 하는데. 그렇게 많은 빚을 졌으니 말이야."

"와타나베는 죽었어, 메리. 경찰에 알렸다는 이유로 그들이 죽였어."

내 심장이 빠르게 뛰었다.

"죽었다고? 어떻게?"

"꽁꽁 묶어서 익사시켰어."

"오, 하느님…도대체 뭣 때문에?"

"그런 짓을 능히 하고도 남을 놈들이야,"

카티야가 말했다.

"이제 왜 이렇게 서두르는지 이해가 가지?"

그녀는 핸들 쪽으로 몸을 구부려 경적을 울렸다. 호수를 가로질러 울려퍼지는 경적 소리에 나무 꼭대기에 앉은 새들이 퍼드득 날아갔다. 히로가 차 쪽으로 걸어오기 시작했다.

"이제 떠나야 해,"

카티야가 말했다.

"그렇지 않으면 우리도 와타나베처럼 죽음으로 끝이 날 거야."

우리 차는 배기가스를 분출하면서 한신 고속도로를 거칠게 질주했다. 도시는 멀리 콘크리트 아지랑이 사이로 높다랗게 솟은 마천루와 인공 잔디가 깔린 골프 코스를 희미하게 보여주고 있었다. 나는 일산화탄소와 땅거미가 자욱하게 깔린 이 고속도로 위에서, 마치 꿈 속에서 이 길을 지나간 것만 같은 기시감既視感[79]을 느꼈다.

내가 와타나베에게 마지막으로 했던 말이 생각났다.

"이 제빙기 좀 씻어줘."

난 '부탁'이란 단어조차 사용하지 않았다. 솔직해져, 메리. 너도 다른 사람들처럼 그를 무시했잖아. 그는 고작해야 십대 소년에 불과했는데…

히로는 담배를 피우며 별 말이 없이 운전만 했다. 우리도 말을 삼가고 있었다. 히로는 차에 타기 전에 트렁크에서 깨끗한 셔츠를 꺼내 입고 피 묻은 셔츠는 호수에 던져버렸다.

카티야는 안절부절못하는 어린아이처럼 무릎 한쪽을 세우고 앉아있었다. 그녀의 손이 히로의 목에서 팔로 옮겨가며 끊임없이 그의 몸 일부를 만지고 있었다. 그녀는 틈만 나면 그에게 키스를 퍼부었다. 산으로 뭉개진 그 반쪽 얼굴에도 예외는 아니었다. 차들은 우리와 나란히 달리다가 뒷배경으로 밀려났다. 나는 눈을 감고 자는 척했다.

우리는 차를 버리고 실내의 유리 통로를 걸어 에스컬레이터를 타고 간사이 국제 공항의 출발선으로 들어섰다. 에어컨이 가동 중인 홀에서는 외국 억양과 메아리가 뒤섞인 다국적 언어의 방송들이 울려퍼졌다. 작은 언덕을 이룬 여행가방 옆에서 서성대는 관광객들이 컴퓨터 화면에 표시된 게이트와 탑승 시간을 보며 얼굴을 찌푸리고 있었고, 아이

79. 데자뷰라고도 하며, 최초의 경험임에도 불구하고 이미 본 적이 있거나 경험한 적이 있다는 이상한 느낌이나 환상을 가리킴

들은 짐 손수레에 매달려 밀어달라며 징징대고 있었다.

히로의 얼굴 상처에서 풍겨나오는 예사롭지 않은 카리스마가 주변의 시선들을 사로잡았다. 겁을 집어먹는 사람들도 있었고 저속하고 상스럽게 표정을 내비치는 사람들도 있었다. 스파이더맨 티셔츠를 입은 한 여자아이가 손가락질을 하며 소리쳤다.

"엄마, 저 아저씨 얼굴이 왜 저래?"

얼굴이 홍당무가 된 아이의 엄마가 격렬하게 "쉿" 소리를 내며 아이를 끌고 멀리 달아났다. 카티야와 히로가 탑승권을 끊기 위해 위조 여권을 조용히 내밀고 있을 때, 나는 델타 항공 카운터 주변에서 그들을 기다렸다. 캘리포니아 행 비행기는 30분 후에 떠날 것이다. 그들은 이별 인사를 하느라 지체할 시간이 없었다.

으레 마지막 이별 의식을 치루는 장소는 보안 검사 전의 금속 개찰구였다. 회사 사장으로 보이는 한 남자가 회사 직원들의 배웅을 받으며 그곳으로 들어서고 있었다. 또 십대쯤으로 보이는 연인 한 쌍이 휴가철 로맨스 끝에 따라오는 전형적인 이별 의식을 나누고 있었다. 이러한 장면들은 모두 순식간에 지나가고 있었다.

히로가 카티야의 가방을 들고 나를 향해 고개를 끄덕이며 말했다.

"어제 일은 미안했어요."

"괜찮아요. 제 여권 준비해줘서 정말 고마워요."

우리는 가라오케 룸에서 맨 처음 만났던 때 못지않게 불편한 심정으로 악수를 나누었다.

히로가 뒤로 물러서며 주저하듯 말했다.

"와타나베는 좋은 녀석이었어요. 진심으로 당신을 걱정했어요."

나는 무슨 말을 해야 할지 선뜻 떠오르지 않아 고개만 끄덕였다.

히로가 나와 카티야만의 시간을 위해 자리를 피해주었다. 카티야와 난 와락 포옹했다.

"몸 조심해."

"너도. 미국에서 잘 살아."

"영국으로 돌아가선 좋은 일들만 가득하길 바랄게."

"고마워."

"메리, 잘 들어,"

카티야가 짧게 속삭였다.

"네가 지금 뭘 생각하는지 알고 있어, 메리. 잊지 마. 유지는 어딜 가나 적을 만드는 인간이야. 분명히 언젠가는 큰코를 다칠 거라구."

나는 머리를 좌우로 흔들었다. 이 귀중한 시간을 그런 얘기로 마무리짓고 싶지 않았다.

"연락해."

내가 말했다. 하지만 서로 주소나 이메일도 주고받지 않고 어떻게 연락을 취하겠는가? 카티야 또한, 이 사실을 알고 있었겠지만 아무 말 없이 고개만 끄덕거렸다.

"더 늦기 전에 가야할 것 같아."

마지막으로 한 번 더 포옹을 한 후 그녀는 돌아섰다. 히로가 카티야의 손을 잡았고 두 사람은 보안 검사를 위해 늘어선 줄로 합류해 들어갔다. 내가 서 있는 개찰구 왼쪽으로 수많은 친구들과 가족들이 사랑하는 이들이 모습을 감출 때까지 웃으면서 손을 흔들고 있었다. 나는 내 모습이 더이상 눈에 띄지 않도록 발걸음을 돌렸다.

이제 뭘 해야 하지? 아침식사? 내 입술 사이를 비집고 들어온 마지막 물질은 그 데이트 강간 위스키[80]가 전부였다. 하지만 나는 허기도 갈증도 느끼지 못했다. 그러나 최소한 노력은 해보리라 마음먹고 기념품 가게들을 지나 커피숍으로 향했다. 자동문이 열리자 카운터에 앉아 졸고 있던 웨이터가 눈꺼풀을 들어올리며 흐릿한 눈으로 인사를 해왔다. 창문 아래로 비행장이 내려다보였다. 민항기가 연료를 흡입하거나, 천천히 트랙을 따라 움직이거나, 활주로를 따라 인상적인 원을 그리고 있었다. 민항기 한 대가 날아오르고 나는 타이 항공 로고가 구름 사이로 사라질 때까지 지켜보았다. 밤의 장막이 드리우기 전에 나 또한 저 날개 달린 원통 속에서 나를 벨트로 채우고 있을 것이다. 그 생각을 하자 왠지 우울해졌다.

나는 창문에 등을 기댄 채 앉아서 파워퍼프 걸The Powerpuff Girls(역주: 14개국에서 방영된 만화 네트워크 최고의TV 미니 시리즈)이 방영되고 있는 카운터 위 TV를 바라보고 있었다. 웨이터가 뜨거운 타월과 물을 가져다준 뒤 앞치마 호주머니에서 주문철을 꺼냈다. 나는 뭔가 술술 넘어가는 게 없을까 메뉴를 꼼꼼히 살피다가 아이스크림을 주문하고 뒤늦게 커피를 추가했다. 유지 정도의 키와 체격을 가진 남자가 커피숍 문 앞에 멈춰서 메뉴를 들여다보고 있었다. 물론 유지가 아니라는 건 알았지만 왠지 모를 두려움으로 맥박이 빨라졌다. 그는 덫을 피하기 위해 자기 꼬리를 갉아먹는 쥐새끼처럼 오래 전에 내 눈 앞에서 사라지지 않았는가. 나는 뜨거운 타월을 얼굴에 갖다댔다. 그리고 나서 카티야가 준 봉투

80. '데이트 강간'은 면식자에 의한 강간을 의미하며, 여기서는 마약을 섞은 위스키가 야마가와 상의 데이트 강간을 위한 매체로 쓰였음을 가리킴

가 떠올라 돈을 세어보았다. 그리고 다시 한번 더 셌다. 크게 숨을 들이마신 후 또 한번 셌다. 50만 엔이었다. 도대체 이 돈이 어디서 난 걸까? 카티야는 도대체 제정신인가? 그녀에 대한 애정과 고마움으로 가슴이 흥건해졌다. 영국은 잊자. 이 돈이면 원하는 곳 어디든 갈 수 있지 않은가.

웨이터가 헛기침을 하며 나를 내려다보고 있었다. 나는 돈을 다시 봉투 속에 밀어넣었지만, 그의 눈은 이미 의혹으로 둥그래져 있었다. 그는 내가 주문한 것을 내려놓고 카운터로 물러가 바스락거리며 신문을 펴들었다.

나는 아이스크림 위에 커피를 부었다.

"그렇게 드시면 맛있나요?"

그가 물었다.

"그럼요. 언제 한번 시도해보세요."

나는 아이스크림을 한 숟가락 가득 떠 먹었다. 냉기가 치아의 신경을 강타하면서 어깨가 바짝 움츠러들었다.

"일본어를 아주 잘하시네요."

그가 말했다.

나는 웃으며 수줍은 듯 반사적으로 고개를 가로저었다. 저 나이 든 남자는 꽤나 오지랖이 넓은 모양이지만 이렇게 외로울 때는 누구에게도 방해받고 싶지 않았다. 특히 저렇게 괜한 친근감을 표시해오는 건 내 기분을 열 배나 안좋게 만드는 일이다.

"어느 나라로 가십니까?"

돋보기 안경알로 확대된 눈 때문에, 그는 호기심 많은 올빼미처럼 보였다.

"결정하고 있는 중이에요."

그가 신문을 내려놓았다. 반구형 대머리 양쪽으로 잿빛 머리털이 솟아있었다. 그는 당황스러운 듯 자신의 대머리를 긁적거리며 말했다.

"재미있으신 분이시네. 휴가 차 일본에 오신 건가요?"

"네. 기분전환이 필요해서요."

"마음에 두신 데라도 있으십니까?"

"아시아 쪽으로요."

"한국은 가보셨어요?"

"아니요. 거긴 가고 싶지 않아요."

나는 잠시 유지의 행방을 떠올리고는 진저리치며 말했다.

"전 신혼여행을 괌으로 간 적이 있어요. 아주 오래 전 일이죠. 그저 아름답다는 말밖엔 할 수 없는 곳이랍니다."

"괌이라…"

나 또한 그곳에 대해 호감가는 얘기를 들은 적이 있었다. 그리고 일본어만 할 줄 알면 손쉽게 일거리를 찾을 수 있다고도 했다.

"괜찮은 생각이네요. 그럼, 괌으로 정할게요."

내가 자기 말을 진지하게 받아들인 게 기뻤는지 웨이터가 웃었다.

"2층에서 티켓을 사면 돼요. 비행기는 두 시간마다 출발하고요. 젊기 때문에 하고 싶은 일을 마음대로 할 수 있다는 건 여간 행운이 아니지요."

이것으로 오늘 나는 '행운'이란 말을 두 번이나 들었다. 나는 녹아 질퍽해진 커피 아이스크림을 휘저었다.

자동문이 열리고 원기왕성해 보이는 젊은이 열 명 정도가 들어왔다. 웨이터는 한차례 인사를 하고 뜨거운 타월과 물을 준비하기 위해 풀쩍 뛰어올랐다. 그들은 창가의 자리로 이동했다.

"비서실의 마이코가 못와서 정말 유감이야."

"티켓을 환불받을 수 있을까?"

그들은 휴가를 받은 직장 동료들인 것 같았다. 나는 미소지으며 그들의 얘기를 듣고 있었다. 아직 모험은 시작되지 않았고 로맨스도 일어나기 전이다. 내가 아는 많은 샐러리맨들이 이런 식으로 여행 중에 아내를 만났다. 그야말로 모의를 꾸미는 듯한 대규모의 그룹 데이트가 아닐 수 없다. 다시 말해 핵가족 생산 라인의 맨 첫번째 정거장인 셈이다. 나는 평소에 이런 종류의 일들을 경멸했지만, 이 땅에 남겨둔 친구 하나 없이 이렇게 홀로 앉아 있자니 그들이 부럽기까지 했다.

웨이터가 뜨거운 타월을 새 등장 인물들에게 전하고 내 테이블 옆에 멈춰섰다.

"분명히 괌이 마음에 드실 거예요. 걱정거리를 쫓아버릴 정도로 풍성한 햇살이 쏟아붓고 있죠."

나는 햇살이 모든 것을 기적적으로 치료하는, 그가 말하는 순백의 세상을 마음 속에 그리며 녹은 아이스크림을 옆으로 밀어 놓았다.

뉴스가 내 외로움을 밀어내며 주의를 돌렸다. TV는 화면 속 영상들을 1초 이상 붙잡고 있질 못했다. 국회에 앉아 있는 일련의 단조로운 정장들, 고래 떼, 오키나와의 태풍, 브라질 무장 강도의 몽타주 등이 휙휙 지나갔다. 음량이 너무 작아 도대체 무슨 말을 하는지 알아들을 수 없었고 그 마지막은 으레 뜬금없는 이야기로 끝났다. 그 소동 밖으로는 거대한 게 한 마리가 갑각류 세계의 집행자처럼 자신의 집게발을 딸깍거리며 나를 이 해방의 짜릿한 순간으로부터 후퇴시키고 있었다.

나는 저 게를 알고 있다. 신사이바시 식당 지붕 위에서 저 집게발을 흔들면서 행인들에게 추파를 던지던… 게 밑으로는 기자가 마이크에 대고 떠들고 있었다. 카메라가 상하 좌우로 돌아가면서 볼썽사납게 색 바래고 불결해 보이는 한낮의 유흥가를 비추었다. 나는 커피를 입 안 가득 삼키고 방송으로 연마된 기자 특유의 노련한 입술의 움직임을 쳐다보았다.

바로 그때 내가 알고 있는, 하지만 확실히 기억나지 않는 얼굴이 TV 화면 가득 나타났다. 아마 배우일지도 모르겠지만 그러기엔 어떤 연예 기획사들도 호감을 느끼지 못할 너무 수척하고 볼품없는 외모였다. 카메라 너머 무언가에 위협을 느낀 듯 겁에 잔뜩 질려 있는 사진이었다.

잠시 후 화면이 기자에게 돌아왔을 때서야 나는 그게 누구 얼굴인지 깨달았다. 나는 나처럼 놀라는 사람이 또 있나 주위를 둘러보았다. 그리고 나서 카운터로 달려가 음량을 높이기 위해 모든 버튼을 눌러댔다. 그건 배우가 아니라, 와타나베였다.

나는 TV 쪽으로 더 가까이 얼굴을 들이밀었다. 영상은 이제 초록색으로 바뀌고 내가 버튼을 누르자 수평 줄이 나타나면서 화면이 재조정되었다. 카메라는 요도가와淀川 강의 다리를 비추었다. 일요일 쇼핑객들이 광택 도는 가방을 흔들면서 휴대폰에 대고 수다를 떨거나 멍청한 시선을 던지고 있었다. 한두 명은 의식적으로 카메라를 흘끔거렸다. 삭발한 수도사는 염불을 외며 돈을 구걸하고 있었다. 기자의 음성이 들려왔다.

"(어쩌구 저쩌구)… 신사이바시였습니다."

"괜찮아요?"

웨이터가 볼펜으로 귀 속을 후비며, 다른 손에 낙서 투성이 주문철을 든 채 내 옆에 서 있었다. 그는 내가 TV 구경도 못한 사람이라고 생각했을 것이다.

"저 사람, 내 친구였어요."

내가 말했다.

"강물에 뛰어든 미친놈이요?"

그가 물었다.

이게 사람들이 와타나베를 부르는 말인가? 분노가 치밀었다. 그 깡패 일당은 어떻게 교묘히 빠져나간 것일까?

"그는 강물에 뛰어들지 않았어요."

내가 항변했다.

"하지만 뉴스에서 그렇게 말하던 걸요. 경찰이 쫓아가니까 강물에 뛰어들었다고…"

나는 반박하기 위해 입을 열려다가, 다시 다물었다. 얼마나 많은 사람들이 방금 저 뉴스를 보았을까?

"저 자는 정신병자예요."

웨이터가 계속 조롱했다.

"옴진리교 신도인 척 하면서 경찰들에게 사린(역주:독성이 강한 신경가스)으로 위협했대요. 정말 어처구니가 없어서…"

"사린으로 위협을 했다구요?"

"경찰들이 어젯밤 그 지역 전체를 비웠어요. 사람들 모두 공포에 떨었지요. 저 자와 설마 친하게 지낸 건 아니겠죠?"

"그렇게 친하진 않아요. 하지만 그는 당신이 생각하는 그런 사람이 아니에요. 좋은 사람이라구요. 약간 엉뚱한 면이 있긴 하지만 정신병자는 아니라구요. 죽어선 안될 사람이었다구요."

그는 입을 딱 벌린 채 나를 바라보았다. 입술 사이에 가느다란 침이 늘어져 있었다. 그는 은실을 절단하는 듯한 놀란 목소리로 말했다.

"죽어선 안될 사람이었다구요? 그는 죽지 않았어요! 사람들이 오늘 아침 그를 강에서 끌어올렸어요. 지금 오사카 종합 병원에 있다고 그러던데."

나는 왔던 길을 다시 거슬러 돌아가기 시작했다. 주변으로 스쳐가는 공항의 모든 영상들이 슬로우모션으로 되감기고 있었다. 느릿느릿 기어가는 탑승 수속 행렬, 짐 손수레를 부딪히며 장난을 치고 있는 아이들, 시간 없는 쇼핑객들을 현혹하는 바가지 요금의 기념품 진열대… 나는 서두를 필요가 없다는 것을 알고 있었다. 와타나베는 어디로도 가지 않을 것이다. 적어도 경찰의 보호 감독에서 벗어나지 못할 것이다.

그럼에도 나는 서둘렀다. 에스컬레이터 위에서 빠른 걸음으로 계단을 밟을 때마다 캔버스화 밑창이 금속에 부딪히는 찰싹찰싹 소리가 났다. 나와 어깨를 부딪힌 중국 여자가 나를 향해 광둥말로 뭐라뭐라 소리쳤다. 나는 영어로 사과를 건넨 후 공항에서 기차 역으로 닿는 통로를 쏜살같이 내달렸다.

경찰들이 나를 안으로 들여보내줄까? 그 다음엔 와타나베에게 무슨 말을 해야 하지? 고맙다고 한 후, 또 무슨 말을 해야 할까? 나머지 말은 그때 되면 저절로 생각날지 모른다.

나는 카티야의 경고를 떠올렸다. 물론 신사이바시를 떠날 것이다. 예전처럼 경계심을 풀고 사람들을 철썩같이 믿는 그런 바보 같은 짓은 더이상 하지 않을 것이다.

기차 역에는 야자수와 파도가 부서지는 완벽한 해안선의 이국적인 여행지를 광고하는 비디오 광고 게시판이 있었다. 나는 티켓 자동 판매기 줄에 합류했다. 아직 내겐 더 봐야 할 일본이 남아 있었다.

23

: 와타나베

나는 차 트렁크 속으로 내던져졌다. 트렁크 뚜껑이 쾅 닫히면서 모든 불빛도 사라졌다. 세상은 이제 트렁크 범위로 쪼그라들었고 그 이후의 여정은 멀미와 암흑의 삐걱거림으로 채워졌다. 트렁크가 다시 열렸을 때, 에이스와 오미는 밤의 대기 속으로 나를 들어올렸다.

"제기랄. 이 새끼 토한 꼬락서니 좀 봐."

"자기 면상에다 전부 게워놨잖아. 에잇, 구역질 나."

그들은 탄저병에 걸린 미물인양 나를 바닥에 패대기 친 후 한 차례 사나운 발길질을 했다. 에이스가 심한 욕설을 내뱉으며 자기 손등에 묻은 내 위액을 재킷 소매자락에 닦더니 또 한번 나를 발로 찼다. 오미는 라이터를 켠 후 담배에 불을 붙였다.

여기는 창고와 빈민촌으로 가득한 우메다 북쪽의 제방 둑이었다. 파친코에서 흘러나오는 불빛이 강물에 번쩍거리고, 가로등 그림자는 물뱀처럼 전류에 감전된 듯 몸을 비틀고 있었다.

우리의 쌍둥이 행성인 달은 여명이 밝기 전의 하늘에 고즈넉이 매달려 있었다. 이 외로운 위성의 광경은 저미는 듯한 그리움의 고통을 부추겼다. 야쿠자 깡패들과 지구의 중력에도 영향받지 않는 평온한 저곳을 얼마나 동경했던가.

둘 중 하나가 차에서 무엇인가를 꺼냈다. 망치와 줄이었다. 그가 그것을 내 옆의 제방 위로 던지자 못과 징 같은 금속 물질들이 콘크리트 바닥 위로 잘그랑 소리를 내며 잇따라 쏟아졌다.

"줄이 충분할까?"

둘 중에 주도권을 가진 듯한 에이스가 딱딱하게 말했다.

"이놈 묶는 건데 더 필요할 리가 없지. 보라구. 말라비틀어졌잖아."

강물이 포말과 함께 둑에 와 부딪쳤고 나의 위는 움츠러들었다.

에이스가 친구에게 장난기 섞인 음흉한 시선을 던지더니 내게 말을 건네왔다.

"와타나베,"

그의 말투엔 가장된 친밀함이 녹아 있었다.

"우린 너를 이 강물에 빠뜨리도록 되어 있지만, 잘 들어. 네가 이 콘크리트 바닥에 못을 박을 수만 있다면 놔줄 수도 있어. 어때, 내 제안이 맘에 들어?"

어떠냐고? 아주 비열한 장난질이라고 생각한다. 하지만 귓속에서 핏물이 파도처럼 밀려드는 이 순간, 내가 어떤 선택을 했겠는가?

나는 망치와 못을 덥석 집어들었다. 무릎을 구부리고 엄지손가락과 나머지 손가락들 사이에 못을 고정시킨 후 있는 힘을 다해 망치로 첫 번째 가격을 했다. 내 고문자들이 미친 듯이 웃어대느라 바보같이 몸을 떠는 걸 봐선, 이 노력이 어리석고 쓸모없다는 사실은 명백했다. 초지각이 거세된 나는 콘크리트 바닥의 약한 부분을 발견할 수 없었다. 나는 오로지 물리적 힘에 의지한 채 녹초가 되어가고 있었다.

일에 진전이 없자, 내 공사 감독이 자기 이마를 찰싹 치며 말했다.

"너무 애처로워서 차마 눈 뜨고 못봐주겠군."

"저 놈이 물 속에서 계속 가라앉아 있을까? 돌 자루를 하나 매달아야 할 것 같은데."

"로슨(편의점)에 가서 쓰레기 봉투를 사와."

에이스가 명령했다.

"그리고 먹을 것도 좀 집어오라구."

그가 나를 돌아보았다.

"어! 내가 너라면 망치질을 그만두지 않을 텐데…살고 싶으면 계속해!"

오미는 로슨으로 출발했고 에이스는 엄지손가락으로 휴대폰을 꾹꾹 누르고 있었다. 나는 망치질을 계속했다.

망치질을 하면서 나는 메리와 그녀의 해방된 미래를 생각하며 행복감을 느꼈다. 그러나 그녀의 신기원적 해방의 기쁨을 함께 나누지도 못한 채 부패 가스로 퉁퉁 부은 시체가 되어 강물에 떠다닐 내 미래를 생각하니 행복감은 이내 씁쓸함으로 바뀌었다.

이렇게 가엾도록 망치질을 멈추지 않는 걸 봐서 설마 내가 죽음을 두려워하는 것일까? 그렇다. 나는 그렇다고 고백한다. 아주 짧은 생애 동안 내가 모든 인류 문명에 비해 위대한 경지로 도약했다고 한들, 그것이 지금 이 상황에서 위로가 될 순 없었다.

내 교도관은 계속해서 문자를 꾹꾹 엄지손가락으로 눌러댔고 나는 제방을 가로질러 자유를 위해 도주할 것인가 말 것인가를 놓고 잠시 고민했다. 그러나 곧 사람보다 총알이 빠르다는 것을 기억해냈다.

"내가 키우는 개새끼가 망치질을 해도 너보단 낫겠다."

에이스가 한마디 내뱉자, 망치는 이내 빗나가서 내 엄지손가락을 찧고 말았다. 통증이 느껴지는 부위를 빨면서 나는 새벽이 밝아오는 하늘을 멀거니 응시했다.

"제법 그럴듯한 재주를 부렸어."

그가 또 말을 꺼냈다.

"옴진리교 신도인 척 하면서 말이야. 하지만 우리가 경찰 전화를 스위치보드로 접속할 수 있다는 건 몰랐지? 아마 다음 생에서는 그런 걸 손쉽게 이용하게 될 테니 걱정 마라."

그리고 나서 에이스는 체인 톱을 밀 때의 베어링 소리와 흡사하게 가래가 낀 목구멍으로 헛기침을 했다.

"만약에 네가 여자라면 말이다."

그가 또 시답지 않은 소리를 하기 시작했다.

"그리고 나와 오미 둘 중에 한 명을 선택해야 한다면… 로슨에 간 놈이 오미거든. 둘 중 누구를 택하겠냐?"

에이스는 죄수처럼 사나운 눈빛을 강물에 고정시키고 있었다. 둘 중 누구를 선택하란 말인가? 마치 두 유인원 중에 누가 더 나은지를 묻는 거나 같다. 판단의 기준이 무엇이란 말인가? 적어도 코 성형술이 필요 없는 사람이 누구지?

머리를 짓밟히고 싶지 않다는 이유만으로 내 결정은 단호하게 기울어졌다.

"당신이요."

내가 대답했다.

"진심이야?"

그가 물었다.

내가 고개를 끄덕이자 에이스는 사라져가는 밤의 대기 속으로 한숨을 내쉬었다. 이 따위 협상은 정말 더럽고 싸구려처럼 느껴진다. 나는 망치를 들어 못을 향해 내리쳤다. 맥박이 사납게 고동치며 못이 기적적으로 약 2밀리미터 정도 콘크리트를 뚫고 들어갔다.

"야, 쓰레기 봉투는?"

오미가 돌아오자 에이스가 소리쳤다.

"다 팔렸대. 하지만 먹을 건 사왔어. 그리구 이것 봐. 이번 달은 촉수가 달린 침입자 이야기야."

오미가 담배와 먹을 것들을 땅 위에 꺼내 놓았다. 내가 못을 더욱 깊이 박고 있을 때, 그들은 앉아서 감자 튀김으로 아침식사를 하고 디저트 삼아 야구 카드에 딸려온 껌도 씹었다.

태양이 떠올랐고 그들은 계속 퍼질러 앉아 담배를 피우며 촉수 달린 로봇과 섹스를 하는 여자들로 도배된 포르노 만화책을 보고 있었다. 그동안 못은 거의 끝까지 들어갔다. 드디어 완벽하게 박혔을 때 나는 기진맥진해져 내 손으로 이룩한 업적에 감동하는 것 외에는 손 하나 꿈쩍할 수 없었다.

나는 망치를 내려놓고 내 성과물이 그들의 눈에 띄기만을 기다렸다. 그러나 막상 그것을 발견하고 나서도, 그들의 대화는 이런 식으로 흘러갔다.

"야, 저기 좀 봐."

"말도 안돼! 저 놈이 해냈잖아!"

"글쎄, 완전히 박혔다고는…"

"그래, 맞아. 와타나베, 잠시 그 망치 좀 줘 봐…"

쾅 박는 소리.

"이제야 좀 제대로 된 것 같다."

"완벽해. 하지만 이건 명백히 네가 그를 도와서 가능했던 거야. 다시 말해 속임수지."

"그렇긴 하지. 이녀석을 물에 빠뜨리는 게 낫겠다."

그들은 내 팔을 뒤로 묶고 발목도 함께 묶었다. 손목과 발목이 떨어져나갈 듯 심하게 조여와 얼마 안 가 손과 발이 마치 환상지(역주: 절단 후 지체가 아직 있는 듯한 기분)인 것 같은 느낌이 들었다.

그들은 내 두개골에 총알을 박을지 여부를 두고 잠시 논의했으나, 다행히 그건 불필요하다는 결론을 내렸다. 그들은 나를 둑 가장자리로 들어올려 멀리 던질 수 있도록 내 몸을 앞뒤로 흔들기 시작했다. 잿빛 지평 시차[81]가 생기면서 지구와 하늘이 위치를 바꾸었다. 이런 경우라면 대부분 사람들은 비명을 질러댈 것이다. 그러나 나는 아니었다. 카쿠 쌍둥이의 손에 구타당한 세월로 인해 나는 소리 없이 고통을 감내하는 기술을 터득했다.

나는 눈을 꽉 감았다.

"셋을 셀까?"

"좋아. 잘 가라, 와타나베. 아까는 고마웠다."

"뭐가 고맙다는 거야?"

"……"

"하나, 둘, 셋."

나는 잠시 공중에 붕 떠 있다가 이내 나를 마중나온 강물 속으로 빨려 들어갔다. 차가운 벽이 세차게 내 몸을 밀어붙이면서 나를 아래로

81. 천체에서 지구의 반경을 보는 각도로, 해나 달의 거리를 측정하는 데 이용

끌어당겼다. 아래로 떨어지면서 내 눈은 공포로 번쩍 떠졌다. 마치 인간 짐짝같았다. 엄습하는 공포감과 함께 음울한 어둠이 내 주변에 소용돌이쳤다. 대류권의 부드러운 애무도 사라졌다.

나의 정맥은 강물의 독한 술로 얼음장같이 차가워졌고, 팔목과 발목에 묶인 줄을 풀기 위해 몸을 이리저리 움직이는 격심한 활동이 소중한 산소를 바닥내고 있었다. 무릎과 정수리가 강바닥 진흙에 부딪히자 나는 낚싯바늘 끝에 매달린 물고기처럼 심하게 도리깨질하며 몸을 들어올렸다. 산소 결핍은 이제 목숨을 앗아가기 시작하고, 폐에선 발작을 일으키며 당장 파열할 듯한 비명이 흘러나왔다. 강은 마치 그 복부 틈 사이로 내장과 피를 쏟아내는 듯 내 눈 앞에서 붉은 빛으로 빙빙 돌았다. 더이상 견딜 수 없었다.

이 괴로움에 종지부를 찍을 수만 있다면 내 두개골을 기꺼이 바위로 내던질 준비도 되어 있었다. 물 속에서 1분간의 사투를 벌인 후, 나는 확실히 죽을 수 있는 행동을 취하기로 마음먹었다. 들이마시기 시작한 것이다.

역류가 나의 누관과 폐 속으로 돌진했다. 나는 계속해서 들이마시며 격렬하게 떨었다. 그리고 모든 고통 가운데 무감각이 두개골로 서서히 침투하기 시작했다. 마치 수술실에서 최후의 의식 속으로 마취제가 차갑게 흘러들어오는 것 같았다. 어두운 무감정이 나를 엄습했고 ,곧 모든 것이 고요하고 잠잠해졌다. 나는 마지막으로 이런 생각을 했다. *이제 끝이구나.* 그러나 내 생각은 틀렸다.

나에게 그 일이 일어난 건 물에 잠긴 지 그리 오래 지나지 않아서였다. 인간 의식의 대폭발은 나를 지각의 한계 너머로 쏘아올렸다. 어둠의 공간에 의해 내쫓긴 천 개의 태양으로 빛나는 하늘이 타는 듯한 작은 물방울을 물 속으로 쏟아부었다. 황도광[82]이 내려와 생물의 모든 단자들을 밝게 비추었다. 정신은 기쁨으로 충만하고 나는 내 시선을 혈류가 흐르는 내부로 비추어 탄산가스 수치를 읽었다.

의식 없는 내 몸이 강물을 따라 흘러가고, 주요 기관은 호흡성 산증 상태[83]로 기능을 잃어가고 있었다. 죽음의 시계가 똑딱거리며 지나갔다. 임상적으로 죽었다고 판명나기까지는 103초가 남아 있었다. 죽음 이후의 삶은 위로가 되지 못한다. 모든 것을 훤히 꿰뚫는 유령이라 해도 어느 누가 물 무덤에서 둥둥 떠다니는 썩은 시체이길 바라겠는가? 내 초능력은 보다 높은 목적을 위해 복구된 게 틀림없다.

나의 초지각적 시력은 내 팔목과 발목을 감싸고 있는 매듭을 뚫고 들어가 유클리드 기하학을 초월한 방식으로 그것을 분해시킨다. 2차원의 감옥이 3차원의 존재에게는 감옥이 될 수 없는 것처럼, 매듭은 하루하루 기하학 법칙을 위반하며 존재하는 영역의 세계에서는 무의미하다. 3차원 공간의 규칙을 일탈한 공간적 위치로 변환함으로써 나는 탈출할 수 있을 것이다.

내 맥박이 비록 치명적으로 희미하긴 하지만, 아직 내 피에 남아있는 에이티피ATP[84]를 분석해볼 때 작전 행동을 펼칠 만큼은 된다. 내가 모든 염력을 끌어모아 필요한 운동신경을 자극시키자 전기 신호가 발사되며 근육의 미세섬유가 은밀히 움직이며 수축하기 시작했다. 내 손

82. 일출 전 동쪽 하늘이나 일몰 후 서쪽하늘에 잘 보이는 은하수처럼 생긴 희미한 빛의 띠
83. 주로 폐에서 호흡이 원활하게 일어나지 않아 동맥혈의 이산화탄소 분압이 증가하기 때문에 생기며 결과적으로 수소이온농도[ph]가 낮아지는 상태
84. 영양소 대사과정에서 생산소비되는 화학에너지의 저장 화합물로서 인체의 에너지원

가락이 마치 잉태된 태아의 손가락처럼 씰룩씰룩 움직일 때 나의 초지각은 그들을 생체분자의 수준으로 전위轉位시킨다.

잠자는 후디니(역주: 1874-1926;헝가리 태생의 미국의 마술사, 묶인 포승풀기로 유명함)가 채워진 수갑과 족쇄에서 슥 미끄러져 나왔다. 이 운동전달이론은 사람들에게는 거의 불가사의하게 비쳐질 것이다. 그들이 보기에 나는 거의 움직이지 않았으므로, 내 탈출은 기적이라고 하기에 조금도 부족함이 없다. 오직 나만이 이 숨은 재주 뒤의 진실을 알고 있을 뿐이다.

족쇄에서 해방된 사지가 독수리 날개처럼 쫙 펴지고 내 몸이 물분자를 위로 밀면서 수면으로 박차고 올라갔다. 나는 얼굴을 아래로 떨구고 강물의 조류에 따라 모래 제방 쪽으로 흘러갔다. 맥박이 희미하게 중얼거렸고, 횡경막이 수축되었다. 강물로 인해 숨이 막혔다.

내 4차원 존재는 거의 무감각해진 몸 위로 쏜살같이 날아올라 도시 위에서 흥분의 환호성을 내지른다.

저 아래로는 사람들이 하품을 하며 발을 질질 끌어 슬리퍼를 신거나 데굴데굴 구르며 잠자리로 돌아갔다. 나는 메리를 찾아 그녀가 앉아 있는 병원 침대로 급습한다. 아직도 최초로 조우한 초현실에 어리벙벙해져 있는 메리 주위를, 나는 나선 모양으로 돌며 다가간다. 그리고 그녀를 위해 용기와 기쁨을 기원하며 그녀의 외로움을 전멸시키는 소용돌이 포옹과 함께 나를 위해서라도 조금만 더 굳건히 견뎌달라고 당부한다. 나는 내 몸이 누워있는 곳으로 날아와 잠시 살인을 저지르려 했던 강물을 용서한다.

박살 난 자전거, 쇼핑 카트 그리고 기타 미생물로도 분해되지 않는 인간문명의 각종 잔해들이 깊이 침몰한 폐허의 도시 위로, 오염된 강물이 미친 듯이 포효하며 굽이쳤다.

강 하구로 내려가보니 둑에는 연금을 받아 살아가는 세 명의 노인이 무명으로 짠 밀짚모자를 쓰고 낚싯바늘에 구더기를 꿰고 있었다. 그 중 은퇴한 교통 경찰인 구마모토 씨가 모래 위에 축 늘어진 사람의 형상을 보더니 외마디 소리를 질렀다. 사춘기 학생들처럼 큰 소리를 내지르며, 세 명의 낚시꾼들은 낚싯대와 미끼도 던져버리고 나를 향해 달려왔다.

엔돌핀들이 모골이 송연할 정도로 치솟고 있었다. 그들은 둑가에 멈춰 서서 내 등에 매달린 젖은 티셔츠 쪽을 슬쩍 내려다보며, 내가 죽었는지 살았는지 큰 소리로 소곤거리고 있었다.

나를 처음 발견했다는 책임감에 구마모토 씨가 물에 흠뻑 젖은 내 몸통으로 다가와 주의깊게 자신의 노쇠한 몸을 모래 위로 구부렸다. 그리고 나서 내 팔목을 들어올려 맥박 부위에서 2센티미터 떨어진 지점에 손가락을 갖다댔다.

"죽었군,"

그가 자신을 내려다보는 두 명의 동료에게 장엄하게 읊조렸다. 구마모토 씨는 슬픈 듯 머리를 힘없이 가로저으며 내 팔을 내려놓았다. 구마모토 씨에게 둑을 다시 올라가는 일은 둑을 내려오는 일보다 더 힘들었다. 그가 중심을 잃고 미끄러져서 뒷걸음질을 하는 바람에 보기 흉하게 벌어진 내 손가락 위로 그의 오버슈즈(역주: 비올 때 방수용으로 구두 위에 신는 덧신) 고무 밑창 자국이 남고 말았다. 얼굴을 땅에 박고 있던 내가 숨통에서 역류하는 강물을 쿨럭 하고 입밖으로 토하자, 세 명의 낚시꾼이 아연실색하며 비명을 질러댔다.

구급차 지붕 위에서 사이렌이 귀를 찢는 소프라노 음조로 노래한다.

음속에 가까운 속도로 확산되는 공습 경보는 아침 거리에 도플러 편이[85]에 의한 돌연변이 현상을 일으키고 있다. 나는 구급차 안에서 은박 포장지를 덮고 파충류 같은 냉혈동물처럼 싸늘하게 식은 채 누워있다. 나의 눈꺼풀은 혈기가 없는 막 조직에 불과하다. 한 손으로 내 산소 마스크를 누르고 있는 의료인은 자신의 근무 종료가 15분 남은 상황에서 맞닥뜨린 이 냉혹한 현실로 인해 내게 단단히 화가 나 있다.

내게는 그의 초기 인공호흡 소생술이 나를 살릴 수 있다는 사실이 명백한 데도, 그 성난 의료인에게 내 생명은 미지수일 뿐이다. 나는 면역 체계를 다시 복구하기 위해 강물의 세균들을 집어삼키는 백혈구들의 원기왕성한 울부짖음을 듣는다. 저체온증이 내 몸을 폐렴에 걸리기 쉬운 상태로 만들었으나 기관지 확장제를 복용하면 괜찮아질 것이다.

나는 초지각 펄서(역주: 은하계 내에서 펄스 모양의 전파를 내는 천체의 총칭)를 의료인의 두뇌에 보내, 항박테리아 스프레이를 내 입 속에 뿌리면 내 폐의 염증이 한 단계 호전될 거라고 충고한다.

내 생물학적 상태를 상세히 들여다보다 지겨워진 나는 사이렌이 도시 전체를 날카롭게 휘젓게 내버려두고 구급차 지붕을 뚫고 날아올랐다. 초자연적인 충동이 마치 전하電荷가 피뢰침에 몰리는 것처럼 나를 신사이바시로 내몰았다. 나는 트루 러브 거리로 내려갔다.

지금은 조용하다. 네온사인은 전압이 다 떨어진 상태로 깜박깜박 흘

85. 도플러 효과[파원에 대하여 상대 속도를 가진 관측자에게 파동의 주파수가 파원에서 나온 수치와 다르게 관측되는 현상]의 결과로 나타나는 진동수나 파장의 변화

러나오고 꼴불견의 단골 손님들은 떠오르는 태양과 함께 곤경에 빠져 허둥지둥 자취를 감추었다. 세븐 원더스의 벽과 천장을 뚫고 슬그머니 침입하자 히로가 막 계단을 오르고 있는 모습이 포착된다.

그의 신경계를 파고 들어가보니 숨어있던 유지를 발견했을 때와 같은 정신 상태다. 피부는 신경성 발한 작용으로 축축했다. 문 앞에서 히로는 앞으로 일어날 일에 대해 한 번 더 마음을 단단히 먹었다. 손등으로 문을 똑똑 두드림으로써 이제 그는 손 떼지 못할 선으로 들어서고 말았다.

"들어와! 아! 히로구만. 좋은 아침이야. 이리 와 아침 좀 들겠나?"

어두침침한 야마가와 상의 사무실에는 다섯 명의 남자가 낮은 탁자에 둘러 앉아 에비스 맥주와 파로 양념한 불고기를 먹고 있었다. 사전 허가 없이 나타나는 건 규칙을 깨는 행동이었지만, 야마가와 상은 히로를 보며 웃고 있었다. 비록 그 웃음이 늪에서 모습을 드러내는 악어의 교활한 미소라고 할지라도 어쨌든 미소는 미소였다. 그 굶주린 깡패들은 젓가락을 밥에서 입으로 연신 움직이면서 대수롭지 않게 히로를 올려다보았다. 이젠 히로가 그들을 지켜볼 차례였다. 극단적인 긴장과 두려움 속에서 그가 모든 구석구석을 찬찬히 살폈다. 그들 뒤에 매달린 화면에서는 노극能劇[86]이 장면을 바꾸며 가상의 악마와 성직자가 최면을 일으키는 듯한 느린 드럼 장단에 맞추어 춤을 추고 있다.

"왜 그렇게 꿀먹은 벙어리가 됐나?"

---

86. 원래 종교적 의식으로 실시된 것으로 700년 이상의 역사를 지닌 일본을 대표하는 무대예술. 일본 고유의 전통 의상을 입은 연기자는 자신의 표정을 감추기 위해 가면을 사용하든가 혹은 무표정으로 연기를 하지만 가면 뒤에는 수많은 표정이 감추어져 있음

야마가와 상이 물었다.

"염화수소 구강 세정제로 또 가글을 한 건가? 얼굴과 어울리게 편도선도 잘라버리든지 하라구."

야마가와 상이 트림을 했고 건달들은 자신들의 사발에 코를 박고 음식을 남김없이 해치우고 있었다. 히로는 자신이 예행 연습했던 이별 신고식을 폐기하기로 마음먹은 뒤 2단계 돌입을 결정했다. 얼굴이 돌처럼 굳은 그는 정장 속으로 손을 넣어 셔츠에 걸린 권총집을 잡았다. 그리고는 HK MP 5K 표준 15발 권총을 꺼내 들었다. 흡사 파티 같은 식사 분위기 때문에, 히로가 총 놀이쇠를 강하게 당겼다가 놓고 급기야 방아쇠를 당길 때까지도, 무슨 일이 일어나고 있는지 눈치챈 사람은 아무도 없었다.

탄창 안의 탄환이 연달아 발사되면서 탄피가 폭포수처럼 바닥에 떨어졌다. 고막을 찢는 무차별 포격과 모골을 송연하게 만드는 비명 소리로 순식간에 공기가 탁해졌다. 비명 소리가 완전히 잠잠해질 때까지는 9.2초를 넘지 않았다. 도자기 그릇의 파편들이 하얀 쌀밥 속으로 흩어졌다. 총탄이 몸의 기관들을 뚫고 들어가면서 모두 물 풍선처럼 폭파했고, 벽에는 헤모글로빈이 요란스레 튀겼다.

기관단총은 모두의 몸에 셀 수도 없는 구멍을 뚫어 놓으면서 상연 중인 노극에도 핏물을 흩뿌렸다. 히로는 총구를 좌우로 돌려가며 쏘아댔고 총의 되튐으로 험악하게 몸을 떨었다.

그가 발사를 멈추기 오래 전에 생명은 이미 압제자들의 몸을 떠나 있었다. 히로는 총을 내려놓고 나서야, 비로소 그 즐비한 시체들이 눈에 들어왔다.

머리가 홱 돌아가고 가슴은 파열된 채 뻥 뚫리고 무기력하게 저항하듯 들려있는 손들은 손목에서 절단 나 있었다. 예전의 모습을 증명할 수 있는 시체는 하나도 없었다. HK MP 5K의 반향이 고막에서 윙윙 울리자, 히로는 뒤로 물러나 안전장치를 채우고 권총을 재킷 속으로 쑤셔넣었다.

그는 책상으로 걸어가 맨 위서랍을 당긴 후 그 안에서 140만 엔 지폐 한 다발을 꺼내 들었다. 돈을 호주머니에 집어넣고 그는 정체불명의 튀어나온 내장-야마가와 상의 것이었다-과 함께 피바다를 이룬 현장을 마지막으로 훑어보고는 문을 향해 돌아섰다. 불길하게 고조되는 노극의 춤사위 아래로 나동그라진 자신의 전前 두목과 동지들을 뒤로 하고, 히로는 방에서 조용히 빠져나왔다.

사건 직후 히로는 승리감에 도취되지 않았다. 히로는 자신의 의지보다 더욱 위대한 의지의 대리인으로서, 그 자신도 도저히 이해할 수 없는 중대한 불균형을 바로잡기 위해 임무를 수행했을 뿐이다. 나 또한 그의 행동을 축하할 기분이 아니었다. 나는 내 초지각을 수축시켰고 구급차로 돌아왔다. 정의 실현의 현장을 엄중하게 목격한 나는 지칠대로 지쳐 잠 속으로 혼절했다.

항생물질이 내 팔의 혈관을 따라 졸졸 흘러들었다. 심장 모니터는 지나가는 간호사에게, 나는 아직 4륜 운반차를 타고 시체 공시소로 운반될 필요가 없다는 것을 확신시켜주고 있었다. 이런 식으로, 내 자신이 핏기 하나 없이 혼수상태로 병원 침대 위에 누워있는 꼴을 보고 있자니, 정말 딱한 기분이 들었다.

나는 거의 살아있는 사람같지 않았다. 그러나 산소 결핍 조직에 자동 생체검사를 시행해보니, 충분히 이 난관을 극복할 수 있을 것 같았다. 내 4차원적 운명은 내 목숨이 붙어있게끔 지령을 내렸고, 불로 장생약이 내 정맥에 지속적으로 생명을 불어넣고 있다.

그들은 나를 파괴시킬 수 없었고, 앞으로도 결코 나를 해칠 수 없을 것이다. 왜냐하면 나는 우주 의식의 숨겨진 시나리오기 때문이다. 이는 인간이 태초의 진흙으로부터 기어나온 이래, 인간에게 일어날 수 있는 최고의 일이다. 그들이 우주 청사진의 대본에 등장하는 인물을 무슨 수로 파괴시킬 수 있겠는가?

우리 인간의 운명은 내 DNA에 암호화된 미소분자 속에 씌어있다. 그것은 우리를 새로운 진화의 새벽으로 이끌기 위해 피로 물든 천년 후의 또 다른 천년을 맞이하면서 자연 도태된 즐비한 시체들을 견뎌왔다. 내 웃음의 울림에 귀를 기울여라. 우주는 의식의 힘이기 때문이다. 또 그것은 내 운명과도 무관하지 않다.

나는 유령 같은 소년처럼 열을 내며 움직임 없이 누워있다. 희미하게 반짝이는 생물체의 발광이 병실로 들어오고, 나는 나선형을 그리며 그 불사조처럼 재생된 존재 속으로 나아간다.

내 영혼과 연결된 우주진宇宙塵으로 빚어진 그 여자는, 내 침대가로 다가오더니 내 이마 위에 자신의 차가운 손을 내려놓는다. 그녀가 내 이마를 어루만질 때 그 감촉이 생명력을 방출한다. 이날을 얼마나 손꼽아 기다려왔던가.

이제 우리는 함께 미래의 에덴 동산으로 도약해 불행과 죄로부터 자유로운 평화의 나라에서 살게 될 것이다. 이 세계의 곤봉과 돌덩어리는 더이상 우리에게 해를 끼치지 못하며, 우리의 모든 상처들은 그 빛이 점차 바랠 것이다.

나는 눈을 뜰 힘조차 없지만, 메리는 내가 그녀를 보고 있다는 것을 알고 있다. 그녀가 내 손을 잡고 미소를 짓는다. 우리는 손을 맞잡고 과거의 삶을 죽은 피부처럼 벗어버리고 마침내 날아오를 것이다. 완전한 행복, 완전한 사랑의 영역 속으로.

24

: 사토

나는 오늘 아침 금융부 사무실 콘크리트 바닥에서 눈을 떴다. 환한 햇살이 창 블라인드를 후광처럼 비추고, 등으로는 사무실 아래층의 진동이 고스란히 전해져왔다.

복도를 타고 울러퍼지는 "좋은 아침이에요," 등의 활기찬 외침들이 패닉 상태에 있던 내 희미한 감각 속을 비집고 들어올 때까지, 나는 꿈쩍도 하지 않고 멍하니 누워있었다. 그러다 곧 일어나 주변을 둘러보았다. 이렇게 긴급한 상황에 처해진 사무실은 본 적이 없었다. 서류정리 캐비닛 서랍은 죄다 열려있고, 바닥은 흩어진 서류 문서들로 빼곡하게 덮여있었다.

시계의 두 손은 8시 15분을 가리키고 있었다. 기적이 일어나지 않고서야 동료들이 도착하기 전에 모든 것을 깨끗이 정리하는 건 도저히 불가능했다.

2천 개가 넘는 파일을 하루 동안 꼬박 매달려 조사한 결과 1992년 6월까지 거슬러 올라갈 수 있었다.

나는 새벽 2시쯤, 일을 중단하고 서류들을 치우기로 결정했던 희미한 기억을 떠올렸다. 그러나 문서 하나가 누락되어 있어 진이 빠지도록 조사에서 손을 뗄 수가 없었다.

나는 환한 웃음소리와 발자국 소리가 사무실 문 쪽으로 점점 가까워질 때까지 무력하게 그걸 듣고만 있었다. 드디어 문이 열렸다. 생글생글 웃으며 문을 들어선 야마모토 양과 하타 양의 얼굴이 충격으로 굳어졌다.

"사토 과장님!"

하타 양이 바닥에 어질러진 회계 대장 문서들을 밟으며 나를 향해 달려왔다.

"과장님! 괜찮으세요?"

복숭앗빛 트윈 세트와 블라우스를 입은 그녀는 몸을 웅크린 채 앉아, 이 드라마틱한 현장에 놀라 눈이 휘둥그래졌다.

야마모토 양은 블라인드를 올리기 위해 창문 쪽으로 뛰어갔다. 그러나 햇빛이 비춘다 한들 이 혼돈을 정화시키기에는 역부족이었다.

"과장님!"

하타 양이 내 어깨를 흔들면서 소리쳤다.

"뭐라고 말씀 좀 해보세요. 겁나게 왜 이러세요!"

"도둑을 맞은 것 같아."

야마모토 양이 말했다.

"경찰을 불러야겠어!"

야마모토 양의 말을 듣자마자 머릿속에 부끄러운 아이디어 하나가 떠올랐다. 내가 도착하기 전부터 사무실이 이런 상태였던 것처럼 가장하면 어떨까 싶었다. 얼마나 음흉한 마음의 작용인가! 나는 이런 유혹의 싹을 바로 잘라내기로 결심했다.

"도둑을 맞은 게 아니야!"

내가 말했다.

"어제 여기 들러 연장 근무 차원에서 밤을 샌 것 뿐이라고."

하타 양의 입이 떡 하니 벌어졌다. 그녀는, 놀란 듯 입을 손바닥으로 가린 야마모토 양 쪽으로 고개를 돌렸다. 야마모토 양은 자신의 불법 행위가 발견됐다는 사실에 충격을 받은 것일까? 아니면 연장 근무라는 미명 하에 문서관리 시스템에 가해진 손상 때문에 저러는 걸까? 알 수 없었다. 그러나 나는 어떤 기회의 여지도 주고 싶지 않았다.

"당장 본사로 가서 할 말이 있어."

내 말투에서 느껴지는 권위는 혼잡한 배경 속에 희석되었다.

"아주 긴급해. 계좌에서 돈이 횡령되었어."

"아니, 세상에!"

하타 양이 숨을 몰아쉬며 말했다.

"어느 계좌에서요?"

어떤 계좌를 딱 꼬집어 말할 수는 없었다.

"증거는 발견될 거야."

"회사 간호사를 불러야 할 것 같아요."

야마모토 양이 속삭이듯 말했다.

"과장님, 몸이 정말 안좋아 보이세요."

"이봐, 난 정말 간호사가 필요하지 않으니까, 제발 두 사람 모두 평상시처럼 가서 일들이나 하라고."

나는 항변했다.

둘은 내가 마쓰야마 상의 책상 모서리를 잡고 똑바로 일어서는 모습을 지켜봤다. 세번째 시도 끝에 간신히 일어섰지만 허리 통증 때문에 동물 같은 신음소리가 새어나왔다.

일어나서 보니 아비규환같은 대혼란의 현장이 더욱 생생하게 시야에 들어왔다. 한없이 침체되는 마음과 함께, 나는 이 혼란을 정리정돈 하려면 족히 하루는 걸릴 것이라는 불쾌한 현실을 깨달았다. 바닥은 파일들의 어지러운 몽타주로 바뀌어 있었고, 문득 마리코의 생일 만찬 이후에 내가 먹은 유일한 음식이라곤 몇 리터의 진한 블랙커피가 전부였다는 생각이 났다. 갑자기 바닥이 무너지는 듯했다. 그때 하타 양이 달려들어 내 어깨를 붙잡았다.

"빨리요. 회사 간호사를 불러요. 과장님 상태가 안좋아요."

"그럴 필요 없어, 난 정말 괜찮아."

그러나 야마모토 양은 이미 자리를 뜬 후였다.

하타 양이 나를 의자에 앉히고 물 한 잔을 떠 왔다. 당황한 기색이 역력한 그녀의 눈길이 온통 뒤죽박죽인 파일들을 두리번거렸다. 나는 사무실을 제대로 정리하겠다고 고집하며 의자에서 몸을 일으켰지만, 하타 양은 제발 다시 앉으라고 간청했다. 얼떨떨해진 나는 턱 위에 난 까슬까슬한 수염을 매만졌다.

내 자켓과 바지는 마구 구겨져 있었고, 입 안에는 쓰레기통에 버려진 수많은 커피 거름종이 냄새가 났다.

"본사에 가야 해. 그들에게 긴급히 알려야 한다구."

내가 하타 양에게 말했다.

"과장님, 회사 간호사가 올 때까지 좀 기다리세요. 과장님 몸은 현재 정상이 아니세요."

그녀가 내게 주저하며 말했다.

결국 나는 호화로운 카펫이 깔린 본사로 직접 발걸음하는 수고를 치를 필요가 없게 되었다. 숨을 몰아쉬며 돌아온 야마모토 양은 간호사인 히사코 뿐만 아니라 공포 그 자체인 무라카미 상무와 산조 사장까지 대동하고 나타났다.

내가 다이와 무역에서 20년 근속하는 동안 산조 사장을 눈 앞에서 본다는 건 지극히 드문 경우였다.

그가 18층에서 여기까지 몸소 행차하셨다는 것은 거의 신화에 가까운 그의 위치를 벗어난 행위나 다름없었으므로, 그만큼 이 일이 심각하다는 것을 증명했다.

정중한 목례와 함께 사무실로 들어선 무라카미 상은 이 아수라장을 둘러보며 '휴' 소리를 냈다. 나는 굳이 그를 향한 분노를 숨기고 싶지 않아 그의 목례에 아무 반응도 보이지 않았다. 산조 사장은 마치 절벽같이 냉담한 표정으로 문 입구에 서 있었다. 나는 무라카미 상이 이미 나를 적대시하고 있으리라 확신했다.

구겨진 흰 유니폼을 입은 간호사 히사코만이 내게 말을 건넸다.

"안녕하세요, 사토 씨. 오늘 몸이 안좋으시다면서요."

그녀는 다가와 내 이마에 차가운 손을 얹고 나서 맥박을 쟀다.

신입사원 타로가 나타나서 사장의 어깨 너머로 장난스럽게 이 광경을 엿보고 있었다. 그 수많은 날들 중에 왜 하필 오늘만 그 자식이 정시에 나타났는지는 하느님만이 아실 일이다. 그가 도대체 무슨 일이냐고 묻자 야마모토 양이 재빨리 귓속말로 얘기해주었다.

"와! 신경 쇠약!"

그가 외쳤다.

간호사 히사코는 엄마 같은 미소를 지으며 내 손목을 내려놨다.

"사토 씨, 심장 박동이 너무 빠르고 불규칙해요. 과로 때문에 휴식을 좀 취해야 할 것 같아요."

그녀가 말했다.

무라카미 상이 경영 세미나에서 배운대로 어떤 편견도 담지 않은 공평무사한 미소를 지어보이며 말했다.

"사토 과장, 오늘은 쉬는 게 어떻겠나?"

나는 그 말에 격렬하게 저항하듯 입을 열었다. 눈앞에 처리해야 할 일이 산적해 있었다. 또 산조 사장에게 마리코가 했던 말을 전달해야 할 의무도 있었으며, 또한 아직 더 봐야 할 1989-1991년 계좌도 남아 있었다.

"사장님, 괜찮으시다면,"

내가 일어서며 말했다.

"개인적으로 드릴 말씀이 있습니다."

산조 사장의 쏘아보는 듯한 단호한 시선이 나를 침묵으로 몰고갔다.

"무라카미 상무,"

사장은 나를 아예 무시하며 말했다.

"사토 과장이 집으로 잘 돌아갈 수 있도록 조치하게. 그 다음 병원에 가서 모든 의료검진을 받도록 하고 금요일 아침 아홉 시에 의사 소견서를 가지고 내 방으로 올려보내."

그가 야마모토 양을 보며 말했다.

"택시를 부르고 계산은 다이와 무역 앞으로 달아 놔."

곧 산조 사장은 우리를 불편한 침묵 속에 남겨둔 채 자리를 떠났다.

주차장의 정지 막대가 택시 위로 올라갈 때, 다이와 무역 빌딩을 돌아보았다. 동료들이 사무실 창문에 모여 침울하게 주차장을 내려다보고 있었다.

모두들 내가 퀵캡Kwik Kab 택시 뒷좌석이 아닌 영구차에 실려 나가는 것처럼 느꼈을 것이다. 굴욕감이 엄습해오는 가운데, 무슨 수로 그들의 신임과 존경을 되찾을 수 있을지 난감해지기 시작했다. 그 수많은 시간을 투자하고도 왜 아무것도 밝혀내지 못한 걸까? 심지어 틀린 소수점조차 찾아내지 못했다. 비록 증거가 부족하다 해도, 본사는 반드시 마리코의 증언을 들어야 한다.

택시가 러시 아워의 거리를 통과하느라 시간을 허비하는 동안, 나는 계획을 세웠다. 집으로 가서 샤워와 면도를 하고 가장 멋진 정장으로 갈아입을 것이다. 그 다음 마리코와 함께 본사로 동행해 무라카미 상이 어떻게 그녀를 돈으로 매수하여 나를 유혹하게 만들었는지 전부 폭로할 것이다. 비록 공식적으로 금요일까지는 이 모든 게 유보된 셈이지만, 나는 산조 사장도 일단 진실을 알게 되면 태도를 바꿀 것이라고 확신했다.

이 무시무시한 상황이 해결을 보고나면, 다나카 부인을 만나러 오사카 종합병원으로 돌아갈 계획이었다. 혼수상태에 빠진 이웃보다 회사일을 우선 순위에 두는 게 싫었지만, 한시라도 빨리 진실을 밝혀내고자 하는 욕망은 여전히 불타올랐다. 나는 집에 가자마자 병원으로 전화해 다나카 부인이 차도를 보이고 있는지 물어볼 참이었다.

택시가 오사카의 좁다란 거리를 통과할 때, 마치 눈에 보이지 않는 침술사의 장난감이라도 된 듯 손바닥과 가슴이 따끔따끔 쑤셔왔다. 비록 실패로 돌아가긴 했지만 토요일 밤에 있었던 마리코의 유혹을 생각하니, 이 모든 복잡한 사건 속에서도 다시 마리코의 얼굴을 보는 것이 적잖이 신경이 쓰였다. 나는 그 방에서 나를 코너로 몰았던 간계스런 꽃뱀은 실제의 마리코가 아니라, 단지 재정적인 곤란 때문에 연기를 한 가엾은 여자에 불과했다는 사실을 다시금 상기시켜야 했다. 그런 마리코의 행동이 결국 비참한 착취의 부산물이었다는 생각을 하자 분노가 일면서 두려움이 가셨다.

택시가 우리 집 밖에서 멈춰 섰다. 택시에서 기어 나와 문을 쾅 닫았을 때, 나는 내 집의 모든 커튼이 내부를 볼 수 없게끔 빠짐없이 드리워져 있다는 걸 알아차렸다. 이상했다. 지금까지 침대에서 뒹굴며 게으름을 피울 마리코가 아니었다. 그녀가 다시 아픈 건 아닐까 걱정되어 서둘러 현관으로 향했다. 집 안에 들어서자 현관은 어두컴컴했고 마치 향수병이 그리 멀지 않은 곳에서 깨진 듯 사향과 으깬 꽃잎 냄새가 집 안에 진동했다.

"마리코?"

내가 불렀다.

아무런 대답 없이 집 안은 적막했다. 계단으로 발걸음을 옮기는 도중, 복도 거울이 내 눈을 사로잡았다. 립스틱을 짓눌러 깨뜨린 거울의 참상이 눈에 들어왔다.

'그 립스틱은 당신 것인지, 아님 마리코의 것인지 당체 알 수 없는 야하고 극악한 빛깔이었어.'

거울엔 립스틱으로 쓴 메시지가 있었다.

- 당신은 당신 아내의 말에 귀를 기울이지 않았어.

나는 모욕감에 몸서리쳤다. 나는 옷감이 망가질 정도로 여름 자켓 소매로 립스틱을 지우기 시작했다. 글자가 알아볼 수 없이 희미해질 때까지 닦고 또 닦았다.

그 메시지 아래엔 화살표 하나가 계단을 가리키고 있었다. 그곳으로 시선을 옮기자 내 셔츠 한 장이 계단 위쪽 난간 옷걸이에 매달려 있었다. 나는 서둘러 그것을 잡아당겼다. 옷의 등판에도 그녀의 흔적이 있었다.

– 나는 당신이 내게 한 짓을 전부 폭로할 것이다.

나는 못쓰게 되어버린 셔츠를 내던졌다. 내가 대체 그녀에게 무슨 짓을 했단 말인가? 나는 그녀가 아버지를 잃은 슬픔에 잠겨있는 동안 피난처를 제공한 죄밖에는 없다. 두 번째 화살이 계단을 마저 오를 것을 재촉했다. 나는 순종적인 하인처럼 립스틱 지령을 따랐다. 그날 밤 내가 잤던 빈 방 문에 표시된 메시지는 정치적 시위의 기치처럼 호전적이었다.

– 이것은 당신의 아내를 무시한 벌이다.

분노로 질식할 것 같아 나는 한걸음에 내달려 힘껏 문을 박찼다. 방 한가운데 놓여 있는 첼로는 마치 도살당한 것처럼 커다란 망치가 옆구리 쪽에 박혀있었다. 첼로는 잔인한 처사를 당한 꼴로 긁히고 움푹 파여 있었다.

조율용 줄 조리개가 부러지고, 줄 받침대는 무참히 부서지고, 느슨해진 현은 토막토막 잘리고 말려있었다. 마리코가 첼로를 머리 위까지 들어올렸다가 다다미를 향해 세차게 내리치는 모습이 상상되었다. 이 첼로는 더이상 어떤 선율도 만들어낼 수 없었다. 어떤 증오가 이런 야만적인 파괴 행위를 낳은 것일까? 마리코는 첼로의 활을 두 조각으로 절단내기 위해 사력을 다했을 것이다.

나는 무릎을 꿇고 이 나무와 목공품에 애도를 표했다. 립스틱은 벽까지 말살했다. 가장 대담한 메시지가 한쪽 벽면의 끝에서 끝까지 뻗어 있었다.

– 당신이 나를 강간했다고 폭로할 것이다.

나는 현기증이 났다. 무엇 때문에 나를 이토록 위협하는 걸까. 그녀의 범죄를 경찰에 신고하지 못하게 하려고? 악의적인 거짓말과 야비한 말들이 벽 다른 곳에도 진을 치고 있었다. 한 마디 한 마디가 전혀 새로운 방식으로 내 심장을 후벼팠다.

더이상 그것을 참고 읽어낼 수가 없었다. 나는 무릎을 꿇고 죽은 첼로의 목과 몸체를 다시 붙이려고 애쓰며 내 품으로 끌어당겼다. 부서진 나무 파편이 폴리에스테르 바지를 찔렀다. 오직 립스틱과 망치로 무장한 채, 마리코는 이 방을 완전히 초토화시켰다. 그녀는 벽의 맨 아랫부분에도 낙서를 했다.

- 아직 가족 사당을 보지 못했나?

나는 첼로를 바닥에 내려놓고 계단을 뛰어내려갔다. 사당은 잉크병을 깨뜨려 끼얹은 흉측한 꼴이었다. 그녀는 모든 사진 액자 유리를 깨뜨렸고 젓가락으로 부모님의 눈을 긁어 팠다. 어머니는 잉크로 된 턱수염을 갖게 되었고 아버지는 뿔과 송곳니가 솟은 괴물로 변해 있었다.

'오직 당신 사진만이 아래 쪽에 메시지를 쓰기 위해 아무 손상 없이 보존되어 있었지.'

- 너의 무시가 나를 자살하게 했다.

나는 솟구쳐 오르는 오열을 억눌렀다. 화를 내는 게 어리석은 일인 줄은 알지만, 도저히 참기 어려웠다. 도대체 왜? 우리 가족이 그녀에게 무슨 짓을 했길래? 모독을 당한 사당 위에는 파란 잉크를 묻힌 손가락 자국으로 마지막 메시지가 적혀 있었다.

- 아직 당신 모가지가 잘리지 않았나, 사토?

아, 얼마나 바보같았던가. 정말 이런 속임수에 걸려들리라고는 꿈에도 생각지 못했다.

나는 유리 파편들을 쓰레받기로 쓸어 모으고, 마리코가 망쳐놓은 사진들을 버렸다. 그리고 나자 망가진 나머지 것들에 매달릴 용기도, 힘도 남아있지 않았다. 대신 토스트 한 조각을 먹고 샤워를 한 후 깨끗한 풀오버와 캐주얼한 바지로 갈아입었다. 그리고 나서 계단 아래 벽장에서 휴대용 TV를 꺼내 병원으로 가기 위해 버스를 탔다.

다나카 부인은 별 차도가 없었지만, 오노 의사는 이제 어느 정도 안정된 상태라며 매우 낙관했다.

나오코는 휴가를 얻어 숙모의 침대 옆에서 야영을 하다시피 하고 있었다. 그녀는 내가 떠난 일요일 아침 이후로 대화의 흐름이 중단되지 않은 것처럼 내가 도착했을 때도 여전히 반응 없는 숙모를 향해 수다를 떨고 있었다. 자신도 의식하지 못하는 깊은 잠에 빠진 다나카 부인은 혈색 없이 그저 평온해 보였다. 마치 간호사들이 눈을 돌린 동안 서로에게 번갈아 주먹질이라도 한 것처럼, 숙모와 조카 모두 눈 아래' 거무틱틱한 그림자가 드리워져 있었다.

숙모에게 온 정신을 빼앗긴 나머지, 나오코는 내게 왜 회사에 안나갔는지, 또 왜 일요일에 돌아오겠다는 약속을 지키지 않았는지는 물어보지도 않았다. 대신 그녀는 휴대용 TV를 보고 웃으면서 손뼉을 쳐댔다. 그리고 다나카 부인이 좋아하는 점심시간 대 연속극 '엘리베이터 걸의 삶과 사랑' 대사를 들을 수 있도록 빨리 TV를 설치하자고 했다.

나는 해질녘까지 병원에 있었다. 밤새도록 머물까도 생각했지만 집을 피하려고 혼수상태의 다나카 부인을 이용하는 건 잘못이라는 생각이 들었다. 나는 나를 겁에 질리게 만들어 집 밖으로 쫓아내려는 마리코의 수작에 절대로 말려들어서는 안된다고 거듭 되뇌었다. 내일은 봄

맞이 대청소 날이다. 나는 수세미를 가지고 집을 돌며 벽 위에 그려진 악의적인 비방을 모조리 지워버릴 것이다.

'또한 나는 당신의 망가진 첼로를 소장품으로 꺼내놓을 거야. 그리고 열쇠 수리공을 불러 현관 열쇠도 바꿔야겠지.'

조금 전 나는 빈 방으로 가보았다. 방은 폭력의 기억으로 한껏 충전되어 있었다. 부서지고 상처입은 채 쓰러져 있는 첼로를 보자 기분이 한없이 침체되었다. 나는 리넨 찬장으로 가서 오래된 빨간색 실크 기모노를 꺼냈다. 그리고 나서 망가진 첼로에 약간의 존엄성을 표하기 위해 그 위에 덮어 놓았다.

수많은 걱정이 밤새 마음을 괴롭혔다. 오늘 아침 사무실에서 벌어졌던 해프닝이 머리를 스치고 지나가면서 수치심으로 가득한 집속 폭탄(역주: 폭발시 금속 파편이 광범위하게 흩어지는 폭탄)이 마음에서 폭발했다. 이제 어떠한 징계 처분도 달게 받아들여야 한다. 직장 동료들의 존경을 되찾기 위해서라도 괴물처럼 일해야 할 것이다. 현재로선 차라리 발레화를 신고 후지산을 오르는 편이 훨씬 더 쉬울 것 같았다.

아직 당신 모가지가 잘리지 않았나, 사토?

마리코는 얼마나 교묘하게 내 몰락을 꾸몄던 걸까? 얼마나 교활하게 나를 속였는가? 사기의 전모는 켜켜이 쌓여 있어, 하나를 벗기면 또 하나가 모습을 드러냈다. 도대체 어디가 끝인가? 그녀의 아버지가 죽었다는 건 정말일까?

'그녀가 정말 당신과 내가 있었던 오키나와 해변의 꿈을 꾸었던 걸까? 나를 가장 혼돈스럽게 한 건, 당신의 보석상자를 점검했을 때 모든 게 그대로였다는 점이었소. 돈도, 심지어 식기대 위 푼돈도 모두 그대로였지. 재정적인 보상도 없이 왜 그런 짓을 벌인 걸까? 나는 그녀의 원한을 살 만한 어떤 짓도 한 적이 없었는데, 그런 적이 없었는데…'

II

오늘 아침 신선한 과일 한 봉지를 들고 병동에 도착했을 때, 나오코가 일인실 입구에 서서 손짓을 해왔다. 나는 그녀의 얼굴에 기쁨의 미소가 떠오를 때까지 최악의 사태에 가슴을 졸이고 있었다. 놀라운 뉴스! 다나카 부인이 혼수상태에서 깨어난 것이다. 그녀는 행복한 비명을 지르며 나를 붙잡고 내 안경이 벗겨질 정도로 껑충껑충 뛰었다.

"사토 씨, 어젯밤에 숙모가 깨어나셨어요! 와서 좀 보세요! 지금 침대에 앉아 계세요. 머리며 뭐며 전부 다 움직이실 수 있다구요."

다나카 부인을 본 순간, 내 손에 들려 있던 바나나와 배가 바닥으로 떨어졌다. 다나카 부인은 앉아서 '굿모닝 재팬'을 보고 있었는데 베개들로 만들어진 왕좌로 등을 받치고 있었다. 그녀는 마치 서로 집앞 우편함으로 향하다가 마주친 것처럼 나를 보며 친근한 고갯짓을 했다.

"다나카 부인! 드디어 깨어나셨군요!"

나는 지나치게 크게 외쳤다.

정말 놀라운 일이었다. 하루 전만 해도 다나카 부인은 완전히 의식이 없었다. 그런데 24시간이 채 지나지 않은 지금 앉아서 유치원 스모레슬링 시합에 관한 가벼운 뉴스를 시청하고 있었다.

"기분은 어떠세요? 두통은 없으세요?"

내가 물었다.

"아직 말씀은 할 수 없으세요."

나오코가 말했다.

"의사 선생님이 그러시는데 아직 쇼크 상태라 목소리가 돌아오기까지는 시간이 좀 걸린대요."

나는 웃으면서 떨어진 과일들을 줍다가 침대 옆 의자를 살짝 들어올렸다. 나오코와 나는 다나카 부인 때문에 아침 내내 야단법석을 떨면서 믿기 힘든 행복감으로 연신 웃음보를 터뜨렸다. 물론 다나카 부인은 우리의 행복한 비명에는 한몫 끼지 못했다.

점심시간에 그녀가 세몰리나 푸딩(역주: 굵게 간 거친 밀가루로 만든 푸딩)을 손수 떠먹는 모습을 보고 나오코가 칭찬을 퍼붓자, 그녀는 시큰둥한 표정으로 숟가락을 뒤집어 내려놓았다.

다나카 부인이 영양식을 마쳤을 때, 나오코와 함께 사는 룸메이트 토모코가 휠체어를 탄 다나카 씨와 함께 병실을 방문했다.

다나카 씨는 깔끔하게 정돈된 백발 등 보기 드물게 말쑥한 모습으로 나타났다. 무릎 위에 놓인 커다란 장미 부케 때문에 방 안으로 들어오면서 재채기를 해댔다. 그는 아내를 향해 고개를 끄덕이고는 그녀의 점심 쟁반 위에 꽃다발을 올려놓았다. 그리고 나서 금융 피라미드 조직의 위험성을 다룬 다큐멘터리 프로그램을 보기 시작했다.

토모코는 웃음 띤 얼굴로 다나카 씨가 아침 내내 아내의 안부를 물었으며 그가 아내 없이는 정말 아무것도 할 수 없다는 걸 보여주었다고 말했다. 나오코와 나 또한 이것은 두말할 여지가 없는 사실이라고 맞짱구를 치며 유쾌하게 웃었다. 말로만 듣던 나오코의 여행사 친구를 본 건 이번이 처음이었다. 토모코는 뚱뚱하고 몸집이 컸지만, 그 모습이 오히려 어울렸고, 나선 모양의 곱슬곱슬한 머리 스타일은 매력적이라고 칭찬을 듣기까지 했다. 그녀는 도전적인 가죽 부츠와 젊은 직장 여성들 사이에서 유행하고 있는 검정 바지 정장 투피스 차림이었는데, 과체중의 사람에게서 흔히 볼 수 있는 수다스러움으로 나오코가 내 칭찬을 아끼지 않았다고 호들갑을 떨었다. 내가 마리코에게는 그다지 인상적이지 않았을 거라고 생각했는데 의외의 뉴스였다.

화창한 날씨였으므로, 나오코가 다나카 부인을 휠체어에 태워 병원 뜰로 나가 신선한 공기 좀 쐬어드리자고 제안했다. 간호사의 허락 하에 우리는, 다나카 부인을 두 장의 담요로 감싼 후 병원 뜰로 휠체어를 밀고 나갔다.

우리는 아주 잘 정비된 원정대로 거듭났다. 나오코가 다나카 부인의 휠체어를 밀면서 모두의 걷는 속도를 결정했고, 나는 점적 장치의 수액 걸대를 붙잡고 다나카 부인의 손목이 당기는 일이 없도록 충분히 느슨함을 유지하며 나란히 보조를 맞추었다. 토모코와 다나카 씨는 뒤에서 따라왔다.

아담한 병원 정원은 잘 손질되어 있었다. 두 갈래의 작은 돌길이 관목과 화단으로 둘러싸인 잔디 사이를 가르고 있었다. 잔디 한가운데에는 대야 모양의 장식물(본래 새가 목욕하도록 정원에 설치하는 그릇의 의미)이 눈에 띄었고, 잔디 주변을 둘러싼 벤치에는 환자들이 무리지어 앉아있었다. 정원사용 부츠를 신은 간호사의 감독 하에 소아과 병동의 아이들이 스케치북과 색연필을 들고 잔디에 앉아 데이지(역주: 쌍떡잎식물 초롱꽃목 국화과의 여러해살이풀)를 그리고 있었다.

"정말 좋죠, 숙모!"

나오코가 감탄조로 외쳤다.

"너무 화창한 날씨예요."

사실 하늘은 오히려 어두웠지만, 지금 나오코의 기분을 깰 수 있는 건 아무것도 없었다. 고르지 않은 잔디로 수액 걸대가 넘어질까봐, 우리의 소규모 행진은 돌길을 따라 위아래로 천천히 움직였다.

꽤 많은 사람들이 밖에서 신선한 공기를 즐기고 있었는데, 그 중 한 의사가 담배를 피우면서 담뱃재를 화단 속으로 가볍게 털어넣고 있었다. 실로 어처구니없는 광경이다! 최소한 의료직에 몸담고 있는 사람이라면 병든 아이들 앞에서 담배를 피우는 짓은 삼가야 하는 것이 아닌가. 이유를 불문하고 그들은 담배 따위를 피우지 말아야 한다.

'내가 그 의사에게 매우 엄격한 비난조의 눈빛을 보냈다는 걸 알면 당신도 맘에 들어하겠지.'

내가 이런 감정이 담긴 눈길로 그를 바라보고 있을 때, 그 옆 벤치에 앉아 있는 한 외국 여자에게 눈이 갔다. 단지 외국 여자였기 때문은 아니었다. 그녀는 바로 메리였다.

내 걸음을 멈추게 할 만큼 너무 뜻밖의 만남이었다. 잠시 동행자들과 보조를 맞추지 못한 탓에, 하마터면 가엾은 다나카 부인의 팔에서 점적 장치가 떨어질 뻔했다. 검은 티셔츠와 흰 바지를 입은 메리는 무릎 위에 책을 펼쳐놓은 채, 허공을 응시하고 있는 흰 환자복 차림의 병약해 보이는 어린 청년에게 책을 읽어주고 있었다.

영양 실조에 걸린 듯한 그 청년은 죽음을 앞둔 소모성 질환[87] 환자처럼 송장 같은 깡마른 몸을 환자복 아래에 숨기고 있었다. 우리의 행보가 점점 가까워지면서, 나는 그녀가 읽고 있는 책이 일본어로 된 민간 설화의 삽화라는 것을 알았다. 일본어로 된 책을 읽을 수 있는 외국인은 그리 흔치 않기 때문에 나는 적잖이 놀랐다. 보랏빛 날개를 가진 나비 한 마리가 머리 위에서 팔랑거리자, 그녀는 읽고 있던 책을 잠시 놓고 미소를 짓더니 남자를 바라보며 나비를 가리켰다. 그녀의 병약한 친구는 그저 날아가는 나비의 모습만 멍하니 응시할 뿐이었다. 수액 걸대를 잡고 그녀의 벤치 옆으로 덜거덕거리며 휠체어와 함께 지나갈 때 메리와 잠시 눈이 마주쳤지만, 메리는 나를 알아보지 못했다. 그녀는 나를 간병인이나 병원의 잡다한 심부름꾼 정도로 생각하는 것 같았다. 아무래도 상관없었다. 또 그녀에게 빌려준 돈을 돌려달라고 할 마음도 없었다. 아픈 벗과 더없이 만족한 듯 앉아 있는 그녀를 보는 것만으로도 기뻤다.

오후 4시에 열쇠 수리공이 오기로 되어 있었기 때문에 나는 3시 30분에 다나카 가족에게 작별 인사를 하고 병원을 떠났다. 열쇠 수리공이 일련의 장비들을 덜거덕대며 현관문에 매달려 있는 동안, 나는 비눗물 든 양동이를 이리저리 옮기며 마리코의 만행을 지워내기에 여념이 없었다. 빈 방의 낙서는 너무 심해 아무리 맹렬히 문질러도 그 진한 립스틱 얼룩은 좀처럼 가시지 않았다. 유일한 해결책은 벽에 새로운 페인트를 입히는 것뿐이었다.

'낭비라는 건 알지만…하지만 여보, 당신도 벽이 예전처럼 복구되기를 원하잖소? 나는 내일 DIY[88] 가게를 갈 예정이야. 가족 사당이 예전 모습을 되찾았다는 얘기를 들으면 당신도 기뻐하겠지. 가

87. 에너지를 많이 소비하게 되는 질환으로 간경변, 암, 당뇨병, 폐결핵 등이 있으며 이유없이 체중이 빠지거나 늘지 않는 증상을 수반한다.

족 사진 앨범을 샅샅이 뒤져서 망가진 사진들을 새로운 사진들과 교체했어. 당신 액자 속에는 큐슈 페리 위에서 찍었던 저 사진을 끼워 놓았지. 햇살을 후광삼아 당신 얼굴 위로 퍼지던 그 미소, 당신이 얼마나 아름다웠는지 알기나 하오? 그 사진은 정말 사당을 환하게 만들었다오.'

열쇠 수리공으로부터 자물쇠의 기능을 전해듣고 반짝반짝 빛나는 새 열쇠를 건네받은 후 나는 첼로를 보기 위해 위층으로 올라갔다.

'그건 여전히 당신의 빨간 실크 기모노를 우아하게 걸친 채 바닥에 누워 있구려.'

나는 첼로를 조심스럽게 품에 안고 아래층으로 옮긴 뒤 뒤뜰로 가지고 나갔다.

일몰로 이미 하늘은 어두컴컴해져서 정원 가장자리를 둘러싼 우거진 관목들도 거의 분간할 수 없었다. 다행히 부엌에서 새어나오는 불빛이 적당한 작업 환경을 만들어주었다. 나는 첼로를 눕히고 모종삽으로 잔디를 파기 시작했다. 모종삽으로는 한번에 적은 흙만을 퍼낼 수 있어 예상했던 것보다 고된 작업이 이어졌다.

땀에 젖은 셔츠가 등에 달라붙었고 손에는 고통스런 물집이 잡혔다. 어느 정도 깊은 구덩이가 만들어지자, 나는 실크로 덮인 첼로를 들어 이 새로운 안식처에 내려놓았다. 나는 잠시 동안 묵념을 한 후 무릎을 꿇고 앉아 다시 흙을 덮기 시작했다. 그리고 땅이 평평해질 때까지 신

88. 'Do it yourself' 의 약자로, 반半제품 형태로 물건이 나와 소비자가 직접 조립 과정을 통해 완제품을 만들어가는 방식, 또는 그런 제품을 가리킴

발로 흙더미를 다졌다. 엉망이 되어버린 잔디는 내일 약간의 잔디 씨앗으로 보수를 하면 된다. 나는 모종삽을 창턱에 얹고, 현재 절실히 요구되는 목욕을 하러 집 안으로 들어갔다.

이제 집에는 마리코의 잔인한 흔적이 거의 남아있지 않았다. 나는 크림 세척제와 끈기있는 팔 노동으로 집을 복구시켰고, 다시 이 집을 우리의 것으로 만들었다. 만일 마음까지 지우는 것이 가능했다면 더이상 바랄 게 없었을 텐데. 마리코의 악행으로 그 험한 꼴을 당하고도, 나는 여전히 그녀의 부재를 안타까워하는 나 자신을 느끼고 있었다. 좀 전에 나는 욕실에서 양치질을 하다가 칫솔 받침대 안에서 그녀의 헤어 핀을 발견했다. 끝 쪽에 면으로 된 장미 꽃봉오리가 박혀 있고, 머리카락이 아주 조금 잡힐 만한 가느다란 헤어 핀이었다. 나는 그것을 손바닥 위에 올려놓았다. 그것은 마리코가 한때 내 친절하고 사려깊은 손님이었던 짧은 날들에 대한 그리움을 불러 일으켰다. 사건의 전모를 통렬히 깨달았음에도, 결국 그녀에 대한 그리움을 막지 못한다는 사실에 화가 났다. 나는 그것이 배관을 막아도 상관없다는 듯 변기 아래로 깊숙이 흘려보냈다.

III

모든 이웃들이 잠의 담요 아래 파묻힌 이 밤이 더없이 평온하다. 오직 정원을 맴도는 산들바람만이 자기 꼬리를 쫓으며 쉬지 않고 잎사귀를 흔들어댈 뿐이다. 나는 또다시 식탁 앞에 앉아 있다. 부엌은 몹시 어둡다. 전구는 좀 전에 수명을 다했지만, 나는 그것을 교체할 생각도 하지 않았다.

'이게 당신에겐 우울한 행동으로 비칠지 모르겠지만, 단언하건대, 나는 결코 불만스러운 게 없소. 내 가슴은 지금 가능성과 희망으로 활기에 차 있다오.'

시계가 자정을 알린 지 한참이 지났지만, 오늘은 잠자리에 들지 않을 것이다. 오늘밤 잠을 잔다는 건 요원한 희망사항일 뿐이다. 식탁에 앉아 있는 편이 이불 속에서 미칠 듯 마음을 졸이는 것보다는 훨씬 나을 테니까.

'대신 여기에 머물면서 당신과 이야기를 나누고 싶소.'

다나카 부인은 하루가 다르게 회복되어갔다. 오늘 아침 그녀의 병실을 방문했을 때 그녀는 침대에 앉아서 뜨개질을 하고 있었다. 자줏빛 누비 실내복과 청록색 터번을 쓴 모습은 예전과 거의 흡사했다. 이번만은 그녀의 조카나 남편 없이 그녀 혼자 뿐이었다.

"좋은 아침이에요, 다나카 부인. 오늘 매우 활기차 보이시네요."

내가 인사했다.

그녀는 뜨개 바늘에 털실을 감으면서 미소와 함께 고개를 끄덕였다. 그녀의 말하는 능력이 아직 돌아오지 않은 터라, 나는 더이상 말하지 않고 침대 옆의 의자로 가서 앉았다. TV는 꺼져 있어 생기있는 리포터들과 유쾌한 광고 음악 대신 뜨개바늘의 조용한 움직임만이 병실을 메우고 있었다. 뜨개질 리듬을 깨지 않고 규칙적으로 손을 놀리면서 다나카 부인은 내가 무언가 흥미있는 얘깃거리를 말해주기를 기다리듯 기대에 찬 눈빛으로 나를 쳐다보았다.

나는 어색한 기분을 느끼면서 나오코처럼 수다떠는 기술만 있었어도 하는 무모한 바람을 해보았다.

"오늘 아주 좋아 보이세요. 어제 산책이 부인께 도움이 됐던 것 같아요."

내가 간신히 말을 이었다.

다나카 부인의 표정이 훨씬 밝아졌다. 그녀는 머리를 숙이고 뜨개코를 세었다.

"퇴원하실 날도 머지 않았을 겁니다. 그때를 위해서 제가 뭐 준비해드릴 일이라도 있을까요? 사놓을 물건이라든지, 아니면 집안일이라도?"

말할 필요도 없이 다나카 부인은 이 질문들에 답할 수가 없었다. 그녀는 잔뜩 찌푸린 얼굴로 뜨개실을 바라보았다. 나는 그녀의 장애를 배려하지 못한 내 부주의함이 그녀를 불쾌하게 한 건 아닐까 염려스러웠다.

그때 나는 그녀가 뜨고 있던 편물 몇 줄 아래 어느새 구멍이 자리잡은 것을 발견했다. 한 땀을 빠뜨린 것이다. 부루퉁해진 다나카 부인은 다시 작품을 풀기 시작했다. 그러나 그녀는 그 구멍에서 멈추는 대신 아무 형상이 남지 않을 때까지 풀고 또 풀었다.

그녀는 엉성한 손짓으로 실을 흔들어 보이며 내 손을 가리켰다. 나는 한참 후에야 그녀가 내 손을 실감개로 쓰고 싶어한다는 것을 알아차렸다. 나는 의자에 앉은 채 다나카 부인 가까이 상체를 숙이고 양손을 내밀었다.

얼마 뒤 다나카 부인의 체온을 재기 위해 들어온 오노 의사는 실타래의 노예가 되어 뒤엉켜 있는 나를 보며 껄껄 웃었다. 그리고 내게 다나카 부인의 '귀여운 조력자'라며 농담을 했다. 다행히 아침 나절에 간호사가 과일 샐러드와 우유를 간식으로 가져온 덕에 그 틈을 타 휴식을 취할 수 있었다. 간호사는 다나카 부인이 밤새도록 뜨개질을 했다는 얘기를 야간 근무 간호사에게 전해들었다며 잔소리를 시작했다.

"지금은 뜨개질 중독에 빠져 계실 때가 아니에요. 건강을 회복하시는 게 급선무라구요."

간호사가 떠나자 다나카 부인은 과일 샐러드를 먹었고, 나는 그녀에게 요미우리 신문을 읽어주었다. 어망 규격의 새로운 규정에 대한 수산성의 건의안 기사를 반쯤 읽어 내려갔을 때, 다나카 부인이 앉은 채로 잠든 것을 깨달았다.

"다나카 부인,"

내가 속삭였다.

"다나카 부인, 주무세요?"

그녀는 대답이 없었다. 밤새 뜨개질이 그녀를 지치게 한 게 틀림없다. 나는 신문을 접고 그녀의 점심 쟁반을 들어 침대 옆 탁자 위에 올려놓았다. 그런 다음 창가로 가서 다나카 부인의 숙면을 위해 노란색 커튼을 잡아당겼다.

내가 병실을 나가려고 문가로 살금살금 걸어갈 때, 침대 맡에서 들릴락말락한 쉰 목소리가 새어나왔다.

"그녀는 갔나요?"

나는 깜짝 놀라 뒤돌아서 침대 쪽으로 발걸음을 떼려다 현기증을 느꼈다. 다나카 부인은 베개 왕좌에 기댄 채 완전히 깨어 있었다. 그녀의 눈빛이 어둠 속에서 반짝거렸다.

"부인 목소리가 돌아왔어요!"

내가 소리쳤다. 다나카 부인은 스스로가 다시 말을 하게 되었다는 사실이 조금도 놀랍지 않은 것 같았다.

"음…"

그녀가 되풀이했다.

"그녀는 갔어요?"

"간호사 말인가요?"

내가 물었다.

"간호사 말구요, 그 여자요."

다나카 부인이 말했다.

"마리코요? 예, 그녀는 떠났어요."

떨리는 목소리가 내 불안감을 반영하고 있었다. 나는 마리코에 대한 다나카 부인의 격렬한 혐오감을 잠시 잊고 있었다. 그녀를 자극하고 싶지 않았기 때문에, 나는 마리코가 떠나게 된 유쾌하지 못한 정황을 언급하지 않기로 마음먹었다.

"잘됐군요."

다나카 부인이 말했다.

"우리 모두 다시는 그런 불쌍한 여자를 만나는 일이 없도록 바랍시다."

불쌍한 여자라니? 다나카 부인의 어조엔 미묘한 변화가 있었다. 왠지 내가 생각했던 것보다 그녀가 마리코에 대해 더 많이 알고 있다는 느낌이 들었다.

"무슨 뜻이죠? 그녀가 부인에게 무슨 말을 했나요?"

내가 물었다.

다나카 부인은 내 불안을 누그러뜨리려는 듯 침대 시트 위에서 자줏빛 누비 옷을 입은 팔로 편안하게 팔짱을 꼈다.

"나는 그녀가 당신을 망치지 못하리란 걸 알았어요."

그녀의 목소리엔 힘이 들어가 있었다.

"내가 옳았던 거지, 그렇지 않수? 나도 그렇게 쉽게 무너지진 않았잖아요."

그 이상한 말들이 내 놀라움을 부추겼다.

"다나카 부인, 마리코가 당신을 해치려 한 적이 있었어요?"

내가 물었다.

토요일 밤의 기억이 다시금 되살아났다. 그때 마리코는 집 앞 잔디 위에서 몸을 떨며 서 있었다. 한쪽 양말이 발목 아래까지 말려 내려왔고, 원피스에 수 놓은 꽃들은 황혼으로 바래 있었다.

"어떤 소리를 들었어요."

마리코가 했던 말이다. 이 기억은 그동안 내 심장을 집요하게 후벼파던 발톱을 마침내 빼내 날아오르게 했다.

"다나카 부인, 그날 밤 당신은 넘어져서 머리를 부딪쳤지요. 혹시 그 사건과 마리코가 무슨…?"

"내가 넘어진 것과 마리코하고는 아무 상관이 없어요. 그 아가씨는 전혀 책임이 없다구요."

그녀가 말했다.

"우리 이 일에 대해서 더이상 이야기하지 말기로 해요. 나는 단지 그 아가씨가 떠났다는 사실을 알고 싶었을 뿐이니까. 그게 다예요. 이제 이 노인네를 좀 자게 해주구려."

병약한 상태임에도 불구하고 그녀의 눈빛엔 더이상 캐묻지 말라는 단호함이 깃들어 있었다. 나는 호기심이 불타올랐지만 때가 되면 그녀가 속시원히 말해주리라 생각하고 기다리기로 결심했다. 나는 이 몸도

성치 않은 연금 수령자에게 대답을 강요하는 걸 그만두었다.

"그러세요. 주무세요."

내가 말했다.

"내일 다시 올게요. 집에 돌아가서 빈 방을 페인트 칠해야 하거든요."

내가 이 말을 하자 다나카 부인의 얼굴이 슬프고 낙심한 빛으로 변했다. 그녀는 더 늙어 보였다.

"사토 씨."

그녀가 나지막히 말했다.

"나도 때때로 그걸 아주 강하게 느낀다는 걸 당신이 알았으면 해요. 그런 집에서 더이상 살아서는 안돼요. 그녀는 당신에게 화가 나 있어요, 모르겠어요? 그녀는 당신이 평화롭게 살아가도록 내버려두지 않을 거라구요…"

다나카 부인은 이 부분에서 숨을 헐떡거렸고, 아직까지도 충격으로 몹시 어리둥절한 상태인 것 같았다.

"마리코는 이제 떠났어요."

내가 그녀에게 다시금 상기시켰다.

"현관의 열쇠도 바꿨고요. 그러니까 걱정하지 마세요. 그녀는 다시 돌아올 수 없어요."

그리고 나서 나는 충분히 휴식을 취하라고 말한 후 손을 흔들며 병실을 나왔다. 그리고 즉시 나오코에게 전화를 걸어 그녀의 숙모가 다시 말을 하게 되었다는 희소식을 알렸다.

오늘 오후 내가 접이식 사다리에 올라가 밀대로 빈 방 벽을 흰색으로 칠하고 있을 때 전화가 울렸다. 시끄러운 전화벨 소리를 마지막으로 들은 게 벌써 수주일 전이라, 소리를 듣자마자 온몸의 털이 쭈뼛섰다. 나는 뛰는 가슴으로 사다리에서 내려와 창틀에 페인트 용구들을 내려놓았다. 그리고 서둘러 계단을 내려와 불안한 숨소리를 몰아쉬며 수화기를 홱 잡아챘다.

"여보세요."

"아! 사토! 휴가는 잘 즐기고 있나?"

무라카미 상무의 우렁찬 목소리였다.

나는 순간 움찔하며 발신자 표시 장치를 해놓지 않은 것을 후회했다. 무라카미 상은 내가 말을 꺼리는 제 1순위 인물이었다. 아니, 엄밀히 말해 2순위였다. 1순위의 특권은 어떤 호스티스에게로 돌아가야만 했다.

"네, 덕분에 잘 쉬고 있습니다. 고맙습니다."

나는 무뚝뚝하게 대답했다.

"사무실도 이제 제대로 돌아가고 있겠죠?"

"회사 일은 걱정 말게, 사토."

무라카미 상이 말했다.

"야마모토 양이 파일링 시스템[89]을 샅샅이 정밀 조사하고 있다네. 그녀는 정말 야심찬 말괄량이 소녀지."

무라카미 상은 쉰 소리로 킬킬대며 웃었다. 나는 야마모토 양을 '말괄량이 소녀'로 언급한 것은, 아주 부적절한 표현이라고 생각했다.

'그가 당신에 대해 함부로 지껄인 악성루머들에 대해서 언제쯤

89. 각종 서류의 보관, 보존을 언제나 참조에 편리하도록 분리, 정리하는 시스템

사과를 해올지 아직도 감감하구려.'

"그 일이 직원들을 너무 오래 붙잡아두지는 말아야 할 텐데요."

"월요일 저녁엔 여덟 시쯤 돼서야 일이 끝났네. 일을 마치고 나서 모두 옥토푸스 헛Octopus Hut으로 데려가 일품 요리를 사주었어. 일에 대한 작은 보상인 셈이지."

결국 지대한 폐를 끼치고 만 동료들을 생각하니 얼굴이 화끈거렸다. 나는 그들이 옥토푸스 헛에서 사케 잔을 돌리며 나에 대해 어떤 말들을 주고받았을지 생각하기가 두려워졌다.

"제가 없어도 잘 해나가고 있죠?"

"그럼, 썩 잘 꾸려나가고 있어. 창고관리부의 대리인 오가타 상이 자네 자리를 대신하고 있네. 자네 그가 회계사 자격증 보유자라는 걸 알고 있나? 난 그처럼 방대한 수를 계산하려는 욕심을 가진 사람을 일찍이 본 적이 없었네, 사토!"

내 자리가 대체되었다는 소식이 안도감을 불러일으켰다. 오가타 상이라면 내가 없어도 금융부를 충분히 이끌어갈 만한 정직한 인기 사원이었다. 그러나 그라고 해도 내가 저질러놓은 혼란 투성이를 제대로 만회할 순 없었다.

"제가 사무실에서 했던 행동들을 어떻게 사과 드려야할지 모르겠습니다. 토요일 밤에 있던 일에 대해서도 사과를드리고 싶어요…"

그 다음 말은 도저히 목구멍에 걸려서 나오지 않았다. 생각해보니 그 모든 것에 대해 미안한 건 아니었다.

'예를 들어 그가 당신에 관해 헛소리를 지껄였을 때 내가 터뜨린 분노에 대해서는 결단코 미안할 필요가 없지 않겠소?'

"어… 사토, 잠시만 기다려주겠나? 다른 곳에서 전화가 와서…"

내 대답을 미처 듣지도 않고 무라카미 상은 나를 대기자로 몰아냈다. 팬파이프[90]로 편곡된 '그린슬리브즈'의 음악이 귀에서 수화기를 떼게 만들었다. 화창한 오후였다. 햇빛은 현관 유리로 스며들며 부드러운 미나리아재비[91] 빛을 드리웠다.

거리에서는 아이들이 고무 공과 롤러스케이트를 인도에 부딪쳐가며 놀고 있었다. 어떤 엄마가 아들에게 집에 들어와 목욕하라고 부르자, 목욕을 하기엔 너무 컸다는 소년의 외침이 뒤를 이었다. 그 다음엔 어머니가 그를 찰싹 때리는 소리와 곧 소년의 울음소리가 귓전을 때렸다. 팬파이프 음악을 2분 더 견딘 후에야 무라카미 상이 다시 수화기를 들었다.

"미안하네, 사토! 긴급한 전화라서. 자, 우리가 어디까지 이야기했지? 아! 자네 휴가는 잘 보내고 있나? 충분한 휴식도 취하면서?"

무라카미 상은 대화를 방해받기 전 오고갔던 말들은 깨끗이 잊어버린 듯했다. 하지만 나로선 그의 기억력이 좋건 나쁘건 아무래도 상관없었다.

"예, 전 아주 잘 쉬고 있습니다. 고맙습니다."

"그리고 당신의 호스티스, 마리코도 여전히…"

"그녀는 완전히 떠났어요."

이 세 마디의 말은 더할 나위 없이 딱딱했지만, 내 슬픔은 아직까지

---

90. 길고 짧은 파이프를 길이순으로 늘어놓은 원시적인 악기

91. 산과 들의 볕이 잘 들고 습기가 있는 곳에 서식하는 여러해살이풀로, 노란 빛깔을 띠고 애기똥풀과 모습이 흡사함

손끝으로 만져질 듯 머물러 있었다. 놀랍게도 무라카미 상은 자기 혀가 어리석게 흘러가는 것을 자제했다. 그가 침묵을 지키는 동안, 나는 자처해서 일의 경과를 친절하게 설명하는 내 목소리를 듣고 있었다. 그것은 잠재의식의 복화술처럼 속으로만 뇌까릴 수 있을 법한 행동이었다.

"마리코를 의심했던 상무님이 옳았어요."

내가 말했다.

"그녀는 처음부터 줄곧 저를 속이고 있었습니다."

무라카미 상은 목청을 가다듬고 말했다.

"어젯밤에 사요나라 바에 갔었네. 그리고 마마상을 불러 자네 이야기를 했어. 만일 여종업원들이 샐러리맨들에게 더러운 사기행각을 벌이도록 내버려둔다면 고객을 잃게 될 거라고 따끔히 충고했지. 사토, 그리고 말이야. 그런 저급한 분위기의 마마상을 난 여태까지 본 적이 없었네. 그녀는 코가 비뚤어지게 술이 취한 데다 마음대로 하라는 식으로 굴더군. 마리코를 불러내서는 나보고 알아서 처리하라고 무성의하게 말하고는 사무실로 들어가버렸다네. 음, 마리코는 자네를 딱 두 번밖에 만난 적이 없고, 그것도 매번 호스티스 바에서였다면서 모든 걸 부인하더군. 처음에 그녀가 거짓말을 하고 있다고 생각했는데, 내가 좀더 위압적으로 나가니까 지난 2주 동안 심하게 앓아서 아무것도 기억나지 않는다고 말하면서 막 울기 시작하더라구. 납득하기 어렵겠지만, 사토, 난 이상하게 그 말이 믿겨지더군. 적어도 어젯밤엔 말이야. 그녀는 도망치듯 부엌으로 뛰어 들어가 몸을 숨기고는 눈알이 빠질 정도로 울고 있었어. 타로와 나는 술을 다 마시고 그곳을 서둘러 나와 코파카바나로 갔지. 이제 우리 회사와 사요나라 바와의 거래를 끝낼까 생각 중이네. 그곳은 이제 망하게 되었다고!"

마리코가 모든 걸 부인했다는 사실이 내 마음을 씁쓸하게 만들었지만, 새삼스러울 건 없었다. 그녀가 눈물을 흘렸다는 것만으로도 족했다.

"속임수에 넘어갔다고 너무 자책하지 말게."

무라카미 상이 비밀스러운 저음으로 속삭였다.

"난 자네 입장을 충분히 이해할 수 있어. 우리 모두 한번쯤은 요사스런 정부들한테 걸려들게 되지. 나도 한번은 몇 달 전에 이세이 미야케의 가을 컬렉션으로 나온 구두와 가방을 모조리 사달라며 나를 공갈 협박했던 질 안좋은 호스티스한테 된통 당한 적이 있거든."

바로 그 부분에서 그의 말을 잘라야만 했다!

"마리코는 제 정부가 아니었습니다."

그때 누구라도 무라카미 상의 웃음소리를 들었다면 그의 얼굴에 스쳐갈 법한 못믿겠다는 표정을 상상할 수 있었을 것이다.

"뭐 그걸 어떻게 부르던, 그건 자네 자유고. 어쨌든 우리도 다 그런 일을 겪었다는 거야. 아마 이번 일이 자네한텐 좋은 경험이 됐을 걸세. 다음에는 좀더 조심하라는 경고의 차원에서 말이네."

다음 따위는 없을 것이다. 그러나 이 부분을 무라카미 상에게 설득한다는 것은 마리코가 내 정부인 적이 없었다는 사실을 납득시키는 것만큼이나 무모했다. 나는 무력하기 짝이 없는 침묵으로 대항했다.

"어쨌든, 사토, 이제 본론으로 들어가겠네. 사장님과 회사 내의 자네 위치에 대해 의견을 나눈 끝에 약간의 변화를 주는 게 자네에게 도움이 될 거라는 합의점에 도달했네. 선적부서에 문서 정리 보조 자리가 지금 비어 있거든. 사토, 자네 생각은 어떤가? 만일 자네가 진찰을 받고 자네 정신 상태가 온건하다는 증명서를 떼어 오기만 하면 자네는 월요일부터 이 새로운 부서에서 근무하게 될 거야."

아! 내려가는 단두대의 칼날 소리. 그들은 구내 식당에서 고무장갑을 끼고 접시를 닦기 바로 직전의 아주 낮은 직책으로 나를 좌천시키고 있었다. 솔직히 축축하고 겨자 가스mastard gas[92] 냄새가 진동하는 선적부서에서 일하느니, 차라리 구내 식당에서 일하는 편이 나았다.

퇴직까지는 18년, 무기 징역이다!

이전이라면 무참한 절망감에 빠질 만한 뉴스였겠지만 이상하게도 더이상은 그런 강도로 다가오지 않았다. 마리코와의 사건으로 인해 마음 속에 고통에 대한 완충지대가 만들어진 듯했다.

"사토? 사토? 내 말 듣고 있나? 너무 속상해하지 말게. 왜 우리가 이런 결정을 내렸는지 자네도 이해하지? 이건 단지 임시직이라는 걸 기억해. 난 자네가 다시 금융부로 돌아올 수 있도록 최선을 다할 거야…사토, 잠시만 기다려주겠나? 다른 곳에서 전화가 와서…"

전화는 딸깍 소리 뒤로 원치 않는 팬파이프의 연주를 내보냈다. 무라카미 상은 정말 제멋대로 나를 취급하고 있었다.

나는 수화기를 내려놓았다. 그리곤 다시 집어들어 신호음 소리를 확인하고 나자 내가 방금 무슨 짓을 했는지 이해하게 되었다. 맙소사! 이 불손한 행동이 분명히 문제가 될 것이다! 그러나 그건 다이와 무역의 직원으로 남을 경우에만 해당되는 일이었다. 모든 건 끝났다. 나는

92. 다른 화학물질과 결합해서 마늘 냄새를 풍기며 톡 쏘는 냄새가 최루탄의 주원료인 겨자로 만들어진 생화학무기로, 증상은 온 몸에 기포가 생기며 심한 고통을 느끼고 가려우며 폐가 타는 듯한 느낌이 든다.

다음 날 사직서를 제출하기로 결심했다.

녹차 한 잔을 마시러 부엌으로 갔다. 수돗물이 주전자의 알루미늄 바닥을 강타할 때, 나는 또다시 경미한 공포의 발작을 느꼈다. 내가 대체 무슨 짓을 한 거지? 어느 회사가 중간에 직장을 그만둔 중년의 샐러리맨을 고용하려 들까? 나는 가스렌지 불을 켜고 주전자를 올려놓았다.

은행에 넣어둔 예금을 생각해보니 검소한 생활을 유지하면 1, 2년은 버틸 수 있을 것 같았다. 그러나 누구에게나 직업은 필요하다. 누구나 인생의 목적과 사회에 이바지하는 도구를 갖고 있어야 한다. 그때 마리코를 위해 찾아갔던 생선가게 일자리가 떠올랐다. 생계를 위해 꼭 사무직에만 종사해야 한다는 법은 없지 않은가. 이 사회는 회계만큼이나 생선도 필요로 한다. 두뇌의 다른 부분을 밝히는 직업을 가지지 못할 게 뭐란 말인가? 이건 실로 급진적인 생각이어서 나는 잠시 숙고할 시간을 가지기 위해 창가로 갔다. 그러다가 주전자의 나지막한 휘파람 소리가 고막을 찢는 듯한 지속적인 쇳소리로 변하는 바람에 생각을 멈출 수밖에 없었다. 물이 끓는 시간은 언제나 내가 생각에 몰입하는 데 걸리는 시간과 비슷했다. 나는 녹차를 위층으로 가지고 가서 빈 방의 페인트 칠이 마저 끝날 때까지 사이사이 나눠 마셨다.

지난 몇 주에 걸쳐 얼마나 많은 변화가 있었는가. 생각하면 할수록 마리코의 희롱 속에서 더 많은 것을 깨닫게 되었다. 비록 그 후유증을 씻어내려면 시간이 걸리겠지만 그 경험은 나를 보다 신중하게 만들었다. 누구든 집으로 초대할 사람에 대해서는 충분한 주의를 기울여야 한다는 점이었다. 마리코는 너무 빨리 친구가 됨으로써 빠질 수 있는 함정에 대해 짧지만 날카로운 교훈을 남겼다. 나는 앞으로 더욱더 의심이 많아질 것이다.

그럼에도 불구하고 내 마음은 빠르게 회복되고 있다.

'여보, 내가 그녀의 얼굴을 거의 잊었다는 사실이 믿어지오?'

예전엔 그녀의 얼굴이 그토록 생생하고 현실적이었는데 지금은 그저 뿌연 이미지가 되어 오락가락했다. 신사이바시로 가는 기차를 잡아타기만 하면 이런 기억은 즉시 되살아나겠지만, 내가 왜 그런 짓을 하겠는가? 이런 건망증은 오히려 고무할 만한 것이다.

'내가 일찍이 당신에게 말했듯이 앞으로 사요나라 바 근처엔 얼씬도 하지 않을 거요.'

마리코와 있었던 일은 어찌보면 스스로 자초한 일이기도 했다. 애당초 호스티스 바를 방문한 것 자체가 충분히 경솔한 짓이었기 때문이다.

밤은 다시 침묵 속에 잠겨 있다. 마치 내가 세상 소리에 귀머거리가 된 것 같다.

'전에도 언급했듯이 나는 밤에 당신을 가장 가깝게 느낀다오. 이건 정말 아이러니한 일이지. 살아 생전엔 당신이 나한테 가장 멀리 떨어져 있던 시간이었잖소. 언제나 밤이면 당신은 우리의 따뜻한 침대를 떠나 홀로 아래층을 서성댔지. 그래, 난 당신을 한때 불행하게 만들었어. 그걸 지금에서야 깨달았소. 내 약속하는데, 다시는 당신을 불행하게 만들지 않으리다. 나는 우리가 평화롭게 살아가는 것 외에는 아무것도 바라는 게 없어. 이 밤과 고요함이 영원히 지속되기만을 바랄 뿐…'

하지만 바로 이때, 어떤 소리로 인해 침묵이 깨어졌다.

'당신도 지금 그 소릴 들었소? 저기 정원 밖에서 들리는 소리, 가서 살펴볼 필요가 있는 소리 말이오. 내가 얼마나 허겁지겁 의자를 뒤로 밀었는지 한번 보구려. 대걸레질이 필요한 이 리놀륨 바닥 위를 내 맨발이 얼마나 엉성하게 디디고 있는지.'

뒷문을 열고 별들이 총총히 박힌 하늘 아래로 발을 내딛자 축축한 잔디가 내 발바닥을 어루만졌다. 그때 나는 마치 꿈 속을 걷고 있는 듯한 기분이 들었다. 심지어 잠옷 아래로 돋아난 소름까지도 실제처럼 느껴지지 않았다. 오로지 분명한 건, 내가 지금 앞으로 나아가고 있다는 것뿐이었다.

'여보, 난 우리가 새롭게 구축한 이 땅 위에 무릎을 꿇고 귀를 흙에 갖다댔소. 여전히 분명하고 매혹적인 소리가 들리는구려. 난 눈을 감고 첼로의 노랫소리를 듣는다오. 한밤의 소나타 라 단조, 당신이 전에 나를 위해 연주했던 멜로디….'

옮긴이의 말

엘리엇T.S Eliot은 자신의 개인적 감정을 토로한 시 〈황무지〉가 이 시대가 가진 허무와 아픔에 대한 서시라는 거창한 옷을 뒤집어쓴 채 이 세상에 나왔을 때, 그 옷들을 과감히 벗겨버렸다.

"난 그저 기분전환을 위해 쓴 것뿐"이라고 대중을 향해 중얼거린 것이다.

한 권의 책을 번역하기 위해서는 –특히 그것이 문학서라면 더더욱– 저자의 영혼 근저로 다가가려는 마음가짐이 선행되어야 한다. 무엇보다도 나는 저자와 책 내용에 대한 앞선 해석과 넘치는 의식을 배제하고 싶었다. 저자의 눈빛이나 좋아하는 향수, 옷 입는 성향, 걸음걸이 등 엉뚱한 호기심은 차치하고, 저자의 분위기를 느낄 만한 이미지만 건져도 족하리라 생각했다. 물론 몇 차례의 서신만으로 누군가의 거대한 심연을 들여다본다는 건 역부족이겠지만, 적어도 내가 만난 수잔 바커Susan Barker는 다른 위대한 작가들이 느꼈던 그 '무의식의 향연'의 과정을 솔직히 토로해왔다.

그녀는 사전에 어떤 플롯도, 등장인물도, 내용 전개도 계획하지 않았다고 한다. 다만 글을 써내려가면서 새끼치듯 자연스레 다음 장으로 연결되었다고 했다. 따라서 저자 본인은 이 책의 주제가 무엇인지, 어떤 의미를 전달하려는지, 예의 그 거창한 시사가 없다는 것을 순순히 고백했다. 수백 페이지에 달하는 책 한 권을 쓴 뒤, 존재 깊숙이 잠복해있던 무의식의 편린들을 담아낸 활자들은 정작 저자 본인의 눈엔 생경맞기만 하다. 이 얼마나 자의식 과잉에서 자유로운, 솔직담백한 고백인가.

수많은 이념과 감춰진 의미와 시사 등, 목소리 큰 책들과 작가들에 식상해진 내게, 수잔 바커의 고백은 청량제 같은 풋풋함마저 느끼게 해주었다.

붉은 립스틱, 심미적인 내장들, 외골수적인 독백들.

사요나라 바를 몇 단어로 표현하는 게 무리라는 것은 잘 알지만, 본인 역시 저자를 따라 내 무의식이 무엇을 접수했는지 조용히 앉아 퍼내는 작업을 했다. 수면 위로 떠오르는 단어들은 고작 몇몇에 불과했지만, 그것이 담은 의미의 질량은 여전히 말할 수 없는 차원에 머물러 있었다. 와타나베도 이렇게 말하지 않았는가.

〈인간의 언어는 내가 보고 있는 것들의 실재를 전달하기에는 그저 한계 투성이일 뿐이다. 물론 과거와 미래의 영원무궁함에 대해 무엇인가 말할 수는 있겠지만, 그 천 분의 일도 언어로 옮겨담기엔 역부족이다.〉

늘 저자의 글은 그 생각에 못 미치고, 역자의 표현은 저자의 글에 못 미치게 마련이다. 이러한 한계를 극복하기 위해 무의식과 감에 기대면서 어느 한순간의 번뜩이는 영감을 고대하기도 했다.

〈사요나라 바〉는 재미있게 읽히는 책이다. 가벼운 존재감을 술과 일과 사랑으로 잊어보려는 힘든 자맥질이 마치 물속에서 성냥불을 긋는 듯한 무모함으로 다가오는 연민 어린 영상을 불러일으키면서도, 삶의 고갱이를 빼어내고 밑 둥지로 몰래 숨어드는 일상 속에 체념과 우울에서 변주되는 익살스런 패러독스와 건조한 유머들은 낮게 가라앉은 비애감 위에 경쾌함 양념처럼 풍성한 읽을거리를 선사해주고 있다. 마치 킹 크림슨King Crimson의 비장한 〈에피타프Epitaph〉를 들으며 달콤 쌉쌀한 보르도 산 와인을 혀 위에 굴리며 다소 경박스런 탭댄스라도 한바탕 춘 기분이다.

아마 이토록 복잡다단한 느낌이 가능했던 건, 영국인 아버지와 중국계 말레이시아 어머니 사이에서 태어난 저자 특유의 출신 배경과 그런 그녀가 빚어낸 탈 국가적 등장인물들 덕은 아닐까 하는 생각도 잠시 들었다.

종류를 셀 수 없는 칵테일만큼이나 다양한 사랑이 판치는 세상, 〈사요나라 바〉를 수놓은 사랑의 흔적들은, 한동안 내 가슴에도 블러디 메리Bloody Mary(칵테일)처럼 붉게 물들어 있을 것이다.

나폴레옹 전기

666 인간 '나폴레옹'
그는 알면 알수록 점점 커져만 간다(괴테)

역사상 그 누가 모스크바를 점령하여 아침 햇살에 빛나는 모스크바의 둥근 지붕들을 바라보았던가? 이 책은 너무나 잘 알려진 이름임에도 그동안 감추어져 있었던 영웅 나폴레옹의 진면목을 강렬하고 빈틈없이 요약했다. - **동아일보**

팰릭스 마크햄 지음 / 값 13,000원

성서 이야기

기쁨과 슬픔을 집대성한 인류역사 소설
왜 인간은 에덴의 동쪽으로 돌아갈 수 없는가

노벨문학상 수상 작가 펄벅 여사의 '성서 이야기'는 경건한 종교세계는 물론 인류역사의 시작과 그 과정을 특유의 유려한 필치로 흥미롭게 풀어낸다. - **조선일보**

펄 S. 벅 지음 / 값 18,000원

베토벤 평전

진실한 삶 속에서 울리는 풍요로운 음악 소리
베토벤, 자신을 버린 세상을 끊임없이 사랑하다

악성 베토벤의 인간적 삶에 초점을 맞춘 전기. 알콜중독자 아버지에게 혹독한 훈련을 받던 어린시절부터, 청각을 상실하는 말년에 이르기까지 베토벤의 삶과 예술을 풍성하게 되짚는다.
- **조선일보**

앤 핌로트 베이커 지음 / 값 8,000원

상형문자의 비밀

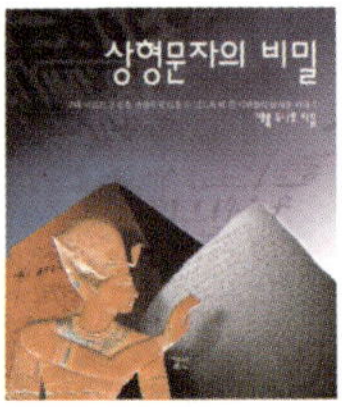

고대 이집트의 눈부신 현장이 펼쳐진다

고대 이집트의 멸망과 함께 영원히 비밀 속으로 사라질 뻔했던 상형문자. 어느 날 회색빛 돌 하나를 로제타라는 작은 마을에서 발견하고, 돌 위에 씌어진 상형문자의 해독을 위해 모든 것을 바쳤던 사람들, 바로 그 정열적인 사람들의 신비로운 이야기.

캐롤 도나휴 지음 / 값 12,000원

두개의 한국

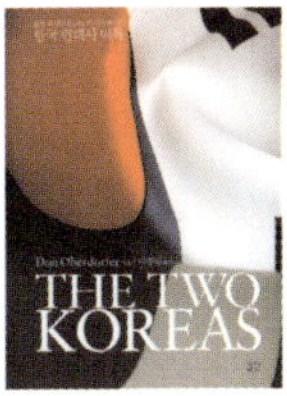

한국 현대사를 정평한 제3의 객관적 시각
한반도 현대사는 진정한 핵의 현대사다

전 워싱턴포스트지 기자 돈 오버더퍼의 눈을 통해 한반도 문제의 핵심인 청와대, 평양, 백악관 사이에서 비밀스럽게 진행됐던 수많은 사건들과 핵 협상의 숨막히는 담판 승부를 생생히 목도할 수 있다.

돈 오버더퍼 지음 / 값 22,000원

절대권력(전2권)

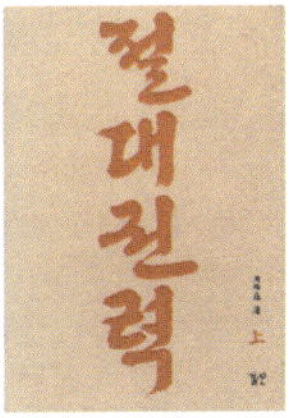

'돈 對 사상' 현대 중국의 고민

경제 발전에 따른 중국의 부패상을 담아낸 장편소설로 '사회주의적 인간의 건전성'을 찬미하는 데 목적을 두고 있다. 그러나 현대 중국의 갈등과 고민을 당성黨性과 자본주의적 배금주의와의 충돌로 이해하는 데 도움을 준다.
– 중앙일보

저우메이선 지음

연인 서태후

꽃과 칼날의 여인, 서태후!

지금껏 수없이 오르내렸던 서태후란 이름은 각각의 입장에 따라 다른 해석이 나오게 마련이다. 환란의 청조 말기, 그녀의 이름은 어떤 사람에게는 시대를 밝히는 등불이었으며, 또 어떤 사람에게는 무시무시한 독재자의 이름이기도 했다.
중국에 대해 남다른 애정을 보였던 저자에게 '서태후'란 이름은 특히 매력적이었을 것이다. 이미 대작 『대지』로 친숙한 저자의 필치를 통해 '서태후'의 또 다른 모습을 볼 수 있다.
희대의 악녀로 불렸던 그녀를 순수하고 열정적인 여인으로 재탄생시키고 있는 것이다.

펄 S. 벅 지음 / 값 22,000원

양마담과 세딸

소리 없이 찾아드는 대반점의 밤

이 소설은 거대한 중국 본토에 피의 강을 범람케 했던 '문화대혁명'의 물결 속에서 영혼의 갈등을 겪는 한 가족의 이야기다. 상하이 최고 대반점의 여주인으로 언제 무너질지 모르는 아슬아슬한 삶을 사는 어머니와, 조국의 부름과 자유 사이에서 번뇌하는 세 딸들… 온갖 영화의 시기를 구름처럼 흘려보내고 대혁명의 습격으로 인해 문을 닫게 되는 대반점과 양 마담의 비참한 최후는, 인간이 역사에게가 아니라, 역사가 인간에게 가져야 할 도의적 책임은 무엇인가라는 엄중한 물음을 던지고 있다.

펄 S. 벅 지음 / 값 14,000원

매독

매독, 그리고 어둠 속의 신사들

콜럼버스가 신대륙 학살 끝에 얻어온 '창백한 범죄자' 매독은 근 5백 년간 천재들의 영혼을 지배하며 복수의 칼날을 휘둘러왔다. 링컨의 알 수 없는 광증, 베토벤의 청력 상실, 히틀러의 유대인 학살, 니체의 폭발적인 사유, 이 모두가 만일 매독이 불러일으킨 불가해한 현상이라면, 과연 유럽의 역사는 어떻게 달라져야 하는가?

데버러 헤이든 지음 / 값 20,000원

해외 부동산투자 20국+영주권

해외투자는 새로운 미래다!

이 책은 투자 천국인 미국, EU 영주권을 제공하는 몰타, 최저비용으로 고품격 삶을 누릴 수 있는 멕시코 등 20국가를 선별해, 금전적 이익과 생활의 자유를 한꺼번에 잡을 수 있는 새로운 차원의 투자 방법을 제시하고 있다. 새로운 경제 돌파구를 마련하고자 하는 소규모 투자자, 세계를 익히고자 하는 의욕적인 사업가, 새로운 문화 속에서 제2의 인생을 꿈꾸는 퇴직자라면, 이 책에서 해외투자에 대한 많은 정보를 얻을 수 있을 것이다.

헨리 G. 리브먼 지음 / 값 15,000원

누구를 위한 통일인가

전직 주한미군 그린벨의 장교가 바라본 한국의 분단과 통일관

한국 격변기 때 중요한 역사의 현장을 온몸으로 체험한 주한 미군 장교가 수기 형식으로 써내려간 이 책에서 우리는 흔히 접할 수 있는 딱딱한 이론이나 주관주의에 매몰된 자기 주장 따위는 찾아볼 수 없다.
마치 한 편의 소설을 읽는 듯한 착각에 빠지게 만드는 저자 특유의 생동감 넘치는 대화체 등의 현장 묘사와 그 동안 배후에 가려져 왔던 숨겨진 일화들을 공개함으로써 읽는 재미를 배가시키며, 나무와 더불어 숲을 아우르는 객관적이고 심도 있는 분석을 통해 남북 분단의 근거와 실체, 주요 리더들의 특징과 그 역학적 관계에 대한 정확한 이해, 그에 따른 통일의 함정과 지향점 등을 설득력 있게 제시한 역작이다.

고든 쿠굴루 지음 / 값 17,000원

톨스토이 공원의 시인

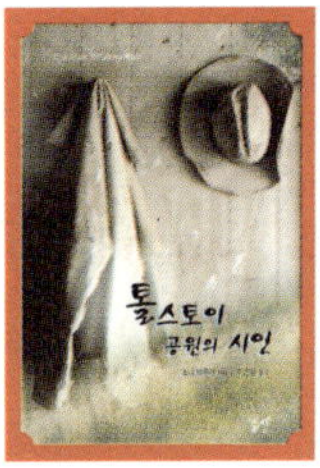

톨스토이, 그리고 영혼의 집 짓기

1년밖에 살지 못한다는 시한부 인생을 선고받고 숲으로 들어와 20여 년을 더 살아낸 20세기 마지막 시인 헨리 스튜어트. 이 책은 삶과 죽음 사이를 흔들흔들 오가며 둥근 지붕의 집을 지은 헨리의 특별한 이야기이자, 세월 속에서 잃어버린 우리 영혼에 대한 기록이다. 마치 눈으로 보듯 세밀하게 그려진 집 짓기 과정은 부나 명예와 같은 껍데기가 아닌, 내면의 뼈대를 구축하는 일이 얼마나 중요한가를 역설하고 있으며, 곳곳에 녹아 있는 레오 톨스토이의 사상은 매순간 삶에 대한 뜨거운 애정으로 되살아난다.

소니 브루어 지음 / 값 15,000원

Dear Leader Mr. 김정일

김정일은 악마인가? 체제의 희생양인가?

2005년 타임지 선정 '세계에서 가장 영향력 있는 100인(지도자&혁명가 부문)' 중 한 사람. 세계 최초로 핵확산금지조약을 탈퇴한 지도자. 예술적 면모와 열정을 지닌 북한 최대의 영화 제작자. 개인 최대 코냑 수입자. 주민의 10%가 굶어 죽어가는 나라의 지도자.

이 책에서는 이처럼 아이러니 그 자체인 김정일을 정확하고 심도 있게 분석하고 있다. 김정일을 둘러싼 분분한 소문보다는 그의 행동과 북한 체제, 과거부터 현재까지 북한의 역사와 한국과의 관계를 정확히 분석하여 가정을 세우고, 그 가정을 증명한 이 책은 그간 어디서도 찾아볼 수 없던 북한 정밀 보고서이며, 김정일 정신분석 보고서다.

북한의 핵문제가 전 세계적으로 파급되고 있는 이때, 북한과 김정일을 정확하게 파악하지 못한다면 세계의 미래 역시 예측 불가능할 것이다. 저자는 이 책을 통해, 김정일을 사악한 미치광이로 매도하는 것은 지나친 단순화의 오류며, 김정일 또한 냉전이라는 덫에 사로잡힌 역사의 제물이고, 북한 공산주의라는 체제의 피해자임을 지적한다.

마이클 브린 지음 / 값 14,000원

통제하의 북한예술

'북한 예술'을 발가벗긴 책

우리의 관심을 벗어날 수 없는 북한예술은 이 책을 통해 북한의 정치, 사회사를 통합적으로 관통한 저자의 서술에서 그 희미한 실체가 윤곽을 드러내게 된다. 또한 풍부한 자료를 통해 생생하게 전달되는 북한의 미술 세계에서 우리는 이제껏 품어온 궁금증을 하나씩 벗어버리며 저자의 훌륭한 안내를 받게 될 것이다

제인 포털 지음 / 값 18,000원

독재자의 최후

한 권으로 읽는 지상 최고 악당들의 세계사

역사의 굵직굵직한 사건 뒤에는 늘 독재자들이 그 모습을 감추고 있었다. 그리고 사건이 표면화되면 그들은 서서히 모습을 드러내고 자신의 나라와 국민들을 피의 전쟁으로 몰아넣었다. 예수 그리스도의 탄생 후 자행되었던 헤롯의 유아 대학살, 칭기스칸의 공포적인 영토 확장, 전 세계를 전쟁의 소용돌이로 몰아넣은 히틀러, 그리고 최근 비참한 말로를 맞은 후세인에 이르기까지…. 이 책은 역사상 가장 잔혹하고 무자비한 독재 정권을 통해 피의 향연을 펼치고, 아울러 역사를 바꾸기까지 독재자들에 대해 조명하고 있다. 어떻게 해서 그들이 독재적인 성격을 띠게 되었는지, 그리고 어떤 최후를 맞게 되었는지를 알아보고, 국가와 국민들에게 행한 잔인한 실상들을 낱낱이 파헤치고 있다.

셸리 클라인 지음

사요나라 Bar / 수잔 바커 지음 ; 은하랑 옮김 - 고양 : 길산, 2005

596P. ; 145×211mm

원서명 : Sayonara bar
원저자명 : Barker, Susan
ISBN 89-91291-07-4 03830 : \14800

843-KDC4 813.6-DDC21 CIP2005002505